Ein Darkover-Roman

»Weit entfernt in der Galaxis
und ungefähr 4000 Jahre in der Zukunft
gibt es einen Planeten
mit einer großen roten Sonne
und vier Monden.
Willst Du nicht mitkommen
und ihn mit mir erforschen?«

Marion Zimmer Bradley

Von der Autorin sind außerdem erschienen:

Excalibur – Das Schwert von Avalon
Jenseits von Avalon

Eine Komplettübersicht
aller Darkover-Romane finden Sie
am Ende dieses Buches!

Über die Autorin:

Marion Zimmer Bradley, 1930 in den USA geboren, publizierte anfangs vor allem in Zeitschriften und Anthologien. Der Durchbruch gelang ihr 1962 mit *The Planet Savers – Retter des Planeten.* Mit dieser Geschichte war der Grundstein für die Romane um den Planeten *Darkover* gelegt, die innerhalb weniger Jahre zu einem der beliebtesten Fantasy-Zyklen einer riesigen Fangemeinde avancieren sollten. Seit 1962 hat Marion Zimmer Bradley über zwanzig *Darkover*-Romane und unzählige Kurzgeschichten geschrieben sowie eine Reihe Anthologien herausgegeben. 1983 wurde Marion Zimmer Bradley mit ihrem Roman *Die Nebel von Avalon* schließlich weltberühmt. Sie starb im September 1999 in ihrer Heimatstadt Berkeley, Kalifornien.

Marion Zimmer Bradley

Hasturs Erbe

Roman

Aus dem Amerikanischen von
Annette von Charpentier

Knaur

Die amerikanische Originalausgabe erschien 1979 unter dem Titel
»The Heritage of Hastur« bei DAW Books, New York.

Der Verlag dankt Olaf Keith für die Unterstützung
bei der Vorbereitung dieses Buches.

Besuchen Sie uns im Internet:
www.droemer-weltbild.de

Vollständige Taschenbuchausgabe Oktober 2000
Droemersche Verlagsanstalt Th. Knaur, Nachf., München

Umschlaggestaltung: Agentur Zero, München
Umschlagabbildung: © Richard Hescox
via Agentur Schlück, Garbsen
Satz: Ventura Publisher im Verlag
Druck und Bindung: Clausen & Bosse, Leck
Printed in Germany
ISBN 3-426-60960-6

2 4 5 3 1

Jacqueline Lichtenberg
gewidmet

Sie überzeugte mich davon,
dass dieses Buch geschrieben werden könnte und müsste,
und saß mir im Nacken, bis (und während)
ich es schrieb.

1

Als die Reiter über den Pass kamen, der hinab nach Thendara führte, konnten sie über die alte Stadt hinweg bis zum Terranischen Raumhafen blicken. Wie ein fremdartiges Gewächs erstreckte sich die riesige Fläche dort hässlich und für ihre Augen ungewohnt aus. Den Raumhafen umringten wie Schorf die eng aneinander gedrängten Gebäude des Handelsstützpunktes, der sich zwischen dem alten Thendara und dem neuen Terranischen Hauptquartier entwickelt hatte.

Regis Hastur ritt langsam inmitten seiner Eskorte. Er fand den Komplex nicht so hässlich, wie man ihn ihm in Nevarsin geschildert hatte. Er besaß eine eigene Schönheit, eine strenge Schönheit mit Stahltürmen und blendend weißen Gebäuden, ein jedes einem fremdartigen, unbekannten Zweck zugedacht. Er war kein Krebsgeschwür auf der Oberfläche Darkovers, sondern wie eine eigenartige, aber nicht unschöne Verzierung.

Dass der Zentralturm des neuen Hauptquartiers direkt gegenüber von Schloss Comyn auf der anderen Seite des Tales stand, rief einen unglückseligen Eindruck hervor. Regis schien es, als hätten sich der Wolkenkratzer und das alte Steinschloss voneinander abgesondert und stünden sich wie zwei kampfbereite Riesen gegenüber.

Doch er wusste, dass dieser Eindruck lächerlich war. Sein ganzes Leben lang hatte zwischen dem Terranischen Imperium und den Domänen Friede geherrscht. Dafür sorgten schon die Hasturs.

Dieser Gedanke besaß jedoch wenig Tröstliches. Regis hielt sich nicht für einen typischen Hastur, doch er war der Letzte seines Geschlechts. Man würde ihn so akzeptieren, wie er war, wenn er auch, wie jeder wusste, einen schlechten Ersatz für seinen Vater bildete. Nicht eine Minute lang ließ man ihn das vergessen.

Regis' Vater war vor fünfzehn Jahren gestorben, einen Monat vor der Geburt seines Sohnes. Rafael Hastur hatte bereits im Alter von fünfunddreißig Jahren Eigenschaften eines starken Staatsmannes und bedeutenden Führers aufgewiesen. Sein Volk liebte ihn zutiefst, und selbst die Terraner respektierten ihn. Und es hatte ihn in den Kilghardbergen in Stücke zerrissen. Er wurde von geschmuggelten Waffen aus dem Terranischen Imperium getötet. Der Welt in den besten und hoffnungsvollsten Jahren entrissen, hatte er lediglich eine elfjährige Tochter und eine zerbrechliche, schwangere Frau hinterlassen. Alanna Elhalyn-Hastur war bei der Nachricht seines Todes fast gestorben. Doch dann hatte sie sich fast panisch an das Leben geklammert, weil sie wusste, dass sie den letzten Hastur in sich trug, den lang ersehnten Sohn von Rafael. Zerfressen von Kummer, hatte sie gerade lange genug gelebt, um Regis das Licht der Welt erblicken zu lassen, und dann fast erleichtert den Geist aufgegeben.

Nach dem Verlust des Vaters, nach allem, was seine Mutter durchgemacht hatte, dachte Regis, war er nicht der Sohn, den sich seine Eltern gewünscht hatten. Er war kräftig gebaut, sah auch gut aus, war jedoch für einen Sohn der telepathischen Kaste der Domänen, den Comyns, seltsam behindert: ein Nichttelepath. Wenn er diese Kraft ererbt hätte, hätte sie sich im Alter von fünfzehn Jahren zeigen müssen.

Hinter ihm hörte er seine Leibwächter leise miteinander reden.

»Das Hauptquartier ist also inzwischen fertig gestellt. Ein verfluchter Platz, den sie sich da ausgesucht haben. Nur einen Steinwurf von Schloss Comyn entfernt.«

»Erst haben sie angefangen, es in Caer Donn, in den Hellers, zu bauen. Der alte Istvan Hastur hat sie dann zu Zeiten meines Großvaters überredet, den Raumhafen nach Thendara zu verlegen. Er wird schon seine Gründe dafür gehabt haben.«

»Hätten ihn dort lassen sollen. Weit weg von anständigen Leuten!«

»Oh, die Terraner sind nicht so schlecht. Mein Bruder hat einen Laden in der Handelsstadt. Würdest du denn die Terraner da oben in den Bergen haben wollen, wo sich die Bergräuber und die verdammten Aldarans hinter unserem Rücken mit ihnen verbinden?«

»Verdammte Wilde«, sagte der zweite Mann. »Sie halten nicht einmal das Abkommen ein. Man kann sie überall in den Hellers mit den schmutzigen Waffen dieser Feiglinge herumlaufen sehen.«

»Was erwartest du denn von den Aldarans?« Sie senkten die Stimme, und Regis seufzte. Er war es gewohnt. Jeder fühlte sich in seiner Gegenwart unter Druck, einfach dadurch, dass er war, was er war: ein Comyn und Hastur. Wahrscheinlich dachten sie, er könne Gedanken lesen. Die meisten Comyns konnten es.

»Lord Regis«, sagte eine seiner Wachen, »da kommt eine Reitertruppe mit Fahnen von der nördlichen Straße herab. Es muss die Abordnung aus Armida mit Lord Alton sein. Sollen wir auf sie warten und zusammen weiterreiten?«

Regis hatte kein besonderes Verlangen nach einer weiteren Truppe von Comyn-Lords, doch es wäre ein undenkbarer Bruch der Etikette gewesen, wenn er dies laut gesagt hätte. Wenn der Rat tagte, trafen sich alle Domänenherren in Thendara. Generationen alten Brauchtums forderten von Regis, sie wie Verwandte und Brüder zu behandeln. Und die Altons waren seine Stammesbrüder!

Sie ritten langsamer und warteten auf die anderen Reiter.

Noch immer befanden sie sich ziemlich hoch am Berghang und konnten über Thendara hinweg auf den Raumhafen sehen. Ein lautes, fernes Getöse wie von einem Wasserfall ließ den Boden erdröhnen und erzittern, auch dort, wo sie standen. Weit hinten auf dem Raumhafen begann sich ein kleiner, spielzeughafter Gegenstand zu bewegen, erst langsam, dann schneller und schneller. Das Geräusch stieg an zu einem fernen Kreischen. Der Gegenstand verschwamm zu einem Streifen, verkleinerte sich zu einem Punkt und war verschwunden.

Regis atmete auf. Ein Raumschiff des Imperiums auf dem Weg zu fernen Welten, fremden Sonnen ... Regis merkte, dass er die Fäuste so fest um die Zügel gekrampft hatte, dass sein Pferd den Kopf herumwarf und protestierte. Er gab nach und klopfte dem Tier abwesend den Hals. Seine Augen fixierten immer noch den Fleck am Himmel, wo das Raumschiff verschwunden war.

Auf dem Weg nach draußen, frei für die unermesslichen Größen des Raumes, flog das Schiff auf Welten zu, deren Wunder er, der hier unten angekettet war, nur erahnen konnte. Er spürte einen Kloß in der Kehle und wünschte sich, er wäre so jung, dass er weinen könnte, doch der Erbe der Hasturs konnte nicht in aller Öffentlichkeit eine so unmännliche Reaktion zeigen. Er fragte sich, warum dieser Anblick ihn so aufregte, und wusste auch die Antwort: Das Schiff war auf dem Weg zu Orten, an die er nie gelangen würde.

Die Reiter vom Pass kamen nun näher. Regis erkannte einige von ihnen. Neben dem Bannerträger ritt Kennard, Lord Alton, ein gebeugter, untersetzter Mann mit rotem Haar, das allmählich ergraute. Neben Danvan Hastur, dem Regenten der Comyn, war Kennard wahrscheinlich der mächtigste Mann in den Domänen. Regis kannte Kennard schon seit seiner Geburt. Als Kind hatte er ihn Onkel genannt. Hinter ihm sah er, nach einer Gruppe von Stammesangehörigen, Dienern, Leibwächtern und armen Verwandten, das Banner der Domäne Ardais, also musste auch Lord Dyan bei ihnen sein.

Einer von Regis' Leibwächtern sagte leise: »Ich sehe, der alte Bussard hat seine beiden Bastarde dabei. Wie kann er das wagen?«

»Der alte Kennard kann alles, und Hastur wird es dulden«, gab der andere so leise zurück, als unterhalte man sich auf einem Gefängnishof. »Übrigens ist der junge Lew kein Bastard. Kennard hat ihn legitimiert, damit er im Arilinn-Turm arbeiten kann. Der jüngere ...« Der Wächter merkte, wie Regis in seine Richtung blickte und nahm sich zusammen. Seine Miene wurde glatt, als habe man mit einem Schwamm darüber gewischt.

Verdammt, dachte Regis irritiert, ich kann eure Gedanken nicht lesen, Mann, ich habe einfach normal gute Ohren. Jedenfalls hatte er eine ungehörige Bemerkung über einen Lord der Comyn gehört, und dem Wächter war dies peinlich. Es gab ein altes Sprichwort: Aus ihrem Loch heraus kann sich die Maus die Katze ruhig ansehen, doch klugerweise quietscht sie nicht dabei.

Regis kannte natürlich die alte Geschichte. Kennard hatte eine schockierende, ja eine schamlose Tat begangen: Er hatte eine halbterranische Frau in offizieller Ehe zu sich genommen, die außerdem noch mit der Renegatendomäne der Aldarans verwandt war. Der Rat der Comyn hatte die Ehe niemals anerkannt und auch nicht die daraus hervorgegangenen Söhne. Nicht einmal um Kennards willen.

Kennard ritt auf Regis zu. »Seid gegrüßt, Lord Regis. Reitet Ihr zum Rat?« Er benutzte die förmliche Anrede, obwohl es ihm als dem älteren Verwandten auch erlaubt war, Regis zu duzen.

Regis geriet beinahe außer sich über die Überflüssigkeit

dieser Frage. Wohin sonst sollte er wohl auf dieser Straße zu dieser Jahreszeit reiten? Dann merkte er, dass man ihn mit dieser formellen Frage als einen Erwachsenen anerkannte. Mit entsprechender Höflichkeit antwortete er: »Jawohl, Oheim, mein Großvater wünscht, dass ich in diesem Jahr am Rat teilnehme.«

»Seid Ihr das ganze Jahr über im Kloster von Nevarsin gewesen, Neffe?«

Kennard wusste sehr wohl, wo er gewesen war, dachte Regis; als seinem Großvater nichts anderes eingefallen war, ihn loszuwerden, hatte er ihn nach Sankt-Valentin-im-Schnee verfrachtet. Doch es wäre ein fürchterlicher Bruch der Etikette gewesen, hätte er dies erwähnt, so sagte er lediglich: »Ja, er hat meine Erziehung den *Cristofores* anvertraut. Ich bin seit drei Jahren dort.«

»Das ist aber eine verdammte Art und Weise, einen Erben der Hasturs zu behandeln«, sagte eine raue, melodiöse Stimme. Regis blickte auf und erkannte Lord Dyan Ardais, einen blassen, großen, hakennasigen Mann, den er auf kurzen Besuchen im Kloster gesehen hatte. Regis verbeugte sich und grüßte ihn: »Lord Dyan!«

Dyans Augen, scharf und fast farblos – es hieß, die Ardais hätten *Chieri*-Blut –, ruhten auf Regis. »Ich habe Hastur gesagt, er sei ein Riesendummkopf, einen Jungen zur Erziehung an einen solchen Ort zu schicken. Aber ich habe mitbekommen, dass er viel mit Staatsgeschäften belastet ist, zum Beispiel mit all den Problemen, die die Terraner in unsere Welt gebracht haben. Ich habe ihm angeboten, Euch nach Ardais zu bringen. Meine Schwester Elorie hat keine Kinder und hätte gern einen Verwandten aufgenommen und erzogen. Aber Euer Großvater, denke ich, hielt mich für keinen guten Paten für einen Jungen Eures Alters.« Er lächelte leicht sarkastisch. »Nun, Ihr scheint die drei Jahre in den Händen der

Cristofores gut überstanden zu haben. Wie war es in Nevarsin, Regis?«

»Kalt.« Regis hoffte, damit das Thema abgetan zu haben.

»Daran erinnere ich mich gut«, sagte Dyan lachend. »Auch ich bin bei den Brüdern groß geworden, wie Ihr wisst. Mein Vater war da noch bei Verstand – oder genügend bei Verstand, um mich bei seinen verschiedensten Exzessen von sich fern zu halten. Ich habe die ganzen fünf Jahre dort gezittert.«

Kennard hob eine graue Braue. »Ich kann mich nicht erinnern, dass es so kalt war.«

»Aber du hattest es im Gästehaus auch warm«, sagte Dyan mit einem Lächeln. »Dort brennen das ganze Jahr über Feuer, und man kann sich jemanden mitnehmen, der einem das Bett wärmt, wenn man will. Der Schülerschlafsaal in Nevarsin – das meine ich ganz ernst – ist der kälteste Ort auf ganz Darkover. Hast du nicht gesehen, wie die armen Jungen zitternd durch die Räume liefen? Haben sie einen *Cristoforo* aus Euch gemacht, Regis?«

Regis sagte kurz: »Nein, ich diene dem Herrn des Lichts, wie es sich für einen Sohn der Hasturs gehört.«

Kennard wies auf zwei Burschen in den Alton-Farben, und sie ritten ein Stück nach vorn. »Lord Regis«, sagte er förmlich, »gestattet mir, Euch meine Söhne vorzustellen: Lewis-Kennard Montray-Alton, Marius Montray-Lanart.«

Regis fühlte sich kurz verunsichert. Kennards Söhne waren durch den Rat nicht anerkannt, doch wenn Regis sie als Verwandte und Gleichgestellte begrüßte, würde er ihnen die Anerkennung der Hasturs zollen. Wenn nicht, würde er seinen Verwandten beleidigen. Er war wütend auf Kennard, dass er ihm diese Wahl aufzwang, besonders deshalb, weil es keinen Punkt der Comyn-Etikette und Diplomatie gab, den Kennard nicht kannte.

Lew Alton war ein kräftiger junger Mann, fünf oder sechs Jahre älter als Regis. Er sagte mit schiefem Lächeln: »Ist schon gut, Lord Regis. Ich wurde vor ein paar Jahren legitimiert und formell als Erbe bestätigt. Es ist also in Ordnung, wenn Ihr mich begrüßt.«

Regis fühlte, wie er vor Verlegenheit heftig errötete. Er sagte: »Großvater hat es mir geschrieben. Ich hatte es vergessen. Seid gegrüßt, Vetter. Seid Ihr schon lange unterwegs?«

»Ein paar Tage«, antwortete Lew. »Die Straßen waren ruhig, wenn auch mein Bruder, glaube ich, der Meinung ist, dass es ein langer Ritt war. Er ist sehr jung für eine solche Reise. Ihr erinnert Euch doch an Marius, oder?«

Erleichtert bemerkte Regis, dass Marius, Montray-Lanart statt Alton genannt, weil er noch nicht als legitimer Sohn anerkannt war, erst zwölf Jahre alt war – in jedem Fall zu jung für eine offizielle Begrüßung. Diese Frage konnte man umgehen, indem man ihn wie ein Kind behandelte. Er sagte: »Du bist gewachsen, seit ich dich das letzte Mal gesehen habe. Ich glaube, du erinnerst dich nicht mehr an mich. Immerhin bist du alt genug, um zu reiten. Hast du noch das kleine Pony, auf dem du immer in Armida geritten bist?«

Marius antwortete höflich. »Ja, aber es ist auf der Weide. Es ist alt und lahm, zu alt für eine solche Reise.«

Kennard sah verärgert aus. Das war Diplomatie! Sein Großvater wäre stolz auf ihn gewesen, dachte Regis, selbst wenn er selbst nicht stolz auf diese Doppelzüngigkeit war. Glücklicherweise war Marius zu jung, um zu erkennen, dass man ihn gedemütigt hatte.

Regis dachte, wie lächerlich es doch sei, dass sich Jungen gleichen Alters so förmlich anredeten. Lew und er waren gute Freunde gewesen. In den Jahren auf Armida, bevor Regis in das Kloster übersiedelte, hatten sie sich so nahe wie Brüder gestanden. Und nun nannte Lew ihn Lord Regis! Es war albern!

Kennard blickte zum Himmel. »Sollen wir weiterreiten? Die Sonne wird bald untergehen, und es wird sicher regnen. Es wäre ärgerlich, wenn wir anhalten und die Banner verstauen müssten. Und Euer Großvater wartet sicher auf Euch, Regis.«

»Meinem Großvater wurde meine Gegenwart drei Jahre lang erspart«, sagte Regis trocken. »Ich bin sicher, er hält es noch eine weitere Stunde aus. Doch es wäre schon besser, wenn wir nicht in die Dunkelheit kämen.«

Das Protokoll besagte, dass Regis neben Kennard und Lord Dyan reiten müsse, doch er blieb zurück und lenkte sein Pferd neben Lew Alton. Marius ritt neben einem Jungen von Regis' Alter, der so vertraut aussah, dass Regis die Stirn runzelte und überlegte, woher er ihn kannte.

Während sich die Truppe formierte, schickte Regis seinen Bannerträger an die Spitze der Kolonne zu denen von Ardais und Alton. Er sah, wie der Mann mit dem blausilbernen Baumemblem der Hasturs und dem Motto der Kaste *Permanedál* nach vorn ritt. *Ich werde bleiben,* übersetzte er es sich verdrossen, ja, ich werde alle Zeit hier bleiben und ein Hastur sein, ob ich will oder nicht.

Dann ergriff ihn wieder Aufsässigkeit. Kennard war nicht geblieben. Er war auf Terra selber groß geworden, nach dem Willen des Rates. Vielleicht gab es auch für Regis Hoffnung, ob er nun ein Hastur war oder nicht.

Er fühlte sich merkwürdig einsam. Kennards Manöver, dass Regis seine Söhne ordentlich begrüßte, hatte ihn verärgert, doch auch berührt. Er fragte sich, ob er ebenso einsam wäre, wenn sein Vater noch lebte. Hätte auch er Pläne verfolgt und Intrigen veranstaltet, damit sich sein Sohn nicht so unterlegen gefühlt hätte?

Lews Miene war grimmig, abgekehrt und verschlossen. Regis konnte nicht sagen, ob er sich gedemütigt, schlecht behandelt oder einfach einsam fühlte, weil er anders war.

Lew sagte: »Kommt Ihr, Euren Sitz im Rat einzunehmen, Lord Regis?«

Die Förmlichkeit irritierte Regis. War es eine Zurechtweisung als Gegenleistung für die, die er Marius erteilt hatte? Plötzlich wurde er es überdrüssig. »Du hast mich sonst Vetter genannt, Lew. Sind wir nun zu alt, um Freunde zu sein?«

Ein rasches Lächeln überzog Lews Gesicht. Ohne den verschlossenen, mürrischen Ausdruck sah er gut aus. »Natürlich nicht, Vetter. Doch man hat mir bei den Kadetten und überall eingebläut, dass du Regis-Rafael Lord Hastur bist, und ich bin ... nun, ich bin ein *Nedestro*-Erbe der Altons. Sie haben mich nur akzeptiert, weil mein Vater keine richtigen Darkover-Söhne hat. Ich dachte mir, dass es an dir liegt, ob du auf der Verwandtschaft bestehst oder nicht.«

Regis' Mund verzog sich zu einer Grimasse. Er zuckte die Achseln. »Nun, vielleicht müssen sie auch mich akzeptieren, doch ich könnte genauso gut ein Bastard sein. Ich habe kein *Laran* geerbt.«

Lew sah schockiert aus. »Aber sicher hast du ... ich war sicher ...« Er brach ab. »Wie dem auch sei, du wirst im Rat einen Sitz haben, Vetter. Es gibt keinen anderen Hastur-Erben.«

»Das ist mir nur zu sehr bewusst. Seit dem Tag meiner Geburt habe ich nichts anderes gehört«, sagte Regis. »Allerdings hat Javanne Gabriel Lanart geheiratet und bekommt Söhne wie die Kaninchen. Einer von denen könnte mich eines Tages verdrängen.«

»Immerhin bist du in der direkten Abstammungslinie. Die Gabe des *Larans* überspringt von Zeit zu Zeit eine Generation. Alle deine Söhne können es erben.«

Regis sagte mit plötzlicher Bitterkeit: »Glaubst du, das nützt – zu wissen, dass ich für mich genommen wertlos bin – wertvoll allein wegen der Söhne, die ich zeugen werde?«

Ein dünner Nieselregen setzte ein. Lew zog die Kapuze über die Schultern, und auf seinem Umhang erkannte man die Abzeichen der Stadtgarde. Er leistete also den regulären Dienst eines Comyn-Erben, dachte Regis. Vielleicht ist er ein Bastard, aber vielleicht ist er nützlicher als ich.

Lew sagte, als könne er seine Gedanken lesen: »Ich rechne damit, dass du in diesem Jahr in das Kadettenkorps der Garde eintrittst. Oder sind die Hasturs davon ausgenommen?«

»Man hat alles für uns vorgeplant, stimmt's, Lew? Mit zehn Jahren Feuerwache. Mit dreizehn oder vierzehn das Kadettenkorps. Dann ist die Reihe an der Offizierslaufbahn. Nimm deinen Sitz im Rat ein, heirate die richtige Frau, wenn sie eine aus einer Familie finden können, die alteingesessen und wichtig genug ist und, darauf kommt es an, die *Laran* hat. Zeuge jede Menge Söhne und eine Menge Töchter, damit andere Comyn-Söhne sie heiraten können. Bei allen ist das Leben vorgeplant, und alles, was uns zu tun bleibt, ist, hindurchzukommen und den richtigen Weg zu beschreiten, ob wir wollen oder nicht.«

Lew sah unsicher aus und gab keine Antwort. Gehorsam wie ein richtiger Prinz ritt Regis ein Stück voraus, um durch die Stadttore hindurch auf seinem angemessenen Platz neben Kennard und Lord Dyan zu reiten. Sein Kopf wurde nass, doch war es seine Pflicht, dachte er säuerlich, sich sehen zu lassen, sich zur Schau zu stellen. Ein wenig Feuchtigkeit machte einem Hastur doch nichts aus.

Er zwang sich zu einem Lächeln und winkte anmutig den Menschenmengen am Straßenrand zu. Doch von weit her konnte er durch den Boden wieder jene dumpfe Vibration spüren wie von einem Wasserfall. Die Raumschiffe waren noch da, sagte er zu sich, und die Sterne auch noch. Es spielt keine Rolle, wie stark sie meinen Weg vorzeichnen. Ich werde eine Möglichkeit finden, eines Tages auszubrechen. Eines Tages.

2

(Lewis-Kennard Montray-Altons Erzählung)

Dieses Jahr wollte ich nicht am Rat teilnehmen. Genauer gesagt, wollte ich überhaupt niemals daran teilnehmen. Das ist noch vornehm ausgedrückt. Bei denen, die meinem Vater in den Sieben Domänen ebenbürtig sind, bin ich nicht sehr beliebt.

In Armida habe ich meine Ruhe. Die Leute im Haus wissen, wer ich bin, und den Pferden ist es egal. Und auf dem Arilinn fragt einen niemand nach seiner Familie, dem Stammbaum oder der Legitimität. Das einzig Wichtige dort ist deine Fähigkeit, die Matrix zu manipulieren, in Energonringe zu verschlüsseln und Bildschirme zu schalten. Wenn man gut ist, kümmert sich niemand darum, ob man nun zwischen seidenen Laken in einem großen Haus aufgewachsen ist oder in einem Straßengraben, und wenn man unfähig ist, kommt man gar nicht dorthin.

Man könnte fragen, wenn ich das Anwesen in Armida gut verwaltet habe und bei den Matrix-Relais im Arilinn mehr als gut war, warum Vater sich in den Kopf gesetzt hatte, mich in den Rat zu zwingen. Man könnte dies fragen, aber man müsste jemand anders fragen, denn ich habe keine Ahnung.

Was auch immer seine Gründe waren, es war ihm gelungen, mich als seinen Erben in den Rat zu zwingen. Sie wollten es nicht, aber sie mussten mir die legitimen Privilegien eines Comyn-Erben samt den damit verbundenen Pflichten verleihen. Was bedeutete, dass ich als Vierzehnjähriger zu den Kadetten ging und nach meiner Zeit als Jungoffizier Kapitän der Stadtgarde wurde. Es war ein Privileg, ohne das ich ebenso gut ausgekommen wäre. Man konnte die Ratsherren vielleicht zwingen, mich zu akzeptieren. Doch ihre jüngeren Söhne, die vom niederen Adel und so weiter, die bei den Kadetten dienten, dazu bringen – das war eine andere Sache!

Ein Bastard zu sein ist natürlich kein großer Makel. Viele der Comyn-Lords haben davon ein halbes Dutzend. Wenn einer von ihnen zufällig *Laran* hat – worauf jede Frau hofft, die ein Kind eines Comyn-Lords trägt –, dann ist nichts leichter, als das Kind anzuerkennen und ihm irgendwo in den Domänen Rechte und Privilegien zu beschaffen. Doch einen von ihnen zum Erben einer Domäne zu machen, das hatte es noch nie gegeben, und jeder illegitime Sohn aus irgendwelchen Nebenlinien ließ mich fühlen, wie wenig ich diese Auszeichnung verdiente.

Ich konnte nicht umhin zu erkennen, warum sie so fühlten. Ich hatte das, was sie alle wollten, und jeder fühlte sich dazu ebenso berechtigt. Es muss angenehm sein, nie zu erfahren, *warum* man nicht gemocht wird. Vielleicht kann man dann glauben, dass man es nicht verdient.

Doch ich sorgte dafür, dass sich niemand über mich beklagen konnte. Ich habe von allem ein bisschen getan, wie es von Comyn-Erben bei den Kadetten erwartet wird: Ich habe die Straßenpatrouillen überwacht und alles organisiert, von der Futterversorgung bis zu den Packpferden als Eskorte für Comyn-Ladys; ich habe dem Waffenmeister geholfen und mich vergewissert, dass der Mann, der die Kaserne putzte, seine Sache richtig tat. Ich mochte den Dienst bei den Kadetten nicht und hatte auch keinen Spaß, bei der Wache ein Kommando zu führen. Doch was wollte ich tun? Es war wie ein Berg, den ich weder überqueren noch umrunden konnte. Vater brauchte mich und wollte mich, und ich konnte ihn nicht allein lassen.

Als ich neben Regis Hastur ritt, fragte ich mich, ob es ein Zeichen von Freundschaft war, dass er zu mir gekommen war, oder ein listiger Versuch, sich mit meinem Vater gut zu stellen. Vor drei Jahren hätte ich mit Sicherheit »Freundschaft« geantwortet. Doch in drei Jahren ändern sich Jungen, und Regis hatte sich stärker als die anderen verändert.

Er hatte ein paar Winter auf Armida verbracht, bevor er in das Kloster ging und ich zum Arilinn. Ich habe bei ihm nie daran gedacht, dass er der Erbe der Hasturs ist. Man sagte, seine Gesundheit sei nicht die stabilste, und der alte Hastur hatte gemeint, das Landleben und Gesellschaft würden ihm gut tun. Meistens war es mir überlassen, auf ihn Acht zu geben. Ich habe ihn mit zum Reiten und auf die Falkenjagd genommen, und er ist mit mir hinauf auf die weiten Hochplateaus geritten, als man die großen Herden von Wildpferden einfing und zum Einreiten hinabbrachte. Ich erinnere mich an ihn als an einen etwas klein geratenen Jungen, der mir überallhin folgte, meine abgetragenen Reithosen und Hemden trug, weil seine eigenen ihm zu klein geworden waren. Er spielte mit den jungen Hunden und neugeborenen Fohlen, beugte sich ernsthaft und unbeholfen über die Näherei von Falkenhauben, als man ihm diese Arbeit beibrachte. Er lernte von Vater, mit dem Schwert umzugehen, und er übte mit mir. Während jenes schrecklichen Frühlings, als er zwölf Jahre alt war, als die Kilghardberge in Feuer aufgingen und jeder kräftige Mann zwischen zehn und achtzig zur Feuerbekämpfung abkommandiert wurde, haben wir am Tag Seite an Seite gearbeitet, haben aus einer Schüssel gegessen und in der Nacht die Wolldecke geteilt. Wir hatten Angst, auch Armida würde in Flammen aufgehen. Einige der Gebäude am Rand hatten sich entzündet. Wir standen uns näher als Brüder. Als er nach Nevarsin ging, habe ich ihn schrecklich vermisst. Es war schwierig, meine Erinnerungen an diesen Fast-Bruder mit jenem selbstbewussten, ernsten jungen Prinzen in Einklang zu bringen. Vielleicht hatte er in der Zwischenzeit gelernt, dass die Freundschaft mit Kennards *Nedestro* doch nicht das Richtige für einen Hastur-Erben war.

Ich hätte es herausfinden können, sicher, und er hätte es nie erfahren. Aber für einen Telepathen ist dies keine Versuchung mehr nach den ersten Monaten. Man lernt, nicht in anderen Köpfen herumzuschnüffeln.

Aber er gab sich nicht unfreundlich und fragte mich sogleich, warum ich ihn nicht mit seinem Namen angeredet habe. Da mich diese offene Frage völlig überraschte, gab ich ihm eine freie Antwort anstatt einer diplomatischen, und alles war wieder beim Alten.

Als wir die Tore passiert hatten, war es nicht mehr weit bis zum Schloss, doch es reichte, um völlig durchnässt zu werden. Ich wusste, dass es Vater in der feuchten Kälte schlecht ging – er ist lahm, seit ich denken kann, doch in den letzten paar Wintern ist es schlimmer geworden – und dass auch Marius sich nass und unangenehm fühlte. Als wir in den Vorhof des Schlosses gelangten, war es schon dunkel, und wenn Nachtregen in dieser Jahreszeit auch selten in Schnee übergeht, so waren doch scharfe Hagelkörner darunter. Ich glitt vom Pferd und ging schnell zu Vater, um ihm beim Absitzen behilflich zu sein, doch Lord Dyan hatte ihm schon herabgeholfen und ihm seinen Arm angeboten.

Ich zog mich zurück. Seit den ersten Jahren bei den Kadetten habe ich mir zur Gewohnheit gemacht, Lord Dyan nicht näher zu treten als unbedingt notwendig. Am liebsten ging ich ihm ganz aus dem Weg.

Bei der Wache gibt es für Kadetten des ersten Jahres einen Brauch. Wir werden im waffenlosen Kampf ausgebildet und sollen die Gewohnheit entwickeln, allzeit vorsichtig und aufmerksam zu sein; daher ist es im ersten Jahr in Wachraum und Rüstkammer jedem der Höherstehenden erlaubt, uns zu überraschen, wenn er kann, und uns anzugreifen. Es ist ein gutes Training. Nach ein paar Wochen, in denen man ständig unerwartet von hinten angegriffen wird, entwickelt man so etwas wie Augen im Hinterkopf. Normalerweise läuft es gutmütig ab, und wenn es auch ein raues Spiel ist und man eine Menge Prellungen zurückbehält, so hat doch niemand etwas dagegen.

Doch Dyan, darin waren wir uns alle einig, hatte zu viel Spaß daran. Er war ein ausgezeichneter Ringer und hätte gewinnen können, ohne jemandem Schaden zuzufügen, doch er war unglaublich grob und versäumte niemals eine Gelegenheit, jemanden zu verletzen. Mich besonders. Einmal gelang es ihm, mir den Ellenbogen auszurenken, den ich dann für den Rest des Jahres in einer Schlinge tragen musste. Er sagte, es sei ein Unfall gewesen, doch ich bin Telepath, und er scherte sich nicht einmal darum zu verbergen, wie sehr er es genossen hatte. Ich war nicht der einzige Kadett mit einer solchen Erfahrung. Es gibt Zeiten bei der Ausbildung, da beginnt man alle Offiziere zu hassen. Doch Dyan war der Einzige, vor dem wir richtige Angst gehabt haben.

Ich überließ ihm Vater und ging zurück zu Regis. »Jemand sucht dich«, sagte ich ihm und zeigte auf einen Mann in Hastur-Livree, der im Toreingang Schutz gesucht hatte und nass und elend aussah, als habe er einige Zeit wartend im Regen gestanden. Regis ging rasch auf ihn zu, um die Nachricht entgegenzunehmen.

»Die Ehrerbietung des Regenten, Lord Regis. Er wurde dringend in die Stadt berufen. Er bittet Euch, es Euch bequem zu machen und ihn am Morgen aufzusuchen.«

Regis antwortete förmlich und wandte sich mir mit einem steifen Lächeln zu. »Das war die herzliche Begrüßung meines Großvaters.«

Ein verdammtes Willkommen, dachte ich bei mir. Niemand konnte vom Regenten der Comyn erwarten, dass er im Regen auf jemanden wartete, doch er hätte etwas mehr als nur eine Botschaft durch einen Diener schicken können! Schnell sagte ich: »Du kommst natürlich zu uns. Schicke dem Diener deines Großvaters eine Botschaft, und dann kommst du mit uns, ziehst dir etwas Trockenes an und isst mit uns zu Abend.«

Regis nickte wortlos. Seine Lippen waren blau vor Kälte, und das Haar hing ihm strähnig und nass in die Stirn. Er erteilte entsprechende Anweisungen, und ich machte mich an meine Aufgabe: Ich sorgte dafür, dass alle von Vaters Tross – Diener, Leibwächter, Wachleute, Bannerträger und arme Verwandte – ihren Weg zu den ihnen angewiesenen Orten fanden.

Allmählich war alles geregelt. Die Wachleute zogen in ihre Quartiere. Die Diener wussten größtenteils, was zu tun sei. Jemand hatte schon vorher veranlasst, dass Feuer angezündet und die Räume für unsere Ankunft vorbereitet wurden. Die anderen suchten sich ihren Weg durch das Labyrinth von Hallen und Gängen zu den vorbereiteten Quartieren, die seit Generationen den Alton-Lords zustanden. Innerhalb kurzer Zeit standen in der großen Eingangshalle nur noch Vater, Marius und ich, Regis, Lord Dyan, unsere persönlichen Bediensteten und ein halbes Dutzend andere. Regis stand vor dem Feuer und wärmte sich die Hände. Ich erinnerte mich an den Abend, als Vater uns die Neuigkeit mitteilte, dass Regis uns verlassen und die nächsten drei Jahre auf Nevarsin verbringen würde. Er und ich hatten in der großen Halle auf Armida vor dem Feuer gesessen, hatten Nüsse geknackt und die Schalen ins Feuer geworfen. Nachdem Vater geendet hatte, war Regis zum Feuer gegangen und dort so stehen geblieben wie gerade jetzt: gequält und zitternd, mit abgewandtem Gesicht!

Der verdammte alte Mann! Gab es keinen Freund, keine Verwandte, die er hätte schicken können, Regis daheim zu begrüßen?

Vater ging zum Feuer. Er humpelte stark. Er sah Marius' Reitgefährten an und sagte: »Danilo, ich habe deine Sachen direkt an die Quartiere der Kadetten schicken lassen. Soll ich jemanden rufen, der dir den Weg zeigt, oder findest du es allein?«

»Ihr braucht niemanden zu schicken, Lord Alton.« Danilo Syrtis kam vom Feuer und verbeugte sich höflich. Er war ein schlanker Junge von vierzehn Jahren mit leuchtenden Augen. Er trug schäbige Kleider, die, wie ich mich vage erinnerte, mir oder meinem Bruder gehört hatten, bevor wir aus ihnen herauswuchsen. Das sah Vater ähnlich; er sorgte dafür, dass jeder seiner Protegés mit der ordentlichen Ausrüstung eines Kadetten begann. Vater legte ihm die Hand auf die Schulter. »Bist du sicher? Nun, dann lauf, mein Junge. Möge das Glück mit dir sein.«

Danilo murmelte höflich ein paar Förmlichkeiten und zog sich zurück. Dyan Ardais, der sich die Hände am Feuer wärmte, sah ihm mit hochgezogenen Augenbrauen nach. »Sieht gut aus, der Junge. Noch einer von deinen *Nedestro*-Söhnen, Kennard?«

»Dani? Zandrus Hölle, nein! Ich wäre schon stolz, ihn anzuerkennen, aber er ist bestimmt nicht von mir. Die Familie hat Comyn-Blut seit ein paar Generationen, ist aber arm wie die Kirchenmäuse. Der Alte, Dom Felix, konnte ihm nicht viel fürs Leben mitgeben, so habe ich ihm eine Kadettenstelle besorgt.«

Regis wandte sich vom Feuer ab und sagte: »Danilo! Ich weiß, ich hätte ihn erkennen müssen. Er war ein Jahr lang im Kloster. Ich konnte mich wirklich an seinen Namen nicht erinnern, Onkel. Ich hätte ihn begrüßen sollen!«

Das Wort, das er für *Onkel* benutzte, war der *Casta*-Ausdruck, der etwas vertrauter als *Oheim* war. Ich wusste, dass er meinen Vater angeredet hatte, doch Dyan tat so, als fühle er sich angesprochen. »Ihr werdet ihn sicher bei den Kadetten treffen. Und ich habe Euch auch noch nicht anständig begrüßt.« Er ging auf Regis zu, umarmte ihn wie unter Verwandten üblich und drückte seine Wange an die von Regis, was dieser sich ein wenig überrascht gefallen ließ. Dann hielt er ihn mit ausgestreckten Armen vor sich und betrachtete ihn eingehend. »Hasst dich deine Schwester, Regis, weil *du* die Schönheit der Familie bist?«

Regis blickte erstaunt und leicht verlegen drein. Er antwortete mit einem nervösen Lachen. »Nicht dass ich wüsste. Ich glaube, Javanne denkt, ich solle noch in Kinderkleidern herumlaufen.«

»Was beweist, was ich immer schon gesagt habe, dass Frauen Schönheit nicht beurteilen können.« Mein Vater schenkte Dyan ein missmutiges Stirnrunzeln und sagte: »Verdammt, Dyan, nimm ihn nicht auf den Arm.«

Dyan wollte noch mehr sagen – verdammt sei dieser Mann, fing er doch wieder an nach all den Problemen im vergangenen Jahr –, doch ein Diener in Hastur-Livree kam eilig herein und sagte: »Lord Alton, eine Botschaft vom Regenten.«

Vater riss den Brief auf und begann kräftig in drei Sprachen zu fluchen. Er befahl dem Boten zu warten, während er sich etwas Trockenes anziehen würde, verschwand in seinem Zimmer, und dann hörte man ihn nach Andres rufen. Bald kam er wieder heraus, stopfte ein trockenes Hemd in trockene Hosen und sah wütend aus.

»Vater, was ist los?«

»Das Übliche«, sagte er grimmig. »Aufruhr in der Stadt. Hastur hat jeden erreichbaren Älteren des Rates zusammengerufen und zwei Extrapatrouillen ausgeschickt. Offensichtlich eine Krise.«

Verdammt, dachte ich. Ihn nach diesem langen Ritt von Armida in der Nässe mitten in der Nacht hinauszurufen ... »Wirst du mich brauchen, Vater?«

Er schüttelte den Kopf. »Nein. Nicht nötig, Sohn. Warte auch nicht auf mich. Ich werde vermutlich die ganze Nacht fortbleiben.« Als er hinausging, sagte Dyan: »Ich denke, ein ähnlicher Ruf wartet in meinem Zimmer auf mich. Ich gehe besser hinauf und sehe nach. Gute Nacht, Jungen. Ich beneide euch um euren Schlaf.« Mit einem Nicken zu Regis fügte er hinzu: »Diese anderen hier werden ein anständiges Bett nicht so sehr zu schätzen wissen. Nur wir, die wir auf Stein geschlafen haben, wissen das.« Es gelang ihm, vor Regis eine tiefe formelle Verbeugung zu machen und mich gleichzeitig vollständig zu ignorieren – was nicht leicht war, da wir nebeneinander standen –, und er ging fort.

Ich blickte mich um, um zu sehen, was noch erledigt werden müsse. Ich schickte Marius, sich umzuziehen – zu alt für eine Kinderfrau und zu jung für einen Adjutanten, war er mir fast die ganze Zeit überlassen. Dann sorgte ich dafür, dass für Regis ein Zimmer vorbereitet wurde. »Hast du einen Mann, der dir beim Umkleiden hilft, Regis? Oder soll Vaters persönlicher Diener dir heute Abend behilflich sein?«

»Ich habe in Nevarsin gelernt, allein fertig zu werden«, sagte Regis. Er sah jetzt besser aus, nicht mehr so angespannt. »Wenn der Regent nach dem ganzen Rat schickt, dann wird es wohl ernst sein und nicht so, dass mich Großvater wieder einmal vergessen hat. Daher geht es mir besser.«

Nun konnte ich endlich meine nassen Sachen loswerden. »Wenn du dich umgezogen hast, Regis, werden wir hier vor dem Feuer zu Abend essen. Ich habe bis morgen früh keinen offiziellen Dienst.«

Ich ging fort und zog mir rasch Haussachen an, glitt in pelzverbrämte Knöchelstiefel und sah kurz nach Marius. Ich fand ihn im Bett, eine heiße Suppe löffelnd und schon halb im Schlaf. Es war ein langer Ritt für Jungen seines Alters. Ich fragte mich wieder, warum Vater ihn dem unterworfen hatte.

Die Diener hatten vor dem Feuer bei den alten Steinbänken

ein warmes Abendessen aufgetragen. Die Lichter in unserem Teil des Schlosses sind alt: leuchtende Felsen aus tiefen Höhlen, die sich tagsüber mit Licht aufladen und es nachts als sanftes Glühen abgeben. Es reicht nicht für Handarbeiten oder Lesen, doch wohl für ein ruhiges Essen und ein ausgiebiges Gespräch am Feuer. Regis kam in trockenen Kleidern und Hausstiefeln zurück, und ich bedeutete dem alten Diener zu gehen. »Mach dich an dein eigenes Abendessen. Lord Regis und ich können uns selber bedienen.«

Ich nahm die Hauben von den Schüsseln. Sie hatten ein gebratenes Wildhuhn und Gemüse geschickt. Ich füllte ihm auf und sagte: »Nicht sehr festlich, doch wahrscheinlich das Beste, was sie in so kurzer Zeit zu Stande bringen konnten.«

»Es ist besser als das, was wir beim Feuerlöschen bekommen haben«, sagte Regis, und ich grinste. »Dann hast du das auch nicht vergessen.«

»Wie könnte ich das vergessen? Armida war mir wie ein Zuhause. Reitet Kennard immer noch seine Pferde selber zu, Lew?«

»Nein, dazu ist er zu steif«, sagte ich und fragte mich wieder, wie Vater im nächsten Jahr wohl zurechtkommen würde. Selbstsüchtig hoffte ich, er würde den Oberbefehl weiter behalten. Er ist für die Altons erblich, und ich war der Nächste in der Reihe. Sie hatten gelernt, mich als seinen Stellvertreter mit einem Kapitänsrang zu dulden. Als Kommandeur würde ich alle Schlachten noch einmal kämpfen müssen.

Wir redeten eine Weile über Armida, über Pferde und Falken, während Regis sein Gemüse aß. Er nahm einen Apfel und ging zum Feuer, wo ein paar antike Schwerter, wie man sie heute nur noch beim Schwerttanz benutzt, über dem Sims hingen. Er berührte den Griff des einen, und ich fragte: »Hast du im Kloster deine Fechterei ganz vergessen?«

»Nein, es gab ein paar, die nicht Mönche werden wollten, so

ließ uns der Vater jeden Tag eine Stunde üben, und ein Waffenmeister erteilte uns den Unterricht.«

Über dem Wein diskutierten wir den Zustand der Straßen von Nevarsin.

»Du bist doch sicher nicht in einem Tag vom Kloster hergeritten?«

»O nein. Ich habe die Reise in Edelweiß unterbrochen.«

Das war auf Alton-Gebiet. Als Javanne Hastur vor nunmehr zehn Jahren Gabriel Lanart heiratete, hatte mein Vater ihnen dieses Anwesen verpachtet. »Deiner Schwester geht es gut, hoffe ich?«

»Ziemlich gut, aber ziemlich schwanger zurzeit«, sagte Regis, »und Javanne hat etwas Lächerliches gemacht. Es war richtig, ihren ersten Sohn Rafael zu nennen, nach ihrem Vater und meinem. Und den zweiten natürlich Gabriel, den Jüngeren. Aber als sie den dritten Michael nannte, wurde das Ganze absurd. Ich glaube, dieses Mal bittet sie inständig um eine Tochter.«

Ich lachte. Nach allem, was man so hörte, sollte man die »Lanart-Engel« eher nach den Erzfeinden, nicht nach den Erzengeln nennen, und warum sollte eine Hastur Namen aus der *Cristoforo*-Mythologie wählen? »Nun, sie und Gabriel haben genug Söhne.«

»Sicher. Ich glaube, mein Großvater ist verärgert, dass sie so viele Söhne hat und er ihnen nicht das Domänenrecht der Hasturs erteilen kann. Ich hätte es Kennard noch sagen sollen. Ihr Mann wird in ein paar Tagen hier sein, um seinen Platz in der Wache anzutreten. Er wäre mit mir geritten, doch Javannes Zeit steht kurz bevor. Er darf bei ihr bleiben bis zur Geburt.«

Ich nickte. Natürlich würde er bleiben. Gabriel Lanart war niederen Adels aus der Alton-Domäne, ein Verwandter und ein Telepath. Natürlich würde er dem Brauch der Domäne folgen, mit der Kindsmutter den Ritus der Geburt feiern und mit ihr in Kontakt bleiben, bis das Kind geboren und alles in Ordnung war. Nun, ein paar Tage konnten wir ihn schon entbehren. Ein guter Mann, Gabriel.

»Dyan schien davon auszugehen, dass du dieses Jahr bei den Kadetten sein wirst«, sagte ich.

»Ich weiß nicht, ob ich es mir aussuchen kann. Hast du es gekonnt?«

»Natürlich nicht.« Doch dass von allen anderen der Erbe von Hastur dies in Frage stellte – das verschaffte mir Unbehagen.

Regis saß auf der Steinbank und scharrte unruhig mit den Filzstiefeln über den Boden. »Lew, du bist sowohl Terraner als auch Comyn. Fühlst du dich zu uns gehörig? Oder zu den Terranern?«

Eine verwirrende Frage, eine ungeheure Frage und dazu eine, die ich mir selber zu stellen nie gewagt hatte. Ich verspürte Wut, weil er mich das gefragt hatte, als wolle er mich für das, was ich war, verspotten. Ich war ein Fremder unter den Terranern, ein Freak, ein Mutant, ein Telepath. Schließlich sagte ich bitter: »Ich habe niemals irgendwohin gehört, außer vielleicht nach Arilinn.«

Regis blickte mich an, und mich erstaunte die plötzliche Wut in seinem Gesicht. »Lew, wie ist es, *Laran* zu haben?«

Ich starrte ihn beunruhigt an. Diese Frage rührte eine andere Erinnerung an. In jenem Sommer in Armida, in seinem zwölften Jahr. Wegen seines Alters und weil es sonst niemanden gab, war es mir zugefallen, ihm Fragen zu beantworten, die man sonst Vätern oder älteren Brüdern überlässt, Fragen, die Jungen in diesem Alter so stellen. Er hatte diese Fragen mit der gleichen verlegenen Dringlichkeit herausgesprudelt, und ich fand es damals ebenso schwierig, sie zu beantworten. Es gibt Dinge, die man kaum mit jemand anderem diskutieren kann, der nicht die gleiche Erfahrung hat. Schließlich sagte ich langsam: »Ich weiß kaum, was ich antworten soll. Ich habe es schon so lange, dass es mir schwerer fiele, mir vorzustellen, wie es ohne *Laran* sein würde.«

»Bist du damit geboren?«

»Nein, natürlich nicht. Doch als ich zehn war oder elf, begann ich zu merken, was die Leute dachten. Oder fühlten. Später fand mein Vater es heraus und bewies, dass ich die Gabe der Altons geerbt hatte, und das ist selbst – ich presste die Zähne zusammen – bei legitimen Söhnen selten. Danach konnten sie mir die Comyn-Rechte nicht mehr verweigern.«

»Kommt es immer so früh? Mit zehn oder elf?«

»Hat man dich denn nie geprüft? Ich war aber fast sicher ...« Ich fühlte mich leicht verwirrt. Mindestens einmal während der gemeinsamen Angst in jenem letzten Jahr bei der Feuerbekämpfung war ich zu seinen Gedanken vorgedrungen, hatte gespürt, dass er die Gabe unserer Kaste besaß. Doch er war noch sehr jung gewesen. Und die Alton-Gabe ist erzwingbarer Kontakt, auch bei Nichttelepathen.

»Einmal«, sagte Regis, »vor drei Jahren. Die *Leronis* sagte, so weit sie es beurteilen könne, hätte ich diese Gabe, doch sie konnte mich nicht erreichen.«

Ich fragte mich, ob der Regent ihn deshalb nach Nevarsin geschickt hatte, in der Hoffnung, dass Disziplin, Stille und Isolierung das *Laran* entwickeln würden, was manchmal geschah, oder ob er die Enttäuschung über den Erben verbergen wollte.

»Du bist zugelassener Matrix-Mechaniker, Lew, nicht wahr? Was ist das genau?«

Dies konnte ich beantworten. »Du weißt, was eine Matrix ist: Ein Edelstein, der Gehirnströmungen verstärkt und Psi-Kräfte in Energie umwandelt. Wenn größere Kräfte erforderlich sind, brauchen wir eine Gruppe von normalerweise in einem Turmzirkel miteinander verbundenen Gehirnen.«

»Ich weiß, was eine Matrix ist«, sagte Regis. »Sie haben mir bei dem Test eine gegeben.« Er zeigte sie mir. Sie hing ihm, wie bei den meisten von uns, in einem kleinen Seidenbeutel um den Hals. »Ich habe sie nie benutzt oder auch nur angesehen. In den alten Zeiten schafften sie diese Gehirnverbindungen durch Bewahrerinnen. Es gibt heute keine Bewahrerinnen mehr, oder?«

»Nicht im alten Sinn«, sagte ich, »wenn man auch die Frau, die in der Mitte des Matrix-Zirkels arbeitet, immer noch Bewahrerin nennt. Zu Zeiten meines Vaters entdeckte man, dass diese Bewahrerinnen, außer auf der obersten Ebene, auch ohne die alten Tabus und das schreckliche Training, die Opfer, die Isolation und die besonderen Einsperrungen zu ihrer Arbeit fähig waren. Seine Pflegeschwester Cleindori hat als Erste mit der Tradition gebrochen, und nun werden die Bewahrerinnen nicht mehr nach dem alten Brauch ausgebildet. Es ist zu schwierig und zu gefährlich, und es ist nicht recht, zu verlangen, sein ganzes Leben dafür aufzugeben. Nun verbringt jeder drei Jahre oder weniger auf dem Arilinn und dann die gleiche Zeit draußen, so dass man ein normales Leben zu führen lernen kann.«

Ich schwieg und dachte an meinen Zirkel in Arilinn, der nun wieder auf die einzelnen Häuser und Anwesen verstreut war. Ich war dort glücklich gewesen, nützlich, akzeptiert. Fähig. Eines Tages würde ich zu dieser Arbeit zurückkehren, zu den Schaltungen.

»Wie es ist«, fuhr ich fort, »es ist ... geheimnisvoll. Du bist für die anderen Mitglieder des Zirkels völlig offen. Deine Gedanken, deine Gefühle betreffen auch sie, und du bist den ihren vollständig ausgesetzt. Es ist stärker als die Blutsnähe von Verwandten. Es ist auch nicht richtige Liebe. Kein sexuelles

Bedürfnis. Es ist, wie wenn man ohne Haut lebt. Man ist doppelt so empfindlich. Es ist anders als alles andere.«

Regis' Augen blickten fasziniert. Rau sagte ich: »Romantisiere es aber nicht. Es kann wundervoll sein, jawohl. Aber es kann auch zur reinen Hölle werden. Oder beides auf einmal. Man lernt, die Distanz zu halten, einfach um zu überleben.«

Durch den Nebel seiner Gefühle spürte ich nur das Fragment eines Gedankens. Ich versuchte, meine Wahrnehmung von ihm so gering wie möglich zu halten. Er war einfach zu verletzlich. Er fühlte sich verlassen, zurückgewiesen und allein. Ich konnte nicht umhin, dies aufzunehmen. Doch ein Junge seines Alters würde es für Schnüffelei halten.

»Lew, die Gabe der Altons ist die Fähigkeit, eine Verbindung zu erzwingen. Wenn ich nun *Laran* habe, kannst du es herbeirufen, es zum Funktionieren bringen?«

Ich sah ihn wütend an. »Dummkopf. Weißt du nicht, dass ich dich so umbringen könnte?«

»Ohne *Laran* zählt mein Leben nur wenig.« Er war so angespannt wie ein Bogen. Ich konnte versuchen, was ich wollte, aber ich konnte mich diesem schrecklichen Hunger in ihm nicht verschließen, dass er Teil der einzigen Welt sein wollte, die er kannte, und nicht auf so verzweifelte Weise von seinem Erbe abgeschnitten.

Dies war auch mein dringliches Verlangen. Ich hatte es, wie mir schien, zeit meines Lebens gefühlt. Doch neun Monate vor meiner Geburt hatte mein Vater es für mich unmöglich gemacht, dass ich gänzlich zu seiner Welt und mir selber gehörte.

Mit dieser quälenden Erkenntnis hasste ich meinen Vater, wenn ich ihn auch gleichzeitig zutiefst liebte. Hasste ihn, weil er mich zum Bastard gemacht hatte, gemischtrassig, fremd, nirgendwo zugehörig. Ich ballte die Fäuste und wandte den Blick von Regis ab. Er hatte, was ich niemals haben würde. Er gehörte voll zu den Comyn, durch Blut und Gesetz, legitimiert ...

Und dennoch litt er ebenso wie ich. Würde ich *Laran* aufgeben, um legitim, akzeptiert, zugehörig zu werden?

»Lew, versuche es doch wenigstens!«

»Regis, wenn ich dich umbringe, werde ich des Mordes schuldig sein.« Sein Gesicht wurde weiß. »Angst? Gut. Es ist eine wahnsinnige Idee. Gib es auf, Regis. Nur ein Katalysatortelepath kann es sicher bewerkstelligen, und das bin ich nicht. Soweit ich weiß, gibt es heutzutage keine Katalysatortelepathen mehr. Lass es doch sein.«

Regis schüttelte den Kopf. Er zwang die Worte über die trockenen Lippen. »Lew, als ich zwölf Jahre alt war, hast du mich *Bredu* genannt. Es gibt niemand anderen, den ich darum bitten könnte. Es ist mir gleich, ob es mich tötet. Ich habe gehört ...« – er schluckte schwer – »... dass *Bredin* einander verpflichtet sind. War es nur ein Wort, Lew?«

»Es war kein bloßes Wort, *Bredu*«, murmelte ich, und sein Schmerz quälte mich. »Aber da waren wir Kinder. Und das hier ist kein Kinderspiel, Regis, es geht um dein Leben.«

»Glaubst du etwa, das wüsste ich nicht?« Er stammelte. »Es ist mein Leben. Immerhin kann es einen Unterschied bringen zu dem Leben, das ich nun führe.« Seine Stimme brach. »*Bredu* ...« sagte er wieder und schwieg dann, und ich wusste, dass er nicht weiterreden konnte, ohne zu weinen.

Dieser Appell machte mich hilflos. Ich konnte tun, was ich wollte, jenes hilflose, erstickte »*Bredu* ...« hatte meinen letzten Widerstand gebrochen. Ich wusste, dass ich tun würde, was er wollte. »Ich kann nicht das tun, was mit mir getan wurde«, sagte ich ihm. »Das ist ein spezieller Test für die Alton-Gabe – die erzwingbare Verbindung –, und nur ein richtiger Alton kann ihn überstehen. Mein Vater hat es einmal versucht, in vollem Wissen, dass es mich töten könnte, und auch nur dreißig Sekunden lang. Wenn ich die Gabe nicht voll geerbt hätte, wäre ich gestorben. Die Tatsache, dass ich nicht starb, war der einzige Beweis für den Rat, mich nicht länger zurückweisen zu können.« Meine Stimme zitterte. Selbst noch nach zehn Jahren dachte ich nicht gerne daran. »Dein Blut, deine Legitimation wird nicht in Frage gestellt. Du brauchst dieses Risiko nicht auf dich zu nehmen.«

»Du hast es aber doch auch gewollt.«

Das stimmte. Die Zeit glitt vorbei, und wieder stand ich vor meinem Vater. Er berührte meine Schläfen. Wieder die Erinnerung an das Entsetzen, an den zerreißenden Schmerz. Ich hatte zugestimmt, weil ich den Zorn meines Vaters teilte, das schreckliche Bedürfnis in ihm zu wissen, ob ich sein wahrer Sohn sei, zu wissen, dass, wenn er den Rat nicht zwingen konnte, mich als seinen Sohn zu akzeptieren, das Leben allein nichts mehr wert sein würde. Ich wäre lieber gestorben zu jenem Zeitpunkt, als mit dem Gefühl des Scheiterns weiterzuleben.

Die Erinnerung verschwand. Ich blickte in Regis' Augen.

»Ich werde tun, was ich kann. Ich kann dich testen, wie man mich in Arilinn testete. Aber erwarte nicht zu viel. Ich bin keine *Leronis,* nur ein Techniker.«

Er fingerte an dem Band herum, das seinen Hals umschloss, rollte den Stein auf die Handfläche und reichte ihn mir. Das sagte mir alles, was ich brauchte. Das Licht des kleinen Edelsteins war matt, inaktiv. Wenn er es drei Jahre lang getragen hatte und sein *Laran* aktiv war, dann hätte er ihn zumindest unbewusst verschlüsselt haben müssen. Der erste Test hatte also versagt.

Zuletzt legte ich mit sorgfältigster Vorsicht eine Fingerspitze auf den Stein. Regis zuckte nicht zusammen. Ich bedeutete ihm, den Stein fortzustecken und löste das Band an meinem Hals. Ich legte meine Matrix, immer noch von der schützenden Seide umhüllt, auf meine Hand und enthüllte sie dann vorsichtig.

»Sieh hinein. Nein, nicht berühren«, warnte ich ihn mit angehaltenem Atem. »Berühre niemals eine verschlüsselte Matrix. Du könntest mir einen Schock versetzen. Sieh sie dir einfach an.«

Regis beugte sich vor und konzentrierte sich mit regloser Intensität auf die winzigen Lichtwellen im Inneren des Steins. Schließlich blickte er weg. Noch ein schlechtes Zeichen. Selbst ein latenter Telepath sollte genügend Energonraster in seinem Gehirn spüren, um zumindest *eine* Reaktion zu zeigen, Übelkeit, Ekel, grundlose Euphorie. Ich fragte ihn vorsichtig, ohne etwas zu verraten: »Wie fühlst du dich?«

»Ich bin nicht sicher«, sagte er unbehaglich. »Meine Augen taten weh.«

Dann hatte er zumindest latent *Laran*. Es zu aktivieren, dachte ich, würde ein schmerzhafter und schwieriger Prozess werden. Vielleicht hätte ein Katalysatortelepath es schaffen können. Man hatte sie für diese Aufgabe vorbereitet in jenen Tagen, als die Comyn mit höheren Matrix-Steinen komplexe, Leben zerstörende Arbeit leisteten. Ich habe niemals einen Katalysator kennen gelernt. Vielleicht waren diese Gene ausgestorben.

Doch immerhin konnte man bei ihm als einem Latenten weitere Tests machen. Ich wusste, dass er das Potenzial hatte. Ich hatte es erkannt, als er zwölf Jahre alt war.

»Hat die *Leronis* dich mit *Kirian* getestet?«

»Sie gab mir ein bisschen, nur wenige Tropfen.«

»Was ist passiert?«

»Mir wurde schlecht«, sagte Regis. »Schwindlig. Blitzende Farben vor den Augen. Sie meinte, ich sei möglicherweise zu jung für eine solche Reaktion und dass sich *Laran* bei einigen Menschen später entwickelte.«

Ich dachte nach. *Kirian* benutzte man, um den Widerstand gegen telepathischen Kontakt herabzusetzen. Man nimmt es, wenn man Emphaten und andere Psi-Techniker behandelt, die selber kaum telepathische Gaben haben, aber direkt mit anderen Telepathen zusammenarbeiten müssen. Es kann manchmal Angst oder bewussten Widerstand gegenüber telepathischen Kontakten herabsetzen. Man kann es auch mit großer Vorsicht bei Schwellenkrankheit anwenden, diesem merkwürdigen psychischen Ausbruch, der junge Telepathen in der Adoleszenz befällt.

Regis wirkte jung für sein Alter. Vielleicht entwickelte er die Fähigkeit einfach später. Doch nur selten kam es so spät, verdammt. Ich war sicher gewesen. Hatte irgendein Ereignis in Nevarsin, irgendein emotionaler Schock die Wahrnehmung versperrt?

»Ich könnte es noch einmal versuchen«, sagte ich vorsichtig. *Kirian* könnte vielleicht seine latente Telepathie hervorrufen. Vielleicht konnte ich auch unter diesem Einfluss zu seinen Gedanken vorstoßen, ohne ihm allzu sehr wehzutun und herausfinden, was nun wirklich seine Wahrnehmung blockierte. Manchmal klappte es.

Ich mochte den Einsatz von *Kirian* nicht. Doch eine kleine Dosis konnte ihm kaum mehr schaden, als dass ihm übel wurde oder er einen gehörigen Kater bekam. Und ich hatte das unbestimmte, nicht sonderlich angenehme Gefühl, wenn ich ihm jetzt die Hoffnung raubte, würde er etwas Verzweifeltes unternehmen. Ich mochte nicht, wie er mich ansah, gespannt wie ein Bogen. Er zitterte, kaum merklich, doch von Kopf bis Fuß. Seine Stimme klang ein wenig brüchig, als er sagte: »Ich werde es versuchen.« Nur zu deutlich hörte ich daraus: *Ich werde alles versuchen.*

Ich ging in mein Zimmer, um es zu holen und machte mir bereits Vorwürfe, mich auf ein solch wahnsinniges Experiment eingelassen zu haben. Es bedeutete einfach zu viel für ihn. Ich erwog die Möglichkeit, ihm eine beruhigende Dosis zu geben, eine, die ihn sicher bis zum Morgen betäuben oder schläfrig machen würde. Doch die Wirkung von *Kirian* kann man nicht so genau voraussagen. Die Dosis, die die eine Person zum Schlafen bringt wie ein Murmeltier, verwandelt die andere in einen rasenden Berserker mit Tobsuchtsanfällen und Halluzinationen. Immerhin, ich hatte es versprochen. Ich würde ihn nun nicht enttäuschen. Doch würde ich sichergehen und ihm nur die Minimaldosis geben, wie wir es mit fremden Technikern auf Arilinn gemacht hatten. *Kirian* in so kleiner Menge konnte ihm nicht schaden.

Ich maß ihm ein paar Tropfen in ein Weinglas ab. Er schluckte es, zog eine Grimasse und setzte sich dann auf eine der Steinbänke. Nach einer Minute bedeckte er die Augen. Ich beobachtete ihn aufmerksam. Eines der ersten Anzeichen war die Öffnung der Pupillen. Nach ein paar Minuten begann er zu zittern. Er lehnte sich gegen die Steinbank, als fürchte er umzufallen. Seine Hände waren kalt. Ich nahm seine Handgelenke leicht zwischen die Finger. Normalerweise hasse ich es, Menschen zu berühren. Das ist immer so bei Telepathen, außer bei großer Intimität. Bei der Berührung öffnete er die Augen und flüsterte: »Warum bist du wütend, Lew?«

Wütend? Interpretierte er meine Angst um ihn als Wut? Ich sagte: »Nicht wütend, nur besorgt um dich. Mit *Kirian* spielt man nicht. Ich versuche nun, dich zu erreichen. Kämpfe nicht dagegen an, wenn es geht.«

Sanft versuchte ich, mit seinen Gedanken in Kontakt zu treten. Dazu wollte ich die Matrix nicht einsetzen. Unter *Kirian* könnte ich es zu heftig versuchen und ihm Schaden zufügen. Zuerst spürte ich Übelkeit und Verwirrung – das war die Droge –, dann eine tödliche Erschöpfung und körperliche Spannung, wahrscheinlich von dem langen Ritt, und schließlich ein überwältigendes Gefühl von Einsamkeit und Verlassenheit, worauf ich mich verzweifelt abwenden wollte. Zögernd riskierte ich einen intensiveren Kontakt ...

... und traf auf eine perfekte, feste Verteidigung, eine leere Wand. Nach einem Augenblick versuchte ich es stärker. Die Gabe der Altons war erzwingbare Verbindung, selbst mit Nichttelepathen. Er wollte es, und wenn ich es ihm geben konnte, könnte er möglicherweise Schmerz aushalten. Er stöhnte, und etwas rührte sich in seinem Kopf, als schmerze ihn etwas. Möglicherweise war ich es. Die Gefühle verwischten immer noch alles andere. Jawohl, er hatte das *Laran*-Potenzial. Doch er hatte es blockiert. Vollständig blockiert.

Ich wartete einen Moment und dachte nach. Es war nicht sonderlich ungewöhnlich. Manche Telepathen verbringen ihr ganzes Leben so. Es gibt keinen Einwand dagegen. Telepathie war, wie ich ihm gesagt hatte, kein reiner Segen. Doch gelegentlich löste es sich langsam und sicher auf. Ich wich in die äußeren Sphären seines Bewusstseins zurück und fragte, nicht mit Worten: *Vor welchem Wissen hast du Angst, Regis? Wehre es nicht ab. Versuche, dich zu erinnern, welches Wissen du nicht ertragen kannst. Es gab eine Zeit, als du dies bewusst konntest. Versuche dich zu erinnern ...*

Es war das Falsche. Er hatte meinen Gedanken empfangen. Ich fühlte die Antwort - eine Muschel, die zuschnappte, eine empfindliche Pflanze, die sich um den Blütenkelch schließt. Er rang die Hände aus meinen Fingern, bedeckte wieder die Augen und murmelte: »Mein Kopf tut weh. Mir ist übel. Mir ist so übel ...«

Ich musste mich zurückziehen. Er hatte mich wirksam ausgestoßen. Möglicherweise hätte eine gut ausgebildete Bewahrerin ihren Weg durch den Widerstand erzwingen können, ohne ihn zu töten. Doch ich konnte es nicht. Ich hätte die Barriere niederreißen und ihn zwingen können, dem entgegenzutreten, was er dort versteckt hatte, doch dabei hätte er auch gänzlich zerbrechen können, und ob man ihn jemals wieder hätte zusammenflicken können, war zweifelhaft.

Ich fragte mich, ob er einsah, dass er sich dies selber angetan hatte. Einem solchen Wissen entgegenzutreten war ein schmerzhafter Prozess. Zu jenem Zeitpunkt war die Errichtung der Barriere wohl die einzige Möglichkeit gewesen, seinen Verstand zu retten, selbst wenn es den Wahnsinnspreis erforderte, sein gesamtes Psi-Potenzial damit abzublocken. Meine eigene Bewahrerin hatte es mir am Beispiel der Kreatur erklärt, die hilflos in der Falle sitzt, sich die gefangene Pfote abnagt und Lahmheit dem Tod vorzieht. Manchmal gab es viele Schichten bei einer solchen Barriere.

Die Barriere oder Hemmung konnte sich eines Tages von selbst auflösen und sein Potenzial freigeben. Zeit und Reife halfen da eine Menge. Es konnte auch sein, dass er sich eines Tages in tiefer Intimität und Liebe frei davon finden würde. Oder – auch das erwog ich – diese Barriere war für sein weiteres Leben bei Verstand absolut notwendig, was bedeutete, dass sie bleiben würde, und wenn man sie zerbräche, bliebe ihm nicht genug, um weiter leben zu können.

Ein Katalysatortelepath hätte ihn möglicherweise erreichen können. Doch in diesen Tagen wurden die verschiedenen Psi-Kräfte der Comyn auf Grund von Inzucht, wahllosen Heiraten mit Nichttelepathen und des Verschwindens der alten Möglichkeiten, solche Anlagen zu stimulieren, nicht mehr richtig vererbt. Ich war zwar der lebende Beweis, dass die Gabe der Altons manchmal noch in Reinform erschien. Doch allgemeiner gesehen konnte niemand das Netz von Talenten sortieren. Die Gabe der Hasturs – niemand wusste, was es war, selbst auf Arilinn haben sie es mir nicht gesagt – kann ebenso in den Aillard- oder Elhalyn-Domänen auftauchen. Bei den Ardais hatte es einst Katalysatortelepathen gegeben. Dyan war sicherlich keiner! So weit mir bekannt war, gab es keinen lebenden mehr.

Lange Zeit später, so schien es mir, rührte sich Regis, rieb sich die Stirn, öffnete die Augen und blickte immer noch mit diesem schrecklich suchenden Ausdruck. Die Droge wirkte noch in ihm – dieser Zustand würde noch Stunden andauern –, doch begann er nun, kurze, bewusste Intervalle zu erleben. Seine unausgesprochene Frage war völlig klar. Ich musste bedauernd den Kopf schütteln.

»Tut mir Leid, Regis.«

Ich hoffe, niemals wieder werde ich derartige Verzweiflung in einem jungen Gesicht sehen. Wenn er zwölf Jahre alt gewesen wäre, hätte ich ihn in den Arm genommen und versucht, ihn zu trösten. Doch er war kein Kind mehr, und ich war es ebenso wenig. Sein verschlossenes, verzweifeltes Gesicht hielt mich auf Abstand.

»Regis, hör mir zu«, sagte ich ruhig. »Wenn es dir nützt – das *Laran* ist da. Du hast das Potenzial, was zumindest bedeutet, dass deine Kinder es haben werden.« Ich zögerte, weil ich ihn nicht noch mehr verletzen wollte, indem ich ihm sagte, dass er sich die Barriere selbst zugefügt habe. Warum sollte ich ihm wehtun?

Ich sagte: »Ich habe mein Bestes getan, *Bredu*. Aber ich konnte es nicht erreichen. Die Barrieren waren zu stark. *Bredu,* sieh mich nicht so an«, flehte ich ihn an. »Ich kann es nicht ertragen, wenn du mich so ansiehst.«

Seine Stimme war kaum vernehmbar. »Ich weiß. Du tatest dein Bestes.«

Hatte ich das wirklich? Zweifel überfielen mich. Ich fühlte mich übel durch die Intensität seines Elends. Ich versuchte, wieder seine Hand zu ergreifen, zwang mich, seinen Schmerz im Kopf mitzufühlen, nicht vor ihm zurückzuweichen. Doch er entzog sich mir, und ich ließ ihn los.

»Regis, hör mir zu. Es spielt keine Rolle. Vielleicht war es zu Zeiten der Bewahrerinnen eine schreckliche Tragödie für einen Hastur, wenn er kein *Laran* hatte. Aber die Welt verändert sich. Die Comyn verändern sich auch. Du wirst woanders Stärke finden.«

Ich spürte beim Aussprechen die Nutzlosigkeit meiner Worte. Wie war es bloß, ohne *Laran?* War es wie ohne Augenlicht, ohne hören zu können ...? Doch wenn man es nie gekannt hat, konnte man doch nicht unter dem Mangel leiden!

»Regis, du hast so viele andere Dinge zu bieten. Deiner Familie, der Domäne, der Welt. Und deine Kinder werden es erben ...« Wieder nahm ich seine Hände und versuchte ihn zu trösten, doch er zuckte zurück.

»Zandrus Hölle, hör auf!«, sagte er und wand seine Hände aus der meinen. Er nahm seinen Umhang, der auf dem Steinsitz lag und lief aus dem Raum.

Ich stand wie erstarrt unter dem Schock über seine Heftigkeit und rannte dann entsetzt hinter ihm her. *Himmel!* Er stand unter Drogen, ihm war übel und ihm war verzweifelt zu Mute. Er durfte doch nicht einfach so wegrennen! Man musste auf ihn aufpassen, sich um ihn kümmern, ihn trösten, doch ich kam zu spät. Als ich zu der Treppe kam, war er bereits in den labyrinthischen Fluren jenes Flügels verschwunden, und ich hatte ihn aus den Augen verloren.

Stundenlang rief ich nach ihm und suchte ihn, bis mir vor Erschöpfung schwindlig wurde, denn auch ich hatte tagelang im Sattel gesessen. Schließlich gab ich auf und ging zurück in mein Zimmer. Ich konnte nicht die ganze Nacht durch Schloss Comyn rasen und seinen Namen rufen! Ich konnte mir auch nicht Einlass in die Suite des Regenten erzwingen und fragen, ob er dort sei. Es gab Grenzen für Kennard Altons Bastard. Vermutlich hatte ich sie bereits überschritten. Ich konnte nur verzweifelt hoffen, dass ihn das *Kirian* schläfrig machen würde oder dass er vor Erschöpfung zusammensänke und zurückkäme, um sich auszuruhen oder sich in die Hastur-Räume begäbe, um dort zu schlafen.

Ich wartete stundenlang und sah die Sonne blutrot in den Nebeln über dem Terranischen Raumhafen aufgehen, bevor ich steif und kalt auf der Steinbank vor dem Feuer einschlief.

Doch Regis kam nicht zurück.

3

Regis rannte benommen und verwirrt durch die Flure. Kleine Lichtpunkte blitzten immer noch auf seiner Netzhaut auf, und die innere Übelkeit schüttelte ihn. Nur ein Gedanke zerrte an ihm:

Versager. Ich bin ein Versager. Selbst Lew, der im Turm ausgebildet wurde und fähig ist, konnte mir nicht helfen. Es ist einfach nichts da. Als er das mit dem Potenzial sagte, wollte er mich besänftigen, als wolle er ein Kind trösten.

Schloss Comyn war ein Labyrinth, und Regis war seit Jahren nicht mehr dort gewesen. Über kurzem hatte er sich nach dem ersten wilden Drang, dem Ort seiner Demütigung zu entfliehen, tatsächlich verlaufen. Seine durch das *Kirian* getrübten Sinne erinnerten sich vage an steinerne Sackgassen, tote Ecken, Bogengänge, endlose Treppen, die er Stunden um Stunden auf und ab lief, über die er stolperte und manchmal hinfiel, Höfe, durch die der Wind heulte und Regen prasselte. Bis zum Ende seines Lebens hatte er einen Eindruck von Schloss Comyn, den er beliebig zurückrufen konnte, um seine richtige Erinnerung daran zu überdecken: eine riesige Steinfalle, durch die er jahrhundertelang allein wandelte, ohne je einer menschlichen Gestalt zu begegnen. Einmal hörte er, wie Lew seinen Namen rief, und er drückte sich in eine Nische und verbarg sich für ein paar tausend Jahre, bis lange Zeit später das Rufen aufhörte.

Nach bestimmt langer Zeit, in der er unter Halluzinationen herumwanderte und stolperte, wurde er sich bewusst, dass viel Zeit vergangen war, dass er eine Treppe hinabgefallen, dass die Flure lang waren, jedoch nicht meilenlang, und dass sie nicht mehr mit geheimnisvollen Farben und stummen Tönen angefüllt waren.

Als er schließlich auf einen hohen Balkon gelangte, wusste er endlich, wo er war.

Dämmerung lag über der Stadt vor ihm. Einmal im Verlauf der Nacht hatte er wie jetzt auf einem hohen Söller gestanden und gedacht, dass sein Leben niemandem nütze, weder den Hasturs noch ihm selbst, und dass er sich besser hinabstürzen solle, um es zu beenden. Dieses Mal kam ihm dieser Gedanke nur vage, wie ein Alptraum, wie einer jener schrecklichen Nachtmahre, aus deren Umarmung man schreiend und zitternd erwacht, die sich jedoch Sekunden später in Fragmente auflösen.

Er seufzte tief. Was nun?

Er sollte sich nun auf das Treffen mit seinem Großvater vorbereiten, der sicher bald nach ihm schicken würde. Er musste etwas essen und schlafen. *Kirian*, hatte man ihm gesagt, verbrauchte so viel an physischer und psychischer Energie, dass man unbedingt mehr zu essen und mehr Schlaf benötigte. Er sollte zurückgehen und sich bei Lew Alton entschuldigen, der nur sehr zögernd getan hatte, worum Regis ihn angefleht hatte ... Doch ihm wurde kreuzübel, wenn er daran dachte, was er tun sollte!

Er blickte über die Stadt, die sich vor ihm ausbreitete. Thendara, die alte Stadt, die Handelsstadt, das Hauptquartier der Terraner und der Raumhafen. Und die großen Schiffe, die dort warteten, bereit, zu einem unbekannten Ziel abzuheben. Was er wirklich tun wollte, war, zum Raumhafen gehen und die großen Schiffe aus der Nähe betrachten.

Schnell formte sich der Entschluss in ihm. Er war nicht für einen Gang nach draußen gekleidet, trug immer noch die Hausstiefel aus Filz, doch in seiner gegenwärtigen Stimmung spielte dies keine Rolle. Er war unbewaffnet. Na und? Terraner trugen keine Waffen. Er ging eine steile Treppe hinab und verlor die Orientierung, wusste aber nun, dass er bei Verstand war und nur weiter nach unten gehen musste, um ins Erdgeschoss zu gelangen. Schloss Comyn war keine Festung. Es war eher für offizielle Zeremonien als für die Verteidigung gebaut worden. Das Gebäude hatte viele Tore, es war leicht, unbeobachtet hinauszuschlüpfen.

Er fand sich wieder in einer dämmrigen Straße im Morgengrauen, die durch dicht gedrängte Häuser den Berg hinabführte. Er war hochgradig angespannt durch die Schlaflosigkeit nach dem langen Ritt gestern, doch der anregende Effekt des *Kirian* wirkte nach, und er fühlte sich nicht schläfrig. Hunger war schon etwas anderes, doch er hatte Geld dabei und war sicher, bald an einem der Gasthäuser vorbeizukommen, wo die Arbeiter vor Beginn ihrer Tätigkeit zu essen pflegten.

Dieser Gedanke erregte und reizte ihn wegen seiner Ungewöhnlichkeit. Er konnte sich nicht erinnern, jemals in seinem Leben vollständig allein gewesen zu sein. Immer war irgendjemand dagewesen, ihn zu bedienen, ihn zu schützen, ihm jeden Wunsch zu erfüllen: Kinderfrauen und Ammen, als er klein war, Diener und sorgfältig ausgesuchte Gespielen, als er älter wurde. Später gab es die Brüder im Kloster, wenn sie auch eher seine Wünsche verwarfen als erfüllten. Dies hier würde ein Abenteuer werden.

Er fand ein Gasthaus neben einer Schmiede und ging hinein. Der Raum war nur schwach mit Harzkerzen beleuchtet, doch es roch gut nach Essen. Kurz verspürte er Angst, dass man ihn erkennen könnte, doch was konnten sie schon mit ihm tun? Er war alt genug, allein umherzugehen. Außerdem würde man beim Anblick des blausilbernen Umhangs denken, er sei einer der Diener der Hasturs.

Die Männer an den Tischen waren Schmiede und Stallburschen, die heißes Bier, *Jaco* oder warme Milch tranken und Essen zu sich nahmen, das Regis noch nie weder gerochen noch probiert hatte. Eine Frau nahm Regis' Bestellung entgegen. Sie blickte ihn nicht an. Er bestellte heißen Nussbrei und warme Gewürzmilch. Sein Großvater, dachte er mit Befriedigung, hätte einen Anfall bekommen.

Er bezahlte das Mahl und aß langsam, denn er spürte noch die Restwirkung der Droge, die beim Essen langsam verschwand. Als er hinausging, fühlte er sich besser. Jetzt war es heller, wenn auch die Sonne noch nicht aufgegangen war. Als er den Hügel hinabging, traf er auf wenig vertraute Häuser von fremdartiger Form und aus merkwürdigen Materialien. Er hatte offensichtlich die Grenze zur Handelsstadt überschritten. In der Ferne konnte er den Wasserfall hören, jenes Geräusch, das ihn so aufgeregt hatte. Er musste schon in der Nähe des Raumhafens sein.

Man hatte ihm einiges über den Raumhafen auf Darkover erzählt. Darkover, das fast keinen Handel mit dem Imperium trieb, befand sich in einer einzigartigen Position zwischen dem oberen und unteren Spiralarm der Galaxis, ungewöhnlich günstig gelegen als Drehscheibe für den interstellaren Verkehr. Trotz der selbst gewählten Isolation von Darkover landeten daher ungeheure Mengen von Raumschiffen für Umsteiger, Reisende, Personal und Fracht auf ihren Wegen zu anderen Sternen auf diesem Planeten. Sie landeten ebenfalls zur Reparatur, Proviantversorgung und für Ruhepausen in der Handelsstadt. Die meisten Terraner hielten sich strikt an das Abkommen, das ihre Bewegungsfreiheit auf die eigenen Gebiete beschränkte. Es hatte ein paar Heiraten zwischen ihnen gegeben, ein wenig Handel, geringe, sehr geringe Importe von terranischen Maschinen und Technologie. Die Darkovaner limitierten dies sehr streng, und jeder Gegenstand wurde vom Rat sorgfältig geprüft, bevor er freigegeben wurde. In den Städten gab es ein paar lizenzierte Matrix-Techniker; ein paar waren sogar hinaus ins Imperium gegangen. Die Terraner, so hatte er gehört, waren hinter der Matrix-Technologie von

Darkover her und hatten in den alten Zeiten komplizierte Pläne entwickelt, einige ihrer Geheimnisse zu enthüllen. Er kannte keine Einzelheiten, doch Kennard hatte ihm ein paar Geschichten erzählt.

Er zuckte zusammen, als er merkte, dass die Straße vor ihm von zwei sehr großen Männern in fremdartigen schwarzen Uniformen versperrt wurde. An ihren Gürteln hingen eigenartige Waffen, die, wie Regis mit einem Kitzel des Entsetzens merkte, Sprengköpfe oder Nervengaspatronen sein mussten. Seit dem Zeitalter des Chaos waren solche Waffen auf Darkover verboten, und Regis hatte noch niemals – außer als Antiquität in Museen – eine gesehen. Diese hier waren keine Museumsstücke. Sie wirkten tödlich bedrohlich.

Einer der Männer sagte: »Du missachtest die Sperrstunde, Schätzchen. Bis alles vorbei ist, dürfen Frauen und Kinder von Sonnenuntergang bis eine Stunde nach Sonnenaufgang nicht auf die Straße.«

Frauen und Kinder. Regis Hand fuhr zum Messer. »Ich bin kein Kind. Soll ich Euch herausfordern und es beweisen?«

»Du bist in der Terranischen Enklave, Sohn. Erspar dir diesen Ärger.«

»Ich fordere ...«

»O Hölle, einer von *denen*,« sagte der andere Mann verächtlich. »Sieh mal, Kleiner, wir dürfen keine Duelle austragen, jedenfalls nicht im Dienst. Komm mit und sprich mit dem Offizier.«

Regis wollte gerade wütend protestieren – ein Comyn-Erbe sollte sich während der Zeit der Ratssitzungen rechtfertigen? –, als ihm auffiel, dass sich das Hauptquartier direkt auf dem Raumhafen befand, und dort wollte er schließlich hin. Mit einem heimlichen Grinsen ging er mit.

Nachdem sie die Tore des Raumhafens hinter sich gelassen hatten, merkte er, dass er gestern vom Berg herab einen besseren Blick gehabt hatte. Hier waren die Raumschiffe hinter Zäunen und Barrikaden versteckt. Die Raumhafenpatrouillen führten ihn in ein Gebäude, wo sich ein junger Offizier, nicht in schwarzer Uniform, sondern in normaler terranischer Kleidung, mit etlichen Sündern gegen die Anordnung der Sperrstunde befasste. Als sie hereinkamen, sagte er gerade: »Dieser Mann ist in Ordnung. Er hat nach einer Hebamme gesucht und die falsche Abzweigung genommen. Schickt jemanden mit ihm, der ihn in die Stadt zurückbringt.« Er blickte zu Regis, der zwischen den beiden Uniformierten stand. »Noch einer? Ich hatte gehofft, für diese Nacht fertig zu sein. Nun, Kleiner, wie lautet denn deine Geschichte?«

Regis warf stolz den Kopf zurück. »Wer seid Ihr? Mit welchem Recht hat man mich hierher gebracht?«

»Mein Name ist Dan Lawton«, sagte der Mann. Er sprach die gleiche Sprache, in der Regis ihn angeredet hatte, und er sprach sie gut. Das war ungewöhnlich. Er sagte: »Ich bin Assistent des Legaten und befinde mich im Moment im Dienst für die Überwachung der Sperrstunde. Die du verletzt hast, junger Mann.«

Einer der Raumhafenmänner sagte: »Wir haben ihn direkt hierher gebracht, Dan. Er wollte sich mit uns duellieren. Wirst du mit ihm fertig?«

»Wir tragen in der Terranischen Enklave keine Duelle aus«, sagte Lawton. »Bist du neu in Thendara? Die Sperrstundenbestimmungen sind überall angeschlagen. Wenn du nicht lesen kannst, schlage ich vor, du lässt sie dir von jemandem vorlesen.«

Regis gab zurück: »Ich erkenne kein Gesetz an als das der Kinder von Hastur.«

Ein merkwürdiger Ausdruck überzog das Gesicht Lawtons. Regis dachte einen Moment lang, er würde ihn auslachen, doch Miene und Stimme verrieten nichts davon. »Eine lobenswerte Sache, Sir, doch hier nicht sonderlich passend. Die Hasturs selbst haben diese Begrenzungen aufgestellt und anerkannt und helfen uns dabei, dieses Gesetz zu achten. Weigert Ihr Euch, die Autorität des Rates der Comyn anzuerkennen? Wer seid Ihr, dass Ihr Euch weigert?«

Regis reckte sich zu voller Höhe empor. Er wusste, dass er zwischen den riesigen Raumhafenpolizisten immer noch schmächtig wie ein Kind wirkte.

»Ich bin Regis-Rafael Felix Alar Hastur y Elhalyn«, sagte er stolz.

In Lawtons Augen spiegelte sich Erstaunen. »Aber was, im Namen aller Eurer Götter, streunt Ihr dann allein zu dieser Stunde hier umher? Wo ist Eure Leibwache? Ja, Ihr seht wie ein Hastur aus«, sagte er, als er ein Interkom zu sich heranzog und dringlich in Terranischem Standard hineinsprach. Regis hatte es in Nevarsin gelernt. »Sind die Älteren der Comyn schon fort?« Er lauschte einen Moment und wandte sich dann wieder Regis zu. »Ein Dutzend Eurer Verwandten sind vor etwa einer halben Stunde hier fortgegangen. Hattet Ihr eine Botschaft für sie? Wenn dem so ist, kommt Ihr zu spät.«

»Nein«, gab Regis zu. »Ich bin allein gekommen. Ich wollte einfach mal zusehen, wenn ein Raumschiff abhebt.« Hier, in diesem Büro, klang es wie ein kindischer Wunsch. Lawton sah erstaunt aus.

»Aber das kann man leicht arrangieren. Wenn Ihr vor ein paar Tagen eine formelle Bitte eingereicht hättet, hätten wir gern für jeden Eurer Verwandten eine Besichtigungstour vorbereitet. So kurzfristig wie jetzt gibt es nicht viel zu sehen, doch in ein paar Minuten geht ein Frachttransport nach Wega ab. Ich nehme Euch mit auf eine der Besucherplattformen. Kann ich Euch in der Zwischenzeit einen Kaffee anbieten?« Er zögerte, doch dann sagte er: »Ihr seid nicht Lord Hastur, das ist sicher Euer Vater.«

»Großvater. Meine korrekte Anrede ist Lord Regis.«

Er nahm das angebotene terranische Getränk an und fand es bitter, doch recht angenehm. Dan Lawton führte ihn zu einem hohen Schacht, in dem sie mit beunruhigender Geschwindigkeit nach oben sausten und auf eine glasumschlossene Besucherterrasse gelangten. Unter ihnen lag ein riesiges Frachtschiff, bereit zum Abheben. Die Tankleitungen waren beiseite gezogen, das Gerüst und die Landeplattform wurden wie Spielzeuge fortgezogen. Alles lief schnell und geübt ab. Wieder hörte Regis jenen Wasserfall, der zu einem Tosen, einem Kreischen anschwoll. Langsam erhob sich das große Schiff, dann schneller und schneller und war bald verschwunden ... hinter den Sternen.

Regis blieb reglos stehen und starrte auf den Fleck am Himmel, wo das Raumschiff verschwunden war. Er wusste, dass ihm Tränen in den Augen standen, doch es war ihm egal. Nach einer Weile führte ihn Lawton zu dem Fahrstuhlschacht. Regis ging wie im Schlaf. Plötzlich hatte sich ein Wunsch in ihm herausgeformt.

Irgendwo im Imperium, irgendwo weit weg von den Domänen, die keinen Raum für ihn hatten, musste es eine Welt für ihn geben. Eine Welt, in der er frei sein würde von der unendlichen Bürde, die auf ihm als einem Comyn lastete, eine Welt, wo er er selbst sein konnte anstatt einfach der Erbe der Domäne, in der sein Leben von der Wiege bis zur Bahre vorgeplant war. Die Domäne? Lasst Javannes Söhne sie erben! Der Hauch der Freiheit berauschte ihn fast. Freiheit von einer Last, unter der er geboren war, doch unfähig, sie zu tragen!

Lawton hatte seine Geistesabwesenheit bemerkt. Er sagte: »Ich sorge für Geleit zurück nach Schloss Comyn, Lord Regis. Ihr könnt nicht allein gehen. Schlagt es Euch aus dem Kopf. Unmöglich.«

»Ich bin allein hergekommen, und ich bin kein Kind mehr.«

»Sicher nicht«, sagte Lawton mit unbewegtem Gesicht. »Aber bei der momentanen Situation in der Stadt kann alles passieren. Und wenn ein Unfall geschieht, bin ich persönlich dafür verantwortlich.«

Er hatte die Casta-Phrase angewandt, die persönliche Ehre andeutete. Regis hob die Brauen und drückte seine Bewunderung für diese Sprachbeherrschung aus.

»Übrigens, Lord Regis, ist dies meine Muttersprache. Meine Mutter hat niemals in einer anderen Sprache zu mir geredet. Terranisch habe ich als Fremdsprache lernen müssen.«

»Ihr seid also Darkovaner?«

»Meine Mutter – und sie war eine Verwandte der Hasturs. Lord Ardais ist ein Vetter meiner Mutter, wenn ich auch bezweifle, dass er die Verwandtschaft anerkennen würde.«

Als Lawton sich um die Eskorte kümmerte, dachte Regis darüber nach. Weitaus entferntere Verwandte gelangten oft an einen Sitz im Rat der Comyn. Dieser terranische Offizier – Halbterraner – hätte ebenfalls Darkovaner werden können. Er hatte ebensolches Recht auf einen Comyn-Sitz wie Lew Alton zum Beispiel. Lew hätte sich ebenso gut entscheiden können, als Terraner zu leben – eine Wahl, die zu treffen Regis für seine eigene Zukunft plante. Er überlegte während der Rückfahrt durch die Stadt, wie er seinem Großvater diese Neuigkeit beibringen könne.

In den Hastur-Räumen teilte ihm ein Diener mit, Danvan Hastur warte auf ihn. Als er sich umkleidete – der Gedanke, er könne sich dem Comyn-Regenten in Hauskleidern und Filzpantoffeln präsentieren, kam ihm nicht einmal flüchtig in den Sinn –, fragte er sich wütend, ob Lew seinem Großvater irgendetwas gesagt habe. Ihm kam der Gedanke, wenn auch um Stunden zu spät, dass Hastur Lew hätte verantwortlich machen können, wenn ihm irgendetwas passiert wäre. So belohnte er also Lews Freundschaft!

Als er sich ansehnlich in eine himmelblau gefärbte Ledertunika gekleidet und hohe Stiefel angezogen hatte, ging er zum Audienzraum seines Großvaters hinauf.

Drinnen fand er Danvan Hastur von Hastur, den Regenten der Sieben Domänen, im Gespräch mit Kennard Alton vor. Als er die Tür öffnete, zog Hastur die Brauen hoch und bedeutete ihm, Platz zu nehmen. »Einen Augenblick, mein Junge, mit dir rede ich später.« Er wandte sich wieder Kennard zu und sagte mit einem Tonfall unendlicher Geduld: »Kennard, mein Freund und lieber Verwandter, was du erbittest, ist einfach unmöglich. Ich habe geduldet, wie du uns Lew aufgezwungen hast ...«

»Habt Ihr es bereut?«, fragte Kennard wütend. »In Arilinn sagen sie mir, dass er ein starker Telepath ist, einer ihrer besten. Bei der Garde erweist er sich als kompetenter Offizier. Welches Recht habt Ihr anzunehmen, Marius würde den Comyn Schande bringen?«

»Wer hat von Schande geredet, Vetter?« Hastur stand vor seinem Schreibtisch, ein kräftiger alter Mann, nicht so hoch gewachsen wie Kennard, mit vollem Haar, das einst silbrig golden gewesen und nun fast ergraut war. Er sprach mit langsamer, überlegter Freundlichkeit. »Ich habe geduldet, dass du uns Lew aufgezwungen hast, und ich habe es nicht bereut. Aber es hängt noch mit mehr zusammen. Lew sieht nicht wie ein Comyn aus, nicht mehr als du auch, aber es ist überhaupt keine Frage, dass er Darkovaner und dein Sohn ist. Aber Marius? Unmöglich!«

Kennard presste die Lippen zusammen. »Stellt Ihr die Vaterschaft eines anerkannten Alton-Sohnes in Frage?« Regis, der ruhig in der Ecke stand, war froh, dass sich Kennards Wut nicht gegen ihn richtete.

»Aber keineswegs. Doch er hat das Blut und das Gesicht seiner Mutter und ihre Augen. Mein Freund, du weißt, was die

Kadetten der Wache in ihrem ersten Jahr durchmachen müssen …«

»Er ist mein Sohn und kein Feigling. Warum glaubt Ihr, ist er unfähig, seinen Platz einzunehmen, einen Platz, auf den er ein Recht hat?«

»Recht? Nein. Ich will mich mit dir nicht streiten, Ken, aber deine Heirat mit Elaine haben wir niemals anerkannt. Rechtmäßig ist Marius, was das Erbe und die Domänenrechte betrifft, in keiner Weise abgesichert. Lew haben *wir* das Recht gegeben. Und zwar nicht auf Grund seiner Geburt, sondern durch einen Akt des Rates, weil er ein Alton ist, ein Telepath, mit vollem *Laran*. Marius hat kein solches Recht vom Rat bekommen.« Er seufzte. »Wie kann ich dir das nur beibringen? Ich bin sicher, der Junge ist mutig, wahrhaftig und ehrlich – er hat bestimmt alle Tugenden, die die Comyn von ihren Söhnen erwarten. Jeder Junge, den du erzogen hast, würde solche Qualitäten aufweisen. Wer sollte das besser wissen als ich? Aber Marius sieht wie ein Terraner aus. Die anderen Jungen würden ihn in Stücke reißen. Ich weiß, was Lew mitgemacht hat. Er tat mir Leid, wenn ich auch seinen Mut bewundert habe. Auf ihre Weise haben sie ihn nun akzeptiert. Marius würden sie niemals akzeptieren. Niemals. Warum soll man ihn für nichts solches Elend durchmachen lassen?«

Kennard ballte die Fäuste und schritt wütend im Zimmer auf und ab. Mit zornerstickter, aber klarer Stimme sagte er: »Ihr meint, ich kann einen Kadettenplatz für einen armen Verwandten bekommen oder für einen Bastardsohn von irgendeiner Hure oder für einen Idioten, ehe ich dies für meinen legitim geborenen jüngeren Sohn erhalte?«

»Kennard, wenn es an mir hinge, würde ich dem Jungen seine Chance geben. Aber mir sind die Hände gebunden. Es gab im Rat genug Aufruhr über die Bürgerrechte für jene mit Mischblut. Dyan …«

»Ich weiß nur zu gut, wie Dyan sich fühlt. Er hat es genügend klargestellt.«

»Dyan genießt im Rat große Unterstützung. Und Marius' Mutter war nicht nur Terranerin, sondern auch noch zur Hälfte Aldaran. Wenn du einige Generationen lang auf Darkover gesucht hättest, du hättest kaum eine finden können, die als Mutter deiner rechtmäßigen Söhne geringere Chancen auf Anerkennung gehabt hätte als sie.«

Kennard sagte leise: »Es war Euer eigener Vater, der mich nach dem Willen des Rats nach Terra geschickt hat, als ich vierzehn Jahre alt war. Elaine ist auf Terra aufgewachsen und dort zur Schule gegangen, doch sie hielt sich für eine Darkovanerin. Zuerst wusste ich überhaupt nichts von ihrem terranischen Blut. Doch es spielte keine Rolle. Selbst wenn sie reinrassige Terranerin gewesen wäre ...« Er brach ab. »Genug davon. Es ist lange her, und sie ist tot. Und was mich angeht, so glaube ich, meine Laufbahn und mein Ruf, meine Jahre als Kommandeur der Wache und die zehn Jahre auf Arilinn haben genügend gezeigt, wer und was ich bin.« Er schritt durch den Raum. Sein ungleichmäßiger Schritt und das zerquälte Gesicht verrieten die Emotionen, die er aus seiner Stimme herauszuhalten versuchte. »Ihr seid kein Telepath, Hastur. Für Euch war es leicht, das zu tun, was die Kaste von Euch erwartete. Die Götter wissen es, ich versuchte, Caitlin zu lieben. Es lag nicht an ihr. Aber ich liebte Elaine, und sie war die Mutter meiner Söhne.«

»Kennard, es tut mir Leid. Ich kann nicht gegen den ganzen Rat für Marius kämpfen, es sei denn ... er hat *Laran*.«

»Ich habe keine Ahnung. Spielt es eine Rolle?«

»Wenn er die Gabe der Altons hätte, wäre es möglich – nicht leicht, aber möglich –, ihm einige Rechte zuzugestehen. Es gibt Präzedenzfälle. Mit *Laran* kann man sogar einen entfernten Verwandten in die Domänen adoptieren. Aber ohne ... nein, Kennard. Frage nicht. Lew ist nun akzeptiert, ja sogar respektiert. Bitte nicht um mehr.«

Kennard sagte mit gesenktem Kopf. »Ich wollte Lew nicht testen, ob er die Alton-Gabe besitzt. Selbst bei aller Sorgfalt habe ich ihn fast getötet. Hastur, ich kann dieses Risiko nicht noch einmal eingehen. Würdet Ihr es Eurem jüngsten Sohn antun?«

»Mein einziger Sohn ist tot«, sagte Hastur und seufzte. »Wenn ich irgendetwas für den Jungen tun kann ...«

Kennard antwortete: »Das Einzige, was ich für ihn will, ist sein Recht, und das ist auch das Einzige, das Ihr ihm nicht geben wollt. Ich hätte sie beide mit zur Erde nehmen sollen. Doch Ihr hattet mir das Gefühl gegeben, ich würde hier gebraucht.«

»Das wirst du auch, Ken, und das weißt du auch – genauso wie ich.« Hasturs Lächeln war freundlich und sehr besorgt. »Eines Tages wirst du vielleicht erkennen, warum ich deinen Wunsch nicht erfüllen kann.« Seine Augen wanderten zu Regis, der auf der Bank hin und her rutschte. Er sagte: »Du entschuldigst, Kennard ...«

Es war eine höfliche, aber endgültige Entlassung. Kennard zog sich zurück, doch er blickte wütend und unterließ jegliche Höflichkeitsfloskel des Abschieds. Hastur sah müde aus. Er seufzte und sagte: »Komm her, Regis. Wo bist du gewesen? Habe ich nicht schon Sorgen genug, um mir auch noch um dich welche machen zu müssen, wenn du wie ein ungezogenes Kind einfach wegrennst, um dir irgendwelche Raumschiffe oder Ähnliches anzusehen?«

»Das letzte Mal, da ich Euch Sorgen bereitete, Großvater, habt Ihr mich in das Kloster geschickt. Ist es nicht schlimm, dass Ihr das nun nicht mehr machen könnt?«

»Sei nicht unverschämt, Kleiner«, knurrte Hastur. »Soll ich mich etwa entschuldigen, dass ich dich gestern Abend nicht willkommen geheißen habe? Nun gut, dann entschuldige ich mich. Ich konnte nichts dafür.« Er kam auf Regis zu, nahm ihn in die Arme und drückte seine welken Wangen eine nach der anderen an die des Jungen. »Ich bin die ganze Nacht auf den Beinen gewesen, sonst hätte ich mir wohl eine bessere Art einfallen lassen, dich zu begrüßen.« Er hielt ihn mit ausgestreckten Armen von sich, wobei er vor Müdigkeit mit den Augen blinzelte. »Du bist gewachsen, Kind. Du siehst deinem Vater sehr ähnlich. Er wäre stolz gewesen, glaube ich, dich so als einen Mann nach Hause kommen zu sehen.«

Gegen seinen Willen war Regis gerührt. Der alte Mann sah so erschöpft aus. »Welche Krise hat Euch denn die ganze Nacht auf den Beinen gehalten, Großvater?«

Hastur ließ sich schwerfällig auf eine Bank fallen. »Das Übliche. Ich glaube, man kennt es auf jedem Planeten, auf dem das Imperium einen Raumhafen baut, aber wir hier sind nicht daran gewöhnt. Aus allen Ecken und Winkeln des Imperiums kommen und gehen die Leute, Reisende, Durchziehende, Raumsoldaten auf Urlaub und die Versorgungseinheiten. Bars, Amüsierkneipen, Spielhallen, Hotels für ... äh ...«

»Ich bin alt genug, um zu wissen, was ein Bordell ist, Sir.«

»In deinem Alter? Auf jeden Fall, Betrunkene benehmen sich unanständig, und Terraner tragen unerlaubt Waffen. Nach dem Abkommen ist das in der alten Stadt verboten, doch die Leute überschreiten immer wieder die Grenze. Man kann es nicht verhindern, es sei denn, man zieht eine Mauer um die Stadt. Es gab Schlägereien, Duelle, Messerstechereien und sogar einige Morde, und es ist nicht immer klar, ob die Stadtgarde oder die Terranische Raumarmee sich mit diesen Gesetzesbrechern befassen soll. Unsere Bestimmungen sind so unterschiedlich von den ihren, dass man kaum Kompromisse findet. Letzte Nacht gab es eine Schlägerei, und ein Terraner hat eine Wache mit dem Messer verletzt. Der Terraner gab zu seiner Verteidigung an, die Wache habe ihm, wie er es nannte, ein unanständiges Angebot gemacht. Muss ich es dir erläutern?«

»Natürlich nicht. Aber versucht Ihr mir zu erzählen, dass dies als rechtmäßige Verteidigung für einen Mord vorgebracht wurde?«

»Allerdings. Offensichtlich nehmen die Terraner es schwerer als die *Cristofores*. Er bestand darauf, dass sein Angriff auf den Wachsoldaten gerechtfertigt gewesen sei. Nun hat der Bruder des Wachsoldaten dem Terraner einen Mordversuch vorgehalten. Die Terraner unterliegen nicht unseren Gesetzen, daher hat er sich geweigert, den Vorwurf anzunehmen und stattdessen den Bruder der Wache wegen versuchten Mordes angeklagt. Was für ein Durcheinander! Ich hätte niemals gedacht, dass ich den Tag erlebe, an dem der Rat wegen einer Messerstecherei zusammentritt. Diese verdammten Terraner!«

»Und wie habt Ihr es schließlich geregelt?«

Hastur zuckte die Achseln. »Mit einem Kompromiss, wie immer. Der Terraner wurde deportiert und der Bruder des Wachmanns im Gefängnis behalten, bis der Terraner abgereist war. So findet keiner von beiden Frieden außer dem Toten. Für alle unbefriedigend. Doch davon nun genug. Erzähle mir von dir, Regis.«

»Nun, dann muss ich wieder von den Terranern anfangen«, sagte Regis. Es war nicht der beste Zeitpunkt, doch sein Großvater würde wahrscheinlich in den nächsten Tagen kaum Zeit haben, wieder mit ihm zu reden. »Großvater, ich werde hier nicht gebraucht. Ihr wisst wahrscheinlich, dass ich kein *Laran* habe, und in Nevarsin habe ich herausgefunden, dass ich mich nicht für Politik interessiere. Ich habe mich entschieden, was ich mit meinem Leben anfangen möchte: Ich möchte in den Terranischen Raumdienst für das Imperium eintreten.«

Hastur fiel das Kinn herab. Er runzelte die Stirn und fragte: »Ist das ein Scherz? Oder wieder so ein Schelmenstück?«

»Keines von beiden, Großvater. Ich meine es so, und ich bin schließlich volljährig.«

»Aber das kannst du doch nicht machen! Sie werden dich ohne meine Zustimmung sicherlich niemals akzeptieren.«

»Diese hoffe ich zu erlangen, Sir. Doch nach dem Gesetz von Darkover, welches Ihr Kennard vorgehalten habt, bin ich volljährig und berechtigt, über mein Leben selbst zu entscheiden. Ich kann heiraten, ein Duell austragen, einen Sohn anerkennen, für einen Mord verantwortlich gemacht werden ...«

»Die Terraner sehen das anders. Kennard wurde vorzeitig für volljährig erklärt, als er ging. Aber auf Terra wurde er zur Schule geschickt, eingezogen und nach dem Gesetz gezwungen, einem ernannten Paten zu gehorchen, bis er über zwanzig war. Du würdest das hassen.«

»Ohne Zweifel. Aber eines habe ich in Nevarsin gelernt, Sir ... man kann mit den Dingen leben, die man hasst.«

»Regis, ist das deine Rache, weil ich dich nach Nevarsin geschickt habe? Warst du dort so unglücklich? Was soll ich dazu sagen? Ich wollte dir die bestmögliche Erziehung verschaffen, und ich hielt es für besser, dich unter vernünftige Obhut zu stellen, als dich daheim vernachlässigt zu sehen.«

»Nein, Sir«, sagte Regis etwas unsicher, »ich möchte einfach gehen, und hier werde ich nicht gebraucht.«

»Du sprichst die terranischen Sprachen aber nicht.«

»Ich verstehe aber das Terranische Standard. Ich habe es in Nevarsin lesen und schreiben gelernt. Wie Ihr schon sagtet, bin ich auf das Sorgfältigste ausgebildet. Eine neue Sprache zu lernen ist keine große Sache.«

»Du sagst, du seist volljährig«, sagte Hastur kalt, »dann lass mich dir auch ein paar Gesetze zitieren. Das Gesetz sieht vor, dass, bevor du, Erbe einer Domäne, ein solches Risiko auf dich nimmst, wie in eine andere Welt zu gehen, du für einen Erben für deine Domäne sorgen musst. Hast du einen Sohn, Regis?«

Verbittert blickte Regis zu Boden. Hastur wusste natürlich, dass er keinen hatte. »Was spielt das für eine Rolle? Es ist Generationen her, seit die Hastur-Gabe sich in direkter Linie in voller Ausgeprägtheit gezeigt hat. Und was das gewöhnliche *Laran* angeht, so kann das doch irgendwo in den Domänen auftauchen, da es in direkter Linie der männlichen Nachkommenschaft liegt. Nimm dir einfach irgendeinen Erben; er könnte für die Domäne nicht weniger geeignet sein als ich. Ich glaube, das Gen ist rezessiv und stirbt aus, erlischt wie der Stamm der Katalysatortelepathen. Und Javanne *hat* Söhne; einer von ihnen kann es genauso gut haben wie irgendein Sohn von mir, wenn ich welche hätte. Die ich nicht habe«, fügte er aufsässig hinzu, »und auch nicht haben werde. Nicht jetzt und auch in Zukunft nicht.«

»Wo bekommst du nur solche Ideen her?«, fragte Hastur schockiert und entsetzt. »Du bist nicht zufällig ein *Ombredin?«*

»In einer *Cristoforo*-Abtei? Kaum möglich. Nein, Sir, nicht einmal zum Vergnügen. Und sicher nicht als Lebensweise.«

»Aber warum solltest du sonst so etwas sagen?«

»Weil«, brach es wütend aus Regis heraus, »ich mir selbst gehöre und nicht den Comyn. Es ist besser, die Linie mit mir aussterben zu lassen, als für Generationen weiterzumachen, uns Hastur zu nennen ohne unsere Gabe – politische Marionetten, die von den Terranern benutzt werden, das Volk ruhig zu halten.«

»So siehst du mich also, Regis? Ich habe die Regentschaft übernommen, als Stefan Elhalyn starb, weil Derik erst fünf war, zu jung, um selbst als Marionettenkönig gekrönt zu werden. Es ist mein Pech, in einer Periode der Veränderung zu regieren, aber ich glaube, ich bin mehr als nur eine Galionsfigur für die Terraner gewesen.«

»Ich kenne einiges aus der Geschichte des Imperiums, Sir. Das Imperium wird auch hier schließlich die Macht übernehmen. Es war bisher immer so.«

»Glaubst du etwa, ich weiß das nicht? Ich lebe nun seit drei Regierungsperioden mit diesem Unvermeidlichen. Aber wenn ich lange genug lebe, wird der Wechsel langsam gewesen sein, einer, mit dem unser Volk leben kann. Und was das *Laran* angeht – bei Hastur-Männern entwickelt es sich erst spät. Gib dir noch Zeit.«

»Zeit!« Regis legte all seine Unzufriedenheit in dieses Wort.

»Ich habe auch kein *Laran*, Regis. Aber ich denke dennoch, dass ich meinem Volk gut diene. Könntest du dich nicht damit begnügen?« Er blickte in Regis' verschlossenes Gesicht und seufzte. »Nun, dann werde ich mit dir feilschen. Ich möchte nicht, dass du als Kind gehst, das unter Terranischem Gesetz einem vom Hof benannten Paten untersteht. Das wäre für uns alle eine Schande. Du bist in dem Alter, wo ein Comyn-Erbe im Kadettenkorps dienen sollte. Leiste deinen Dienst drei Kadettenjahre lang bei den Wachen. Wenn du danach immer noch gehen willst, werden wir uns eine Möglichkeit überlegen, dich auf die gewünschten Welten zu bringen, ohne ihren bürokratischen Weg zu durchlaufen. Du würdest dieses Leben hassen ... ich habe es fünfzig Jahre durchlebt und hasse es immer noch. Aber verlass die Comyn nicht, bevor du ihnen eine faire Chance gegeben hast. Drei Jahre sind nicht lang. Schlägst du ein?«

Drei Jahre! In Nevarsin war es ihm wie eine Ewigkeit erschienen. Aber hatte er eine andere Wahl? Keine, es sei denn, er leistete Widerstand. Er konnte fortlaufen und bei den Terranern selbst Hilfe suchen. Aber wenn er nach ihren Gesetzen noch ein Kind war, würden sie ihn einfach wieder seinen Verwandten überantworten. Das wäre in der Tat eine Schande.

»Drei Kadettenjahre«, sagte er schließlich etwas missmutig.

»Aber nur, wenn Ihr mir Euer Ehrenwort gebt, dass Ihr auch dann nichts mehr dagegen habt, wenn ich mich danach zum Weggehen entschließe.«

»Wenn du nach drei Jahren immer noch ziehen willst«, sagte Hastur, »dann verspreche ich dir, nach einem ehrenhaften Weg zu suchen.«

Regis hörte genau zu und erwog die Worte nach diplomatischen Mehrdeutigkeiten und Halbwahrheiten. Doch die Augen des alten Mannes blickten geradeheraus, und die Verlässlichkeit des Wortes der Hasturs war schon sprichwörtlich. Selbst die Terraner wussten dies.

Schließlich sagte er: »Abgemacht. Drei Jahre bei den Kadetten. Auf Euer Wort.« Bitter fügte er hinzu: »Ich habe ja ohnehin keine andere Wahl, oder?«

»Wenn du eine Wahl hättest haben wollen«, sagte Hastur, und in seinen blauen Augen blitzte Feuer, wenn seine Stimme auch ebenso alt und müde klang wie vorher, »hättest du anderswo geboren werden müssen, bei anderen Eltern. Ich habe es mir nicht ausgesucht, Oberberater bei Stefan Elhalyn zu sein, habe weder sein Leben ausgesucht noch seinen Tod. Niemand von uns hat zeit seines Lebens die freie Wahl.« Seine Stimme bebte, und Regis merkte, dass sich der alte Mann am Rande der Erschöpfung oder eines Zusammenbruchs befand.

Gegen seinen Willen war Regis wiederum gerührt. Er biss sich auf die Lippen und wusste, wenn er nun redete, würde er niederfallen, seinen Großvater um Verzeihung bitten und ihm bedingungslosen Gehorsam geloben. Vielleicht waren es die letzten Überreste des *Kirian,* doch plötzlich wurde er sich schmerzhaft dessen bewusst, dass sein Großvater seinem Blick auswich, weil der Regent der Sieben Domänen nicht weinen konnte, nicht einmal vor seinem Enkel, nicht einmal in Gedanken an den schrecklichen und frühzeitigen Tod seines einzigen Sohnes.

Als Hastur schließlich wieder das Wort ergriff, klang seine Stimme hart und rau, wie die eines Mannes, der es gewohnt ist, mit einer unaufschiebbaren Krise nach der anderen umzugehen. »Der erste Aufruf der Kadetten ist heute am späten Vormittag. Ich habe dem Kadettenmeister Nachricht geben lassen, dich dort zu erwarten.« Er erhob sich und umarmte Regis zum Abschied. »Ich werde dich bald wieder sehen. Schließlich sind wir nun nicht mehr durch einen Dreitagesritt und ein Gebirge getrennt.«

Er hatte also schon dem Kadettenmeister Bescheid gegeben. So sicher war er sich also gewesen. Man hatte ihn manipuliert, gefangen wie eine Maus, damit er exakt das tat, was von einem Hastur erwartet wurde. Und er hatte sich selbst dahingebracht, noch drei Jahre auszuhalten.

4

(Lew Altons Erzählung)

Helles Tageslicht beschien den Raum. Ich hatte stundenlang auf dem Steinsitz am Feuer geschlafen und war kalt und steif. Marius, barfuß und in seinem Nachtgewand, rüttelte mich wach. Er sagte: »Ich habe etwas auf der Treppe gehört, hör doch!«

Er rannte zur Tür. Ich folgte ihm langsamer, als die Tür aufgestoßen wurde und zwei Wachen meinen Vater hereinschleppten. Einer der beiden erblickte mich und sagte: »Wo können wir ihn hinbringen, Kapitän?«

Ich sagte: »Bringt ihn hierher.« Dann half ich Andres, ihn auf sein Bett zu legen. »Was ist passiert?«, fragte ich und starrte schmerzerfüllt in sein bleiches, bewusstloses Gesicht.

»Er ist die Steintreppe neben der Wachhalle herabgefallen«, sagte einer der Männer. »Ich habe mich bemüht, dass die Treppe diesen Winter repariert wird. Euer Vater hätte sich den Hals brechen können. Wie jeder von uns.«

Marius trat mit bleichem, verschrecktem Gesicht an das Bett. »Ist er tot?«

»Aber nein, mein Kleiner«, sagte der Wachmann. »Ich denke, der Kommandeur hat sich ein paar Rippen gebrochen und sich an Arm und Schulter verletzt, doch wenn er nicht später anfängt, Blut zu spucken, ist er in Ordnung. Ich wollte, dass Master Raimon unten nach ihm sieht, doch er hieß uns, ihn hierher zu tragen.«

Ich beugte mich mit einem Gefühl aus Wut und Erleichterung über ihn. Was für ein Zeitpunkt für einen Unfall! Der allererste Tag der Ratssitzungen! Als wenn ihn meine verwirrten Gedanken erreicht hätten – und vielleicht taten sie das auch –, stöhnte er auf und öffnete die Augen. Sein Mund zuckte krampfhaft unter Schmerzen zusammen.

»Lew?«

»Vater?«

»Du musst den Appell an meiner Stelle übernehmen ...«

»Vater, nein, es gibt ein Dutzend andere, denen dies eher zusteht.«

Sein Gesicht wurde hart. Ich sah und fühlte, dass er gegen ungeheure Schmerzen ankämpfte. »Verdammt, du wirst gehen! Ich habe gekämpft ... gegen den ganzen Rat ... jahrelang. Du wirst mir nicht alle meine Arbeit zunichte machen ... nur weil ich Esel gefallen bin. Du hast ein Recht, mich zu vertreten, und du wirst es, verdammt noch mal, tun!«

Seine Schmerzen zerrissen mich. Ich war ganz auf ihn eingestellt. Durch die peinigenden Schmerzen hindurch fühlte ich seine Emotionen, Wut und den wilden Entschluss, der mir seinen Willen aufzwang. »Du *wirst* es tun!«

Ich bin nicht umsonst ein Alton. Schnell zog ich mich zurück und kämpfte gegen seinen Versuch, einen Kontakt zu erzwingen. »Das ist nicht nötig, Vater. Ich bin nicht deine Marionette!«

»Aber du bist mein Sohn«, sagte er heftig. Es klang wie ein Sturm, und sein Wille bedrängte mich hart. »Mein Sohn und mein Stellvertreter, und niemand, niemand wird das in Frage stellen!«

Seine Aufregung wurde so stark, dass ich merkte, ich konnte nicht weiter mit ihm streiten, ohne ihn ernsthaft zu verletzen.

Irgendwie musste ich ihn beruhigen. Ich blickte direkt in seine wütenden Augen und sagte: »Es gibt keinen Grund, mich anzubrüllen. Ich werde tun, was du willst, zumindest im Moment. Streiten werden wir später darüber.«

Seine Augen schlossen sich, ob aus Erschöpfung oder vor

Schmerz, konnte ich nicht sagen. Master Raimon, der Krankenoffizier der Wachen, betrat das Zimmer und schritt rasch zum Bett. Ich machte ihm Platz. Wut, Erschöpfung und Schlafmangel ließen mir den Kopf schwindlig werden. Verdammt! Vater wusste ganz genau, wie ich mich fühlte! Und er scherte sich einen Dreck darum!

Marius stand immer noch erstarrt und entsetzt da, als Master Raimon das Hemd meines Vaters aufzuschneiden begann. Ich sah große lila, blutdunkle Verletzungen, bevor ich Marius mit fester Hand wegzog. »Es wird alles wieder gut mit ihm«, sagte ich. »Er hätte nicht so laut schreien können, wenn er im Sterben läge. Zieh dich an und bleib hier weg.«

Gehorsam entfernte sich das Kind, und ich stand im Vorzimmer und rieb mir in Wut und Verwirrung mit den Fäusten durch das Gesicht. Wie viel Uhr war es? Wie lange hatte ich geschlafen? Wo war Regis? Wohin war er gegangen? In dem Zustand, als er mich verließ, war er zu verzweifelten Handlungen fähig gewesen. Der Konflikt zwischen Loyalität und Verpflichtung hielt mich wie gelähmt. Andres kam aus dem Zimmer meines Vaters und sagte: »Lew, wenn Ihr gehen wollt, um den Appell abzunehmen, dann macht Euch besser auf den Weg.« Und ich merkte, dass ich dort gestanden hatte, als seien meine Füße am Boden angewurzelt.

Mein Vater hatte mir eine Aufgabe übertragen. Doch wenn Regis fortgelaufen war in seiner selbstmörderischen Verzweiflung, müsste ich nicht auch nach ihm suchen? Ich hätte in jedem Fall heute Morgen Dienst gehabt. Jetzt schien es, als müsse ich alles selbst entscheiden. Es gab gewiss einige, die dies in Frage stellen würden. Es war immerhin Vaters Recht, seinen Stellvertreter selbst auszusuchen, doch *ich* war derjenige, der sich ihrer Feindseligkeit stellen musste.

Ich wandte mich Andres zu. »Schick irgendjemanden, mir etwas zu essen zu bringen«, sagte ich, »und sieh nach, wo Vater die Stabsliste und den Appell hat, aber störe ihn nicht. Ich sollte baden und mich umziehen. Habe ich dazu noch Zeit?«

Andres blickte mich ruhig an. »Verliert nicht den Kopf. Ihr habt alle Zeit, die Ihr benötigt. Wenn Ihr das Kommando habt, können sie nicht anfangen, ehe Ihr dort seid. Nehmt Euch die Zeit, Euch zurechtzumachen. Ihr müsst *aussehen,* als hättet Ihr das Kommando, selbst wenn Euch nicht danach ist.«

Er hatte natürlich Recht. Ich wusste es, wenn ich auch seinen Tonfall ablehnte. Andres scheint immer Recht zu haben. Er war der *Coridom*, der Hauptverwalter auf Armida, seit ich denken konnte. Er war ein Terraner und einmal bei der Raumarmee gewesen. Ich habe nie erfahren, wo er meinen Vater traf oder warum er das Imperium verlassen hatte. Die Diener meines Vaters hatten mir die Geschichte erzählt, dass er eines Tages nach Armida gekommen sei und gesagt habe, er habe die Raumarmee satt, und mein Vater hatte gesagt: »Wirf deine Waffe fort und versprich mir, das Abkommen zu halten, dann habe ich Arbeit auf Armida für dich, so lange du willst.« Zuerst war er Vaters Privatsekretär gewesen, dann sein persönlicher Assistent, und schließlich stand er dem gesamten Haushalt vor, von den Pferden und Hunden angefangen bis zu den Söhnen und der Pflegetochter. Er gab Zeiten, da hatte ich das Gefühl, Andres sei der Einzige, der mich so wie ich war akzeptierte. Bastard. Halbblut – Andres war das gleichgültig.

Jetzt fügte er hinzu: »Für die Disziplin ist es besser, zu spät zu kommen als pünktlich, aber unordentlich und ohne zu wissen, was zu tun ist. Bring dich in Ordnung, Lew, und ich meine nicht nur deine Uniform. Man gewinnt nichts, wenn man in mehrere Richtungen gleichzeitig loszurennen versucht.«

Ich ging ins Bad, nahm ein schnelles Frühstück ein und kleidete mich angemessen an, um den Blick von hundert und mehr Offizieren aushalten zu können, von denen jeder auf der Suche nach Fehlern war. Nun, sollten sie doch.

Andres fand die Stabslisten und die Dienstliste der Wache unter der Habe meines Vaters. Ich nahm sie und ging zur Wachhalle.

Die Haupthalle der Wache auf Schloss Comyn liegt auf der untersten Ebene. Dahinter liegen die Kasernen, Ställe, Waffenkammern und Paradeplätze. Davor führt ein verbarrikadiertes Tor hinab nach Thendara. Der Rest von Schloss Comyn lässt mich kalt, doch die großen Bogenfenster der Halle habe ich niemals ohne einen merkwürdigen Kloß im Hals ansehen können.

Als mein Vater mich zuerst hierher brachte, war ich vierzehn Jahre alt und mir schon damals dessen bewusst, dass mein Leben auf Grund meiner Herkunft unsicher und zerrissen sein würde. Bevor er mich zu meinen Verwandten schickte oder jedenfalls zu denen, die er sich als meine Verwandten erhoffte – sie dachten darüber anders –, hatte er mir von einigen der Altons erzählt, die vor uns hierher gekommen waren. Zum ersten und fast zum letzten Mal hatte ich ein Zugehörigkeitsgefühl zu jenen alten Altons gespürt, deren Name einen gewichtigen Part in der Geschichte Darkovers gespielt hatte: Mein Großvater Valdir, der das erste Feuerlöschsystem in den Kilghardbergen organisiert hatte. Dom Esteban Lanart, der vor hundert Jahren die Katzenmenschen aus den Höhlen von Corresanti vertrieben hatte. Rafael Lanart-Alton, der als Regent eingesetzt wurde, als Stefan Hastur der Neunte in der Wiege gekrönt wurde, in jenen Tagen, bevor die Elhalyn Könige in Thendara waren.

Die Wachhalle war ein riesiger gemauerter Raum mit Bogengängen und Steinboden, Rundsteine, die im Lauf der Jahrhunderte von den Füßen der Wachen abgewetzt worden waren. Das Licht drang merkwürdig gebrochen und in vielen Farben durch die Fenster, die von der Art und Weise waren, wie man sie baute, bevor man Glasscheiben kannte.

Ich zog die Liste, die Andres mir gegeben hatte, aus der Tasche und studierte sie. Auf dem obersten Blatt standen die Namen der Kadetten des ersten Jahrgangs. Der Name Regis Hastur stand als unterster darauf; offensichtlich war er später hinzugefügt worden. Verdammt, wo *war* Regis? Dann ging ich die Liste der Kadetten im zweiten Jahr durch. Man hatte den Namen von Oktavien Vallonde gestrichen. Ich hatte seinen Namen auch nicht erwartet, doch seine Anwesenheit hätte mich erleichtert.

Auf der Stabsliste hatte Vater seinen eigenen Namen als Kommandeur ausgestrichen und meinen eingesetzt, offensichtlich mit der rechten Hand und unter großen Schwierigkeiten.

Ich wünschte, er hätte sich die Mühe erspart. Gabriel Lanart-Hastur, Javannes Mann und mein Cousin, hatte meine Stelle als zweiter Mann eingenommen. Er hätte den Kommandeursposten haben sollen. Ich war kein Soldat, nur ein Matrix-Techniker, und ich war entschlossen, am Ende dieses Dreijahresturnus, der nun vom Gesetz vorgeschrieben war, nach Arilinn zurückzukehren. Gabriel jedoch war der geborene Offizier. Er mochte den Dienst und war fähig. Auch war er ein Alton und hatte einen Sitz im Rat. Die meisten Comyn meinten, man hätte ihn als Kennards Erben einsetzen sollen. Doch wir waren auf irgendeine Weise Freunde, und ich wünschte, er wäre heute hier gewesen anstatt auf Edelweiß, wo er die Geburt von Javannes Kind erwartete.

Vater sah darin offensichtlich kein Problem. Er war in den alten Tagen über zehn Jahre lang Psi-Techniker in Arilinn gewesen, und doch war es ihm hinterher möglich, ohne irgendein schreckliches Gefühl von Dissonanz zurückzukehren und das Kommando der Wache zu übernehmen. Meine eigenen inneren Konflikte waren ihm offensichtlich nicht wichtig oder auch nur verständlich.

Waffenmeister war wieder der alte Domenic di Asturien, damals Kapitän, als mein Vater ein Kadett von vierzehn Jahren war. In meinem ersten Jahr war er Kadettenmeister gewesen und fast der einzige Offizier der Wache, der mich fair behandelt hat.

Kadettenmeister – ich rieb mir die Augen und starrte auf die Liste. Das musste ich falsch gelesen haben. Doch hartnäckig blieben die Worte dieselben. Kadettenmeister: *Dyan-Gabriel, Lord Ardais.*

Laut stöhnte ich auf. Hölle, das musste einer von Vaters perversen Späßen gewesen sein. Er ist kein Dummkopf, und nur ein Idiot würde einem Mann wie Dyan eine Gruppe halb erwachsener Jungen unterstellen. Nicht nach dem Skandal im letzten Jahr. Uns war es gelungen, den Konflikt vor Lord Hastur geheim zu halten, und ich hatte geglaubt, selbst Dyan habe gemerkt, er sei zu weit gegangen.

Lassen wir uns über eines im Klaren sein: Ich mag Dyan nicht und er schätzt mich ebenfalls nicht, doch er ist ein tapferer Mann und ein guter Soldat, vielleicht der beste und fähigste Offizier in der Wache. Was sein Privatleben angeht – niemand wagt einen Kommentar zu den privaten Vergnügungen eines Comyn-Lords.

Ich hatte vor langer Zeit gelernt, nicht auf Geschwätz zu hören. Meine eigene Geburt war über Jahre hinweg ein Skandal gewesen. Aber dies war mehr als Geschwätz gewesen. Ich persönlich bin der Meinung, Vater hätte den Vallonde-Jungen nicht einfach ohne Fragen und Untersuchungen heimschicken sollen. Ein Teil von dem, was er sagte, entsprach der Wahrheit. Ocatavien war verstört, instabil. Er hätte nie zu den Wachen gehört, und es war ein Fehler gewesen, ihn überhaupt dort zu akzeptieren. Doch Vater hatte gemeint, je schneller alles unter den Teppich gekehrt würde, desto rascher würde die unappetitliche Geschichte aus dem Tagesgespräch verschwinden. Die

Gerüchte waren natürlich nicht verschwunden und würden es wahrscheinlich auch nicht so bald.

Der Raum begann sich mit Uniformierten zu füllen. Dyan kam zum Podium, wo sich die Offiziere versammelten, und schenkte mir einen unfreundlichen Blick. Ohne Zweifel hatte er erwartet, als Vaters Stellvertreter benannt zu werden. Selbst das wäre noch besser gewesen, als ihn zum Kadettenmeister zu machen.

Verdammt. Das konnte ich nicht auf mich nehmen, ob es nun Vaters Wahl war oder nicht.

Dyans Privatleben war seine Sache, und mir war es egal, ob er Männer liebte, Frauen oder Ziegen. Er konnte so viele Geliebte haben wie einer aus der Trockenstadt, und die meisten Leute würden nicht weniger und nicht mehr darüber reden. Aber weitere Skandale in der Wache? Verdammt, nein! Das berührte die Ehre der Wache und der Altons, denen sie unterstellt war.

Vater hatte mir das Kommando übergeben. Also würde dies meine erste Kommandeursentscheidung sein.

Ich gab das Zeichen für die Versammlung. Ein oder zwei Zuspätkommende rannten auf ihre Plätze. Die älteren Männer nahmen ihre Plätze ein. Die Kadetten blieben, wie man ihnen gesagt hatte, in einer Ecke.

Regis war nicht unter ihnen. Ich bereute bitterlich, hier angebunden zu sein, doch ich konnte nichts tun.

Ich sah sie alle der Reihe nach an und spürte, wie sie mir ihre Zuneigung zurückgaben. Ich verbarg meine telepathische Sensibilität so gut ich konnte – bei dieser Menge war das nicht einfach –, doch ich nahm ihre Überraschung und Neugier, Ablehnung und Verärgerung wahr. Alles zusammen ergab mehr oder minder die Frage: *Wo, zum Teufel, ist der Kommandeur?* Oder noch schlimmer: *Was tut der Bastard von dem alten Kennard dort oben beim Stab?*

Schließlich erlangte ich ihre Aufmerksamkeit und berichtete von Kennards Unglück. Dies verursachte einiges Scharren, Flüstern, Gemurmel und Kommentare, von denen man die meisten klugerweise überhörte. Ich ließ sie gewähren, rief sie dann wieder zur Ordnung und begann die traditionelle Zeremonie des ersten Tages mit dem Appell und Aufruf.

Der Reihe nach las ich den Namen eines jeden Wachsoldaten vor. Jeder trat nach vorn, wiederholte eine kurze Formel der Loyalitätsbezeugung gegenüber den Comyn und informierte mich – ein strenger Brauch vor dreihundert Jahren, nun bloß noch eine Formalität –, wie viele Männer, ausgebildet und bewaffnet, wie es sich gehörte, er im Kriegsfalle ins Feld führen konnte. Nach etwa der Hälfte gab es Unruhe, und Regis, in Begleitung von einem halben Dutzend Diener in Hastur-Livree, trat ein. Einer der Diener gab mir eine Nachricht von Hastur selbst, mit einer Art Entschuldigung oder Erklärung für das Zuspätkommen.

Ich merkte, dass ich kreuzwütend war. Ich hatte Regis verzweifelt, mit Selbstmordgedanken, krank, hingestreckt unter irgendeinem unvorhergesehenen Effekt des *Kirian,* ja sogar tot vor meinen Augen gesehen, und er kam gleichmütig herein und störte die Appellzeremonie und die Disziplin. »Nimm deinen Platz ein, Kadett«, sagte ich scharf und schickte die Diener fort.

Er hätte dem Jungen, der letzte Nacht an meinem Feuer eine heiße Brühe gegessen und mir das Herz in Bitterkeit ausgeschüttet hatte, nicht unähnlicher sein können. Er trug die vollen Comyn-Abzeichen, Orden, Bänder, hohe Stiefel und eine himmelblaue Tunika von auserlesenem Schnitt. Er ging zu seinem Platz unter den Kadetten und hielt den Kopf steif emporgereckt. Ich spürte seine Furcht und Scheu, doch ich wusste, die anderen Kadetten würden es für die typische Comyn-Arroganz halten, und dafür würde er büßen müssen.

Hinter seiner Fassade arroganter Kontrolle sah er müde aus, fast krank. Was war ihm letzte Nacht zugestoßen? Verdammt, erinnerte ich mich plötzlich, was ging mich der Erbe der Hasturs eigentlich an? Er hatte sich schließlich um mich auch kein Sorgen gemacht, ebenso wenig um die Tatsache, dass ich die Schwierigkeiten bekommen hätte, wäre ihm etwas Schlimmes zugestoßen.

Ich beendete das Defilee der Loyalitätsschwüre. Dyan beugte sich zu mir herüber und sagte: »Ich war letzte Nacht mit dem Rat in der Stadt. Hastur hat mich gebeten, der Garde die Lage zu erklären. Habe ich Eure Erlaubnis, das Wort zu ergreifen, Kapitän Montray-Alton?«

Dyan hatte mich noch niemals mit meinem eigentlichen Titel angeredet, weder in noch außerhalb der Wachhalle. Ich sagte mir wütend, das Letzte, was ich mir wünschte, sei seine Anerkennung. Ich nickte, und er ging zur Mitte des Podiums. Er sieht ebenso wenig wie ein typischer Comyn-Lord aus wie ich. Sein Haar ist dunkel, hat nicht das traditionelle Rot der Comyns, und er ist groß und schlank. Er besitzt die sechsfingrige Hand, die bei den Ardais und Aillard-Clans häufig auftaucht. Man sagt, es sei nichtmenschliches Blut bei den Ardais. Dyan sieht so aus.

»Stadtwache von Thendara«, bellte er. »Euer Komandeur, Lord Alton, hat mich gebeten, euch die Situation zu erläutern.« Sein verächtlicher Blick sagte nur zu deutlich, dass ich ja den Kommandeur spielen könne, während er derjenige war, der erklären konnte, was sich abspielte.

In der Stadt schien sich, wie ich ungefähr aus Dyans Worten entnehmen konnte, eine Spannung aufzubauen, hauptsächlich zwischen der Terranischen Raumtruppe und der Stadtgarde. Er bat jeden Wachsoldaten, Zwischenfälle zu vermeiden und die Sperrstunde einzuhalten, daran zu denken, dass das Gebiet um die Handelsstadt durch einen diplomatischen Vertrag zum Imperium gehörte. Er erinnerte uns an unsere Pflicht, uns der Gesetzesbrecher von Darkover anzunehmen und die Terraner sogleich den Behörden des Imperiums zu unterstellen. Nun, das war wohl so recht. Zwei Polizeikräfte in einer Stadt mussten irgendwelche Vereinbarungen treffen und Kompromisse schließen, wenn sie friedlich nebeneinander existieren wollten.

Ich musste zugestehen, Dyan war ein guter Redner. Es gelang ihm jedoch, den Eindruck zu vermitteln, dass die Terraner uns natürlicherweise unterlegen seien und weder das Abkommen noch die Regeln des persönlichen Anstandes einhielten, so dass wir für sie die Verantwortung übernehmen müssten, wie es alle Überlegenen tun, dass, während wir natürlicherweise dazu neigten, sie mit Verachtung zu behandeln, wir jedoch Lord Hastur einen persönlichen Gefallen täten, wenn wir Frieden hielten, selbst wenn wir anderer Meinung wären. Ich hatte meine Zweifel, ob diese kleine Rede wirklich die Reibungen zwischen Terranern und Wache vermindern würde.

Ich fragte mich, ob unsere Pendants in der Handelsstadt, der Legat und seine Stellvertreter, an diesem Morgen ebenfalls der Raumtruppe die Gesetze darlegten. Irgendwie glaubte ich nicht daran.

Dyan kehrte an seinen Platz zurück, und ich rief die Kadetten auf, nach vorn zu treten. Ich rief das Dutzend Kadetten des dritten Jahrgangs der Reihe nach auf, dann die elf aus dem zweiten Jahr und fragte mich, was der Rat wohl unternehmen würde, um Octaviens leeren Platz auszufüllen. Dann wandte ich mich den Neulingen zu und rief sie in die Mitte des Raumes. Ich beschloss, die gewöhnliche Rede über die stolze, alte Organisation, in die wir das Vergnügen hatten, sie willkommen zu heißen, fortzulassen. Ich bin nicht ein so guter Redner wie Dyan und wollte nicht mit ihm konkurrieren. Vater könnte sie ihnen halten, wenn es ihm wieder besser ginge, oder der Kadettenmeister, wer immer es sein würde. Nur nicht Dyan. Nur über meine Leiche.

Ich beschränkte mich darauf, ihnen Grundfakten mitzuteilen. Von heute an würde es jeden Morgen nach dem Frühstück eine vollständige Versammlung und einen Appell geben. Man würde die Kadetten abgetrennt in ihren eigenen Kasernen halten, wo man sie unterwies und ihnen eine Grundausbildung im harten Drill zuteil werden ließ, bis sie forsch genug waren, ihren Platz in Formationen und im Dienst zu versehen. Die Schlosswache war Tag und Nacht besetzt, und sie würden sie der Reihe nach, vom Ältesten bis zum Jüngsten, in dem Bewusstsein ableisten, dass die Bewachung des Schlosses nicht lediglich eine niedere Pflicht, sondern ein Privileg sei, das die Edlen seit Urzeiten für sich beanspruchten, um die Söhne Hasturs zu bewachen. Und so weiter.

Die letzte Formalität – und ich war froh, so weit gekommen zu sein, denn der Raum wurde nun stickig, und die Kadetten begannen unruhig hin und her zu rutschen – war der offizielle Aufruf der Kadetten des ersten Jahrgangs. Persönlich kannte ich nur Regis und Vaters jungen Protegé Danilo, doch einige darunter waren die Söhne von Männern, die ich von der Wache kannte. Der letzte Name, den ich aufrief, war Regis-Rafael, Kadett Hastur.

Es herrschte verwirrte Stille, etwas zu lang. Dann machte ein kleiner Stups seinen Weg durch die Reihe der Kadetten, und man hörte es flüstern: »Das bist du, Dummkopf!« Regis' erstaunte Stimme sagte: »Oh ...« Eine weitere Pause: »Hier.«

Verdammt, Regis. Ich hatte zu hoffen begonnen, dass wir in diesem Jahr beim Aufruf ohne jenes besonders demütigende Spiel davonkämen. Irgendein Kadett, nicht immer ein Neuling, vergaß jedes Mal, auf den Aufruf zu antworten. Für solche Vorkommnisse gab es eine bestimmte Prozedur, die möglicherweise bereits seit drei Generationen existierte. Aus der Art und Weise, wie die anderen Wachsoldaten, von den Veteranen bis zu den älteren Kadetten, warteten, wie erwartungsvolle Seufzer ausgestoßen wurden, erkannte ich, dass sie alle – ja, verdammt, alle – auf den rituellen Anpfiff gewartet hatten.

Wenn es auf mich allein angekommen wäre, hätte ich brüsk gesagt: »Beim nächsten Mal, Kadett, antworte bitte auf den Aufruf deines Namens!« Später hätte ich dann allein mit ihm geredet. Doch wenn ich sie hier alle um ihren Spaß brächte, würde es Regis sowieso später zu spüren bekommen. Er hatte sich ohnehin schon durch sein Zuspätkommen und seinen Aufzug wie ein Prinz auffällig benommen. Ich konnte es also ruhig durchziehen. Regis würde sich in den nächsten Wochen an schlimmere Dinge gewöhnen müssen.

»Kadett Hastur«, sagte ich mit einem Seufzer, »ich schlage vor, du trittst vor, damit wir dich alle ansehen können. Und wenn du dann deinen Namen wieder vergisst, erkennen wir dich auch so.«

Regis trat nach vorn und starrte leer vor sich hin. »Du kennst doch meinen Namen.«

Gelächter antwortete ihm. Zandrus Hölle, war er so verwirrt, alles noch schlimmer zu machen? Ich ließ meine Stimme kalt und gleichgültig klingen. »Es ist meine Pflicht, ihn zu kennen, Kadett, und die deine ist es, jede Frage zu beantworten, die dir ein Offizier stellt. Wie ist dein Name, Kadett?«

Rasch und aufgebracht sagte er: »Regis-Rafael Felix Alar Hastur-y-Elhalyn!«

»Nun, Regis-Rafael Gottweißwie. Dein Name in der Wache lautet Kadett Hastur, und ich schlage vor, du lernst ihn auswendig, ebenso wie die angemessene Antwort auf einen Aufruf, es sei denn, du möchtest lieber als ›Das bist du, Dummkopf‹ angeredet werden.« Danilo kicherte. Ich blickte ihn an, und er verstummte. »Kadett Hastur, niemand wird dich hier Lord Regis nennen. Wie alt bist du, Kadett Hastur?«

»Fünfzehn«, sagte Regis. Innerlich fluchte ich wieder. Wenn er dieses Mal richtig geantwortet hätte – aber wie konnte er es, niemand hatte ihn gewarnt –, hätte ich ihn entlassen können. Jetzt musste ich diese Farce bis zum Ende durchspielen. Die belustigte Erwartung auf den Gesichtern um mich her machte mich wütend. Doch dahinter lagen zweihundert Jahre Tradition. »Fünfzehn *was*, Kadett?«

»Fünfzehn Jahre«, sagte Regis und schnappte unvorsichtig den alten Köder. Ich seufzte. Nun, die anderen Kadetten hatten ein Recht auf ihren Spaß. Generationen hatten sie so konditioniert, ihn zu fordern, und ich ließ ihnen ihren Willen. »Männer, vielleicht sagt Ihr alle dem Kadetten Hastur, wie alt er ist?«

»Fünfzehn, *Sir!*«, riefen alle zusammen so laut sie konnten. Der erwartete Lachsturm brach endlich los. Ich bedeutete Regis, auf seinen Platz zurückzutreten. Der mörderische Blick, den er mir zuwarf, hätte töten können. Ich nahm es ihm nicht übel. Für die nächsten Tage, bis jemand anderes etwas ungeheuer Dummes anstellte, würde er der Narr der Kaserne sein. Ich wusste es. Ich erinnerte mich an einen Tag vor einigen Jahren, als der Name des unglücklichen Kadetten Lewis Kennard, Kadett Montray gelautet hatte, und ich hatte vielleicht eine bessere Entschuldigung, denn noch nie zuvor hatte ich meinen Namen in dieser Form gehört. Auch seitdem habe ich ihn nie mehr so gehört, weil mein Vater gefordert hatte, dass ich seinen Namen tragen dürfe, Montray-Alton. Wie immer bekam er, was er wollte. Das war zu der Zeit, als man noch um meine Legitimität stritt. Doch er führte das Argument an, es sei unziemlich für einen Kadetten, in der Wache einen terranischen Namen zu tragen, wenn auch ein Bastard rechtmäßigerweise den Namen seiner Mutter trägt.

Schließlich war die Zeremonie vorüber. Ich müsste nun die Kadetten ihrem Kadettenmeister überantworten und ihn das Kommando übernehmen lassen. Nein, verdammt, ich konnte es nicht tun. Nicht, ehe ich Vater gedrängt hatte, es sich noch einmal zu überlegen. Ich hatte das Kommando der Wache nicht übernehmen wollen, doch er hatte darauf bestanden, und nun waren, ob gut oder schlecht, alle Soldaten, von dem jüngsten Kadetten bis zum ältesten Veteranen unter meiner Obhut. Ich war verpflichtet, mein Bestes für sie zu geben, und, verdammt, mein Bestes schloss nicht Dyan Ardais als Kadettenmeister ein!

Ich wandte mich Domenic di Asturien zu. Er war ein erfahrener Offizier, absolut vertrauenswürdig und genau der Richtige, um sich der Jungen anzunehmen. Er hatte sich schon vor Jahren aus dem aktiven Dienst zurückgezogen – sicher stand er schon in den Achtzigern –, doch niemand könnte sich über ihn beklagen. Seine Familie war so alt, dass die Comyn selbst für ihn Emporkömmlinge waren. Es gab einen Scherz, den man sich zuflüsterte, dass er die Hasturs einmal als »den neuen Adel« bezeichnet hatte.

»Meister, den Kommandanten hat heute Morgen ein Unfall ereilt, und er hat mich noch nicht über seine Wahl informiert, wer Kadettenmeister werden soll.« Ich zerknüllte die Stabsliste, als könne der Alte Dyans Namen darauf sehen und mich der Lüge bezichtigen. »Ich bitte Euch mit allem Respekt, die Jungen zu übernehmen, bis er seinen Wunsch bekannt gibt.«

Als ich auf meinen Platz zurückkehrte, sprang Dyan auf die Füße. »Du verdammter Junge, hat Kennard denn nicht ...« Er sah die neugierigen Blicke auf uns gerichtet und senkte die Stimme. »Warum habt Ihr nicht allein mit mir darüber geredet?«

Verdammt. Er wusste es. Und ich erinnerte mich, dass er als starker Telepath galt, wenn man ihm auch aus unbekannten

Gründen den Zugang zum Turm verwehrt hatte. Also wusste er, was ich wusste. Ich verbarrikadierte meine Gedanken gegen ihn. Es gibt nur wenige, die die Gedanken eines Alton lesen können, wenn er gewarnt ist. Es war ein ernster Bruch der Etikette und der Ethik der Comyn, dass Dyan dies uneingeladen getan hatte. Oder wollte er mir mitteilen, er glaube, ich verdiene die Comyn-Immunität nicht? Ich sagte kalt, wobei ich versuchte, höflich zu sein: »Wenn ich mich mit dem Kommandanten beraten habe, Kapitän Ardais, werde ich Euch seine Wünsche bekannt machen.«

»Verdammt, der Kommandant hat seinen Wunsch kundgetan, und Ihr wisst es!«, sagte Dyan, wobei er die Lippen aufeinander presste. Es war noch Zeit. Ich konnte so tun, als entdecke ich seinen Namen auf der Liste. Aber sich in den Staub werfen vor diesem schmutzigen Strichjungen von den Hellers? Ich wandte mich ab und sagte zu di Asturien: »Wenn Ihr bitte Eure Untergebenen entlassen wollt?«

»Du unverschämter Bastard! Ich werde dich dafür prügeln lassen!«

»Vielleicht bin ich ein Bastard«, sagte ich, wobei ich weiterhin leise sprach, »aber wahrscheinlich ist es kein sonderlich erhebender Anblick, wenn sich zwei Kapitäne der Wache vor den Augen der Kadetten streiten, Kapitän Ardais!«

Das schluckte er. Er war Soldat genug, um zu wissen, dass dies zutraf. Als ich die Männer entließ, dachte ich über den mächtigen Feind nach, den ich mir zugezogen hatte. Vorher hatte er mich nicht leiden können, doch er war ein Freund meines Vaters und würde alles dulden, was mit dem Freund zu tun hatte, solange es im Rahmen blieb. Jetzt war ich ein gutes Stück über das hinausgegangen, was nach seiner begrenzten Vorstellung diesen Rahmen ausmachte, und er würde es mir niemals vergeben.

Nun, ich konnte auch ohne seine Wertschätzung leben.

Aber ich sollte keine Zeit verlieren, mit Vater zu reden. Dyan würde es auch nicht tun.

Ich fand Vater wach und schwach vor, in Bandagen gewickelt. Sein lahmes Bein hatte man hochgehängt. Er sah eingefallen und gerötet aus, und ich wünschte, ich müsste ihm keinen Kummer bereiten.

»Ging der Aufruf gut vonstatten?«

»Ganz gut. Danilo hat einen guten Eindruck hinterlassen«, sagte ich, weil ich wusste, was er hören wollte.

»Regis wurde im letzten Augenblick dazugenommen. War er dort?«

Ich nickte, und Vater fragte: »War auch Dyan da, um das Kommando zu übernehmen? Auch er hat eine schlaflose Nacht gehabt, doch er hatte versprochen zu erscheinen.«

Ich blickte ihn wütend an, und schließlich brach es aus mir heraus: »Vater! Das kannst du doch nicht ernst gemeint haben. Ich habe es für einen Scherz gehalten! Dyan als Kadettenmeister?«

»Ich mache keine Scherze mit der Wache«, sagte Vater mit hartem Gesicht, »und warum nicht Dyan?«

Ich zögerte und sagte dann: »Muss ich es in aller Länge ausbreiten? Hast du das letzte Jahr und den Vallonde-Jungen vergessen?«

»Hysterie«, meinte Vater mit einem Achselzucken. »Du hast es ernster als notwendig genommen. Als es sich zuspitzte, hat sich Octavien geweigert, sich einer Befragung seines *Laran* zu unterziehen.«

»Das beweist nur, dass er Angst vor dir hatte«, ereiferte ich mich, »sonst nichts! Ich kenne erwachsene Männer, harte Veteranen, die zusammenbrechen und jede Strafe akzeptieren, nur um dieser Prozedur zu entgehen! Wie viele reife Erwachsene können die telepathische Überprüfung eines Alton ertragen? Octavien war fünfzehn!«

»Du siehst nicht den Punkt, Lew. Tatsache ist, dass, da er die Anklage nicht erhärtete, ich offiziell nicht gezwungen bin, mich der Sache anzunehmen.«

»Ist dir zufällig aufgefallen, dass Dyan es niemals bestritten hat? Er hatte nicht den Mut, einen Alton anzulügen, oder?«

Kennard seufzte und versuchte, sich aufzurichten. Ich sagte: »Komm, ich helfe dir«, doch er winkte ab. »Setz dich, Lew. Steh nicht wie ein rächender Gott über mir. Wieso, glaubst du, sollte er sich zu einer Lüge bequemen? Habe ich irgendein Recht, ihn nach Einzelheiten aus seinem Privatleben zu befragen? Ist dein eigenes Leben so rein und makellos?«

»Vater, was auch immer ich für Vergnügungen nachlief, bevor ich erwachsen wurde, tut nichts zur Sache«, sagte ich. »Ich habe niemals die Autorität verletzt ...«

Kalt sagte er: »Mir scheint, du hast sie verletzt, als du meinem schriftlichen Befehl nicht gefolgt bist.« Seine Stimme wurde hart. »Ich habe gesagt, du sollst dich setzen. Lew. Ich schulde dir keine Erklärung, doch da du dich so darüber aufregst, werde ich es klarstellen. Die Welt ist nun einmal so, wie sie ist, nicht so, wie du sie gern hättest. Dyan mag vielleicht nicht der ideale Kadettenmeister sein, doch er hat mich um diesen Posten gebeten, und ich werde ihm die Erfüllung dieser Bitte nicht verweigern.«

»Warum nicht?« Ich wurde immer aufgebrachter. »Nur weil er Lord Ardais ist, muss man ihm freie Hand bei allen Arten von Verderbtheiten, Korruption, allem, was ihm gefällt, gewähren? Mir ist es gleich, was er tut, aber benötigt er die Genehmigung, es in der Wache zu treiben?«, fragte ich. »Warum?«

»Lew, hör mir zu! Es ist leicht, über jemanden, der nicht perfekt ist, harte Worte zu verlieren. Sie haben etwas gegen dich, oder hast du das vergessen? Ich habe mir das fünfzehn Jahre lang angehört, weil ich dich brauchte. Wir brauchen

Lord Ardais im Rat, denn er ist ein mächtiger Mann und starker Verbündeter von Hastur. Bist du in Arilinn so mit deiner eigenen Welt beschäftigt gewesen, dass du dich nicht mehr an die reale politische Situation erinnern kannst?« Ich zog eine Grimasse, doch er sagte, jetzt sehr geduldig: »Eine Fraktion im Rat will uns in einen Krieg mit den Terranern stürzen. Das ist so undenkbar, dass ich es nicht ernst zu nehmen brauchte, es sei denn, diese kleine Fraktion gewinnt an Boden. Eine andere Fraktion will, dass wir uns mit den Terranern verbünden, uns vollständig unterwerfen, unsere alten Lebensgewohnheiten und Traditionen aufgeben und eine Kolonie des Imperiums werden. Diese Fraktion ist größer und weitaus gefährlicher für die Comyn. Ich habe das Gefühl, Hasturs Lösung – langsame Veränderungen, Kompromisse, und vor allem Zeit – ist die einzig vernünftige Antwort. Dyan ist einer der wenigen, die gewillt sind, ihr Gewicht auf die Hastur-Seite zu legen. Warum sollten wir wiederum ihm eine Position verweigern, die er gern hätte?«

»Dann sind wir schmierig und korrupt«, wütete ich. »Nur wegen der Unterstützung deines politischen Ehrgeizes bist du bereit, einen Mann wie Dyan zu bestechen, indem du ihm kleine Jungen anvertraust?«

Rasch brach die Wut aus Vater heraus. Noch niemals zuvor hatte sie mich so voll getroffen. »Glaubst du wirklich, dass es mein persönlicher Ehrgeiz ist, den ich befriedige? Ich frage dich, was ist wichtiger – die persönliche Moral eines Kadettenmeisters oder die Zukunft von Darkover und das bloße Überleben der Comyn? Nein, verdammt, bleib sitzen und hör mir zu! Wenn wir Dyans Unterstützung im Rat so dringend brauchen – glaubst du, dann streite ich mich mit ihm über sein Privatleben?«

Ebenso wütend schleuderte ich zurück: »Es wäre mir so verdammt egal, wenn es um sein Privatleben ginge! Aber wenn es noch einen Skandal in der Wache gibt – glaubst du nicht, dass das die Comyn schwächen wird? Ich habe nicht um das Kommando der Wache gebeten. Ich habe gesagt, dass ich es lieber nicht will. Aber du hast nicht auf meine Weigerung gehört, und nun weigerst du dich, auf mein Urteil zu hören! Ich sage dir, ich werde Dyan nie als Kadettenmeister akzeptieren! Nicht, wenn ich das Kommando habe!«

»O doch, das wirst du«, sagte Vater langsam und drohend. »Glaubst du, ich lasse mich von dir unterkriegen?«

»Dann – verdammt, Vater – such dir jemand anders, der die Wache kommandiert! Biete Dyan das Kommando an – würde das nicht seinen Ehrgeiz befriedigen?«

»Aber es würde mich nicht befriedigen«, antwortete er erregt. »Ich habe Jahre dafür gearbeitet, dich in diese Position zu bekommen. Wenn du glaubst, ich lasse dich auf Grund von kindischen Skrupeln die Domäne der Altons zerstören, dann irrst du. Ich bin immer noch der Herr der Domäne, und du bist durch Eid gebunden, meinen Befehlen zu gehorchen. Der Posten des Kadettenmeisters ist hoch genug, um Dyan zu befriedigen, aber ich werde nicht die Rechte der Altons auf das Kommando aufs Spiel setzen. Ich tue das für dich, Lew.«

»Ich wollte, du hättest dir diese Mühe erspart! Ich will es nicht!«

»Du bist nicht in der Lage zu wissen, was du willst. Und nun tu, was ich dir sage: Geh zu Dyan und teile ihm seine Ernennung als Kadettenmeister mit. Oder ...« – wieder versuchte er unter Missachtung der Schmerzen sich aufzurichten – »ich steige aus dem Bett und erledige es selbst.«

Seine Wut konnte ich aushalten, doch sein Schmerz war etwas anderes. Ich schwankte zwischen Zorn und Betroffenheit. »Vater, ich habe noch niemals einem Befehl von dir widersprochen. Aber ich bitte dich ... ich flehe dich an, überlege es dir noch einmal. Du weißt, dass daraus kein guter Wille kommen kann.«

Er war besänftigt. »Lew, du bist noch sehr jung. Eines Tages wirst du lernen, dass wir alle Kompromisse schließen müssen, und wir schließen sie mit so viel Anstand wie möglich. Du musst in einer bestimmten Situation das Beste leisten, was du kannst. Du kannst nicht Nüsse essen, ohne die Schalen zu knacken.« Er reichte mir die Hand. »Du bist meine größte Stütze, Lew. Zwinge mich nicht, gegen dich zu kämpfen. Ich brauche dich an meiner Seite.«

Ich ergriff seine Hand mit beiden Händen. Sie fühlte sich angeschwollen und fiebrig an. Wie konnte ich ihm zusätzliche Sorgen bereiten? Er vertraute mir. Welches Recht hatte ich, mein Urteil gegen seines zu setzen? Er war mein Vater, mein Kommandant, der Lord meiner Domäne. Meine einzige Pflicht hieß gehorchen.

Doch als ich ihn verließ, flammte die Wut erneut in mir auf. Wer hätte geglaubt, Vater würde die Ehre der Wache kompromittieren? Und wie schnell hatte er mich überzeugt, mich – wie ein Puppenspieler, der an den Fäden von Liebe, Loyalität, Ehrgeiz, meinem eigenen Bedürfnis nach Anerkennung zieht!

Die Unterhaltung mit Dyan Ardais werde ich wahrscheinlich niemals vergessen. Oh, er war durchaus höflich. Er lobte sogar meine Vorsicht. Ich hielt mich von ihm abgeschirmt und war ungeheuer förmlich, doch ich war sicher, er wusste, dass ich mich fühlte wie ein Bauer, der gerade einem Fuchs sein Hühnerhaus anvertraut hat.

Es lag nur ein winziger Trost in dieser Situation: Ich war kein Kadett mehr!

5

Als Regis mit den Kadetten auf die Kaserne zuging, nahm er ihr Geschnatter und ihre Spiele kaum wahr. Er hätte Lew Alton kaltblütig ermorden können.

Dann kehrte langsam seine Fairness zurück. Jeder dort hatte offensichtlich gewusst, was geschehen würde, daher war es augenscheinlich auch etwas, was immer wieder einmal geschah. Er war einfach derjenige gewesen, der in das Fettnäpfchen getreten war. Es hätte auch jeder andere sein können.

Plötzlich fühlte er sich besser. Zum ersten Mal in seinem Leben wurde er ebenso behandelt wie jeder andere auch. Keine Ehrfurcht. Keine Sonderbehandlung. Er atmete auf und begann zu lauschen, was die anderen sagten.

»Wo, zum Teufel, bist du groß geworden, Kadett, dass du nicht auf deinen Namen antwortest?«

»Ich bin in Nevarsin erzogen worden«, sagte Regis, was noch mehr Spott und Lachen hervorrief.

»He, wir haben einen Mönch unter uns! Hast du gerade gebetet, als man dich aufrief?«

»Nein, es war die Stunde des Großen Schweigens, und die Glocke zum Sprechen war noch nicht ertönt!«

Regis hörte ihnen mit freundlichem, etwas dummem Lächeln zu, was das Beste war, was er überhaupt tun konnte. Ein Kadett des dritten Jahres, der sehr überlegen und makellos in seiner grünschwarzen Uniform aussah, führte sie in die Baracke am anderen Ende des Hofes. »Die ersten Jahrgänge bitte hierher!«

»He«, sagte einer. »Was geschah dem Kommandeur?«

Der Junioroffizier sagte: »Wasch dir nächstes Mal die Ohren. Er hat sich bei einem Sturz ein paar Knochen gebrochen. Wir alle haben es gehört!«

Jemand sagte, vorsichtigerweise nicht so laut, dass der Offizier es hören konnte: »Werden wir die ganze Saison mit diesem Bastard zu tun haben?«

»Halt den Mund«, sagte Julian MacAran. »Montray-Alton ist nicht der Schlechteste. Er hat ein ganz schönes Temperament, wenn man ihn angreift, aber das ist nichts gegen den alten Herrn, wenn er wütend ist. Es könnte jedenfalls schlimmer sein«, fügte er noch mit einem vorsichtigen Blick auf den Offizier, der im Moment außer Hörweite war, hinzu. »Lew ist fair, und ihm rutscht auch nicht die Hand aus, und das kann man nicht von jedermann behaupten.«

Danilo fragte: »Wer wird denn nun Kadettenmeister? Di Asturien ist doch schon seit Jahren nicht mehr aktiv. Er hat schon unter meinem Großvater gedient!«

Damon MacAnndra sagte mit einem vorsichtigen Blick zu dem Offizier: »Ich habe gehört, es wird dieser, du weißt schon, Kapitän Ardais.«

Julian meinte: »Ich hoffe, das ist ein Scherz. Gestern Abend war ich in der Waffenkammer und ...« Seine Stimme senkte sich zu einem Flüstern. Regis war zu weit entfernt, doch die Jungen um ihn her reagierten mit nervösem, schrillem Gekicher. Damon sagte: »Das ist doch gar nichts. Hört mal, habt ihr von meinem Vetter Octavien Vallonde gehört? Letztes Jahr ...«

»Hör auf«, sagte ein fremder Kadett, gerade laut genug, damit Regis es hören konnte. »Du weißt, was mit ihm passiert ist, weil er über einen Comyn-Erben getratscht hat. Hast du vergessen, dass wir jetzt auch einen in der Baracke haben?«

Abrupt trat Stille zwischen den Kadetten ein. Sie trennten sich und begannen, durch den Raum zu gehen. Auf Regis wirkte dies wie ein Schlag ins Gesicht. In der einen Minute lachten und scherzten sie und bezogen ihn in ihre Späße ein, in der nächsten war er der Außenseiter, eine Bedrohung. Es war noch schlimmer, weil er den Verlauf des Gesprächs nicht richtig mitbekommen hatte.

Er ging auf Danilo zu, der ihm wenigstens etwas vertraut war. »Was geschieht nun?«

»Ich denke, wir warten auf jemanden, der es uns sagt. Ich wollte nicht Aufmerksamkeit erregen und Euch Probleme bereiten, Lord Regis.«

»Du auch, Dani?« Das formelle *Lord Regis* schien wie ein Symbol der Distanz zu sein, die man ihm gegenüber hielt. Ihm gelang ein Lachen. »Hast du nicht gerade gehört, wie mich Lew Alton nachdrücklich erinnert hat, dass mich hier niemand so nennen würde?«

Dani schenkte ihm ein schnelles, spontanes Lächeln. »Stimmt.«

Er blickte sich in der Baracke um. Es war ein kahler, kalter, trostloser Raum. In zwei Reihen standen entlang den Wänden ein Dutzend harter, schmaler Pritschen. Alle außer einer waren mit Sachen belegt. Danilo wies auf die unbesetzte Pritsche hin und sagte: »Die meisten von uns waren gestern Abend schon hier und haben sich Betten ausgesucht. Ich denke, das da wird deines sein. Es steht übrigens neben meinem.«

Regis zuckte die Achseln. »Sie haben mir keine große Wahl gelassen.« Es war natürlich der ungünstigste Platz in einer Ecke unter einem hohen Fenster, wo es wahrscheinlich scheußlich zog. Nun, es konnte kaum schlimmer sein als im Studentenschlafsaal in Nevarsin. Auch nicht kälter.

Der Kadett des dritten Jahrgangs sagte: »Männer, ihr habt den Rest des Morgens Zeit, eure Betten zu machen und eure Sachen zu verstauen. Essen ist in den Baracken zu keiner Zeit erlaubt. Alles, was auf dem Boden liegt, wird konfisziert.« Er blickte in die Runde der Jungen, die ruhig seine Befehle erwarteten. Er sagte: »Die Uniformen werden morgen ausgegeben. MacAnndra ...«

Damon sagte: »Sir?«

»Lass dir beim Friseur die Haare schneiden. Hier ist keine Tanzschule. Haar länger als über das Schlüsselbein passt nicht zur Uniform. Deine Mutter fand die Locken vielleicht süß, aber der Offizier wird es nicht mögen.«

Damon wurde so rot wie ein Apfel, und er zog beschämt den Kopf ein.

Regis untersuchte das Bett, das aus rohen Brettern und einer Strohmatratze in rauem, sauberem Bezug bestand. Am Fußende lagen gefaltet ein paar dicke, dunkelgraue Wolldecken. Sie sahen kratzig aus. Die anderen Jungen bauten sich die Betten mit mitgebrachten Laken. Regis begann im Kopf eine Liste aufzustellen von den Dingen, die er aus den Räumen seines Großvaters holen musste. Sie begann mit Bettlaken und Kissen. Am Kopfende eines jeden Bettes befand sich ein kleines Regal, auf das die Kadetten bereits ihre persönliche Habe gelegt hatten. Am Fußende eines jeden Bettes stand eine Holzkiste. Die Deckel waren sämtlich zerkratzt von Messern, verschlungenen Initialen oder trugen Brandzeichen – Merkmale von Generationen unruhiger Jungen. Regis kam in den Sinn, dass sein Vater vor Jahren in ebendiesem Raum Kadett gewesen sein musste, auf einem harten Bett wie diesem, mit reduzierter Habe, wie hoch auch immer sein Rang und wie groß seine Reichtümer waren, reduziert auf das, was auf das handbreite Regal passte. Danilo legte auf sein Brett einen einfachen Holzkamm, eine Haarbürste, eine gesprungene Tasse, einen Teller und eine kleine Schachtel mit eingelegtem Silber, aus der er ehrfürchtig eine *Cristoforo*-Statue des Bürdenträgers nahm, der auf seinen Schultern die Leiden der Welt trägt.

Unter dem Regal befanden sich Haken für Schwert und Dolch. Danilos Waffe sah sehr alt aus. Ein Familienerbstück?

Alle von ihnen waren hier, weil auch ihre Vorväter hier gewesen waren, dachte Regis mit der alten Verachtung. Er schwor sich, niemals würde er den für die Hasturs vorgezeichneten Weg betreten, und dennoch war er hier.

Der Kadettenoffizier ging durch den Raum und überprüfte ihn ein letztes Mal. Am anderen Ende des Zimmers befand sich ein freier Raum mit einigen groben Bänken und einem abgenutzten Holztisch. Es gab einen Kamin, aber im Moment brannte kein Feuer. Die Fenster waren hoch und schmal, ohne Glas und mit losen Holzladen versehen, die man bei schlechtem Wetter schließen konnte, wobei man in Kauf nahm, das Tageslicht auszusperren Der Kadettenoffizier sagte: »Man wird im Laufe des Tages nach jedem von euch schicken, damit ihr durch einen Waffenmeister geprüft werdet.« Er sah Regis am Ende seiner Pritsche sitzen und ging durch die Bettenreihe auf ihn zu.

»Du bist zu spät gekommen. Hat dir irgendjemand eine Kopie des Waffenhandbuches gegeben?«

»Nein, Sir.«

Der Offizier gab ihm ein abgenutztes Büchlein. »Ich habe gehört, du bist in Nevarsin erzogen worden. Vermutlich kannst du lesen. Noch irgendwelche Fragen?«

»Ich habe ... mein Großvater hat ... meine Sachen noch nicht hier. Kann ich sie holen lassen?«

Der Ältere sagte nicht unfreundlich: »Es gibt hier niemanden, der dir Dinge holt und bringt, Kadett. Morgen nach dem Abendessen wirst du etwas Freizeit haben, und du kannst dann holen, was du benötigst. In der Zwischenzeit musst du mit den Kleidern auf dem Leib vorlieb nehmen.«

Er sah an Regis herab, und Regis vermeinte ein verstecktes spöttisches Lächeln über seine feinen Kleider zu entdecken, die er heute Morgen angelegt hatte, um bei seinem Großvater vorstellig zu werden.

»Du bist das Namenlose Erstaunen, nicht wahr? Kennst du nun deinen Namen?«

»Kadett Hastur, Sir«, sagte Regis, und sein Gesicht brannte erneut. Der Offizier nickte und sagte: »Sehr gut, Kadett«, und ging fort.

Und das war offensichtlich der Grund, warum sie es taten, dachte Regis. Wahrscheinlich vergaß es niemand ein zweites Mal.

Danilo, der zugehört hatte, sagte: »Hat dir niemand gesagt, am Abend vorher deine Sachen herunterzubringen? Das ist der Grund, warum mich Lord Alton so früh hierher geschickt hat.«

»Nein, niemand hat es mir gesagt.« Wenn er doch nur Lew gefragt hätte, was er in den Baracken benötigen würde, als sie noch als Freunde miteinander reden konnten.

Danilo sagte schüchtern: »Das sind doch deine besten Sachen, nicht wahr? Ich könnte dir ein normales Hemd leihen. Wir haben ungefähr die gleiche Größe.«

»Danke, Dani. Das wäre sehr nett von dir. Dieser Anzug ist nicht sehr passend, stimmt's?«

Danilo kniete vor seiner Holzkiste, brachte ein sauberes, aber sehr schäbiges Hemd zum Vorschein, das an den Ellenbogen mehrfach geflickt war. Regis zog die gefärbte Wildledertunika aus, ebenso das feine Rüschenhemd darunter und glitt in das geflickte. Danilo entschuldigte sich. »Mir ist es auch etwas zu groß. Es gehörte vorher Lew – Kapitän Alton, meine ich. Lord Kennard hat mir einige seiner abgelegten Sachen gegeben, damit ich eine anständige Ausstattung für die Kadettenzeit habe. Er hat mir auch ein gutes Pferd gegeben. Er ist sehr freundlich zu mir.«

Regis lachte. »Ich habe auch immer Lews abgelegte Sachen getragen, als ich dort lebte. Ich bin immer aus meinen herausgewachsen, und da die Feuerwache alle paar Tage zusammengerufen wurde, hatte niemand Zeit, mir neue zu machen oder in die Stadt danach zu schicken.« Er schloss die Bänder am Hals. Danilo sagte: »Es fällt schwer, sich vorzustellen, dass du abgelegte Sachen trägst.«

»Ich hatte nichts dagegen, Lews Sachen zu tragen. Aber ich habe es gehasst, die abgelegten Nachthemden meiner Schwester zu tragen. Ihre Gouvernante hat ihr das Nähen beigebracht, indem sie sie ihre eigenen Hemden auf meine Größe zurechtschneiden ließ. Und immer, wenn sie wütend darüber war, hat sie mich mit den Nadeln gestochen und gezwickt, wenn ich sie anprobierte. Sie hat das Nähen nie gemocht.« Er dachte an seine Schwester, wie er sie zuletzt gesehen hatte, schwerfällig und hochschwanger. Arme Javanne. Auch sie war gefangen, mit keiner anderen Aufgabe, als dem Hause Hastur Kinder zu gebären.

»Regis, stimmt irgendetwas nicht?«

Regis war erstaunt über Danilos besorgten Gesichtsausdruck. »Nein. Ich habe nur an meine Schwester gedacht – ob ihr Kind wohl schon auf der Welt ist.«

Danilo sagte leise: »Ich denke, sie hätten dir eine Nachricht geschickt, wenn irgendetwas schlecht verlaufen wäre. Es gibt ein altes Sprichwort, das lautet: Gute Nachrichten schleppen sich mühsam voran, aber schlechte Nachrichten haben Flügel.«

Damon MacAnndra kam auf sie zu. »Seid ihr schon von dem Waffenmeister überprüft worden?«

»Nein«, sagte Dani. »Gestern haben sie es nicht bis zu mir geschafft. Was geschieht denn da?«

Damon zuckte die Achseln. »Der Waffenmeister gibt dir das übliche Schwert der Wache und lässt dich die Grundpositionen der Verteidigung demonstrieren. Wenn man nicht weiß, an welchem Ende man es anfassen muss, steckt er einen in die Anfängerklasse, und man muss ungefähr drei Stunden am Tag üben. Natürlich in der Freizeit. Wenn du die Grundregeln kennst, wird entweder er oder einer seiner Assistenten dich testen. Als ich gestern Abend oben war, war auch Lord Dyan dort. Ich sage euch, ich habe Blut geschwitzt! Ich habe mich verdammt dumm angestellt, bin ausgerutscht, und er hat mir für jeden zweiten Tag Übungsstunden aufgebrummt. Wem kann schon irgendetwas gelingen, wenn der einen anstarrt.«

»Ja«, sagte Julian vom nächsten Bett herüber, wo er versuchte, einen Rostfleck von seinem Messer abzuwischen. »Mein Bruder hat mir erzählt, dass er gern dabeisitzt, wenn die Kadetten trainieren. Er scheint es zu genießen, wenn sie heruntergeputzt werden und dummes Zeug anstellen. Er ist ziemlich gemein.«

»Ich habe in Nevarsin Schwertkampf gelernt«, sagte Danilo. »Um den Waffenmeister mache ich mir keine Sorgen.«

»Dann mach dir um Lord Dyan Sorgen. Du bist gerade jung genug, und hübsch bist du auch ...«

»Halt den Mund«, sagte Danilo. »Du solltest nicht so über einen Comyn-Lord reden.«

Damon kicherte. »Das habe ich vergessen. Du bist ja der Schützling von Lord Alton, stimmt's? Komisch, ich habe nie gehört, dass der eine Vorliebe für hübsche Jungen hätte.«

Danilo fauchte mit brennenden Wangen: »Halt dein dreckiges Maul. Du bist doch nicht würdig, Lord Kennards Stiefel abzuwischen. Wenn du noch einmal etwas gegen ihn sagst ...«

»Nun, es scheint, wir haben hier ein ganzes Mönchskloster beisammen«, sagte Julian und stimmte in das Lachen ein. »Rezitierst du das Gelöbnis der Keuschheit, wenn du in die Schlacht reitest, Dani?«

»Es würde keinem eurer schmutzigen Mäuler schaden, wenn ihr mal etwas Anständiges von euch geben würdet«, sagte Dani, wandte ihnen den Rücken zu und vertiefte sich in das Waffenhandbuch.

Auch Regis war schockiert durch ihre Anschuldigungen und ihre Sprache. Aber er merkte, dass er nicht erwarten konnte, dass sich normale junge Männer wie Novizen verhielten und redeten, und er wusste auch, dass sein Leben bald für ihn unerträglich würde, wenn er irgendein Zeichen der Verachtung von sich gab. Er hielt also den Mund. Diese Dinge waren hier wohl so sehr an der Tagesordnung, um als Scherz gelten zu können.

Und dennoch hatte es in der Terranischen Enklave einen Mord und beinahe einen Aufstand verursacht. Konnten erwachsene Männer derlei wirklich so ernst nehmen, dass sie einen Mord begingen? Terraner vielleicht. Sie mussten sehr merkwürdige Gebräuche haben, wenn sie noch rigoroser als die *Cristoforos* waren.

Plötzlich fiel ihm wieder ein – wie etwas, das vor Jahren geschehen war –, wie er heute Morgen neben dem jungen Lawton in der Terranischen Zone gestanden und das Raumschiff beobachtet hatte, das sich von dem Planeten löste und auf den Weg zu den Sternen begab.

Er fragte sich, ob Dan Lawton wusste, an welchem Ende man ein Schwert anzufassen hatte und ob ihm das wichtig erschien. Er verspürte ein merkwürdiges Gefühl, als pendele er rasch und schmerzhaft zwischen zwei Welten hin und her.

Drei Jahre. Drei Jahre, um Schwertkampf zu üben, während nur einen Bogenschuss entfernt die terranischen Raumschiffe kamen und gingen.

War es dieses Bewusstsein, das sein Großvater Tag und Nacht mit sich herumschleppte, eine stetige Erinnerung, dass hier zwei Welten Schulter an Schulter standen, die eine völlig entgegengesetzte Geschichte sowie völlig entgegengesetzte

Gewohnheiten, Sitten und Moralauffassungen hatten? Wie konnte Hastur mit einem solchen Kontrast leben?

Der Tag nahm seinen Lauf. Man schickte nach ihm und nahm penibel Maß für seine Uniform. Als die Sonne hoch am Himmel stand, kam ein Junioroffizier und zeigte ihnen den Weg zur Messe, wo die Kadetten an abgesonderten Tischen aßen. Das Essen war grob und einfach, aber Regis hatte in Nevarsin Schlechteres gegessen, und er langte tüchtig zu, wenn auch einige der Kadetten laut über die Speisen murrten.

»Es ist nicht so schlecht«, sagte er leise zu Danilo, und die Augen des Jüngeren funkelten schalkhaft. »Vielleicht wollen sie herausfinden, ob wir wissen, dass sie an etwas Besseres gewöhnt sind. Selbst wenn wir es nicht sind.«

Regis sah Danilos auf dem Rücken geflicktes Hemd an und erinnerte sich, wie verzweifelt arm die Familie des Jungen sein musste. Doch sie hatte ihm die gute Erziehung in Nevarsin zukommen lassen. »Ich dachte, du würdest Mönch werden, Dani.«

»Das konnte ich nicht«, sagte Dani. »Ich bin nur der einzige Sohn meines Vaters, und es wäre ungesetzlich. Mein Halbbruder wurde vor fünfzehn Jahren getötet, bevor ich geboren wurde.« Als sie die Messe verließen, fügte er hinzu: »Vater hat mir Lesen und Schreiben und Rechnen beigebracht, so dass ich eines Tages das Anwesen verwalten kann. Er wird langsam zu alt, um Syrtis allein zu bewirtschaften. Er wollte nicht, dass ich in der Wache diene, aber als Lord Alton das freundliche Angebot machte, konnte er es nicht ablehnen. Ich hasse es, wenn sie über ihn klatschen«, sagte er heftig. »Er ist nicht so, wie sie sagen! Er ist gut und freundlich und anständig.«

»Ich bin sicher, er würde es überhören«, sagte Regis. »Ich habe ja auch in seinem Haus gewohnt, du weißt es. Und eines seiner Lieblingssprichwörter war: Wenn man zu sehr auf das

Bellen der Hunde hört, wird man taub, ohne etwas zu lernen. Sind die Syrtis-Leute in der Alton-Domäne, Danilo?«

»Nein, wir waren immer den Hasturs unterstellt. Mein Vater war bei deinem Vater Falkner und mein Halbbruder sein Waffenbruder.«

Und Regis fiel etwas wieder ein, eine alte Geschichte, die er immer schon gekannt hatte, die Teil seiner Kindheit gewesen war, doch die er nie mit lebenden Menschen in Verbindung gebracht hatte. Er sagte aufgeregt: »Dani! Dein Bruder ... hieß er Rafael-Felix Syrtis von Syrtis?«

»Ja, das war sein Name. Er wurde vor meiner Geburt getötet, im gleichen Jahr, als Stefan der Vierte starb ...«

»Und mein Vater«, sagte Regis in einem Aufwall unvertrauter Aufregung. »Mein ganzes Leben schon kenne ich diese Geschichte. Dani, dein Bruder war die persönliche Leibwache meines Vaters. Sie wurden im gleichen Augenblick getötet – er starb, als er versuchte, den Körper meines Vaters zu schützen. Wusstest du, dass sie Seite an Seite in einem Grab auf dem Feld von Khilghairlie begraben liegen?«

Er erinnerte sich, sagte aber nicht, was ihm ein alter Diener verraten hatte, nämlich, dass beide in Fetzen zerstückelt und zusammen begraben wurden, wo sie niederfielen, da niemand mehr sagen konnte, welche Teile zu seinem Vater gehörten und welche zu Danis Bruder.

»Ich wusste es nicht«, flüsterte Danilo mit aufgerissenen Augen. Regis, von einem fremdartigen Gefühl erfasst, sagte: »Es muss schrecklich sein, so zu sterben, aber nicht so schrecklich, wenn dein letzter Gedanke ist, jemand anderen zu schützen ...«

Danilos Stimme klang nicht sehr fest. »Sie hießen beide Rafael, und sie hatten sich einander verschworen, und sie kämpften zusammen und starben zusammen und liegen in einem Grab ...« Er streckte seine Hand nach Regis aus, als wisse er kaum, was er tat, und umschlang dessen Finger. Er sagte: »Ich möchte so sterben. Du nicht auch?«

Wortlos nickte Regis. Einen Moment erschien es ihm, als habe ihn etwas sehr tief getroffen, ein fast schmerzhaftes Bewusstsein und Gefühl. Es war wie eine körperliche Berührung, wenn auch Danilos Finger nur leicht in seiner Hand ruhten. Plötzlich ließ er, erstaunt durch die Intensität seiner Gefühle, Danilos Hand los, und die Aufwallung von Emotionen verebbte. Einer der Kadettenoffiziere kam auf sie zu und sagte: »Dani, der Waffenmeister hat nach dir geschickt.« Danilo ergriff seine schäbige Ledertunika, zog sie rasch über das Hemd und ging.

Regis dachte daran, dass er die ganze Nacht auf den Beinen gewesen war und streckte sich auf dem kitzelnden Stroh seiner Pritsche aus. Er war zu unruhig, um schlafen zu können, fiel jedoch rasch in einen unangenehmen Schlummer, gestört von den unvertrauten Geräuschen der Wachhalle, dem Metallklicken aus der Zeugkammer, wo jemand einen Schild reparierte, Männerstimmen, die anders als die gedämpften Laute im Kloster waren. Im Halbschlaf begann er eine alptraumartige Reihe von Gesichtern an sich vorbeiziehen zu sehen: Lew Alton, der traurig und wütend aussah, als er Regis sagte, er habe kein *Laran,* Kennard, der für Marius bat, sein Großvater, der dagegen ankämpfte, Erschöpfung und Kummer zu zeigen. Als er tiefer in das neutrale Gebiet am Rande des Schlafs hineintrieb, erinnerte er sich an Danilo, wie er mit dem hölzernen Übungsschwert auf Nevarsin umging. Jemand, den Regis nur undeutlich sehen konnte, stand hinter ihm. Danilo bewegte sich rasch fort, und er hörte durch seinen Traum ein raues, schrilles Lachen, das wie der Ruf eines Falken klang. Und dann erschien ihm plötzlich ein Bild Danilos vor Augen, der mit abgewandtem Gesicht zur Wand gerollt lag und herzzerreißend weinte. Und durch die traumartigen Schluchzer spürte

Regis entsetzliche Furcht, Ekel und eine überwältigende Scham ...

Jemand legte ihm die Hand auf die Schulter und schüttelte ihn. Der Raum in der Baracke war im Sonnenuntergang dämmrig geworden. Danilo sagte: »Regis? Tut mir Leid, dass ich dich wecken muss, aber der Kadettenmeister will dich sehen. Kennst du den Weg?«

Regis setzte sich auf und war noch etwas benommen durch den heftigen Alptraum. Einen Moment dachte er, Danilos Gesicht, das sich in dem Dämmerlicht über ihn beugte, sei immer noch gerötet und geschwollen, als habe er wie im Traum geweint. Nein, das war lächerlich. Dani sah erhitzt und verschwitzt aus, als sei er bei der Übung schnell gelaufen. Wahrscheinlich hatten sie seinen Schwertkampf getestet. Regis versuchte, die letzten Reste des Traums abzuschütteln. Er ging in den Waschraum mit dem Steinfußboden, der neben der Latrine lag, und spritzte sich etwas von dem betäubend kalten Wasser von der Pumpe ins Gesicht. Als er wieder im Zimmer war und sich die Ledertunika über Danilos geflicktes Hemd zerrte, sah er Danilo, den Kopf in den Händen vergraben, auf dem Bett liegen. Vielleicht hatte er bei dem Waffentest schlecht abgeschnitten und war nun unglücklich darüber. Regis ging, ohne seinen Freund zu stören.

In der Waffenkammer befanden sich ein Kadett des zweiten Jahrgangs mit umfangreichen Listen in der Hand, ein anderer Offizier, der an einem Tisch etwas schrieb und Dyan Ardais hinter einem alten, wurmstichigen Sekretär. Da der Nachmittag sehr warm geworden war, stand sein Kragen offen, und sein drahtiges, dunkles Haar klebte verschwitzt auf der Stirn, und Regis meinte, dass Dyan mit einem schnellen, feindseligen Blick alles an ihm erkannt hatte, was er wissen wollte.

»Kadett Hastur. Alles in Ordnung?«

»Jawohl, Lord Dyan.«

»In der Wachhalle einfach Kapitän Ardais, Regis.« Dyan blickte wieder an ihm herab, mit einem langsamen, abschätzenden Blick, unter dem sich Regis unbehaglich fühlte. »Immerhin haben sie dir in Nevarsin beigebracht, gerade zu stehen. Du solltest dir einmal ansehen, wie einige der Burschen sich halten!« Er betrachtete eingehend ein Blatt auf seinem Schreibtisch. »Regis-Rafael Felix Alar Hastur-Elhalyn. Bist du mit Regis-Rafael einverstanden?«

»Einfach Regis, Sir.«

»Wie du willst. Wenn es auch schade ist, wenn der Name Rafael Hastur verloren geht. Es ist ein ehrenwerter Name.«

Verdammt, dachte Regis, ich weiß, dass ich nicht mein Vater bin! Er wusste, dass es kurz angebunden und fast unhöflich klang, als er sagte: »Der Sohn meiner Schwester heißt Rafael, Kapitän. Ich möchte lieber nicht den Ruhm meines Vaters teilen, bevor ich es verdiene.«

»Ein bewundernswertes Ziel«, sagte Dyan langsam. »Ich glaube, jeder möchte einen eigenen Namen haben, anstatt sich auf der Vergangenheit auszuruhen. Ich kann das verstehen, Regis.« Nach einem Augenblick mit einem merkwürdig impulsiven Lächeln sagte er: »Es muss angenehm sein, einen ruhmreichen Vater zu haben, der seinen Moment des Ruhms nicht überlebt hat. Du weißt wahrscheinlich, dass mein Vater seit zwanzig Jahren wahnsinnig ist und nicht einmal Verstand genug hat, das Gesicht seines eigenen Sohnes zu erkennen?«

Regis hatte lediglich Gerüchte über den alten Kyril Ardais gehört, den kaum jemand jemals außerhalb von Burg Ardais gesehen hatte, so dass die meisten Menschen der Domäne seine Existenz seit langem vergessen hatten, ebenso, dass Dyan nicht Lord Ardais war, sondern nur Lord Dyan. Abrupt sprach Dyan mit völlig veränderter Stimme weiter.

»Wie groß bist du?«

»Einsachtundsiebzig.«

Belustigt und fragend zog er die Augenbrauen hoch: »So groß? Ja, ich glaube, es ist so viel. Trinkst du?«

»Nur beim Essen, Sir.«

»Nun, dann fang's auch nicht an. Es gibt schon zu viele jugendliche Trinker. Kommst du betrunken zum Dienst, wirst du ohne Kommentar rausgeworfen. Man akzeptiert keinerlei Erklärung oder Entschuldigung. Es ist ebenfalls verboten zu spielen. Ich meine natürlich nicht das Wetten um Pfennige, wetten bei Kartenspielen oder beim Würfeln, aber das Spielen um erhebliche Summen ist verboten. Hat man dir das Waffenbuch gegeben? Gut. Lies es heute Abend. Ab übermorgen bist du für alles verantwortlich, was darin steht. Noch etwas. Duelle sind absolut verboten, und wenn du dein Schwert oder ein Messer gegen einen anderen Wachsoldaten ziehst, bedeutet es dein Ende. Also beherrsche dich, was immer auch passiert. Du bist nicht verheiratet, vermute ich. Oder bist du schon jemand versprochen?«

»Nicht dass ich wüsste, Sir.«

Dyan stieß einen merkwürdig spöttischen Ton aus. »Nun, genieße es. Vermutlich wird dich dein Großvater verheiratet haben, noch ehe das Jahr um ist. Lass mich mal sehen. Was du in deiner Freizeit machst, ist deine Sache, aber sieh zu, dass man nicht über dich redet. Es gibt eine Regel über die Verursachung skandalösen Geredes durch skandalöses Betragen. Ich brauche dir wohl nicht zu sagen, dass von einem Erben einer Domäne erwartet wird, dass er ein Beispiel setzt, oder?«

»Nein, Kapitän, das brauchen Sie mir nicht zu sagen.« Man hatte es Regis sein ganzes Leben lang unter die Nase gerieben und Dyan vermutlich ebenfalls.

Dyan sah ihn wieder an, amüsiert und mitleidig. »Es ist unfair, Vetter, nicht wahr? Man erlaubt einem nicht, ein Comyn-

Privileg für sich in Anspruch zu nehmen, erwartet aber immer, dass man ein Beispiel dessen gibt, was man ist.« Mit einem erneuten raschen Wechsel der Tonlage war er wieder der distanzierte Offizier. »Bleibe in jedem Fall bei deinen ... Vergnügungen der Terranischen Enklave fern.«

Regis dachte an den jungen terranischen Offizier, der ihm angeboten hatte, ihm mehr von dem Raumhafen zu zeigen, wenn er wollte. »Ist es generell verboten, den Terranischen Stützpunkt zu betreten?«

»Aber nein. Das Verbot richtet sich nicht gegen Besichtigungen, Einkäufe oder dagegen, dort zu speisen, falls du exotisches Essen liebst. Doch die Gebräuche der Terraner sind von den unseren so verschieden, dass es riskant ist, sich mit einer terranischen Prostituierten einzulassen oder irgendwelche sexuellen Annäherungsversuche zu machen. Halte dich also da heraus. Offen gesagt – du giltst nun als Erwachsener –, wenn dich nach solchen Abenteuern gelüstet, suche sie auf der Darkovaner Seite. Zandrus Hölle, mein Junge, bist du nicht ein bisschen alt, um zu erröten? Oder ist das Kloster immer noch in dir?« Er lachte. »Ich vermute, da du in Nevarsin erzogen bist, hast du auch keine Ahnung, was man mit Waffen anstellt, oder?«

Dieses Mal begrüßte Regis den Themawechsel. Er sagte, er habe Lektionen erhalten, und Dyan blies verächtlich die Nasenflügel auf. »Irgendein abgehalfterter alter Soldat, der sich ein paar Groschen verdient hat, indem er euch die Grundpositionen beibrachte.«

»Kennard Alton hat mich unterrichtet, als ich noch klein war, Sir.«

»Nun, wir werden sehen.« Er machte eine Handbewegung zu einem der Junioroffiziere hin. »Hjalmar, gib ihm ein Übungsschwert.«

Hjalmar reichte Regis eines der Holz-und-Leder-Schwerter

für Übungszwecke. Regis wog es auf der Hand. »Sir, ich bin ziemlich aus der Übung.«

»Macht nichts«, sagte Hjalmar gelangweilt. »Wir werden sehen, welche Unterweisung du gehabt hast.«

Regis hob das Schwert zur Begrüßung. Er sah, wie Hjalmar die Braue hochzog, als er die Verteidigungsposition einnahm. Kennard hatte es ihm vor Jahren beigebracht. In dem Moment, als Hjalmar die Waffe senkte, erkannte Regis den Schwachpunkt in seiner Verteidigung; er machte einen Ausfall, trat zur Seite und berührte Hjalmar fast unmittelbar darauf an der Hüfte. Sie trennten sich. Einen Moment hörte man keinen Laut außer dem Schnurren der Füße, als sie einander umkreisten. Dann tat Hjalmar einen raschen Schlag, den Regis parierte. Er löste sich und berührte ihn an der Schulter.

»Genug.« Dyan warf die Weste ab und stand in Hemdsärmeln da. »Gib mir das Schwert, Hjalmar.«

Sobald Dyan die Holzklinge hob, wusste Regis, dass er keinen Amateur vor sich hatte. Hjalmar wurde offensichtlich bei Kadetten eingesetzt, die schüchtern waren oder absolut unausgebildet und vielleicht zum ersten Mal eine Waffe in der Hand hielten. Dyan war schon etwas anderes. Regis fühlte einen Kloß in der Kehle und erinnerte sich an das Geschwätz der anderen Kadetten. Dyan hatte eine Vorliebe dafür, andere verwirrt und dummes Zeug anstellen zu sehen.

Es gelang ihm, den ersten Hieb zu parieren, ebenso den zweiten. Doch beim dritten glitt sein Parierhieb unglücklich an Dyans Klinge entlang, und er spürte, wie die Holzspitze hart gegen seine Rippen stieß. Dyan nickte ihm zu, weiterzumachen, drängte ihn Schritt für Schritt zurück und berührte ihn schließlich noch einmal und wieder, dreimal rasch hintereinander. Regis errötete und senkte das Schwert.

Dann spürte er die Hand des Älteren hart auf seiner Schulter. »So, du bist also aus der Übung?«

»Ziemlich, Kapitän.«

»Hör auf zu untertreiben, *Chiyu*. Du hast mich ins Schwitzen gebracht, und nicht einmal der Waffenmeister kann das oft. Kennard hat dich viel gelehrt. Irgendwie hatte ich bei deinem hübschen Gesicht erwartet, dass du kaum etwas anderes als Tanzen beherrschtest. Nun, mein Junge, die regelmäßigen Lektionen können wir dir ersparen, aber du erscheinst doch besser zu den täglichen Übungsstunden. Das heißt, falls wir jemanden finden, der dir gleichkommt. Ich werde mich selber mit dir abgeben müssen.«

»Es wäre mir eine Ehre, Kapitän«, sagte Regis, hoffte aber, dass Dyan nicht zu diesem Wort stehen würde. Irgendetwas in dem Blick und den spöttischen Komplimenten des Älteren ließ ihn sich unwohl und sehr jung fühlen. Dyans Hand auf seiner Schulter war hart, fast ein schmerzhafter Griff. Er drehte Regis sanft herum, damit er ihm ins Gesicht sehen konnte. Er sagte: »Da du bereits über einige Kenntnisse im Schwertkampf verfügst, Vetter, findest du vielleicht den Gedanken gut, wenn ich dich darum bitte, mein Adjutant zu werden. Das hieße unter anderem, dass du nicht in der Kaserne zu schlafen hättest.«

Schnell sagte Regis: »Lieber nicht, Sir.« Er rang um eine akzeptable Erklärung. »Sir, das ist eine Stelle für einen ... einen erfahrenen Kadetten. Wenn mir sogleich ein Ehrenposten angetragen wird, sieht es bestimmt so aus, als schlüge ich aus meiner Herkunft einen Vorteil, um mich vor dem zu drücken, was die anderen Kadetten zu tun haben. Danke für die Ehre, Kapitän, aber ich glaube, ich kann sie nicht annehmen.«

Dyan warf den Kopf zurück und lachte, und Regis schien es, als klänge das raue Lachen wie der tödliche Schrei eines Falken. Irgendwie war es wie ein Alptraum. Regis hatte das eindringliche Gefühl, es schon einmal erlebt zu haben.

Der Eindruck schwand so schnell, wie er gekommen war. Dyans Griff auf seiner Schulter lockerte sich.

»Ich schätze dich für diese Entscheidung, Vetter, und ich wage zu sagen, dass du Recht hast. Du bist schon ein richtiger Diplomat. An deiner Antwort kann ich nichts Ehrenrühriges entdecken.«

Und wieder das wilde, raubvogelartige Lachen.

»Du kannst gehen, Kadett. Sag dem jungen MacAran, dass ich ihn sehen möchte.«

6

(Lew Altons Erzählung)

Vater blieb während der ersten Tage der Ratssitzungen bettlägerig, und ich war zu belastet und beschäftigt, um mich viel um die Kadetten kümmern zu können. Ich musste an den Ratssitzungen teilnehmen, die sich zu diesem Zeitpunkt mit besonders langweiligen Handelsvereinbarungen mit den Trockenstädten befassten. Doch zu einem fand ich die Zeit, nämlich dafür zu sorgen, dass die Treppe repariert wurde, ehe sich noch jemand dort den Hals oder ein Bein brach. Auch das war mühselig: Ich musste mich tagelang mit Architekten und Bauunternehmern und Steinmetzen auseinander setzen, die Kadetten husteten von morgens bis abends wegen des Staubs, und die Älteren murrten, weil sie einen Umweg gehen und eine andere Treppe benutzen mussten.

Lange Zeit, bevor ich ihn für genesen hielt, bestand Vater darauf, seinen Sitz im Rat wieder einzunehmen, den ich gern räumte. Viel zu bald darauf kehrte er zu der Wache zurück. Sein Arm war noch in der Schlinge, und er sah schrecklich mitgenommen und bleich aus. Ich vermutete, er teilte meine Unsicherheit, wie es den Kadetten wohl in diesem Jahr ergehen würde, jedoch sagte er nichts darüber. Unaufhörlich nagte der Gedanke an mir. Ich war wegen Vater beunruhigt, machte mir aber auch meine ureigenen Sorgen. Wenn mein Vater frei entschieden hätte, Dyan Ardais zu vertrauen, wäre ich nicht so verwirrt gewesen. Doch ich hatte das Gefühl, dass auch er gezwungen wurde und dass Dyan es genoss, die Macht dazu zu haben.

Ein paar Tage später kam Gabriel Lanart-Hastur von Edelweiß mit der Nachricht zurück, dass Javanne Zwillinge, beides

Mädchen, geboren habe, denen sie die Namen Ariel und Liriel gegeben hatten. Zusammen mit Gabriel schickte mich mein Vater auf einen Auftrag in die Berge, um ein neues System von Feuerwachtürmen einzuführen und die Feuerwachstationen zu inspizieren, die in den Tagen meines Großvaters errichtet worden waren, und um die Bergbewohner in neuen Feuerbekämpfungsmaßnahmen zu unterweisen. Diese Aufträge verlangen ein hohes Maß an Taktgefühl und einige Comyn-Autorität, denn es müssen Menschen zu einer friedlichen Zusammenarbeit überzeugt werden, die oftmals seit Generationen durch Familienfehden und Rivalitäten zerstritten sind. Die Feuerbekämpfung ist eine der ältesten Traditionen auf Darkover, doch in Gegenden, wo seit Jahren keine Waldbrände mehr aufgetreten sind, ist es schwer, die Menschen davon zu überzeugen, dass die Feuerbewachungsmaßnahmen ausgedehnt und die Feuerstationen und Wachtürme aufrechterhalten werden müssen.

Ich genoss die volle Autorität meines Vaters, und das half mir auch. Das Gesetz der Comyn geht über persönliche Fehden und Rivalitäten hinaus - oder sollte es zumindest. Ich hatte ein Dutzend Wachen für die körperlichen Arbeiten dabei, doch ich musste die Redearbeit leisten, musste überreden und besänftigen, wenn alte Fehden außer Kontrolle gerieten. Es bedurfte eines erheblichen Maßes an Takt und Mitdenken. Man musste auch eine Menge über die verschiedenen Familien wissen, ihre erbliche Loyalität, ihre Heiraten und Interaktionen während der letzten sieben oder acht Generationen. Es war bereits Mittsommer, als ich zurück nach Thendara ritt, doch ich fühlte, ein gutes Stück weitergekommen zu sein. Jeder Schritt gegen die Bedrohung durch Waldbrände auf Darkover beeindruckt mich weitaus mehr als alle politischen Vervollkommnungen der letzten hundert Jahre. Das ist wirklich etwas, was wir der terranischen Präsenz auf Darkover verdanken: ein Zuwachs an Wissen bei der Feuerkontrolle und ein Informationsaustausch mit anderen dicht bewaldeten Planeten des Reiches über neue Methoden des Überlebens und des Schutzes.

Draußen in den Bergen bedeutete der Name der Comyn etwas. Näher bei den Handelsstützpunkten hat der Einfluss der Erde die Gewohnheit abgeschliffen, die Comyn als natürliche Führer zu betrachten. Doch dort draußen war die Macht des bloßen Namens Comyn ungeheuer. Die Leute wussten entweder nicht, dass ich ein halbterranischer Bastard war, oder sie kümmerten sich nicht darum. Ich war der Sohn Kennard Altons, und nur das war wichtig. Zum ersten Mal besaß ich die volle Autorität eines Comyn-Erben.

Ich legte sogar eine Blutfehde bei, die seit drei Generationen gewütet hatte, indem ich vorschlug, dass der älteste Sohn des einen Hauses die Tochter des anderen heiratete und das Land, um das es ging, auf beider Kinder übertragen würde. Nur ein Comyn-Lord hätte dies vorschlagen können, ohne sich selber in diese Fehde zu verwickeln, doch sie akzeptierten es. Als ich an die Leben dachte, die ich so rettete, war ich darüber sehr glücklich.

Ich ritt an einem Morgen im Hochsommer nach Thendara zurück. Ich habe von Leuten, die von anderen Planeten kamen, gehört, wir hätten keinen Sommer, doch es hatte seit drei Tagen keinen Schnee gegeben, selbst nicht in den frühen Morgenstunden, und das war für mich Sommer genug. Die Sonne war verschwommen und halb hinter Wolken versteckt, doch als wir vom Pass herab durch die Nebelbänke ritten, brach sie durch und warf dunkelrote Schatten auf die Stadt vor uns. Alte Leute und Kinder versammelten sich innerhalb der Stadttore, um uns zuzusehen, und ich merkte, dass ich vor mich hin lächelte. Zum Teil lag das natürlich an dem Gedanken, in den folgenden beiden Nächten im gleichen Bett schlafen zu können. Doch teilweise war es auch deshalb, weil ich wusste, gute Arbeit geleistet zu haben. Zum ersten Mal in meinem Leben schien mir, als sei diese Stadt *meine* Stadt, dass ich heimkam. Ich hatte mir diese Aufgabe nicht ausgesucht – ich wurde hineingeboren –, doch nun verachtete ich dieses Leben nicht mehr so sehr.

Als ich in den Stallhof der Wache ritt, sah ich einen Trupp Kadetten auf Wache an den Toren und weitere auf dem Weg zur Messe. Sie wirkten recht soldatisch, nicht mehr wie jene unbeholfenen Kinder, die sie noch am ersten Tag gewesen waren. Offensichtlich hatte Dyan gute Arbeit geleistet. Nun, seine Kompetenz hatte ich auch niemals in Frage gestellt, doch immerhin fühlte ich mich nun besser. Ich übergab das Pferd dem Stallburschen und ging, um meinem Vater Bericht zu erstatten.

Er trug nun keine Verbände mehr, und der Arm hing nicht mehr in der Schlinge, doch er sah immer noch blass aus, und seine Lahmheit fiel stärker auf als vorher. Er trug die Ratskleidung, keine Uniform. Den angebotenen Bericht blockte er mit einer Handbewegung ab.

»Keine Zeit dafür. Ich bin sicher, du hast es ebenso gut erledigt, wie ich es selbst getan hätte. Aber hier gibt es Probleme. Bist du sehr müde?«

»Nein, es geht. Was gibt es, Vater? Aufstände?«

»Nein, dieses Mal nicht. Ein Treffen des Rates mit dem terranischen Legaten heute Morgen. In der Stadt. Im Hauptquartier der Terraner.«

»Warum sucht er Euch nicht im Ratssaal auf?« Comyn-Lords kamen und gingen nicht auf Bitten der Terraner!

Er ahnte den Gedanken und schüttelte den Kopf. »Es war Hastur selbst, der dieses Treffen wünschte. Es ist wichtiger, als du es dir möglicherweise vorstellst. Daher wollte ich, dass du das für mich in die Hand nimmst. Wir brauchen eine Ehrenwache, und ich möchte, dass du die Teilnehmer sehr sorgfältig aussuchst. Es würde fürchterlich, wenn wir Gegenstand des Klatsches in der Wache würden – oder anderswo.«

»Aber, Vater, jeder Wachmann ist doch durch seine Ehre gebunden.«

»In der Theorie schon«, antwortete er trocken, »aber in der Praxis? Einige sind eben vertrauenswürdiger als andere. Du kennst die jungen Männer besser als ich.« Es war das erste Mal gewesen, dass er mit einem Zugeständnis so weit ging. Er hatte mich vermisst, mich gebraucht. Ich fühlte mich sehr warm und willkommen, obwohl er lediglich sagte: »Suche dir Wachmänner oder Kadetten, die mit den Comyn verwandt sind – wenn möglich – oder sonst die vertrauenswürdigsten. Du weißt am besten, wessen Zungen lose sitzen.«

Gabriel Lanart, dachte ich, als ich zur Wachhalle hinabging, ein Verwandter der Altons, mit einer Hastur verheiratet. Lerrys Ridenow, der jüngere Bruder des Lords seiner Domäne. Der alte di Asturien, dessen Loyalität so fest wie die Grundmauern von Schloss Comyn selbst war. Ich überließ es ihm, die Veteranen auszuwählen, die uns durch die Straßen geleiten sollten – sie würden nicht in die Räume des Treffens selbst kommen, so dass die Wahl nicht allzu kritisch war –, und ging zu den Baracken der Kadetten.

Es war die Freizeitstunde zwischen Frühstück und Morgendrill. Die Kadetten des ersten Jahrgangs machten gerade ihre Betten, zwei fegten den Boden und säuberten die Feuerstellen. Regis saß auf dem Eckbett und flickte einen zerrissenen Schnürsenkel. War es Schüchternheit oder Gutwilligkeit, die ihn das zugige Bett unter dem Fenster hatte wählen lassen? Er sprang auf und stand still, als ich am Fußende der Pritsche stehen blieb.

Ich bedeutete ihm, sich zu rühren. »Der Kommandeur hat mich hergeschickt, um einige Ehrenwachen auszuwählen«, sagte ich. »Es handelt sich um eine Angelegenheit der Comyn. Es ist wohl selbstverständlich, dass kein Wort von dem, was du hören wirst, aus dem Ratszimmer hinausgelangen darf. Verstehst du mich, Regis?«

»Jawohl, Kapitän.« Er war formell, doch ich nahm in seiner Miene die Neugier und Aufregung wahr. Er sah älter aus, nicht mehr so kindlich und scheu. Nun, ich wusste aus meinen eigenen Kadettenjahren, dass in den ersten Tagen einige Dinge geschahen. Man wird schnell erwachsen ... oder kriecht geschlagen zurück nach Hause zu seiner Familie. Ich habe oft gedacht, dies sei der Grund, warum die Kadetten einige Zeit in der Kaserne dienen mussten. Niemand konnte vorab sagen, wer überleben würde und wer nicht.

Ich fragte: »Wie klappt es denn?«

Er lächelte und antwortete: »Ganz gut.« Er wollte irgendetwas anderes sagen, doch in diesem Moment kroch Danilo Syrtis staubbedeckt unter dem Nachbarbett hervor. »Ich hab's«, sagte er. »Wahrscheinlich ist es heute Morgen heruntergefallen, als ich ...« Er erblickte mich, stand auf und stand still.

»Kapitän.«

»Rühren, Kadett«, sagte ich, »aber du wischst dir besser den Staub von den Knien, bevor du hinausgehst zum Appell.« Er war Vaters Schützling, und seine Familie gehörte seit Generationen zu den Hastur-Leuten. »Auch du gehörst zur Ehrenwache, Kadett. Hast du gehört, was ich zu Regis gesagt habe, Dani?«

Er nickte, errötete, und seine Augen leuchteten auf. Er sagte mit einer solchen Förmlichkeit, dass es steif klang: »Ich bin zutiefst geehrt, Kapitän.« Doch durch die formellen Worte hindurch spürte ich die Aufregung, Freude, Neugier und das unmissverständliche Vergnügen über diese Ehre.

Unmissverständlich. Das war nicht das generelle Gespür

von Emotionen, die ich in jeder Gruppe wahrnehme, sondern eine definitive Berührung.

Laran. Der Junge hatte *Laran,* war mit Sicherheit ein Telepath, hatte wahrscheinlich noch eine andere Gabe. Nun, eine große Überraschung war es nicht. Vater hatte mir erzählt, sie verfügten seit einigen Generationen über Comyn-Blut. Regis kniete vor seiner Kiste und suchte das Lederband für seine Galauniform. Als Danilo seinem Beispiel folgen wollte, trat ich zu ihm und sagte: »Noch ein Wort, Vetter. Nicht jetzt – es ist nicht so eilig –, doch irgendwann, wenn du keine anderen Pflichten hast, geh zu meinem Vater oder zu Lord Dyan und bitte darum, von einer *Leronis* überprüft zu werden. Sie werden wissen, was das bedeutet. Sag, dass ich es war, der dir dies geraten hat.« Ich wandte mich ab. »Ihr beide, geht zu den anderen am Tor, sobald ihr bereit seid.«

Die Comyn-Lords warteten im Hof, als sich die Garde formierte. Mein Vater gab dem alten di Asturien mit leiser Stimme Anweisungen. Prinz Derik war nicht anwesend. Hastur würde in jedem Fall als Regent für ihn sprechen müssen, doch Derik mit seinen sechzehn Jahren war gewiss alt und interessiert genug, um an einer solchen Zusammenkunft teilzunehmen.

Auch Edric Ridenow war dort, der untersetzte rotbärtige Lord von Serrais. Auch war eine Frau dort, blass und schlank, in einen grauen Kapuzenumhang geschlungen, der sie vor neugierigen Blicken schützte. Ich kannte sie nicht, doch sie war offensichtlich eine *Comynara,* wahrscheinlich eine Aillard oder eine Elhalyn, da nur diese beiden Domänen Frauen unabhängiges Recht für den Rat gewähren. Dyan Ardais, in den grau-roten Farben seiner Domäne, schritt an seinen Platz. Er warf einen kurzen Blick auf die Ehrengarde, blieb kurz neben Danilo stehen und redete ihn mit leiser Stimme an. Der Junge errötete und blickte starr geradeaus. Mir war schon einmal aufgefallen, dass er immer noch errötete wie ein Kind, wenn man ihn anredete. Ich fragte mich, welchen Makel der Kadettenmeister an seinem Äußeren entdeckt haben mochte. Ich fand keinen, doch es ist die Aufgabe eines Kadettenmeisters, auch Kleinigkeiten festzustellen.

Als wir durch die Straßen Thendaras zogen, trafen uns überraschte Blicke. Verdammte Terraner! Es schmälerte die Würde der Comyn, dass sie uns herbaten und wir sogleich gelaufen kamen!

Dem Regenten schien kein Würdeverlust bewusst zu sein. Er bewegte sich zwischen der Garde mit der Energie eines Mannes, der gerade halb so alt war wie er. Sein Gesicht blickte ernst und beherrscht. Doch ich war trotzdem froh, als wir die Tore zum Raumhafen erreichten. Wir, die Comyn-Lords und die Ehrengarde, ließen die Eskorte draußen und wurden in ein Gebäude und dort in einen großen Raum im Erdgeschoss weitergeleitet.

Wie es der Brauch befahl, trat ich zuerst mit dem gezogenen Schwert in der Hand hinein. Es war ein kleiner Raum für eine Ratssitzung, der jedoch einen großen runden Tisch und viele Stühle enthielt. Einige Terraner saßen am anderen Ende des Tisches, die meisten in einer Art von Uniform gekleidet. Einige trugen eine große Anzahl von Medaillen, die ich für terranische Ehrenabzeichen hielt.

Einige von ihnen verrieten offensichtliches Unbehagen, als ich mit gezücktem Schwert eintrat, doch der grauhaarige Mann in ihrer Mitte – der mit den meisten Medaillen – sagte rasch: »Es ist ihr Brauch, die Ehrengarde. Ihr kommt für den Regenten der Comyn, Offizier?«

Er hatte *Cahuenga* geredet, den Bergdialekt, der in ganz Darkover, von den Hellerbergen bis zu den Trockenstädten gebräuchlich geworden war. Ich zückte das Schwert grüßend und antwortete: »Kapitän Montray-Alton. Zu ihren Diensten,

Sir.« Da ich nirgendwo im Raum Waffen entdecken konnte, unterließ ich auch jegliche Suche und steckte das Schwert in die Scheide. Dann schob ich den Rest der Ehrengarde in den Raum, stellte sie in den Ecken auf, wies Regis an, seine Position direkt hinter dem Regenten einzunehmen, und postierte Gabriel am Eingang. Dann geleitete ich die Mitglieder des Rates hinein, wobei ich einen jeden mit Namen vorstellte.

»Danvan-Valentin, Lord Hastur, Vormund der Elhalyn, Regent der Krone der Sieben Domänen.«

Der grauhaarige Mann – ich hielt ihn für den Legaten der Terraner – stand auf und verbeugte sich. Nicht tief genug, so wie ich es von einem Terraner erwartet hatte. »Wir sind geehrt, Regent.«

»Kennard-Gwynn Alton, Lord Alton, Kommandeur der Stadtgarde.« Schwerfällig humpelte er an seinen Platz.

»Lord Dyan-Gabriel, Regent von Ardais.« Wie auch immer meine persönlichen Gefühle ihm gegenüber waren, ich musste doch zugeben, dass er eindrucksvoll aussah. »Edric, Lord Serrais. Und ...« Ich zögerte einen Moment, als die Frau im grauen Umhang eintrat und merkte, dass ich ihren Namen nicht kannte. Sie lächelte kaum wahrnehmbar und murmelte verhalten: »Schade, Vetter. Erkennst du mich nicht? Ich bin Callina Aillard.«

Ich fühlte mich wie ein absoluter Dummkopf. Natürlich kannte ich sie.

»Callina, Lady Aillard ...« Wieder zögerte ich einen Moment. Ich konnte mich nicht erinnern, in welchem der Türme sie als Bewahrerin fungierte. Nun, die Terraner würden es nicht merken. Sie übermittelte es mir telepathisch mit einem belustigten Lächeln, das von der Kapuze verborgen wurde, und ich fuhr fort: »*Leronis* von Neskaya.«

Sie ging beherrscht und ruhig zu dem letzten Platz. Die Kapuze des Umhangs behielt sie über dem Gesicht, wie es sich für eine unverheiratete Frau vor Fremden gehörte. Mit einiger Erleichterung bemerkte ich, dass zumindest der Legat über die Höflichkeitsgebräuche unter den Darkovanern der Ebene informiert war und offenbar auch seine Männer instruiert worden waren, sie nicht direkt anzublicken. Auch ich hielt die Augen höflich abgewandt; sie war meine Verwandte, doch wir waren unter Fremden. Ich hatte lediglich gesehen, dass sie sehr schmächtig war und blasse, ernste Züge hatte.

Als jeder auf dem ihm zugewiesenen Platz saß, zog ich wieder mein Schwert, grüßte Hastur und dann den Legaten und nahm den Platz hinter meinem Vater ein. Einer der Terraner sagte: »So, das ist wohl vorbei. Kommen wir zur Sache.«

»Einen Moment, Meredith«, sagte der Legat und zügelte die offensichtliche Ungeduld. »Edle Herren, meine Dame, Ihr seid gnädig zu uns. Erlaubt mir, mich vorzustellen. Mein Name ist Donnell Ramsay. Ich bin privilegiert, dem Imperium als Legat der Erde zu dienen. Es ist mir ein Vergnügen, Euch willkommen zu heißen. Dies hier ...« – er deutete auf die anderen Männer am Tisch – »... sind meine persönlichen Assistenten: Laurens Meredith, Reade Andrusson. Wenn einige unter Euch, meine Herren, kein *Cahuenga* sprechen, wird unser Verbindungsmann, Daniel Lawton, sich geehrt fühlen, es für Euch in *Casta* zu übersetzen. Wenn wir Euch anderweitig behilflich sein können, bitten wir Euch, es zu sagen. Und wenn Ihr wünscht, Lord Hastur«, fügte er mit einer Verbeugung hinzu, »dass diese Versammlung nach dem offiziellen Protokoll in *Casta* abgehalten werden soll, werden wir dem gern nachkommen.«

Ich war froh, dass er über die Grundkenntnisse der Höflichkeit verfügte. Hastur sagte: »Wenn Ihr erlaubt, Sir, werden wir ohne den Übersetzer auskommen, es sei denn, es entsteht ein Missverständnis, welches er bereinigen könnte. Er ist jedoch gern willkommen zu bleiben.«

Der junge Lawton verbeugte sich. Er hatte flammend rotes Haar und sah irgendwie aus wie ein Comyn. Ich erinnerte mich, gehört zu haben, dass seine Mutter aus dem Ardais-Clan stammte. Ich fragte mich, ob Dyan seinen Verwandten erkannte und was er davon hielt. Ein komischer Gedanke, dass der junge Lawton ebenso gut hier unter der Ehrenwache hätte stehen können. Meine Gedanken schweiften ab. Ich brachte sie wieder zurück, als Hastur zu reden begann.

»Ich bin zu Euch gekommen, Legat, um Eure Aufmerksamkeit auf einen ernsthaften Bruch des Abkommens mit Darkover zu lenken. Es ist mir zu Ohren gekommen, dass in den Bergen in der Nähe von Aldran eine Anzahl von Schmuggelwaffen offen angeboten und verkauft werden. Nicht nur innerhalb der Handelsstadt, dort, wo es unser Abkommen mit Euch gestattet, dass Eure Bürger Waffen tragen, wie sie wollen, sondern auch in der alten Stadt Caer Donn, wo die Terraner wie sie wollen herumlaufen und Pistolen und Sprengkörper und Neutronenzerstörer mit sich führen. Man hat mir ebenfalls mitgeteilt, dass man diese Waffen in der Stadt kaufen kann und dass sie bei Gelegenheit auch an Darkovaner verkauft wurden. Mein Informant hat ohne Schwierigkeiten eine erworben. Es ist wohl nicht notwendig, Euch zu erinnern, dass dies einen ernsten Bruch des Abkommens bedeutet.«

Es bedurfte aller Selbstkontrolle, mein ausdrucksloses Gesicht beizubehalten, wie es sich für einen Angehörigen der Ehrengarde gehörte, dessen perfektes Modell ein Zinnsoldat ist, der weder hört noch sieht. Würden die Terraner es wagen, das Abkommen zu brechen?

Jetzt wusste ich, warum mein Vater darauf bestand, dass nichts hiervon an die Außenwelt gelangte. Seit dem Zeitalter des Chaos hatte das Abkommen von Darkover alle Waffen geächtet, die außerhalb der Hand eines Menschen Wirkungen zeitigten. Dies war ein grundlegendes Gesetz: Der Mann, der tötet, musste selbst in Todesgefahr stehen. Die Information, das Abkommen sei verletzt worden, würde Darkover an den Wurzeln erschüttern, öffentlichen Aufruhr und Misstrauen schaffen und das Vertrauen der Bevölkerung in die Führung untergraben.

Das Gesicht des Legaten zeigte keinerlei Regung; ein fast unmerkliches Zucken um die Augen und Mundwinkel verriet jedoch, dass das Gesagte keine Neuigkeit für ihn bedeutete.

»Es ist nicht unsere Angelegenheit, Darkover den Vertrag aufzuzwingen, Lord Hastur. Die Politik des Imperiums lautet, hinsichtlich regionaler Auseinandersetzungen vollständig neutral zu bleiben. Unsere Geschäfte in Caer Donn und der Handelsstadt dort beziehen sich auf Lord Kermiac von Aldaran. Hat man mich falsch informiert? Fällt das Territorium von Aldaran unter die Gesetze der Comyn, Lord Hastur?«

Hastur sagte mit Nachdruck: »Aldaran ist seit Jahren keine Domäne der Comyn mehr, Mr. Ramsay. Dennoch kann man das Abkommen wohl kaum eine regionale Entscheidung nennen. Aldaran befindet sich zwar nicht unter unserer Gesetzeshoheit ...«

»Das ist auch meine Meinung«, sagte der Legat, »und daher ...«

»Verzeiht, Mr. Ramsay, aber ich war noch nicht fertig.« Hastur war wütend. Ich versuchte, abgeschirmt zu bleiben, wie es wohl jeder Telepath in einer Menschengruppe dieser Größe tun würde, doch alles konnte ich nicht fern halten. Hasturs ruhiges, ernstes Gesicht veränderte sich nicht im Geringsten, doch seine Wut war wie die ferne Glut eines Waldbrandes am Horizont. Noch keine Gefahr, aber eine entfernte Bedrohung. Er sagte: »Bitte korrigiert mich, wenn ich im Unrecht sein sollte, Mr. Ramsay – aber trifft es nicht zu, dass, als das Imperium über den Status von Darkover als Geschlossene Welt Klasse D verhandelte ...« – das technische Vokabular klang aus seinem Mund fremdartig, und er schien die Worte mit Verachtung auszusprechen – »eine Bedingung für die Errichtung und Benutzung des Raumhafens und die Einrichtung der Handelsstädte von Port Chicago, Caer Donn und Thendara die vollständige Durchsetzung des Abkommens außerhalb der Handelsstädte und die Kontrolle von Schmuggelwaffen war? Wenn man sich dieses Abkommen vor Augen hält, könnt Ihr dann mit gutem Gewissen behaupten, es sei nicht Eure Sache, das Abkommen auf Darkover durchzusetzen?«

Ramsay sagte: »Wir setzen es in den Comyn-Domänen durch und haben es immer getan – unter Comyn-Gesetzen, mein Lord, was uns beträchtliche Probleme und Kosten aufbürdet. Muss ich Euch daran erinnern, dass einer unserer Männer vor nicht allzu langer Zeit mit Mord bedroht wurde, weil er sich unbewaffnet und ohne Verteidigungsmöglichkeit in einer Gesellschaft befand, die von einem jeden Mann erwartet, dass er kämpft, um sich zu schützen?«

Dyan Ardais sagte barsch: »Die Episode, die Ihr erwähnt, war unnötig. Man muss Euch wohl daran erinnern, dass der Mann, dem man mit Mord drohte, selbst einen unserer Wachsoldaten umgebracht hatte, und zwar in einem so lächerlichen Streit, dass ein darkovanischer Junge von zwölf Jahren sich geschämt hätte, daraus mehr als auch nur einen Scherz zu machen! Denn dieser terranische Mörder verbarg hinter seinem gefeierten *waffenlosen* Status« – selbst einem Terraner konnte dieser Spott nicht entgehen – »die Verweigerung der gesetzlichen Anklage durch den Bruder des Ermordeten. Wenn Euer Mann ohne Waffen ging, Sir, dann war er allein für seine Handlungen verantwortlich.«

Reade Andrusson sagte: »Sie haben es sich nicht ausgesucht, ohne Waffen zu gehen, Lord Ardais. Wir sind durch das Abkommen gezwungen, ihnen ihre gewohnten Waffen zu nehmen.«

Dyan sagte: »Unsere Gesetze erlauben ihnen, ethische Waffen zu tragen, so viele sie wollen. Sie können sich nicht beklagen, sie seien ohne Verteidigung, wenn sie es sich nicht anders aussuchen.«

Der Legat ließ seinen Blick nachdenklich auf Dyan ruhen und sagte: »Ihre Waffenlosigkeit, Lord Ardais, steht im Einklang mit unseren Gesetzen. Wir haben entschieden etwas dagegen, was sich auch in unseren Gesetzen widerspiegelt, Leute mit Schwertern oder Messern aufzuschlitzen.«

Hastur sagte grob: »Behauptet Ihr etwa, Sir, dass ein Mann weniger tot ist, wenn man ihn aus sicherer Entfernung ohne sichtliches Blutvergießen umbringt? Ist der Tod sauberer, wenn er von einem Mann verursacht wird, der sich selbst nicht in Gefahr bringt?« Selbst durch meine Barrieren hindurch spürte ich seinen heftigen Schmerz so deutlich, dass es wie eine lange Klage wirkte. Ich wusste, dass er an seinen eigenen Sohn dachte, den geschmuggelte Waffen in Fetzen zerrissen hatten. Er war von einem Mann getötet worden, dessen Gesicht er niemals gesehen hatte. Dieser Schmerzschrei war so eindringlich, dass ich sah, wie Danilo, der reglos hinter Lord Edric stand, seine Hände so zusammenballte, dass die Knöchel bläulich anliefen. Mein Vater sah blass und zittrig aus; Regis bewegte die Mundwinkel und schlug heftig mit den Augenlidern, und ich fragte mich, wie die Terraner den großen Schmerz nicht wahrnehmen konnten. Doch Hasturs Stimme klang fest und verriet den Fremden nichts. »Wir haben die Waffen von Feiglingen gebannt, um sicherzugehen, dass jeder Mann, der töten will, das Blut seines Opfers fließen sehen muss und in Gefahr gerät, sein eigenes Leben zu verlieren, wenn nicht durch die Hände des Opfers selbst, dann aber durch die seiner Verwandten und seiner Familie.«

Der Legat sagte: »Jene Episode wurde vor langer Zeit abgeschlossen, Lord Regent, doch ich erinnere Euch, dass wir bereit waren, unseren Mann anzuklagen, weil er Euren Wachmann getötet hatte. Wir konnten ihn allerdings nicht der Verfolgung der Familie des Toten aussetzen, insbesondere deshalb nicht, weil klar war, dass der Wachmann ihn als Erster provoziert hat.«

»Jeder Mann, der sich bei einem so belanglosen Vorfall provoziert fühlt, sollte damit rechnen, herausgefordert zu werden«, sagte Dyan. »Doch Eure Männer verstecken sich hinter Euren Gesetzen und geben ihre eigene persönliche Verantwortlichkeit preis. Mord ist eine Privatangelegenheit und nichts für die Gesetze.«

Der Legat sah ihn mit einem Blick an, der offenes Unbehagen gezeigt hätte, wäre er weniger kontrolliert gewesen. »Unsere Gesetze wurden durch Übereinstimmung und Konsensus geschaffen, und ob Ihr sie für gut befindet oder nicht, Lord Ardais, sie sind nicht dafür gemacht, Mord zu einer Art privater Blutrache in Form individueller Duelle zu machen. Doch dies steht nicht zur Debatte.«

Ich bewunderte seine Kontrolle und die feste Art, in der er Dyan zurechtwies. Meine Gedankenbarrieren, die durch Hasturs Wut geschwächt waren, sanken immer tiefer. Ich konnte Dyans Verachtung fast wie ein spöttisches Schnauben vernehmen.

Ich stärkte meine Barrieren ein wenig, als Hastur Dyan erneut zum Schweigen brachte und ihn erinnerte, dass der betreffende Vorfall vor längerer Zeit geregelt worden war. »Nicht geregelt«, schnarrte Dyan, »sondern unter den Teppich gekehrt.« Doch Hastur schnitt ihm streng das Wort ab und bestand darauf, wichtigere Dinge zu bereden. Als ich der Diskussion wieder folgen konnte, sagte der Legat gerade: »Lord Hastur, dies ist eine ethische Frage und keineswegs eine rechtliche. Wir setzen das Gesetz der Comyn dort durch, wo die Hoheit der Comyn gilt. In Caer Donn und den Hellers, wo die

Gesetze von Lord Aldaran gemacht wurden, vertreten wir das, was er verlangt. Wenn er sich nicht bemüßigt fühlt, das Abkommen so hoch zu halten, wie Ihr es schätzt, ist es nicht unsere Sache, ihn dazu zu bringen – und, mein Lord, auch nicht die Eure.«

Callina Aillard sagte mit ruhiger, klarer Stimme: »Mr. Ramsay, das Abkommen ist kein Gesetz in Eurem Sinne. Ich habe den Eindruck, keiner von uns weiß genau, was der andere meint, wenn er Gesetz sagt. Das Abkommen ist die ethische Grundlage für die Darkovaner Kultur und Geschichte seit Hunderten von Jahren; weder Kermiac von Aldaran noch irgendein anderer Mann auf Darkover hat irgendein Recht, es zu missachten oder es nicht zu befolgen.«

Ramsay sagte: »Diesen Punkt müsst Ihr mit Aldaran selbst diskutieren, meine Lady. Er ist nicht Untertan des Reiches, und ich habe keine Autorität über ihn. Wenn Ihr wollt, dass er das Abkommen einhält, müsst Ihr ihn dazu bringen.«

Nun ergriff Edric Ridenow zum ersten Mal das Wort. Er sagte: »Es ist Eure Verantwortlichkeit, Ramsay, die Substanz Eures Abkommens auf unserer Welt aufrechtzuerhalten. Habt Ihr im Sinn, wegen einer Kleinigkeit diese Pflicht abzuschütteln?«

»Ich schüttele keine Verantwortlichkeit ab, die zu meinen Pflichten gehört, Lord Serrais«, gab dieser zurück, »doch es gehört nicht zu meinen Pflichten, Eure Missverständnisse mit Aldaran zu regeln. Mir scheint, dass dies einen Übergriff auf die Verantwortlichkeiten der Comyn bedeuten würde.«

Wieder öffnete Dyan den Mund, doch Hastur bedeutete ihm zu schweigen. »Ihr braucht mich nicht über unsere Verantwortlichkeiten zu unterrichten, Mr. Ramsay. Das Abkommen des Imperiums mit Darkover und der Status des Raumhafens wurden mit den Comyn ausgehandelt und nicht mit Kermiac von Aldaran. Ein Punkt des Abkommens lautet, dass das Imperium hier vertreten wird; und wir meinten Vertretung nicht nur in den Domänen, sondern auf ganz Darkover. Ich setze nur ungern Drohungen ein, Sir, aber wenn Ihr auf Eurem Recht besteht, Euer eigenes Abkommen zu verletzen, läge es innerhalb meiner Befugnis, den Raumhafen zu schließen, bis das Abkommen in jedem Detail eingehalten wird.«

Der Legat antwortete: »Sir, das wäre unvernünftig. Ihr habt selbst gesagt, dass das Abkommen kein Gesetz, sondern eine ethische Empfehlung darstellt. Auch ich drohe nicht gerne, aber wenn Ihr diesen Weg einschlagt, bin ich sicher, dass meine nächsten Befehle von dem Verwaltungszentrum lauten würden, ein neues Abkommen mit Kermiac von Aldaran auszuhandeln und das Hauptquartier des Reiches nach Caer Donn zu verlegen, wo wir nicht von den Skrupeln der Comyn behelligt werden.«

Hastur sagte mit bitterem Ton: »Ihr sagt, es sei Euch verboten, bei regionalen politischen Entscheidungen Stellung zu beziehen. Merkt Ihr, dass dies bedeuten würde, die gesamte Macht des Terranischen Imperiums gegen die Existenz des Abkommens zu legen?«

»Ihr lasst mir keine Wahl, Sir.«

»Ihr wisst bestimmt, dass ein solcher Schritt Krieg bedeuten würde, oder? Ein Krieg, den nicht die Comyn verursacht haben. Denn wenn man das Abkommen einmal außer Kraft gesetzt hat, würde ein Krieg unvermeidlich werden. Wir haben seit vielen Jahren keinen Krieg mehr gehabt. Sicher, es gab kleinere Auseinandersetzungen. Aber die Durchsetzung des Abkommens hat solche Konfrontationen in vernünftigen Grenzen gehalten. Wollt Ihr die Verantwortung für eine andere Art von Krieg übernehmen?«

»Natürlich nicht«, sagte Ramsay. Er war kein Telepath, und seine Gefühle waren verschwommen, doch ich merkte, dass er bekümmert war. Dieser Kummer ließ mich ihn ein wenig mehr mögen. »Wer würde das schon?«

»Und dennoch würdet Ihr Euch hinter Euren Gesetzen und Befehlen und Vorgesetzten verstecken und Eure Welt wieder in einen Krieg werfen? Wir kennen die Zeitalter des Chaos, Ramsay, und das Abkommen hat sie beendet. Bedeutet Euch das gar nichts?«

Der Terraner blickte Hastur geradeheraus an. Ich verspürte eine merkwürdige geistige Vorstellung, einen Blitz, den ich von irgendjemandem im Raum aufgefangen hatte, dass sie wie zwei massive Türme waren, die sich gegenüberstanden, wie Schloss Comyn und das Hauptquartier der Terraner sich im Tal gegenüberstanden, gigantische Gestalten in Rüstung für einen Zweikampf. Das Bild wurde verschwommen und löste sich auf, und zurück blieben zwei alte Männer, beide mächtig, beide von hartnäckiger Integrität erfüllt, jeder sein Bestes für seine Seite wollend.

Ramsay sagte: »Es bedeutet mir sehr viel, Lord Hastur. Ich will offen mit Euch sein. Wenn es hier einen größeren Krieg gäbe, bedeutete dies, die Handelsstädte zu schließen, um sicherzugehen, unsere Gesetze gegen Einmischungen von außen zu bewahren. Ich möchte nicht, dass der Raumhafen nach Caer Donn verlegt wird. Er wurde hier vor nunmehr vielen Jahren errichtet. Als uns die Comyn diesen besseren Ort anboten, hier in der Ebene von Thendara, waren wir nur zu froh, die Arbeiten in Caer Donn aufgeben zu können, außer für den Handel und bestimmte Transportgüter. Thendara war für beide Seiten von Vorteil. Wenn wir gezwungen würden, zurück nach Caer Donn zu gehen, müssten wir sämtlichen Verkehr neu regeln und unser Hauptquartier in den Bergen errichten, wo das Klima für Terraner schwerer auszuhalten ist, und uns vor allem auf unzureichende Straßen und eine unfreundliche Landschaft einlassen. Ich will dies nicht, und wir werden alles tun, was machbar ist, es zu vermeiden.«

Dyan sagte: »Mr. Ramsay, seid Ihr nicht Vorgesetzter aller Terraner auf Darkover?«

»Das trifft nicht zu, Lord Dyan. Ich bin ein Legat, kein Diktator. Meine Autorität erstreckt sich vornehmlich auf das Raumhafenpersonal und darüber hinaus nur auf Angelegenheiten, die aus dem einen oder anderen Grund über die ihrer jeweiligen Abteilungen oder Verwaltungseinheiten hinausgehen. Meine Hauptaufgabe besteht darin, die Ordnung in der Handelsstadt aufrechtzuerhalten. Darüber hinaus besitze ich die Autorität des Verwaltungszentrums, mich mit Darkover-Bürgern durch ihre rechtmäßig konstituierten und ernannten Führer auseinander zu setzen. Ich habe aber weder Autorität über einen individuellen Darkovaner, abgesehen von einigen Zivilbeschäftigten, die sich uns freiwillig verdingt haben, noch über irgendeinen anderen individuellen Bürger des Imperiums, der auf Grund von Geschäften hierher kommt, natürlich vorausgesetzt, die Geschäfte sind rechtmäßig für eine Welt der Klasse D. Darüber hinaus kann ich eingreifen, wenn dieses Geschäft mit dem Frieden zwischen Darkover und dem Imperium in Konflikt gerät. Doch abgesehen von den Fällen, in denen man sich an mich wendet, habe ich außerhalb der Handelsstützpunkte keinerlei Autorität.«

Es klang unglaublich kompliziert. Wie brachte es das Imperium zu Stande, überhaupt irgendwelche Geschäfte zu betreiben?

Mein Vater hatte bislang noch nichts gesagt. Jetzt hob er den Kopf und sagte frei heraus: »Nun, wir wenden uns an Euch. Diese Bürger des Imperiums, die auf dem Marktplatz von Caer Donn Sprengwaffen verkaufen, betreiben kein gesetzlich erlaubtes Geschäft für eine geschlossene Welt der Klasse D, und Ihr wisst es ebenso gut wie ich. Es liegt an Euch, etwas dagegen zu unternehmen, nur tut es jetzt. Und das liegt auch innerhalb Eurer Autorität.«

Der Legat sagte: »Wenn sich das Vergehen hier in Thendara abgespielt hätte, würde ich dem mit größtem Vergnügen nachkommen. In Caer Donn kann ich nichts unternehmen, es sei denn, Lord Kermiac von Aldaran wendet sich an mich.«

Mein Vater sah wütend aus und hörte sich auch so an. Er war wütend, hatte eine zerfetzende Wut entwickelt, die den Legaten hätte tödlich treffen können, hätte er nicht angestrengt versucht, sie unter Kontrolle zu halten. »Immer die gleiche Geschichte mit Terra. Wie heißt noch Euer Sprichwort? Gib den Schwarzen Peter weiter. Ihr seid wie Kinder, die ein Spiel mit heißen Maronen treiben, sie von einem zum anderen schieben und versuchen, sich nicht die Finger zu verbrennen. Ich habe acht Jahre auf Terra verbracht und nicht einen einzigen Mann gefunden, der mir ins Gesicht geblickt und gesagt hätte: ›Das gehört in meinen Verantwortungsbereich, und ich werde die Konsequenzen tragen.‹«

Ramsay klang besorgt. »Meint Ihr, es sei die Sache des Imperiums, Euer ethisches System durchzusetzen?«

»Ich habe immer gedacht«, sagte Callina mit ihrer klaren, ruhigen Stimme, »dass moralisches Handeln in der Verantwortlichkeit eines jeden ehrenwerten Menschen läge.«

»Eines unserer grundlegenden Gesetze, Sir«, sagte Hastur, »wie immer man Gesetze auch definieren mag, ist, dass die Macht zum Handeln gleichfalls die Verantwortlichkeit dafür überträgt. Ist das bei Euch anders?«

Der Legat stützte das Kinn auf die Hände. »Ich kann diese Philosophie nur bewundern, Lord, doch ich muss mich mit allem Respekt weigern, dies zu diskutieren. In diesem Moment bin ich damit beschäftigt, für Eure wie für meine Gesellschaft größere Schwierigkeiten zu vermeiden. Ich werde dieser Sache nachgehen und sehen, was ich berechtigterweise tun kann, ohne in Eure politischen Entscheidungen einzugreifen. Und wenn ich respektvoll einen Vorschlag unterbreiten darf, Lord Hastur, so schlage ich vor, Euch direkt mit Kermiac von Aldaran in Verbindung zu setzen, und er wird es selbst übernehmen, den Waffenhandel in jenen Gebieten zu unterbinden, in denen ihm die legale Befugnis zusteht.«

Dieser Vorschlag schockierte mich. In Kontakt treten, verhandeln mit dieser Renegatendomäne, die seit Generationen von den Comyn exiliert worden war? Doch niemand schien durch diesen Vorschlag irgendwie erschüttert zu sein. Hastur sagte: »Wir werden in der Tat die Angelegenheit mit Lord Aldaran besprechen. Und es ist möglich, dass ich selbst die Angelegenheit vor das Höchste Tribunal des Imperiums bringe, da Ihr Euch weigert, die persönliche Verantwortung dafür zu übernehmen, das Abkommen mit dem Imperium auf ganz Darkover durchzusetzen. Wenn dort befunden wird, dass das Abkommen mit Darkover es in der Tat erforderlich macht, es auf dem gesamten Planeten durchzusetzen, habe ich dann Eure Unterstützung, Mr. Ramsay, dass Ihr es auch so vertreten werdet?«

Ich fragte mich, ob sich der Legat der absoluten Verachtung in Hasturs Stimme auch nur bewusst war, Verachtung für einen Mann, der den Befehl einer höheren Stelle brauchte, um moralisches Verhalten zu kontrollieren. Ich schämte mich fast für mein terranisches Blut. Doch wenn Ramsay die Verachtung spürte, ließ er es sich nicht anmerken.

»Wenn ich in dieser Hinsicht einen Befehl erhalte, Lord Hastur, könnt Ihr versichert sein, dass ich die Sache absolut vertreten werde. Und erlaubt mir noch den einen Satz, Lord Hastur, dass es mir keineswegs missfallen würde, einen entsprechenden Befehl zu erhalten.«

Noch ein paar weitere Worte wurden ausgetauscht, meisteils formelle Höflichkeitsfloskeln. Doch die Zusammenkunft war vorbei, und ich musste meine zerstreuten Gedanken beieinander halten und die Ehrenwache zusammenrufen, um die Ratsmitglieder offiziell aus dem Hauptquartier und dem Raumhafen durch die Straßen Thendaras zurückzugeleiten. Ich spürte die Gedanken meines Vaters, wie immer, wenn wir beieinander waren.

Er dachte, dass es ohne Zweifel ihm zufallen würde, nach Aldaran zu gehen. Kermiac würde ihn empfangen müssen, wenn auch nur als einen Verwandten meiner Mutter. Und ich fühlte die völlige Erschöpfung wie Schmerz in diesem Gedanken. Diese Reise in die Hellers war schrecklich, selbst im Hochsommer, und der Sommer war fast schon vorbei. Vater dachte, dass er es nicht von sich weisen könne. Hastur war zu alt. Dyan war kein Diplomat. Er würde die Sache regeln, indem er Aldaran zu einem Duell herausforderte. Doch wen gab es außerdem? Die Ridenow-Jungen waren zu jung ...

Es schien mir, als ich Vater durch die Straßen Thendaras folgte, dass wirklich jedermann in Comyn entweder zu jung oder zu alt war. Was würde aus den Domänen werden?

Es wäre leichter gewesen, wäre ich vollständig überzeugt gewesen, dass die Terraner die Wurzel allen Übels seien und ihnen Widerstand entgegengesetzt werden müsse. Doch gegen meinen Willen hatte ich gemerkt, dass vieles von dem, was Ramsay sagte, klug war. Starke Gesetze und niemals zu viel Macht in den Händen Einzelner schien mir ein starkes Gegengewicht gegen die Art von Korruption zu sein, der wir uns gegenübersahen. Und ein grundsätzliches Gesetz, auf das man zurückgreifen konnte, wenn man den Menschen nicht traute. Menschen, wie ich herausgefunden hatte, als man Dyan zum Kadettenmeister machte, waren allzu oft fehlerbehaftet und handelten aus nützlichen Erwägungen anstatt aus jener Ehre, die sie so oft im Munde führten. Ramsay mochte zögern, ohne einen Befehl zu handeln, doch immerhin handelte er auf

Grund der Verantwortlichkeit von Menschen und Gesetzen, von denen er mit Sicherheit annehmen konnte, dass sie klüger als er seien. Und auch seine Macht wurde kontrolliert, denn er wusste, wenn er auf eigene Verantwortlichkeit handelte, würde man ihn entfernen, ehe er größeren Schaden anrichten konnte. Doch wer würde Dyans Macht kontrollieren? Oder die meines Vaters? Sie hatten die Macht zum Handeln und daher auch das Recht, es zu tun.

Und wer würde nach ihren Motiven fragen oder ihrem Handeln Einhalt gebieten?

7

Der Tag blieb klar und wolkenlos. Bei Sonnenuntergang stand Regis auf dem hohen Balkon, von dem aus man über die Stadt zum Raumhafen blicken konnte. Das schwächer werdende Sonnenlicht verwandelte die Stadt zu seinen Füßen in ein leuchtendes Bild aus roten Mauern und blendenden Fenstern. Danilo sagte: »Es sieht aus wie die Zauberstadt im Märchen.«

»Es ist nichts Zauberisches daran«, antwortete Regis. »Das haben wir heute Morgen bei der Ehrengarde gelernt. Sieh mal, da ist das Schiff, das jeden Abend um diese Zeit startet. Ich möchte gern wissen, wohin es geht.«

»Nach Port Chicago vielleicht oder nach Caer Donn. Es muss merkwürdig sein, anderen Menschen geschriebene Botschaften zu senden, anstatt verbundene Gedanken zu benutzen, wie wir es durch die Türme machen«, sagte Danilo. »Und es muss sehr, sehr merkwürdig sein, niemals zu wissen, was andere Menschen denken.«

Natürlich, dachte Regis, Dani war ein Telepath. Plötzlich merkte er, dass er wieder mit ihm in Kontakt war, und es war ihnen so normal erschienen, dass keiner von beiden es als Telepathie erkannt hatte. Heute beim Rat war es anders gewesen, schrecklich anders. Er musste wohl doch über *Laran* verfügen – doch wie war das möglich und seit wann, nachdem es Lew nicht gelungen war, ihn zu erreichen?

Und dann kehrten die Zweifel und Fragen zurück. Es gab so viele Telepathen, die überall ihr *Laran* ausbreiteten, dass selbst ein Nichttelepath es auffangen konnte. Es hatte nicht notwendigerweise etwas zu bedeuten. Er fühlte sich zermürbt und hoffte fast verzweifelt, dass er nicht wieder abgeschnitten würde, und halb hatte er auch Angst davor.

Er blickte wieder auf die Stadt unter ihnen. Es war ihre freie Stunde, in der die Kadetten, falls sie nicht irgendeine entehrende und strafende Maßnahme entgegenzunehmen hatten, tun und lassen konnten, was sie wollten. Den Morgen und frühen Nachmittag verbrachten sie mit Übungen, Schwertkampf und unbewaffnetem Kampf, den verschiedenen militärischen Drills und Kommandos, die sie später als Wachen in der Stadt und auf dem Felde benötigen würden. Später am Nachmittag wurde jedem Kadetten eine Sonderaufgabe zugeteilt. Danilo, der unter seinen Kollegen die beste Handschrift hatte, wurde dem Versorgungsoffizier zugeteilt. Regis hatte die relativ gewöhnliche Aufgabe, zusammen mit einem oder zwei Veteranen in der Stadt Streife zu gehen, in den Straßen für Ordnung zu sorgen, Schlägereien zu verhindern, Taschendiebe und Straßenräuber zu entmutigen. Er merkte, dass er es gern tat und den Gedanken mochte, in der Stadt der Comyn für Ordnung zu sorgen.

Das Leben im Kadettenkorps war nicht so unerträglich, wie er befürchtet hatte. Ihn störten die harten Betten, das einfache Essen und die ständige Einteilung seiner Zeit nicht. In Nevarsin hatte man ihn noch rigoroser begrenzt, und im Vergleich dazu war das Leben in der Kaserne einfach. Was ihn am meisten störte, war, dass er ständig von anderen umgeben und dennoch allein war, isoliert von den anderen durch einen Abgrund, den er nicht überbrücken konnte.

Vom ersten Tag an hatten sich Danilo und er zusammengetan, zunächst zufallsbedingt, weil ihre Betten nebeneinander standen und keiner von beiden enge Freunde in der Baracke hatte. Die Offiziere begannen bald, sie zusammen mit Aufgaben zu betrauen, wenn dafür Partner erforderlich waren, wie beim Säubern des Raums, was die Kadetten abwechselnd erledigten, und da Regis und Danilo etwa von gleicher Größe und Gewicht waren, steckte man sie auch bei unbewaffneten

Kampfübungen und Spielen zusammen. In der Gruppe des ersten Jahrgangs nannte man sie in freundlichem Spott die »Klosterbrüder«, weil sie, wie die Brüder in Nevarsin, bewusst *Casta* sprachen und nicht *Cahuenga*.

Zuerst verbrachten sie auch den Großteil ihrer Freizeit miteinander. Danach merkte Regis jedoch, dass Danilo seine Gegenwart weniger häufig suchte und fragte sich, ob er etwas getan haben mochte, was den anderen Jungen beleidigt hatte. Dann hörte er zufällig, wie ein Kadett aus dem zweiten Jahrgang Danilo spöttisch gratulierte, weil er sich seinen Freund sehr klug ausgesucht habe. Etwas in Danilos Gesicht sagte ihm, dass er diesen Scherz nicht zum ersten Mal hörte. Regis wollte sich ihm offenbaren und irgendetwas tun, Danilo verteidigen, den älteren Kadetten schlagen, irgendetwas. Doch ein zweiter Gedanke sagte ihm, dass dies Danilo noch mehr beschämen und einen vollständig falschen Eindruck vermitteln würde. Kein Scherz, das merkte Regis, hätte Danilo stärker verletzen können. Er war arm, sicher, doch die Syrtis-Familie war alt und ehrenwert und hatte es niemals nötig gehabt, sich um eine Patronage oder Gunst zu bemühen. Von diesem Tag an begann Regis, selbst auf die anderen zuzugehen, was keine leichte Sache war, denn er war scheu und hatte Angst vor Zurückweisungen. Er versuchte klarzustellen, zumindest gegenüber Danilo, dass er es war, der Danilos Gesellschaft suchte, sie begrüßte und vermisste, wenn sie ihm nicht gewährt wurde. Heute war er es gewesen, der den Balkon vorgeschlagen hatte, hoch über Schloss Comyn, von wo aus sie die Stadt und den Raumhafen sehen konnten.

Die Sonne ging nun unter, und die rasche Dämmerung begann den Himmel zu überziehen. Danilo sagte: »Wir müssen zurück in die Kaserne.« Regis zögerte, die Stille dort zu verlassen, das Gefühl des Friedens, doch er wusste, Danilo hatte Recht. In einem plötzlichen Impuls, sich ihm anzuvertrauen, sagte er: »Dani, ich möchte dir etwas sagen. Wenn ich meine drei Jahre bei der Wache abgedient habe – ich muss das, weil ich es versprochen habe –, möchte ich diese Welt verlassen. Ich möchte in den Raum. In das Imperium.«

Dani starrte ihn überrascht und erstaunt an. »Warum?«

Regis öffnete den Mund, um die Gründe aufzuzählen, und merkte plötzlich, wie er nach Worten suchte. Warum? Er wusste es kaum. Außer dass es eine fremde, andere Welt war, die die Aufregung des Unbekannten versprach. Eine Welt, die ihn nicht überall daran erinnerte, dass er um sein Erbe betrogen worden war, ohne *Laran* geboren wurde. Doch ab heute ...

Dieser Gedanke verstörte ihn auf merkwürdige Art. Wenn er in Wirklichkeit *Laran* hatte, dann hatte er keinen Grund mehr. Doch er wollte seinen Traum noch nicht aufgeben. Er konnte es nicht in Worten ausdrücken, doch augenscheinlich erwartete Dani auch keine. Er sagte: »Du bist ein Hastur. Werden sie dich gehen lassen?«

»Ich habe das Versprechen meines Großvaters, dass er in drei Jahren nichts dagegen haben wird, wenn ich immer noch gehen will.« Er merkte mit einem schmerzhaften Stich, dass sie ihn sicher nie gehen lassen würden, wenn er doch *Laran* haben sollte. Die alte atemberaubende Aufregung des Unbekannten hielt ihn wieder im Griff; er zitterte, als er sich entschloss, es vor ihnen zu verbergen.

Danilo lächelte scheu und sagte: »Ich beneide dich fast. Wenn mein Vater nicht so alt wäre oder wenn er einen anderen Sohn hätte, der sich um ihn kümmerte, würde ich mit dir kommen wollen. Wenn wir doch zusammen gehen könnten!«

Regis lächelte ihn an. Er fand keine Worte, um die Wärme zurückzugeben, die er empfing. Doch Danilo sagte bedauernd: »Aber er braucht mich. Ich kann ihn nicht verlassen, solange er noch lebt. Außerdem ...«

Er lachte ein wenig. »... Nach allem, was ich gehört habe, ist unsere Welt besser als ihre.«

»Aber es gibt bestimmt Dinge, die wir von ihnen lernen können. Kennard Alton ist nach Terra gegangen und hat viele Jahre dort zugebracht.«

»Ja«, sagte Dani gedankenvoll, »doch danach ist er auch wieder zurückgekommen.« Er blickte auf die Sonne und sagte: »Wir werden zu spät kommen. Ich will keinen Tadel bekommen. Wir müssen uns beeilen.«

Das Treppenhaus, das sie zwischen den Türmen des Schlosses hinabführte, war dämmrig, und beide sahen den hoch gewachsenen Mann nicht, der ein anderes Treppenhaus hinabkam, das rechtwinklig auf ihres traf, bis sie heftig am Fuß der Treppe zusammenstießen. Der andere Mann erholte sich zuerst, streckte die Hand aus, ergriff Regis fest am Ellenbogen und drehte ihm den Arm leicht herum. Es war zu dunkel, um etwas erkennen zu können, doch Regis *fühlte* durch die Berührung die Gedanken und die Präsenz von Lew Alton. Diese Erfahrung war für ihn so neu und ein solcher Schock, dass er mit den Augen zwinkerte und sich einen Moment lang nicht rühren konnte.

Lew sagte freundlich: »Wenn wir nun in der Wache wären, würde ich dich zu Boden werfen, um dir beizubringen, was zu tun ist, wenn man im Dunkeln überrascht wird. Regis, du weißt doch, dass du auch auf dem Sprung sein musst, wenn ihr frei habt, oder?«

Regis war immer noch zu erschüttert und überrascht, um reden zu können. Lew ließ seinen Arm los und sagte in plötzlicher Verärgerung: »Regis, habe ich dir wehgetan?«

»Nein ... es ist nur ...« Er konnte in seiner Aufregung kaum sprechen. Er hatte Lew nicht gesehen. Er hatte auch seine Stimme nicht gehört. Er hatte ihn einfach berührt im Dunkeln, und das war deutlicher als sehen und hören. Aus irgendeinem

Grund erfüllte es ihn mit einer unerträglichen Angst, die er nicht begreifen konnte.

Lew spürte offensichtlich seine Verzweiflung. Er ließ ihn los und wandte sich Danilo zu, dem er freundlich sagte: »Nun, Dani, wirst du nun lernen, ein Auge offen zu halten, damit ihr nicht überrascht und von hinten angegriffen werdet?«

»Ich bin immer auf der Hut«, antwortete Danilo lachend. »Gabriel – Kapitän Lanart Hastur – fing mich gestern ab. Dieses Mal ist es mir aber gelungen, ihn aufzuhalten, so dass er mich nicht umwerfen konnte. Er hat mir nur den Griff gezeigt, den er anwandte.«

Lew kicherte. »Gabriel ist der beste Ringer der Wache«, sagte er. »Ich musste den schweren Weg gehen. Jeder der Offiziere wusste, dass ich am leichtesten umzuwerfen war. Nachdem mein Arm durch ... durch einen Unfall ausgerenkt wurde«, sagte er, doch Regis spürte, dass er etwas anderes hatte sagen wollen, »tat ich Gabriel schließlich Leid, und er hat mir ein paar von seinen Geheimnissen verraten. Doch meistenteils verließ ich mich darauf, mich von den Offizieren fern zu halten. Mit vierzehn war ich kleiner als du, Dani.«

Regis' Verwirrung ließ etwas nach. Er sagte: »Aber es ist nicht so leicht, sich fern zu halten.«

Lew sagte ruhig: »Ich weiß. Ich denke, sie haben ihren Grund dafür. Es ist eine gute Ausbildung, seine Gedanken beieinander zu halten und ständig auf dem Sprung sein zu müssen. Später war ich dafür dankbar, als ich auf Patrouille war und mich mit kräftigen Betrunkenen und Schlägern abgeben musste, die zweimal so stark wie ich waren. Aber das Lernen hat mir keine Freude gemacht, glaubt mir. Ich erinnere mich, wie Vater einmal zu mir sagte, es sei besser, von einem Freund ein bisschen verletzt zu werden als eines Tages ernsthaft durch einen Feind.«

»Es ist mir egal, wenn es wehtut«, sagte Danilo, und mit dieser neuen und unerträglichen Wahrnehmung merkte Regis, dass seine Stimme dabei zitterte, als müsse er weinen. »Ich hatte am ganzen Körper blaue Flecken, als ich reiten lernte. Ich kann das aushalten. Was ich nicht leiden kann, ist, wenn es jemandem Spaß macht, mich hinfallen zu sehen. Es war mir egal, als mich Lerrys Ridenow gestern abfing und die halbe Treppe hinunterwarf, weil er sagte, das sei schon immer der gefährlichste Ort für eine Attacke gewesen, und an einem solchen Ort müsse ich immer aufpassen. Ich habe nichts dagegen, wenn sie dabei versuchen, mir etwas beizubringen. Dafür bin ich hier. Aber hin und wieder scheint jemand ... Spaß daran zu haben, mir wehzutun oder mich zu ängstigen.«

Sie hatten die Treppe nun hinter sich gelassen und gingen über eine offene Galerie. Regis konnte Lews Gesicht erkennen, und es sah verschlossen aus. Er sagte: »Ich weiß, dass dies vorkommt. Auch ich verstehe es nicht. Und ich habe auch nie begriffen, warum manche zu glauben scheinen, aus einem Jungen einen Mann zu machen, bedeute auch, ihn brutal zu machen. Wenn wir alle in der Wachhalle gewesen wären, hätte ich mich versucht gefühlt, Regis drei Meter weit zu schleudern, und ich glaube nicht, dass ich sanfter mit ihm umgegangen wäre als jeder andere Offizier. Doch ich mag es nicht, wenn man Leute unnötig verletzt. Ich denke, euer Kadettenmeister würde mich jetzt einer schamlosen Verletzung meiner Pflichten bezichtigen. Erzählt es ihm nicht weiter, ja?« Plötzlich grinste er, und seine Hand fiel kurz auf Danilos Schulter und schüttelte ihn ein wenig. »Und jetzt beeilt euch besser. Ihr werdet zu spät kommen.« Er wandte sich in einen Flur, der nach rechts abzweigte, und ging fort.

Die beiden Kadetten liefen ihren Weg weiter. Regis dachte, dass er nicht gewusst hatte, dass Lew so empfand. Sie mussten ihm hart zugesetzt haben, besonders Dyan. Doch wie konnte er das wissen?

Danilo sagte: »Ich wünschte, alle Offiziere wären wie Lew. Es wäre schön, wenn er Kadettenmeister wäre, nicht wahr?«

Regis nickte. »Ich glaube nicht, dass Lew gerne Kadettenmeister wäre. Und nach allem, was ich gehört habe, nimmt es Dyan sehr genau mit Ehre und Verantwortlichkeit. Hast du ihn im Rat reden hören?«

Danilo verzog den Mund. »Na, du brauchst dir auch keine Sorgen zu machen. Dich kann Lord Dyan leiden. Jeder weiß das!«

»Eifersüchtig?«, fragte Regis gutmütig.

»Du bist ein Comyn«, sagte Danilo, »du genießt Sonderbehandlung.«

Diese Worte waren wie eine plötzliche schmerzhafte Erinnerung an die Distanz zwischen ihnen, eine Distanz, die Regis kaum noch gespürt hatte. Es tat weh. Er sagte: »Dani, sei nicht dumm! Du meinst, weil er mich als Partner bei seinen Fechtübungen einsetzt? Das ist eine Ehre. Ich würde gerne mit dir tauschen! Wenn du glaubst, es sind Liebesbeweise, die ich von ihm bekomme, sieh mich irgendwann einmal nackt an – du bist willkommen und mehr als willkommen für Dyans Liebesschläge!«

Auf das plötzliche dunkle Erröten, das Danilos Gesicht überflutete, war er vollständig unvorbereitet, ebenso auf die plötzliche heftige Wut, als dieser sich zu Regis umwandte. »Was meinst du damit?«

Regis starrte ihn bekümmert an. »Nun, dass das Fechten mit Lord Dyan eine Ehre ist, auf die ich gerne verzichten würde. Er ist viel strenger als der Waffenmeister, und er schlägt auch fester zu! Sieh dir meine Rippen an, dann siehst du, dass ich von den Schultern bis zu den Knien blau und grün bin. Was hast du denn gedacht?«

Danilo wandte sich ab und gab keine direkte Antwort.

Er sagte lediglich: »Wir werden zu spät kommen. Laufen wir!«

Regis verbrachte die frühen Abendstunden auf Streife zusammen mit Hjalmar, dem riesigen jungen Wachsoldaten, der ihn als Erster beim Fechten getestet hatte. Sie zerstreuten zwei Schlägereien, schleppten einen widerspenstigen Betrunkenen ins Gefängnis, wiesen einem halben Dutzend Leuten vom Lande, die sich verlaufen hatten, den Weg zurück zu ihrem Gasthaus, wo sie ihre Pferde abgestellt hatten, und erinnerten auf sanfte Weise ein paar umherziehende Frauen, dass Prostituierte per Gesetz nur in bestimmten Gebieten ihrem Gewerbe nachgehen durften. Ein ruhiger Abend in Thendara. Als sie zur Wachhalle zurückkehrten, um ihre Freizeit anzutreten, trafen sie auf Gabriel Lanart und ein halbes Dutzend Offiziere, die eine kleine Schenke am Stadttor besuchen wollten. Regis wollte sich gerade zurückziehen, als Gabriel ihn aufhielt.

»Komm doch mit uns, Bruder. Du solltest dir die Stadt näher ansehen als nur aus dem Kasernenfenster.«

Regis fühlte sich gedrängt und ging mit den älteren Männern. Die Schenke war klein und verraucht und voller Wachleute, die ihre Freizeit dort verbrachten. Regis saß neben Gabriel, der sich Mühe gab, ihm das Kartenspiel zu erklären, das sie gerade spielten. Es war das erste Mal, dass er mit älteren Offizieren zusammentraf. Er blieb ruhig und hörte mehr zu als selbst zu reden, doch es war ein gutes Gefühl, zu der Gesellschaft zu gehören und akzeptiert zu werden.

Es erinnerte ihn ein wenig an die Sommer, die er auf Armida verbracht hatte. Kennard oder Lew oder dem alten Andres wäre es nie in den Sinn gekommen, den ernsten und frühreifen Jungen als Kind zu behandeln. Diese frühzeitige Anerkennung von Männern hatte ihn wahrscheinlich für immer, wie er traurig merkte, den Jungen seines Alters entfremdet. Doch er wusste auch, dass er sich unter Männern zu Hause fühlte, und dieses Wissen gab ihm ein Gefühl, als sei er von einer Last befreit. Es war, als könne er den ersten freien Atemzug tun, seit ihn sein Großvater zu den Kadetten gesteckt hatte, ohne dass er sich mehr als nur wenige Minuten hatte darauf vorbereiten können.

»Du bist still, Vetter«, sagte Gabriel, als sie zusammen zurückgingen. »Hast du zu viel getrunken? Geh besser heim und schlaf dich tüchtig aus. Morgen wirst du wieder beieinander sein.« Er wünschte ihm freundlich eine gute Nacht und ging in sein Quartier.

Die Nachtwache, die über den Hof patrouillierte, sagte: »Du bist ein paar Minuten zu spät, Kadett. Es ist deine erste Übertretung, daher werde ich dich nicht melden. Tu es nur nicht wieder. In der Baracke des ersten Jahrgangs sind die Lichter schon aus. Du wirst dich im Dunkeln ausziehen müssen.«

Regis suchte sich auf leicht unsicheren Beinen den Weg in die Baracke. Gabriel hatte Recht, dachte er überrascht, doch es war ihm keineswegs unangenehm, dass er zu viel getrunken hatte. Er war Trinken nicht gewöhnt, und heute Abend waren es mehrere Becher Wein gewesen. Als er die Kleider ablegte, fühlte er sich verwirrt und unkonzentriert. Mit einer merkwürdigen Verschwommenheit dachte er, dass es ein bedeutsamer Tag gewesen sei, doch welche Bedeutung er hatte, wusste er noch nicht. Der Rat. Die irgendwie schockierende Erkenntnis, dass er zu den Gedanken seines Großvaters vorgestoßen war, Lew durch Berührung erkannt hatte, ohne ihn gesehen oder gehört zu haben. Der merkwürdige streitähnliche Vorfall mit Danilo. All das trug zu seiner Verwirrung bei, die mehr war als einfache Trunkenheit. Er fragte sich, ob man ihm *Kirian* in den Wein gegeben hatte, hörte, wie er laut kicherte und verfiel dann rasch in einen unruhigen, von Alpträumen heimgesuchten Schlaf.

Er war wieder in Nevarsin, in dem alten Schlafsaal der Studenten. Schnee trieb durch die hölzernen Fensterläden und lag in dichter Decke auf den Betten der Novizen. In seinem Traum waren, wie es wirklich ein- oder zweimal geschehen war, einige Schüler zusammen in ein Bett geklettert und hatten die Decken und ihre Körperwärme gegen die bittere Kälte geteilt. Wenn sie am Morgen erwischt wurden, schalt man sie heftig, weil sie die harte Regel verletzt hatten. Dieser Traum kehrte immer wieder. Jedes Mal entdeckte er einen anderen fremden nackten Körper in seinen Armen und wachte tief verstört mit einem Gefühl aus Angst und Schuld auf. Jedes Mal, wenn er wieder aus diesem Wiederholungstraum aufwachte, wurde er aufgeregter und beunruhigter, bis er schließlich tiefere, ruhigere Schlafschichten erreichte. Nun war er sein eigener Vater, der sich in der Dunkelheit auf einem kahlen Hügel niedergekauert hatte und um den herum merkwürdige Feuer explodierten. Er zitterte vor Angst, als Männer um ihn her tot umfielen und näher und näher herankamen. Er wusste, dass er in wenigen Minuten ebenfalls von einem dieser Feuer in Stücke zerfetzt werden würde. Dann fühlte er in der Dunkelheit etwas näher an sich herankommen, das ihn hielt und seinen Körper mit seinem eigenen schützte. Regis wurde ruckartig wach und zitterte. Er rieb sich die Augen und sah sich in der stillen Baracke um, die nun der Mond schwach erhellte. Er sah die verschwommenen Umrisse der anderen schlafenden Kadetten, die schnarchten oder im Schlaf murmelten. Keiner von ihnen war wirklich, dachte er, ehe er sich wieder auf die harte Matratze legte.

Nach einer Weile begann er wieder zu träumen. Dieses Mal wanderte er über eine öde, graue Landschaft, wo nichts zu erkennen war. Irgendwo weinte jemand in dem grauen Raum, schluchzte heftig und eindringlich. Regis wandte sich immer wieder in eine andere Richtung, nicht sicher, woher das Weinen klang, oder versuchte, von dem elenden Ton fortzukommen. Durch die Schluchzer hindurch klangen zitternd Worte. »Ich will nicht. Ich will nicht. Ich kann nicht.« Jedes Mal, wenn das Weinen einen Moment nachließ, hörte man eine harte Stimme, die fast vertraut klang: »O ja, du willst. Du weißt, dass du gegen mich nichts ausrichten kannst.« Und dann wieder: »Hasse mich, so viel du nur willst, das mag ich umso lieber.« Regis zuckte vor Furcht zusammen. Dann war er allein mit dem Weinen, den gebrochenen Schluchzern des Protests und des Flehens. Er suchte in der grauen Einsamkeit weiter, bis ihn in der Dunkelheit eine Hand berührte, ein grobes, ungehöriges Suchen, halb schmerzhaft, halb aufregend. Er rief. »Nein!« Dann fiel er erneut in tieferen Schlaf.

Dieses Mal träumte er, er sei wieder im Hof der Schüler von Nevarsin und übte mit hölzernen Schwertern. Regis hörte das Keuchen von zwei Personen, verdoppelt und verstärkt in dem großen, hallenden Raum, als sich der gesichtslose Gegner vor ihm bewegte und seine Bewegungen immer rascher wurden. Regis merkte, dass sie beide nackt waren und die Hiebe auf seiner bloßen Haut landeten. Als sich sein gesichtsloser Gegner schneller und schneller bewegte, wurde Regis selbst immer gelähmter und war schwerfällig und kaum noch im Stande, das Schwert zu heben. Und dann verbat ihm eine klingende, laute Stimme, weiterzumachen. Und Regis ließ das Schwert sinken und blickte unter die dunkle Kapuze des bittenden Mönches. Aber es war nicht der Novizenmeister aus Nevarsin, sondern Dyan Ardais. Als Regis vor Furcht wie angewurzelt stehen blieb, nahm Dyan das herabgefallene Schwert auf, das jetzt kein hölzernes Übungsschwert mehr war, sondern ein grausam scharfes Rapier. Dyan hielt es gezückt, und Regis sah mit Entsetzen und Grausen, wie sich das Schwert langsam in seine Brust bohrte. Merkwürdigerweise verspürte er nicht den leisesten Schmerz, und Regis blickte hinab und schauderte angesichts der Klinge, die sich durch seinen Körper bohrte. »Das ist, weil es nicht das Herz berührt hat«, sagte Dyan, und Regis erwachte mit einem erstickten Schrei und setzte sich kerzengerade im Bett aufrecht. »Zandru«, flüsterte er und wischte sich den Schweiß von der Stirn, »was für ein Alptraum!« Er merkte, wie sein Herz immer noch pochte und dann, dass Schenkel und Laken feucht und klebrig waren. Jetzt, da er hellwach war, wusste er, was geschehen war, und er musste über die Absurdität des Traums fast lachen, doch es hielt ihn immer noch im Griff, so dass er sich nicht wieder hinlegen und einschlafen konnte.

Es war still in der Baracke, und es war noch eine Stunde bis Tagesanbruch. Er war nicht mehr betrunken oder benommen, doch hinter den Augen verspürte er einen pochenden Schmerz. Langsam wurde er sich bewusst, dass Danilo im Bett nebenan hilflos weinte, hilflos und verzweifelt wie in hoffnungslosem Schmerz. Er erinnerte sich an das Weinen in seinem Traum. Hatte er das Geräusch gehört und in seinen Traum hineingenommen?

Dann merkte er mit langsamem Erstaunen und Verwunderung, dass Danilo gar nicht weinte.

Er konnte in dem schwachen Mondlicht erkennen, dass Danilo in Wirklichkeit reglos in tiefem Schlaf lag. Er konnte den leisen, regelmäßigen Atem hören und die abgewandte Schulter sich leise und rhythmisch bewegen sehen. Das Weinen hatte keinen Ton, sondern war nur eine Art unberührbares Muster vibrierenden Elends und Verzweiflung, wie das verlorene Weinen seines Traums, aber ohne Geräusch.

Regis legte die Hand auf die Augen und dachte mit zunehmendem Erstaunen, dass er das Weinen nicht gehört hatte, es aber zur gleichen Zeit *wusste*.

Es stimmte also. *Laran*. Nicht zufällig von einem anderen Telepathen aufgefangen, sondern sein eigenes.

Dieser Schock vertrieb alle anderen Gedanken aus seinem Kopf. Wie war es geschehen? Und wann? Und die Frage brachte auch die Antwort: an jenem ersten Tag in der Baracke, als Dani ihn berührt hatte. Er hatte heute Nacht von dieser Unterhaltung geträumt, hatte einen Moment geträumt, er sei sein Vater. Wieder verspürte er den Drang zur Nähe, nach einer so intensiven Emotion, und ein Kloß saß ihm in der Kehle. Danilo schlief nun ruhig, und selbst die unhörbare Impression von Weinen war verebbt. Regis war besorgt, zermürbt und zerrissen von den Überresten von Kummer bei seinem Freund und fragte sich, was mit ihm los sein mochte.

Schnell verdrängte er die Neugier. Lew hatte gesagt, man müsse lernen, Distanz zu bewahren, um zu überleben. Es war ein sonderbarer, trauriger Gedanke. Er konnte sich nicht in die Intimsphäre des Freundes eindrängen, dennoch war er immer noch über dessen Kummer den Tränen nahe. Hatte ihn jemand verletzt oder misshandelt?

Oder war Danilo einfach heimwehkrank und einsam und wollte zu seiner Familie? Regis wusste so wenig über ihn.

Er erinnerte sich an seine eigene Zeit in Nevarsin. Kalt, einsam, traurig, ohne Freunde hatte er seine Familie gehasst, weil sie ihn dorthin geschickt hatte. Nur ein heftiger Kern von Hastur-Stolz hatte ihn davor zurückgehalten, sich eine lange Zeit lang jeden Abend in den Schlaf zu weinen.

Aus irgendeinem Grund erfüllte ihn dieser Gedanke erneut mit einem fast unerträglichen Gefühl von Angst, Furcht und Ruhelosigkeit. Er sah hinüber zu Danilo und wünschte sich, er könnte mit ihm darüber reden. Dani kannte es. Er würde es wissen. Regis wusste, dass er bald mit irgendjemandem würde darüber reden müssen. Doch wem sollte er es erzählen? Seinem Großvater? Die plötzliche Erkenntnis seines *Larans* machte Regis merkwürdig verletzlich, wieder und wieder erschüttert durch Wellen von Gefühlen. Wieder war er fast am

Rande eines Tränenausbruchs, dieses Mal um seinen Großvater, der noch einmal den heftigen, zerreißenden Moment erlebte, in dem sein Sohn den grausamen Tod starb.

Und, immer noch verletzlich, verwandelte sich Kummer in Aufsässigkeit. Er war sich sicher, sein Großvater würde ihn zwingen, den vorbereiteten Weg aller Hasturs mit *Laran* zu gehen. Er würde niemals frei werden! Wieder sah er das große Raumschiff auf seinem Weg zu den Sternen, und sein Herz, sein Körper und seine Seele sehnten sich danach, ihm ins Unbekannte zu folgen. Wenn er diesen Traum weiterverfolgte, dürfte er es seinem Großvater niemals erzählen.

Aber er könnte es Dani mitteilen. Es verlangte ihn fast schmerzhaft danach, die kurze Entfernung zu dessen Bett überbrücken zu können, neben ihn zu gleiten und diese unglaubliche Doppelerfahrung von Schmerz und Freude mit ihm zu teilen. Aber er hielt sich zurück und erinnerte sich mit fordernder, fremdartiger Schärfe an das, was Lew gesagt hatte: Es sei, wie wenn man ohne Haut lebte. Wie konnte er die Last seiner eigenen Gefühle auf Dani übertragen, den selbst irgendein unbekannter Kummer belastete und der so verstört und von Alpträumen heimgesucht war, dass seine ungeweinten Tränen als hörbares Weinen in Regis' Träume eindrangen? Wenn er die telepathische Gabe besitzen sollte, dachte Regis traurig, so würde er lernen müssen, nach den Gesetzen der Telepathen zu leben. Er spürte, wie kalt und verkrampft er war, und kroch zurück unter die Decken. Er wickelte sich eng ein und fühlte sich einsam und traurig. Wieder fühlte er sich merkwürdig unkonzentriert, trieb in angstvolles Suchen ab, doch als Antwort auf die Fragen seiner Seele sah er nur flüchtige Bilder und Vorstellungen, Männer und fremdartige Nichthumanoiden, die auf einem schmalen Felsengrat miteinander kämpften, die Gesichter zweier kleiner Kinder, schön und fein gezeichnet und vom Kinderschlaf aufgelöst, dann in Todeskälte mit einem Schmerz, der fast zu grauenvoll war, als dass man ihn aushalten konnte, tanzende, herumwirbelnde Gestalten, die in wahnsinniger Ekstase wie Blätter im Winde wirbelten, eine hohe aufragende Gestalt, die feurig erglühte ...

Erschöpft schlief er wieder ein.

8

(Lew Altons Erzählung)

Es gibt über die Nacht der Feste, jenen großen mittsommerlichen Feiertag in den Domänen, zwei Theorien. Einige sagen, es sei der Geburtstag der heiligen Cassilda, der Urmutter der Comyn. Andere meinen, es erinnere an die Zeit des Jahres, als sie Hastur fand, den Sohn der Aldonen, den Herrn des Lichts, der am Strand von Hali, eben von der Reise ins Reich des Lichts zurückgekehrt, schlief. Da ich nicht glaube, dass beide jemals existiert haben, sind mir gefühlsmäßig beide Theorien gleichgültig.

Mein Vater, der in seiner Jugend weit im Imperium herumgekommen ist, hat mir einmal erzählt, dass alle Planeten, die er besucht hatte, und auch die meisten jener, die er nicht kannte, sowohl einen Mittsommer- als auch einen Mittwinterfeiertag hatten. Wir sind da keine Ausnahme. In den Domänen gibt es zwei traditionelle Arten der Begehung des Sommerfestes; die eine ist eine private Familienfeier, bei der man den Frauen im Namen von Cassilda Geschenke macht, gewöhnlich Früchte oder Blumen.

Heute Morgen habe ich meiner Pflegeschwester Linnell Aillard in Anbetracht des Tages einige Blumen gebracht, und sie hat mich an jene andere Feier erinnert, den großen Festball, der jedes Jahr auf Schloss Comyn stattfand.

Ich habe diese bombastischen Feste niemals gemocht, selbst als ich noch zu jung für den Ball war und man mich auf das Kinderfest am Nachmittag schleppte. Ich mag sie seit dem ersten dieser Feste nicht mehr, als ich sieben Jahre alt war und Lerrys Ridenow mir mit einem Holzpferd über den Kopf schlug.

Es wäre jedoch undenkbar, wenn ich mich davon fern halten würde. Mein Vater hatte klar und deutlich gemacht, dass die Teilnahme unverzichtbare Pflicht für einen Comyn-Erben sei. Als ich Linnell erzählte, ich dächte daran, irgendeine Krankheit zu erfinden, ernst genug, um mich davon abzuhalten oder den Dienst mit einem der Gardeoffiziere zu tauschen, schimpfte sie: »Wenn du nicht dort bist, wer soll denn dann mit mir tanzen?« Linnell ist zu jung, um bei solchen Veranstaltungen mit anderen außer ihren Verwandten zu tanzen, und seit es ihr überhaupt gestattet ist teilzunehmen, hat sie mich immer wieder daran erinnert, dass sie wohl vom Balkon aus zusehen müsse, wenn ich nicht mit ihr tanzte. Mein Vater hat natürlich eine ausgezeichnete Entschuldigung mit seinem lahmen Bein.

Ich entschloss mich zu erscheinen, ein paar Mal mit Linnell zu tanzen, höfliche Bemerkungen zu ein paar alten Damen zu machen und so früh es die Höflichkeit erlaubte, unauffällig zu verschwinden.

Ich kam spät, weil ich Dienst auf der Wache gehabt hatte, wo ich die Kadetten über dieses Fest hatte schwätzen hören. Ich nahm es ihnen nicht übel. Alle Wachsoldaten, welchen Ranges auch immer, sowie alle Kadetten, die keinen Dienst haben, besitzen das Privileg, teilnehmen zu dürfen. Für Jungen, die auf dem Land aufgewachsen sind, bedeutet das Ganze ein aufregendes Spektakel. Ich hatte noch weniger Lust darauf als jemals zuvor, weil Marius beim Ankleiden in mein Zimmer kam. Man hatte ihn zu der Kinderparty gebracht, ihm war übel geworden von den Süßigkeiten, und er hatte aufgeschürfte Knöchel und ein blaues Auge aus einem Kampf mit einem anderen überheblichen kleinen Jungen, der entfernt mit den Elhalyns verwandt war und ihn einen tyrannischen Bastard genannt hatte. Nun, zu meiner Zeit hat man mir noch schlimmere Namen gegeben, doch ich konnte ihn nicht richtig trösten.

Zu diesem Zeitpunkt hätte ich sie alle in den Bauch treten können. Es war ein verdammt guter Anfang für einen solchen Abend.

Es war Brauch, dass die ersten Tänze von Professionellen und talentierten Amateuren bestritten wurden. Eine Tanzgruppe mit den traditionellen Kostümen der Bergbewohner führte einen dieser Tänze mit wirbelnden Röcken und stampfenden Stiefeln auf. Ich hatte es schon besser gesehen, als ich durch das Bergvorland gereist war. Vielleicht können Professionelle diesen Bergtänzen niemals jene ursprüngliche Freude und Fröhlichkeit verleihen, wie sie von Menschen vermittelt werden, die es aus reinem Vergnügen betreiben.

Langsam bewegte ich mich am Rand des Ballraumes entlang. Mein Vater unterhielt sich höflich mit einigen älteren Witwen.

Der alte Hastur tat das Gleiche mit einer Gruppe von Terranern, die man wahrscheinlich aus Gründen der Höflichkeit oder des Zeremoniells eingeladen hatte. Die Wachen, besonders die jüngeren Kadetten, hatten bereits das elegante Buffet entdeckt, das an einer Seite aufgebaut war und ständig von einem Trupp Bediensteter wieder aufgefüllt wurde. So früh am Abend waren sie fast noch die einzigen Gäste. Ich grinste in der Erinnerung. Ich bin nicht mehr verpflichtet, meine Mahlzeiten in der Messe einzunehmen, doch mir fielen meine Kadettenjahre lebhaft genug wieder ein, um zu wissen, wie gut die hier ausgebreiteten Delikatessen nach dem Abendessen in der Kaserne wirkten.

Danilo war dort, in Galauniform. Ein wenig zu selbstbewusst wünschte er mir einen fröhlichen Abend. Ich wünschte ihm das Gleiche. »Wo ist Regis? Ich habe ihn noch nirgendwo gesehen.«

»Er hat heute Abend Dienst, Sir. Ich habe ihm angeboten, mit ihm zu tauschen – alle seine Verwandten sind hier –, doch er meinte, er hätte das noch jahrelang vor sich, und ich sollte gehen und mich amüsieren.«

Ich wunderte mich, welcher Offizier, ob aus Bösartigkeit oder um zu betonen, dass ein Hastur bei den Kadetten keinerlei Vorzüge genösse, angeordnet hatte, dass Regis Hastur heute Abend Dienst leistete. Ich wünschte mir lediglich, ich hätte eine so gute Entschuldigung.

»Nun, dann wünsche ich dir viel Spaß, Dani.«

Die unsichtbaren Musiker intonierten einen Schwertertanz, und Danilo wandte sich neugierig um, um zwei Wachen zu beobachten, die mit Fackeln die Schwerter hereinbrachten. Man dämpfte das Licht im Saal, um die Dramatik dieses ältesten und barbarischsten aller Bergtänze zu betonen. Gewöhnlich wird er von einem der besten Tänzer in Thendara vorgeführt, doch zu meiner Überraschung war es Dyan Ardais, der in dem leuchtenden, urtümlichen Kostüm, dessen Geschichte noch vor dem Zeitalter des Chaos verloren ging, nach vorn stürzte.

Es gibt nicht viele Amateure, nicht einmal in den Hellers, die immer noch alle traditionellen Schritte und Bewegungen kennen. Ich hatte Dyan tanzen sehen, als ich noch ein Kind in Armida war, in der Halle meines Vaters. Ich dachte, dort sei es besser gewesen, beim Klang eines einzigen Dudelsackes, im Schein des Feuers und einer oder zweier Fackeln, als hier in dem eleganten Ballsaal, umgeben von Damen in bunten Kleidern, gelangweilten Edelmännern und Stadtleuten.

Doch selbst die eleganten Damen und Edlen verstummten und waren durch den strengen Ernst jenes alten Tanzes beeindruckt. Und – das musste ich zugestehen – durch Dyans Vorstellung. Denn zum ersten Mal sah er ernst und beherrscht aus, legte nicht diese schnippische und zynische Haltung an den Tag, die ich so sehr verachtete. Er war vollständig auf die alten Schritte konzentriert, die sich kompliziert und vorsichtig ineinander verwoben. Der Tanz trägt eine stolze, fast tigerhafte Maskulinität zur Schau, und Dyan verlieh ihm gezügelte Leidenschaft. Als er im letzten Bild die Schwerter aufhob und sie gekreuzt über dem Kopf hielt, hörte man keinen Laut in dem Ballsaal. Weil ich gegen meinen Willen beeindruckt war, versuchte ich absichtlich, den Bann zu brechen.

Laut sagte ich zu Danilo: »Ich frage mich, für wen er es dieses Mal vorführt. Schade, dass Dyan keine Frauen mag. Hiernach würde er sich ihrer sonst mit einer Mistgabel erwehren müssen.«

Ich merkte, dass ich jede Frau – oder auch jeden Mann – bemitleidete, die oder der es sich gestattete, sich von Dyan bezaubern zu lassen. Um seiner selbst willen hoffte ich für Dani, dass er nicht dazugehörte. Es ist nur zu natürlich für Jungen seines Alters, sich von einem derart starken Charakter betören zu lassen, und ein Kadettenmeister ist das natürliche Objekt für eine solche romantische Identifikation. Wenn der Ältere ein ehrenwerter und freundlicher Mann ist, schadet es nichts und vergeht nach kurzer Zeit wieder. Ich habe diese kindliche Art von Zuneigung lange hinter mir gelassen, und wenn ich auch ein- oder zweimal der Geschätzte gewesen bin, sorgte ich doch dafür, dass es über ein gegenseitiges Anlächeln niemals hinausging.

Nun, ich war nicht Danilos Vormund, und mir war bedeutet worden, dass sich Dyan außerhalb meiner Kritik befand. Außerdem hatte ich genug eigene Sorgen.

Dyan ging auf das Buffet zu. Ich sah, wie er auf ein Glas Wein stehen blieb und mit aufgesetzter Freundlichkeit mit einer der Wachen redete. Kurz blickten wir uns an. Mit dem Entschluss, dass, sollte es Unhöflichkeiten zwischen den Comyn geben, ich nicht der Auslöser sein wollte, gab ich einen höflichen Kommentar zu seinem Tanz ab. Er antwortete mit ebenso bedeutungsloser Höflichkeit, und seine Augen wanderten an mir vorbei. Ich fragte mich, nach wem er Ausschau hielt, und empfing – meine Barrieren standen wohl niedrig – eine Welle heftiger Wut. *Vielleicht wird dieser querköpfige Bastard sich von heute Abend an um seine eigenen Angelegenheiten kümmern und weniger Zeit haben, sich um meine zu sorgen.*

Ich machte eine Verbeugung, die so knapp wie nur möglich ausfiel, und machte mich auf den Weg zu dem Tanz, den ich Linnell versprochen hatte. Die Tanzfläche füllte sich rasch. Ich ergriff Linnells Fingerspitzen und führte sie hinab.

Linnell ist ein hübsches Kind mit weichem, bronzebraunem Haar und blauen Augen, die von langen, dunklen Wimpern eingerahmt sind, dass sie beinahe unwirklich erscheinen. Sie war, dachte ich, viel hübscher als ihre Verwandte Callina, die gestern im Rat so ernst und streng ausgesehen hatte.

Die Aillard-Domäne ist die Einzige, in der sich das *Laran* und das Recht auf den Sitz im Rat nicht in der männlichen Linie vererben; Männern ist die volle Teilnahme am Rat verwehrt. Die letzte Co*mynara* in direkter Linie war Cleindori gewesen, die letzte Bewahrerin, die vollständig in der alten, klösterlichen, jungfräulichen Zucht aufgewachsen war. Als sie noch sehr jung war, hatte sie den Turm verlassen und gegen den alten Aberglauben rebelliert, der die Matrix-Zirkel umgab, besonders gegen die Bewahrerinnen, und hatte in Verachtung aller Tradition und Glauben einen Mann genommen und ein Kind bekommen, während sie die Kräfte, die zu beherrschen man ihr beigebracht hatte, weiterhin einsetzte. Sie wurde auf schreckliche Weise von Fanatikern umgebracht, die glaubten, die Jungfräulichkeit der Bewahrerin sei wichtiger als ihre Kräfte. Doch sie hatte eine Bresche geschlagen, den Aberglauben bekämpft und einen neuen wissenschaftlichen Zugang zu dem bewirkt, das man heute als Matrix-Technik bezeichnet. Jahrelang wurde ihr Name mit Renegatentum gleichgesetzt. Doch heute wurde ihre Erinnerung von jedem Psi-Techniker auf Darkover gepflegt.

Aber sie hatte keine Töchter hinterlassen. Die alte Aillard-Linie war damit ausgestorben, und Callina Lindir-Aillard, eine entfernte Verwandte meines Vaters und des männlichen Oberhauptes der Aillard-Linie, wurde als nächste weibliche Nachfolgerin zur *Comynara* gewählt. Linnell war als Pflegekind zu meinem Vater nach Armida gekommen und als meine Schwester erzogen.

Linnell war eine ausgezeichnete Tänzerin, und es machte mir Freude, mit ihr zu tanzen. Ich interessiere mich nicht für weibliche Künste, doch Linnell hatte mir die Feinheiten dieser Dinge beigebracht, so dass ich ihr Kleid und ihren Schmuck höflich bewunderte. Als der Tanz zu Ende war, führte ich Linnell an den Rand der Tanzfläche und fragte sie, ob sie an meiner Stelle Callina auffordern würde. Auch Callina war nach dem Brauch der Comyn für unverheiratete Frauen verpflichtet, nur mit Verwandten zu tanzen, von Maskenbällen mal abgesehen.

»Ich weiß nicht, ob Callina gern tanzt«, sagte Linnell. »Sie ist sehr schüchtern. Aber du solltest sie fragen. Ich bin sicher, sie sagt es, wenn sie lieber nicht will. Oh, da ist Javanne Hastur! Jedes Mal, wenn ich sie in den letzten neun Jahren gesehen habe, schien sie schwanger zu sein. Aber sie ist sehr hübsch, findest du nicht?«

Javanne tanzte mit Gabriel. Ihre Wangen leuchteten, und sie sah aus, als ob es ihr Freude mache. Ich glaube, jede junge Mutter freut sich, nach vier aufeinander folgenden Schwangerschaften wieder in Gesellschaft zu sein. Javanne war sehr groß und schlank, ein dunkelhaariges Mädchen in einem grüngoldenen Kleid. Ich fand sie nicht sehr hübsch, doch sie sah ohne Zweifel gut aus.

Ich geleitete Linnell zu Callina, doch bevor ich mit ihr

reden konnte, sprach mich mein Vater an. »Komm bitte mit, Lew«, sagte er in einem Ton, den ich zu respektieren gelernt hatte, denn wie höflich es auch klingen mochte, so war es doch ein Befehl. »Du solltest Javanne deinen Respekt erweisen.«

Ich starrte ihn an. Javanne? Sie hatte mich nie gemocht, schon damals nicht, als wir zusammen zu den Kinderfesten gingen. Einmal wurden wir beide unbarmherzig geschlagen, weil wir uns getreten und gekratzt hatten, als wir sieben Jahre alt waren, und später, ungefähr mit elf, hatte sie es grob abgelehnt, mit mir zu tanzen, und gesagt, ich träte ihr auf die Füße. Das habe ich wahrscheinlich auch getan, doch ich war bereits als Telepath gut genug, um zu erkennen, dass dies nicht der eigentliche Grund war. »Vater«, sagte ich geduldig, »ich bin ziemlich sicher, Lady Javanne kann auch ohne Komplimente von mir auskommen.« Hatte er den Verstand verloren?

Javanne stand in einem Kreis jüngerer Frauen und nippte an einem Glas Wein. Die Stimme meines Vaters klang bestimmter als gewöhnlich, als er mich vorstellte.

»Ich wünsche Euch ein fröhliches Fest, Vetter«, sagte sie mit einer höflichen Verbeugung. Nun, Gabriel und ich waren recht gut miteinander befreundet, und vielleicht hatte sie von ihrem Mann und ihrem Bruder erfahren, dass ich doch nicht so schlimm war. Zumindest redete sie zum ersten Mal mit mir wie mit einem menschlichen Wesen. Sie wandte sich einem der jüngeren Mädchen in ihrem Kreis zu. »Ich möchte dir eine deiner Verwandten vorstellen, Lew, Linnea Storn-Lanart.«

Linnea Storn-Lanart war sehr jung, gewiss nicht älter als Linnell, mit rötlichem Haar, das in weichen Locken um ein herzförmiges Gesicht fiel. Die Storns waren aus altem Bergadel in der Nähe von Aldaran, die sich vor Jahren mit den Lanarts und Leyniers verschwägert hatten. Was tat ein so junges Mädchen allein in Thendara?

Linnea schien zwar recht scheu zu sein, doch hob sie den Blick mit offener Neugier zu mir empor. Mädchen aus den Bergen, hatte mein Vater mir erzählt, pflegten nicht den übertriebenen Brauch der Ebene, wo ein direkter Blick ins Gesicht eines Fremden unmoralisch ist; daher betrachtet man in den Domänen diese Mädchen als zu herausfordernd. Sie sah mich einen Augenblick direkt an, lächelte, fing dann Javannes Blick auf, errötete tief und sah rasch hinab auf ihre Schuhspitzen. Ich vermute, Javanne hatte ihr ein paar Lektionen für anständiges Benehmen in den Domänen erteilt, und sie wollte nicht, dass man sie für eine Landpomeranze hielt.

Ich wusste nicht, was ich zu ihr sagen konnte. Sie war meine Verwandte oder wurde mir zumindest so vorgestellt, wenn auch die Verwandtschaft keine enge sein konnte. Vielleicht war es das – Javanne wollte hier tanzen und sich nicht um jüngere Verwandte kümmern, die noch nicht mit Fremden tanzen durften. Ich sagte: »Würdet Ihr mir die Ehre geben, mit Euch tanzen zu dürfen, *Damisela?*«

Schnell blickte sie Javanne um Erlaubnis an und nickte dann. Ich führte sie auf die Tanzfläche. Sie tanzte sehr gut und schien Spaß daran zu haben, doch ich wunderte mich immer noch, warum mein Vater so außerhalb aller Gewohnheit versuchte, Javanne das Leben leichter zu machen. Und warum hatte er mich so bedeutsam angesehen, als wir zur Tanzfläche gingen? Und warum hatte er sie als Verwandte vorgestellt, wenn der Verwandtschaftsgrad viel zu weitläufig war, um offiziell anerkannt zu werden? Als die Musik endete, war ich immer noch verdutzt.

Ich fragte offen heraus: »Was geht hier eigentlich vor?«

Sie vergaß die kurze Lektion in guten Manieren und sprudelte heraus: »Hat man es dir nicht erzählt? Mir haben sie es gesagt!« Dann überströmte wieder die plötzliche Röte ihr Gesicht. Sie sah so sehr hübsch aus, doch ich war nicht in der Stimmung, es schätzen zu können.

»Was gesagt?«, fragte ich.

Ihre Wangen leuchteten wie rote Fahnen. Sie stammelte: »M-man hat mir gesagt ... dass wir uns kennen lernen sollen ... und ... und ... wenn wir uns mögen ... dann könnte man ... eine Heirat ...« Mein Gesicht muss meine Gedanken verraten haben, denn sie brach ab und ließ den Satz im Raum hängen.

Verdammt! Wieder versuchten sie, sich in mein Leben einzumischen!

Das Mädchen hatte die grauen Augen weit aufgerissen. Der kindliche Mund zitterte. Ich kämpfte mit meiner Wut und schirmte meine Gedanken ab. Sie war offensichtlich sehr sensibel, zumindest eine Empathin, vielleicht auch eine Telepathin. Ich hoffte hilflos, sie würde nicht weinen. Es lag ja nicht an ihr. Ich konnte nur erahnen, wie man ihre Eltern bestochen oder bedroht hatte, wie man ihr selbst geschmeichelt und zugeredet hatte, auf eine gute Partie mit dem Erben einer Domäne zu hoffen.

»Erzähl mir, was sie dir über mich berichtet haben, Linnea.«

Sie sah verwirrt aus. »Nur, dass du Lord Altons Sohn bist und im Arilinn-Turm gedient hast, dass deine Mutter Terranerin war ...«

»Und du kannst mit dieser Schande fertig werden?«

»Schande?« Sie sah erstaunt aus. »Viele von uns in den Hellers haben terranisches Blut. Es gibt Terraner in meiner Familie. Hältst du das für eine Schande?«

Wie konnte jemand in ihrem Alter etwas von dieser Hofintrige begreifen? Ich fühlte mich angeekelt, dachte an Dyans hämischen Blick. Sich um seine eigenen Sachen kümmern ... offensichtlich wusste er, was gespielt wurde.

»*Damisela,* ich gedenke nicht zu heiraten, und wenn ich es täte, würde ich mir die Frau nicht vom Rat aussuchen lassen.«

Ich versuchte ein Lächeln, doch ich wusste, dass es grimmig ausfiel. »Sieh nicht so niedergedrückt aus, *Chiya,* ein so hübsches Mädchen wie du wird sicher bald einen Mann finden, den du auch besser leiden kannst.«

»Ich wünsche mir gar nicht so sehr zu heiraten«, sagte sie mit einiger Haltung. »Ich hatte vor, mich um Zulassung in einem der Türme zu bewerben. Meine Urgroßmutter wurde als Bewahrerin ausgebildet, und sie meinte, dass ich gut dazu geeignet sei. Aber ich habe immer meiner Familie gehorcht, und wenn sie mir einen Mann ausgesucht haben, dann bin ich nicht unzufrieden damit. Es tut mir nur Leid, dass ich dir nicht zu gefallen scheine.«

Sie war so ruhig, dass ich mich gefangen fühlte und fast in Panik geriet. »Es ist nicht, dass du mir nicht gefällst, Linnea. Aber ich will nicht auf ihren Wunsch hin heiraten.« Wieder flammte mein Zorn auf. Ich spürte, wie sie innerlich davor zurückzuckte. Ihre Hand ruhte immer noch leicht auf meinem Arm, als tanzten wir. Sie zog sie nun fort, als habe sie sich verbrannt. Ich glaubte, fortstürmen zu müssen, und machte auch eine kleine Bewegung, sie zu verlassen, als mir gerade noch rechtzeitig einfiel, dass dies sehr ungehörig wäre. Ein junges Mädchen mitten auf dem Tanzboden stehen zu lassen wäre so grob, dass dies kein Mann von einiger Erziehung gegenüber einem wohlerzogenen Mädchen mit untadeligen Manieren und von gutem Ruf gewagt hätte. Ich konnte sie solchem Klatsch nicht aussetzen. Jeder würde unvermeidlicherweise rätseln, was sie wohl für unaussprechliche Dinge gesagt haben mochte, dass ihr dies geschehen war. Ich blickte mich um. Javanne tanzte am anderen Ende des Ballsaales, daher geleitete ich Linnea zum Buffet. Ich bot ihr ein Glas Wein an, aber sie lehnte es mit einem Kopfschütteln ab. Stattdessen holte ich ihr *Shallan* und nippte unruhig an meinem Wein. Ich mochte ihn nicht.

Als ich ein wenig ruhiger geworden war, sagte ich: »Nichts ist bisher entschieden. Du kannst denen, die dich darauf gebracht haben – wer immer es auch war, mein Vater, der alte Hastur –, du kannst ihnen sagen, du magst mich nicht, und damit ist alles geregelt.«

Sie lächelte kurz und belustigt. »Aber ich mag dich, Dom Lewis«, sagte sie. »Ich werde da nicht lügen, selbst wenn ich dächte, ich könnte es. Lord Kennard würde es sogleich merken, wenn ich versuchte, ihn anzulügen. Du bist wütend und unglücklich, aber ich glaube, wärest du nicht so wütend, könntest du sehr nett sein. Ich wäre mit einer solchen Heirat zufrieden. Wenn du dich weigerst, musst du es auch ausführen, Lew.«

Wenn sie weniger jung, weniger naiv gewesen wäre, hätte ich ihr wahrscheinlich entgegengeschleudert, man könne wohl kaum von ihr erwarten, sie lehne eine Heirat mit einem Comyn ab. Doch ich glaube, sie spürte den Gedanken, denn sie sah bekümmert aus.

Ich schloss ihre Gedanken aus und sagte tonlos: »Eine Frau sollte das Privileg der Ablehnung und Verweigerung besitzen. Ich hatte gedacht, ich erspare dir die Beleidigung, wenn ich zu meinem Vater sage, dass ich dich ...« Ich merkte, dass ich nicht einfach sagen konnte, ich möchte sie nicht. »Dass ich nicht vorhabe, auf ihr Betreiben hin zu heiraten.«

Ihre Haltung war beunruhigend. »Niemand heiratet auf eigenen Willen hin. Glaubst du wirklich, eine Ehe zwischen uns beiden würde unerträglich, Lew? Es liegt doch auf der Hand, dass man irgendeine Ehe für dich arrangieren wird.«

Einen Moment schwankte ich. Sie war offensichtlich sehr sensibel und intelligent; wenn man sie für eine Ausbildung im Turm vorgeschlagen hatte, hieß das, sie hatte *Laran*. Mein Vater hatte sich offensichtlich große Mühe gegeben, eine Frau auszusuchen, die für mich akzeptabel wäre, eine mit terranischem Blut und zu der geistigen und emotionalen Vereinigung fähig, die ein Telepath braucht, wenn er eine Frau intim kennen will. Sie war hübsch. Sie war keine hirnlose Puppe, sondern besaß Geist und Verstand. Eine Sekunde lang dachte ich nach. Früher oder später würde ich heiraten müssen, das hatte ich immer schon gewusst. Ein Erbe der Comyn musste Kinder zeugen. Und die Götter wussten es, ich war einsam ... einsam ...

Und mein Vater, verdammt, hatte genau auf diese Reaktion gebaut. Wieder flammte meine Wut auf. »*Damisela,* ich habe dir gesagt, warum ich eine solche Heirat nicht eingehen kann, die wie diese geplant wurde. Wenn du es zu glauben vorziehst, dass ich dich aus persönlichen Gründen ablehne, dann ist das deine Sache.« Ich trank das Glas Wein aus und stellte es ab. »Erlaube mir, dich zu meiner Verwandten zu geleiten, da Javanne beschäftigt ist.«

Javanne tanzte wieder. Nun, sie sollte sich amüsieren. Man hatte sie mit fünfzehn verheiratet, und in den letzten neun Jahren hatte sie ausschließlich ihrer Familie gedient. In diese Falle würden sie mich nicht locken.

Gabriel hatte Linnell um einen Tanz gebeten – darüber war ich froh –, doch Callina stand am Rand der Tanzfläche. Die scharlachroten Falten ihres Gewandes betonten nur die Farblosigkeit ihrer glatten Züge. Ich stellte ihr Linnea vor und bat Callina, sich um sie zu kümmern, während ich mit meinem Vater zu reden hatte. Sie sah neugierig aus und spürte offensichtlich meine Wut. Ich musste sie nach allen Seiten ausstrahlen.

Meine Wut wuchs an, während ich den Tanzboden umrundete, um meinen Vater zu suchen. Dyan hatte es gewusst, und Hastur hatte es gewusst – wie viele andere waren noch mit einbezogen? Hatten sie eine Ratssitzung abgehalten, um das Schicksal von Lord Altons Bastarderben zu diskutieren? Wie lange hatten sie gebraucht, eine Frau zu finden, die mich akzeptieren würde? Sie mussten weit herumsuchen, merkte ich, um eine zu finden, die noch jung genug war, ihrem Vater zu gehorchen, ohne zu fragen! Ich dachte, ich müsste mich geschmeichelt fühlen, weil sie mir wenigstens ein hübsches Mädchen ausgesucht hatten!

Schließlich stand ich direkt vor dem Regenten. Ich grüßte ihn kurz und wollte an ihm vorbei. Er legte mir eine Hand auf den Arm, um mich zurückzuhalten und wünschte mir Glück und Segen dieser Jahreszeit.

»Ich danke Euch, mein Lord. Habt Ihr meinen Vater gesehen?«

Der alte Mann sagte milde: »Wenn du fortstürmst, dich zu beklagen, Lew, warum kommst du nicht direkt zu mir? Ich bin es gewesen, der meine Enkelin gebeten hat, dir dieses Mädchen vorzustellen.« Er wandte sich zum Buffet. »Hast du schon gegessen? Die Früchte sind in diesem Jahr außergewöhnlich gut. Wir haben Eismelonen aus Nevarsin. Normalerweise kann man sie auf dem Markt gar nicht bekommen.«

»Danke, aber ich bin nicht hungrig«, sagte ich. »Darf ich fragen, warum Ihr ein solches Interesse an meiner Heirat habt, mein Lord? Oder muss ich mich geschmeichelt fühlen, dass Ihr Euch dafür interessiert, ohne nach dem Grund fragen zu dürfen?«

»Ich nehme an, das Mädchen gefiel dir nicht?«

»Was könnte ich denn gegen sie einwenden? Vergebt mir, Sir, aber ich mag es nicht besonders, wenn meine persönlichen Angelegenheiten vor halb Thendara ausgehandelt werden.« Ich wies mit der Hand zu den tanzenden Paaren hinüber. Er lächelte wissend.

»Glaubst du wirklich, dass hier irgendjemand etwas anderes als seine eigenen Angelegenheiten im Kopf hat?« Ruhig füllte er sich einen Teller mit ausgesuchten Delikatessen. Niedergedrückt folgte ich seinem Beispiel. Er ging auf eine Gruppe von relativ abgelegen aufgestellten Stühlen zu und sagte: »Wir können uns hier hinsetzen und darüber reden, wenn du willst. Was ist los, Lew? Du bist gerade im richtigen Alter, um zu heiraten.«

»Genau das«, antwortete ich. »Und warum fragt man mich nicht?«

»Mir scheint, wir fragen dich«, sagte Hastur und nahm eine Gabel voll irgendwelcher gemischter Meeresfrüchte mit Grünzeug. »Wir haben dich schließlich nicht ein paar Stunden vorher in die Kirche gebeten, damit du auf der Stelle verheiratet wirst, wie es noch vor ein paar Jahren geschehen ist. Mir hat man nicht einmal die Gelegenheit gegeben, das Gesicht meiner lieben Frau zu sehen, bevor man uns die Bänder um die Handgelenke gelegt hat, und dennoch haben wir vierzig Jahre lang in vollster Harmonie zusammen gelebt.«

Mein Vater hatte einmal von seinen ersten Jahren auf der Erde erzählt, wie er urplötzlich mit den fremdartigen Gebräuchen dort konfrontiert wurde, und dabei eine Phrase benutzt, die mir nun plötzlich wieder einfiel: Kulturschock. »In allen Ehren, Lord Hastur, aber die Zeiten haben sich wirklich so geändert, dass dies kaum noch die passende Art von Heirat sein kann. Warum habt Ihr solche Eile?«

Plötzlich verhärtete sich Hasturs Gesicht. »Lew, verstehst du denn nicht, dass du, wenn dein Vater auf dieser Treppe sich statt nur ein paar Rippen und das Schlüsselbein den Hals gebrochen hätte, nun Lord Alton von Armida wärest, mit allen Implikationen? Mein eigener Sohn hat seinen Sohn niemals gesehen. Weil unsere Welt nun einmal in einem solchen Zustand ist, kann sich keiner von uns leisten, das Erbe einer Domäne dem Zufall zu überlassen. Was hast du gegen eine Heirat einzuwenden. Liebst du eher die Männer?« Er benutzte die höfliche *Casta*-Phrase, und ich, der ich an einen viel raueren

Umgangston aus der Kaserne gewöhnt war, wusste einen Moment nicht genau, was er meinte. Dann grinste ich, aber ohne Belustigung. »Dieser Pfeil hat sein Ziel aber weit verfehlt, Lord Hastur. Selbst als Junge hatte ich für solche Spiele keinen Gusto. Ich bin vielleicht jung, aber so jung bin ich nun auch wieder nicht mehr.«

»Aber was könnte es dann sonst noch sein?« Er schien ehrlich erstaunt zu sein. »Möchtest du vielleicht Linnell heiraten? Wir hatten für sie andere Heiratspläne im Kopf, aber wenn ihr beide es wirklich wollt ...«

Mit aufrichtiger Wut sagte ich: »Evanda möge uns behüten! Lord Hastur, Linnell ist meine Schwester!«

»Ihr seid nicht blutsverwandt«, sagte er, »oder jedenfalls nicht so nah, dass es ein Risiko für eure Kinder sein könnte. Es wäre vielleicht eine gute Partie.«

Ich nahm einen Löffel voll von dem Essen auf meinem Teller. Es schmeckte ekelhaft, und ich schluckte es herunter und stellte den Teller ab. »Sir, ich liebe Linnell wirklich. Wir kennen uns seit unserer Kindheit. Wenn es nur darum ginge, mit jemandem mein Leben zu teilen, könnte ich mir keine geeignetere Person dafür vorstellen. Aber ...« – ich rang nach erklärenden Worten und war leicht verlegen – »aber wenn man einem Mädchen einen Klaps gegeben hat, weil sie ihr Spielzeug zerbrochen hat, wenn man sie nach einem Alptraum oder weil sie vor Zahnschmerzen weinte, mit ins Bett genommen hat, wenn man ihr den Rock hochgebunden hat, damit sie im Bach waten konnte, oder sie angekleidet oder gekämmt hat – es ist unvorstellbar, sie sich als Bettgenossin vorzustellen, Lord Hastur. Verzeiht diese offene Sprache.«

Er winkte ab. »Nein, nein. Keine Formalitäten. Das kann ich verstehen. Wir haben deinen Vater sehr jung an eine Frau verheiratet, die der Rat für geeignet hielt, und man hat mir gesagt, sie hätten über Jahre hinweg in völliger Harmonie, aber totaler Gleichgültigkeit miteinander gelebt. Aber ich will auch nicht warten, bis du dich auf eine unpassende Frau versteifst. Dein Vater hat so geheiratet, wie es ihm gefallen hat, und – verzeih, Lew – Marius und du, ihr habt euer Leben lang dafür bezahlen müssen. Ich bin sicher, deinen eigenen Söhnen möchtest du das ersparen.«

»Könnt Ihr nicht warten, bis ich Söhne habe? Werdet Ihr es niemals überdrüssig, die Leben anderer in die Hand zu nehmen?«

Seine Augen blitzten mich an. »Ich bin es schon seit dreißig Jahren überdrüssig, aber irgendjemand muss es schließlich tun! Ich bin alt genug, mich hinzusetzen und über die Vergangenheit nachzudenken, anstatt die Bürde der Zukunft weiterhin zu tragen, aber mir scheint nichts anderes übrig zu bleiben. Was tust du denn, um dein Leben anständig einzurichten und mir diese Mühen zu ersparen?« Er nahm noch eine Gabel voll von dem Salat und kaute zornig darauf herum.

»Was kennst du von der Geschichte der Comyn, Lew? In den alten Zeiten hat man uns die Macht und die Privilegien gegeben, weil wir den Leuten dienten, nicht weil wir sie beherrschten. Dann begannen wir zu glauben, wir hätten die Macht und die Privilegien, weil wir uns für natürlich überlegen hielten, als hätte uns *Laran* zu besseren Menschen gemacht, damit wir tun und lassen konnten, was uns beliebte. Unsere Privilegien werden heute nicht dazu benutzt, uns für all das zu entschädigen, was wir in den Dienst des Volkes gestellt haben, sondern um unsere Macht zu stabilisieren. Du beklagst dich, dein Leben gehöre nicht dir, Lew. Nun, das tut es auch nicht, und das soll auch nicht anders sein. Du hast gewisse Privilegien ...«

»Privilegien«, sagte ich bitter. »Das meiste sind Pflichten, die ich nicht will, und Verantwortlichkeiten, mit denen ich nicht fertig werde.«

»Privilegien«, wiederholte er, »die du dir verdienen musst, indem du deinem Volk dienst.« Er streckte die Hand aus und berührte leicht das Zeichen der Comyn, das kurz über meinem Handgelenk tief ins Fleisch eingegraben war. Sein eigener Arm trug das gleiche Zeichen, und es war im Alter hell geworden. Er sagte: »Eine der Verpflichtungen, die damit einhergehen, ist eine heilige Verpflichtung, nämlich sicherzustellen, dass deine Gabe nicht ausstirbt, indem du Söhne und Töchter zeugst, die es von dir ererben, um wiederum dem Volk von Darkover zu dienen.«

Gegen meinen Willen rührten mich diese Worte. Ich hatte während meiner Reise in die Außenregionen das Gleiche gedacht, nämlich, dass meine Stellung als Erbe der Comyn eine ernste, heilige Sache und ich ein Glied in einer endlosen Kette sei.

Einen Moment spürte ich, dass der alte Mann meinen Gedanken folgte, als er die Hand wieder auf die Narbe an meinem Handgelenk legte. Er sagte: »Ich weiß, was dich das kostet, Lew. Du hast diese Gabe bei Einsatz deines Lebens gewonnen. Du hattest einen guten Anfang gemacht, indem du auf Arilinn dientest. Das wenige, was von unserer alten Wissenschaft übrig geblieben ist, wird dort bis zu dem Tag aufbewahrt, an dem man es vollständig entdeckt oder wieder entdeckt. Glaubst du, ich weiß nicht, dass ihr jungen Leute euer Privatleben aufgebt und viele Dinge, die ein junger Mann oder eine junge Frau gern hat? Ich hatte niemals diese Wahl, Lew. Ich wurde mit einem winzigen Restchen *Laran* geboren. Daher tue ich, was ich kann, mit den säkularen Kräften, um die Bürde für euch andere zu erleichtern, an der ihr schwer zu tragen habt. So weit ich weiß, hast du deine Kräfte niemals missbraucht. Und du gehörst auch nicht zu jenen frivolen jungen Leuten, die ihre Privilegien von Rang ausnutzen und ein Leben in Vergnügungen und Lust verbringen wollen. Warum weichst du also vor deiner Pflicht gegenüber deinem Clan zurück?«

Ich wünschte mir plötzlich, ich könnte meine Ängste und mein Misstrauen ihm gegenüber abschütteln. An der persönlichen Integrität des Alten war nicht zu zweifeln. Doch war er so vollständig in seinem einsamen Kampf um politische Ziele Darkovers verstrickt, dass ich ihm dennoch misstraute. Ich wollte mich nicht von ihm manipulieren lassen, wollte nicht jenen Zielen dienen. Ich fühlte mich verwirrt, halb überzeugt, halb ablehnend wie zuvor. Ich wich davor zurück. Telepathen gewöhnen sich daran, sich mit Dingen konfrontiert zu sehen – man muss es, um einigermaßen bei Verstand zu bleiben –, aber man lernt nicht, wie man diese Dinge auch leicht in Worte kleidet. An einem Ort wie Arilinn gewöhnt man sich daran, dass jeder in einem solchen Kreis alle Gedanken, Gefühle und Bedürfnisse der anderen kennt. Es gibt dort keine Zurückhaltung, nichts von Ausweichmöglichkeiten und Höflichkeiten, die Außenseiter in Gesprächen über intimere Dinge einsetzen. Aber Hastur konnte meine Gedanken nicht lesen, und ich rang um Worte, die keinen von uns beiden in Verlegenheit versetzen würden.

»Hauptsächlich deshalb, weil ich noch keine Frau getroffen habe, mit der ich mein Leben verbringen möchte ... und weil ich Telepath bin ... will ich auch nicht ... mich auf die Wahl eines anderen verlassen.« Nein, ich war nicht vollständig aufrichtig. Auf Linnea hätte ich mich gern einlassen können, wenn ich nicht gemerkt hätte, dass man mich manipulierte und als hilfloses Pfand einsetzte. Wieder glimmte meine Wut auf. »Hastur, wenn ich einfach aus dem Grund heiraten soll, um eine Gabe zu vererben, um einen Sohn für die Domäne zu zeugen, hättet Ihr mich verheiraten sollen, bevor ich erwachsen wurde, bevor ich alt genug war, Gefühle für Frauen zu entwickeln, und sie einfach hätte haben wollen, weil sie eine

Frau war und zur Verfügung stand. Jetzt ist das anders.« Ich verstummte.

Wie konnte ich Hastur sagen, der alt genug war, mein Großvater zu sein und kein Telepath, dass, wenn ich eine Frau nähme, all ihre Gedanken und Gefühle offen vor mir lägen und auch meine für sie, dass es mich rasch impotent machen würde, wenn wir nicht vollständig aufeinander eingestellt wären. Nur wenige Frauen konnten das aushalten. Und wie konnte ich ihm das lähmende Gefühl des Versagens mitteilen, wenn diese Sympathie fehlte? Glaubte er wirklich, ich könnte mit einer Frau zusammenleben, deren einziges Interesse an mir darin bestünde, dass ich mit ihr einen Sohn mit *Laran* zeugte? Ich kenne ein paar Männer in der Comyn-Sippe, denen dies gelingt. Ich glaube, dass zwei Menschen mit gesunden Körpern sich im Bett fast immer irgendetwas geben können. Aber nicht im Turm ausgebildete Telepathen, die an diese völlige Offenheit gewöhnt sind ...

Ich sagte, und meine Stimme zitterte unkontrollierbar dabei: »Selbst einem Gott kann man nicht zumuten, auf Befehl zu lieben.«

Hastur blickte mich mitfühlend an. Auch das verletzte mich. Es wäre schwierig genug gewesen, mich vor einem Mann meines Alters so bloßzustellen. Schließlich sagte er sanft: »Es war nie von Zwang die Rede, Lew. Aber versprich mir, darüber nachzudenken. Das Storn-Lanart-Mädchen hat sich beim Neskaya-Turm beworben. Wir brauchen Bewahrerinnen und Psi-Techniker. Aber wir brauchen auch sensible Frauen, Telepathen, die in unsere Familien einheiraten. Wenn du an einer anderen Gefallen finden solltest, wäre es uns willkommen.«

Ich sagte mit einem tiefen Atemzug: »Ich werde darüber nachdenken.« Linnea war Telepath. Das würde reichen. Aber ehrlich gesagt, ich hatte Angst. Hastur bedeutete einem Diener, seinen leeren Teller sowie meinen fast unberührten fortzunehmen.

»Wein?«

»Danke, Sir, aber ich habe bereits mehr getrunken, als ich normalerweise in einer Woche zu mir nehme. Und ich habe meiner Pflegeschwester noch einen Tanz versprochen.«

So freundlich er auch gewesen war, so war ich doch froh, mich entfernen zu können. Diese Unterhaltung hatte mich aufgerüttelt und Gedanken hervorgerufen, die tief vergraben zu halten ich mich immer bemüht hatte.

Liebe – oder genauer gesagt: Sex – ist für einen Telepathen niemals einfach. Nicht einmal, wenn man sehr jung ist und noch kindlich herumspielt, seine Bedürfnisse und Begierden entdeckt und seinen eigenen Körper und dessen Triebe kennen lernt.

Ich denke, nach dem, was die anderen Männer so reden – und geredet wird bei den Kadetten und anderen Wachsoldaten viel –, reicht für die meisten Leute, zumindest für eine Zeit, jeder des richtigen Geschlechts, der zur Verfügung steht und nicht allzu Ekel erregend ist. Aber selbst während dieser frühen Experimentierphase war ich mir der Motive und Reaktionen des anderen immer zu bewusst, und sie hielten kaum jemals einer so eindringlichen Überprüfung stand. Und nachdem ich in den Arilinn gegangen war und mich auf intensives Teilhaben und Nähe eingelassen hatte, war es von bloßem Schwierigsein zur Unmöglichkeit geworden.

Nun, ich hatte Linnell einen Tanz versprochen. Und was ich Hastur gesagt hatte, stimmte. Linnell war für mich keine Frau, und sie würde mich emotional in keiner Weise aufregen.

Aber Callina war allein und beobachtete eine Gruppe klassischer Tänzer, die einen rhythmischen Tanz aufführten, der Blätter in einem Frühlingssturm darstellte. Ihre Gewänder, blaugrün, gelbgrün und graugrün, zuckten und flossen wie

Sonnenlicht ineinander. Callina hatte ihre Kapuze zurückgeworfen und sah in ihrer konzentrierten Haltung ziemlich verloren, sehr klein und zerbrechlich und ernst aus. Ich stellte mich neben sie. Nach einem Moment sagte sie: »Du hast Linnell noch einen Tanz versprochen, nicht wahr? Du kannst dir die Mühe sparen, Vetter, sie ist zusammen mit diesem Storn-Lanart-Mädchen auf dem Balkon, und die beiden sehen zu und plaudern über Kleider und Frisuren.« Sie lächelte, ein kleines, ironisches Lächeln, das einen Augenblick lang ihr Gesicht erhellte. »Es ist albern, kleine Mädchen dieses Alters auf offizielle Bälle zu bringen. Sie wären ebenso glücklich in der Tanzstunde.«

Ich sagte mit meiner angestauten Bitterkeit: »Oh, sie sind alt genug, um an den Höchstbietenden versteigert zu werden. So machen wir Comyn unsere feinen Ehen. Stehst du auch zum Verkauf, *Damisela?*« Sie lächelte flüchtig. »Ich glaube nicht, dass du mir ein Angebot machen würdest. Zumindest in diesem Jahr stehe ich nicht zum Verkauf an. Ich bin Bewahrerin im Neskaya-Turm, und du weißt, was das bedeutet.«

Ich wusste es natürlich. Die Bewahrerinnen brauchen nicht mehr in klösterlicher Jungfräulichkeit zu leben, denen kein Mann auch nur einen Blick zuwerfen darf. Aber solange sie im Zentrum der Energonstrahlen arbeiten, müssen sie auf Grund bitterer Notwendigkeit absolut keusch leben. Sie haben gelernt, nicht jene Begierden zu erwecken, die sie nicht erfüllen dürfen. Wahrscheinlich haben sie auch gelernt, sie nicht zu spüren, was ein guter Trick ist, wenn er gelingt. Ich wünschte, mir wäre es möglich.

Ich entspannte mich. Gegenüber Callina, die im Turm ausgebildet und als Bewahrerin dort arbeitete, brauchte ich nicht auf der Hut zu sein. Wir waren enger verwandt als durch Blutsbande, nämlich durch das starke Band der Telepathen untereinander.

Ich war auch lange genug Matrix-Techniker, um zu wissen, dass diese Arbeit so viel an physischer und psychischer Energie aufzehrt, dass für Sexualität kaum etwas übrig bleibt. Der Wille dazu ist vielleicht da, aber nicht die Energie. Man erwartet von den Bewahrern, damit sie emotional und physisch sicher sind, dass sie allein leben. Die anderen im Turm – Techniker, Mechaniker und Psi-Monteure – sind normalerweise großzügig und sensibel, wenn sie die kleinen Reste befriedigen. In jedem Fall steht man sich zu nahe, um die Spiele von Flirt und Sichzurückziehen zu spielen, die Männer und Frauen anderswo gern betreiben. Und Callina verstand dies alles, ohne dass es gesagt werden musste, weil sie dazugehörte.

Sie war auch sensibel genug, um meine Stimmung zu erkennen. Mit einem leisen Anflug von Boshaftigkeit sagte sie: »Ich habe gehört, man wird Linnea im nächsten Jahr zum Arilinn schicken, falls ihr beide nicht heiraten solltet. Soll ich sie bitten, dass man sie dort nicht zur Bewahrerin macht, falls du deinen Entschluss ändern solltest?«

Ich fühlte mich völlig erstaunt. Das war etwas absolut Ungewöhnliches. Aber was mich von einem Außenstehenden aufgeregt hätte, versetzte mich bei ihr nicht in Wut. Innerhalb des Turmkreises wäre ich nicht verlegen geworden, wenn ich mich auch nicht zu einer Antwort gezwungen gefühlt hätte. Sie behandelte mich einfach wie ihresgleichen. Wir waren aller Bedürfnisse und Triebe des anderen so sehr bewusst, dass wir sorgfältig darauf achteten, beim anderen nicht Frustration oder Wut hervorzurufen.

Aber nun war mein Kreis zerstreut, andere dienten an meiner Stelle, und ich musste mit einer Welt voller ausgefeilter Spiele und komplexer Beziehungen fertig werden. Ich sagte, wie ich es zu einer Schwester gesagt hätte: »Sie drängen mich zu heiraten, Callina. Was soll ich tun? Es ist zu plötzlich.

Ich bin noch ...« Ich winkte ab und konnte es nicht in Worte fassen.

Sie nickte ernsthaft. »Vielleicht solltest du Linnea doch nehmen. Es würde bedeuten, sie könnten dich nicht drängen, ein Mädchen zu nehmen, das weniger zu dir passt.« Sie befasste sich ernsthaft mit meinem Problem und widmete ihm ihre volle Aufmerksamkeit. »Ich glaube, in erster Linie erwartet man von dir, dass du einen Sohn für Armida zeugst. Wenn dir das gelänge, wäre es ihnen egal, ob du das Mädchen heiraten würdest oder nicht, oder?«

Es wäre nicht schwierig gewesen, mit einer der Frauen aus dem Zirkel auf dem Arilinn ein Kind zu zeugen, wenn auch eine Schwangerschaft für die Frau dort schwierig gewesen wäre. Doch der Gedanke wirkte wie Salz in einer offenen Wunde. Ich sagte schließlich, und meine Stimme klang dabei brüchig: »Ich bin selbst ein Bastard. Glaubst du wirklich, dass ich das jemals einem meiner Söhne aufbürden würde? Und Linnea ist sehr jung und sie ... war mir gegenüber aufrichtig.« Die ganze Unterhaltung beunruhigte mich aus irgendwelchen Gründen. »Wie kommt es, dass du so viel darüber weißt? Ist mein Leben zum Thema einer Ratsdebatte geworden, Callina *Comynara?*«

Sie schüttelte den Kopf. »Nein, natürlich nicht. Aber Javanne und ich haben schon als Kinder miteinander gespielt, und sie erzählt mir alles. Es ist kein Ratsklatsch, Lew, nur Frauengeschwätz.«

Ich hörte sie kaum. Wie alle Altons habe ich zuzeiten das verwirrende Gefühl, die Zeit verschoben zu sehen, und Callinas Bild bebte und verschwamm vor meinen Augen, als sähe ich sie durch fließendes Wasser oder durch die Zeit hindurch. Einen Moment verlor ich sie aus den Augen, so wie sie nun war, bleich und schlicht und in Scharlachrot gewandet, wie in einem eisblauen Nebel schimmernd. Dann schien sie zu verschwimmen, war kalt und fern und wunderschön und glänzte dunkel wie der mitternächtliche Himmel. Ich war wie gefoltert und kämpfte mit einem Gemisch aus Wut und Frustration. Mein ganzer Körper schmerzte von ...

Ich zwinkerte mit den Augen und versuchte, die Welt wieder so zu sehen, wie sie war.

»Fühlst du dich nicht wohl, Vetter?«

Ich merkte in blankem Entsetzen, dass ich einen Moment lang nahe daran gewesen war, sie in den Arm zu nehmen. Da sie zurzeit nicht Bewahrerin in ihrem Kreis war, bedeutete dies nur eine Unhöflichkeit, keine undenkbare Unverschämtheit. Es war wahnsinnig! Ich blickte Callina immer noch an und reagierte auf sie wie auf eine begehrenswerte Frau, nicht durch ein doppeltes Tabu und den Eid eines Turmtechnikers von mir getrennt.

Sie blickte mir zutiefst besorgt in die Augen. In ihrem Blick lag kühles Mitempfinden und Freundlichkeit, doch keine Antwort auf meinen Trieb und mein unkontrollierbares Gefühl. Natürlich nicht!

»*Damisela!* Ich möchte mich aufrichtig bei dir entschuldigen«, sagte ich und spürte den Atem rau in meiner Kehle. »Es ist diese Menschenmenge. Etwas spielt verrückt mit meinen ... Barrieren.«

Sie nickte und akzeptierte diese Erklärung. »Ich hasse solche Angelegenheiten. Ich versuche immer, sie zu vermeiden, es sei denn, ich muss hin. Lass uns für einen Moment an die Luft gehen, Lew.« Sie führte mich auf einen der kleinen Balkone, wo ein feiner, dünner Regen fiel. Erleichtert atmete ich die feuchte Kühle ein. Sie trug einen dünnen schwarzen Schleier, der wie Flügel hinter ihr her flatterte und in der Dunkelheit schimmerte. Ich konnte dem Impuls, sie in die Arme zu schließen, mich an sie zu drängen und meine Lippen auf ihre zu pressen, nicht widerstehen – wieder zwinkerte ich und starrte in die kühle, regenlose Nacht zu den leuchtenden Sternen, und Callina stand ruhig in ihrem leuchtenden Gewand. Plötzlich wurde mir schwach und übel, und ich klammerte mich an die Balkonbrüstung. Ich spürte, wie ich in unendliche Fernen fiel, ein wildes Nirgendwo im leeren Raum ...

Callina sagte ruhig: »Es ist nicht nur die Menschenmenge. Hast du *Kirian,* Lew?«

Ich schüttelte den Kopf und versuchte, die richtige Perspektive der Welt wiederzuerlangen. Dafür war ich zu alt, verdammt. Die meisten Telepathen lassen diese psychischen Ausbrüche mit der Pubertät hinter sich. Ich hatte keine Schwellenkrankheit mehr gehabt, seit ich zum Arilinn gekommen war. Und ich hatte keine Ahnung, warum es mich gerade jetzt überkam.

Sanft sagte Callina: »Ich wünschte, ich könnte dir helfen, Lew. Du weißt, was dir fehlt, nicht wahr?« Sie berührte mich leicht wie eine Feder und ging. Ich stand in der kalten Luft auf dem Balkon und fühlte den Stachel in ihren Worten. Ja, ich wusste, was falsch war, und wollte doch nichts davon wissen, dass sie mich von jenseits der Barrikade ihrer eigenen Unverletzlichkeit daran erinnerte. Sie teilte meine Bedürfnisse und Begierden nicht; es war eine Qual, von der sie als Bewahrerin frei war. Einen Moment lang, in flammender Wut auf das Mädchen, vergaß ich die grausame Disziplin hinter ihrer schwer errungenen Immunität.

Ja, ich wusste, was mir fehlte. Auf dem Arilinn war ich daran gewöhnt gewesen, dass Frauen sensibel auf meine Bedürfnisse reagierten, die sie ja teilten. Ich war nun eine lange Zeit schon nicht mehr dort, eine sehr lange Zeit. Mir war sogar, so wie ich war, die Art unkomplizierter Erleichterung, die der geringste meiner Kameraden auf der Wache finden konnte, verwehrt. Die wenigen Male – sehr wenige Male –, als mich Verzweiflung trieb, sie zu suchen, war mir nur übel geworden.

Sensible Frauen ergreifen diesen Beruf nicht. Oder wenn sie es tun, dann habe ich nie eine von ihnen getroffen. Ich stützte den Kopf auf die Brüstung und gab mich dem Neid hin ... dem bitteren Neid eines Mannes, der nicht einmal zeitweise Trost bei irgendeiner Frau mit willigem Körper finden konnte.

Einen Moment lang dachte ich, obwohl ich genau wusste, es würde dadurch noch schlimmer, an das Mädchen Linnea. Terranisches Blut. Sensibel, eine Telepathin. Vielleicht war ich zu voreilig gewesen.

Wieder ergriff mich Wut. Hastur und mein Vater dachten also, sie könnten mich anders nicht manipulieren, also versuchten sie es mit Sex. Sie hatten Dyan bestochen, indem sie ihm eine Baracke voll mit halb erwachsenen Jungen übertrugen, die zumindest sein Selbstbewusstsein durch ihre Bewunderung aufpolieren würden und ihm schmeichelten. Und wie unauffällig auch immer, er fühlte sich wohl dabei.

Und sie würden bestimmt auch mich bestechen. Anders natürlich, weil meine Bedürfnisse anders waren, aber es blieb doch eine Bestechung. Sie würden mich unter Kontrolle halten, handhabbar, indem sie mir ein junges, schönes, sexuell attraktives Mädchen vor die Nase setzten. Das war alles ein halb ausgesprochenes Arrangement.

Und meine eigenen Bedürfnisse, die mein telepathischer Vater nur zu gut kannte, würden den Rest erledigen. Mir wurde übel bei dem Gedanken, wie nahe ich daran gewesen war, in ihre Falle hineinzutappen.

Das Fest im Ballsaal löste sich langsam auf. Die Kadetten waren schon vor längerer Zeit zurück in die Kaserne gegangen. Ein paar Nachzügler tranken noch am Buffet, doch die Diener gingen schon umher und begannen aufzuräumen. Ich schritt durch die Hallen auf die Räume der Altons zu und bebte immer noch vor Wut.

Der mittlere Saal war verlassen, doch ich sah Licht im Zimmer meines Vaters und ging, ohne anzuklopfen, hinein. Er war halb ausgezogen und sah erschöpft und überrascht aus.

»Ich möchte mit dir reden!«

Milde sagte er: »Du brauchst nicht wie Cralmac hier hereinzustürmen, wenn du das willst.« Kurz streckte er seine Gedankenfühler aus und berührte meine. Das hat er nicht oft getan, seit ich erwachsen war, und es machte mich wütend, dass er mich nach so vielen Jahren wie ein Kind behandelte. Schnell zog er sich zurück und sagte: »Hat es nicht bis morgen Zeit, Lew? Du fühlst dich nicht wohl.«

Selbst seine Einsamkeit trug noch zu meinem Zorn bei. »Wenn das so ist, weißt du, wem ich es verdanke. Was, zum Teufel, hast du vor, wenn du mich ohne Vorwarnung einfach verheiraten willst?«

Er ging geradewegs auf meinen Zorn ein. »Weil du zu stolz und verdammt hartnäckig bist, Lew, um zuzugeben, dass du etwas brauchst. Du bist bereit, mehr als bereit für eine Heirat. Sei nicht wie der Mann in dem alten Märchen, der, als ihn der Teufel bat, den Weg zum Paradies einzuschlagen, geradewegs in die Hölle ging!« Es hörte sich ebenso verletzt an, wie ich es war. »Verdammt, glaubst du nicht, ich weiß, wie du dich fühlst?«

Darüber dachte ich einen Moment nach. Ich hatte mich hin und wieder gefragt, wie mein Vater all die Jahre seit Mutters Tod allein gelebt hatte. Er hatte mit Sicherheit keine regelmäßige Geliebte. Ich hatte niemals versucht, ihm nachzuspionieren oder auch nur über sein Privatleben nachzudenken, daher war ich doppelt wütend, dass er mir keinen Fetzen Intimität beließ, um meine Blöße zu bedecken, mich gezwungen hatte, mich vor Hastur zu entblößen und vor meiner Cousine Callina zu demütigen.

»Es wird nicht klappen«, schleuderte ich ihm entgegen. »Ich würde das Mädchen auch nicht heiraten, wenn sie so schön wie die heilige Cassilda wäre oder alle Edelsteine von Carthon mitbrächte!«

Mein Vater zuckte mit einem tiefen Seufzer die Achseln. »Natürlich nicht«, sagte er müde. »Wann hättest du jemals etwas so Vernünftiges getan? Tu, was du willst. Ich habe aus Vergnügen geheiratet. Ich habe Hastur gesagt, ich würde dich niemals zwingen.«

»Glaubst du, du könntest das?« Ich kochte vor Zorn.

»Da ich es nicht versuchen würde – was spielt es für eine Rolle?« Mein Vater klang so überdrüssig, wie ich mich fühlte. »Ich halte dich für einen Dummkopf, aber wenn du dich unabhängig und tugendhaft fühlst, wenn du so herumläufst mit einem wunden ...« – zu meiner Überraschung und als Schock gebrauchte er einen so vulgären Ausdruck aus der Wachkaserne, von dem ich nicht einmal erwartet hätte, dass er ihn kannte – »...dann sei doch so verdammt hartnäckig und widerspenstig, wie du nur willst. Du bist zwar mein Sohn, aber du hast nicht mehr Verstand als ich in deinem Alter hatte!« Er zuckte die Schultern in einer Art und Weise, die andeutete, er sei mit diesem Thema fertig. »Schwellenkrankheit? Ich habe irgendwo *Kirian*, wenn du es brauchst.«

Ich schüttelte den Kopf und merkte, dass irgendetwas, vielleicht meine überströmende Wut, das meiste davon vertrieben hatte.

»Ich wollte dir noch etwas sagen, aber es kann bis morgen warten, wenn dir nun nicht nach Zuhören ist. Ich für meinen Teil möchte noch etwas zu trinken.« Schwerfällig kam er auf die Füße. Ich sagte: »Lass mich ihn dir holen, Vater.« Ich brachte ihm ein Glas Wein, nahm auch eines für mich und setzte mich neben ihn. Er nahm kleine Schlucke. Nach einer Weile streckte er die Hand aus und legte sie mir auf die Schulter, eine der seltenen Gesten der Intimität aus der Kindheit. Jetzt machte es mich nicht mehr wütend.

Schließlich sagte er: »Du warst im Rat dabei. Du weißt, was vorgeht.«

»Du meinst Aldaran.« Ich war froh, dass er das Thema wechselte.

»Das Schlimmste ist, dass man mich in Thendara nicht entbehren kann, und darüber hinaus glaube ich, dass ich die Reise nicht unternehmen kann, Lew.« Seine Barrieren waren verschwunden, und ich spürte seine Erschöpfung. »Ich habe noch niemals zuvor zugegeben, dass ich irgendetwas nicht tun könne. Aber jetzt ...« – und er schenkte mir sein rasches, seltenes Lächeln – »... habe ich einen Sohn, dem ich vertrauen kann, um meinen Platz einzunehmen. Und da wir beide Hastur Widerstand entgegengesetzt haben, wird Thendara in den nächsten Wochen für dich kein angenehmer Ort sein. Ich werde dich als meinen Stellvertreter nach Aldaran schicken, Lew.«

»Mich, Vater?«

»Wen sonst? Es gibt sonst niemanden, dem ich so vertraue. Du hast die Sache mit den Feuerwarntürmen ebenso gut erledigt, wie ich es getan hätte. Und dort kannst du dich auf Blutsverwandtschaft berufen. Der alte Kermiac von Aldaran ist dein Großonkel.« Ich wusste, dass ich mit den Aldaranern verwandt war, doch nicht, wie nahe diese Verwandtschaft im Clan stand. »Außerdem hast du terranisches Blut. Du kannst also hingehen und unabhängig von allen Gerüchten herausfinden, was wirklich da oben in den Bergen geschieht.«

Ich fühlte mich zugleich geehrt und unsicher, auf diese hochkomplizierte Mission geschickt zu werden, weil ich wusste, Vater vertraute mir. Hastur hatte von der Pflicht gesprochen, den Comyn zu dienen, unserer Welt. Nun war ich bereit, meinen Platz unter denjenigen Domänen einzunehmen, die dies seit mehr Generationen so gehalten hatten, als ein jeder Einzelne von uns zählen konnte. »Wann soll ich abreisen?«

»Sobald ich eine Eskorte und Geleitschutz für dich auf die Beine gestellt habe. Wir dürfen keine Zeit verlieren«, sagte er. »Sie wissen, dass du ein Erbe der Comyn bist. Aber du bist auch mit Aldaran verwandt. Sie werden dich auf eine Art willkommen heißen, wie sie es bei mir niemals getan hätten.«

Ich war meinem Vater dankbar, weil er mich auf diese Mission sandte, und das war ein neues Gefühl, ein gutes Gefühl. Ich merkte, dass die Dankbarkeit nicht einzig auf meiner Seite lag. Er brauchte mich dringend. Ich hatte eine Gelegenheit, ihm zu dienen, etwas besser für ihn zu erledigen, als er selber dazu in der Lage war. Ich wollte so rasch wie möglich damit beginnen.

9

In dieser Jahreszeit war die Sonne bereits aufgegangen, wenn die Weckglocke in der Kaserne ertönte. Im Hof schmolzen kleine Schneehaufen zu Rinnsalen, als die Kadetten über die Pflastersteine zur Messe gingen. Regis war immer noch schläfrig trotz des eisigen Wassers, das er sich ins Gesicht gespritzt hatte. Er meinte, er würde lieber auf sein Frühstück verzichten, als zu dieser Tageszeit dafür aufzustehen. Aber er war auf seine makellosen Akten stolz; er war der einzige Kadett, dem noch nie eine Strafe aufgebrummt worden war, weil er die Weckglocke überhört und zu spät und schläfrig hereingetaumelt war. Nevarsin hatte ihm also doch gut getan.

Er schlüpfte auf seinen Platz zwischen Danilo und Gareth Lindir. Ein Adjutant schleppte angestoßene Tabletts vor ihnen her: dicke Steingutschalen, darin Haferschleim mit Nüssen, und schwere Krüge mit dem sauren Landbier, das Regis hasste und niemals anrührte. Angeekelt stieß er den Löffel in den Haferschleim.

»Wird das Essen wirklich jeden Morgen schlechter, oder kommt mir das nur so vor?«, fragte Damon MacAnndra.

»Es wird schlechter«, antwortete Danilo. »Wer könnte sich auch in einer solchen gottverlassenen frühen Stunde etwas anderes ausdenken? Was ist das denn?«

An der Tür gab es eine Bewegung. Regis' Kopf zuckte hoch. Nach einem kurzen Kampf wurde ein Kadett auf die Füße geschleudert und taumelte durch den Raum, donnerte mit dem Kopf auf einen Tisch und blieb liegen. Dyan Ardais stand im Eingang und wartete, dass sich der Unglückliche erhob. Als er sich nicht rührte, wies er einen der Helfer an, ihn aufzuheben.

Damon sagte: »Zandrus Hölle, es ist Julian!« Er stand von

seinem Platz auf und eilte an die Seite seines Freundes. Dyan stand mit grimmiger Miene über ihm.

»Zurück auf deinen Platz, Kadett. Beende dein Essen!«

»Er ist mein Freund. Ich will nachsehen, ob er verletzt ist.«

Damon ignorierte Dyans starren Blick und kniete sich neben den gestürzten Kadetten. Die anderen Kadetten, die die Hälse reckten, konnten dort einen leuchtenden Blutfleck sehen, wo Julians Kopf auf den Tisch aufgeschlagen war. »Er blutet! Ihr habt ihn umgebracht!«, sagte Damon mit schriller Stimme.

»Unsinn!«, schnappte Dyan. »Tote bluten nicht so!« Er kniete nieder, glitt mit den Fingerspitzen über den Kopf des Jungen und winkte zwei Kadetten des dritten Jahrgangs herbei. »Bringt ihn ins Stabsbüro und holt Meister Raimon, damit er nach ihm sieht.«

Als man Julian heraustrug, murmelte Gabriel Vyandal über den Tisch hinweg: »Es ist nicht fair, uns zu einer so frühen Stunde zu kontrollieren, wenn wir noch halb schlafen.« Es war so still in der Messe, dass man ihn gut hören konnte. Dyan schritt durch den Raum, sah ihn mit gekräuselten Lippen an. »Das ist die Zeit, in der ihr am meisten auf der Hut sein müsst, Kadett. Glaubst du, dass Straßenräuber in der Stadt, Taschendiebe oder Banditen an der Grenze sich eine euch genehme Stunde heraussuchen, um euch anzugreifen? Es ist Teil eurer Ausbildung, dass ihr praktisch jeden Moment auf der Hut seid, Kadetten.« Damit wandte er ihnen den Rücken zu und ging hinaus.

Gareth murmelte: »Eines Tages wird er uns umbringen. Ich frage mich, was er dann zu sagen hat.«

Damon kehrte auf seinen Platz zurück und sah sehr blass aus. »Er hat mich nicht einmal mitgehen lassen, damit ich seinen Kopf halten konnte.«

Gabriel legte ihm tröstend die Hand auf den Arm. Er sagte:

»Mach dir keine Sorgen. Meister Raimon wird sich gut um ihn kümmern.«

Regis hatte das Blut erschüttert, doch ein Gefühl ausgeprägter Fairness ließ ihn sagen: »Lord Dyan ist schon in Ordnung, wisst ihr. Wenn wir wirklich im Feld sind, kann uns ein Moment der Unaufmerksamkeit töten, nicht nur verletzen.«

Damon starrte Regis an. »Du hast ja gut reden, Hastur. Mir fällt auf, dass er an *dir* nie herumnörgelt.«

Regis, dessen Rippen ständig grün und blau waren von den Schlägen Dyans, wenn sie ihre Fechtübungen abhielten, sagte: »Ich glaube, er weiß, dass ich beim Waffentraining genug Schläge von ihm abbekomme.« Ihm kam in den Sinn, dass auch darin etwas Grausames lag. Kennard Alton hatte ihm beigebracht, mit dem Schwert umzugehen, als er noch als der beste Fechter der Domäne galt. Doch bei täglicher Übung entweder mit Kennard oder mit Lew über zwei Jahre hinweg hatte er weniger Verletzungen eingesteckt als von Dyan in wenigen Wochen.

Einer aus dem zweiten Jahrgang sagte deutlich hörbar: »Was erwartet ihr denn von einem Comyn. Die stecken doch alle unter einer Decke.«

Regis beugte den Kopf über den kalten Haferschleim. Was sollte es, dachte er. Er konnte seine Verletzungen nicht jedem zeigen – er hätte den Mund halten sollen. Danilo versuchte mit zitternden Fingern zu essen. Dieser Anblick erfüllte Regis mit Kummer, doch er wusste nicht, was er sagen sollte, ohne sich ihm aufzudrängen.

In der Baracke machte Regis rasch sein Bett und half Damon, Julians Pritsche und seine Sachen in Ordnung zu bringen. Wenn Julian zurückkam, würde man ihn wenigstens nicht dafür bestrafen, dass er Bett und Regal unordentlich hinterlassen hatte. Nachdem die anderen Kadetten zum Waffenübungsplatz gegangen waren, blieben er und Danilo zurück. Sie waren an der Reihe, den Boden zu fegen und die Feuerstelle zu säubern. Regis machte sich sorgfältig daran, die Asche zusammenzukehren und den Vorplatz zu reinigen. Man wusste nie, welcher Offizier die Inspektion vornahm, und einige waren genauer als andere. Er tat die Arbeit umso ordentlicher, als er sie hasste, doch seine Gedanken waren abwesend. War Julian wirklich verletzt? Dyan war einfach zu grob gewesen.

Er war sich bewusst, dass Danilo, der mit stirnrunzelnder Entschlossenheit den schweren Besen durch den Raum schob, von einem dumpfen Elend niedergedrückt wurde, das alles andere überdeckte. Regis fragte sich, ob es möglich war, die Gefühle anderer abzublocken, denn er reagierte auf Danilos Stimmungen zu sensibel. Wenn er gewusst hätte, was Dani dachte oder warum er so wütend und bekümmert war, wäre es nicht so schlimm gewesen, doch Regis stieß lediglich auf die nackten Gefühle.

Er spürte die Gegenwart von Lew Alton und blickte auf, als dieser durch den Raum schritt. »Noch nicht fertig? Lass dir Zeit, Kadett. Ich bin ein wenig früh dran.«

Regis entspannte sich. Lew konnte ganz schön streng sein, doch er suchte nicht außer der Reihe nach versteckten Staubflöckchen. Er machte mit dem Kaminbesen weiter, doch nach einer Minute spürte er, wie sich Lew bückte und seinen Arm ergriff. »Ich muss mit dir reden.«

Regis erhob sich und folgte ihm zur Tür und sagte dabei über die Schulter: »Ich bin in einer Minute zurück, Dani. Versuche nicht, den Tisch zu bewegen, bis ich dir helfen kann.« Draußen war er sich Lews Gedanken bewusst. Er sah auf und traf auf lächelnde Augen.

»Ja, ich merkte es neulich im Rat«, sagte Lew, »doch ich hatte noch keine Gelegenheit, mit dir zu reden. Wann ist es passiert? Und wie?«

»Ich bin mir nicht sicher«, sagte Regis, »aber irgendwie habe ich – Danilo berührt – oder er mich –, ich weiß es nicht genau, und irgendeine Barriere schien zu verschwinden. Ich kann es nicht anders erklären.«

Lew nickte. »Ich weiß«, sagte er. »Es gibt für die meisten dieser Erfahrungen keine Worte, und die, die man hat, sind nicht sonderlich erhellend. Aber Danilo? Ich habe gespürt, dass er *Laran* hat, aber wenn er das kann, dann ...« Er hielt mit gerunzelter Stirn inne, und Regis folgte dem Gedanken: *Das bedeutet, er ist ein Katalysatortelepath! Sie sind selten! Ich hatte geglaubt, es gäbe sie nicht mehr.*

»Ich werde mit meinem Vater reden, bevor ich nach Aldaran gehe.«

»Du gehst an Stelle von Onkel Kennard? Wann?«

»Ein paar Tage bevor die Sitzungsperiode beendet ist. Bald. Die Reise in die Berge ist in jeder Jahreszeit rau, aber unmöglich, wenn Schneefall einsetzt.«

Danilo stand im Eingang der Baracke, und Regis, der sich plötzlich an seine Arbeit erinnerte, sagte: »Ich muss zurück. Dani denkt sonst, ich drücke mich vor der Arbeit.«

Lew warf einen oberflächlichen Blick in den Raum. »Macht weiter. Es sieht ordentlich aus. Ich werde den Rapport unterzeichnen. Macht Schluss, wenn ihr wollt.« Er ging auf Danilo zu und sagte: »Ich werde in einem oder zwei Tagen nach Aldaran aufbrechen, Dani. Syrtis wird auf meinem Weg liegen. Hast du eine Botschaft für Dom Felix?«

»Nur die, dass ich mich bemühe, meinen Dienst unter Besseren zu erfüllen, Kapitän.« Seine Stimme klang verdrossen.

»Ich werde ihm erzählen, dass du uns Ehre machst, Dani.« Der Junge gab keine Antwort und ging zurück zur Feuerstelle, wobei er den Besen hinter sich herzog. Lew blickte neugierig hinter ihm her. »Was, glaubst du, quält ihn?«

Regis machte sich um Danilos Stimmungen Sorgen. Sein

stilles Weinen hatte Regis noch zweimal geweckt, und wieder war er zwischen dem Wunsch, den Freund zu trösten, und dem Wunsch, seine Intimsphäre nicht zu verletzen, hin und her gerissen. Er wünschte sich, er könnte Lew fragen, was zu tun sei, doch beide hatten sie Dienst, und da gab es keine Zeit für persönliche Probleme. Vielleicht verlangten auch die Bestimmungen der Wache – er kannte sie nicht genau – von Lew, dass er ihm riet, sich mit persönlichen Problemen an den Kadettenmeister zu wenden. Schließlich sagte Regis: »Ich weiß es nicht. Vielleicht Heimweh.« Er beließ es dabei. »Wie geht es Julian? Er ist doch nicht tot?«

Lew starrte ihn erstaunt an. »Nein, nein. Er wird wieder gesund. Es war nur ein Schlag auf den Kopf.« Wieder lächelte er und verließ die Baracke.

Danilo lehnte den Besen gegen die Wand und begann an dem schweren Holztisch zu rücken, um den Schmutz darunter entfernen zu können. Regis sprang herbei und fasste an einem Ende mit an.

»He, ich habe dir doch gesagt, ich helfe dir dabei. Du kannst dich verheben, wenn du ein so schweres Ding allein bewegst.« Danilo blickte stirnrunzelnd auf, und Regis sagte: »Ich wollte nicht kneifen. Ich wollte nur meinem Verwandten Adieu sagen. Du warst ziemlich unhöflich zu ihm, Dani.«

»Wollen wir hier arbeiten oder plaudern?«

»Natürlich arbeiten«, antwortete Regis und hob sein Tischende an. »Ich kann nicht mit dir reden, wenn du in einer solchen Stimmung bist.« Er holte den Besen. Danilo murmelte etwas, und Regis fuhr herum und fragte: »Was hast du gesagt?«

»Nichts.« Danilo wandte ihm den Rücken zu. Es hatte verdächtig nach »Mach dir aber nicht die Hände schmutzig«, geklungen, und Regis starrte ihn an.

»Was ist los? Meinst du, ich sollte den Rest erledigen? Das

werde ich tun, wenn du es mir sagst. Aber ich war doch gar nicht so lange fort, oder?«

»Oh, ich wollte mich doch nicht aufdrängen, Lord Hastur. Erlaubt mir, Euch zu Diensten zu sein!« Der Spott klang nun offensichtlich durch Danilos Stimme, und Regis starrte ihn erstaunt an.

»Danilo, willst du mit mir streiten?«

Danilo blickte langsam an Regis herab. »Nein, danke, mein Lord. Mit einem Comyn-Erben streiten? Ich bin vielleicht ein Dummkopf, aber nicht ein so großer.« Er straffte die Schultern und schob kämpferisch die Unterlippe nach vorn. »Lauf zu deiner Fechtlektion mit Lord Ardais, und überlass mir die schmutzigen Arbeiten.«

Regis' Erstaunen verwandelte sich in Wut. »Wann habe ich dir jemals die Drecksarbeit überlassen, dir oder irgendjemand anderem hier?« Danilo starrte auf den Boden und gab keine Antwort. Regis trat drohend auf ihn zu. »Komm, du hast damit angefangen. Antworte! Du sagst, ich hätte meinen Teil hier nicht erledigt?« Keine andere Anschuldigung hätte ihn wütender machen können. »Und sieh mich nicht so an, sonst muss ich dich schlagen!«

»Muss ich auch noch darauf achten, wie ich Euch ansehe, Lord Hastur?« So wie er den Titel aussprach, klang es wie eine offene Beleidigung, und Regis schlug zu. Danilo stolperte zurück, sprang vor Wut auf, hielt sich aber dann zurück.

»O nein, so könnt Ihr mich da nicht hineinziehen. Ich habe gesagt, ich werde mich nicht mit Euch schlagen, Lord Hastur.«

»O ja, verdammt, das wirst du. Du hast damit angefangen. Nimm die Fäuste hoch, oder ich werde dich als Besen benutzen!«

»Das wäre doch ein Spaß, nicht wahr?«, murmelte Danilo. »Ihr zwingt mich zu einem Kampf und macht mir damit

Schwierigkeiten, weil wir uns geschlagen haben? O nein, Lord Regis, davon habe ich die Nase voll.«

Regis trat einen Schritt zurück. Er war nun eher bekümmert als wütend und fragte sich, was er wohl getan haben mochte, um Danilo derart aufzuregen. Er versuchte, die Gedanken seines Freundes zu erreichen, traf jedoch lediglich auf brennende Wut, die alles andere überdeckte. Er ging auf Danilo zu, doch dieser sprang in Verteidigungsstellung beiseite.

»Zandrus Hölle, was geht hier vor?« Hjalmar trat herein, erfasste die Situation mit einem Blick und griff Regis unsanft beim Kragen. »Ich habe dich über den halben Hof brüllen hören. Kadett Syrtis, deine Lippe blutet.«

Er ließ Regis los, nahm Danilo beim Kinn und drehte das Gesicht sanft herum, um sich die Wunde anzusehen. Danilo explodierte und stieß die Hand fort. Seine Hand fuhr zum Messer am Gürtel. Hjalmar umklammerte sein Handgelenk.

»Zandrus Hölle! Junge, lass das sein! Wenn du in der Kaserne das Messer ziehst, bist du erledigt. Das muss ich melden. Was, zum Teufel, ist denn los, Junge? Ich wollte nur nachsehen, ob du verletzt bist!« Es klang ehrlich besorgt. Danilo senkte den Kopf und blieb zitternd stehen.

»Was habt ihr beiden denn? Ihr seid euch doch sonst so nahe wie Brüder!«

»Es war mein Fehler«, sagte Regis ruhig. »Ich habe ihn zuerst geschlagen.«

Hjalmar gab Danilo einen Schubs. Es sah grob aus, war aber in Wirklichkeit recht sanft gemeint. »Kühl dir die Lippe mit kaltem Wasser, Kadett. Hastur kann die Baracke allein säubern. Es wird ihn lehren, sein großes Maul zu halten.« Als Danilo im Waschraum verschwunden war, blickte er Regis mit wütendem Stirnrunzeln an. »Das ist aber ein feines Beispiel, das du für die Jungen von niederem Rang setzt!«

Regis versuchte nicht, sich zu rechtfertigen oder eine Erklärung abzugeben. Er stand da und ließ die Strafpredigt Hjalmars über sich ergehen, ebenso die drei Tage Strafdienst. Er war dem jungen Offizier fast dankbar, weil er die unangenehme Situation abgebrochen hatte. Warum, warum war Dani so explodiert?

Er fegte den Boden sauber und dachte, dass es Dani nicht ähnlich sähe, einen Streit vom Zaun zu brechen.

Und er hatte ihn provoziert, dachte Regis nüchtern und warf den Schmutz, ohne es recht zu bemerken, in die gerade gesäuberte Feuerstelle. Aber warum? Hatten sie ihn wieder damit gequält, dass er versuche, sich in die Gunst eines Hastur einzuschleichen?

Den ganzen Tag über erledigte er seine Pflichten gedankenverloren und bekümmert und fragte sich, was seinen Freund an einen solchen Punkt der Verzweiflung gebracht haben könnte. Er hatte sich fast entschieden, Danilo in der Freizeit aufzusuchen, seine Wut zu beherrschen und ihn zu fragen, was los sei. Doch dann wurde er daran erinnert, dass er Strafdienst hatte, was sich als die ekelhafte Aufgabe herausstellte, mit den Ordonnanzen zusammen die Ställe zu säubern. Danach brauchte er lange Zeit, um sich zu säubern und von dem Stallschmutz zu befreien, und dann war er bereits in Eile, um zum nächsten Dienst zu rennen, der sich als über alle Vorstellungen hinaus langweilig erwies. Die meiste Zeit musste er an den Stadttoren stehen, die Pässe und Geleitscheine überprüfen, Reisende befragen, die weder das eine noch das andere hatten, hereinziehende Kaufleute an die Regeln ihres Gewerbes erinnern. Danach wurde ihm und einem anderen Junioroffizier befohlen, die Nachtwache an den Stadttoren zu beaufsichtigen, seine erste Handlung als Vorgesetzter eines anderen Wachsoldaten. Von der Theorie her hatte er gewusst, dass die Kadetten zu Offizieren ausgebildet werden sollten, doch bislang hatte er sich nur als niederer, kleiner Handlanger für alle empfunden. Jetzt, nach knapp der Hälfte eines Lehrgangs, hatte er eine verantwortungsvolle Pflicht. Eine Zeit lang vergaß er die Sorgen seines Freundes.

Er kam kurz vor Mitternacht in die Baracke zurück und fragte sich, welchen Dienst man ihm bei der Umstellung Mitte des Jahres zugewiesen haben mochte. Es war merkwürdig hineinzugehen, und der Nachtoffizier strich seinen Namen lediglich ab als jemanden, der Spätdienst hatte, anstatt ihn wegen Zuspätkommens zu schelten. Er blieb stehen und fragte den Mann: »Wisst Ihr irgendetwas über Julian ... Kadett MacAran, Sir?«

»MacAran? Ja, er hat eine Gehirnerschütterung. Man hat ihn auf die Krankenstation verlegt, aber in ein paar Tagen wird er wieder auf den Beinen sein. Sie haben nach seinem Freund geschickt, der bei ihm bleiben soll. Seine Gedanken waren verwirrt, und sie befürchteten, er würde aus dem Bett klettern und sich verletzen. Aber er hat Damons Stimme erkannt. Er schien niemand anderen zu hören, aber als MacAnndra ihm sagte, er solle ruhig im Bett bleiben, soll er friedlich wie ein Baby eingeschlafen sein. Gehirnerschütterungen wirken sich manchmal so aus.«

Regis sagte, er sei froh, dass es Julian nicht schlecht gehe, und ging zu Bett. Der Teil des Schlafraums, in dem sein Bett stand, war fast leer, weil Damon und Julian auf der Krankenstation waren. Auch Danilos Bett war leer. Er musste Nachtwache haben. Regis bedauerte es, weil er auf ein Wort mit ihm gehofft hatte, vielleicht eine Gelegenheit herauszufinden, was seinen Freund bekümmerte, und sich wieder mit ihm zu vertragen.

Ein paar Stunden später weckte ihn das Geräusch heftigen Regens auf dem Dach und lauter Stimmen am Eingang. Der Nachtoffizier sagte: »Ich muss dich deswegen melden«, und Danilo antwortete grob: »Das ist mir völlig gleichgültig. Was glaubt ihr, kümmert mich das?« Ein paar Minuten später kam er mit lauten Schritten herein.

Was war bloß mit ihm los, fragte sich Regis. War er betrunken? Er beschloss, nicht mit ihm zu reden. Wenn Danilo ziemlich betrunken und aufgeregt genug war, um grob mit dem Nachtoffizier zu reden, würde er eine weitere Szene veranstalten und sich in noch größere Schwierigkeiten bringen.

Danilo stieß an Regis' Pritsche, und Regis merkte, dass Danis Kleider vollständig durchweicht waren. In dem schwachen Schein des Lichts, das während der Nacht im Waschraum brennen blieb, sah Regis, wie er herumstolperte, seine Kleider von sich warf, hörte das Schwert, das eigentlich an den Wandhaken gehörte, auf den Boden poltern. Dann blieb er einen Moment nackt unter dem Fenster stehen, zögernd, und Regis hätte fast etwas gesagt. Er hätte ihn mit leiser Stimme anreden können, ohne Aufmerksamkeit zu erregen, weil Damon und Julian beide nicht da waren und die anderen sich in beträchtlicher Entfernung befanden. Doch ihn ergriff panische Angst vor einer Zurückweisung. Er hätte einen erneuten Streit nicht ausgehalten. So blieb er still, und Danilo drehte sich nach einer Weile um und stieg in sein Bett.

Regis schlief unruhig und träumte viel und wachte nach einiger Zeit mit einem Ruck wieder auf, weil er wieder dieses Weinen hörte. Dieses Mal war Danilo wach, wenn Regis auch das Schluchzen direkt in seinen Sinnen spürte. Er weinte wirklich, leise, hoffnungslos und verzweifelt. Regis lauschte eine Zeit lang, war unglücklich und zerrissen, wollte sich nicht aufdrängen, war aber nicht in der Lage, diesen Kummer zu ertragen. Schließlich trieben ihn seine freundschaftlichen Gefühle für Dani aus dem Bett.

Er kniete sich neben Danilos Pritsche und flüsterte: »Dani, was ist denn los? Bist du krank? Hast du schlechte Nachrichten von zu Hause? Kann ich irgendetwas für dich tun?«

Danilo murmelte traurig, mit abgewandtem Kopf. »Nein, niemand kann etwas für mich tun. Dafür ist es zu spät. Und was ... Heiliger Bürdenträger, was wird mein Vater dazu sagen?«

Regis flüsterte so leise, dass man es keine drei Schritt weiter vernehmen konnte: »Rede doch nicht so. Nichts ist so schlimm, dass man nicht irgendwie helfen könnte. Ginge es dir denn nicht besser, wenn du es mir erzähltest?«

Danilo wandte sich um. Sein Gesicht war nur wie ein heller Fleck in der Dunkelheit. Er sagte: »Ich weiß nicht, was ich tun soll. Ich glaube, ich werde wahnsinnig ...« Plötzlich schluchzte er lang anhaltend und atemlos. Er sagte: »Ich kann dich nicht sehen ... Damon, bist du das?«

Regis flüsterte: »Nein, Damon ist auf der Krankenstation mit Julian. Und alle anderen schlafen. Ich glaube, niemand sonst hat dich hereinkommen hören. Ich wollte erst nichts sagen, aber du hast dich so unglücklich angehört ...« Er vergaß ihren Streit, vergaß alles andere, außer dass Danilo sein Freund war, der sich in verzweifelten Schwierigkeiten befand, und beugte sich nach vorn und legte die Hand auf Danilos nackte Schulter, eine scheue, vorsichtige Berührung. »Kann ich nicht irgendetwas ...«

Er fühlte die explodierende Wut und noch etwas anderes – Furcht? Scham? –, das durch die Finger seinen Arm emporrann wie ein elektrischer Schock. Er zog die Hand so heftig fort, als habe er sich verbrannt. Mit einer heftigen Bewegung stieß Danilo Regis von sich. Mit angestrengter Stimme flüsterte er: »Verdammter ... schmutziger ... Comyn. Geh zum Teufel, geh weg! Nimm deine stinkenden Hände fort, du ...« Er sagte ein Wort, das Regis, der an die Grobheit der Kaserne gewöhnt war, laut nach Luft schnappen und zurückweichen ließ. Er zitterte, und ihm wurde fast übel.

»Dani, du bist im Unrecht«, flüsterte er entsetzt, »ich habe doch nur gedacht, du wärest krank oder hättest Schwierigkeiten. Ich habe dir doch nichts getan, oder? Du machst dich doch selber krank, wenn du so weitermachst. Dani, kannst du mir nicht sagen, was geschehen ist?«

»Es dir erzählen, Sharras Ketten? Ich würde es lieber einem Wolf zuflüstern, der seine Zähne in meine Kehle gegraben hat!« Er versetzte Regis einen heftigen Stoß und sagte laut: »Komm mir nur wieder zu nah, du schmieriger *Ombredin,* und ich werde dir den Hals brechen!«

Regis stand auf und ging still in sein Bett zurück. Sein Herz pochte noch von dem heftigen Wutausbruch, den er gespürt hatte, als er Danilo berührte, und er zitterte unter der Anschuldigung. Er lauschte auf Danilos Keuchen, war einfach entsetzt, und ihm war von dem Hassausbruch fast so übel wie von seinem eigenen Versagen. Irgendwie hatte er sich vorgestellt, dass ein solches Missverständnis nicht zwischen zwei Menschen mit *Laran* geschehen könnte. Er lauschte Danilos Schluchzern, hörte, wie es in leises Weinen und schließlich in einen unruhigen Schlaf überging. Aber Regis schloss in dieser Nacht kaum ein Auge.

10

(Lew Altons Erzählung)

Der schwere Regen nach Mitternacht ging in Schnee über. Der Tag, an dem ich nach Aldaran aufbrechen musste, begann grau und unfreundlich. Die Sonne verbarg sich hinter schneeschweren Wolken. Ich wurde früh wach und döste noch vor mich hin, als ich aus dem Zimmer meines Vaters wütende Stimmen hörte. Zuerst dachte ich, Marius bekäme eine Strafpredigt für irgendein kleineres Vergehen, doch zu dieser frühen Stunde? Dann wurde ich wacher und hörte einen Tonfall in Vaters Stimme, den er gegenüber uns beiden noch nie angewandt hatte. Mein ganzes Leben habe ich ihn als einen rauen, groben, ungeduldigen Menschen gekannt, doch meistens hielt er seinen Zorn im Zaume. Die volle Wut eines Altons kann töten, doch er war durch den Turm diszipliniert und konnte sich in fast jeder Silbe kontrollieren. Hastig zog ich mir etwas über und ging in die Mittelhalle.

»Dyan, das ist deiner nicht wert. Ist es so sehr eine Sache persönlichen Stolzes?«

Lord des Lichts! Es war wieder geschehen! Nun, immerhin bei dem Ton in seiner Stimme wusste ich, dass Dyan nicht ungestraft davonkommen würde!

Dyans Stimme, ein tiefer Bass, wurde durch die dicken Wände gedämpft, doch keine Wand konnte den Antwortschrei meines Vaters abdämpfen. »Nein, verdammt, Dyan! Ich bin nicht für ein solches monströses ...«

Draußen in der Hallte hörte ich, wie Dyan unerbittlich wiederholte: »Es handelt sich nicht um persönlichen Stolz, sondern die Ehre der Comyn und der Garde!«

»Ehre! Du weißt doch gar nicht, was Ehre ist ...«

»Vorsichtig, Kennard, es gibt Dinge, die auch du nicht aussprechen darfst. Was dies angeht – Zandrus Hölle, Ken, ich kann das nicht übersehen! Selbst wenn es dein eigener Sohn gewesen wäre. Oder mein armer Junge, wenn er so alt geworden wäre. Würdest du es dir ruhig ansehen, wenn ein Kadett gegenüber einem Offizier blankzieht und er ungestraft davonkommt? Wenn du nicht akzeptieren kannst, was ich von der Ehre der Wache halte, was ist dann mit der Disziplin? Hättest du ein solches Betragen auch bei deinem eigenen Bastard geduldet?«

»Musst du Lew in alles hineinziehen?«

»Ich versuche, es nicht zu tun. Daher bin ich direkt zu dir damit gekommen. Von ihm erwarte ich nicht, dass er empfindlich reagiert, wenn es um Fragen der Ehre geht.«

Mein Vater schnitt ihm wieder das Wort ab, doch redeten beide nun leiser. Dyan sprach in einem Ton unbeugsamer Endgültigkeit. »Nein, rede nicht von Zufällen. Wenn du zulässt, dass der Respekt gegenüber den Comyn so schwindet – und das in diesen Zeiten, vor den Augen eines jeden –, wie kannst du da von Ehre reden?«

Die heftige Wut war nun aus der Stimme meines Vaters verschwunden; Bitterkeit nahm ihren Platz ein. Er sagte: »Dyan, du gehst mit der Wahrheit um wie andere Menschen mit Lügen, um deinen Nutzen daraus zu ziehen. Ich kenne dich seit unseren Kindertagen, und dieses Mal beginne ich zum ersten Mal, dich fast zu hassen. Gut, Dyan. Du lässt mir keine Wahl. Da du offiziell mit dieser Beschwerde zu mir kommst, als Kadettenmeister, soll es geschehen. Aber ich kann nur schwerlich glauben, dass du es nicht hättest verhindern können.«

Dyan warf die Tür auf und schritt eilig in die Halle. Er schenkte mir einen verächtlichen Blick und sagte: »Immer noch als Spion bei den dir Überlegenen?« Dann ging er hinaus.

Ich ging zu der offen gebliebenen Tür. Mein Vater starrte mich leer an, als könne er sich nicht an meinen Namen erinnern. Dann seufzte er und sagte: »Geh und befehle den Leuten, sich nach dem Frühstück in der Haupthalle zu versammeln. Der Dienst heute Morgen ist damit aufgehoben.«

»Was ...?«

»Disziplinarversammlung.« Er hob die dicken, knotigen Hände, verknöchert und steif durch eine Gelenkkrankheit, seit ich denken kann. »Du wirst dich bereithalten. Ich habe nicht mehr die Kraft, ein Schwert zu zerbrechen, und ich will verdammt sein, wenn ich es Dyan überlasse.«

»Vater, was ist geschehen?«

»Das wirst du erfahren«, antwortete Kennard. »Einer der Kadetten hat gegen Dyan das Schwert gezogen.«

Ich fühlte, wie mein Gesicht vor Entsetzen blass wurde. Das war in der Tat etwas, das man nicht übergehen konnte. Natürlich fragte ich mich – wer würde das nicht –, auf Grund welcher Provokation von Dyan dies geschehen war. Als ich selbst noch Kadett war, hatte er mir den Arm ausgerenkt, doch selbst in diesem Fall hatte ich mich beherrschen können. Auch wenn zwei Kadetten bei einem kindischen Streit ihre Taschenmesser zögen, würde es ausreichen, sie unehrenhaft zu entlassen.

Ich war erstaunt, dass Vater versucht hatte, sich dagegen zu wenden. Es schien, dass ich Dyan falsch beurteilt hatte.

Doch wie auch immer, ich versuchte zu raten, was geschehen war. Wenn der MacAran-Junge an Gehirnerschütterung gestorben war und Damon Dyan dafür verantwortlich hielt – drei Offiziere hatten mir unabhängig voneinander von dem Vorfall berichtet und darin übereingestimmt, dass Dyan unverzeihlich grob gehandelt habe –, dann hätte sich Damon verpflichtet fühlen können, seinen Freund zu rächen. Beide Jungen stammten aus dem Gebirge, und in den Kilghardbergen bedeutete eine Freundschaft viel. Ich nahm es dem

Jungen nicht übel, und ich schob Dyan die Schuld zu. Ein freundlicherer Mensch hätte es besser verstanden. Dyan, so wie er war, hätte für die Liebe zwischen den beiden Verständnis zeigen müssen.

Vater erinnerte mich daran, dass ich volle Uniform tragen müsse. Ich beeilte mich mit den Tunikabändern, weil ich die Leute noch beim Frühstück in der Messe erreichen wollte.

Die Sonne war durch die Wolken gebrochen; schmelzender Schnee lag in kleinen Lachen überall im Hof, doch im Norden sah es immer noch grau und bedrohlich aus. Wenn es später wieder zu schneien begänne, würde ich eine durchweichte Reise haben.

In der Messe gab es Würstchen zum Frühstück. Der würzige, durchdringende Geruch erinnerte mich, dass ich nichts zu mir genommen hatte. Ich war versucht, die Ordonnanz um einen Teller zu bitten, doch mir fiel ein, dass ich ja Galauniform trug. Ich ging an den vollbesetzten Tischen vorbei in die Mitte des Raumes und bat um Aufmerksamkeit.

Als ich die Versammlung ankündigte, blickte ich zu dem Tisch hinüber, wo die Kadetten saßen. Zu meiner Überraschung saß Julian MacAran dort. Sein Kopf trug einen dicken Verband, und er sah ein wenig bleich aus. Damit war wohl meine Theorie über das Geschehene erledigt. Regis saß dort und sah so blass und krank aus, so dass ich einen Moment lang entsetzt glaubte, er sei der in Ungnade gefallene Kadett. Aber dann wäre er in Arrest gewesen.

Mein Rückweg führte mich an der Baracke der neuen Kadetten vorbei, und ich hörte dort Stimmen. Ich blieb zögernd stehen, um zu sehen, ob ich dort noch meine Nachricht weitergeben konnte. Als ich näher kam, hörte ich leise die Stimme des alten Domenic. Er hätte Kadettenmeister werden sollen, dachte ich in bitterem Zorn.

»Nein, mein Sohn, das ist nicht nötig. Dein Schwert ist ein

Familienerbstück. Erspare deinem Vater wenigstens diese Schande. Nimm dieses einfache Schwert.«

Ich hatte oft während meiner eigenen Kadettenzeit gedacht, dass der alte Domenic der freundlichste Mensch sei, den ich jemals gekannt hatte. Jedes Schwert würde es tun, um zerbrochen zu werden. Die Antwort kam leise und nicht identifizierbar, verwirrt durch einen Schmerz, der sich selbst aus dieser Entfernung um meine Stirn wie ein Eisenband klammerte.

Hjalmars tiefe Stimme klang vorwurfsvoll: »Nein, nichts davon, mein Junge. Ich möchte so ein Wort nicht mehr gegen einen Comyn hören. Ich habe dich einmal gewarnt, dass dich dein Temperament in Schwierigkeiten bringen würde.«

Ich blickte hinein und wünschte dann, ich hätte es nicht getan. Danilo saß elend zusammengekauert auf seiner Pritsche, und der Waffenmeister und Hjalmar halfen ihm, seine Sachen zusammenzupacken. Danilo! Was in Zandrus neun Höllen konnte geschehen sein? Kein Wunder, dass Vater versucht hatte, Dyan umzustimmen! Konnte irgendein Mann von Ehre etwas gegen dieses Kind vorbringen? Nun, er war alt genug, um Kadett zu sein. Er war auch alt genug, um die Konsequenzen aus einer unbedachten Handlung zu tragen.

Ich blockte mein Bewusstsein ab und ging weiter, ohne ein Wort zu sagen. Auch ich hatte eine solche Provokation gespürt, als ich den Arm noch in der Schlinge trug. Nachts vor dem Einschlafen habe ich gedacht, ich würde ihn umbringen – doch ich hatte meine Hände vom Schwert fern gehalten. Danilo war nicht zur Selbstbeherrschung fähig. Das Kadettenkorps war kein Ort für ihn.

Als ich zurück in die Wachhalle kam, versammelten sich schon die Männer. Disziplinarversammlungen waren selten geworden, seit kleinere Vergehen und Bestrafungen durch Offiziere oder den Kadettenmeister privat geregelt wurden, daher hörte man eine Menge geflüsterten Geredes und gemurmelter Fragen. Manchmal fiel ein Kadett wegen Krankheit oder Familienschwierigkeiten aus oder wurde im Stillen überzeugt, sich zurückzuziehen, weil er physisch oder emotional nicht in der Lage war, mit der Disziplin oder dem Dienst fertig zu werden. Octavien Vallondes Fall hatte man so im Stillen bereinigt. Verdammt, das war auch Dyan gewesen!

Dyan stand bereits auf seinem Platz. Er sah ernst und selbstgerecht aus. Mein Vater kam herein und humpelte stärker als je zuvor. Di Asturien brachte Danilo herein. Er war so weiß wie die Wand, doch sein Gesicht gespannt und kontrolliert. Seine Hände zitterten jedoch. Man hörte ein überraschtes und entsetztes Murmeln. Ich versuchte, mich dagegen abzuschirmen. Wie man es auch betrachtete, es war eine Tragödie, wenn nicht noch Schlimmeres.

Mein Vater trat nach vorn. Er sah ebenso schlecht wie Danilo aus. Er zog ein langes offizielles Dokument hervor – ich fragte mich, ob Dyan es bereits für ihn aufgesetzt hatte – und faltete es auseinander.

»Danilo-Felix Kennard Lindir-Syrtis, steh auf«, sagte er schwerfällig. Danilo sah so blass aus, dass ich dachte, er würde ohnmächtig, und ich war froh, dass di Asturien hinter ihm stand. Er trug also auch den gleichen Namen wie mein Vater!

Vater begann das Dokument vorzulesen. Es war in *Casta*. Wie die meisten aus den Bergen, bin ich mit *Cahuenga* groß geworden und konnte der offiziellen Sprache nur mit Mühe und großer Konzentration folgen. Den Kern kannte ich bereits. Danilo Syrtis, Kadett, hat in Verachtung aller Bestimmungen und der Disziplin und gegen alle Regeln des Kadettenkorps willfährig die Klinge gegen einen höheren Offizier, seinen Kadettenmeister Dyan-Gabriel, Regent von Ardais, gezogen. Er wird daher entlassen, entehrt, aller Privilegien und Ehren beraubt und so weiter und so weiter, zwei- oder dreimal in anderen Formulierungen wiederholt, bis ich den Verdacht hegte, die Verurteilung benötige mehr Zeit als das Vergehen selber.

Ich zitterte auf Grund der zunehmenden Emotionen, die ich in dieser Menschenmenge nicht vollständig abschirmen konnte. Danilos Elend war für mich fast so etwas wie ein physischer Schmerz. Regis sah aus, als würde er gleich zusammenbrechen. Macht schnell, dachte ich wütend, während ich den endlosen Phrasen lauschte und die Worte nun nur noch durch Danilos gepeinigten Kopf hindurch hörte. Macht schnell, ehe der arme Junge hysterisch zusammenbricht, oder wollt ihr ihn auch noch so demütigen?

»... und wird daher aller Ehrenränge entkleidet und unehrenhaft heimgeschickt ... als Zeichen ... man vor allen Angehörigen der Wache ein Schwert vor seinen Augen zerbrechen wird ...«

Das war mein Teil an dieser schmutzigen Arbeit. Ich hasste es, ging nach vorn und band sein Schwert los. Es war ein einfaches Schwert der Wache, und ich segnete den Alten für diese Gnade. Außerdem, dachte ich bitter, waren diese alten Erbstücke von Schwertern so fein gearbeitet, dass man eine Schmiede und Sharras Feuer brauchte, um ihnen auch nur ein Zeichen aufzudrücken!

Ich musste Danilo am Arm berühren. Ich versuchte, ihm einen freundlichen, aufmunternden Gedanken zuzusenden, ihm zu sagen, dass dies nicht das Ende der Welt bedeutete, doch ich merkte, dass ich nicht zu ihm durchdringen konnte. Er wich vor meiner behandschuhten Hand zurück, als sei sie aus rot glühendem Eisen. Dies hier war eine Furcht erregende Zeremonie für jeden Jungen, der nicht absolut dumpf war – für einen mit *Laran,* womöglich einen Katalysatortelepathen, war es eine Folter. Konnte er es ohne einen Zusammenbruch überhaupt durchstehen? Er stand reglos da und starrte vor sich hin. Seine Augen waren halb geschlossen, doch er blinzelte, als müsse er einen Tränenausbruch vermeiden.

Ich nahm Danilos Schwert und ging zurück auf das Podium. Ich ergriff es fest mit der behandschuhten Hand und bog es über das Knie. Es war schwer zu biegen, viel schwerer, als ich gedacht hatte, und ich hatte Zeit, mich zu fragen, was ich tun würde, wenn das verdammte Ding nicht brechen würde oder ich es nicht halten konnte und es durch den Raum fliegen würde. Hinten im Raum erklang nervöses Husten. Ich arbeitete an der Klinge und dachte: Zerbrich, verdammtes Ding, lass uns dieses miese Geschäft hinter uns bringen, bevor wir alle zu schreien beginnen!

Es zerbrach mit einem aufstörenden Ton, als würde Glas zerspringen. Wenn ich etwas erwartet hatte, dann einen metallischen Klang. Eine Hälfte fiel auf den Boden. Ich ließ sie dort liegen.

Ich richtete mich auf und sah, dass in Regis' Augen Tränen standen. Ich blickte zu Dyan ...

Dyan ...

Einen Moment lang waren die Barrieren verschwunden. Er sah nicht mich oder das Schwert an. Er starrte Danilo mit einem hasserfüllten, spöttischen, *befriedigten* Blick an. Ein Blick entsetzlicher, befriedigter Lust. Es gab einfach kein anderes Wort dafür.

Und plötzlich wusste ich – ich hätte es sofort wissen müssen –, wie und warum Danilo verfolgt worden war, bis er in einem Moment hilfloser Verzweiflung dazu gezwungen wurde, sein Schwert gegen den Verfolger zu ziehen ... oder möglicherweise gegen sich selbst.

Wie auch immer, in dem Moment, in dem die Klinge aus der Scheide war, hatte ihn Dyan genau dort, wo er ihn haben wollte. Als zweitbeste Lösung.

Ich weiß, dass ich niemals erfahren werde, wie ich den Rest

der Zeremonie überstanden habe. In meinem Kopf blieben nur zitternde Bruchstücke übrig: Danilos Gesicht so weiß wie das Hemd, nachdem man ihm den Galaumhang abgeschnitten hatte. Wie schäbig er aussah. Und wie jung! Dyan nahm mir das Schwert aus der Hand und grinste. Zu diesem Zeitpunkt waren meine Gedanken wieder klar. Ich war aus der Wachhalle herausgestürmt und befand mich auf der Treppe zu den Zimmern der Altons.

Mein Vater zog sich müde und erschöpft die Uniform aus. Er sah verhärmt und erledigt aus. Er war wirklich krank, dachte ich. Kein Wunder. Das hier würde jeden krank machen. Er blickte auf und sagte müde: »Dein Geleitschutz steht bereit. Du kannst noch vor Mittag abreisen. Auch die Eskorte steht bereit mit Packtieren. Es sei denn, du hältst den Schnee bis zum Einbruch der Dunkelheit für zu heftig.«

Er überreichte mir einen Stapel gefalteter Dokumente. Es sah sehr offiziell aus, mit Siegeln und allem, was dazugehörte. Eine Sekunde lang wusste ich überhaupt nicht, wovon er redete. Die Reise nach Aldaran schien in weiter Ferne zu liegen. Ich steckte die Papiere in die Tasche, ohne sie näher anzusehen.

»Vater«, sagte ich, »das *kannst* du doch nicht machen. Du kannst doch nicht noch einmal das Leben eines Jungen wegen Dyans Boshaftigkeit zerstören.«

»Ich habe versucht, es ihm auszureden, Lew. Er hätte es unter den Teppich kehren oder insgeheim aushandeln können. Aber da er den offiziellen Weg gegangen ist, blieb mir keine Wahl. Selbst wenn du es gewesen wärest oder der Hastur-Junge.«

»Und was ist mit Dyan? Ist es soldatenhaft, ein Kind zu provozieren?«

»Lass Dyan aus dem Spiel, Sohn. Ein Kadett muss lernen, sich unter allen Umständen zu kontrollieren. Eines Tages wird er Leben und Tod von Dutzenden, ja Hunderten von Männern in der Hand haben. Wenn er seine persönlichen Gefühle nicht beherrschen kann ...« Mein Vater streckte die Hand aus und legte sie in einer Geste seltener Zärtlichkeit auf die meine. »Mein Sohn, glaubst du, ich weiß nicht, wie er sich bemüht hat, dich zu der gleichen Handlung zu provozieren? Aber ich habe dir vertraut, und ich hatte Recht. Ich bin über Dani enttäuscht.«

Aber es gab einen Unterschied. Wenn Dyan auch vielleicht gröber war, als viele Leute es bei einem Offizier für angemessen halten, hatte er doch mir gegenüber nichts unternommen, was gegen die Regeln des Kadettenkorps verstoßen hätte. Das sagte ich und fügte hinzu: »Verlangen die Vorschriften, dass ein Kadett auch *das* von einem Offizier aushalten muss? Grausamkeit, ja, sadistische Disziplinierungen sind schlimm genug. Aber eine solche Bedrohung, eine Bedrohung in Form eines sexuellen Angriffs ...«

»Welchen Beweis hast du dafür?«

Es war wie eine kalte Dusche. Beweis? Ich hatte keinen. Nur den befriedigten, triumphierenden Blick Dyans, die Scham bei Danilo und ein telepathischer Blick in ein Bewusstsein, das zu lesen ich kein Recht hatte. Moralische Gewissheit, ja, aber keinen Beweis.

»Lew, du bist zu sensibel. Auch mir tut es um Dani Leid. Aber wenn er Gründe hatte, sich über Dyans Behandlung zu beklagen, gibt es den formalen Weg ...«

»Gegen die Comyn? Er dürfte wohl gehört haben, was dem letzten Kadetten, der das versucht hat, zugestoßen ist«, sagte ich bitter. Wieder und wieder, gegen alle Vernunft, stand Vater auf der Seite der Comyn, auf Dyans Seite. Ich sah ihn fast ungläubig an. Selbst jetzt konnte ich noch nicht glauben, er würde dieses Unrecht nicht wieder gutmachen.

Immer. *Immer* hatte ich ihm vollständig, selbstverständlich und sicher vertraut, war überzeugt gewesen, dass er irgendwie für Gerechtigkeit sorgte. Rau, ja, und fordernd, aber immer gerecht. Und nun hatte Dyan getan – wieder getan –, was ich immer von ihm erwartet hatte, und mein Vater war bereit, es zu vertuschen, diese monströse Ungerechtigkeit zu ertragen und Dyans korrupte und gemeine Rache.

Und ich hatte ihm vertraut! Hatte ihm wörtlich mit meinem Leben vertraut. Ich hatte gewusst, als ich mich auf die Alton-Gabe hin überprüfte, dass ich im Falle seines Versagens einen raschen, schmerzhaften Tod sterben würde. Ich hatte ein Gefühl, ich müsse in einen solchen Tränenstrom ausbrechen, der mich umbringen würde. Wieder glitt die Zeit für mich aus den Angeln, und wieder stand ich, ein zitternder Elfjähriger, vor ihm in vollständigem Vertrauen und erwartete die Berührung, die mir das volle Recht der Comyn bringen würde – oder den Tod! Ich spürte den Ernst dieser Minute und entsetzliche Angst, wollte jedoch das Vertrauen in mich rechtfertigen, sein Vertrauen, dass ich sein wahrer Sohn sei, der seine Gabe und seine Macht geerbt hatte …

Macht! Irgendetwas in mir explodierte zu Wut, einer Wut, die ich seit jenem Tag all die Jahre hindurch in mir getragen haben musste.

Er war willens gewesen, mich zu töten! Warum hatte ich das noch niemals zuvor so gesehen? Kaltblütig hatte er meinen Tod in Kauf genommen für die Hoffnung, ein Werkzeug zu erhalten, das seiner Macht diente. Macht! Wie Dyan war es ihm gleichgültig, welche Qualen er verursachte, um sie zu erringen! Ich konnte mich immer noch an den wahnsinnigen Schmerz des ersten Kontaktes erinnern. Ich war lange Zeit danach noch schwer krank, aber umgeben von seiner Liebe und Zuneigung, dass ich das Wissen vergessen – oder besser: verdrängt – hatte, dass er willens gewesen war, meinen Tod zu riskieren.

Warum? Wenn sich die Gabe bei mir nicht herausgestellt hätte, warum dann ... warum? Weil dann mein Leben für ihn keine Rolle gespielt hätte, mein Tod für ihn nicht mehr gewesen wäre als der Tod eines jungen Hundes!

Er sah mich außer sich an und flüsterte: »Nein, nein, mein Sohn. Oh, mein Junge, mein Junge, so war es nicht!« Aber ich verbarrikadierte zum ersten Mal für ihn meine Gedanken und stellte mich den liebevollen Worten gegenüber tot.

Liebevolle Worte, um mir wiederum seinen Willen aufzuzwingen! Und Schmerz fühlte er nur deshalb, weil seine Pläne ins Schwanken gerieten, wenn seine Puppe, sein blindes Werkzeug, seine Kreatur, sich aus seinen Händen wand!

Er war also nicht besser als Dyan. Ehre, Gerechtigkeit, Vernunft – all das konnte er in skrupelloser Gier nach Macht beiseite fegen! Wusste er überhaupt, dass Danilo ein Katalysatortelepath war? Dass er jenes sensibelste und mächtigste aller Talente besaß, ein Talent, das fast ausgestorben war?

Einen Moment lang schien es, als sei dies das einzige Argument, das ihn noch rühren konnte. Danilo war kein gewöhnlicher Kadett, den man Dyans verletztem Stolz opfern konnte. Man musste ihn auf jeden Fall für die Comyn retten!

Mit diesen Worten auf den Lippen blieb ich stehen. Nein. Wenn ich Vater dies erzählte, würde auch er irgendeinen Weg finden, Danilo in seiner triebhaften Gier nach Macht für seine Zwecke zu benutzen, wie ein Werkzeug. Danilo war von den Comyn befreit und glücklich, sich außerhalb unserer Reichweite zu befinden.

Mein Vater zog die ausgestreckten Hände zurück. Kalt sagte er: »Es ist ein langer Weg nach Aldaran. Vielleicht beruhigst du dich und wirst wieder vernünftig, bevor du dort ankommst.«

Ich hatte das Gefühl, »Zur Hölle mit Aldaran!«, sagen zu wollen und hinzuzufügen: »Mach doch deine Drecksarbeit allein. Mir ist noch übel von dem letzten Job! Für deine Machtpolitik gebe ich keinen Pfifferling. Geh doch selbst zu Aldaran und sei verdammt!«

Aber ich tat es nicht. Ich erinnerte mich, dass auch ich ein Aldaraner war, und ein Terraner dazu. Man hatte es mir oft genug ins Gesicht geschleudert. Alle hielten es für selbstverständlich, dass ich mich selber meiner Abstammung ausreichend schämte, und alles, alles tun würde, um als Comyn und Erbe meines Vaters akzeptiert zu werden.

Aber terranisches Blut, hatte Linnea gesagt, sei in den Bergen keine Schande. Es hatte sie erstaunt, dass ich so dachte. Und auch die Aldaraner waren Verwandte.

Mein Vater hatte mir gestattet, die Aldaraner und die Terraner für böse zu halten. Es hatte seinem Zweckdenken gefallen, mir dies beizubringen.

Und vielleicht war das eine weitere Lüge, ein Schritt auf seinem Weg zur Macht.

Ich verbeugte mich mit ironischer Unterwürfigkeit. »Vollständig zu Euren Diensten, Lord Alton«, sagte ich und wandte mich um. Ich verließ ihn ohne ein Wort oder eine Umarmung des Abschieds.

Und besiegelte mein eigenes Schicksal.

11

Seit Danilo fort war, war es in der Baracke still, feindselig und unruhig geworden, abgesehen von kleinen Ausbrüchen des Klatsches, von denen Regis kalt ausgeschlossen wurde. Es überraschte ihn nicht. Danilo war bei allen beliebt gewesen, und sie identifizierten Regis mit den Comyn, die seinen Ausschluss herbeigeführt hatten.

Sein Leid, seine Einsamkeit – die umso schlimmer wirkten, als es eine Zeit lang anders gewesen war – waren nichts im Vergleich zu dem, was sein Freund empfunden haben musste, das wusste er. Dani hatte sich in jener Nacht gegen ihn gewandt, merkte er, weil er für ihn nicht mehr allein Regis war, sondern nur ein weiterer Verfolger. Noch ein Comyn. Aber was konnte ihn so zur Verzweiflung getrieben haben?

Er dachte immer wieder darüber nach, ohne zu irgendwelchen Schlüssen zu gelangen. Er wünschte, er könnte mit Lew darüber reden, der ebenso schockiert und entsetzt wie er gewesen war. Regis hatte das bei ihm gespürt. Aber Lew war nach Aldaran gegangen, und Regis hatte keine Ahnung, wann er zurückkommen würde.

Am Tag, bevor die Kadetten nach Hause entlassen wurden, um im nächsten Jahr zur Sitzungsperiode des Rates wiederzukommen, stand auf Regis' Dienstplan die Übungsstunde mit Dyan Ardais. Er ging mit dem normalen Gefühl von Aufregung und Freude hin. Sein Ruf unter den Kadetten als guter Fechter, der zu gut für normale Unterweisung war, machte ihm Spaß, und die Stunden mit Dyan forderten ihn aufs Äußerste heraus, doch zur gleichen Zeit wusste er, dass ihn dies nur noch mehr von seinen Kameraden entfremdete. Außerdem verließ er die Lektion jedes Mal geschlagen, verwundet, geschunden und absolut erschöpft.

Die Kadetten bereiteten sich in dem kleinen Umkleideraum neben der Waffenkammer auf die Übungsstunde vor und zogen sich das gefütterte Wams über, das sie vor den härtesten Schlägen schützen sollte. Die schweren Übungsschwerter aus Holz und Leder konnten niemanden töten, jedoch erhebliche Verletzungen und Schmerzen, ja auch Knochenbrüche herbeiführen. Regis warf Umhang und Tunika ab, zerrte die gefütterte Weste über den Kopf und wand sich hinein, um die Bänder fest zuzubinden. Seine Rippen waren dieser Tage fast immer grün und blau.

Als er die letzte Schnalle schloss, kam Dyan herein, warf seinen Rock auf eine Bank und schlüpfte rasch in seine eigene Übungsuniform. Hinter der dichten Fechtmaske sah er wie ein riesiges Insekt aus. Ungeduldig winkte er Regis in den Übungsraum. In der Eile vergaß Regis seine langen Handschuhe, und der Ältere sagte grob: »Nach all diesen Monaten? Sieh dir das an ...« Er streckte die geballte Faust aus und zeigte auf einen Knoten über den Sehnen auf dem Handrücken. »Das habe ich mir zugezogen, als ich ungefähr in deinem Alter war. Ich sollte es dich eines Tages einmal ohne Handschuhe versuchen lassen. Wenn du es noch einmal vergisst, wird das geschehen. Ich kann dir versprechen, noch einmal wirst du es nicht mehr vergessen.«

Regis fühlte sich wie ein Kind, dem man einen Klaps versetzt hat, ging hastig zurück und holte sich ein paar schwere, gefütterte Handschuhe. Dann eilte er zurück. Auf der anderen Seite gab einer der Adjutanten des Waffenmeisters dem kleinen Gareth Lindir eine Lektion und korrigierte geduldig die Positionen von Armen und Beinen, Schultern und Hand nach jedem einzelnen Schlag. Regis konnte ihre Gesichter hinter den Fechtmasken nicht sehen, doch beide wirkten gelangweilt. Verletzungen waren dann schon besser, dachte Regis, als er auf Dyan zueilte.

Heute dauerte der Kampf nur kurz. Dyan bewegte sich langsamer als gewöhnlich, ja fast unbeholfen. Regis erinnerte sich mit einem Anflug von Verlegenheit an den Traum vor einiger Zeit, als er mit Dyan gefochten hatte. Er konnte sich an die Einzelheiten nicht erinnern, doch es erfüllte ihn aus unbekannten Gründen mit Furcht. Schließlich besiegte er Dyan und wartete, dass der ältere Mann wieder seinen Platz einnahm. Doch stattdessen schleuderte Dyan das Holzschwert von sich.

»Du wirst mich für heute entschuldigen müssen«, sagte er. »Ich bin irgendwie ...« Er hielt inne. »Irgendwie ... habe ich keine Lust weiterzumachen.« Regis hatte das Gefühl, er wolle eine Krankheit vorschieben. »Wenn du weitermachen willst, finde ich jemanden für dich.«

»Wie Ihr wünscht, Kapitän.«

»Genug also.« Er zog sich die Maske herab und ging in den Umkleideraum. Regis folgte ihm langsam.

Dyan atmete schwer. Sein Gesicht war schweißnass. Er nahm ein Handtuch und vergrub das Gesicht darin. Regis, der sich die Weste aufschnallte, wandte sich ab. Wie vielen jungen Leuten war es ihm peinlich, bei einem älteren Schwäche zu bemerken. Unter dem dicken Wams war sein eigenes Hemd schweißnass. Er zog es aus und ging zu seinem Schränkchen, um ein frisches zu holen, das er gewöhnlich dort aufbewahrte. Dyan legte das Handtuch fort und trat hinter ihn. Er blickte Regis' nackten Oberkörper an, der dunkel von geheilten und frischen Verletzungen war, und sagte schließlich: »Das hättest du mir sagen sollen. Ich hatte keine Ahnung, dass ich so schwer zuschlage.« Doch er lächelte dabei. Er streckte beide Hände aus und strich fest und intensiv über Regis' Rippen. Regis wich vor der Berührung zurück und lachte nervös. Dyan zuckte die Achseln und lachte ebenfalls. »Kein Knochen gebrochen«, sagte er und ließ die

Finger über den unteren Rippenbogen gleiten. »Also nicht schlimm.«

Regis beeilte sich, das frische Hemd überzuziehen und dachte, dass Dyan genau auf den Zentimeter wusste, wann immer er eine alte Verletzung traf oder ihm eine neue zufügte!

Dyan setzte sich auf die Bank und band sich die Schuhe zu. Er warf die Fechtsandalen in den Schrank. »Ich möchte mit dir reden«, sagte er. »Du hast in der nächsten Stunde keinen Dienst. Komm mit mir in die Schenke. Du wirst auch Durst haben.«

»Danke.« Regis nahm seinen Umhang, und sie gingen den Berg herab in ein Gasthaus in der Nähe der Militärställe, nicht in das große, wo die gemeinen Soldaten zu trinken pflegten, sondern in die kleine Weinschenke, wo die Offiziere und Kadetten ihre Freizeit verbrachten. »Wir können auch ins Hinterzimmer gehen, wenn es dir lieber ist.«

»Nein, hier ist es gut.«

»Du bist sehr klug«, sagte Dyan gleichgültig. »Die anderen Kadetten hätten etwas dagegen, wenn du dich von den normalen Freizeitplätzen und Vergnügungen fern hieltest. Was möchtest du trinken?«

»Apfelwein, Sir.«

»Nichts Stärkeres? Wie du willst.« Dyan rief den Kellner und gab ihm die Bestellung weiter, wobei er für sich Wein orderte. Er sagte: »Ich glaube, der Grund, warum so viele Kadetten hart zu trinken beginnen, ist der: Das Bier in der Messe ist fast untrinkbar, daher ziehen sie Wein vor. Vielleicht sollten wir besseres Bier ausschenken, um sie nüchtern zu halten!«

Er hörte sich so komisch an, dass Regis unwillkürlich lachte. In diesem Moment kam ein halbes Dutzend Kadetten herein, wollte sich an den nächsten Tisch setzen, sah die beiden Comyn dort, die miteinander lachten, ging zurück und scharte sich um einen kleineren Tisch in der Nähe der Tür. Dyan hatte ihnen den Rücken zugewandt. Einige von ihnen gehörten zu Regis' Baracke. Er nickte ihnen höflich zu, doch sie taten, als sähen sie ihn nicht.

»Morgen wird also dein erstes Kadettenjahr vorüber sein«, sagte Dyan. »Hast du dich schon entschlossen, ob du im nächsten Jahr wiederkommst?«

»Ich denke schon, Kapitän.«

Dyan nickte. »Wenn du das erste Jahr überlebst, wird alles leichter. Dieses erste Jahr ist es, das verwöhnte Kinder in Soldaten verwandelt. Ich habe mit dem Waffenmeister gesprochen und vorgeschlagen, dass er dich im nächsten Jahr als einen seiner Gehilfen annimmt. Glaubst du, du kannst den Kindern ein bisschen von dem beibringen, was ich in dich hineinzustopfen versucht habe?«

»Ich kann es versuchen, Sir.«

»Sei nur nicht zu sanft mit ihnen. Ein paar Verletzungen zur richtigen Zeit können ihnen später einmal das Leben retten.« Plötzlich grinste er. »Wenn ich mir deine Rippen ansehe, Vetter, habe ich dir besser zugesetzt, als ich gedacht hatte!«

Das Grinsen wirkte ansteckend. Regis lachte und sagte: »Ihr habt mit Schlägen nicht gespart. Ohne Zweifel werde ich eines Tages dafür dankbar sein.«

Dyan zuckte die Achseln. »Immerhin hast du dich nicht beklagt«, sagte er. »Ich bewundere das bei einem Jungen deines Alters.« Er sah Regis einen Sekundenbruchteil länger an, als Regis als angenehm empfand. Dann nahm er einen langen Zug aus dem Glas. »Ich wäre über ein solches Verhalten bei meinem eigenen Sohn dankbar gewesen.«

»Ich wusste nicht, dass Ihr einen Sohn habt, Sir.«

Dyan goss sich Wein nach und sagte, ohne aufzublicken: »Ich habe einen Sohn *gehabt.*« Sein Tonfall änderte sich in keiner Nuance, doch Regis fühlte den Schmerz hinter Dyans bewusst beherrschter Stimme. »Er wurde vor ein paar Jahren von einem Steinschlag in Nevarsin getötet.«

»Das tut mir Leid, Vetter. Das habe ich nicht gewusst.«

»Er war nur einmal in Thendara, als ich ihn legitimieren ließ. Er ist bei seiner Mutter aufgewachsen, daher habe ich ihn nur selten gesehen. Wir haben uns eigentlich nie richtig kennen gelernt.«

Beide schwiegen. Regis konnte das scharfe Gefühl von Bedauern und Verlust nicht abwehren, das er bei Dyan spürte. Er musste etwas sagen.

»Lord Dyan, Ihr seid noch kein alter Mann. Ihr könnt noch viele Söhne haben.«

Dyans Lächeln war nur ein mechanisches Verziehen der Mundwinkel. »Es ist wahrscheinlicher, dass ich einen der Bastarde meines Vaters adoptiere«, sagte er. »Er hat sie überall im Lande verstreut, von den Hellers bis zu der Ebene von Valeron. Es ist wahrscheinlich leicht, einen mit *Laran* zu finden, denn das ist alles, worauf der Rat Wert legt. Ich war nie ein Mann für die Frauen und habe auch niemals ein Geheimnis daraus gemacht. Ich habe mich gezwungen, meinem Clan gegenüber meine Pflicht zu erfüllen. Einmal. Das reicht.« Regis' erwachter Sensibilität erschien dies unsäglich bitter. »Ich weigere mich, mich als eine besondere Art von Zuchttier zu verstehen, dessen Erträge den Comyn gezahlt werden. Ich bin sicher, du ...« – er hob den Blick und sah Regis an, wieder mit dieser Intensität – »... kannst verstehen, was ich meine.«

Dyans Worte trafen auf Verständnis, doch sein intensiver Blick, das Gefühl, welches er offensichtlich herstellen wollte, dass ein besonderes Verhältnis zwischen ihnen beiden existiere, machte den Jungen plötzlich verlegen. Er senkte den Blick und sagte: »Ich bin nicht ganz sicher, was Ihr meint, Vetter.«

Dyan zuckte die Achseln, und die plötzliche Intensität war verschwunden, so rasch, wie sie gekommen war. »Nun, einfach Erbe der Hastur zu sein. Sie haben doch bestimmt schon angefangen, dich unter Druck zu setzen zu heiraten, wie sie es auch mit mir gemacht haben, als ich in deinem Alter war. Dein Großvater hat im Rat den Ruf, der hartnäckigste und vorsichtigste Kuppler zu sein. Glaubst du, er hat das Fest verstreichen lassen, ohne ein Dutzend passender Mädchen vor dir Parade ziehen zu lassen, in der Hoffnung, dass du für eine von ihnen eine unbändige Zuneigung entwickelst?«

Regis sagte steif. »Das hat er allerdings nicht getan, Sir. Ich hatte in jener Nacht Dienst.«

»Ehrlich?« Dyan hob die eindrucksvolle Braue hoch. »Es waren ein Dutzend hochwohlgeborener Mädchen da, alle hübsch, und ich hatte gedacht, sie seien alle für dich! Ich bin überrascht, dass er dir erlaubte fortzubleiben.«

»Ich habe ihn nicht gebeten, mich vom Dienst zu befreien, Sir. Und ich bin sicher, Großvater würde es auch nicht für mich getan haben.«

»Eine sehr lobenswerte Haltung«, sagte Dyan, »und eine, die ich vom Sohn deines Vaters hätte erwarten können. Aber wie muss der alte Mann enttäuscht gewesen sein! Ich habe ihm einmal ins Gesicht gesagt, er sei ein schändlicher alter Kuppler!« Wieder grinste Dyan. »Aber er hat mir versichert, er achte immer darauf, dass die Hochzeit vor dem Miteinanderschlafen stattfindet.«

Regis lachte unwillkürlich, wenn er auch wusste, dass er sich schämen sollte, an einem Spott teilzunehmen, der seinem Großvater galt. »Nein, Lord Dyan, er hat noch nicht vom Heiraten geredet. Noch nicht. Er hat nur gesagt, ich solle so jung wie möglich einen Erben zeugen.«

»Aber dann muss ich mich ja für ihn schämen!«, sagte Dyan

und lachte wieder. »Denn er hat Rafael verheiratet, als er so alt war wie du.«

Regis erinnerte sich nicht gern an seinen Vater, dessen Tod ihn so vieler Dinge beraubt hatte, doch jetzt verspürte er ein fast schmerzhaftes Sehnen zu wissen, was für ein Mensch er gewesen war. »Vetter, ähnele ich meinem Vater so sehr, wie die Leute sagen? Habt Ihr ihn gut gekannt?«

»Nicht so gut, wie ich es mir gewünscht hätte«, gab Dyan zurück. »Er hat jung geheiratet, als ich noch in Nevarsin war, wo die ... Ausschweifungen meines Vaters ... mich nicht negativ beeinflussen konnten. Ja, ich glaube, du hast Ähnlichkeit mit ihm.« Er sah Regis aufmerksam an. »Wenn du auch schöner als Rafael bist, viel schöner.«

Er verstummte und starrte in seinen Wein. Regis ergriff den Apfelweinbecher und nahm, ohne aufzublicken, einen kleinen Schluck. Er war gegenüber den viel zu häufigen Komplimenten über sein gutes Aussehen, die er in Nevarsin und in der Kaserne erhalten hatte, empfindlich geworden. Von Dyan kommend schien es noch eine andere Bedeutung zu haben. Er zuckte im Stillen die Achseln und erinnerte sich, was man in der Baracke sagte – dass Lord Dyan ein Auge auf hübsche Jungen werfe.

Dyan blickte plötzlich vom Glas auf. »Wo wirst du den Winter verbringen, Vetter? Wirst du auf Burg Hastur zurückkehren?«

»Ich glaube nicht. Großvater wird hier gebraucht, und ich glaube, er hat mich lieber in der Nähe. Das Anwesen liegt in guten Händen, daher werde ich dort nicht benötigt.«

»Stimmt. Er hat von Rafaels Leben so viel versäumt. Ich glaube, diesen Fehler möchte er nicht noch einmal machen. Ich werde wahrscheinlich auch hier bleiben, bei der augenblicklichen Krise in der Stadt, und Kennard ist die meiste Zeit krank. Nun, Thendara ist ein interessanter Ort, um den Winter zu verbringen. Es gibt viele Konzerte für die Musikfreunde. Und dann gibt es gute Restaurants, Bälle und Tanzveranstaltungen und alle Arten von Vergnügungen. Ein junger Mann deines Alters sollte die Häuser der Lustbarkeiten nicht aussparen. Kennst du das Haus der Laterne, Vetter?«

Im Gegensatz zu den anderen intensiv vorgebrachten Anmerkungen war dies fast zu gleichgültig gesagt. Das Haus der Laterne war ein geheimes Bordell, eines der wenigen, die Kadetten und Offizieren nicht verboten waren. Regis wusste, dass einige der älteren Kadetten gelegentlich dorthin gingen, doch wenn er auch ebenso neugierig war wie die anderen Kadetten des ersten Jahrgangs, hatte doch seine Neugier seinem Abscheu gegenüber diesem Gedanken noch nicht die Oberhand gewonnen. Er schüttelte den Kopf. »Nur aus Erzählungen.«

»Ich finde das Haus langweilig«, sagte Dyan gleichgültig. »Der ›Goldene Käfig‹ ist mehr nach meinem Geschmack. Es liegt am Rand der Terranischen Enklave, und man findet die verschiedensten exotischen Vergnügungen dort, selbst Extraterrestrische und Nichthumanoide, wie auch alle Arten von Frauen. Oder«, fügte er wieder in dem bewusst gleichgültigen Tonfall hinzu, »alle Arten von Männern und Jungen.«

Regis errötete heftig und versuchte es zu verbergen, indem er hustete, als habe er sich an seinem Getränk verschluckt.

Dyan hatte sein Erröten bemerkt und grinste. »Ich hatte vergessen, wie konventionell junge Leute sein können. Vielleicht muss sich ein Gefühl für ... exotische Vergnügungen ... erst herausbilden, wie eine Vorliebe für richtigen Wein anstatt für Apfelwein. Und drei Jahre in einem Kloster können kaum ein Gefühl für die feineren Vergnügungen und den Luxus kultivieren, die einem jungen Mann dabei helfen, das Beste aus seinem Leben zu machen.« Als Regis noch heftiger errötete, streckte er eine Hand aus und legte sie ihm auf den Arm. »Vetter, das Kloster liegt hinter dir. Hast du schon richtig bemerkt, dass du nicht mehr an diese Regeln gebunden bist?«

Dyan beobachtete ihn aufmerksam. Als Regis nicht antwortete, fuhr er fort: »Vetter, man kann Jahre vergeuden, wertvolle Jahre der Jugend, wenn man versucht, Vorlieben bei sich zu kultivieren, die sich hinterher als Fehler herausstellen. Man versäumt so vieles. Lerne, was du willst und was du bist, solange du noch jung genug bist, dich daran zu erfreuen. Ich wollte, mir hätte jemand in deinem Alter einen solchen Rat gegeben. Mein eigener Sohn wurde nicht alt genug, um ihn zu brauchen. Und dein Vater ist nicht da, ihn dir zu geben ... und dein Großvater hat vermutlich mehr im Kopf, dir deine Pflicht gegenüber der Familie und den Comyn beizubringen, als dir zu helfen, dich deiner Jugend zu freuen.«

Dyans Intensität war Regis nun nicht mehr peinlich. Er merkte, dass er sich seit langer Zeit danach gesehnt hatte, mit einem Mann seiner Kaste über diese Dinge zu reden, mit einem, der die Welt begriff, in der er zu leben hatte. Er setzte den Krug ab und sagte: »Vetter, ich frage mich, ob das nicht der Grund ist, warum mein Großvater darauf bestand, dass ich bei den Kadetten diene.«

Dyan nickte. »Wahrscheinlich«, sagte er. »Ich bin es gewesen, der ihm geraten hat, dich zu den Kadetten zu stecken, ehe du deine Zeit mit Nichtstun und Vergnügungen verbringst. Es gibt auch dafür natürlich eine Zeit. Aber es stimmt. Ich hatte den Eindruck, dass die Zeit bei den Kadetten dich schneller die Dinge lehrt, die du vorher nicht gelernt hast.«

Regis sah ihn eindringlich an. »Ich wollte nicht zu den Kadetten. Ich habe es zuerst gehasst.«

Dyan legte ihm wieder leicht die Hand auf die Schulter und

sagte liebevoll: »Das geht jedem so. Wenn es dir nicht so gegangen wäre, hätte es mich verwundert. Es hätte bedeutet, du wärest schon früh hart geworden.«

»Aber jetzt weiß ich, glaube ich, warum Comyn-Erben bei den Kadetten dienen müssen«, sagte Regis. »Nicht nur wegen der Disziplin. Davon habe ich in Nevarsin genug bekommen. Aber zu lernen, dass man Teil des Volkes ist, die gleiche Arbeit tut, das Leben der einfachen Leute und ihre Probleme teilt, damit wir ...« Er biss sich auf die Lippen und suchte sorgfältig nach Worten. »Damit wir erfahren, wer unser Volk eigentlich ist.«

Dyan sagte leise: »Das war gut gesagt, Junge. Als Kadettenmeister bin ich mit dir zufrieden. Auch als dein Verwandter. Ich wünschte, mehr Jungen deines Alters hätten so viel Einsicht. Man hat mir vorgeworfen, skrupellos zu sein. Aber was auch immer ich getan habe, ich habe aus Verbundenheit mit den Comyn gehandelt. Kannst du das verstehen, Regis?«

Regis sagte: »Ich glaube schon.« Er fühlte sich warm, irgendwie weniger einsam, weil jemand sich darum kümmerte, wie ihm zu Mute war oder was er dachte.

Dyan sagte: »Verstehst du auch, was ich gemeint habe, als ich sagte, die anderen Kadetten würden es übel nehmen, wenn du dich vor ihren Vergnügungen drückst?«

Regis biss sich auf die Lippe. Er sagte: »Ich weiß, was Ihr meint. Wirklich. Aber trotzdem habe ich ein komisches Gefühl ...« Wieder fühlte er sich plötzlich verlegen. »... bei Häusern wie das mit der Laterne. Vielleicht geht es vorbei, wenn ich älter werde. Aber ich bin ein ... Telepath ...« Wie komisch sich das anhörte! Wie komisch, dass Dyan der Erste war, dem er es sagte! »Und es fühlt sich ... für mich falsch an«, sagte er, von Satz zu Satz holpriger werdend.

Dyan hob sein Glas und trank es aus, bevor er antwortete.

»Vielleicht hast du Recht. Das Leben kann für einen Telepathen schon kompliziert genug sein. Eines Tages wirst du wissen, was du willst, und dann kommt die Zeit, wo du deinen Instinkten und deinen Bedürfnissen vertrauen kannst.« Er verstummte grübelnd, und Regis fragte sich, welche bitteren Erinnerungen er hinter dem nachdenklichen Gesichtsausdruck verbarg. Schließlich sagte Dyan: »Wahrscheinlich hast du Recht, wenn du dich von solchen Orten fern hältst und darauf wartest, dass, wenn die Götter gut zu dir sind, jemand, den du lieben kannst, dir hilft, diesen Teil des Lebens zu entdecken.« Er seufzte tief und sagte: »Wenn du kannst. Du wirst vielleicht auch Bedürfnisse entwickeln, die fordernder sind als jene Instinkte. Es ist für einen Telepathen immer schwierig, das Gleichgewicht zu halten. Und dann kann es auch Bedürfnisse geben, die noch stärker sind. Emotionale Bedürfnisse. Und das ist ein Gewicht, das einen jeden von uns in Stücke zerreißen kann.« Regis hatte das komische Gefühl, dass Dyan gar nicht zu ihm redete, sondern zu sich selber.

Abrupt stellte Dyan das leere Weinglas ab und stand auf. Er sagte: »Doch ein Vergnügen ohne Gefahr ist es zu beobachten, wie junge Leute in Klugheit aufwachsen, Vetter. Ich hoffe, eine Menge von diesem Erwachsenwerden bei dir in diesem Winter zu sehen, und ich werde dir mit Interesse zusehen. In der Zwischenzeit denk daran: Ich kenne die Stadt gut, und ich würde dir gerne alles zeigen, was du sehen willst.« Plötzlich lachte er laut auf und sagte: »Und glaub mir, Vetter, diese Unterweisung verursacht keine Verletzungen.«

Schnell ging er fort. Regis nahm seinen Umhang vom Sitz und fühlte sich verwirrter als je zuvor. Er hatte den Eindruck, dass Dyan noch etwas anderes hatte sagen wollen.

Er musste an dem Tisch mit den Kadetten vorbei, die dort bei Apfelwein oder Bier saßen. Er bemerkte, dass sie ihn nicht gerade freundlich anstarrten. Keiner bot ihm auch nur einen höflichen Gruß an. Er reckte das Kinn vor und wandte ihnen den Rücken zu. Einer sagte leise: »Lustknabe!«

Regis spürte eine ungeheure Welle von Wut in sich aufsteigen. Er wollte sich zu dem Jungen umdrehen und ihn zu einer blutigen Masse zusammenschlagen. Dann verhärtete sich seine Miene; er zwang sich, fortzugehen und so zu tun, als habe er nichts gehört. *Wenn man auf das Bellen von Hunden hört, wird man taub und lernt nichts dabei.*

Er erinnerte sich an die verschiedenen Beleidigungen, die er versucht hatte zu überhören, meistens der Art, dass die Comyn unter einer Decke steckten, dass er bestimmte Vorteile genoss, weil er Comyn-Erbe sei. Doch dies hier war neu. Er erinnerte sich, wie sich Danilo in der Nacht vor seinem Hinauswurf spöttisch gegen ihn gewandt hatte. Dani war ein *Cristoforo,* und für ihn war es mehr als eine Beleidigung.

Er wusste, dass Dyan für solches Gerede mehr als nur Verachtung übrig hatte. Er machte aus seinen Vorlieben niemals ein Geheimnis. Und doch fühlte sich Regis seinem Verwandten gegenüber in einer sonderbar beschützenden Rolle, weil er seine Bitterkeit gespürt hatte. Er spürte den merkwürdigen Wunsch, ihn zu verteidigen.

Wieder kam ihm ein Gedanke in den Sinn, mit einer Frustration, die zu neu für ihn war, um zu wissen, dass sie unter Telepathen einen Gemeinplatz bedeutete, nämlich dass es Zeiten gab, in denen *Laran* bei persönlichen Beziehungen absolut keine Hilfe bedeutete.

Die Saison war vorüber. Man entließ die Kadetten nach Hause, und Regis zog in die Hastur-Räume in Schloss Comyn. Er schätzte die Ruhe und Stille dort und hatte Spaß daran, morgens so lange wie er wollte auszuschlafen. Und die Köche der Hasturs waren gewiss besser als die in der Offiziersmesse. Die lange Zeit der Askese, erst in Nevarsin, dann in der Kaserne, gab ihm fast ein Schuldgefühl wegen dieses Luxus. Er konnte es nicht so genießen, wie er gern gewollt hätte.

Eines Morgens frühstückte er mit seinem Großvater, als Lord Hastur plötzlich unvermittelt sagte: »Du siehst nicht gut aus. Was fehlt dir?«

Regis meinte, sein Großvater habe ihn so selten gesehen, dass er eigentlich keine Ahnung haben könnte, wie er normal aussah. Er war zu höflich, dies zu sagen, daher antwortete er: »Langeweile, vielleicht. Vielleicht nicht genug Bewegung.«

Es beunruhigte ihn, dass er unwillkürlich die Gedanken seines Großvaters auffing: *Es ist nicht richtig, dass der Junge hier herumsitzt, wo ich so wenig Zeit für ihn habe.*

Hastur sagte laut: »Ich fürchte, ich war zu beschäftigt, es zu bemerken, mein Junge. Tut mir Leid. Möchtest du gern nach Burg Hastur gehen oder irgendwo anders hin?«

»Ich wollte mich nicht beklagen, Sir. Aber ich habe das Gefühl, ich bin Euch von keinem Nutzen. Als Ihr mich gebeten habt, den Winter über zu bleiben, dachte ich, es gäbe etwas für mich zu tun.«

»Ich wünschte, du könntest mir helfen. Unglücklicherweise hast du noch nicht genügend Erfahrung, um mir eine große Hilfe zu sein«, sagte Hastur, konnte jedoch ein flüchtiges Gefühl der Befriedigung nicht verbergen: *Er fängt an, sich zu interessieren.* »Irgendwann diesen Winter kannst du ja an ein paar Sitzungen der Cortes teilnehmen und sehen, was für Probleme wir dort haben. Ich werde dir einen Einlass-Schein besorgen. Oder du könntest nach Edelweiß reiten und ein paar Tage bei Javanne bleiben.«

Regis zuckte die Achseln. Er langweilte sich auf Edelweiß. Es gab dort keinerlei Jagd, außer auf Kaninchen und Eichhörnchen. Der Regen zwang einen die meiste Zeit ins Haus, und er und Javanne waren altersmäßig zu weit auseinander und sich zu unähnlich, um gern beieinander zu sein.

»Ich weiß, es ist nicht sonderlich aufregend dort«, sagte Hastur fast entschuldigend, »aber sie ist deine Schwester, und wir haben nicht so viele Verwandte, dass wir einander vernachlässigen könnten. Wenn du jagen willst, kannst du jederzeit nach Armida gehen. Lew ist fort und Kennard zu krank, um zu reisen, aber du kannst einen Freund mitnehmen.«

Aber der einzige Freund, den er bei den Kadetten gewonnen hatte, dachte Regis, wurde unehrenhaft entlassen. »Kennard ist krank, Sir? Was fehlt ihm?«

Danvan seufzte. »Das Klima bekommt ihm nicht. Er wird jedes Jahr mehr zum Krüppel. Es wird besser werden, wenn es regnet ...« Er brach ab, als ein Diener mit einer Botschaft hereinkam. »Schon? Ja, ich muss nun mit der Delegation aus den Trockenstädten reden«, sagte er mit erschöpfter Resignation und legte die Serviette nieder. Er entschuldigte sich bei Regis und fügte hinzu: »Lass mich deine Pläne wissen, Junge, und ich werde für dein Geleit sorgen.«

Regis blieb allein zurück und goss sich noch eine Tasse terranischen Kaffee ein, ein seltener Luxus, den sich der nüchterne alte Mann gönnte, und dachte nach. Den Pflichtbesuch bei Javanne konnte er natürlich nicht umgehen. Ein Besuch auf Armida hatte bis Lews Rückkehr Zeit: Er hatte wohl kaum im Sinn, den Winter in Aldaran zu verbringen.

Wenn Kennard krank war, verlangte es die Höflichkeit, dass ihm Regis in seinen Räumen einen Besuch abstattete, doch aus ihm unbekannten Gründen wollte er den Alton-Lord nicht gern sehen. Er wusste nicht, warum. Kennard war immer freundlich zu ihm gewesen. Nach einer Weile identifizierte er sein Gefühl als Ablehnung: Er hatte dabeigestanden und Danilos Schande mit angesehen und kein Wort gesagt. Lew hatte sich einschalten wollen, doch er konnte es nicht. Kennard war es gleichgültig gewesen.

Und Kennard war einer der stärksten Telepathen bei den

Comyn. Regis spürte seine Ablehnung und zögerte daher, ihm unter die Augen zu treten. Kennard würde sogleich merken, was er fühlte.

Rational wusste er, dass er sofort zu Kennard gehen musste, wenn auch nur, um ihm über sein gerade hervorgebrochenes *Laran* zu berichten. Es gab Techniken, es auszubilden, um seine neue Fähigkeit besser zu kontrollieren und zu handhaben. Doch bei den Kadetten schien es keine Rolle zu spielen, und der angemessene Zeitpunkt, mit Lew zu reden, war erst zu spät gekommen. Dyan schien es für selbstverständlich zu halten, dass er bereits die notwendige Ausbildung hatte. Kennard war derjenige, zu dem er Kontakt aufnehmen musste. Er ermahnte sich ernsthaft, dass er sofort gehen musste, noch heute.

Doch immer noch zögerte er, ihm entgegenzutreten. Er beschloss, zuerst ein paar Tage zu Javanne zu gehen. Dann würde Lew vielleicht wieder zurück sein.

Ein paar Tage später ritt er nach Norden, und seine Gedanken standen immer noch unter der gleichen Belastung. Syrtis lag eine halbe Meile entfernt auf der Straße nach Norden, und spontan befahl er seiner Eskorte, in einem nahe gelegenen Dorf zu warten. Er ritt allein auf Syrtis zu.

Es lag am jenseitigen Ende eines lang gestreckten Tales, das hinab zur Seenlandschaft um Mariposa führte. Es war ein klarer Herbsttag. Reifes Obst hing dicht an den Bäumen, und kleine Tiere raschelten in dem trockenen Buschwerk neben der Straße. Die Laute und Düfte verschafften Regis bei seinem Ritt Wohlbehagen, doch je näher er dem Hof kam, desto tiefer sank sein Herz. Er hatte Danilo für privilegiert gehalten, in diese schöne Landschaft zurückkehren zu können, doch er hatte nicht gewusst, was für ein ärmliches Anwesen es war. Das Haupthaus war klein und unansehnlich. Ein Flügel verfiel langsam und war kaum noch bewohnbar. Die paar kleineren Gebäude verrieten, wie wenig Menschen hier nur lebten. Man hatte den alten Wassergraben abgetrocknet, Gräben gezogen und in einen Küchengarten mit sauberen Reihen von Gemüse und Pflanzen verwandelt. Ein alter, gebeugter Diener sagte ihm, wobei er sich mit bäuerlicher Höflichkeit gegen die Brust stieß, dass der Herr gerade von der Jagd zurückkehre. Regis vermutete, dass hier wohl häufiger Kaninchen als anderes Fleisch aufgetischt würde.

Ein hoch gewachsener älterer Mann in einem einst ansehnlichen Tuchumhang ritt langsam auf ihn zu. Er trug Schnurrbart und Backenbart und saß mit der aufrechten Lässigkeit eines ehemaligen Soldaten im Sattel. Ein feiner Falke saß mit seiner Haube auf dem Sattelknauf.

»Seid gegrüßt«, sagte er mit tiefer Stimme. »Wir sehen nur wenige Reisende auf Syrtis. Wie kann ich Euch dienen?«

Regis stieg vom Pferd, machte eine höfliche Verbeugung. »Dom Felix Syrtis? Regis-Rafael Hastur, *para servirte.*«

»Mein Haus und ich stehen Euch zu Diensten, Lord Regis. Lasst mich für Euer Pferd sorgen. Der alte Maurus ist fast blind. Ich würde ihm ein so feines Tier nicht anvertrauen. Würdet Ihr mit mir kommen?«

Regis nahm sein Pferd am Zügel und folgte dem alten Mann zu einer steinernen Scheune hin, die in besserem Zustand als die meisten der Nebengebäude war und abgedichtet und neu gedeckt schien. Am anderen Ende war ein eingezäunter Platz, in der Nähe gab es offene Pferdestände, und Regis versorgte sein Pferd in dem nächstgelegenen, während Dom Felix ein Bündel kleiner Vögel vom Sattel knüpfte und sein Tier absattelte. Regis sah Danilos schönen schwarzen Hengst in einer anderen Box stehen, daneben das alte, knochige Jagdpferd, das Dom Felix geritten hatte, und zwei gute, wenn auch alte Mähren. Die anderen Ställe waren leer, abgesehen von einem Paar schwerer Ackerpferde und einem oder zwei Milchkühen. Dies war in der Tat entsetzliche Armut für eine

Familie von edlem Blut, und Regis schämte sich, Zeuge davon zu werden. Er erinnerte sich, dass Danilo kaum ein ungeflicktes Hemd auf dem Rücken gehabt hatte, als er zu den Kadetten kam.

Dom Felix betrachtete Regis' schwarze Stute mit einer Liebe, die Männer seines Typs offen nur auf ihre Pferde und Falken richten. »Ein feines Tier, *vai dom*. Von Armida, nicht wahr? Ich kenne die Rasse.«

»Stimmt. Ein Geburtstagsgeschenk von Lord Kennard, bevor ich nach Nevarsin ging.«

»Darf ich ihren Namen wissen, Lord Regis?«

»Melisande«, sagte Regis, und der alte Mann streichelte zärtlich die weichen Nüstern. Regis nickte hinüber zu Danilos feinem Schwarzen. »Da ist einer aus dem gleichen Stamm. Es könnten sogar Fohlen von der gleichen Stute sein.«

»Ja«, sagte Dom Felix kurz. »Lord Alton verlangt keine Geschenke zurück, wie unwürdig auch immer der Empfänger war.« Er schloss den Mund abrupt, und Regis sank das Herz. Es sah schlecht aus für seine Sendung. Dom Felix wandte sich ab, um den Falken zu versorgen, und Regis fragte: »War es eine gute Jagd, Sir?«

»Nichts Besonderes«, sagte Dom Felix kurz, nahm den Falken vom Sattel und trug ihn in die Voliere am anderen Ende. »Nein, mein Lord, Ihr werdet den Vogel stören, den ich hier habe. Bitte bleibt dort, wo Ihr seid.«

So zurückgestoßen, blieb Regis in einiger Entfernung stehen. Als der alte Mann zurückkam, machte er ihm über den gut trainierten Vogel Komplimente.

»Das ist meine Lebensarbeit, Lord Regis. Ich war Falkner bei Eurem Großvater, als Euer Vater noch ein Junge war.«

Regis zog im Stillen eine Braue hoch, doch in diesen stürmischen Tagen war es nicht ungewöhnlich, einen früheren Höfling in Ungnade zu finden.

»Wie kommt es, dass Ihr mein Haus beehrt, Dom Regis?«

»Ich wollte Euren Sohn Danilo besuchen.«

Der alte Mann presste die Lippen aufeinander, dass sie zwischen Schnurr- und Backenbart kaum noch zu sehen waren. Schließlich sagte er: »Mein Herr, Eurer Uniform nach müsst Ihr wissen, dass mein Sohn in Schande gefallen ist. Ich bitte Euch, lasst ihn in Frieden. Was immer sein Vergehen auch war, er hat dafür mehr als genug bezahlt.«

Regis sagte schockiert, aber doch nicht unhöflich: »Nein, ich bin sein Freund!«

Jetzt explodierte die zurückgehaltene Feindseligkeit.

»Die Freundschaft eines Comyn-Lords ist so süß wie ein Bienenschwarm. Sie trägt einen tödlichen Stachel! Ich habe bereits einen Sohn verloren aus Liebe zu einem Lord der Hasturs. Muss ich nun im Alter das letzte Kind auch noch verlieren?«

Regis sagte leise: »Mein ganzes Leben lang, Dom Felix, habe ich nichts als Gutes über den Mann gehört, der sein Leben in einem vergeblichen Versuch hingab, meinen Vater zu retten. Haltet Ihr mich für so bösartig, dass ich dem Haus eines solchen Mannes Übles wünsche? Welchen Groll Ihr auch immer gegenüber meinen Vorvätern hegt, Sir, mit mir habt Ihr keinen Streit. Wenn das bei Danilo der Fall ist, muss er es mir selbst sagen. Ich wusste nicht, dass Euer Sohn so jung ist, dass er die Erlaubnis seines Vaters braucht, einen Gast zu empfangen.«

Ein schwaches, ungehaltenes Erröten zog sich langsam über das bärtige Gesicht. Regis merkte zu spät, dass er unverschämt gewesen war. Es war keine Überraschung, dass Danilo das Missfallen seines Vaters erregt hatte, doch hatte er die Wahrheit gesagt: Nach dem Gesetz der Domäne galt Danilo als Erwachsener.

»Mein Sohn ist im Obstgarten, Dom Regis. Soll ich ihm sagen lassen, er möge herkommen? Wir haben nur ein paar Diener für solche Botengänge.«

»Ich gehe hin, wenn es erlaubt ist.«

»Vergebt mir allerdings, wenn ich Euch nicht begleite, da Ihr sicher allein mit meinem Sohn zu reden habt. Ich muss diese Vögel in die Küche bringen. Dieser Weg führt zum Obstgarten.«

Regis ging den schmalen Weg hinab, den ihm der Alte gewiesen hatte. Am Ende öffnete er sich zu einem Hain mit Apfel- und Birnenbäumen. Die Früchte hingen überreif und glänzend unter den dunklen Blättern. Danilo harkte am anderen Ende mit dem Rücken zu Regis altes Laub von den Wurzeln. Er war nackt bis zur Hüfte. Seine Füße steckten in hölzernen Pantinen. Ein feuchtes Schweißtuch war um seine Stirn gebunden, und darüber sah man sein ungekämmtes Haar.

Der Geruch der Äpfel war süß und leicht angegoren. Danilo reckte sich langsam, nahm ein Stück Fallobst auf und biss gedankenverloren hinein. Regis beobachtete ihn einen Moment lang. Danilo sah müde aus, gedankenvoll, und wenn schon nicht zufrieden, dann doch durch die harte körperliche Arbeit und die warme Sonne friedlich und ruhig.

»Dani?«, sagte Regis schließlich, und der Junge fuhr zusammen, ließ den Apfel fallen und stolperte über die Harke, als er sich umwandte. Regis wusste nicht, was er sagen sollte.

Danilo trat einen Schritt auf ihn zu. »Was willst *du* denn hier?«

»Ich war auf dem Weg zu meiner Schwester. Ich habe hier eine Rast eingelegt, um deinen Vater zu begrüßen und um zu sehen, wie es dir geht.«

Er sah, wie Danilo förmlich kämpfte zwischen dem Impuls, ihm die höfliche Geste ins Gesicht zurückzuschleudern – was hatte er schon zu verlieren? –, und dem eingeübten Ritual der Höflichkeit. Schließlich sagte er: »Mein Haus und ich stehen zu Euren Diensten, Lord Regis.« Seine Höflichkeit war fast bis zur Karikatur übertrieben. »Wie ist der Wille meines Herrn?«

Regis antwortete: »Ich möchte mit dir reden.«

»Wie Ihr seht, mein Herr, bin ich sehr beschäftigt. Aber ich stehe Euch gänzlich zu Verfügung.«

Regis ignorierte die Ironie und nahm ihn beim Wort.

»Dann komm her und setz dich«, sagte er und nahm auf einem umgefallenen Baumstamm Platz, der schon sehr lange dort liegen musste, weil er über und über mit Flechten bedeckt war. Still gehorchte Danilo und setzte sich so weit entfernt nieder, wie es der Stamm erlaubte.

Nach einem Moment sagte Regis: »Ich möchte, dass du eines weißt: Ich habe keine Ahnung, warum man dich aus der Wache hinausgeworfen hat, oder besser, ich weiß nur, was ich an jenem Tag gehört habe. Aber daraus, wie sich jeder benahm, könnte man glauben, dass ich dir die Schande für etwas überließ, das ich selbst begangen habe. Warum? Was habe ich getan?«

»Du weißt ...«, begann Danilo und trat mit der Spitze seiner Pantine gegen einen herabgefallenen Apfel. Er zerplatzte mit einem leise klatschenden Geräusch. »Es ist vorbei. Was immer ich getan habe, dich zu beleidigen, ich habe dafür bezahlt.«

Und dann blitzte für einen Moment die Übereinstimmung, das Bewusstsein, das Danilo in Regis erweckt hatte, wieder zwischen ihnen auf. Er konnte Danilos Verzweiflung und Kummer spüren, als sei es sein eigener. Er sagte mit vor Schmerz rauer Stimme: »Danilo Syrtis, sag mir, was du gegen mich hast, und ich werde es bestätigen oder verneinen. Ich habe versucht, nicht schlecht von dir zu denken, auch nicht in der Schande. Aber du hast mich beschimpft, als ich nur Freundschaft im Sinn hatte, und wenn du über mich oder irgendeinen meiner Verwandten Lügen verbreitet haben solltest, dann verdienst du alles, was man dir angetan hat, und du hast dann immer noch etwas mit mir zu regeln.« Ohne es zu merken, war er auf die Füße gesprungen, und seine Hand war zum Schwertgriff gefahren.

Danilo stand trotzig auf. Seine grauen Augen, die unter den dunklen Brauen wie geschmolzenes Metall leuchteten, glühten vor Wut und Schmerz. »*Dom* Regis, ich bitte Euch, lasst mich in Frieden. Ist es nicht genug, dass ich hier bin ohne Hoffnung, mit einem Vater, der auf immer beschämt sein wird ...? Ich könnte ebenso gut tot sein!«, rief er verzweifelt, und seine Worte stolperten nur so aus seinem Mund: »Etwas gegen dich haben? Nein, nein, nicht gegen dich. Du hast mir nur Freundlichkeit erwiesen, aber du bist einer von denen, einer von diesen, diesen ...« Wieder hielt er inne, und seine Stimme klang angespannt von der Mühe, nicht in Tränen auszubrechen. Schließlich rief er verzweifelt: »Regis Hastur, wenn die Götter wirklich leben – mein Gewissen ist rein, und dein Herr des Lichts und der Gott der *Cristoforos* mögen zwischen den Söhnen Hasturs und mir urteilen!«

Fast unwillkürlich zog Regis das Schwert. Danilo zuckte zusammen und trat ängstlich einen Schritt zurück. Dann reckte er sich und presste die Lippen aufeinander. »Bestraft Ihr Blasphemie so rasch, mein Herr? Ich bin unbewaffnet, aber wenn meine Beleidigung den Tod verdient, dann tötet mich auf der Stelle. Mein Leben ist mir nichts mehr wert!«

Erschüttert senkte Regis die Schwertspitze. »Dich töten, Dani?«, sagte er entsetzt. »Gott möge es verhüten! Daran habe ich niemals gedacht. Ich wünschte nur ... Dani, lege deine Hand auf mein Schwert!«

Verwirrt gehorchte Danilo und legte vorsichtig die Hand auf Regis' Schwert. Regis umklammerte Hand und Knauf zusammen mit seinen eigenen Fingern.

»Sohn von Hastur, der der Sohn von Aldones ist, welcher der Herr des Lichts ist! Möge diese Hand und dieses Schwert mein Herz und meine Ehre durchbohren, Danilo, wenn ich an deiner Entehrung teilhatte oder wenn irgendetwas, was du nun sagst, gegen dich gewendet werden sollte.« Wieder spürte er durch die Berührung jenen merkwürdigen Schock den Arm entlanglaufen, der seine Gedanken verwischte, fühlte, wie ihm Danilos Schluchzen die Kehle zupresste.

Danilo sagte mit angehaltenem Atem: »Kein Hastur würde diesen Eid brechen!«

»Kein Hastur würde sein nacktes Wort brechen«, entgegnete Regis stolz, »aber wenn ein Eid nötig ist, dich zu überzeugen, dann sollst du deinen Eid haben.« Er steckte das Schwert zurück.

»Nun erzähl mir, was passiert ist, Dani. War der Vorwurf also eine Lüge?«

Danilo war immer noch sichtlich benommen. »Die Nacht, als ich hereinkam ... es hatte geregnet. Du bist wach geworden, du wusstest es ...«

»Ich wusste nur, dass du Kummer hattest, Dani, sonst nichts. Ich habe dich gefragt, ob ich dir helfen könne, aber du hast mich zurückgestoßen.« Schmerz und Erschütterung jener Nacht kehrten aufs Neue zu ihm zurück, und er fühlte, wie sein Herz wieder unter diesem Schock pochte, genau wie in dem Moment, als ihn Danilo von sich gestoßen hatte.

Danilo sagte: »Du bist ein Telepath. Ich dachte ...«

»Erst in den Anfängen, Danilo«, sagte Regis und versuchte, seine Stimme wieder unter Kontrolle zu bringen. »Ich spürte nur, dass du unglücklich warst und Schmerzen hattest. Ich wusste nicht, warum, und du wolltest es mir nicht sagen.«

»Was kümmert es dich?«

Regis streckte die Hand aus und umklammerte langsam Danilos Handgelenk. »Ich bin ein Hastur und ein Comyn. Es rührt an die Ehre meines Clans und meiner Kaste, dass irgendjemand Grund haben sollte, über uns zu reden. Wir können mit falschen Gerüchtestreuern fertig werden, aber bei der Wahrheit können wir nur versuchen, das Falsche richtig zu stellen. Auch wir Comyn können Fehler machen.« Verschwommen merkte er irgendwo im Hinterkopf, dass er gerade »wir Comyn« gesagt hatte, zum ersten Mal. »Weiterhin«, fuhr er fort und lächelte flüchtig, »mag ich deinen Vater, Dani. Er war bereit, einen Hastur zu verärgern, damit du in Ruhe gelassen würdest.«

Danilo faltete nervös die Hände und löste sie wieder voneinander. Er sagte: »Der Vorwurf entspricht der Wahrheit. Ich habe meinen Dolch gegen Lord Dyan gezogen. Ich wünschte nur, ich hätte ihm die Kehle durchgeschnitten, wo ich schon so weit war. Was immer sie mir angetan hätten, die Welt wäre ein Stückchen sauberer.«

Regis starrte ihn ungläubig an: »Zandru! Dani ...«

»Ich weiß, dass man in vergangenen Tagen die Männer, die einen Comyn anrührten, mit Haken zerrissen hat. In jenen Tagen waren die Comyn vielleicht noch der Verehrung wert ...«

»Lass das«, sagte Regis scharf. »Dani, ich bin Erbe der Hasturs, doch selbst ich könnte nicht gegenüber einem Offizier blankziehen, ohne unehrenhaft entlassen zu werden. Selbst wenn der Offizier, den ich schlagen würde, kein Comyn wäre, sondern der junge Hjalmar, dessen Mutter eine Straßenhure ist.«

Danilo kämpfte um Selbstbeherrschung. »Wenn ich den jungen Hjalmar schlüge, Regis, dann hätte ich meine Strafe verdient. Ich habe meinen Dolch nicht gegen Lord Dyan als einen Offizier gezogen. Er hatte sich jeden Anspruch auf Respekt oder Gehorsam verscherzt.«

»Kannst du das beurteilen?«

»Unter diesen Umständen ...« Danilo schluckte. »Kann ich einem Mann gehorchen und Respekt zollen, der sich so weit vergessen hatte zu versuchen, mich zu seinem ...« Er benutzte ein *Cahuenga*-Wort, das Regis nicht kannte. Doch er befand sich immer noch in Gefühlskontakt mit Danilo, so dass über die Bedeutung kein Zweifel herrschen konnte. Regis wurde weiß. Er konnte unter diesem Schock kein Wort herausbringen.

»Zuerst dachte ich, er mache einen Scherz«, sagte Danilo stammelnd. »Ich mag solche Scherze nicht - ich bin ein *Cristoforo* -, doch ich antwortete auf ähnliche Weise und dachte, es damit zu beenden, denn wenn er den vermeintlichen Spaß ernst gemeint hatte, dann hatte ich ihm eine ablehnende Antwort gegeben, ohne ihn zu beleidigen. Dann erklärte er sich deutlicher und wurde wütend, als ich mit Nein antwortete, und schwor, er könne mich zwingen. Ich weiß nicht, was er mit mir tat, Regis, er tat irgendetwas mit meinen Gedanken, so dass ich, wo immer ich auch war, allein oder mit anderen, fühlte, wie er mich berührte, sein ... gemeines Flüstern hörte, dieses schreckliche, spöttische Lächeln. Er hat mich verfolgt, er schien die ganze Zeit über in meinem Kopf zu sein. Immer. Ich dachte, er würde mich in den Wahnsinn treiben! Ich hatte gedacht ... ein Telepath könnte keine Schmerzen ertragen ... Ich kann nicht einmal in der Nähe von jemandem sein, der wirklich unglücklich ist, aber er hatte ein schreckliches, hassenswertes Vergnügen daran.« Plötzlich schluchzte Danilo auf. »Ich bin dann zu ihm gegangen, habe ihn angefleht, mich loszulassen! Regis, ich komme nicht aus der Gosse. Meine Familie hat den Hasturs jahrelang ehrenwert gedient, aber wenn ich das Findelkind einer Hure wäre und er ein König, hätte er dennoch nicht das Recht gehabt, mich so schamlos zu missbrauchen!« Wieder brach Danilo zusammen und schluchzte.

»Und dann ... und dann sagte er, er wisse genau, wie ich mich von ihm befreien könne. Und da zog ich meinen Dolch. Ich weiß kaum, wie ich dazu kam oder was ich damit wollte. Vielleicht mich selber töten ...«

Danilo legte die Hände übers Gesicht. »Du kennst den Rest«, sagte er.

Regis konnte kaum atmen. »Zandru schicke ihm eine Skorpionpeitsche! Dani, warum hast du ihn nicht angeklagt und Immunität beantragt? Auch er fällt unter die Comyn-Gesetze, und ein Telepath, der sein *Laran* derart missbraucht ...«

Danilo zuckte müde die Schultern. Das besagte mehr als Worte.

Regis war durch diese Enthüllung wie gelähmt. Wie konnte er mit diesem Wissen jemals Dyan wieder unter die Augen treten?

»Ich wusste, dass es nicht stimmte, was sie von dir sagten, Regis. Aber auch du bist ein Comyn, und Dyan hat dir so viel Gunst erwiesen. In der letzten Nacht, als du mich berührtest, hatte ich Angst ...«

Regis blickte außer sich vor Wut auf, merkte aber dann, dass Danilo gar nicht gesprochen hatte. Sie waren tief ineinander versunken. Er fühlte die Gedanken des anderen Jungen. Er setzte sich auf den Stamm zurück, weil er fühlte, wie seine Beine ihm den Dienst versagten.

»Ich habe dich nur berührt ... um dich zu beruhigen«, sagte er schließlich.

»Jetzt weiß ich das. Was würde es nützen, wenn ich mich dafür nun entschuldigte, Regis? Es war schändlich.«

»Kein Wunder, dass du nicht an die Ehre und Anständigkeit von meinen Leuten glauben kannst. Aber es liegt nun an uns, es zu beweisen. Und umso mehr, als du einer von uns bist. Danilo, seit wann hast du schon *Laran?*«

»Ich? *Laran?* Ich, Lord Regis?«

»Wusstest du das nicht? Seit wann kannst du schon Gedanken lesen?«

»Das? Solange ich denken kann, glaube ich. Seit ich zwölf bin oder so. Ist das ...?«

»Weißt du nicht, was es bedeutet, wenn du eine der Comyn-Gaben hast? Das weiß er doch, oder? Telepathen sind nicht ungewöhnlich, doch du hast meine Gabe entwickelt, obwohl sogar Lew Alton an mir versagt hat.« In einer Welle von Emotionen dachte er: *Du hast mir mein Erbe gebracht.* »Ich glaube, du bist einer von den so genannten Katalysatortelepathen. Das ist eine sehr seltene und wertvolle Gabe.« Er versagte sich zu erwähnen, dass es eine Ardais-Gabe war. Er bezweifelte, dass Danilo diese Information im Moment richtig zu schätzen wusste. »Hast du schon jemand anderem davon erzählt?«

»Wie konnte ich? Ich habe gedacht, jeder könnte Gedanken lesen.«

»Nein, es ist viel seltener. Es bedeutet, dass auch du ein Comyn bist, Dani.«

»Willst du sagen, meine Abstammung ist ...«

»Zandrus Hölle, nein! Aber deine Familie ist von Adel. Es kann sein, dass deine Mutter Verwandte bei den Comyn hatte, Comyn-Blut, wenn es auch Generationen her ist. Wenn du volles *Laran* hast, bedeutet es, dass du Anspruch auf einen Sitz im Rat der Comyn hast, dass man dich ausbildet zu dieser Gabe, die dich den Comyn verbindet.« Er sah in Danis Gesicht und sagte rasch: »Denk nach. Es bedeutet, du bist Lord Dyan gleichgestellt. Man kann ihn zur Verantwortung ziehen, weil er dich missbraucht hat.«

Regis war für den Impuls dankbar, der ihn hierher geschickt hatte. Allein, belastet mit diesen Gedanken und der grübelnden, hypersensitiven Art des untrainierten Telepathen, unter der grimmigen Unfreundlichkeit seines Vaters ... hätte sich Danilo vielleicht schließlich umgebracht.

»Aber das würde ich nicht tun«, sagte Danilo laut. Regis merkte, dass sie sich wieder in Übereinstimmung befanden. Er streckte die Hand aus, um Danilo zu berühren, erinnerte sich aber dann und zog sie wieder zurück. Regis aß den Apfel zu Ende und warf das Gehäuse auf einen Berg alten Laubes.

»Dani, ich werde heute Abend bei meiner Schwester erwartet. Aber ich gebe dir mein Wort, du wirst rehabilitiert. Kann ich sonst irgendetwas für dich tun?«

»Ja, Regis! Sag meinem Vater, dass die Schande und Unehre nicht auf meiner Seite lagen. Er hat mich nichts gefragt und mir keinen Vorwurf gemacht, aber noch nie ist ein Mann unserer Familie unehrenhaft entlassen worden. Ich kann alles ertragen, nur nicht, dass er glaubt, ich habe ihn angelogen.«

»Ich verspreche dir, ihm die volle Wahrheit ... Nein.« Regis brach ab. »Hast du ihm deshalb nichts erzählt? Er würde ihn umbringen ...« Er sah, dass er den Kern von Danilos Furcht berührt hatte.

»Er würde Dyan herausfordern«, sagte Danilo zögernd, »und wenn er auch stark aussieht, so ist er doch ein alter Mann, und sein Herz ist nicht das gesündeste. Wenn er die Wahrheit wüsste ... ich wollte ihm alles sagen, doch mir war es lieber, er verachtet mich ... als dass er sich ruiniert.«

»Ich werde versuchen, dich bei deinem Vater reinzuwaschen, ohne ihn in Gefahr zu bringen. Aber du selber, Dani? Wir schulden dir für diese Beleidigung etwas.«

»Du schuldest mir nichts, Regis. Wenn mein Name vor den Verwandten wieder rein ist, bin ich zufrieden.«

»Doch die Ehre der Comyn verlangt, dass wir das Unrecht wieder gutmachen. Wenn es Fäulnis in unseren Herzen gibt, dann muss sie ausgerottet werden!« In diesem Augenblick erfüllte ihn selbstgerechte Wut. Er war bereit, sich einem ganzen Regiment ungerechter Menschen entgegenzuwerfen, die ihre Macht missbrauchten. Wenn die älteren Männer bei den Comyn korrupt und die jüngeren Nichtstuer waren, dann müssten es die Jünglinge eben in Ordnung bringen!

Danilo fiel auf die Knie. Er streckte die Hand aus und sagte mit gebrochener Stimme: »Es gibt ein Leben zwischen uns. Mein Bruder starb, um deinen Vater zu schützen. Und ich, ich will nicht mehr, als mein Leben in den Dienst der Hasturs stellen. Nehmt mein Schwert und meinen Eid, Lord Regis. Als ich meine Hand auf Euer Schwert legte, erbat ich mein Leben.«

Erstaunt und tief berührt, zog Regis wieder das Schwert und hielt es Danilo hin. Wieder trafen sich ihrer beider Hände am Heft. Regis stammelte die rituellen Worte und erinnerte sich eines nach dem anderen wieder an sie: »Danilo-Felix Syrtis, sei von diesem Tag an mein Freund und Waffenbruder ... und dieses Schwert möge mich treffen, wenn ich dir nicht ein gerechter Herr und Schutz bin ...« Er biss sich auf die Lippen und versuchte, sich an die nächsten Worte zu erinnern. Schließlich sagte er: »Die Götter mögen bezeugen und dazu die Heiligtümer von Hali.« Ihm schien, als gehöre noch etwas dazu, doch immerhin war ihre Absicht klar, dachte er. Er steckte das Schwert zurück in die Scheide, hieß Danilo aufstehen und küsste ihn scheu auf beide Wangen. Er sah Tränen auf Danilos Lidern und wusste, dass auch seine Augen nicht trocken geblieben waren.

Er versuchte, die ernste Situation zu entspannen, indem er nun leichthin sagte: »Nun hast du es noch förmlich bestätigt bekommen, was wir beide von Anfang an wussten, *Bredu.*« Mit einem kleinen Schock des Erstaunens hörte er sich dieses Wort aussprechen, doch er wusste, dass er es noch niemals zuvor so ernst gemeint hatte.

Danilo versuchte, seine Stimme fest klingen zu lassen. »Ich

hätte ... dir mein Schwert anbieten müssen. Ich trage keins, aber ...«

Genau das hatte bei dem Ritual gefehlt. Regis wollte gerade sagen, es sei nicht so wichtig, doch ohne dies fehlte doch etwas. Er sah auf den Dolch, den Danilo ihm mit dem Heft entgegenstreckte. Regis zog seinen eigenen, legte ihn umgekehrt gegen Danilos, bevor er ihn ihm mit den Worten überreichte: »Trage dies in meinem Dienst.«

Danilo presste einen Moment lang die Lippen auf die Klinge und sagte dann: »In deinem Dienst allein werde ich ihn tragen.« Er steckte ihn in seine Scheide.

Regis steckte Danilos Messer in die Schwertscheide an seiner Hüfte. Es passte nicht ganz hinein, aber es reichte. Er sagte. »Du musst hier bleiben, bis ich nach dir sende. Es wird nicht lang dauern, das verspreche ich, aber ich muss noch überlegen, was zu tun ist.«

Er verabschiedete sich nicht. Es war nicht notwendig. Er wandte sich um und ging den Weg zurück. Als er in die Scheune trat, um sein Pferd zu holen, kam Dom Felix langsam auf ihn zu.

»Lord Regis, darf ich Euch eine Erfrischung anbieten?«

Regis sagte: »Ich danke Euch, aber unwillige Gastfreundschaft hat einen bitteren Beigeschmack. Doch ist es mir ein Vergnügen, Euch beim Wort der Hasturs zu versichern ...« – dabei berührte seine Hand kurz das Schwert – »... dass Ihr stolz auf Euren Sohn sein könnt, Dom Felix. Seine Schande sollte Euer Stolz sein.«

Der alte Mann runzelte die Brauen. »Ihr sprecht in Rätseln, *vai dom*.«

»Sir, Ihr wart bei meinem Großvater Falkner, doch habe ich Euch mein ganzes Leben lang niemals bei Hofe gesehen. Danilo hatte eine noch bitterere Wahl: Er sollte Gunst durch unehrenhafte Mittel gewinnen oder seine eigene Ehre nur zum

Preis offensichtlicher Schande erhalten. Kurz, Sir, Euer Sohn beleidigte den Stolz eines Mannes, der Macht besitzt, aber nicht die Ehre, die der Macht ihre Würde verleiht. Und dieser Mann hat sich gerächt.«

Die Stirn des Alten runzelte sich, während er langsam begriff, was Regis sagte. »Wenn die Anklage ungerechtfertigt war, ein Akt privater Rache, warum hat es mein Sohn mir nicht erzählt?«

»Weil Dani, Dom Felix, fürchtete, Ihr würdet Euch ruinieren, indem Ihr ihn rächtet.« Rasch fügte er hinzu, als er sah, wie in den Augen des Alten tausend Fragen aufzublitzen begannen: »Ich habe Danilo versprochen, Euch nicht mehr darüber zu berichten. Werdet Ihr das Wort eines Hasturs akzeptieren, dass er ohne Makel ist?«

Das besorgte Gesicht hellte sich auf. »Ich segne Euer Kommen und bitte Euch um Entschuldigung für meine groben Worte, Lord Regis. Ich bin kein Höfling. Aber ich bin Euch dankbar.«

»Und loyal zu Eurem Sohn«, fügte Regis hinzu. »Habt keinen Zweifel, Dom Felix, er ist es auch wert.«

»Wollt Ihr nicht doch mein Haus beehren, Lord Regis?« Dieses Mal kam das Angebot von Herzen, und Regis lächelte. »Ich bedaure, aber ich kann nicht, Sir. Ich werde woanders erwartet. Danilo hat mir Eure Gastfreundschaft erwiesen. Ihr züchtet die besten Äpfel, die ich seit langer Zeit genossen habe. Und ich gebe Euch mein Wort, dass es mir eines Tages ein Vergnügen sein wird, dem Vater meines Freundes die Ehre zu erweisen. In der Zwischenzeit bitte ich Euch, Euch mit Eurem Sohn zu versöhnen.«

»Dessen könnt Ihr gewiss sein, Lord Regis.« Er blieb stehen und starrte hinter dem davonreitenden Jungen her, und Regis spürte seine Verwirrung und Dankbarkeit. Als er langsam den Hügel hinabritt, um seine Leibwache zu treffen, merkte er, welcher Aufgabe er sich hier wirklich verschrieben hatte: Danilos guten Namen wiederherzustellen und sicherzustellen, dass Dyan seine Macht nicht noch einmal derart missbrauchen konnte. Was bedeutete, dass er, der einst geschworen hatte, sich von den Comyn loszusagen, sie nun von innen heraus reformieren wollte, er allein, bevor er seine eigene Freiheit genießen konnte.

12

(Lew Altons Erzählung)

Die Hügel hinter Kadarin werden höher und gehen langsam in das Gebirge über, in das unbekannte Land, wo nicht mehr das Gesetz der Comyn herrscht. In meinem gegenwärtigen Zustand fühlte ich mich, als ich Kadarin hinter mir ließ, als sei mir ein Riesengewicht von der Schulter gefallen.

In diesem Teil der Welt, ein Fünftagesritt nördlich von Thendara, bedeutete mein Geleitschutz nichts. Des Nachts schliefen wir in Zelten und hielten Wache. Es war ein ödes Land, seit langem schon verlassen. Vielleicht nur drei- oder viermal bei einem Tagesritt sahen wir ein kleines Dörfchen, vielleicht ein halbes Dutzend Häuser, die sich auf einer Lichtung drängten, oder ein kleines Anwesen, wo ein zäher Bauer mit dem steinigen Boden und dem verwilderten Wald um den nackten Lebensunterhalt rang. Es gab hier so wenige Reisende, dass die Kinder aus den Häusern kamen und uns nachsahen.

Die Straßen wurden immer schlechter, je weiter wir in die Berge vorstießen. Manchmal waren sie zu bloßen Trampelpfaden für Ziegen herabgekommen. Es gibt auf Darkover nicht viele gute Straßen. Mein Vater, der viele Jahre auf Terra gelebt hat, hat mir von den guten Straßen dort berichtet, aber hinzugefügt, es gäbe keine Möglichkeit, dieses System hierher zu übertragen. Für Straßenbau braucht man Sklavenarbeiter oder ungeheure Mengen von arbeitswilligen Menschen zum Mindestlohn oder schwere Maschinen. Auf Darkover hat es noch niemals Sklaven gegeben, nicht einmal Sklaven für die Bedienung von Maschinen.

Es wunderte also nicht, dachte ich, wenn die Terraner zögerten, den Raumhafen in dieses Gebirge zu verlegen.

Um so überraschter war ich, als wir am neunten Tag unserer Reise auf eine breite Straße gelangten, die gut gepflastert und breit genug für Karren und einige nebeneinander herreitende Männer war. Mein Vater hatte mir auch gesagt, dass Caer Donn, als er zum letzten Mal im Gebirge in der Nähe von Aldaran gewesen war, nicht größer als ein mittleres Dorf gewesen sei. Berichte hatten ihn in der Zwischenzeit davon in Kenntnis gesetzt, es sei nun eine ordentliche Stadt. Doch mein Erstaunen vergrößerte sich noch, als ich auf die Spitze eines der höheren Berge gelangte, und das sah, was unter uns im Tal und auf den sanften Hängen der nahen Berge ausgebreitet lag.

Es war ein klarer Tag, und wir konnten weit sehen. Tief unten am Grund des Tales, wo der Boden eben war, konnte man ein großes, eingezäuntes Gebiet mit ungewöhnlich ebener Oberfläche erkennen, und selbst von hier aus konnte man die Landebahnen und Rollbahnen sehen. Das musste der alte Raumhafen der Terraner sein, den man nun als Landeplatz für Flugzeuge und kleinere Raketen benutzte, die Waren und Botschaften aus Thendara und Port Chicago brachten. In der Nähe des Arilinn gab es einen ähnlichen Landeplatz. Jenseits des Feldes lag die Stadt, und während sich meine Eskorte hinter mir aufbaute, hörte ich die Männer murmeln.

»Ich kann mich erinnern, als ich ein kleiner Junge war, gab es hier noch keine Stadt!«

»Ist wie die Stadt im Märchen, die über Nacht aus dem Boden wächst.«

Ich erzählte ihnen von dem, was mein Vater über vorgefertigte Einzelteile berichtet hatte. Derartige Städte wurden nicht für Ewigkeiten errichtet, sondern konnten schnell aus dem Boden gestampft werden. Sie runzelten skeptisch die Stirn, und einer von ihnen sagte: »Ich will ja nichts gegen den Kommandeur sagen, Sir, aber da muss er Euch ein Märchen aufgetischt haben. Nicht einmal die Terraner können so schnell bauen.«

Ich lachte. »Er hat mir auch von einem heißen Planeten erzählt, wo die Eingeborenen nicht glaubten, es gäbe so etwas wie Schnee und ihn der Lüge beschuldigten, als er von den Bergen erzählte, die das ganze Jahr über mit Eis bedeckt sind.«

Ein anderer streckte die Hand aus: »Burg Aldaran?«

Nichts anderes hätte es sein können, es sei denn, wir hätten uns unglaublich verirrt: ein altes Fort, eine Festung aus rohen, verwitterten Steinen. Dies war die Festung der Renegaten-Domäne, die vor Jahrhunderten von den Comyn ausgestoßen wurde – niemand heute weiß mehr, warum. Doch sie war die ehemalige Siebente Domäne der alten Clans von Hastur und Cassilda.

Bei mir vermischte sich Neugier mit Eifer und Zögern, als täte ich einen unwiderruflichen Schritt. Wieder einmal streckte das sonderbar abgehobene Zeitgefühl der Altons einen warnenden Finger aus. Was wartete auf mich in der alten Steinburg am anderen Ende des Tales von Caer Donn?

Mit einem Stirnrunzeln brachte ich mich in die Gegenwart zurück. Man benötigte keine besondere Vorahnung, um zu spüren, dass man in einem vollständig anderen Teil der Welt auf Fremde treffen konnte und einige von ihnen dauerhaften Einfluss auf das eigene Leben nehmen konnten. Wenn ich das Tal durchquerte und durch das Tor von Burg Aldaran schritt, sagte ich mir, bedeutete dies *nicht* eine große und unwiderrufliche Entscheidung in meinem Leben, die mich von der Vergangenheit und allem Vertrauten abschneiden würde. Ich war hier auf Bitten meines Vaters als gehorsamer Sohn, der nur in seinem Willen und seinen Gedanken illoyal war.

Ich kämpfte mich zurück. »Nun, wir sollten uns bemühen,

noch im Tageslicht dort anzukommen«, sagte ich und begann die ausgezeichnete Straße hinabzureiten.

Der Ritt durch Caer Donn glich auf sonderbare Weise einem Traum. Ich hatte beschlossen, einfach zu reisen, ohne die komplizierte Eskorte eines Botschafters. Ich betrachtete es als einen Familienbesuch, der es ja angeblich auch sein sollte, und erregte kein sonderliches Aufsehen. In einer Weise war die Stadt wie ich selbst, dachte ich, nach außen für Darkover typisch, doch mit kleinsten Unterschieden überall, mit etwas, was nicht recht dazugehörte. In all diesen Jahren bin ich damit zufrieden gewesen, mich selbst als Darkovaner zu akzeptieren, und als ich nun auf den alten Terranischen Raumhafen blickte, in einer Art, wie ich das vertraute Gegenstück in Thendara niemals angesehen hatte, dachte ich, dass auch dies mein Erbe sei ... wenn ich nur den Mut hatte, es anzutreten.

Ich befand mich in einer merkwürdigen Stimmung, ein wenig entrückt, ohne zu wissen, welche Form und Gestalt alles annehmen würde, konnte ich einen Wind spüren, der mein Schicksal mit sich trug.

Am Tor zu Aldaran standen Wachen, Gebirgler, und zum ersten Male nannte ich meinen vollen Namen, nicht den, den ich als Vaters *Nedestro*-Erbe trug, sondern den, den Vater und Mutter mir gegeben hatten, noch ehe jemand ahnte, dass irgendjemand meine Legitimität bezweifeln würde. »Ich bin Lewis-Kennard Lanart-Montray Alton y Aldaran, Sohn von Kennard, Lord Alton und Elaine Montray-Aldaran. Ich komme als Botschafter meines Vaters und bitte um das Willkommen meines Vetters Kermiac, Lord Aldaran.«

Die Wache verbeugte sich, und einer von ihnen, eine Art Hausmeister oder Verwalter sagte: »Tretet ein, *Dom*, Ihr seid willkommen, und Ihr ehrt das Haus des Kermiac von Aldaran. In seinem Namen heiße ich Euch willkommen, bis Ihr es von seinen eigenen Lippen hört.« Man führte meine Begleitung in ein anderes Haus, während man mich in einen großen Raum in einem weit entfernten Flügel des Schlosses geleitete. Man brachte meine Satteltaschen und führte mir Diener zu, als man merkte, dass ich ohne persönlichen Bediensteten reiste. Man umgab mich ganz allgemein mit Luxus. Nach einer Weile kam der Haushofmeister zurück.

»Mein Herr, Kermiac von Aldaran, befindet sich beim Abendessen und lässt fragen, ob Ihr zu ihm in die Halle kommen wollt, wenn Ihr vom Reisen nicht allzu erschöpft seid. Wenn Ihr müde von der Reise seid, könnt Ihr hier ein Mahl zu Euch nehmen und Euch ausruhen, doch ich soll Euch seine Freude mitteilen, den Enkelsohn seiner Schwester begrüßen zu dürfen.«

Ich sagte, ich würde mit Freuden zu ihm kommen. In diesem Moment spürte ich keine Erschöpfung. Die merkwürdige Aufregung war immer noch da. Ich wusch den Reisestaub ab und kleidete mich in mein bestes Gewand, eine feine Tunika aus scharlachrot gefärbtem Leder mit passenden Hosen, niedrigen Samtstiefeln und einem Tuchumhang mit Pelzbesatz – nicht aus Eitelkeit, sondern um meinem unbekannten Verwandten Ehre zu erweisen.

Es dämmerte schon, als der Diener zurückkam, um mich in den großen Speisesaal zu geleiten. Ich erwartete dämmrigen Kerzenschein und war wie gebannt, als ich in funkelndes Licht, hell wie der Tag, trat. Bogenlampen, dachte ich, Bogenlicht, wie es die Terraner in den Handelsstädten benutzen. Es berührte mich merkwürdig, nachts einen Raum zu betreten, der von solcher Helligkeit strahlte, merkwürdig und desorientierend. Doch ich war froh darüber, denn es erlaubte mir, die Gesichter in der großen Halle genau anzusehen. Offensichtlich hing Kermiac trotz der Benutzung dieses neuen Lichts am alten Brauch fest, denn der untere Teil der Halle war vollgepackt mit einer kunterbunten Mischung verschiedenster Gesichter, Wachleute, Diener, Bergvolk, Reiche und Arme, auch einige Terraner und ein oder zwei *Cristoforo*-Mönche mit ihren schäbigen Kutten.

Ein Diener führte mich an einen hochgestellten Tisch am anderen Ende, wo die Edlen saßen. Zuerst erschienen sie nur wie ein verschwommener Gesichterhaufen: ein hoch gewachsener Mann, mager und wolfähnlich, mit einem dichten Busch hellen Haares, ein hübsches rothaariges Mädchen in blauem Kleid, ein kleiner Junge, ungefähr im Alter von Marius, und in ihrer Mitte ein alternder Mann mit einem dunklen, rötlichen Bart, altersschwach, doch mit geradem Rücken und scharfen Augen. Er richtete seinen Blick auf mich und studierte eindringlich mein Gesicht. Dies musste Kermiac, Lord Aldaran sein, mein Verwandter. Er trug einfache Kleider mit schlichtem Schnitt wie die Terraner, und ich schämte mich kurz ob meines barbarisch aufwendigen Putzes.

Er stand auf und kam von dem Podest herab, um mich zu begrüßen. Seine Stimme, wenn auch durch das Alter dünner geworden, klang immer noch kräftig.

»Willkommen, Verwandter.« Er streckte die Arme aus und umarmte mich, wie es Verwandte zu tun pflegen. Seine dünnen, trockenen Lippen drückte er mir nacheinander auf beide Wangen. Dann umgriff er einen Moment lang meine Schultern mit beiden Händen. »Es wärmt mir das Herz, dass ich endlich dein Gesicht sehe, Elaines Sohn. Wir hören Neuigkeiten hier in den Hellers, selbst von den *Hali'imyn.*« Er benutzte das alte Wort der Berge, doch ohne Beleidigung. »Komm, du musst müde und hungrig sein nach dieser langen Reise. Ich freue mich, dass du dich frisch genug fühltest, zu uns herunterzukommen. Komm und setz dich neben mich, Neffe.«

Er führte mich zu dem Ehrenplatz an seiner Seite. Diener brachten uns das Essen. In den Domänen serviert man dem Gast, ohne ihn zu fragen, die ausgesuchtesten Bissen, so dass er nicht aus Höflichkeit etwas Einfaches wählen kann. Hier machten sie großes Getue, ob ich Fleisch haben wollte, Wildgeflügel oder Fisch, ob ich den weißen Bergwein vorzog oder Rotwein aus dem Tal. Alles war sehr gut und wurde perfekt vorgelegt, und ich labte mich daran nach dem tagelangen Reiseproviant.

»Also, Neffe«, sagte Kermiac schließlich, als ich meinen Hunger befriedigt hatte, an einem Glas Weißwein nippte und ein paar fremdartige, köstliche Süßigkeiten dabei kaute. »Ich habe gehört, du bist ein im Turm ausgebildeter Telepath. Hier in den Bergen glaubt man, diese Turmmänner seien halbe Eunuchen, aber ich sehe, du bist ein Mann, und du wirkst wie ein Soldat. Bist du bei der Wache?«

»Ich bin seit drei Jahren Kapitän.«

Er nickte. »In den Bergen herrscht nun Friede, wenn auch die aus den Trockenstädten manchmal komische Anwandlungen bekommen. Doch ich kann einen Soldaten respektieren. In meiner Jugend musste ich Caer Donn mit Waffengewalt verteidigen.«

Ich sagte: »In den Domänen weiß man nicht, dass Caer Donn eine so große Stadt ist.«

Er zuckte die Achseln. »Es sind hauptsächlich terranische Gebäude. Sie sind gute Nachbarn, zumindest finden wir das. Ist es in Thendara anders?«

Ich war noch nicht recht bereit, meine Gefühle über die Terraner preiszugeben, doch zu meiner Erleichterung verfolgte er dieses Thema nicht weiter. Er studierte mein Gesicht im Profil.

»Du siehst deinem Vater nicht sehr ähnlich, Neffe. Doch ich erkenne auch nichts von Elaine in dir.«

»Man sagt von meinem Bruder Marius, dass er Nase und Augen meiner Mutter trägt.«

»Ich habe ihn noch nie gesehen. Deinen Vater habe ich vor

zwölf Jahren zum letzten Mal gesehen, als er Elaines Leichnam brachte, um sie hier bei ihren Verwandten zu bestatten. Ich bat ihn damals um das Privileg, ihre Söhne hier aufziehen zu dürfen, doch Kennard wollte Euch lieber in seinem eigenen Haus aufwachsen sehen.«

Das hatte ich nicht gewusst. Von den Leuten meiner Mutter hatte man mir nie etwas erzählt. Ich war nicht einmal sicher, in welchem verwandtschaftlichen Verhältnis ich zu dem alten Mann stand. Ich sagte dies, und er nickte.

»Kennard hat kein einfaches Leben gehabt«, meinte Kermiac. »Ich nehme es ihm nicht übel, dass er nie zurückblicken wollte. Aber wenn er dir bewusst nichts von den Verwandten deiner Mutter erzählt hat, so kann er auch nichts dagegen haben, wenn ich es dir nun auf meine Weise berichte. Vor Jahren, als die Terraner hauptsächlich in Caer Donn stationiert waren und man gerade den Boden für die prächtigen Gebäude in Thendara vorbereitete – ich habe gehört, sie wurden im letzten Winter vollendet –, vor Jahren also, als ich fast noch ein Junge war, hat sich meine Schwester Mariel entschieden, einen Terraner zu heiraten, Wade Montray. Sie wohnte viele Jahre lang mit ihm auf Terra. Diese Ehe wurde nicht glücklich, hieß es, und sie trennten sich wieder, nachdem sie ihm zwei Kinder geboren hatte. Mariel wollte mit ihrer Tochter Elaine auf Terra bleiben. Wade Montray kam mit seinem Sohn Larry, den wir Lerrys nannten, zurück nach Darkover. Und jetzt kannst du sehen, wie die Hand des Schicksals eingreift, denn Larry Montray und dein Vater, Kennard, trafen sich als Jungen und schworen sich Freundschaft. Ich bin kein großer Anhänger der Prädestination oder Schicksalsdeutung, doch es kam so, dass Larry Montray auf Darkover blieb und auf Armido groß wurde, und dein Vater wurde nach Terra geschickt, um bei Wade Montray erzogen zu werden als sein Sohn, in der Hoffnung, dass diese beiden Jungen die alte Verbindung zwischen der Erde und Darkover neu erstellen würden. Und da hat dein Vater natürlich Wade Montrays Tochter, die Tochter meiner Schwester Mariel, getroffen. Um es kurz zu machen, Kennard kehrte nach Darkover zurück, wurde an eine Frau aus den Domänen verheiratet, die ihm keine Kinder gebar, und diente im Arilinn-Turm – einiges davon wirst du kennen. Doch er dachte immer noch an Elaine und wollte sie schließlich heiraten. Ich als ihr nächster Verwandter erteilte die Zustimmung. Ich habe immer geglaubt, solche Ehen müssten Glück bringen, und Kinder mit Mischblut sind der beste Weg zur Freundschaft zwischen Menschen von verschiedenen Welten. Ich hatte damals keine Ahnung, dass eure Comyn-Verwandten die Ehe nicht anerkennen würden und nicht die gleiche Freude daran hätten wie ich.«

Was für ein Fehler der Comyn, dachte ich, umso mehr, als sie es gewesen waren, die Vater zuerst nach Terra geschickt hatten. Nun, ihre Handlungen sind seitdem immer so gewesen. Noch ein Groll, den ich gegen sie hegte.

Und dennoch stand mein Vater auf ihrer Seite!

Kermiac schloss: »Als deutlich wurde, dass sie dich nicht anerkennen wollten, bot ich Kennard an, du solltest hier aufwachsen, immerhin als Elaines Sohn geehrt, wenn schon nicht als seiner. Er war sicher, sie zwingen zu können, dich schließlich doch anzuerkennen. Er hat damit also Erfolg gehabt?«

»Wenn man so will«, sagte ich langsam, »bin ich sein Erbe.« Ich wollte mit ihm nicht diskutieren, welcher Preis dafür zu zahlen war. Noch nicht.

Der Haushofmeister hatte versucht, die Aufmerksamkeit Lord Kermiacs auf sich zu lenken. Er sah ihn und gab das Zeichen, die Tafel aufzuheben. Als sich die große Menge, die an seinem Tisch gegessen hatte, zu zerstreuen begann, führte er mich in einen kleinen Wohnraum mit dämmrigem Licht. Ein gemütliches Zimmer mit einem offenen Feuer. Er sagte: »Ich bin ein alter Mann, und alte Männer werden schnell müde, Neffe. Doch bevor ich mich zur Ruhe begebe, möchte ich dich mit deinen Verwandten bekannt machen. Neffe, dein Cousin, mein Sohn Beltran!«

Bis zum heutigen Tag, selbst nach allem, was später erfolgte, erinnere ich mich immer noch an das Gefühl, als ich meinen Cousin zum ersten Mal ansah. Endlich wusste ich, welches Blut mich zu einem solchen Wechselbalg unter den Comyn gemacht hatte. In Gestalt und Zügen hätten wir Brüder sein können. Ich kenne Zwillinge, die sich weniger ähnlich sehen. Beltran streckte die Hand aus, zog sie wieder zurück und sagte: »Tut mir Leid, ich habe gehört, Telepathen berühren Fremde nicht gerne.«

»Ich würde einem Verwandten nicht die Hand verweigern«, sagte ich und gab den Händedruck leicht zurück. In der merkwürdigen Stimmung, in der ich mich befand, vermittelte mir die Berührung eine rasche Abfolge von Eindrücken: Neugier, Begeisterung, eine entwaffnende Freundlichkeit. Kermiac lächelte uns zu, als wir nahe beieinander standen, und sagte: »Ich überlasse dich deinem Cousin Beltran. Lew, glaube mir, hier bist du zu Hause.« Er wünschte eine gute Nacht und ließ uns allein. Beltran zog mich zu den anderen. Er sagte: »Die Pflegekinder und Mündel meines Vaters, Cousin, und meine Freunde. Komm und begrüße sie. Du wurdest also im Turm ausgebildet? Bist du auch ein natürlicher Telepath?«

Ich nickte, und er sagte: »Bei uns ist Marjorie der Telepath.« Er ging auf das hübsche rothaarige Mädchen in Blau zu, die ich am Tisch bemerkt hatte. Sie lächelte und blickte mir direkt in die Augen, wie es die Mädchen aus den Bergen tun. Sie sagte: »Ja, ich bin Telepath, aber nicht ausgebildet. Vielleicht kannst du uns berichten, Verwandter, was man dir beigebracht hat.«

Ihre Augen waren von sonderbarer Farbe, einer Tönung,

die ich noch niemals gesehen hatte: goldfleckiges Bernstein. Ihr Haar war fast so rot wie im Comyn-Tal. Ich reichte ihr die Hand, wie ich es auch bei Beltran getan hatte. Es erinnerte mich ein wenig daran, wie die Frauen auf dem Arilinn mich akzeptiert hatten, einfach als einen Menschen, ohne Getue und ohne Flirt. Ich verspürte ein merkwürdiges Zögern, ihre Hand wieder loszulassen. Dann fragte ich: »Bist du eine Verwandte?«

Beltran sagte: »Marjorie Scott, ihre Schwester und ihr Bruder sind Mündel meines Vaters. Es ist eine lange Geschichte, die er dir eines Tages erzählen wird, wenn ihm danach ist. Ihre Mutter war die Pflegeschwester meiner Mutter, daher nenne ich sie alle drei Bruder oder Schwester.« Er zog die anderen nach vorn, um sie mir vorzustellen. Rafe Scott war ein Junge von elf oder zwölf Jahren. Er war meinem Bruder Marius nicht unähnlich, und auch er hatte die gleichen goldgefleckten Augen. Er sah mich scheu an und sagte nichts. Thyra war ein paar Jahre älter als Marius, eine schlanke, unruhige Frau mit scharfen Zügen, mit den Augen der Familie, aber auch Zügen des alten Kermiac. Sie blickte mich an, bot mir aber nicht ihre Hand. »Das ist eine lange, beschwerliche Reise aus dem Tiefland hierher, Verwandter!«

»Das Wetter war gut, und ich hatte exzellente Führer für das Gebirge«, sagte ich und verbeugte mich vor ihr, wie ich es vor einer Dame der Domänen getan hätte. Ihre dunklen Züge blickten belustigt, doch sie war recht freundlich, und wir redeten ein wenig. Nach einer Weile zog Beltran die Unterhaltung wieder an sich.

»Mein Vater war in seiner Jugend gut ausgebildet und hat uns einige der Fertigkeiten eines Matrix-Technikers beigebracht. Aber man sagt auch, dass ich ein nicht geringes Talent dazu habe. Du hast die Ausbildung gehabt, Lew, erzähl mir, was am wichtigsten ist, das Talent oder die Ausbildung.«

Ich sagte ihm, was man mir auch gesagt hatte: »Talent und Ausbildung sind wie rechte und linke Hand. Es ist der Wille, der beides beherrscht, und der Wille muss diszipliniert werden. Ohne Talent kann man nur einen geringen Ausbildungsgrad erreichen, aber das Talent ist ohne Ausbildung auch nicht viel wert.«

»Man sagt, ich hätte die Gabe«, sagte Marjorie. »Mein Onkel hat es mir gesagt, doch ich habe noch keine Ausbildung, denn zu der Zeit als ich alt genug war zu lernen, war er zu alt, mich zu unterrichten. Und ich bin Halbterranerin. Kann auch eine Terranerin es lernen?«

Ich lächelte und sagte: »Auch ich bin Halbterraner, und doch habe ich auf Arilinn gedient – Marjorie?« Ich versuchte, ihren terranischen Namen auszusprechen, und sie lächelte über meine holprigen Silben.

»*Marguerida,* wenn du das besser findest«, sagte sie leise in *Cahuenga.* Ich schüttelte den Kopf. »Wie du es aussprichst, klingt es selten und kostbar«, sagte ich und hätte fast hinzugefügt: »Wie du.«

Beltran schürzte verächtlich die Lippen und sagte: »So haben dich die Comyn mit deinem terranischen Blut in ihren heiligen Turm gelassen? Wie gnädig von ihnen! Ich hätte ihnen ins Gesicht gelacht und ihnen gesagt, sie könnten tun was sie wollten mit ihrem Turm!«

»Nein, mein Cousin, glaube mir, so war es nicht«, sagte ich. »Nur in den Türmen hat niemand an mein terranisches Blut gedacht. Unter den Comyn galt ich als *Nedestro,* als Bastard. In Arilinn hat sich niemand darum gekümmert, was ich war, nur, was ich konnte.«

»Du vergeudest deine Zeit, Beltran«, sagte eine ruhige Stimme vom Feuer her. »Ich bin sicher, er weiß mehr über die Geschichte als jeder der *Hali'imyn,* und sein terranisches Blut hat ihm wenig genützt.« Ich blickte hinüber zur Bank auf der anderen Seite des Feuers und sah einen großen, schlanken Mann mit silbrigem Haar, das von seiner Stirn abstand. Sein Gesicht lag im Schatten, doch mir schien es einen Moment, als blitzten seine Augen aus der Dunkelheit wie Katzenaugen im Fackelschein. »Ohne Zweifel glaubt er, wie die meisten aus dem Tal, dass die Comyn direkt aus den Armen des Herrn des Lichts herausgefallen seien, und glaubt allmählich auch all ihre Märchen und Geschichten. Lew, soll ich dir deine eigene Geschichte beibringen?«

»Bob«, sagte Marjorie, »niemand bezweifelt dein Wissen. Aber dein Benehmen ist schrecklich.«

Der Mann lachte kurz auf. Jetzt konnte ich seine Züge beim Schein des Feuers erkennen, schmal und falkenartig, und als er eine Handbewegung machte, erkannte ich, dass er an jeder Hand sechs Finger hatte. Um seine Augen lag ebenfalls etwas schrecklich Fremdartiges. Er löste die langen Beine voneinander, stand auf und machte eine ironische Verbeugung.

»Muss ich die Keuschheit Eurer Gedanken respektieren, *vai Dom*, wie Ihr die eines verwirrten Zauberers respektiert? Oder darf ich Euch mit einigen Wahrheiten heimsuchen, in der Hoffnung, dass sie Euch die Früchte der Weisheit bringen mögen?«

Ich runzelte über den Spott die Stirn. »Wer zum Teufel seid Ihr?«

»Beim Teufel bin ich niemand«, sagte er leichthin. »Auf Darkover nenne ich mich Robert Raymon Kadarin, *s'dei par Servu.*« Auf seinen Lippen wurde aus dem eleganten *Casta*-Wort ein Spott. »Ich bedaure, aber ich kann Euren Bräuchen nicht nachkommen und eine lange Reihe von Namen anfügen, die meine Vorfahren über Generationen hinweg bezeichnen. Ich weiß von meinen Ahnen nicht mehr, als ihr Comyn von den unseren wisst, doch anders als Ihr habe ich nicht gelernt, diesen Makel als eine lange Kette künstlicher Götter und legendärer Gestalten darzustellen.«

»Seid Ihr Terraner?«, fragte ich. Seine Kleidung sah danach aus.

Er zuckte die Achseln. »Man hat es mir nie gesagt. Dennoch ist es ein wahres Sprichwort: Nur ein Rennpferd oder einen Comyn-Lord kann man nach seinem Stammbaum beurteilen. Ich habe zehn Jahre im Terranischen Imperium verbracht, wenn sie es auch heute nicht mehr zugeben wollen. Sie haben einen Preis auf meinen Kopf ausgesetzt; wie alle Regierungen, die sich Gehirne kaufen, begrenzen sie gerne den Gebrauch dieser Gehirne. Ich habe zum Beispiel herausgefunden«, fügte er nachdrücklich hinzu, »was für eine Art Spiel die Terraner mit Darkover spielen. Nein, Beltran«, sagte er und wandte sich an meinen Vetter, »ich werde es ihm sagen. Er ist genau derjenige, auf den wir gewartet haben.«

Die raue, unzusammenhängende Art seiner Sprache ließ mich fragen, ob er wahnsinnig oder betrunken war. »Was meint denn Ihr, welches Spiel die Terraner mit Hilfe der Comyn spielen?«

Ich war hergekommen, um herauszufinden, ob Aldaran auf gefährliche Weise mit den Terranern alliiert war und eine Gefahr für die Comyn bildete. Und nun beschuldigte dieser Mann Kadarin die Comyn, die Spiele der Terraner zu spielen. Ich sagte: »Ich weiß, zum Teufel, nicht, über was Ihr redet. Es hört sich unsinnig an.«

»Nun, fangen wir an«, sagte Kadarin. »Wisst Ihr, wer die Darkovaner sind, wo wir herstammen? Hat Euch jemals irgendjemand gesagt, dass wir die erste und älteste terranische Kolonie sind? Nein, ich denke mir, dass Ihr es nicht wisst. Rechtmäßig sollten wir die gleichen Befugnisse haben wie alle anderen Planetenregierungen, die im Rat des Imperiums sitzen, und unsere Pflicht erfüllen und Gesetze für das Imperium machen, wie es die anderen Kolonien tun. Wir sollten ein Teil der galaktischen Zivilisation sein, in der wir leben. Doch stattdessen werden wir wie eine zurückgebliebene, unzivilisierte Welt behandelt, wie arme Verwandte, die mit den Krumen an Wissen zufrieden sein sollen, welche sie uns Tropfen für Tropfen als Almosen zu geben gewillt sind, und die sorgfältig von den Hauptströmungen des Imperiums fern gehalten werden. Man erlaubt uns, weiterhin wie Barbaren zu leben!«

»Warum? Wenn dies zutrifft, warum?«

»Weil die Comyn es so wollen«, sagte Kadarin. »Es dient ihren Zwecken. Wisst Ihr etwa gar nicht, dass Darkover eine terranische Kolonie ist? Ihr sagt, sie verspotten Euer terranisches Blut. Verdammt, wofür halten sie sich denn? Terraner, die sie sind – ohne Ausnahme.«

»Ihr seid absolut wahnsinnig!«

»Das würde Euch so passen. Ihnen auch. Es ist schmeichelhafter, die Angehörigen der wertvollen Kaste Eures Vaters für Abkömmlinge von Göttern zu halten, die durch göttliche Bestimmung Darkover regieren sollen, nicht wahr? Schlimm! Sie sind einfache Terraner wie der Rest der Kolonien des Imperiums!« Er blieb stehen und starrte von seiner Höhe auf uns herab. Er war einen ganzen Kopf größer als ich, und ich bin nicht klein. »Ich sage Euch, ich habe die Akten auf Terra und in den Verwaltungsarchiven auf der Coronis-Kolonie gesehen. Dort liegen die Fakten begraben oder sollen dort begraben liegen, aber jeder, der die Sicherheitsprüfungen besteht, kann sie schnell dort herausholen.«

Ich fragte: »Woher wisst Ihr all diesen Unsinn?« Ich wollte ein gröberes Wort benutzen, doch mit Rücksicht auf die Frauen nahm ich eines, was in wörtlicher Bedeutung Stallmist bedeutete.

Er sagte: »Bemerkenswert fruchtbares Zeug, Stallmist – bringt gute Ernten. Die Fakten liegen dort. Ich habe eine Begabung für Sprachen, wie alle Telepathen – o ja, ich bin einer, Dom Lewis. Übrigens, wusstet Ihr, dass Ihr einen terranischen Namen tragt?«

»Sicher nicht«, sagte ich. Lewis war seit Jahrhunderten bei den Altons ein anerkannter Name.

»Ich habe selbst auf der Insel Lewis auf Terra gestanden«, sagte dieser Mann Kadarin.

»Zufall«, gab ich zurück. »Menschliche Sprachen entwickeln die gleichen Silben und haben den gleichen Vokalmechanismus.«

»Eure Ignoranz, Dom Lewis, ist anstößig«, sagte Kadarin kalt. »Eines Tages, wenn Ihr eine Lektion in Linguistik wünscht, solltet Ihr ins Imperium fahren und selbst hören, welch merkwürdige Silben menschliche Sprachen entwickeln können, wenn es keine gemeinsame Sprache gibt, die durch die Kultur weitergetragen wird.« Ich spürte einen plötzlichen Hauch von Bedrohlichkeit, wie einen kalten Wind. Er fuhr fort: »In der Zwischenzeit gebt bitte keine dummen Äußerungen von Euch, die lediglich beweisen, was für ein ungebildeter und wenig gereister Bengel Ihr seid. Absolut jeder Name, der auf Darkover bekannt ist, ist auch ein auf Terra bekannter Name, wenn auch nur in einem sehr kleinen Bereich auf Terra. Die Dröhnpfeife, das älteste der Darkovaner Instrumente, war einst auf Terra bekannt, wird jedoch nur noch in Museen aufbewahrt. Die Kunst, sie zu spielen, ging verloren. Musiker kamen hierher, um es wieder zu lernen, und fanden Musik, die in einem sehr kleinen geografischen Gebiet, den Britischen oder Brictischen Inseln überlebt hatte. Linguisten, die Eure Sprache studiert haben, fanden Spuren von drei terranischen Sprachen, Spanisch in Eurem *Casta,* Englisch und Gälisch in Eurem *Cahuenga* und den Sprachen der Trockenstädte. Die Sprache in den Hellers ist eine reine Form des Gälischen, das auf Terra nicht mehr gesprochen wird, aber in alten Manuskripten erhalten blieb. Nun, um es kurz zu machen, man fand bald die Aufzeichnungen eines einzelnen Schiffes, das ausgesandt wurde, ehe sich die terranischen Kolonien zum Imperium verbanden, das ohne Spur verschwand, woraufhin man es verloren oder abgestürzt wähnte. Und sie fanden die Besatzungsliste von diesem Schiff.«

»Ich glaube kein Wort davon.«

»Euer Glaube allein würde es auch nicht wahr machen, Euer Zweifel es nicht unwahr machen«, sagte Kadarin. »Der Name des Planeten selbst, Darkover, ist ein terranisches Wort mit der Bedeutung ...« – er dachte eine Minute lang nach und übersetzte dann – »... ›Die Farbe der Nacht über uns.‹ Auf dieser Besatzungsliste standen Di Asturiens und MacArans, und das sind, wie Ihr bestimmt sagen werdet, gute Darkover-Namen. Es gab einen Offizier namens Camilla Del Rey. Der Name Camilla ist auf Terra heute selten, doch es ist der gebräuchlichste Mädchenname in den Kilghards. Ihr habt ihn sogar einer Eurer Comyn-Halbgöttinnen gegeben. Es gab einen Priester von Sankt Christophorus von Centaurus, einen Pater Valentin Neville, und wie viele Comyn-Söhne wurden in dem Kloster der *Cristoforos* Sankt-Valentin-vom-Schnee erzogen? Ich habe Marjorie, die eine *Cristoforo* ist, eine kleine religiöse Medaille von Terra selbst mitgebracht. Das Gegenstück liegt in Nevarsin. Muss ich noch mehr solche Beispiele anführen, die ich, dessen versichere ich Euch, die ganze Nacht lang weiter aufzählen könnte? Haben Euch Eure Comyn-Ahnen jemals so viel erzählt?«

In meinem Kopf wirbelte es. Es klang unglaublich überzeugend.

»Die Comyn können dies nicht wissen. Wenn die Kenntnis verloren ging ...«

»Sie wissen es genau«, sagte Beltran verächtlich. »Kennard weiß es sicherlich. Er hat auf Terra gelebt.«

Mein Vater wusste es und hatte es mir nie gesagt?

Kadarin und Beltran erzählten mir immer noch von dem verlorenen Schiff, doch ich hörte nicht mehr hin. Ich spürte Marjories sanften Blick auf mir beim herabsinkenden Feuer, wenn ich ihre Augen auch schon nicht mehr sehen konnte. Ich fühlte, wie sie meinen Gedanken folgte, nicht in sie eindrang, sondern so vollständig auf mich einging, dass zwischen uns keine Barrieren mehr existierten. Das war noch niemals zuvor geschehen. Selbst auf Arilinn hatte ich mich noch nie einem menschlichen Wesen so verbunden gefühlt. Ich fühlte, dass sie wusste, wie verzweifelt und erschöpft mich all dies gemacht hatte.

Sie streckte auf der gepolsterten Bank die Hand nach mir aus, und ich spürte, wie Unwillen aus ihren schmalen Fingern meinen Arm hinauf und durch meinen Körper rann. Sie sagte: »Bob, was hast du eigentlich mit ihm vor? Er kommt her, ist müde von einer langen Reise, ein Verwandter und Gast. Ist das die Gastfreundschaft hier in den Bergen?«

Kadarin lachte. »Lass eine Maus einen Löwen bewachen!«, sagte er. Ich spürte, wie diese bodenlosen, merkwürdigen Augen die Dunkelheit durchbohrten und sahen, wie sich unsere Hände umschlungen hielten. »Ich habe meine Gründe, Kind. Ich weiß nicht, welches Schicksal ihn hierher sandte, doch wenn ich einen Mann sehe, der mit der Lüge lebt, versuche ich, ihm die Wahrheit zu sagen, wenn ich das Gefühl habe, er ist es wert, sie zu hören. Ein Mann, der seine Wahl trifft, muss dies auf Grund von Tatsachen tun, nicht auf Grund verschwommener Loyalitäten und Halbwahrheiten und alter Lügen. Die Gezeiten des Schicksals bewegen sich ...«

Ich sagte grob: »Ist Schicksal eine von Euren Tatsachen? Ihr habt *mich* abergläubisch genannt!«

Er nickte. Er sah sehr ernst aus. »Ihr seid ein Telepath, ein Alton. Ihr wisst, was Vorsehung ist.«

Beltran sagte zögernd: »Moment, das geht mir alles zu schnell. Wir wissen nicht einmal, warum er hier ist, und er ist Erbe einer Domäne. Man hat ihn vielleicht geschickt, um die Geschichten zurück zu dem alten Graubart in Thendara und seinen Jasagern zu bringen.«

Beltran fuhr herum und sah mich an. »Warum bist du hergekommen?«, forderte er. »Nach all diesen Jahren kann Kennard doch nicht so wild darauf sein, dass du die Verwandten deiner Mutter kennen lernst, andernfalls wärest du mein Pflegebruder geworden, wie es Vater gewünscht hatte.«

Ich dachte mit einem gewissen Bedauern daran. Diesen Verwandten hätte ich gern als Halbbruder gehabt. Stattdessen hatte ich bis heute nichts von seiner Existenz gewusst, zu unser beiderseitigem Verlust. Er fragte noch einmal: »Warum bist du hergekommen, Cousin, nach so langer Zeit?«

»Es stimmt, dass ich nach dem Willen meines Vaters herkam«, sagte ich schließlich. »Hastur hat Berichte vernommen, dass in Caer Donn das Abkommen verletzt wird. Mein Vater war für die Reise zu krank, daher hat er mich an seiner Stelle geschickt.« Ich fühlte mich merkwürdig zerrissen. Hatte Vater mich geschickt, um bei Verwandten zu spionieren? Dieser Gedanke erfüllte mich mit Abscheu. Oder wollte er in Wirklichkeit, dass ich die Verwandten meiner Mutter kennen lernte? Ich wusste es nicht, und das Nichtwissen machte mich unsicher und verzweifelt.

»Du siehst«, sagte die Frau Thyra von ihrem Platz im Schatten Kadarins her, »es nützt nichts, mit ihm zu reden. Er ist eine dieser Comyn-Marionetten.«

Wut durchschoss mich. »Ich bin niemandes Marionette. Nicht die Hasturs. Nicht die meines Vaters. Und auch Eure werde ich nicht sein, Cousine. Ich kam aus freien Stücken, weil das Abkommen, das unser aller Leben berührt, gebrochen wurde. Und darüber hinaus, was immer mein Vater auch gesagt hat, wollte ich selbst erfahren, ob es stimmt, was man mir über Aldaran und Terra erzählt hat.«

»Ehrlich gesprochen«, sagte Beltran. »Aber lass mich dies fragen, Cousin: Besteht deine Loyalität gegenüber den Comyn ... oder gegenüber Darkover?«

Wenn man mir zu jeder anderen Zeit diese Frage gestellt hätte, ich hätte ohne zu zögern geantwortet, dass gegenüber den Comyn loyal zu sein, bedeute, auch Darkover gegenüber loyal zu sein. Seit ich Thendara hinter mir gelassen hatte, war ich mir nicht mehr so sicher. Selbst jene, denen ich volles Vertrauen entgegenbrachte, hatten keine Macht und vielleicht auch nicht den Wunsch, die Korruption der anderen unter Kontrolle zu halten. Ich sagte: »Darkover. Keine Frage, Darkover!«

»Dann solltest du einer von uns werden!«, sagte er heftig. »Du wurdest uns in gerade diesem Augenblick geschickt – ich glaube, weil wir dich brauchten, weil wir ohne jemanden wie dich nicht hätten weitermachen können!«

»Was weitermachen?« Ich wollte an keinem Komplott der Aldaraner beteiligt sein.

»Nur dieses eine, Vetter, um Darkover seinen richtigen Platz zu geben als eine Welt, die in unsere Zeit hineingehört, nicht nur als ein barbarisches Hinterland. Wir verdienen einen Platz im Rat des Imperiums, der uns schon seit Jahrhunderten zusteht, wenn es das Imperium ehrlich mit uns gemeint hätte. Und wir werden ihn bekommen!«

»Ein edler Traum«, sagte ich, »wenn es euch gelingt. Aber wie wollt ihr das erreichen?«

»Es wird nicht leicht sein«, sagte Beltran. »Es gefällt sowohl dem Imperium als auch den Comyn, ihre Idee von der Welt weiterzudenken: rückwärts gewandt, feudal und unwissend. Und davon haben wir heute genug.«

»So ist es«, sagte Thyra aus dem Schatten. »Wir haben aber

noch eine Sache, die typisch für Darkover und einzigartig ist: unsere Psi-Kräfte.« Sie beugte sich nach vorn, legte einen Klotz auf das Feuer, und ich sah kurz ihre von den Flammen beschienenen Züge: dunkel, vital, glühend. Ich sagte: »Wenn sie so einzigartig sind, was wird dann aus Eurer Theorie, wir seien alle Terraner?«

»O ja«, antwortete er. »An diese Fähigkeiten kann man sich auf Terra erinnern, und sie wurden auch aufgezeichnet. Aber Terra hat die Kräfte des Geistes vernachlässigt, hat sich auf materielle Dinge konzentriert, Metall und Maschinen und Computer. Daher hat man die Psi-Kräfte vergessen, und das Gen starb aus. Wir hingegen haben sie weiterentwickelt und sorgfältig gezüchtet – das heißt, dieser Teil der Comyn-Legende stimmt. Und wir hatten die Matrix-Edelsteine, die Energie umwandeln. Isolation, genetische Verschiebungen und sorgfältige Zuchtwahl erledigten den Rest. Darkover ist ein Reservoir an Psi-Kräften, und so weit ich weiß, der einzige Planet in der Galaxis, der sich Psi-Kräften an Stelle der Technologie verschrieben hat.«

»Selbst mit Matrix-Verstärkern sind diese Kräfte gefährlich«, sagte ich. »Die Technologie von Darkover muss vorsichtig und sparsam gehandhabt werden. Der Preis, in menschlichen Begriffen, ist normalerweise zu hoch.«

Die Frau zuckte die Achseln.

»Du kannst keine Falken fangen, ohne auf Felsen zu klettern«, sagte sie.

»Und was genau habt Ihr im Sinn?«

»Die Terraner veranlassen, uns ernst zu nehmen.«

»Ihr meint doch nicht etwa Krieg?« Das klang nach selbstmörderischem Unsinn, und ich sagte es auch. »Waffe gegen Waffe mit den Terranern kämpfen?«

»Nein. Oder nur, wenn demonstriert werden muss, dass wir weder dumm noch hilflos sind«, sagte Kadarin. »Eine hoch entwickelte Matrix, so weit ich informiert bin, ist eine Waffe, vor der selbst die Terraner zittern. Aber ich hoffe und vertraue darauf, dass es nicht dazu kommt. Das Terranische Imperium nimmt für sich in Anspruch, niemanden zu erobern, sondern die Planeten darum bitten zu lassen, ins Imperium aufgenommen zu werden. Stattdessen bestimmten die Comyn Darkover dazu, sich zurückzuziehen, zu Barbarei, einer Suche nach dem Gestern, nicht nach dem Morgen. Wir haben dem Imperium etwas zu geben für das, was man uns gibt: unsere Matrix-Technologie. Wir können als Gleiche beitreten, nicht als Nutznießer. Ich habe gehört, in den alten Zeiten gab es matrixgetriebene Luftfahrzeuge in Arilinn ...?«

»Stimmt«, sagte ich, »das war noch zu Zeiten meines Vaters so.«

»Und warum heute nicht mehr?« Er wartete nicht auf meine Antwort. »Wir könnten auch eine wirklich effektive Kommunikationstechnik haben ...«

»Die haben wir jetzt.«

»Aber die Türme arbeiten unter der Herrschaft der Comyn, nicht für die gesamte Bevölkerung des Planeten.«

»Die Risiken ...«

»Nur die Comyn scheinen etwas von diesen Risiken zu wissen«, sagte Beltran. »Ich bin es leid, dass die Comyn für alle anderen entscheiden, welche Risiken wir auf uns nehmen können. Ich möchte von den Terranern als ebenbürtig akzeptiert werden. Ich will teilhaben am Handel der Terraner, nicht nur an dem bisschen, das durch die Raumhäfen herein- und herauskommt, unter ausgefeilten Dokumenten mit Unterschrift und Gegenzeichnung von ihren Spezialisten für fremde Kulturen, um sicherzustellen, dass es unsere primitive Kultur nicht zerstört! Ich möchte gute Straßen und Arbeit und Transport und eine Kontrolle über das gottverdammte Wetter auf diesem Planeten! Ich will, dass unsere Studenten die Universitäten des Imperiums besuchen und dass ihre hierher kommen! Andere Planeten haben so etwas. Und vor allem anderen möchte ich Reisemöglichkeiten zu anderen Sternen. Nicht als Spielzeug für Reiche, wie bei den Ridenow-Jungen, die sich dann und wann eine Saison lang auf irgendeinem weit entfernten Vergnügungsplaneten amüsieren und neue Spielzeuge und Ausschweifungen mitbringen, sondern freien Handel, wo Schiffe von Darkover kommen und gehen wie *wir* es wollen und nicht wie die aus dem Imperium!«

»Tagträume«, sagte ich gleichgültig. »Es gibt nicht genügend Metall auf Darkover für eine Raumschiff-Flotte, vom Brennstoff ganz zu schweigen!«

»Wir können Metall einführen«, sagte Beltran. »Glaubst du nicht, dass Matrizes, gespeist durch Psi-Kräfte, ein Raumschiff antreiben können? Und würde das nicht die meisten anderen Energiequellen der Galaxis über Nacht überflüssig machen? Wir können eine Flotte aufbauen.«

Einen Moment stand ich reglos da, erschüttert durch die Kraft seiner Vorstellung. Raumschiffe für Darkover ... matrixbetrieben! Bei allen Göttern, was für ein Traum! Und Darkovaner als Kameraden, Mitbewerber, nicht einfach als vergessene Kinder aus dem All ...

»Es kann nicht möglich sein«, sagte ich, »sonst hätten es die Matrix-Zirkel schon in alten Zeiten fertig gebracht.«

»Das hat man getan«, sagte Kadarin. »Die Comyn haben es gestoppt. Es hätte ihre Macht auf dieser Welt untergraben. Wir haben der galaktischen Zivilisation den Rücken gekehrt, weil diese Bande alter Weiber in Thendara beschloss, sie fänden unsere Welt gut, so wie sie war, mit den Comyn oben bei den Göttern und allen anderen, die um sie herumrannten, sich vor ihnen verbeugten und in den Dreck warfen! Sie haben uns sogar alle entwaffnet. Das geschätzte Abkommen hört sich sehr zivilisiert an, doch was es effektiv bewirkt, ist, dass es unmöglich gemacht wird, irgendeine Art bewaffneter Rebellion zu organisieren, die die Macht der Comyn in Gefahr bringen würde.«

Dies entsprach auch einigen meiner eigenen Gedanken und verunsicherte und ließ mich zweifeln. Selbst Hastur redete in edlen Worten über die Comyn, die sich dem Dienst an Darkover verschrieben hätten, doch heraus kam nur, dass er am besten wusste, was für Darkover gut sei, und er duldete keine unabhängigen Ideen, die seine Macht herausforderten, dieses Beste auch durchzusetzen.

»Ein edler Traum. Das habe ich schon gesagt. Aber was habe ich damit zu tun?«

Diesmal antwortete Marjorie, die meine Hand dabei fest drückte. »Cousin, du bist im Turm ausgebildet worden. Du kennst die Techniken und Möglichkeiten und weißt, wie man sie sogar bei latenten Telepathen einsetzen kann. So viel von den alten Kenntnissen ist außerhalb der Türme verloren gegangen. Wir können nur blind herumexperimentieren. Wir haben nicht die Fähigkeiten, Erfahrungen und die Disziplin, mit der wir weiterkämen. Diejenigen von uns, die Telepathen sind, haben keine Chance, ihre natürliche Begabung zu entwickeln, und die, die keine Telepathen sind, haben keine Möglichkeit, die Grundlagen der Arbeit mit Matrizes zu lernen. Wir brauchen jemanden, um zu lernen – jemanden wie dich, Cousin!«

»Ich weiß nicht ... ich habe nur in den Türmen gearbeitet. Man hat mir gesagt, es sei gefährlich ...«

»Natürlich«, sagte Kadarin verächtlich. »Würden sie es riskieren, dass ein ausgebildeter Mann auf eigene Faust experimentiert und vielleicht dabei mehr lernt als das bisschen, das sie ihm zugestehen? Kermiac hat hier in den Hellers Matrix-Techniker ausgebildet, als ihr in den Domänen immer noch in bewachten Zirkeln gearbeitet habt, die man als Zauberei und

Spuk betrachtete! Aber er ist sehr alt und kann uns nun nicht mehr helfen.« Er lächelte kurz und kalt. »Wir brauchen jemanden, der jung ist, jemanden, der ausgebildet und vor allem furchtlos ist. Ich glaube, Ihr habt dazu die Kraft. Habt Ihr auch den Willen?«

Ich erinnerte mich wieder an das unheimliche Gefühl von Schicksal, das mich beim Ritt hierher überkommen hatte. War dies das Ziel, das ich vorhergesehen hatte, die Macht eines korrupten Clans über Darkover zu brechen, den Würgegriff abzuschütteln und Darkover auf den ihm angemessenen Platz innerhalb des Imperiums zu hieven?

Es war fast zu viel, um es begreifen zu können. Plötzlich wurde ich sehr müde. Marjorie strich immer noch sanft mit ihren schmalen Fingern über meine Hand und sagte, ohne aufzublicken: »Genug, Beltran. Gib ihm Zeit. Er ist von der Reise erschöpft, und ihr seid auf ihn losgegangen, bis er ganz verwirrt wurde. Wenn es für ihn richtig ist, wird er sich entscheiden.«

Sie dachte an mich. Alle anderen dachten, wie gut ich in ihre Pläne hineinpasste.

Beltran sagte mit einem freundlichen, bedauernden Lächeln: »Entschuldige, Vetter. Marjorie hat Recht. Genug jetzt davon. Nach einer so langen Reise benötigst du eher Muße, um etwas zu trinken, und ein weiches Bett statt eine Vorlesung über die Geschichte und Politik Darkovers. Nun, hier ist das Getränk, und das Bett wartet schon, das verspreche ich!« Er rief nach Wein und einem Getränk, das nach Früchten schmeckte, nicht unähnlich dem *Shallan,* das wir unten im Tal tranken. Er hob sein Glas und trank mir zu. »Auf unser näheres Kennenlernen, Cousin, und einen angenehmen Aufenthalt bei uns.«

Ich war froh, darauf zu trinken. Marjories und meine Augen trafen sich über dem Rand der Gläser. Ich wollte wieder ihre Hand ergreifen. Warum zog sie mich so an? Sie wirkte so jung und schüchtern, mit einer reizenden Unbeholfenheit, doch im klassischen Sinne war sie nicht schön. Ich sah Thyra in Kadarins Arm sitzen und aus seinem Becher trinken. Im Tal hätten sie damit als offizielles Paar gegolten. Ich hatte keine Ahnung, was es hier zu bedeuten hatte. Ich wünschte nur, es sei erlaubt, Marjories Hand zu halten.

Ich wandte meine Aufmerksamkeit wieder Beltrans Worten zu, der über die Methoden der Terraner bei der raschen Errichtung von Caer Donn redete, von den Möglichkeiten, ausgebildete Telepathen für die Wettervorhersage und -kontrolle einzusetzen. »Jeder Planet des Imperiums würde Leute zur Ausbildung hierher schicken und gut für dieses Privileg bezahlen.«

Es stimmte alles, doch ich war müde, und Beltrans Pläne waren so aufregend, dass ich fürchtete, nicht schlafen zu können. Außerdem lagen meine Nervenenden bloß, weil ich versuchte, meine Wahrnehmung von Marjories Gedanken unter Kontrolle zu halten. Ich hatte das Gefühl, lieber in Klumpen geschlagen werden zu wollen, als mich ihrer Sensibilität aufzudrängen. Aber immer noch wollte ich die Hand nach ihr ausstrecken, ihre Wahrnehmung von mir prüfen, sehen, ob sie meine Gefühle teilte, oder ob ihre Freundlichkeit die Höflichkeit einer Verwandten gegenüber einem erschöpften Gast war.

»Beltran«, sagte ich schließlich und schnitt den Strom begeisterter Ideen ab, »dein Plan hat nur einen einzigen groben Fehler. Es gibt nicht genügend Telepathen. Wir haben nicht einmal genügend ausgebildete Männer und Frauen, um auf allen neun Türmen arbeiten zu können. Für einen solchen galaktischen Plan, wie du ihn dir ausdenkst, brauchen wir Dutzende, Hunderte.«

»Aber wenn selbst latente Telepathen die Matrix-Technik lernen können?«, fragte er. »Und viele von denen, die die Gabe geerbt haben, entwickeln sie niemals. Ich habe gedacht, Leute, die im Turm ausgebildet sind, können *Laran* erwecken?«

Ich runzelte die Stirn. »Die Gabe der Altons ist erzwingbarer Kontakt. Ich habe im Turm gelernt, es zu benutzen, um Latente zu erwecken, wenn sie nicht allzu barrikadiert waren. Mir gelingt das nicht immer. Dazu braucht es einen Katalysatortelepathen. Und das bin ich nicht.«

Thyra sagte scharf. »Das habe ich dir doch gesagt, Bob. Dieses Gen ist ausgestorben.«

Irgendetwas in ihrem Tonfall reizte in mir Widerspruch. »Nein, Thyra«, sagte ich. »Ich kenne einen. Er ist noch ein Junge und nicht ausgebildet, aber er ist definitiv ein Katalysatortelepath. Er hat *Laran* in einem Latenten erweckt, wo ich versagt hatte.«

»Das kann uns ja gut nutzen«, sagte Beltran verächtlich. »Der Rat der Comyn hat ihn wahrscheinlich so stark eingebunden mit Gunst und Zuweisungen, dass er niemals über ihren Willen hinaussehen wird. Das machen sie immer so mit Telepathen. Ich bin überrascht, dass sie dich nicht schon so bestochen und gebunden haben.«

Versucht haben sie es, dachte ich, sagte es aber nicht.

»Nein«, sagte ich, »das haben sie nicht. Dani hat überhaupt keinen Grund, die Comyn zu lieben ... aber Grund genug, sie zu hassen.«

Ich lächelte Marjorie an und erzählte ihnen von Danilo und den Kadetten.

13

Regis lag im Gästezimmer von Edelweiß, war müde und erschöpft, konnte jedoch nicht schlafen. Er hatte Edelweiß in dichtem Schneefall am Spätnachmittag erreicht, war aber immer noch zu erschüttert und gelähmt, um sprechen oder das Abendessen zu sich nehmen zu können, das ihm Javanne bereitet hatte. Sein Kopf pochte, und vor den Augen tanzten kleine Punkte, die auch dann, wenn er die Augen schloss, auf ihn eindrangen und hinter den Lidern eigenartige Visionen bildeten.

Dyan, dachte er immer wieder. Verantwortlich für die Kadetten, der seine Macht auf solche Weise missbrauchte. Und niemand wusste es, kümmerte sich darum oder schaltete sich ein.

Oh, sie wussten es, merkte er. Sie mussten es gewusst haben. Er würde niemals glauben, dass Dyan Kennard täuschen konnte.

Er erinnerte sich an das merkwürdige, unbefriedigende Gespräch mit Dyan in der Schenke, und sein Kopf pochte noch stärker, als würde ihn die Heftigkeit seiner Gefühle auseinander sprengen. Er fühlte sich umso schlechter, als er Dyan gemocht, ihn bewundert und sich durch seine Aufmerksamkeiten ihm gegenüber geschmeichelt gefühlt hatte. Er hatte die Gelegenheit begrüßt, als Ebenbürtiger zu reden mit einem Verwandten ... wie ein dummes, albernes Kind! Jetzt wusste er, was Dyan herauszufinden versucht hatte, und zwar auf so subtile Weise, dass es nicht einmal eine Einladung war.

Es war nicht die Art von Dyans Begierden, die ihn beunruhigte. Es galt nicht als besonders anstößig, ein *Ombredin,* ein Liebhaber der Männer zu sein. Bei Jungen, die für eine Heirat zu jung waren und durch den allgemeinen Brauch streng von allen Frauen, außer von Schwestern oder Cousinen, fern gehalten wurden, galt es als passend, Kameradschaft und auch Liebe eher bei einem Freund zu suchen als bei den Frauen, die allen zur Verfügung standen. Es war vielleicht bei einem Mann in Dyans Alter exzentrisch, aber nicht schamlos.

Was Regis Übelkeit verursachte, war die Art und Weise des Drucks, den Dyan gegenüber Danilo ausgeübt hatte, die bewusste, sadistische Grausamkeit, die besonders gemeine Rache, die Dyan für die Verletzung seines Stolzes genommen hatte.

Gewöhnliche Belästigungen wären vielleicht grausam, aber verständlich gewesen. Aber *Laran* gegen jemanden wenden? Sich in Danilos Gedanken zwingen, ihn so zu foltern? Regis wurde übel vor Abscheu.

Außerdem, dachte er, hätte es genügend Jungen und Männer gegeben, die Dyans Interesse begrüßt hätten. Einige vielleicht, weil Dyan ein Comyn-Lord war, reich und in der Lage, Geschenke und Privilegien zu verteilen, doch andere würden sicher Dyan auch für einen charmanten, gebildeten und angenehmen Kameraden halten. Er hätte ein Dutzend Liebhaber oder Freunde haben können, und niemand hätte auch nur daran gedacht, ihn zu kritisieren. Aber irgendeine perverse Grausamkeit ließ ihn sich einen Jungen unter den Kadetten aussuchen, der ihn nicht wollte. Einen *Cristoforo!*

Er warf sich auf die andere Seite, legte sich ein Kissen auf das Gesicht, um das Licht der einzigen Kerze abzuschirmen, die auszulöschen er sich zu müde fühlte, und versuchte zu schlafen. Doch seine Gedanken wanderten zurück zu den Angst erregenden, aufstörenden, sexuellen Alpträumen, die dem Erwachen seines *Laran* vorausgegangen waren. Er wusste nun, wie Dyan Danilo selbst im Schlaf verfolgt und die Furcht und Scham des Jungen genossen hatte. Und er erkannte nun die letztendliche Korruption der Macht: eine andere

Person zum Spielzeug degradieren, um ihr seinen Willen aufzuzwingen.

War Dyan vielleicht wahnsinnig? Regis überlegte. Nein, er war bei Verstand genug, einen armen Jungen herauszusuchen, der ohne mächtige Freunde oder Beschützer war. Er hatte mit Dani gespielt wie eine Katze mit einem gefangenen Vogel, ihn gefoltert, wo er ihn nicht töten konnte. Regis wurde wieder übel. Vergnügen an Schmerzen. Gab es Dyan das gleiche Vergnügen, wenn er ihn beim Fechten grün und blau schlug? Mit dem lebhaften taktilen Erinnerungsvermögen eines Telepathen erlebte er noch einmal den Augenblick, als Dyans Hände über seinen geschundenen Körper geglitten waren, die bewusst zärtliche Qualität dieser Berührung. Er fühlte sich körperlich benutzt, vergiftet, beschämt. Wenn Dyan in jenem Moment anwesend gewesen wäre, hätte Regis ihn geschlagen und auch die Konsequenzen auf sich genommen.

Und Dani war ein Katalysatortelepath! Diese schreckliche Kraft, diesen so verachtenswerten Zwang gegen den seltensten und sensibelsten aller Telepathen!

Wieder und wieder, wie unter Zwang, kehrte jene Nacht in der Baracke zu ihm zurück, als er versucht hatte, Danilo zu berühren, um ihn zu trösten – und gescheitert war. Wieder und wieder fühlte er den körperlichen und seelischen Schock jener wilden Zurückweisung, die Welle von Schuldgefühl, Entsetzen, Scham, die ihn bei dieser kurzen unschuldigen Berührung von Danilos nackter Schulter überkommen hatte. Cassilda, heilige Mutter der Comyn! Regis dachte in brennender Scham: Ich habe ihn berührt. Ist es ein Wunder, dass er mich für nichts Besseres als Dyan hielt?

Er legte sich auf den Rücken, starrte an die gewölbte Decke über sich und spürte, wie sein Körper eisig vor Kummer wurde. Dyan war Mitglied des Rates. Sie konnten nicht so korrupt sein, zu wissen, was Dyan getan hatte, und schweigen! Aber wer würde es ihnen sagen?

Die Kerze neben seinem Bett flackerte und zuckte hin und her. Farben wirbelten durch sein Gesichtsfeld, und der Raum wurde größer, wich zurück und löste sich auf, bis er sich weit entrückt fühlte, um dann mit voller Wucht wieder auf ihn einzudringen, wie ein riesiger, hallender Raum.

Er erkannte das Gefühl. Es war wie damals, als Lew ihm *Kirian* gegeben hatte, aber jetzt stand er nicht unter Drogen!

Er klammerte sich an die Decke und kniff die Augen zu. Er konnte immer noch die kleine Flamme sehen, ein dunkles Feuer, das sich unter seine Lider gegraben hatte und den Raum um ihn her mit strahlender Helligkeit füllte. Dann war ein Dröhnen in seinen Ohren ... wie das entfernte Dröhnen eines Waldbrandes ... die Feuer auf Armida! Einen Moment schien es ihm, als sähe er Lews Gesicht vor sich, blutrot, das in das helle Feuer starrte, verzerrt vor Entsetzen und Verwunderung, dann das Gesicht einer Frau, glänzend, ekstatisch, feuergekrönt, die brannte, verbrannte in den Flammen ... Sharra mit goldenen Ketten. Göttin der Schmiede. Der Raum wurde nun lebendig von Feuer, und er vergrub sich unter den Decken, sank tiefer, geschlagen, wirbelte herum. Der Raum löste sich um ihn her auf ... kippte ... jeder Faden des weichen Leintuchs schien in seinen Körper einzuschneiden, hart und rau, die gedrehten Fasern der Wolldecke wickelten sich um ihn und drangen schmerzhaft in seine Haut. Er hörte jemanden laut stöhnen und fragte sich, wer dort stöhnte und weinte. Die Luft selbst schien sich zu teilen und gegen seine Haut zu drängen, als atme er kleine Tröpfchen ein. Sein Atem zischte, stöhnte und pfiff wie ein brennendes Feuer, ballte sich zu kleinen Bläschen in seinen Lungen ...

Schmerz raste durch seinen Kopf. Er spürte einen dumpfen

Schlag auf den Schädel und hörte ihn zersplittern. Noch ein Schlag schickte ihn in die Luft, und er fiel in Dunkelheit.

»Regis!« Wieder das Krachen, die wirbelnde Übelkeit des Schlages und der Fall in den leeren Raum. Das Geräusch war nur eine sinnlose Vibration, doch er versuchte, sich darauf zu konzentrieren, wollte die Bedeutung herausfinden. »Regis!« Wer war Regis? Die dröhnende Kerzenflamme erstarb zu einem Glimmen, und Regis hörte sich laut keuchen. Jemand stand über ihm, rief seinen Namen und schlug ihn mehrmals. Plötzlich und lautlos war der Raum wieder da.

»Regis, wach auf! Steh auf und geh herum, lass dich nicht treiben!«

»Javanne ...«, sagte er und kämpfte sich schwindlig hoch, als ihre Hand zu einem weiteren Schlag niedersauste. »Nicht, Schwester ...«

Er war überrascht, wie schwach und weit entfernt seine Stimme klang. Sie stieß einen erleichterten Schrei aus. Sie stand neben seinem Bett. Ein weißer Schal glitt von ihren Schultern über ein langes Nachtgewand. »Ich hatte gedacht, eines der Kinder weinte, dann hörte ich dich. Warum hast du mir nicht gesagt, dass du die Schwellenkrankheit hast?«

Regis zwinkerte und ließ ihre Hand los. Auch ohne die Berührung konnte er ihre Angst spüren. Immer noch schwebte der Raum um ihn her. »Schwellenkrankheit?« Darüber dachte er einen Moment nach. Er hatte davon gehört, natürlich, das war unvermeidlich, wenn man aus einer Comyn-Familie stammte: ein psychischer und physischer Stau bei sich entwickelnden Telepathen in der Jugend. Die Unfähigkeit des Gehirns, mit der plötzlichen Überfütterung von sensorischen und extrasensorischen Daten fertig zu werden, die in Verzerrungen der Wahrnehmung von Sehen, Hören und Berührung resultierte ... »Ich habe es noch nie gehabt. Ich wusste nicht, was es war ... Ich konnte nicht richtig sehen, hören ...«

»Ich weiß. Steh jetzt auf und geh ein wenig umher.«

Der Raum stand immer noch schief. Er klammerte sich an das Bettgestell. »Wenn ich das tue, falle ich ...«

»Und wenn du es jetzt nicht tust, wird dein Gleichgewichtszentrum wieder aus den Angeln geraten. Hier«, sagte sie mit kurzem Lachen, warf ihm behutsam den weißen Schal über und sah höflich beiseite, als er sich darin einwickelte und sich auf die Füße kämpfte. »Regis, hat dich niemand davor gewarnt, als sich dein *Laran* entwickelte?«

»Wer hätte mich denn warnen sollen? Ich glaube, niemand weiß es«, sagte er und versuchte vorsichtig ein paar Schritte. Sie hatte Recht. Mit der Konzentration und Anstrengung der Bewegung wurde der Raum wieder stabil. Ihn schauderte, und er ging auf die Kerze zu. Das kleine Flämmchen tanzte und zuckte immer noch hinter seinen Augen, doch es hatte wieder die Größe der Kerze. Wie war es zu dem rasenden Waldbrand aus seiner Kindheit geworden? Er nahm sie hoch und blickte erstaunt auf seine zitternde Hand. Javanne sagte scharf: »Fass die Kerze nicht an, wenn deine Hand nicht ruhig ist. Du steckst sonst irgendetwas in Brand. Regis, ich hatte Angst.«

»Wegen der Kerze?« Er stellte sie ab.

»Nein, weil du so gestöhnt hast. Ich habe, als ich dreizehn war, ein halbes Jahr in Neskaya verbracht. Ich habe einmal gesehen, wie eines der Mädchen Krämpfe bei einer Krise bekam.«

Regis sah seine Schwester an, als würde er sie zum ersten Mal sehen. Er konnte nun die Gefühle hinter der kurz angebundenen, mürrischen Art spüren. Er legte ihr den Arm um die Schultern und sagte verwundert: »Hattest du wirklich Angst?« Die Barrieren zwischen ihnen waren verschwunden, und was sie hörte, war: »Würde es dir wirklich etwas ausmachen, wenn mir etwas passierte?« Sie reagierte auf das verwunderte Erstaunen dieser unausgesprochenen Frage mit richtiger Entrüstung.

»Wie kannst du daran zweifeln? Du bist mein einziger Verwandter.«

»Du hast Gabriel. Und fünf Kinder.«

»Aber du bist der Sohn meines Vaters und meiner Mutter«, sagte sie und umarmte ihn kurz und fest. »Jetzt scheinst du wieder in Ordnung zu sein. Geh wieder ins Bett, bevor du dich erkältest und ich dich wie ein Baby pflegen muss.«

Doch nun wusste er, was der scharfe Tonfall ihrer Stimme verbarg, und es störte ihn nicht mehr. Gehorsam schlüpfte er unter die Decke. Sie setzte sich auf den Bettrand.

»Du solltest eine Zeit lang in einen Turm gehen, Regis. Nur um die Kontrolle zu lernen. Großvater kann dich nach Neskaya schicken oder nach Arilinn. Ein untrainierter Telepath stellt für sich selbst eine Bedrohung dar und ebenso für alle um ihn her. Das haben sie mir gesagt, als ich in deinem Alter war.«

Regis dachte an Danilo. Hatte er irgendjemanden, der ihn warnen konnte?

Javanne zog ihm die Decke bis ans Kinn hoch. Erinnerte sie sich nun, dass sie das schon so gemacht hatte, als er noch sehr klein gewesen war, noch ehe er den Unterschied kannte zwischen einer älteren Schwester und einer nie gekannten Mutter? Sie war selbst noch ein Kind gewesen, hatte jedoch versucht, ihn zu bemuttern. Wie hatte er das vergessen können?

Sie küsste ihn sanft auf die Stirn, und Regis, der sich nun sicher und beschützt fühlte, stolperte in einen Abgrund tiefen, traumlosen Schlafes.

Am nächsten Tag fühlte er sich benommen und krank, doch wenn ihm Javanne auch sagte, er solle im Bett bleiben, war er doch zu unruhig, dem zu folgen.

»Ich muss sofort nach Thendara zurück«, beharrte er. »Ich

habe etwas erfahren, was es notwendig macht, mit Großvater zu reden. Du hast selber gesagt, ich solle zu einem der Türme gehen. Was kann mir denn passieren, wenn mich drei Wachen begleiten?«

»Du weißt genau, dass du nicht reisefähig bist. Ich sollte dich ausschelten und ins Bett stecken, wie ich es mit Rafael tun würde, wenn er unvernünftig ist«, sagte sie mürrisch.

Seine neue Erkenntnis von ihr ließ ihn sanft antworten. »Ich wäre gerne jung genug für eine besorgte Schwester, selbst wenn sie mich auch ausschimpft. Aber ich weiß, was ich zu tun habe, Javanne, und ich bin der Frauenherrschaft entwachsen. Bitte behandle mich nicht wie ein Kind.«

Seine Ernsthaftigkeit ernüchterte sie. Immer noch unwillig, schickte sie nach den Bediensteten und Pferden.

Den ganzen Tag lang ritt er mit quälenden Erinnerungen, die sich immer und immer wiederholten, und mit einer zunehmenden Unsicherheit und Angst. Würden sie ihm glauben? Würden sie ihm überhaupt zuhören? Danilo befand sich außer Reichweite Dyans. Es war Zeit, es bekannt zu machen, bevor er jemand anders in Gefahr brachte. Und Regis wusste, wenn er schwieg, würde er stillschweigend dulden, was Dyan getan hatte.

Am Nachmittag, als sie noch Meilen von Thendara entfernt waren, setzten wieder Schneefall und Graupelschauer ein, doch Regis schlug den Vorschlag seiner Eskorte, irgendwo Schutz und Unterkunft zu suchen, in den Wind. Jeder Augenblick zwischen ihm und Thendara wurde ihm nun zur Qual. Er sehnte sich danach, dort zu sein und seine Angst erregende Konfrontation hinter sich zu bringen. Als sich die Meilen länger und länger hinzogen und er immer durchweichter und verzweifelter wurde, zog er den feuchten Umhang enger um sich und hüllte sich hinein wie in einen schützenden Kokon. Er wusste, dass seine Wachen über ihn redeten, doch diesen

Gedanken schloss er gezielt aus und zog sich mehr und mehr in seinen Kummer zurück.

Als sie über die Höhe des Passes ritten, hörte er das entfernte Dröhnen des Raumhafens dumpf und vibrierend durch den dichten Nebel dringen. Mit wildem Sehnen dachte er an die abziehenden Raumschiffe, unsichtbar hinter der Regen- und Hagelwand, die Symbole der Freiheit, die er sich herbeiwünschte.

Er ließ sich von dem zunehmenden Sturm peitschen, und es kümmerte ihn nicht. Er begrüßte den eisigen Wind, den Hagel, der sich in dicken Schichten auf seinen schweren Reitumhang, seine Wimpern und Haare legte. Er bewahrte ihn davor, zurück in jenen sonderbaren, hypersensitiven, halluzinatorischen Zustand zurückzugleiten.

Was soll ich Großvater sagen?

Wie konnte er dem Regenten der Comyn gegenübertreten und ihm mitteilen, dass sein vertrautester Berater korrupt war, ein perverser Sadist, der seine telepathischen Kräfte dazu benutzte, sich in ein ihm anvertrautes Bewusstsein einzumischen?

Wie sagt man dem Kommandeur der Wache, seinem eigenen kommandierenden Offizier, dass sein vertrautester Freund, der den verantwortlichsten und vertrauenswürdigsten der Posten innehatte, einen Jungen in seiner Obhut schamlos missbraucht und misshandelt hatte? Wie beschuldigt man seinen eigenen Onkel, den stärksten Telepathen der Comyn, dass er gleichgültig dabeisteht und zusieht, wie man den seltensten und sensibelsten aller Telepathen fälschlich beschuldigt, seinen Geist peinigt, ihn verletzt und entehrt, während er, ein Psi-Techniker, im Turm ausgebildet, nichts tut?

Die Steinmauer des Schlosses türmten sich vor ihnen auf und schützten sie vor dem beißenden Wind. Regis hörte die Flüche der Eskorte, als sie die Pferde fortführten. Er wusste, dass er sich bei ihnen entschuldigen musste, weil er sie dieser Kälte, diesem erschöpfenden Ritt in einem solchen Wetter ausgesetzt hatte. Es war absolut verantwortungslos, dies loyalen Männern anzutun, und die Tatsache, dass sie nie nach seinen Motiven fragen würden, machte es umso schlimmer. Er dankte ihnen kurz und förmlich und ermahnte sie, sich rasch zum Essen und zur Ruhe zu begeben, denn er wusste, wenn er ihnen eine Belohnung anböte, wären sie über alle Maßen hinaus beleidigt.

Die lange Treppe zu den Räumen der Hasturs drohte über ihm. Sie wich zurück und weitete sich wieder aus. Der alte Diener seines Großvaters rannte verschwommen und verzerrt auf ihn zu. Er schnalzte mit der Zunge und schüttelte den Kopf, mit dem Privileg langjährigen Dienstes. »Lord Regis, Ihr seid ganz durchweicht. Ihr werdet krank werden. Lasst mich Euch Wein holen und trockene Kleider ...«

»Nein, danke.« Regis zwinkerte die schmelzenden Eiströpfchen von den Wimpern. »Fragt den Regenten, ob er ...« – er musste sich anstrengen, dass seine Zähne nicht aufeinander schlugen – »ob er mich empfangen kann.«

»Er ist beim Abendessen, Lord Regis. Geht zu ihm.«

Man hatte im Wohnzimmer seines Großvaters einen kleinen Tisch vor dem Feuer gedeckt, und Danvan Hastur blickte bekümmert auf, imitierte fast auf komische Weise die Sorge des alten Dieners.

»Mein Junge! Zu dieser Stunde? Und so nass. Marton, nimm seinen Umhang und trockne ihn am Feuer. Kind, du wolltest doch ein paar Tage bei Javanne bleiben. Was ist passiert?«

»Notwendig ...« Regis merkte, dass seine Zähne so hart aufeinander schlugen, dass er nicht sprechen konnte. Er biss sie aufeinander, um sie wieder unter Kontrolle zu bekommen. »Musste sofort zurückkommen ...«

Fragend schüttelte der Regent den Kopf. »Durch einen Schneesturm? Setz dich ans Feuer.« Er nahm einen Krug vom Tisch, goss einen dicken Strahl dampfender Suppe in einen Becher und reichte ihn Regis. »Hier, trink das und wärme dich auf, bevor du erzählst.«

Regis wollte sagen, er habe keinen Appetit, doch er musste die Tasse nehmen, ehe sie dem alten Mann aus der Hand fiel. Der heiße Dampf war so anregend, dass er einen kleinen Schluck nahm. Er war wütend über seine Schwäche und wurde noch wütender, weil sein Großvater sie sah. Seine Barrieren waren verschwunden, und er sah blitzartig Hastur als jungen Mann, als Kommandeur im Feld, der seine Männer kannte, die Stärke eines jeden beurteilen konnte, wusste, was jeder brauchte und wie und wann genau er es bekommen musste. Als die heiße Suppe ihre Wärme in ihm zu verbreiten begann, entspannte sich sein zitternder Körper, und er begann wieder frei zu atmen. Die Hitze des Steingutbechers tat seinen Händen gut, die blau vor Kälte waren, und als er die Suppe ausgetrunken hatte, behielt er ihn in den Händen und genoss die Wärme.

»Großvater, ich muss mit Euch reden.«

»Ich höre, mein Kind. Nicht einmal der Rat würde mich bei einem solchen Wetter rufen.«

Regis blickte zu den Dienern, die durch das Zimmer gingen. »Allein, Sir. Dies geht die Ehre der Hasturs an.«

Ein verwunderter Ausdruck trat ins Gesicht des alten Mannes, und er winkte die Diener aus dem Raum. »Du willst doch nicht etwa sagen, dass Javanne sich in Schande stürzte?«

Allein der Gedanke, seine aufrechte und verwöhnte Schwester spiele die Leichtfertige, hätte Regis zum Lachen gebracht, wenn er hätte lachen können. »Nein, Sir, auf Edelweiß ist alles in Ordnung, und den Säuglingen geht es gut.« Er fühlte sich nicht mehr kalt, sondern spürte ein inneres Zittern, das er nicht einmal als Furcht erkannte. Er stellte den leeren Becher ab, der in seinen Händen erkaltet war, und schüttelte den Kopf auf das Angebot hin, ihn noch einmal zu füllen.

»Großvater, erinnert Ihr Euch an Danilo Syrtis?«

»Syrtis? Die Syrtis sind alte Hastur-Leute. Der Freund und Waffenbruder deines Vaters trug diesen Namen. Der alte Dom Felix war mein Falkner. Warte mal, da war doch in diesem Jahr diese schändliche Angelegenheit bei der Wache, ein degradierter Kadett. Schwertbruch. Hat das mit der Ehre der Hasturs zu tun, Regis?«

Regis wusste, dass er nun sehr ruhig bleiben und dass seine Stimme beherrscht sein musste. Er sagte: »Die Syrtis-Männer sind unsere Getreuen und Freunde, Sir. Auf Grund ihrer Dienste für uns – ist es da nicht auch unsere Pflicht, sie vor Angriffen und Missbrauch, selbst durch einen Comyn, zu schützen? Ich habe erfahren ... Danilo Syrtis wurde fälschlich angegriffen und degradiert, Sir. Und es ist noch schlimmer als das. Danilo ist ein ... Katalysatortelepath, und Lord Dyan hat ihn missbraucht, seine Schande aus Rache heraufbeschworen ...«

Regis' Stimme brach. Der schneidende Moment des Kontakts mit Danilo überkam ihn wieder. Hastur blickte ihn in tiefer Bekümmerung an.

»Regis, das kann nicht wahr sein!«

Er glaubt mir nicht! Regis hörte seine Stimme holpern und wieder versagen. »Großvater, ich schwöre ...«

»Kind, Kind, ich weiß, dass du nicht lügst. Ich kenne dich zu gut!«

»Ihr kennt mich überhaupt nicht!«, schleuderte ihm Regis fast hysterisch entgegen.

Hastur stand mühsam auf, kam zu ihm und legte ihm besorgt die Hand auf die Stirn. »Du bist krank, Regis, fiebrig, vielleicht im Delirium.«

Regis schüttelte die Hand ab. »Ich weiß genau, was ich sage. Ich hatte einen Anfall von Schwellenkrankheit auf Edelweiß. Jetzt ist es besser.«

Der alte Mann sah ihn mit erstaunter Skepsis an. »Regis, die Schwellenkrankheit sollte man nicht zu leicht nehmen. Zu den Symptomen gehören Verwirrung, Halluzinationen. Ich kann Lord Dyan nicht das verwirrte Toben eines kranken Kindes vorwerfen. Lass mich nach Kennard Alton schicken. Er hat die Turmausbildung und kann mit einem solchen Anfall umgehen.«

»Bitte, lasst Kennard holen«, bat Regis. Seine Stimme zitterte. »Er ist der einzige Mann in Thendara, der erkennen kann, dass ich weder lüge noch rase! Es geschah auch auf seine Zustimmung hin. Er stand dabei und hat mit angesehen, wie man Danilo entehrte und das Kadettenkorps beschämte!«

Hastur blickte tief besorgt. Er sagte: »Kann es nicht warten ...«

Er sah Regis scharf an und meinte: »Nein. Wenn du zu dieser Stunde durch einen Schneesturm geritten bist, um mir diese Information zu bringen, kann es sicher nicht warten. Aber Kennard ist ebenfalls sehr krank. Könntest du vielleicht zu ihm gehen, Kind?«

Regis beherrschte einen erneuten Wutausbruch und sagte nur mit absoluter Beherrschung: »Ich bin nicht krank. Ich kann zu ihm gehen.«

Sein Großvater blickte ihn fest an. »Wenn du nicht krank bist, wirst du es bald werden, wenn du weiter zitternd und nass hier herumstehst. Geh in dein Zimmer und zieh dich um, während ich Kennard Nachricht geben lasse.«

Regis war wütend, dass man ihn wie ein Kind fortschickte, sich umzuziehen, doch er gehorchte. Es schien der beste Weg zu sein, seinen Großvater von seiner Vernunft zu überzeugen, zu zeigen, dass er bei Sinnen war. Als er in trockenen Kleidern zurückkam und sich besser fühlte, sagte sein Großvater knapp: »Kennard will mit dir reden. Komm.«

Als sie durch die langen Flure gingen, spürte Regis die entschiedene Ablehnung seines Großvaters. Kennard saß in der Haupthalle der Alton-Räume vor dem Feuer. Er stand auf und trat einen Schritt auf sie zu, und Regis sah mit tiefem Mitleid, dass der alte Mann schrecklich leidend aussah. Sein hageres Gesicht war gerötet und sah geschwollen und formlos aus. Doch er lächelte Regis mit aufrichtiger Herzlichkeit an und streckte die verkrüppelte Hand aus. »Mein Junge. Ich freue mich, dich zu sehen.«

Regis berührte die geschwollene Hand mit unbeholfener Vorsicht, unfähig, sich Kennards Schmerzen und seiner Erschöpfung zu verschließen. Er fühlte seine Nerven entblößt, hypersensitiv. Kennard konnte kaum aufrecht stehen!

»Lord Hastur. Ihr beehrt mich. Wie kann ich Euch dienen?«

»Mein Enkel ist mit einer sonderbaren und beunruhigenden Geschichte zu mir gekommen. Er soll sie erzählen.«

Regis fühlte überwältigende Erleichterung. Er hatte befürchtet, wie ein krankes Kind behandelt zu werden, das man gegen seinen Willen zum Arzt geschleppt hat. Zum ersten Mal behandelte man ihn wie einen Mann. Er spürte Dankbarkeit und war ein wenig entwaffnet.

Kennard sagte: »Ich kann nicht so lange stehen. Du da ...« Er wies einen Diener an. »Einen Lehnstuhl für den Regenten. Setz dich neben mich, Regis, und sag mir, was dich bekümmert.«

»Mein Lord Alton ...«

Kennard sagte freundlich: »Bin ich nicht mehr dein Onkel, mein Junge?«

Regis wusste, wenn er der väterlichen Wärme nicht mit all seinen Kräften widerstand, würde er wie ein geschlagenes Kind seine Geschichte herausschluchzen. Steif sagte er: »Mein

Lord, dies ist eine ernste Angelegenheit, die die Ehre unserer Wache betrifft. Ich habe Danilo Syrtis zu Hause besucht ...«

»Das war nett gedacht, mein Neffe. Unter uns gesagt, das war eine böse Sache. Ich habe versucht, es Dyan auszureden, doch er hat gemeint, er müsse an Dani ein Exempel statuieren, und Gesetz ist Gesetz. Ich hätte nicht einmal etwas tun können, wenn Dani mein eigener Sohn gewesen wäre.«

»Kommandeur«, sagte Regis und benutzte die förmlichste Anrede mit Kennards militärischem Titel. »Auf mein aufrichtiges Wort als ein Hastur und als Kadett hin – hier ist ein entsetzliches Unrecht geschehen. Ich schwöre, Danilo wurde fälschlich beschuldigt, und Lord Dyan ist einer so schändlichen Sache schuldig, die ich kaum auszusprechen wage. Ist ein Kadett gezwungen, sich ...«

»Warte eine Minute«, sagte Kennard und wandte ihm seinen brennenden Blick zu. »Ich habe das schon von Lew gehört. Ich weiß nicht, was diese drei Jahre bei den *Cristoforos* mit dir gemacht haben, aber wenn du dich bei mir beklagen willst, dass Dyan kleine Jungen für die Liebe braucht, und ihn beschuldigst ...«

»Onkel!«, protestierte Regis schockiert. »Für wie blauäugig hältst du mich? Nein, Kommandeur! Wenn das alles gewesen wäre ...« Er hielt inne und suchte verwirrt nach Worten.

Er sagte: »Kommandeur, er hat die Zurückweisung nicht akzeptiert. Er hat ihn Tag und Nacht verfolgt, ist in seine Gedanken eingedrungen, hat *Laran* gegen ihn gebraucht ...«

Kennards Blick wurde hart. »Lord Hastur! Was wisst Ihr von dieser wilden Geschichte? Der Junge sieht krank aus. Phantasiert er?«

Regis stand auf. Ihn überfiel eine heftige Wut, die der Kennards gleichkam. »Kennard Alton, ich bin ein Hastur, und ich lüge nicht! Schickt nach Lord Dyan, wenn Ihr wollt, und befragt mich in seiner Gegenwart!«

Kennard blickte ihn an, nicht mehr wütend sondern sehr ernst. Er sagte: »Dyan ist heute Abend nicht in der Stadt. Regis, sag mir, woher weißt du das?«

»Aus Danilos eigenem Mund und aus dem Kontakt mit seinen Gedanken«, sagte Regis ruhig. »Ihr wisst doch besser als alle anderen, dass die Gedanken nicht lügen.«

Kennard ließ seinen Blick nicht los. »Ich wusste nicht, dass du *Laran* hast.«

Regis hielt Kennard seine Hand mit der Fläche nach oben entgegen, eine Geste, die er noch niemals gesehen hatte, die ihm jedoch sein Instinkt eingab. Er sagte: »Ihr habt es. Ihr werdet es wissen. Seht selbst nach, Sir.«

Er sah Respekt, aber auch eine fürchterliche Wut in dem hageren, fiebrigen Gesicht des Alten aufdämmern, genau in dem Augenblick, in dem er mit einem Angststoß spürte, wie ihn dessen Gedanken berührten. Er hörte Lew in Kennards Erinnerung sagen: *Ich kenne erwachsene Männer, die sich diesem Test nicht zu unterziehen wagen.* Dann fühlte er Kennards Berührung, den Schock des Kontaktes ... den Augenblick, in dem er mit Dani in dem Obstgarten gestanden hatte ... seine eigene Sympathie für Dyan, den Augenblick verschämter Zuneigung zu ihm ... Kennards Erinnerungen an Dyan, die seine eigenen überlagerten, ein jüngerer Dyan, ein schlanker, eifriger Junge, der geliebt, geachtet und gehätschelt sein will ... Danilos gelähmtes Entsetzen, die Flut von Alpträumen und Grausamkeiten, die er von Danilo mitbekommen hatte, das Weinen im Dunkeln, das raue, raubvogelartige Lachen ...

Der Schleier von Erinnerungen und Eindrücken war verschwunden. Kennard hatte die Augen mit der Hand bedeckt. Seine Augen waren trocken brennend, doch zugleich hatte Regis den Eindruck, der alte Mann weine vor Erschütterung. Flüsternd sagte er: »Zandrus Hölle, Dyan!« Regis fühlte die stechende Wut darin. Kennard sank zurück auf die Bank, und

Regis wusste, er wäre gefallen, hätte er nicht, Regis merkte es zum ersten Mal, über die eiserne Stärke und Kontrolle verfügt, mit der ein im Turm ausgebildeter Telepath sich beherrschen kann, wenn er muss. Ihn überfiel ein Angst erregender Schmerzblitz, doch Kennard holte nur tief Luft und sagte: »Danilo hat also *Laran.* Lew hat es mir nicht gesagt, auch nicht, dass es Danilo bei dir hervorgerufen hat.« Langes Schweigen. »Das ist ein Verbrechen und ein schlimmes dazu ... *Laran* zu benutzen, um jemandem seinen Willen aufzuzwingen. Ich habe Dyan vertraut. Ich habe nie daran gedacht, ihn zu verhören. Wir waren *Bredin.* Es liegt in meiner Verantwortlichkeit, und ich werde die Schuld auf mich nehmen.«

Er sah vernichtet aus, benommen. »Aldones, Sohn des Lichts! Ich habe ihm meine Kadetten anvertraut. Und Lew versuchte, mich zu warnen, aber ich wollte nicht auf ihn hören. Ich habe meinen eigenen Sohn im Zorn fortgeschickt, weil er mir sagen wollte ... Hastur, was sollen wir tun?«

Hastur sah bestürzt aus. »Alle Ardais sind instabil«, sagte er. »Dom Kyril ist seit zwanzig Jahren wahnsinnig. Aber du kennst das Gesetz ebenso gut wie ich. Du hast uns mit dem gleichen Gesetz gezwungen, Lew zu deinem Erben zu machen. Es muss jemand in der direkten Linie sein, männlich und gesund, um eine Domäne zu repräsentieren. Dyan hat keinen Erben ernannt. Wir können ihn nicht einmal aus dem Rat der Comyn hinauswerfen, wie wir es mit Kyril taten, als er zu rasen begann. Ich weiß nicht, ob wir ihn auch nur so lange aus dem Rat schicken können, bis er wieder geheilt ist, wenn er wirklich wahnsinnig sein sollte. Ist er genügend bei Verstand, einen Erben einzusetzen?«

Regis fühlte sich wütend und verletzt. Sie schienen nur Dyan im Kopf zu haben. Dani bedeutete ihnen nichts, nicht mehr, als dieser Dyan bedeutet hatte. Kämpferisch sagte er: »Was ist mit Danilo? Was mit seiner Schande und seinem

Kummer? Er hat die seltenste Gabe der Comyn, und so wie er behandelt wurde, gereicht es uns allen zur Unehre.«

Beide Männer wandten sich ihm zu, als hätten sie ihn vergessen. Er fühlte sich wie ein unartiges, lautes Kind, das eine Unterhaltung von Erwachsenen stört, doch er beharrte darauf und beobachtete, wie die Fackeln zuckende Schatten auf die alten Schwerter über dem Kamin warfen, sah Dyan, die scharfe Klinge in der Hand, sah, wie er sie in seine Brust bohrte ...

»Man wird Wiedergutmachung leisten«, sagte Hastur rasch, »aber das musst du uns überlassen.«

»Ich überlasse euch Dyan. Aber Dani ist meine Verantwortung! Ich habe ihm mein Schwert angetragen. Ich bin ein Hastur und Erbe einer Domäne, und ich fordere ...«

»Du forderst?«, sagte sein Großvater und wirbelte zu ihm herum. »Ich spreche dir das Recht ab, irgendetwas zu fordern! Du hast mir gesagt, du würdest dieses Recht abtreten, um in andere Welten zu gehen. Ich habe mein Möglichstes getan, um dir wenigstens das Versprechen abzuringen, dass du deinen Minimaldienst bei den Kadetten ableistest! Du hast dich geweigert, wie sich auch Dyan weigerte, seiner Domäne einen Erben zu geben. Mit welchem Recht kritisierst du ihn? Du hast auf dein Hastur-Erbe verzichtet. Mit welchem Recht stehst du nun vor uns und stellst Forderungen? Setz dich und benimm dich, oder geh auf dein Zimmer und überlass diese Dinge Besseren!«

»Behandelt mich gefälligst nicht wie ein Kind!«

»Du bist ein Kind«, sagte Hastur mit zusammengepressten Lippen. »Ein krankes, albernes Kind!«

Der Raum flackerte unter dem Schein des Feuers in eine andere Perspektive. Regis ballte die Fäuste und rang nach Worten. »Ein Unrecht an jemandem mit *Laran* ... entehrt uns alle.« Er wandte sich bittend an Kennard. »Um die Ehre der Wache ... um Eure eigene Ehre ...«

Kennards verkrüppelte Hand berührte ihn sanft. Regis fühlte durch die geschwollenen Finger hindurch den Schmerz rinnen, als er sich ihr entzog. Er fühlte, wie er aus seinem Körper und wieder hineinglitt, unfähig, die jagenden, verwirrten Gedanken von allen zu ertragen. Mit wildem Sehnen dachte er daran, an Bord eines startenden Raumschiffes sein zu wollen, frei, diese kleine Welt voller Intrigen hinter sich zu lassen. Einen Augenblick lang stand er in Kennards Erinnerung auf dem weit entfernten Planeten Terra, kämpfte, kämpfte mit dem Anspruch von Ehre und Pflicht gegen alles, wonach er sich sehnte, zurück zu dem Erbe, für das er geboren war und das auf ihn wartete, ein Weg den er gehen musste, ob er nun wollte oder nicht ... fühlte die Wut seines Großvaters: *Rafael, Rafael, du hättest mich nicht so verlassen* ... hörte Dyans langsame, zynische Worte: *Eine besondere Art von Zuchttier, dessen Erträge den Comyn gezahlt werden* ... Die Last zwang ihn körperlich auf die Knie. Vergangenheit, Gegenwart und Zukunft vermischten sich, wirbelten herum. Er sah Danis Hand auf seinem Schwert, fühlte, wie sich seine Gedanken öffneten, alles überschattend. Sohn von Hastur, *welcher der Sohn des Lichts ist!* Er weinte wie ein Kind. Er flüsterte: »Für das Haus Hastur ... schwöre ich ...«

Kennards Hände, heiß und geschwollen, berührten seine Schläfen. Er merkte einen Augenblick lang, dass Kennard ihn aufrecht hielt. Langsam verebbte die schneidende Flut von Gefühlen, Vorwissen, Erinnerungen. Er hörte Kennard sagen: »Schwellenkrankheit. Keine Krise, aber es geht ihm ziemlich schlecht. Redet mit ihm, Sir.«

»Regis!«

Regis kämpfte mit sich und flüsterte: »Großvater, Lord Hastur ... ich schwöre ... ich will schwören ...«

Sanft schlossen sich die Arme seines Großvaters um ihn. »Regis, Regis, ich weiß. Aber ich kann nun keiner Bitte von dir entsprechen. Nicht in deinem gegenwärtigen Zustand. Die Götter wissen, ich will es, aber ich kann nicht. Du musst das uns überlassen. Du musst einfach, Kind. Wir werden mit Dyan fertig. Du hast alles getan, was notwendig war. Nur bleibt dir jetzt nichts anderes, als zu gehen, wie Kennard sagt, und zwar nach Neskaya, um dich selber zu lehren, wie man die Gabe kontrolliert.«

Er versuchte noch einmal, sich hochzukämpfen ... kniete auf kalten Steinen, Kristalllichter um ihn her. Langsam, schmerzhaft drängten sich Worte auf, denen er nicht entkommen konnte: *Ich vertraue mein Leben und meine Ehre ... den Hasturs an ... auf immer* ... und in schrecklichem Schmerz, wissend, dass er gegen eine geschlossene Tür ansprach, gab er sein Leben und seine Freiheit auf. Er konnte kein Wort herausbringen, nicht eine einzige Silbe, und er dachte, Körper und Gehirn würden unter den wühlenden Worten in ihm explodieren. Er flüsterte und wusste doch, dass keiner ihn hören konnte, und die Sinne schwanden ihm. »Schwöre ... schwöre ...«

Kurz traf sich der Blick seines Großvaters mit seinem, ein momentaner Anker in der wankenden Dunkelheit, in der er hing. Er hörte die Stimme Hasturs tief und mitfühlend sagen: »Die Ehre der Comyn liegt seit neunzig Jahren sicher in meinen Händen, Regis. Du kannst sie mir auch nun überlassen.«

Regis ließ zu, dass sie ihn hinlegten und fast ohnmächtig auf die Steinbank betteten.

Er ließ sich in eine Bewusstlosigkeit fallen, die fast wie ein Tod war.

14

(Lew Altons Erzählung)

Drei Tage lang hatte der Blizzard in den Hellers gewütet. Am vierten Tag wachte ich bei Sonnenschein auf, und die Gipfel hinter Burg Aldaran glitzerten unter ihrer Schneelast. Ich zog mich an und ging in den Garten hinter der Burg, blieb oben auf der Terrasse stehen und blickte hinab auf den Raumhafen, wo bereits große Maschinen unterwegs waren. Aus dieser Entfernung sahen sie winzig wie Käfer aus. Sie bewegten die dicken Schneeschichten. Kein Wunder, dass die Terraner ihren Raumhafen nicht hierher verlegen wollten!

Anders als in Thendara wirkten hier der Raumhafen und die Burg wie ein großes Ganzes, nicht wie streitlustige Riesen, die in die Schlacht zogen.

»Du bist früh auf, Cousin«, sagte eine helle Stimme hinter mir. Ich drehte mich um und stand vor Marjorie Scott, die warm in einen pelzbesetzten Umhang mit Kapuze eingehüllt war, der ihr Gesicht umrahmte. Ich verbeugte mich förmlich.

»*Damisela!*«

Sie lächelte und streckte mir die Hand entgegen. »Ich bin gerne früh draußen, wenn die Sonne scheint. Es war so dunkel während des Sturms.«

Während wir die Terrassen hinabgingen, nahm sie meine kalte Hand und zog sie unter den Umhang. Ich musste mir sagen, dass diese freie Geste nicht die gleiche Bedeutung hatte, die sie unten im Tal gehabt hätte, sondern unschuldig und unbewusst vollzogen wurde. Es war schwierig, sich das klarzumachen, als meine Hand zwischen ihren warmen Brüsten lag. Verdammt, das Mädchen war doch Telepath. Sie musste es wissen.

Als wir über einen Weg gingen, zeigte sie mir robuste Winterpflanzen, die bereits ihre Spitzen durch den Schnee bohrten, und die geschützten Früchte unter kleinen Schneebergen. Wir gelangten auf einen von einer Marmorbalustrade eingezäunten Platz, von wo aus sich ein vom Schnee angeschwollener Wasserfall ins Tal stürzte.

»Dieser Strom trägt das Wasser von den höchsten Gipfeln hinab nach Caer Donn, wo es als Trinkwasser gebraucht wird. Der Damm hier oben, der den Wasserfall bewirkt, dient zur Stromerzeugung, hier und auch unten am Raumhafen.«

»Wirklich, *Damisela?* So etwas haben wir in Thendara nicht.« Plötzlich hatte ich Schwierigkeiten, meine Aufmerksamkeit auf den Wasserfall zu konzentrieren. Unvermittelt wandte sie mir ihr Gesicht zu, so rasch wie eine Katze. Ihre Augen blitzten golden. Ihre Wangen waren gerötet, und sie entzog mir ihre Hand. Mit einer Steifheit, die Wut verbarg, sagte sie: »Entschuldigt, Dom Lewis. Ich habe mich auf unsere Verwandtschaft verlassen.« Sie wandte sich zum Gehen. Meine Hand, nun wieder der Kälte ausgesetzt, war unter ihrem plötzlichen Zorn so eisig wie mein Herz.

Ohne nachzudenken streckte ich die Finger aus und umklammerte ihr Handgelenk.

»Lady, sagt mir, wie habe ich Euch beleidigt? Bitte, bitte, geht nicht!«

Sie stand still, während ich ihre Hand umklammert hielt. Mit leiser Stimme sagte sie: »Sind alle Männer aus dem Tal so komisch und formell? Ich bin es nicht gewöhnt, *Damisela* genannt zu werden, außer von Dienern. Mögt ... magst du mich nicht, Lew?«

Unsere Hände waren immer noch ineinander verschränkt. Plötzlich errötete sie und versuchte, ihre Hand aus meinen Fingern zu winden. Ich hielt sie fest und sagte: »Ich hatte Angst, verbrannt zu werden ... so dicht am Feuer. Ich kenne eure Art in den Bergen nicht. Wie soll ich dich anreden, Cousine?«

»Würde man eine Frau aus dem Tal für zu kühn halten, wenn man sie bei ihrem Namen anredet, Lew?«

»Marjorie«, sagte ich und legte all meine Zärtlichkeit in meine Stimme. »Marjorie.« Ihre kleinen Finger fühlten sich zerbrechlich und lebendig an, wie ein kleines, zitterndes Tier, das sich zu mir geflüchtet hatte. Niemals, auch nicht auf dem Arilinn, habe ich eine solche Wärme, ein so vollständiges Akzeptieren gespürt. Sie sagte, meine Hände seien kalt, und zog sie wieder unter ihren Umhang. Alles was sie erzählte, erschien mir wundervoll. Ich wusste einiges über Generatoren für elektrische Energie – in den Kilghardhügeln gab es Windräder, die dem ständigen Wehen ausgesetzt waren –, doch ihre Stimme ließ mir alles neu erscheinen, und ich tat, als wisse ich es nicht, damit sie weiterredete.

Sie sagte: »Einst haben matrixgetriebene Generatoren das Licht für die Burg erzeugt. Aber diese Technik ist verloren gegangen.«

»Man kennt sie auf Arilinn«, sagte ich, »aber wir benutzen sie kaum. Die Kosten sind nach menschlichen Begriffen hoch, und es ist gefährlich.« Dennoch brauchte man in den Bergen wegen des härteren Klimas mehr Energie. Es ist leicht, einen Luxus aufzugeben, aber hier bedeutete es den Unterschied zwischen zivilisiertem Leben und brutalem Existenzkampf.

»Hat man dir beigebracht, wie man die Matrix benutzt, Marjorie?«

»Nur ein wenig. Kermiac ist zu alt, um uns die Techniken zu zeigen. Thyra ist stärker als ich, weil sie und Kadarin sich verbinden können, wenn auch nicht lange. Es sind die Techniken der Verbindung, die wir nicht kennen.«

»Das ist aber einfach«, sagte ich und zögerte, denn ich dachte nicht gerne daran, außerhalb der Sicherheit der Energiefelder eines Turms in Kontaktzirkeln zu arbeiten. »Marjorie, wer ist Kadarin? Wo kommt er her?«

»Ich weiß nicht mehr, als er dir erzählt hat«, sagte sie. »Er ist auf vielen Welten gewesen. Manchmal redet er, als sei er älter als mein Vormund, und doch scheint er nicht älter als Thyra zu sein. Selbst sie weiß nicht viel mehr als ich, doch sie sind schon lange Zeit zusammen. Er ist sehr sonderbar, Lew, aber ich liebe ihn, und ich möchte, dass auch du ihn liebst.«

Ich war Kadarin schon näher gekommen, weil ich hinter seiner wütenden Intensität die Ehrlichkeit gespürt hatte. Hier war ein Mann, der sich ohne Selbsttäuschung, ohne die Lügen und Kompromisse dem Leben stellte, mit denen ich schon so lange gelebt hatte. Ich hatte ihn seit Tagen nicht gesehen. Er war wegen irgendwelcher unerklärlichen Geschäfte vor dem Blizzard abgereist.

Ich blickte in die kräftiger scheinende Sonne. »Jetzt ist schon heller Morgen. Erwartet uns irgendjemand?«

»Normalerweise erwartet man mich zum Frühstück, aber Thyra schläft immer lange, und sonst kümmert sich niemand darum.« Sie blickte mir scheu ins Gesicht und sagte: »Ich bleibe lieber bei dir.«

Ich sagte mit Freude: »Wer braucht schon Frühstück?«

»Wir könnten nach Caer Donn hinabgehen und uns irgendwo etwas kaufen. Das Essen ist zwar nicht so gut wie an der Tafel meines Vormundes ...«

Sie führte uns über einen kleinen Pfad, der aus einer langen Treppe bestand, die gegen die Spritzer des Wasserfalls überdacht war. Der Boden war mit Raureif bedeckt, doch das Dach hatte Eisbildung auf der Treppe selbst verhindert. Daher ließen wir unsere verschränkten Hände für uns reden ... Schließlich führten die Stufen auf eine niedriger gelegene Terrasse, die sich sanft zur Stadt hinabneigte. Ich blickte hoch und sagte: »Ich denke schon mit Schrecken an den Rückweg.«

»Wir können dann über den Reitpfad gehen«, sagte sie. »Dort, wo du mit der Eskorte hochgekommen bist. Es gibt auf der anderen Seite des Wasserfalls auch einen Aufzug. Die Terraner haben ihn für uns gebaut, mit Ketten und Kettenzügen, als Gegenleistung für die Nutzung der Wasserkraft.«

Kurz hinter dem Stadttor führte uns Marjorie zu einem kleinen Laden mit Esswaren. Wir aßen frisch gebackenes Brot und tranken heißen, gewürzten Apfelwein, während ich darüber nachdachte, was sie über die Matrizes, die Energie hervorbrachten, gesagt hatte. Ja, man hatte sie in der Vergangenheit dazu benutzt und auch missbraucht, so dass es heute als illegal galt. Die meisten hatte man zerstört, wenn auch nicht alle. Wenn Kadarin versuchen wollte, eine Matrix wieder zu beleben, gab es in der Theorie zumindest keine Grenzen in den Anwendungsmöglichkeiten.

Sofern er sich nicht vor den Risiken fürchtete. Aber Furcht schien es in dieser sonderbaren, rätselhaften Persönlichkeit nicht zu geben. Aber vielleicht gewöhnliche Vorsicht?

»Du bist wieder mit deinen Gedanken anderswo, Lew. Was ist los?«

»Wenn Kadarin diese Dinge anstellen will, muss er eine Matrix kennen, die genug leistet, um mit diesen Energien fertig zu werden. Was und wo ist sie?«

»Jedenfalls nicht auf den Monitorschirmen in den Türmen, so viel kann ich dir sagen. Sie wurde in den alten Zeiten von dem Schmiedevolk benutzt, die damit ihre Metalle aus dem Boden holten. Dann wurde sie Jahrhunderte auf Aldaran aufbewahrt, bis eine von Kermiacs Bewahrerinnen, die er ausgebildet hatte, sie einsetzte, um die Belagerung von Schloss Storn zu durchbrechen.«

Ich pfiff durch die Zähne. Man hatte die Matrix vor Jahrhunderten ungesetzlich als Waffe eingesetzt. Man hatte das Abkommen nicht geschaffen, um so simple Spielzeugwaffen wie Gewehre und Sprengminen zu verbieten, sondern jene entsetzlichen Waffen, die man im Zeitalter des Chaos entwickelt hatte. Ich war nicht glücklich darüber, eine Gruppe unerfahrener Telepathen in eine recht große Matrix einzuspeichern. Einige konnte man abschirmen und relativ leicht und sicher benutzen. Andere hatten eine dunklere Geschichte, und der Name Sharra, Göttin der Schmiede, wurde in alten Geschichten mit mehr als nur einer Matrix in Verbindung gesetzt. Diese hier konnte man entweder unter Kontrolle bringen – oder aber nicht.

Sie blickte mich ungläubig an. »Hast du Angst?«

»Verdammt, ja«, sagte ich. »Ich hatte gedacht, die meisten Talismane der Sharra-Verehrung seien vor der Zeit Regis' des Vierten zerstört worden. Ich weiß, dass man einige zerstörte.«

»Diese hier wurden von dem Schmiedevolk verborgen und nach der Belagerung von Storn wieder zur Verehrung freigegeben.« Sie schürzte die Lippen. »Ich bin dieser Art von Aberglauben gegenüber sehr ungeduldig.«

»Wie auch immer, eine Matrix ist kein Spielzeug für Unerfahrene.« Ich streckte die Hand aus und legte sie mit der Handfläche nach oben auf den Tisch, um ihr die weiße Narbe, groß wie eine Münze, zu zeigen, die durchbrochene Linie, die an meinem Handgelenk emporlief. »Im ersten Jahr meiner Ausbildung auf dem Arilinn habe ich einmal für einen Sekundenbruchteil die Kontrolle verloren. Drei von uns erlitten ähnliche Verbrennungen. Ich mache keine Scherze, wenn ich von Risiken rede.«

Einen Moment zog sich ihr Gesicht zusammen, als sie mit der Fingerspitze die Narbenlinie auf der Hand berührte. Dann streckte sie das feste, kleine Kinn vor und sagte: »Aber was das eine Menschenhirn entwickelt, kann das andere Menschenhirn beherrschen. Und eine Matrix nützt gar nichts, wenn sie irgendwo auf einem Altar von unwissenden Leuten angebetet wird.« Sie stieß die kalt gewordenen Überreste des Brotes beiseite und sagte: »Lass mich dir die Stadt zeigen.«

Unwiderstehlich drängten unsere Hände zueinander, als wir Seite an Seite durch die Straßen gingen. Caer Donn war eine wunderschöne Stadt. Selbst heute, wo sie unter Tonnen von Schutt liegt und ich niemals wieder zurückkehren kann, bedeutet sie für mich noch immer die Stadt meiner Träume, eine Stadt, die für kurze Zeit mein Traum war. Ein gemeinsamer Traum.

Die Häuser lagen an breiten, luftigen Straßen und Plätzen, ein jedes mit Obstbäumen und einem kleinen Gewächshaus für Gemüse und Kräuter, die man wegen des kurzen Sommers und der schwächeren Sonneneinstrahlung sonst im Gebirge nur selten sieht. Es gab auf jedem Dach Sonnenkollektoren, um die dämmrige Wintersonne in die überdachten Gärten zu konzentrieren.

»Arbeiten die auch im Winter?«

»Ja, mit Hilfe eines Tricks von den Terranern. Es sind Prismen, die mehr Sonnenlicht vom Schnee reflektieren und konzentrieren.«

Ich dachte an die Dunkelheit in Armida, wenn Winter war. Man konnte so vieles von den Terranern lernen.

»Jedes Mal, wenn ich sehe, was die Terraner aus Caer Donn gemacht haben, bin ich stolz darauf, Terranerin zu sein«, sagte Marjorie. »Ich glaube, Thendara ist noch weiter entwickelt.«

Ich schüttelte den Kopf. »Du wärest enttäuscht. Ein Teil ist terranische Enklave, der andere gehört Darkover. Caer Donn ... Caer Donn ist wie du, Marjorie, das Beste von beiden Welten zu einem einzigen harmonischen Ganzen verschmolzen ...«

So konnte unsere Welt werden. So sollte sie sein. Dies war Beltrans Traum. Und ich spürte, während meine Hand fest in Marjories lag, in einer Nähe, die intimer war als ein Kuss, dass ich alles riskieren würde, um diesen Traum zum Leben zu erwecken und über ganz Darkover auszubreiten.

Ich teilte ihr meine Gefühle mit, als wir wieder den Berg hinaufstiegen. Wir hatten uns den längeren Weg vorgenommen, zögerten beide, diesen verzauberten Vormittag zu beenden. Wir müssen gewusst haben, dass nichts wiederkommen würde, das diesem Morgen ähnelte, als wir gemeinsam träumten und alles neu und klar und zu schön sahen, als dass es hätte Wirklichkeit werden können.

»Ich fühle mich, als hätte ich *Kirian* genommen.«

Sie lachte, und ihr Lachen glich silbrigen Perlen. »Aber das *Kireseth* wächst nicht mehr in diesem Gebirge. Lew, es ist alles wirklich. Oder könnte es sein.«

Ich begann, wie ich versprochen hatte, später am Nachmittag. Kadarin war noch nicht zurückgekommen, doch die anderen versammelten sich in dem kleinen Wohnhaus.

Ich war nervös, zögerte. Es war immer sehr aufreibend, mit einer Gruppe fremder Telepathen zu arbeiten. Selbst auf dem Arilinn, wo sich der Zirkel jedes Jahr änderte, herrschte die gleiche ängstliche Spannung. Ich fühlte mich nackt, mit an der Oberfläche liegenden Nerven. Wie viel wussten sie? Welche Fähigkeiten und Potenziale lagen in diesen Fremden verborgen? Zwei Frauen, ein Mann und ein Junge. Kein großer Zirkel. Doch groß genug, dass ich innerlich zitterte.

Jeder von ihnen hatte eine Matrix. Dies überraschte mich nur wenig, da die Überlieferung besagt, dass die ersten dieser Edelsteine in den Bergen gefunden wurden. Auf Arilinn hingen wir sehr fest an den alten Traditionen. Wie die meisten Techniker, trug ich meine Matrix um den Hals, in Seide gehüllt und in einem Lederbeutel, damit sie kein zufälliger Stimulus zum Schwingen bringen konnte.

Beltrans Matrix steckte in einem Stückchen weichen Leders in seiner Tasche. Marjories war in ein Fetzchen Seide gehüllt und ruhte in ihrem Kleid zwischen den Brüsten, dort wo meine Hand gelegen hatte! Rafes war klein und noch trübe. Er trug sie in einem kleinen Tuchbeutel an einem Band um den Hals. Thyra hatte ihre in einem Kupferkästchen, was ich für äußerst gefährlich hielt. Vielleicht sollte ich ihnen zunächst das richtige Abschirmen beibringen?

Ich blickte auf die blauen Steine in ihren Händen. Marjories war der strahlendste, mit starker, innerer Leuchtkraft, was ihre bescheidene Behauptung, Thyra sei die stärkere Telepathin, Lügen strafte. Meine Nervenenden zitterten. Mit einem »wilden Telepathen«, einem, der sich durch Herantasten und Herumprobieren selbst ausgebildet hat, kann man nur sehr schwer arbeiten. In einem Turm würde der erste Kontakt durch eine Bewahrerin hergestellt, nicht durch die sorgfältig abgeschirmte *Leronis* aus den Tagen meines Vaters, sondern durch eine hoch ausgebildete Frau, deren Kräfte bewacht und diszipliniert sind. Hier hatten wir keine. Alles hing von mir ab.

Es war schwieriger, als vor einer solchen Versammlung die Kleider abzulegen, doch irgendwie musste ich es schaffen. Ich seufzte und blickte von einem zum anderen.

»Ich nehme an, ihr alle wisst, dass es nichts mit Zauberei zu tun hat«, sagte ich. »Es ist einfach ein Kristall, mit dem etwas in Schwingung geraten kann, und zwar in diesem Fall die Energieströme eurer Gehirne.«

»Ja, das weiß ich«, sagte Thyra spöttisch und belustigt. »Aber ich habe nicht gedacht, dass jemand, der von den Comyn ausgebildet wurde, das weiß.«

Ich versuchte, meine spontan aufflackernde Wut zu kontrollieren. Wollte sie es für mich so schwer wie möglich machen? »Das ist das Erste, das sie mir auf Arilinn beigebracht haben, Cousine. Ich bin froh, dass du es schon weißt.« Ich konzentrierte mich auf Rafe. Er war der Jüngste und hatte am wenigsten zu vergessen.

»Wie alt bist du, kleiner Bruder?«

»Dreizehn in diesem Winter, Vetter«, sagte er, und ich runzelte leicht die Stirn. Ich hatte keine Erfahrung mit Kindern – fünfzehn ist die unterste Altersgrenze für die Türme –, aber ich würde es versuchen. In seiner Matrix war Licht, was bedeutete, dass er sie auf seine Art und Weise verschlüsselt hatte.

»Kannst du sie kontrollieren?« Wir verfügten nicht über die üblichen Testmaterialien. Ich musste improvisieren. Ich versuchte einen kurzen Kontakt. »Das Feuer. Lass das Feuer zweimal aufflammen und dann niederbrennen.«

Der Stein warf einen blauen Schimmer auf die kindlichen Züge, als er sich bückte, wobei er vor angestrengter Konzentration die Stirn runzelte. Das Licht wurde stärker, das Feuer flammte hoch auf, versank, flammte noch einmal auf und wurde kleiner und kleiner.

»Vorsichtig«, sagte ich. »Lass es nicht ausgehen. Es ist kalt hier.« Immerhin konnte er meine Gedanken empfangen; und wenn der Test auch elementar war, so hatte er sich doch damit für den Zirkel qualifiziert. Er blickte entzückt über sich selber auf und lächelte.

Marjories Blick traf meinen. Schnell sah ich beiseite. Verdammt, es ist immer schwierig, mit einer Frau in Kontakt zu treten, von der man sich angezogen fühlt. Ich hatte auf Arilinn gelernt, es für selbstverständlich zu halten, denn Psi verbrauchte sämtliche zur Verfügung stehenden physikalischen und nervlichen Energien. Doch Marjorie hatte das nicht gelernt, und ich war schüchtern. Der Gedanke, ich müsste versuchen, es ihr zu erklären, ließ mich zurückweichen. In der sicheren Ruhe auf Arilinn, beschützt von neun oder zehn Jahrhunderten an Tradition, war es leicht, sich kühl und klinisch verbunden zu fühlen. Hier mussten wir andere Möglichkeiten finden, uns voreinander zu schützen.

Thyras Augen blickten kühl und belustigt. Nun, sie wusste es. Wenn sie und Kadarin zusammengearbeitet hatten, hatten sie es ohne Zweifel herausgefunden. Ich mochte sie nicht, und ich spürte, dass dies auf Gegenseitigkeit beruhte, doch immerhin konnten wir leicht miteinander in Kontakt treten. Ihre körperliche Anwesenheit war mir nicht peinlich. Wo hatte sie, wenn sie allein gearbeitet hatte, die kalte, scharfe Präzision entwickelt? War ich froh oder besorgt, dass Marjorie nichts davon zeigte?

»Beltran«, fragte ich, »was kannst du?«

»Kindertricks«, antwortete er, »wenig Talent, noch weniger Ausbildung. Rafes Trick mit dem Feuer.« Er wiederholte es noch einmal langsamer, aber mit besserer Kontrolle. Er nahm einen unbenutzten Fidibus von einem kleinen Tischchen und beugte sich mit ungeheurer Konzentration darüber. Ein kleines Flämmchen sprang vom Feuer auf die Spitze des Fidibus, wo es in eine helle Flamme ausbrach.

Ein Kindertrick, sicher, eine der simpelsten Übungen auf Arilinn. »Kannst du auch mit der Matrix Feuer beeinflussen?«, fragte ich.

»Ich versuche es nicht«, sagte er. »In diesem Gebiet ist die Waldbrandgefahr zu groß. Ich lerne lieber, wie man Feuer *löscht.* Können das eure Turmtelepathen in dem Waldbrandgebiet?«

»Nein, aber wir rufen manchmal Wolken herbei und verursachen Regen. Feuer ist ein zu gefährliches Element, außer für solche Kindertricks. Kannst du das Überlicht rufen?«

Er schüttelte den Kopf und verstand nicht, was ich meinte. Ich streckte die Hand aus und konzentrierte mich auf die Matrix. Eine kleine grünliche Flamme zuckte in meiner Handfläche auf und stieg höher. Marjorie holte tief Luft. Thyra streckte ihre Hand aus. Kaltes weißes Licht beschien bleich ihre Fingerspitzen, erhellte den Raum und zuckte wie ein

Blitz. »Sehr gut«, sagte ich. »Aber du musst es unter Kontrolle halten. Das hellste Licht ist nicht immer das beste. Marjorie?«

Sie beugte sich über ihre blau schimmernde Matrix. Vor ihrem Gesicht erschien in der Luft ein kleiner blauweißer Feuerball, der allmählich größer wurde und zu jedem Einzelnen von uns hinschwebte. Rafe konnte nur Lichtblitze hervorrufen; als er versuchte, sie zu bewegen oder zu gestalten, flammten sie auf und verschwanden. Beltran gelang überhaupt kein Licht. Ich hatte es auch nicht erwartet. Feuer, das Element, das man am leichtesten herbeirufen kann, ist auch gleichzeitig am schwersten zu kontrollieren.

»Versuch das hier.« Der Raum war sehr feucht. Ich kondensierte die feuchte Luft in einen kleinen Strahl aus Wassertropfen, die sirrend ins Feuer zischten. Beide Frauen konnten es leicht nachmachen. Rafe gelang es mit einigen Mühen. Er brauchte Übung, doch er hatte ein ausgezeichnetes Potenzial.

Beltran zog eine Grimasse. »Ich sagte ja, ich habe wenig Talent und wenig Übung.«

»Nun, einiges kann ich dir auch ohne jegliches Talent beibringen, Vetter«, sagte ich. »Nicht alle Mechaniker sind geborene Telepathen. Kannst du überhaupt Gedanken lesen?«

»Nur ein bisschen. Am besten spüre ich Gefühle«, sagte er.

Nicht gut. Wenn er nicht in Gedankenverbindung mit uns treten konnte, war er im Matrix-Kreis ohne Nutzen. Er konnte andere Dinge tun, aber wir waren zu wenige für einen Zirkel, es sei denn, für sehr kleine Matrizes.

Ich versuchte, seine Gedanken zu erfassen. Manchmal kann man es einem Telepathen, der die Kontakttechnik nie gelernt hat, *zeigen,* wenn alles andere versagte. Ich traf auf festen, verschlossenen Widerstand. Wie viele Erwachsene, die nur wenig *Laran* haben und nicht ausgebildet sind, hatte er sich Barrieren gegen die Benutzung seiner Gabe aufgebaut. Er war kooperativ und ließ es mich noch einmal versuchen und wieder und wieder, die Barrieren herabzuzwingen, und als ich schließlich aufgab, waren wir beide bleich vor Schmerz und verschwitzt. Ich musste es bei ihm stärker versuchen als bei Regis, und es brachte nichts.

»Es hat keinen Zweck«, sagte ich schließlich. »Noch etwas mehr, und es bringt dich um. Tut mir Leid, Beltran. Ich bringe dir bei, was ich kann, aber ohne einen Katalysatortelepathen komme ich auch nicht weiter.« Er sah sehr niedergeschlagen aus, doch er nahm es besser auf, als ich erwartet hatte.

»So können also die Frauen und Kinder dort weitermachen, wo ich versage. Aber wenn du dein Möglichstes versucht hast, bleibt mir nichts anderes übrig.«

Im Gegensatz dazu war es leicht, mit Rafe in Kontakt zu treten. Er hatte keine größeren Barrieren dagegen aufgebaut, und ich vermutete aus der leichten und vertrauensvollen Art, wie er sich in die Verbindung mit mir fallen ließ, dass er eine einzigartig glückliche und vertrauensvolle Kindheit ohne irgendwelche Ängste gehabt haben musste. Thyra spürte, was wir erreicht hatten. Ich fühlte, wie sie es versuchte, und machte die telepathische Ouvertüre, das Gegenstück zu einer über einen Strom ausgestreckten Hand. Sie kam schnell und ließ sich ohne große Umstände in den Kontakt fallen und ...

Ein wildes Tier, schwarz, gefährlich, tänzelte durch einen unerforschten Dschungel. Ein Geruch von Moschus ... Krallen an meiner Kehle ...

War das ihre Art zu scherzen? Ich brach den sich entwickelnden Kontakt ab und sagte grob: »Das ist kein Spiel, Thyra. Ich hoffe, du wirst das niemals auf unangenehme Art erfahren.«

Sie sah erstaunt aus. Unbewusst also. Es war einfach das innere Bild, das sie projizierte. Irgendwie musste ich damit fertig werden. Ich hatte keine Ahnung, wie sie mich wahrnahm. Das ist etwas, was man nie wissen kann. Man versucht es natürlich zuerst einmal. Ein Mädchen in dem Arilinn-Zirkel hatte mir einmal gesagt, ich fühle mich einfach zuverlässig an. Eine andere hatte verwirrt versucht zu erklären, wie ich mich für ihre Gedanken »anfühlte«, und wand sich dabei – heraus kam, dass ich mich wie der Geruch von Sattelleder wahrnahm. Man versucht immer, eine Erfahrung in Worte zu kleiden, die nichts mit verbalem Ausdruck zu tun hat.

Ich kontaktierte Marjorie und spürte ihre Gegenwart in dem fragmentarischen Zirkel ... ein Wirbel goldener Schneeflocken, Seidenrascheln, wie ihre Hand auf meiner Wange. Ich brauchte sie nicht anzusehen. Ich brach den versuchsweisen vierteiligen Kontakt ab und sagte: »Eigentlich ist es das – wenn wir erst gelernt haben, unsere Resonanzen aneinander anzugleichen ...«

»Wenn es so einfach ist, warum haben wir es dann noch nie versucht?«, fragte Thyra.

Ich versuchte zu erklären, dass die Verbindung mit mehr als einem Kopf, mehr als einer Matrix, die schwierigste der Grunddisziplinen auf Arilinn darstellt. Ich spürte, wie sie versuchte, in Kontakt zu treten, und ich senkte meine Barrieren und erlaubte ihr, mich zu erreichen. Wieder die schwarze Bestie, das Gefühl von Pranken ... Rafe keuchte und schrie auf. Ich versuchte Thyra abzuschütteln. »Erst, wenn du weißt, wie es geht«, sagte ich. »Ich versuche, es dir beizubringen, aber du musst erst lernen, wann genau der Punkt der Übereinstimmung da ist, dann kannst du dich mit mir in Verbindung setzen. Versprich mir, es vorher nicht noch einmal zu versuchen, Thyra, und ich verspreche, es dir beizubringen. Einverstanden?«

Sie versprach es und zitterte heftig wegen ihres Versagens. Ich war deprimiert. Wir waren also nur vier, und Rafe war noch ein Kind. Beltran konnte überhaupt keinen Kontakt herstellen, und Kadarin war eine unbekannte Größe. Nicht ausreichend für Beltrans Pläne. Nicht annähernd ausreichend.

Wir benötigten einen Katalysatortelepathen. Oder anders ausgedrückt: Weiter konnte ich nicht gehen.

Rafes Versuche, das Feuer niederzuhalten, und unsere Experimente mit den Wassertropfen hatten das Feuer zum Qualmen gebracht. Marjorie begann zu husten. Jeder von uns hätte es wieder zum Lodern bringen können, doch ich begrüßte die Gelegenheit, mich aus dem Zimmer zu entfernen. Ich sagte: »Gehen wir in den Garten.«

Die Nachmittagssonne schien hell und brachte den Schnee zum Schmelzen. Die Pflanzen, die am Morgen erst ihre Spitzen aus dem Schnee gestreckt hatten, begannen bereits zu knospen. Ich fragte: »Wird Kermiac wütend, wenn wir ein paar seiner Blumen nehmen?«

»Blumen? Nein, nimm, was du brauchst. Was hast du mit ihnen vor?«

»Blumen sind ein ideales Testmaterial«, antwortete ich. »Es ist gefährlich, mit den meisten lebenden Geweben zu experimentieren, aber mit Blumen kann man die Feinkontrolle sehr gut lernen, und sie leben nur kurze Zeit, so dass man nicht unnötig hart in die Natur eingreift. Zum Beispiel so.« Ich hielt die Matrix in der hohlen Hand und konzentrierte meine Aufmerksamkeit auf eine voll entwickelte Blüte, die sich allerdings noch nicht geöffnet hatte, und übte den leichtesten mentalen Druck aus. Langsam entfaltete sich die Blüte und streckte die zarten Griffel aus, während ich den Atem anhielt.

Eines nach dem anderen entfalteten sich die Blätter, bis sie in voller Blüte vor uns stand. Marjorie holte leise, überrascht und aufgeregt Luft.

»Aber du hast sie nicht zerstört!«

»Irgendwie schon. Die Blüte ist nicht voll ausgereift und wird vielleicht niemals ausreifen, um befruchtet zu werden.

Ich habe es nicht versucht. Eine Pflanze zum Reifen zu bringen, bedarf intensiver Kontrolle. Ich habe lediglich die Blütenblätter manipuliert.« Ich setzte mich mit Marjorie in Kontakt. *Versuch es mit mir zusammen. Versuch zuerst, tief in die Zellstruktur hineinzusehen, um genau zu erkennen, wie jede Schicht der Blätter aussieht.*

Beim ersten Mal verlor sie die Kontrolle, und die Blütenblätter verschmolzen zu einer amorphen, farblosen Masse. Beim zweiten Mal gelang es ihr fast ebenso perfekt wie mir. Auch Thyra beherrschte den Trick schnell, ebenso Rafe nach einigen Versuchen. Beltran hatte Mühe, die erforderliche Feinkontrolle zu erlangen, doch es gelang ihm. Vielleicht würde er ein ordentlicher Psi-Monitor. Auch Nichttelepathen schaffen dies manchmal ganz gut.

Ich sah Thyra beim Wasserfall stehen und auf ihre Matrix blicken. Ich redete sie nicht an, weil ich neugierig war, was sie ohne Hilfe zu Stande bringen würde. Es wurde schon spät – wir hatten einige Zeit bei den Blumen verbracht –, und die Dämmerung setzte ein. Hier und dort blitzten in der Stadt unter uns Lichter auf. Thyra stand so still, dass sie kaum zu atmen schien. Plötzlich schien der tosende, schäumende Wasserfall neben ihr in Reglosigkeit zu erstarren, wie mitten im Fall aufgehalten. Lediglich ein paar Tröpfchen fielen noch herab. Alles andere hing absolut reglos, gebannt, gefroren, als hätte die Zeit selbst die Bewegung eingestellt. Dann begann das Wasser zögernd bergan zu laufen.

Unter uns gingen, eines nach dem anderen, die Lichter von Caer Donn aus.

Rafe schnappte laut nach Luft. In der gespenstischen Stille brachte mich dieser leise Ton zurück in die Realität. Scharf sagte ich: »Thyra!« Sie zuckte zusammen. Die Konzentration brach ab, und mit einem Donnern stürzte der Wasserfall wieder in die Tiefe.

Thyra wandte sich mir mit wütendem Blick zu. Ich nahm sie bei der Schulter und zog sie vom Rand zurück, wo wir bei dem Tosen nichts hätten verstehen können.

»Wer hat dir erlaubt, dich einzumischen ...«

Ich versuchte, meine aufkeimende Wut zu beherrschen. Ich trug nun für alle die Verantwortung, und Thyras Gabe, mich in Wut zu bringen, war etwas, was ich unter Kontrolle bringen musste. »Tut mir Leid, Thyra. Hat man dir nie gesagt, dass dies gefährlich ist?«

»Gefahr! Immer nur Gefahren! Bist du ein solcher Feigling?«

Ich schüttelte den Kopf. »Ich stehe darüber, immer meinen Mut beweisen zu müssen, Kind.« Thyra war älter als ich, aber ich redete sie an wie ein mutwilliges, dickköpfiges Kind. »Es war eine erstaunliche Vorstellung, aber es gibt klügere Methoden, deine Fähigkeiten zu beweisen.« Ich machte eine Handbewegung. »Sieh doch, du hast ihnen die Lichter ausgelöscht. Die Reparaturkolonnen werden einige Zeit brauchen, bis sie die Energierelais in Ordnung gebracht haben. Das war gedankenlos und dumm. Zweitens ist es unklug, ohne Zwang in Naturkräfte einzugreifen, und das aus gutem Grund. Denk daran. Wenn es irgendwo regnet, und sei es auch, um einen Waldbrand zu löschen, bedeutet es anderswo Trockenheit und gestörtes Gleichgewicht. Ehe du nicht den ganzen Planeten in deine Gedanken einbeziehen kannst, Thyra, greife niemals in die Kräfte der Natur ein, und nie, niemals einfach nur aus Stolz! Denk daran, dass ich Beltran sogar um Erlaubnis gebeten habe, ein paar Blumen zu zerstören.«

Sie senkte die langen Wimpern. Ihre Wangen brannten wie bei einem kleinen Mädchen, das man wegen Unartigkeit getadelt hat.

Es tat mir Leid, dass ich es ihr so eindeutig erklären musste, doch dieser Vorfall hatte mich tief betroffen und alle meine

Vorurteile erweckt. Wilde Telepathen waren gefährlich! Wie weit konnte ich ihnen allen vertrauen?

Marjorie kam zu uns. Ich fühlte, dass sie an Thyras Demütigung teilhatte, doch sie protestierte nicht. Ich wandte mich ihr zu und legte ihr den Arm um die Hüfte, was uns unten im Tal als Liebende ausgewiesen hätte. Thyra schenkte mir ein sarkastisches, belustigtes Lächeln unter den langen Wimpern hervor, doch sie sagte nur: »Wir stehen alle zu Euren Diensten, Dom Lewis.«

»Ich will keine Befehle erteilen, Cousine«, gab ich zurück, »aber Euer Vormund hätte wohl keinen Grund, mich zu schätzen, wenn ich die einfachsten Regeln der Sicherheit verletzte!«

»Lass ihn in Ruhe, Thyra!«, fuhr Marjorie auf. »Er weiß, was er tut. Lew, zeig ihr deine Hand!« Sie ergriff die Handfläche, drehte sie herum und zeigte die weiße Narbenkette. »Er hat es gelernt, sich den Regeln zu unterwerfen, und er hat es unter Schmerzen gelernt! Willst du es auch so erfahren?«

Thyra wich sichtlich zurück und wandte die Augen von der Narbe ab, als würde ihr dadurch übel. Ich hätte sie nie für zimperlich gehalten. Sichtlich erschüttert sagte sie: »Daran habe ich nicht gedacht ... ich wusste das nicht ... Ich werde tun, was du sagst, Lew. Verzeih mir.«

»Ist schon gut, Cousine«, sagte ich und legte meine freie Hand auf ihre. »Lerne Vorsicht, die deinen Fähigkeiten entspricht, und du wirst eines Tages eine starke *Leronis* werden.« Sie lächelte über dieses Wort, welches wörtlich übersetzt Zauberin bedeutet.

»Matrix-Technikerin, wenn dir das lieber ist. Eines Tages wird es vielleicht neue Wörter für neue Fertigkeiten geben. In den Träumen sind wir zu sehr damit beschäftigt, die Fertigkeiten zu beherrschen, als auch noch neue Wörter zu erfinden, Thyra. Nenn es, wie du willst.«

Von den Gipfeln hinter der Burg begann sich ein feiner Nebel herabzusenken. Marjorie zitterte in dem dünnen Kleid, und Thyra sagte: »Wir gehen besser hinein. Es ist bald dunkel.« Mit einem bedauernden Blick sah sie auf die dunkle Stadt herab und ging dann rasch auf die Burg zu. Marjorie und ich gingen Arm in Arm, Rafe folgte uns.

»Warum brauchen wir diese Feinkontrolle, wie wir es mit den Blumen geübt haben, Lew?«

»Wenn jemand in dem Zirkel sich so konzentriert, dass er zu atmen vergisst, muss der Monitor draußen ihn wieder zum Atmen bringen, ohne ihn zu verletzen. Ein gut ausgebildeter Empath kann sogar eine blutende Arterie stoppen oder Wunden heilen.« Ich berührte die Narben. »Das hier wäre schlimmer geworden, wenn die Bewahrerin des Zirkels sich nicht damit befasst und das Schlimmste verhindert hätte.« Während zwei der drei Jahre meiner Zeit auf Arilinn war Janna Lindir dort Bewahrerin gewesen. Mit siebzehn war ich in sie verliebt gewesen. Ich hatte sie niemals berührt, nicht einmal ihre Fingerspitzen. Natürlich.

Ich sah Marjorie an. Nein, nein, ich habe noch nie geliebt ... niemals. Die anderen Frauen vor dir waren nichts ...

Sie blickte mich an und sagte halb lachend: »Hast du so viele geliebt?«

»Noch niemals so wie jetzt. Ich schwöre ...«

Unerwartet schlang sie ihre Arme um mich und drängte sich an mich. »Ich liebe dich«, flüsterte sie schnell, löste sich von mir und lief in die Halle.

Thyra lächelte wissend, als wir hereinkamen, doch es war mir egal. Man musste lernen, so etwas als Selbstverständlichkeit zu nehmen. Sie wandte sich zum Fenster und sah hinaus in die zunehmende Dunkelheit und den Nebel. Wir waren immer noch so dicht beieinander, dass ich ihren Gedanken folgen konnte. Kadarin. Wo war er? Wie verlief seine Mission?

Ich begann, sie wieder zu mir zu ziehen. Marjories zarte Berührung, Rafe schnell und rasch wie ein kleines, munteres Tier, Thyra mit dem sonderbaren Gefühl einer schwarzen, stolzen Bestie.

Kadarin. Der verbundene Zirkel bildete sich wie von selbst und ich entdeckte zu meiner Überraschung und momentanen Bestürzung, dass sich Thyra im Zentrum befand und uns um sich herumwob. Doch sie schien mit sicherem, geschicktem Einfühlungsvermögen zu arbeiten, so dass ich sie an diesem Platz akzeptierte. Plötzlich sah ich Kadarin und hörte seine Stimme mitten in einem Satz:

»... stoßt mich also zurück, Lady Storn?«

Wir konnten sogar den Raum sehen, in dem er sich befand, eine hohe, gewölbte, alte Halle mit blauen Glasfenstern von fast unvorstellbarem Alter. Direkt vor seinen Augen stand stolz aufgerichtet eine große, alte Frau mit grauen Augen und dichtem weißem Haar. Sie klang tief bestürzt.

»Euch zurückstoßen, *Dom?* Ich habe keine Autorität, zu geben oder zu verweigern. Nach der Belagerung wurde die Sharra-Matrix dem Schmiedevolk übergeben. Man hatte sie ihm ohne Recht genommen, vor Generationen, und nun liegt sie sicher in ihrer Verwahrung. Es liegt an ihnen, sie herauszugeben.«

Wir alle konnten Kadarins tiefe Enttäuschung fühlen – hartnäckige, abergläubische, alte Dame! –, als er sagte: »Es ist Kermiac von Aldaran, der mich bittet, Euch zu erinnern, dass Ihr Sharras Matrix ohne Erlaubnis von Aldaran genommen habt ...«

»Ich erkenne sein Recht nicht an.«

»Desideria«, sagte er. »Wir wollen nicht streiten. Kermiac schickt mich her, dass ich die Sharra-Matrix zurück nach Aldaran bringe. Aldaran ist Lehnsherr zu Storn, und damit ist wohl alles gesagt.«

»Kermiac weiß nicht, was ich weiß, Sir. Die Sharra-Matrix liegt gut dort, wo sie ist. Es gibt heutzutage keine Bewahrerinnen, die mächtig genug wären, mit ihr umzugehen. Ich selbst habe sie nur ein einziges Mal mit Hilfe einer Hundertschaft des Schmiedevolkes angerufen, und es wäre unrecht von mir, wenn ich sie ihrer Gottheit berauben würde. Bitte sagt Kermiac, dass sie nach meinem besten Urteil, dem er immer getraut hat, dort bleiben soll, wo sie ist.«

»Ich habe dieses abergläubische Gerede über Göttinnen und Talismane satt, Lady. Eine Matrix ist eine Maschine, nichts weiter.«

»Wirklich? Das habe ich auch gedacht, als ich noch ein Kind war«, sagte die alte Dame. »Ich wusste im Alter von fünfzehn Jahren mehr über Matrizes als Ihr heute, Sir, und ich weiß, wie alt Ihr wirklich seid.« Ich spürte, wie der Mann unter ihrem scharfen, festen Blick zurückwich. »Ich kenne diese Matrix, Ihr nicht. Lasst mich Euch raten. Ihr könnt sie nicht handhaben. Auch Kermiac nicht. Lasst sie liegen, Mann! Weckt sie nicht auf! Wenn Ihr nicht gern von Göttinnen reden hört, nennt sie eine Kraft, die heutzutage grundsätzlich außerhalb menschlicher Kontrolle liegt und unheilvoll ist!«

Kadarin schritt auf und ab, und ich ging mit ihm und teilte seine Unruhe, die so stark war, dass sie wie Schmerz wirkte. »Lady, eine Matrix kann in sich nicht schlechter oder besser sein als der Kopf des Mannes, der sich ihrer bedient. Haltet Ihr mich für böse?«

Sie winkte mit ungeduldiger Handbewegung ab. »Ich halte Euch für ehrenwert, aber Ihr scheint nicht zu glauben, dass es Kräfte gibt, die so weit von menschlichen Vorstellungen entfernt sind, dass sie alles unheilvoll machen. Oder unheilvoll in gewöhnlichen menschlichen Begriffen. Und was würdet Ihr damit anfangen? Lasst es sein, Kadarin!«

»Ich kann nicht. Es gibt keine andere Kraft, die mächtig genug für meine Pläne ist, und diese sind ehrenwert. Ich habe sie alle überprüft, und ich habe einen Kreis bereitstehen.«

»Ihr wollt sie doch nicht etwa allein benutzen oder zusammen mit der Darriell-Frau?«

»So dumm bin ich auch nicht. Ich versichere Euch, ich habe an alles gedacht. Ich habe einen Comyn-Telepathen als Hilfe. Er ist vorsichtig und ausgebildet«, sagte Kadarin einschmeichelnd. »Er wurde auf Arilinn ausgebildet.«

»Arilinn«, sagte Desideria schließlich. »Ich weiß, wie auf Arilinn ausgebildet wird. Ich habe nicht geglaubt, dass dieses Wissen überlebt hat. Dann könnte es sicher sein. Versprecht mir, Kadarin, sie in seine Hände zu legen und alles seinem Urteil zu überlassen, und ich werde Euch die Matrix geben.«

»Ich verspreche es«, sagte Kadarin. Wir befanden uns in so intensivem Kontakt, dass mir schien, ich selber, Lew Alton, verbeuge sich vor der alten Bewahrerin und fühle ihre grauen Augen bis in meine innerste Seele dringen.

In Erinnerung an diesen Augenblick möchte ich schwören, selbst angesichts aller Alpträume, die darauf folgten, dass Kadarin ehrlich war und nichts Böses im Sinn hatte ...

»Dann sei es so«, sagte Desideria. »Ich werde sie dir anvertrauen.« Wieder blickten die scharfen grauen Augen ihn an. »Aber ich sage Euch, Robert Kadarin – oder wie auch immer Ihr Euch jetzt nennt –, gebt Acht! Wenn Ihr irgendeinen Fehler habt, wird sie ihn gnadenlos enthüllen. Wenn Ihr nur Macht sucht, wird sie Eure Ziele in solche Ruinen verwandeln, die Ihr nicht einmal ahnen könnt. Wenn Ihr ihr Feuer rücksichtslos entzündet, wird sie sich gegen Euch wenden und Euch und all Eure Liebe verzehren! Ich weiß es, Kadarin! Ich habe in Sharras Flamme gestanden, und wenn ich auch unverletzt daraus hervorgegangen bin, so doch nicht ohne Narben. Ich habe meine Macht lange schon abgelegt. Ich bin alt, doch so viel kann ich noch sagen: Gebt Acht!«

Und plötzlich verwischte sich die Identität und löste sich auf. Thyra seufzte. Der Zirkel löste sich auf, wie ein Spinnennetz zerreißt, und wir standen auf und starrten uns an. Thyra war blass vor Erschöpfung, und ich fühlte, wie Marjories Hand in meiner zitterte.

»Genug«, sagte ich fest. Ich wusste, dass bis zu jenem Zeitpunkt, zu dem es sicher war, wer den zentralen Platz einnehmen würde, bis wir wussten, wer von uns Bewahrerin sein würde, in meiner Verantwortlichkeit lag, sie alle zu überwachen. Ich bedeutete den anderen, sich voneinander zu lösen und sich körperlich voneinander zu entfernen und die letzten Kontaktfäden zu zerreißen. Bedauernd ließ ich Marjories Hand los. »Genug. Wir brauchen alle Ruhe und etwas zu essen. Ihr müsst lernen, eure physische Stärke nicht zu überschätzen.« Ich sprach eindringlich und mit fester didaktischer Absicht, um jeden emotionalen Kontakt oder Betroffenheit auf ein Minimum beschränkt zu halten. »Selbstdisziplin ist ebenso wichtig wie Talent und viel wichtiger als Fertigkeit.«

Aber ich war nur halbwegs so gelassen, wie es klang, und ich vermutete, dass sie es wussten.

Drei Tage später sprach ich mit Kermiac in der großen, beleuchteten Halle über meine ursprüngliche Mission. Beltran, das wusste ich, hatte den Eindruck, dass ich den Comyn für immer den Rücken gekehrt hatte. Es stimmte, dass ich mich nicht mehr dem Willen meines Vaters verpflichtet fühlte. Er hatte mich angelogen, mich rücksichtslos missbraucht. Kadarin hatte von dem Abkommen als einem weiteren Versuch der Comyn gesprochen, Darkover zu entwaffnen, um die Herrschaft des Rats aufrechtzuerhalten. Nun fragte ich mich, wie mein älterer Verwandter darüber dachte. Er hatte sei vielen Jahren in den Bergen regiert, wobei die Terraner ihm immer zur Hilfe standen. Es war natürlich, dass er alles anders sah als die Comyn-Lords. Ich kannte ihre Seite; die andere Seite kennen zu lernen hatte ich noch nie die Gelegenheit gehabt.

Als ich ihm von Hasturs Unruhe über die Verletzung des Abkommens berichtete und sagte, man habe mich hergeschickt, die Wahrheit herauszufinden, nickte er stirnrunzelnd und dachte nach. Schließlich sagte er: »Danvan Hastur und ich haben schon früher darüber Worte gewechselt. Ich zweifle, ob wir jemals übereinstimmen werden. Ich hege einen ziemlichen Respekt vor diesem Mann. Dort unten zwischen den Trockenstädten und den Terranern liegt er auf keinem Rosenbett, und wenn man sich alles so betrachtet, hat er es ganz gut geschafft. Aber seine Wahl ist nicht die meine, und glücklicherweise bindet mich kein Eid, zu ihnen zu stehen. Ich selber glaube, dass das Abkommen seine nützliche Phase hinter sich hat, wenn es jemals eine hatte – und dessen bin ich nicht mehr so sicher.«

Ich hatte gewusst, dass er so dachte, und dennoch war ich erschüttert. Von Kindheit an hatte man mich gelehrt, das Abkommen sei das oberste ethische Gesetz zivilisierter Menschen.

»Denk einmal nach«, sagte er. »Weißt du, dass wir ein Teil der großen galaktischen Zivilisation sind? Die Tage, in denen ein einzelner Planet für sich leben konnte, sind vorüber. Schwerter und Schild gehören in jene Zeit und müssen zusammen mit ihr verlassen werden. Merkst du, welch ein Anachronismus wir sind?«

»Nein, Sir, das sehe ich nicht so. Ich weiß über andere Welten nicht so viel wie über diese hier.«

»Und nicht einmal allzu viel über diese hier, scheint mir. Lass mich eines fragen, Lew, wann hast du den Gebrauch von Waffen gelernt?«

»Mit sieben oder acht ungefähr.« Ich war immer stolz darauf gewesen, keinen Kämpfer in den Domänen fürchten zu müssen – und auch nicht außerhalb davon.

»Ich auch«, sagte der alte Mann. »Und als ich zur Herrschaft auf den Thron meines Vaters kam, nahm ich selbstverständlich an, dass mir Leibwächter überallhin folgen würden, außer an mein Hochzeitslager! Nach der Hälfte meines Lebens merkte ich, dass ich in einer toten Vergangenheit lebte, die seit Jahrhunderten verschwunden war. Ich schickte meine Leibwache heim auf ihre Höfe, bis auf ein paar alte Männer, die nichts anderes konnten und kein Auskommen hatten. Ich ließ sie umhergehen und wichtig tun, aber eher um ihrer selber willen als zu meinem Nutzen. Und dennoch sitze ich hier ohne Sorgen und frei in meinem eigenen Haus, und meine Herrschaft stellt niemand in Frage.«

Ich war entsetzt. »Jedem Unzufriedenen ausgeliefert ...«

Er zuckte die Achseln. »Ich bin hier, froh und gesund. Nach und nach wollten mich diejenigen, die Aldaran unterstützen, auf diesem Platz. Wenn sie es nicht wollten, würde ich sie friedlich zu überzeugen versuchen oder abdanken und sie versuchen lassen, es besser zu machen. Glaubst du wirklich, Hastur hat die Autorität über die Domänen, weil er eine größere und bessere Leibwache als seine Rivalen hat?«

»Natürlich nicht. Ich habe nie gehört, dass ihn jemand ernsthaft herausgefordert hat.«

»So. Auch meine Leute sind mit meiner Herrschaft zufrieden. Ich brauche keine Privatarmee, um sie durchzusetzen.«

Ich war immer noch entsetzt. »Aber ... irgendein Unzufriedener, ein Wahnsinniger ...«

»Ein unglücklicher Sturz auf einer Treppe, ein Blitzschlag, ein unbedachter Tritt eines ängstlichen oder nur halb zugerittenen Pferdes, irgendein Fehler meines Kochs mit einem giftigen Pilz, den er mit einem essbaren verwechselt ... Lew, jeder Mensch ist vom Tod nur durch eine sehr schmale Linie getrennt. Das trifft sowohl in deinem Alter als auch in meinem zu. Wenn ich eine Rebellion mit bewaffneten Männern niederschlage, beweist das, dass ich der Bessere bin oder der Einzige, der die besseren Kämpfer bezahlen oder größere Waffen bauen kann? Die lange Herrschaft des Abkommens bedeutet nur, dass man von jedem Mann erwartet, dass er seine Angelegenheiten mit dem Schwert regelt, anstatt mit seinem Gehirn oder der Gerechtigkeit seines Falles.«

»Das bleibt sich gleich. Es hat seit Generationen in den Domänen den Frieden erhalten.«

»Blödsinn!«, sagte der Alte grob. »Ihr habt in den Domänen Frieden, weil ihr nach und nach da unten mit den Comyn-Gesetzen zufrieden wart und nicht jede kleinste Angelegenheit mehr mit dem Schwert regelt. Eure gefeierte Schlossgarde ist eine Polizeieinheit, die die Betrunkenen von der Straße hält! Ich will sie nicht beleidigen, ich denke nur, so sollte es auch sein. Wann hast du das letzte Mal im Ernst dein Schwert gezogen, Sohn?«

Ich musste nachdenken. »Vor vier Jahren sind Banditen in Armida eingefallen und haben Pferde gestohlen. Wir haben sie bis in die Kilghardberge verfolgt und einige von ihnen aufgehängt.«

»Wann hast du das letzte Duell ausgetragen?«

»Noch nie eines.«

»Und das Schwert hast du zum letzten Mal gegen gemeine Pferdediebe gezückt. Keine Rebellionen, Kriege, Invasionen von Nichtmenschen?«

»Nicht seit ich lebe.« Ich begann zu merken, worauf er hinauswollte.

»Aber dann ...« sagte er. »Warum riskiert ihr gesetzestreuen, guten und loyalen Männer eure Leben gegen Pferdediebe, Banditen und anderes Gelichter, Gesetzesbrecher, die kein Recht auf den Schutz haben, der ehrenwerten Männern zusteht? Warum entwickelt ihr nicht wirksam einen Schutz gegen die Gesetzlosen und lasst eure Söhne etwas Nützlicheres lernen als die Fechtkunst? Ich bin ein friedlicher Mensch, und Beltran wird, glaube ich, keinen Grund haben, sich mit einer bewaffneten Macht dem Volk aufzuzwingen. Das Gesetz in den Hellers besagt, dass niemand, der den Frieden brechen kann, eine Waffe tragen darf, nicht einmal ein Schwert, und es gibt Gesetze, wie lang das Taschenmesser sein darf, das er tragen darf. Aber die Männer, die meine Gesetze einhalten, dürfen jede Waffe besitzen, die sie wollen. Ein ehrenwerter Mann stellt weniger eine Bedrohung für die Welt dar, wenn er einen terranischen Nervenzerstörer hat, als ein Gesetzloser mit einem Tranchiermesser oder einem Schmiedehammer. Ich glaube nicht daran, dass man gute Menschen gegen schlechte antreten lassen sollte, wenn beide mit den gleichen Waffen bewaffnet sind. Als ich die Märchen abschüttelte, schüttelte ich auch damit den Glauben ab, dass ein ehrenwerter Mann immer ein besserer Kämpfer sein müsste als ein Pferdedieb oder ein Bandit. Das Abkommen, das guten Menschen und Kriminellen jede Handwaffe erlaubt, und auch die Ausbildung dazu, bedeutet einfach, dass die ehrenwerten Männer Tag und Nacht kämpfen müssen, um stärker als die Schurken zu sein.«

Sicher lag einige Wahrheit in seinen Worten. Da mein Vater nun so lahm geworden war, war Dyan sicherlich der beste Schwertkämpfer in den Domänen. Bedeutete das aber auch, dass Dyan Recht hatte, wenn er ein Duell gewann? Wären die Banditen die besseren Kämpfer gewesen, hätten sie dann auch ein Recht auf unsere Pferde gehabt? Und dennoch steckte ein Fehler in seiner Logik. Aber vielleicht gab es keine fehlerlose Logik.

»Was du sagst, stimmt, Onkel. Doch seit dem Zeitalter des Chaos wissen wir, wenn ein unehrenhafter Mann eine Waffe in die Hand bekommt, kann er großen Schaden anrichten.

Beim Abkommen und den Waffen, die er auf Grund des Abkommens erwerben kann, kann er nur Schaden in seiner Reichweite anrichten.«

Kermiac nickte und akzeptierte, was ich gesagt hatte. »Stimmt. Aber wenn man über Waffen einen Bann ausspricht, dann werden bald nur noch Gesetzesbrecher an sie herankommen – das ist immer so. Der Erbe des alten Hastur ist so gestorben. Das Abkommen funktioniert nur so lange, wie jeder es einhalten will. In der heutigen Welt, wo Darkover nahe daran ist, Teil des Imperiums zu werden, kann man es nicht mit Gewalt durchsetzen. Das ist absolut unmöglich. Und wenn man versucht, ein Gesetz zu machen, das nicht funktionieren *kann* und das auch versagt, ermutigt es andere Menschen, Gesetze zu brechen. Ich mag die unnützen Gesten nicht, daher setze ich nur solche Gesetze durch, die auch funktionieren. Ich glaube, die einzige Botschaft, die Hastur in den Domänen zu verbreiten sucht, wenn er auch dem Abkommen seinen Lippendienst erweist, lautet: Macht das Land so sicher, dass niemand sich ernsthaft zu verteidigen braucht und Waffen nur Rangabzeichen der Ehre und der Mannhaftigkeit sind.«

Unruhig berührte ich den Knauf meines Schwertes, das ich an jedem Tag meines bisherigen Lebens als Erwachsener getragen hatte.

Kermiac klopfte mir liebevoll auf die Hand. »Mach dir keine Sorgen, Neffe. Die Welt geht *ihren* Gang und nicht so, wie du und ich es gerne hätten. Überlass die Probleme von morgen den Menschen von morgen. Ich hinterlasse Beltran die Welt so gut ich kann, doch wenn er eine bessere haben will, muss er sie sich selber bauen. Ich stelle mir oft vor, wie sich eines Tages Beltran und der Erbe der Hasturs miteinander hinsetzen und eine neue Welt bauen, anstatt sich zwischen Thendara und Caer Donn mit Gift und Galle anzuspucken. Und ich stelle mir auch gerne vor, wenn es so weit sein wird, dass du da sein wirst, ihnen zu helfen, ob du nun hinter Beltran oder dem jungen Hastur stehst. Hauptsache, du bist da.«

Er nahm eine Nuss und zerbrach sie mit seinen starken, alten Händen. Ich fragte mich, was er von Beltrans Plänen wusste, fragte mich, wie viel von dem, was er sagte, geradeheraus kam, wie viel davon Hasturs Ohr erreichen sollte. Ich begann, diesen alten Mann zu lieben, und dennoch nagte Unbehagen an meinen Gedanken. Die meisten der Essensgäste hatten sich bereits verlaufen; Thyra und Marjorie saßen mit Beltran und Rafe nahe einem der Fenster. Kermiac sah meinen Blick und lachte.

»Sitz nicht hier bei den Alten herum, Neffe. Geh hinüber zu den Jungen.«

»Einen Augenblick noch«, sagte ich. »Beltran nennt sie Pflegeschwestern. Sind sie auch mit Euch verwandt?«

»Thyra und Marguerida? Das ist eine merkwürdige Geschichte«, sagte Kermiac. »Vor vielen Jahren hatte ich einen Leibwächter hier, einen Terraner namens Zeb Scott, als ich solche Dummheiten noch hinnahm. Ich gab ihm Felicia Darriell zur Frau – langweilt dich diese lange Geschichte, Lew?«

»Überhaupt nicht.« Ich wollte alles über Marjories Eltern hören.

»Nun, die Darriells sind eine alte, alte Familie hier in den Bergen, und der Letzte von ihnen, der alte Rhakal – Rafes wirklicher Name lautet Rhakal, weißt du, aber meine Terraner finden das so unaussprechbar –, der alte Rhakal also lebte als Eremit, halb wahnsinnig und ein Trinker, auf seinem Stammsitz, der damals schon dem Verfall nahe war. Und hin und wieder, wenn er betrunken war oder wenn der Geisterwind blies – denn in einigen der abgelegenen Täler wächst immer noch *Kireseth* –, wanderte er irre durch die Wälder. Hinterher erzählte er wahnwitzige Geschichten von Frauen, die dort herumliefen und nackt im Wind tanzten und ihn in die Arme nahmen – wie sie eben Wahnsinnige erzählen. Doch vor langer Zeit, vor sehr langer Zeit, kam der alte Rhakal, wie man berichtete, nach Burg Storn und trug ein kleines Mädchen auf dem Arm und sagte, er habe sie so nackt, wie sie war, im Schnee auf seiner Schwelle gefunden. Er sagte, es sei das Kind von ihm und dem Waldvölkchen, und es sei von ihren Leuten verstoßen und ausgesetzt worden. Lady Storn nahm es zu sich, was immer dieses Kind auch war, menschlich oder vom Waldvolk, weil der alte Rhakal es nicht großziehen konnte. Sie erzog das Mädchen zusammen mit ihren eigenen Töchtern. Und viele Jahre später, als ich mich mit Lauretta Storn-Lanart vermählte, kam Felicia Darriell, wie man sie nannte, zusammen mit Laurettas Damen und Gefolge hierher. Felicias ältestes Kind, Thyra, könnte meine eigene Tochter sein. Als Lauretta hochschwanger war, nahm ich auf ihren Wunsch hin Felicia mit mir zu Bett. Laurettas erstes Kind wurde tot geboren, und sie nahm Thyra an Kindes statt an. Ich habe sie immer als Beltrans Schwester angesehen, wenn es auch nicht sicher ist. Später heiratete Felicia Zeb Scott, und diese beiden, Rafe und Marguerida, sind halbe Terraner und nicht mit dir verwandt. Aber Thyra könnte auch unsere Cousine sein.«

Nachdenklich fügte er hinzu: »Die Geschichte des alten Rhakal kann gestimmt haben. Felicia war eine merkwürdige Frau. Ihre Augen waren so sonderbar. Ich hatte solche Geschichten immer für das Geplapper eines Trinkers gehalten. Und doch, als ich Felicia kennen lernte ...« Er schwieg, verloren in Erinnerungen an lang vergessene Zeiten. Ich blickte Marjorie an und wunderte mich. Auch ich hatte niemals an solche Erzählungen geglaubt. Aber diese Augen ...

Kermiac lachte und schickte mich fort. »Neffe, da dein Herz und deine Augen drüben bei Marguerida sind, bring auch den Rest von dir dorthin.«

Thyra starrte abwesend hinaus in den Sturm. Ich spürte ihre

fragenden Gedanken und wusste, sie suchte durch die zunehmende Dunkelheit ihren Freund. Thyra, das mochte ich wohl glauben, war nicht ganz menschlich.

Aber Marjorie? Sie streckte mir ihre Arme entgegen. Ich fing sie mit meinen auf und umfasste mit dem freien Arm ihre Taille. Beltran kam zu uns und sagte: »Er wird bald da sein. Was dann, Lew?«

»Es ist dein Plan«, sagte ich. »Und Kadarin ist gewiss Telepath genug, um in den Zirkel zu passen. Du weißt, was wir tun wollen, wenn es auch bei einer Gruppe unserer Größe Grenzen gibt. Es gibt bestimmt Technologien, die wir demonstrieren können. Zum Beispiel Straßenbau und das Pflastern von Straßen. Es sollte die Terraner überzeugen, dass es lohnt, auf uns ein Auge zu werfen. Matrixgetriebene Flugzeuge sind da schon schwieriger. Es gibt vielleicht Aufzeichnungen darüber auf dem Arilinn. Aber an die heranzukommen, würde weder schnell noch leicht sein.«

»Meinst du immer noch, ich passe nicht in einen Matrix-Zirkel hinein?«

»Es gibt keine Frage des Hineinpassens. Du bist dazu nicht fähig! Tut mir Leid, Beltran. Einige Kräfte können sich noch entwickeln. Aber ohne einen Katalysatoren ...«

Er schloss den Mund und sah einen Moment lang hässlich aus. Dann lachte er. »Vielleicht können wir eines Tages den Syrtis-Jungen überzeugen hierher zu kommen. Du sagtest doch, er liebt die Comyn nicht.«

Ich hatte keinen Laut gehört, aber Thyra stand auf und ging hinaus in die Halle. Wenige Augenblicke später kam sie mit Kadarin zurück. Er hielt ein langes, umhülltes Bündel auf den Armen und winkte die Diener beiseite, die es ihm abnehmen wollten.

Kermiac wollte gerade die Tafel verlassen. Er erwartete Kadarin am Rand des Podiums, während die anderen die Halle verließen. Kadarin sagte: »Ich habe sie, Oheim, und ich hatte auch einen gehörigen Kampf mit der Dame. Desideria sendet dir ihre besten Wünsche.« Er machte ein schiefes Gesicht. Kermiac sagte mit bekümmertem Lächeln: »Ach, Desideria hatte schon immer ihren eigenen Kopf. Du musstest sie doch nicht mit Gewalt überzeugen?«

In Kadarins Grinsen lag Sarkasmus. »Du kennst Lady Storn besser als ich. Glaubst du wirklich, es hätte etwas genützt? Glücklicherweise war es nicht nötig. Ich habe ein wenig Talent, Frauen zu überreden.«

Kermiac streckte die Hand aus, das Bündel in Empfang zu nehmen, doch Kadarin schüttelte den Kopf. »Nein, ich habe ihr etwas versprochen und muss es auch halten, Oheim. Nämlich, dass ich sie nur in die Hände eines Arilinn-Telepathen übergebe und mich seinem Urteil beuge.«

Kermiac nickte und sagte: »Das ist ein gutes Urteil. Erfülle bitte dein Versprechen, Bob.«

Kadarin legte das lange Bündel auf eine Bank, während er sich das schneeverkrustete Überzeug auszuziehen begann. Ich sagte: »Du siehst aus, als seist du in schlechtestem Wetter draußen in den Hellers gewesen, Bob. War es so schlimm?«

Er nickte. »Ich wollte mich hiermit nicht irgendwo aufhalten oder vom Sturm festgesetzt werden.« Er nickte auf das Bündel, nahm das heiße Getränk, das ihm Marjorie brachte und schluckte es durstig hinunter. »Der Winter kommt früh. Es war noch ein schlimmerer Sturm auf dem Hinweg. Was habt ihr in der Zwischenzeit gemacht?«

Thyra blickte ihn mit großen Augen an, und ich spürte einen kleinen, kaum wahrnehmbaren Schock, die rasche Berührung und Verbindung, als er den Zirkel betrat. Es war leichter als lange Erklärungen. Er stellte die leere Tasse ab und sagte: »Gut gemacht, Kinder.«

»Nichts ist gemacht«, gab ich zurück, »wir haben bloß angefangen.«

Thyra kniete sich nieder und begann, die Knoten des langen Bündels aufzuschnüren. »Nein«, sagte Kadarin, »ich habe es versprochen. Nimm du es, Lew.«

»Wir wissen es«, sagte Thyra. »Wir haben dich gehört.« Sie klang ungeduldig.

»Und mein Wort ist für dich nichts wert, Wildkatze?« Seine Hand, die die ihre reglos hielt, war groß, braun, mit ausgeprägten Knöcheln. Wie die Ardais und Aillards hatte er sechs Finger. Auch dort konnte man leicht nichtmenschliches Blut vermuten. Thyra lächelte ihn an und drängte sich an ihn, indem sie sagte: »Lew, das ist deine Sache.«

Ich kniete mich neben das Bündel und begann, die schwere Umhüllung aufzuschnüren. Es war länger und schmaler als mein Arm und war in viele Schichten Leinentuch gehüllt, wobei die einzelnen Lagen mit bestickten Bändern verknotet waren. Marjorie und Beltran blickten mir über die Schulter, während ich mit den Knoten kämpfte. Nach dem letzten Leinentuch kam eine Schicht roher, farbloser Seide, wie die Isolierungsschicht einer Matrix. Als ich es schließlich abgerollt hatte, sah ich ein altes Zeremonienschwert, das aus purem Silber geschmiedet war. Ein atavistisches Prickeln lief mir den Rücken hinab. So etwas hatte ich noch nie gesehen. Aber ich wusste, was es war.

Meine Hände weigerten sich fast, es anzurühren, trotz der Schönheit des Gegenstandes, den das Schmiedevolk zum Schutz und zur Verzierung angefertigt hatte. Dann zwang ich mich wieder zur Vernunft. Ich nahm den Knauf in die Hand und spürte das pulsierende Leben darin. Ich nahm das Schwert in beide Hände und drehte den Knauf heftig herum.

Er fiel in meine Hand. Drinnen lag die Matrix, ein großer blauer Stein mit einem inneren, glimmendem Feuer, welches mich, obwohl ich dafür ausgebildet war, schwindlig werden ließ und mir die Sicht nahm.

Ich hörte Thyra laut nach Atem ringen. Beltran hatte sich schnell abgewandt. Wenn es mich nach drei Jahren auf dem Arilinn um Kontrolle kämpfen ließ, konnte ich mir vorstellen, wie er sich fühlte. Rasch hüllte ich die Matrix wieder in die Seide und nahm sie dann vorsichtig zwischen die Finger. Ich zögerte ungeheuer, auch nur für einen Augenblick in die endlosen, lebendigen Tiefen zu blicken. Schließlich versenkte ich meinen Blick hinein. Der Raum verschwand und wirbelte um mich herum. Eine Sekunde lang spürte ich, wie ich fiel, sah das Gesicht eines jungen Mädchens, von Flammen gerahmt, scharlachrot, orange und leuchtend. Es war ein Gesicht, das ich irgendwie kannte – Desideria! Die alte Frau, die ich aus Kadarins Gedanken kennen gelernt hatte! Dann bewegte sich das Gesicht, löste sich auf, war keine Frau mehr, sondern eine Feuersäule in Form einer Frau mit goldenen Ketten, flammend, zuckend, Mauern, die wie Staub zerkrümelten ...

Ich wickelte sie wieder in die Seide und sagte: »Wisst ihr, was das ist?«

Kadarin sagte: »Das alte Schmiedevolk hat sie benutzt, um die Metalle aus den Tiefen der Erde zu ihren Feuern zu bringen.«

»Ich bin nicht so sicher«, meinte ich. »Man hat einige der Sharra-Matrizes so eingesetzt. Andere waren ... weniger unschuldig. Ich bin nicht sicher, ob dies eine abgeschirmte Matrix ist.«

»Umso besser. Wir wollen keine Comyn-Augen, die bei uns spionieren.«

»Aber das bedeutet, dass sie grundsätzlich unkontrollierbar ist«, sagte ich. »Eine abgeschirmte Matrix hat einen Sicherheitsfaktor: Wenn sie außer Kontrolle gerät, übernimmt der Monitor sie und zerbricht den Zirkel. Deshalb habe ich meine rechte Hand noch.« Ich zeigte die hässliche Narbe. Er wich sichtlich zurück und sagte: »Hast du Angst?«

»Dass es wieder passiert? Nein, ich weiß, welche Vorsichtsmaßnahmen ich ergreifen muss. Aber vor dieser Matrix? Ja, das habe ich.«

»Ihr Comyns seid abergläubische Feiglinge. Mein ganzes Leben lang habe ich von den im Arilinn ausgebildeten Telepathen und ihrer Technik gehört. Und jetzt hast du Angst ...«

Zorn stieg in mir auf. Comyn war ich. Aber feige? Ich hatte das Gefühl, dass die Wut in mir hochstieg, pulsierte und durch meinen Arm schoss, der die Matrix hielt. Ich warf sie zurück ins Schwert und versiegelte sie dort. Thyra sagte: »Wir haben nichts davon, wenn ihr euch beschimpft. Lew, kann man die Matrix für das benutzen, was Beltran vorhat?«

Ich spürte in mir ein unbegreifliches Gefühl, das Schwert wieder in die Hand nehmen zu wollen. Die Matrix schien mich zu rufen, zu fordern, dass ich sie herausnähme, sie beherrsche ... Es war eine sinnliche Begierde. Konnte der Stein wirklich so gefährlich sein? Ich hüllte die Leintücher um sie herum und dachte über Thyras Frage nach.

Schließlich sagte ich: »Vorausgesetzt, man hat einen voll ausgebildeten Zirkel, auf den man sich verlassen kann, ja. Ein Zirkel im Turm besteht normalerweise aus sieben oder acht Mechanikern und der Bewahrerin, und wir gehen nur selten mit vier- oder fünfschichtigen Matrizes um. Ich weiß, dass diese hier stärker ist. Und wir haben keine ausgebildete Bewahrerin.«

»Thyra kann das machen«, sagte Kadarin.

Ich dachte einen Moment darüber nach. Sie hatte schließlich uns alle auf sich bezogen und mit rascher Präzision die Zentralposition eingenommen. Doch schließlich schüttelte ich den Kopf.

»Ich würde es nicht riskieren. Sie hat zu lange wild gearbeitet. Sie hat sich die Technik beigebracht, und unter Belastung könnte sie die Kontrolle verlieren.« Ich dachte an die stolze Bestie, die ich gefühlt hatte, als sich der Zirkel formte. Ich spürte Thyras Blick und wurde sehr verlegen, doch man hatte mich innerhalb eines Zirkels zu absoluter Aufrichtigkeit erzogen. Man kann sich nicht voreinander verstecken. Es ist eine Katastrophe, wenn man es auch nur versucht.

»Ich kann sie kontrollieren«, sagte Kadarin.

»Tut mir Leid, Bob, das ist nicht die richtige Antwort. Sie muss sich selber kontrollieren, andernfalls wird es sie umbringen, und es ist kein schöner Tod. Ich könnte sie auch selber kontrollieren, aber grundsätzlich ist es Aufgabe der Bewahrerin, die Kontrolle auszuüben. Ich vertraue ihrer Kraft, Bob, aber nicht ihrem Urteil unter Belastung. Wenn ich mit ihr arbeiten soll, muss ich ihr unbedingt vertrauen. Und das kann ich nicht. Nicht als Bewahrerin. Ich glaube, Marjorie könnte es übernehmen – wenn sie will.«

Kadarin blickte Marjorie mit einem komischen, verzerrten Lächeln an. Er sagte: »Du rationalisierst das doch. Glaubst du etwa, ich wüsste nicht, dass du in sie verliebt bist und willst, dass sie diesen Ehrenposten erhält?«

»Du bist wahnsinnig«, sagte ich. »Verdammt, ja. Ich bin in sie verliebt! Aber mir wird klar, dass du von Matrix-Zirkeln keine Ahnung hast. Glaubst du etwa, ich will, dass sie in diesem Zirkel Bewahrerin wird? Weißt du denn nicht, dass es mir damit unmöglich gemacht wird, sie zu berühren? Solange sie Bewahrerin ist, darf niemand von uns sie anfassen – und ich am allerwenigsten, weil ich sie liebe und begehre. Wusstest du das nicht?« Langsam löste ich meine Hand aus Marjories Fingern. Sie fühlten sich kalt und verlassen an.

»Aberglaube der Comyn«, sagte Beltran verächtlich. »Absoluter Blödsinn über Jungfrauen und Keuschheit! Glaubst du diesen Unsinn etwa wirklich?«

»Verdammt, das ist keine Sache des Glaubens«, gab ich zurück, »außerdem müssen Bewahrerinnen heutzutage keine Jungfrauen mehr sein. Aber solange sie in den Zirkeln arbeiten, sollten sie absolut keusch leben. Das ist eine physikalische Tatsache. Es hängt mit den Nervenströmungen zusammen. Es ist ebenso wenig ein Aberglaube wie die Erkenntnis von Hebammen, dass eine schwangere Frau nicht zu schnell oder zu lange reiten und sich nicht zu eng schnüren darf. Und selbst dann ist es noch gefährlich. Glaube mir, entsetzlich gefährlich. Wenn du denkst, ich will, dass Marjorie unsere Bewahrerin wird, dann bist du ein größerer Ignorant, als ich dachte.«

Kadarin blickte mich eindringlich an, und ich merkte, dass er seine Worte genau abwog. »Ich glaube dir«, sagte er schließlich. »Aber glaubst du, Marjorie kann es machen?«

Ich nickte, wünschte aber, ich könnte lügen und es so vermeiden. Das Liebesleben eines Telepathen ist immer höllisch kompliziert. Und Marjorie und ich hatten uns gerade erst gefunden. Wir hatten nur so wenig, so wenig ...

»Sie kann, wenn sie will«, sagte ich endlich, »doch sie muss einverstanden sein. Keine Frau kann man zwingen, Bewahrerin zu werden. Es ist eine zu starke Belastung, und es geht nur aus freien Stücken.«

Kadarin blickte uns beide an und sagte: »Dann hängt also alles von Marjorie ab, oder? Wie steht es, Margie? Wirst du für uns die Bewahrerin abgeben?«

Sie blickte mich an und biss sich auf die Lippe. Dann streckte sie mir die Hand entgegen und sagte: »Lew, ich weiß nicht ...«

Sie hatte Angst, kein Wunder. Und dann erinnerte ich mich wie in einem zwanghaften Zaubertraum an den Morgen, an dem wir zusammen durch Caer Donn gegangen waren und über unsere Träume geredet hatten. Waren sie nicht eine kleine Gefahr, ein wenig Warten auf unser Glück wert? Eine Welt, in der wir uns nicht schämen müssten, sondern stolz auf unser gemeinsames Erbe sein dürften? Darkovaner und Terraner? Ich spürte, wie auch Marjorie an den Traum dachte, und ohne ein Wort löste sie langsam ihre Hand aus der meinen, und wir nahmen Abstand voneinander. Von diesem Moment an, bis unsere Arbeit beendet und der Zirkel aufgelöst war, würde Marjorie unantastbar, abseits und allein sein. Die Bewahrerin.

Keine weitere Abstimmung war notwendig, doch Marjorie sprach die einfachen Worte, als seien sie ein feuerbesiegelter Eid:

»Ich stimme zu. Wenn ihr mir helft, werde ich tun, was ich kann.«

15

Zehn Tage lang hatte der Sturm gewütet, war von den Hellers durch die Kilghardberge gerast und mit fast unverminderter Wut über Thendara hergefallen. Jetzt war das Wetter klar und schön, doch Regis ritt mit gesenktem Kopf und nahm den freundlichen Tag nicht wahr.

Er hatte nach seiner Einschätzung versagt, hatte ein Versprechen geleistet und dann nicht getan. Nun schickte man ihn unter der Obhut Gabriels nach Neskaya, wie ein krankes Kind mit einer Armee. Doch er hob überrascht den Kopf, als sie eine scharfe Biegung hinab in das Tal ritten, in dem Syrtis lag.

»Warum nehmen wir diesen Weg?«

»Ich habe eine Botschaft für Dom Felix«, sagte Gabriel. »Sind die die paar Meilen Umweg zu aufwendig? Ich könnte dich mit der Wache schon nach Edelweiß schicken ...«

Gabriels Vorsicht und Besorgnis brachten ihn auf. Als spielten ein paar Meilen eine Rolle! Er sagte es mit leichtem Zorn in der Stimme.

Seine schwarze Stute suchte sich mit sicherem Gespür den Weg hinab. Obwohl er gegenüber Gabriel das Gegenteil behauptet hatte, fühlte sich Regis krank und schwach, wie die meiste Zeit nach dem Zusammenbruch bei Kennard. Ein paar Tage hatte er unter Drogen im Delirium verbracht, hatte keine Ahnung, was um ihn her vorging, und selbst das, was er von den vergangenen Tagen behalten hatte, war verschwommen und undeutlich. Danilo war dort, weinte in wildem Protest, wurde grob behandelt, hatte Angst, Schmerzen. Es schien, dass auch Lew manchmal zugegen war und kalt, ernst und wütend auf ihn blickte und wieder und wieder fragte: »Vor welchem Wissen hast du Angst?« Er wusste, weil man es ihm später gesagt hatte, dass er ein oder zwei Tage lang in einem so gefährlichen Zustand gewesen war, dass sein Großvater Tag und Nacht nicht von seinem Bett gewichen war, und einmal, als Regis zwischen bruchstückhaften Halluzinationen erwachte, hatte er sein Gesicht gesehen und gefragt: »Warum bist du nicht im Rat?« Und der alte Mann hatte heftig geantwortet: »Verdammter Rat!« Oder war das auch ein Traum gewesen? Er wusste, dass Dyan einmal in das Zimmer gekommen war, doch Regis hatte das Gesicht in den Laken verborgen und sich geweigert, mit ihm zu reden, wenn Dyan auch sanft auf ihn einredete. Oder war das auch ein Traum? Und dann war er scheinbar für Jahre bei der Feuerbekämpfung auf Armida gewesen, wo sie Tag und Nacht in Entsetzen verbracht hatten. Während des Tages hielt ihn die harte Arbeit zurück, doch in den Nächten wurde Regis wach und schluchzte und weinte vor Angst ... In jener Nacht, erzählte ihm sein Großvater später, seien seine Schreie so furchtbar geworden, so angstvoll und hartnäckig, dass Kennard Alton, der selbst ernsthaft erkrankt war, zu ihm gekommen und bis zum Morgen geblieben sei und versucht habe, ihn mit Kontakt und Einfühlung zu beruhigen. Regis aber hatte weiter nach Lew gerufen, und Kennard konnte ihn nicht erreichen.

Regis schämte sich für sein kindisches Benehmen und hatte schließlich zugestimmt, nach Neskaya zu gehen. Die Schatten der Erinnerung und Gedankenbilder, die sich in ihm festgesetzt hatten, waren ihm peinlich, und er versuchte erst gar nicht, Wahrheiten von Drogenphantasien zu unterscheiden. Doch wie auch immer, er wusste, dass Lew da gewesen war und ihn wie ein Kind im Arm gehalten hatte. Als er es Kennard erzählte, nickte dieser nüchtern und sagte: »Das ist sehr wahrscheinlich. Vielleicht bist du in der Zeit umhergeschweift, oder vielleicht hat dich Lew von dort, wo er ist, gespürt und gefühlt, dass du ihn brauchst, und dich telepathisch berührt. Ich habe nicht gewusst, dass du ihm so nahe stehst.« Regis fühlte sich hilflos und verletzlich, und als es ihm besser ging und er den Ritt wagen konnte, hatte er demütig zugestimmt, zum Neskaya-Turm zu gehen. So zu leben war unerträglich ...

Jetzt weckte ihn Gabriels Stimme auf, der verärgert sagte: »Sieh mal, was ist das? Dom Felix ...?«

Der alte Mann ritt ihnen aus dem Tal heraus entgegen, und zwar auf Danilos schwarzem Pferd, dem auf Armida gezogenen Hengst, dem einzigen guten Reittier auf Syrtis. Er ritt für einen Mann seines Alters in halsbrecherischem Tempo. Einige Minuten schien es, als galoppiere er in voller Geschwindigkeit in die Gesellschaft hinein, doch wenige Schritte vor ihnen zügelte er das Pferd und brachte es mit bebenden Flanken und steifbeinig zum Stillstand.

Dom Felix starrte Regis an. »Wo ist mein Sohn? Was habt ihr diebischen Mörder mit ihm gemacht?«

Die Wut und der Schmerz des alten Mannes wirkten wie ein Schlag. Regis sagte verwirrt: »Euer Sohn? Danilo, Sir? Warum fragt Ihr mich?«

»Was habt ihr gemeinen, verachtenswerten Tyrannen mit ihm gemacht? Wie könnt ihr es wagen, eure Gesichter auf meinem Land zu zeigen, nachdem ihr mir meinen jüngsten ...«

Regis versuchte, ihn zu unterbrechen und den Wortschwall abzuschneiden. »Dom Felix, ich verstehe nicht. Ich habe Danilo vor einigen Tagen in Eurem eigenen Obstgarten zurückgelassen. Seitdem habe ich ihn nicht gesehen. Ich war krank ...« Die Erinnerung an seinen Traum unter Drogen quälte ihn ..., dass Danilo schlecht behandelt wurde, Angst hatte, Schmerzen ...

»Lügner!«, schrie Dom Felix. Sein Gesicht war rot angelaufen und sah vor Wut und Schmerz hässlich aus. »Wer außer dir ...?«

»Jetzt reicht's aber, Sir«, sagte Gabriel bestimmt und beherrscht. »Niemand redet so zu einem Erben der Hasturs. Ich gebe Euch mein Wort ...«

»Das Wort eines Speichel leckenden und kriecherischen Hastur! Ich wage es, gegen diese schmutzigen Tyrannen meine Stimme zu erheben. Habt Ihr meinen Sohn als Euren ...« Er schleuderte Regis ein Wort entgegen, gegenüber dem »Lustknabe« geradezu ein Kompliment war. Regis erbleichte unter der Wut des alten Mannes.

»Dom Felix ... hört mich an ...«

»Zuhören? Mein Sohn hat *Euch* zugehört. All Eure süßen Worte!«

Zwei Wachen ritten auf den alten Mann zu, ergriffen die Zügel seines Pferdes und hielten ihn fest.

»Lasst ihn los«, sagte Gabriel ruhig. »Dom Felix, wir wissen nichts von Eurem Sohn. Ich kam hierher mit einer Botschaft von Sir Kennard, die Danilo betrifft. Darf ich sie nun ausrichten?«

Dom Felix gab sich solche Mühe, sich zu beherrschen, dass ihm fast die Augen herausquollen. »Sprecht, Kapitän Lanart, und die Götter mögen mit Euch umspringen, wie Ihr Comyn mit meinem Sohn umgesprungen seid.«

»Die Götter mögen dies tun und noch mehr, wenn ich oder die Meinen ihm Schaden zugefügt haben«, sagte Gabriel. »Hört die Botschaft von Kennard Lord Alton, Kommandeur der Wache: ›Sagt Dom Felix von Syrtis, es wurde bekannt, dass in diesem Jahr in der Wache ein schweres Unrecht geschehen ist, dessen vermutlich unschuldiges Opfer sein Sohn Danilo-Felix, Kadett Syrtis ist. Bittet ihn, seinen Sohn Danilo-Felix mit einer Begleitung seiner eigenen Wahl nach Thendara zu senden, um bei dem gründlichen Verhör von hoch stehenden Personen, auch Comyn, die ihre Macht missbraucht haben, als Zeuge aufzutreten.‹« Gabriel hielt inne und fügte dann hinzu: »Ich bin ebenfalls autorisiert mitzuteilen, dass ich in zehn Tagen, wenn ich meinen Schwager, der sich im Augenblick bei schlechter Gesundheit befindet, zum Neskaya-Turm gebracht habe, zurückkehren und Euren Sohn nach Thendara geleiten würde und dass Ihr willkommen seid, ihn als sein Beschützer zu begleiten, oder Ihr einen anderen Vormund oder Verwandten dazu bestellen könnt und dass Kennard Alton sich persönlich für seine Sicherheit und Ehre verbürgt.«

Dom Felix sagte unsicher: »Ich habe niemals Grund zu Zweifeln an Lord Kennards Ehre oder gutem Willen gehabt. Dann ist Danilo also nicht in Thendara?«

Eine der Wachen, ein ergrauter Veteran, sagte: »Ihr kennt mich, Sir. Ich war mit Rafael im Kriege. Ich habe auf Dani um seiner selbst willen ein Auge gehabt. Ich gebe Euch mein Wort, Dani ist nicht dort, ob nun mit Einverständnis der Comyn oder nicht.«

Das Gesicht des alten Mannes nahm allmählich wieder seine normale Farbe an. Er sagte: »Dann ist Danilo nicht fortgelaufen, um sich mit Euch zu treffen, Lord Regis?«

»Auf mein Wort, Sir, nein. Ich habe ihn zuletzt in Eurem Obstgarten gesehen. Sagt, wie ist er gegangen? Hat er nichts hinterlassen?«

Das Gesicht des Alten wurde grau. »Ich habe nichts gesehen. Dani war auf der Jagd. Mir ging es nicht gut, und ich war im Bett geblieben. Ich hatte ihm gesagt, dass ich gern ein paar Vögel zum Abendessen hätte. Die Götter mögen mir vergeben. Er nahm einen Falken und ging wie ein gehorsamer Sohn ...« Seine Stimme brach. »Es wurde spät, und er kehrte nicht zurück. Ich hatte mich schon gefragt, ob sein Pferd vielleicht lahmen würde oder ob er einen Jungenstreich ausheckte, doch dann kamen der alte Marius und Leute aus der Küche und sagten, sie hätten gesehen, wie er auf dem Weg auf Reiter gestoßen sei, die ihn niedergeschlagen und fortgetragen hätten ...«

Gabriel sah verwirrt und bestürzt aus. »Auf mein Wort, Dom Felix, daran haben wir weder teilgehabt, noch wissen wir davon. Zu welcher Stunde war das? Und an welchem Tag? Gestern? Vorgestern?«

»Vorgestern, Kapitän. Ich bin bei dieser Nachricht ohnmächtig geworden. Doch sobald mich meine alten Knochen wieder trugen, habe ich mein Pferd genommen ... und wollte jemanden zur Rechenschaft ziehen ...« Wieder versagte ihm die Stimme. Regis lenkte sein Pferd nahe an seines und ergriff seinen Arm. Impulsiv sagte er: »Onkel« – die gleiche Anrede, die er gegenüber Kennard verwandte –, »Ihr seid der Vater meines Freundes. Ich schulde Euch ebenso die Pflicht eines Sohnes. Gabriel, nimm die Wachen, geh und sieh nach und befrage die Leute im Haus.« Dann wandte er sich wieder zurück an Dom Felix und sagte leise: »Ich schwöre, ich werde alles unternehmen, um Danilo sicher heimzubringen. Aber Ihr seid nicht in der Lage zu reiten. Kommt mit mir.« Er nahm die Zügel des anderen Pferdes, wendete das Tier des alten Mannes und führte es den Pfad hinab in den gepflasterten Hof. Rasch saß er ab, half Dom Felix hinunter und leitete seine unsicheren Schritte. Er führte ihn in die Halle und sagte zu dem alten, halb erblindeten Diener: »Euer Herr ist krank. Holt ihm Wein.«

Als man ihn brachte und Dom Felix mühsam einen kleinen Schluck getrunken hatte, setzte sich Regis neben ihn an das erkaltete Feuer.

»Lord Regis, verzeiht ...«

»Nicht nötig. Man hat Euch übel mitgespielt, Sir.«

»Rafael ...«

»Sir, so wie mein Vater Euren älteren Sohn wertschätzte, so sind mir Danilos Sicherheit und Ehre ebenso teuer wie die meine.« Er blickte auf, als eine Wache die Halle betrat. »Etwas Neues, Gabriel?«

»Wir haben uns die Stelle angesehen, wo man ihn entführt hat. Der Boden ist zertrampelt, und er hat wohl mit seinem Dolch um sich geschlagen.«

»Auf Falkenjagd hatte er keine andere Waffe dabei.«

»Sie haben die Schneide abgehauen.« Gabriel gab Dom Felix die Waffe. Der Alte hielt sie ein wenig von sich ab und erblickte das Wappen der Hasturs darauf. Dann sagte er: »Dom Regis ...«

»Wir haben einen Eid geschworen«, sagte Regis und zog Danilos Dolch aus seiner Scheide, »und als Zeichen dafür die Klingen getauscht.« Er nahm den Dolch mit dem Zeichen der Hasturs und sagte: »Ich werde ihn tragen, um ihn ihm zurückzugeben. Hast du sonst noch etwas gesehen, Gabriel?«

Einer der Wachleute sagte: »Ich habe das hier auf dem Boden gefunden. Es ist wohl beim Kampf abgerissen worden. Er muss für einen jungen Burschen ganz allein sehr mutig gekämpft haben.« Er breitete einen langen, schweren, wollenen, farblosen Umhang mit Lederschnallen und -riemen aus. Er war arg zerfetzt und beschädigt. Dom Felix richtete sich ein wenig auf und sagte: »Seit ich lebe, hat man so etwas in den Domänen nie gesehen. Ich glaube, man trägt sie noch in den Hellers. Und er ist mit Marderpelz abgesetzt. Wahrscheinlich stammt er von jenseits des Flusses. Banditen in den Bergen tragen solche Umhänge. Aber warum Dani? Wir sind nicht reich genug, um Lösegeld zahlen zu können, und auch nicht so wichtig, als dass er eine Geisel für irgendetwas sein könnte.«

Regis dachte wütend, dass Dyans Leute aus den Hellers stammten. Laut sagte er lediglich: »Die Leute aus dem Gebirge arbeiten für jeden, der sie gut bezahlt. Habt Ihr Feinde, Dom Felix?«

»Nein. Seit fünfzehn Jahren lebe ich in Frieden und bestelle mein Land.« Der alte Mann war wie gelähmt. Er sah Regis an und sagte: »Mein Lord, wenn Ihr krank seid ...«

»Nicht wichtig«, sagte Regis. »Dom Felix, ich verspreche Euch bei dem Eid, den kein Hastur brechen darf, dass ich herausfinden werde, wer Euch dies angetan hat, und dass ich Euch Dani zurückbringen werde. Andernfalls werde ich mit meinem Leben dafür einstehen.« Er legte einen Augenblick lang die Hand über die des alten Mannes. Dann richtete er sich auf und sagte: »Eine der Wachen soll hier bleiben und sich in der Abwesenheit Eures Sohnes um das Land kümmern. Gabriel, reite mit der Eskorte nach Thendara zurück und berichte Kennard Alton hiervon. Und zeige Kennard den Umhang. Er weiß vielleicht, wo in den Hellers er gewebt wurde.«

»Regis, ich habe Befehl, dich nach Neskaya zu bringen.«

»Zur rechten Zeit. Dies hier ist wichtiger«, sagte Regis. »Du bist ein Hastur, Gabriel, wenn auch nur durch Einheirat, und deine Söhne sind Erben der Hastur. Die Ehre des Stammes ist auch die deine, und Danilo ist mein Blutsbruder.«

Sein Schwager blickte ihn sichtlich erschüttert an. Erbe einer Domäne zu sein, hatte auch sein Gutes, fand Regis, denn man gehorchte seinen Befehlen ohne Frage. Ungeduldig sagte er: »Ich bleibe hier, um dem Vater meines Freundes Gesellschaft zu leisten, oder ich warte auf Edelweiß.«

»Du kannst nicht ohne Wache hier bleiben«, sagte Gabriel schließlich, »im Gegensatz zu Dani bist du reich und wichtig genug für eine Geiselnahme.« Er stand den Comyn nahe genug, um unentschieden zu sein. »Ich könnte dich mit einer Wache nach Edelweiß schicken«, sagte er. Regis protestierte wütend. »Ich bin kein Kind! Brauche ich ein Kindermädchen, um mich am Schürzenband drei Meilen weit ziehen zu lassen?«

Gabriels eigene Söhne begannen auch schon, sich gegen die Bewachung Tag und Nacht zu wehren.

Schließlich sagte er: »Regis, sieh mich an. Du stehst unter meiner Obhut. Versprich mir bei deiner Ehre, auf direktem Weg, ohne von der Straße abzuweichen, nach Edelweiß zu reiten, es sei denn, du triffst auf Bewaffnete. Dann kannst du allein reiten.«

Regis versprach es, verabschiedete sich von Dom Felix und ritt fort. Als er auf Edelweiß zutrabte, dachte er ein wenig triumphierend, dass er Gabriel übertrumpft hatte. Ein erfahrener Offizier hätte ihm vielleicht ebenfalls erlaubt, direkt nach Edelweiß zu reiten – doch er hätte sich zugleich von Regis das Versprechen geben lassen, es nicht ohne Erlaubnis zu verlassen!

Sein Triumph dauerte nicht lange. Das, was er zu tun hatte, quälte ihn. Er musste herausfinden, wo und wie man Danilo erwischt hatte. Und dafür gab es nur einen Weg: seine Matrix. Er hatte den Edelstein seit jenem unheilvollen Experiment mit dem *Kirian* nicht mehr berührt. Er steckte immer noch in dem kleinen, isolierenden Beutelchen, der um seinen Hals hing. Die Erinnerung an jene Schwindel erregende Übelkeit, als er in Lews Matrix geblickt hatte, war noch frisch, und er hatte entsetzliche Angst.

Obwohl Frieden herrschte, waren die Tore von Edelweiß verschlossen und verbarrikadiert. Regis fragte sich, welche Nachricht sie so versiegelt hatte. Glücklicherweise kannten die meisten von Javannes Dienern seine Stimme, und nach einem Moment kam ihm Javanne auch aus dem Haus, eine Dienerin auf den Fersen, entgegengelaufen. »Regis! Wir haben gehört, dass man in den Hügeln Bewaffnete gesehen hat. Wo ist Gabriel?«

Er nahm sie bei der Hand. »Gabriel geht es gut. Er ist auf dem Weg nach Thendara. Ja, man hat auf Syrtis Bewaffnete gesehen, doch es war wohl eine Privatfehde, kein Krieg, Schwester.«

Sie sagte zitternd: »Ich habe mich an den Tag erinnert, als Vater in den Krieg zog! Ich war noch sehr klein, und du warst noch nicht geboren. Und dann erfuhren wir, dass er tot war und mit ihm viele seiner Männer. Der Schock hat Mutter getötet ...«

Javannes ältere Söhne kamen aus dem Haus, Rafael und Gabriel, neun und sieben Jahre alt, dunkelhaarige, hoch gewachsene Jungen. Sie blieben beim Anblick von Regis stehen, und Rafael sagte: »Ich dachte, du wärest krank und gingest nach Neskaya. Was tust du hier, Onkel?«

Gabriel sagte: »Mutter meinte, es würde Krieg geben. Wird es einen Krieg geben, Regis?«

»Nicht dass ich wüsste. Weder hier noch anderswo wird es Krieg geben, und dafür solltet ihr dankbar sein«, antwortete Regis. »Geht nun. Ich muss mit eurer Mutter reden.«

»Darf ich Melisande in den Stall reiten?«, bat Gabriel. Regis hob das Kind in den Sattel und ging mit Javanne zum Haus.

»Du bist sehr krank gewesen und dünner geworden«, sagte Javanne. »Großvater hat mir Bescheid gegeben, dass du auf dem Weg nach Neskaya seist. Warum bist du jetzt hier?«

Regis blickte zum dunkler werdenden Himmel. »Später, Schwester, wenn die Kinder im Bett sind, können wir reden. Lass mich ausruhen und nachdenken. Dann werde ich dir alles erzählen.«

Allein in seinem Zimmer, schritt er lange Zeit auf und ab und versuchte, sich für sein Vorhaben zu stählen.

Er berührte den kleinen Beutel an seiner Brust, streifte ihn ab und warf ihn dann ungeöffnet von sich. Noch nicht.

Er fand Javanne in ihrem kleinen Wohnzimmer vor dem Feuer. Sie hatte gerade die Zwillinge gestillt und war bereit zum Abendessen. »Bring die Babys ins Kinderzimmer, Shani«, sagte sie zu dem Kindermädchen, »und sag den Frauen, dass ich auf gar keinen Fall gestört werden will. Mein Bruder und ich werden allein essen.«

»Su serva, Donna«, sagte die Frau, nahm die Kinder und ging. Javanne bediente den Bruder selbst. »Nun, erzähl, Bruder. Was ist passiert?«

»Bewaffnete haben Danilo Syrtis aus seinem Haus entführt.«

Sie sah verwirrt aus. »Warum? Und warum regst du dich darüber auf?«

»Er ist mein Waffenbruder. Wir haben den Eid der *Bredin* geschworen«, sagte Regis, »und es kann sich um eine private Rache handeln. Das muss ich herausfinden.« Er gab ihr schnell eine ungefähre Schilderung des Vorfalls bei den Kadetten, wie er es für die Ohren einer Frau für angemessen hielt. Sie sah schockiert und bleich aus. »Ich habe von Dyans ... Vorliebe gehört. Wer hat das nicht? Es hieß einmal, er wolle mich heiraten. Ich war froh, als er sich weigerte, wenn man mir auch in dieser Sache natürlich keine Wahl gelassen hätte. Er scheint mir ein hinterhältiger, sogar grausamer Mann zu sein, aber ich habe ihn dennoch nicht für kriminell gehalten. Er ist ein Comyn und durch Eid gebunden, sich niemals in die Integrität von Gedanken anderer einzumischen. Regis, glaubst du, er hat Dani entführt, um ihn zum Schweigen zu bringen?«

»Ich kann ihn nicht ohne Beweise anklagen«, sagte Regis. »Javanne, du warst doch einige Zeit in einem Turm. Wie weit ausgebildet bist du?«

»Ich war ein Jahr dort«, sagte sie. »Ich kann eine Matrix benutzen, doch sie sagten, ich habe kein großes Talent. Außerdem meinte Großvater, ich müsse jung heiraten.«

Er zog seine Matrix hervor und sagte: »Kannst du mir zeigen, wie man sie benutzt?«

»Ja, dafür braucht es keine besonderen Fähigkeiten. Aber es ist nicht so sicher wie in einem Turm, und du bist nicht ganz gesund. Ich möchte es lieber nicht tun.«

»Ich muss jetzt wissen, was mit Danilo geschehen ist. Die Ehre unseres Hauses steht auf dem Spiel, Schwester.« Er erklärte ihr den Grund. Sie schob den Teller beiseite und spielte mit der Gabel. Schließlich sagte sie: »Warte.« Sie wandte sich von ihm ab und fingerte an ihrem Kleidausschnitt herum. Als sie sich wieder umdrehte, hielt sie etwas in Seide Gehülltes in der Hand. Sie sprach langsam und zog die Stirn immer noch in besorgte Falten. »Ich habe Danilo noch nie gesehen. Aber als ich noch klein und der alte Dom Felix Falkner war, kannte ich Dom Rafael gut. Er war Vaters Leibwächter, und sie gingen immer zusammen überallhin. Er hat mir Kosenamen gegeben, mich auf seinen Sattel geschoben und ist mit mir geritten ... ich war in ihn verliebt, wie es ein kleines Mädchen in einen gut aussehenden Mann, der lieb und freundlich zu ihm ist, nur sein kann. Oh, ich war noch keine zehn Jahre alt. Als ich von seinem Tod erfuhr, habe ich um ihn, glaube ich, mehr geweint als um Vater. Ich erinnere mich, dass ich ihn einmal gefragt habe, warum er keine Frau habe, und er hat mich auf die Wange geküßt und gesagt, er warte darauf, dass ich groß werde.« Ihre Wangen waren gerötet, der Blick war in weite Fernen gerichtet. Schließlich seufzte sie und sagte: »Hast du irgendeinen Gegenstand von Danilo?«

Regis nahm den Dolch mit dem Hastur-Wappen. Er sagte: »Wir haben beide darauf geschworen, und als man ihn entführte, wurde er ihm vom Gürtel geschnitten.«

»Dann müsste er seine Schwingungen tragen«, sagte sie, nahm den Dolch in die Hand und presste ihn leicht an die Wange. Dann, mit dem Dolch noch in der Hand, öffnete sie den Matrix-Beutel. Regis wandte die Augen ab, doch vorher traf ihn ein Schimmer wie ein blauer Blitz, der seinen Magen sich zusammenkrampfen ließ. Javanne war einen Moment still und sagte dann mit entrückter Stimme: »Ja, auf dem Weg ins Gebirge, vier merkwürdige Umhänge ... ein Emblem, zwei Adler ... schneiden ihm den Dolch ab mit Scheide und allem – Regis! Er wurde in einem terranischen Hubschrauber fortgebracht!« Sie hob den Blick von der Matrix und sah ihn erstaunt an.

Regis dachte, es würde ihm das Herz zusammenpressen. Er sagte: »Nicht nach Thendara. Die Terraner dort würden keine Verwendung für ihn haben. Nach Aldaran?«

Ihre Stimme zitterte. »Ja. Das Zeichen der Aldaraner ist ein Doppeladler ... und ihnen kann es leicht gelingen, einen Hubschrauber der Terraner zu leihen – Großvater hat das hier auch schon in dringlichen Fällen gemacht. Aber warum?«

Die Antwort war klar. Danilo war ein Katalysatortelepath. Es hatte eine Zeit gegeben, als Kermiac von Aldaran in den Bergen Bewahrer ausbildete, und ohne Zweifel hatte er Verwendungsmöglichkeiten für Katalysatoren.

Regis sagte langsam: »Er hat schon mehr ertragen, als ein nicht ausgebildeter Telepath ertragen kann. Wenn man ihn weiter belastet und bedrückt, kann er wahnsinnig werden. Ich hätte ihn mit nach Thendara nehmen sollen, anstatt ihn unbewacht zurückzulassen. Das ist meine Schuld.«

Bestürzt hob er den Kopf und kämpfte gegen eine entsetzliche Furcht an. »Ich muss ihn retten. Ich habe es geschworen. Javanne, du musst mir helfen, mich in der Matrix zu verankern. Ich habe keine Zeit, nach Neskaya zu gehen.«

»Regis, gibt es keine andere Möglichkeit?«

»Keine. Großvater, Kennard, der Rat – Dani bedeutet ihnen nichts. Wenn es Dyan gewesen wäre, hätten sie sich die Beine ausgerissen. Wenn die Aldaraner mich gekidnappt hätten, würden sie eine Armee in Gang setzen! Aber Danilo? Was denkst du?«

Javanne sagte: »Dieser *Nedestro*-Erbe von Kennard, hat man ihn nicht nach Aldaran geschickt? Er ist doch mit ihnen verwandt. Ich frage mich, ob er seine Hand im Spiel hat.«

»Lew? Niemals!«

Javanne blickte skeptisch. »In deinen Augen kann er keinen Fehler machen. Als du ein kleiner Junge warst, warst du ebenso in ihn verliebt wie ich in Dom Rafael. Ich teile nicht deine Kinderleidenschaft für ihn und bin nicht so blind, ihn nicht zu erkennen. Kennard hat ihn mit hässlichen Tricks in den Rat gezwungen.«

»Du hast kein Recht, so etwas zu sagen, Javanne. Er ist den Comyn verschworen und wurde im Turm ausgebildet.«

Sie weigerte sich zu streiten. »Jedenfalls kann ich sehen, warum du gehen zu müssen glaubst, aber du hast keine Ausbildung, und es ist gefährlich. Ist denn wirklich solche Eile nötig?« Sie blickte ihm in die Augen und sagte nach einem Moment: »Wie du willst. Zeige mir deine Matrix.«

Er biss die Zähne aufeinander und wickelte den Stein aus. Erstaunt holte er Luft: In den Tiefen der Matrix glühte ein schwaches Licht. Sie nickte. »Ich kann dir helfen, sie zu verschlüsseln. Ich bleibe in Kontakt mit dir. Es nützt vielleicht nicht viel, aber wenn du ... wenn du hinausgehst und nicht zurück in deinen Körper kannst, hilft es mir, wenn ich dich erreichen kann.« Sie holte tief Luft. Einen Moment später fühlte er ihren Kontakt. Sie hatte sich nicht bewegt und nur den Kopf über den blauen Stein gesenkt, so dass er den Scheitel in ihrem schwarzen Haar sah, doch Regis erschien es, als beuge sie sich über ihn, ein schlankes, kindhaftes Mädchen, viel größer als er. Sie schleuderte ihn hoch, als sei er ein winziges Kind; er saß auf ihren Hüften, sie hielt ihn locker auf dem Arm. Er hatte jahrelang nicht daran gedacht, dass sie dies mit ihm gemacht hatte, als er klein war. Sie ging hin und her, hin und her, in einer hohen Halle mit Bogendecke und blauen Fenstern und sang ihm mit rauer Stimme etwas vor ... Er schüttelte den Kopf, um sich von dieser Illusion zu befreien. Sie saß, immer noch den Kopf über die Matrix gebeugt, und war wieder erwachsen, doch der Kontakt war noch sehr eng, beschützend, warm. Einen Moment dachte er, er müsse weinen und sich an sie klammern, wie er es früher getan hatte.

Javanne sagte leise: »Schau in die Matrix. Habe keine Angst. Diese hier ist auf niemand anders eingestimmt. Meine hat dir wehgetan, weil du nicht mit ihr übereinstimmst. Sieh hinein, konzentriere deine Gedanken darauf. Bewege dich nicht, bis du die Lichter drinnen erwachen siehst ...«

Er versuchte bewusst, sich zu entspannen. Er merkte, wie er jeden Muskel angesichts der erwarteten Schmerzen angespannt hatte. Schließlich blickte er in den blassen Edelstein und spürte lediglich einen kleinen Schock des Erkennens. Irgendetwas im Inneren der Matrix glänzte schwach. Er konzentrierte seine Gedanken darauf, streckte sie fühlend aus, weiter ... tief, tief hinein. Etwas regte sich, zitterte, flammte zu einem lebendigen Funken auf. Dann war es, als habe er Kohlen im Feuer angeblasen. Der Funke wurde zum leuchtend blauen Feuer, das mit jedem Puls seines Blutes zuckte. Aufregung stieg in ihm hoch, fast wie sexuelle Erregung.

»Genug«, sagte Javanne. »Schau rasch weg, sonst wirst du gefangen.«

Nein, nein, noch nicht ... Zögernd riss er die Augen fort. Sie sagte: »Fang langsam an. Blicke jedes Mal nur wenige Minuten hinein, bis du es beherrschen kannst, andernfalls wird es dich beherrschen. Die wichtigste Lektion ist, dass du sie immer beherrschen musst und niemals dulden darfst, kontrolliert zu werden.«

Regis schenkte der Matrix einen letzten Blick und wickelte sie mit einem sonderbaren Gefühl des Bedauerns wieder ein.

Er spürte, wie Javannes Berührung/Umarmung schwand. Sie sagte: »Du kannst damit tun, was du willst, aber ohne Ausbildung ist das nicht viel. Sei vorsichtig. Du bist gegen die Schwellenkrankheit noch nicht immun, und sie kann zurückkehren. Spielen denn ein paar Tage eine so große Rolle? Neskaya ist doch kaum weiter als eine Tagesreise entfernt.«

»Ich weiß nicht, wie ich es erklären soll, doch ich habe das Gefühl, dass jede Minute eine Rolle spielt. Ich habe Angst, Javanne, Angst um Danilo, Angst um uns alle. Ich muss jetzt gehen, heute Abend noch. Kannst du mir ein paar alte Reitkleider von Gabriel heraussuchen? Dies hier wird in den Bergen zu viel Aufmerksamkeit auf sich ziehen. Und kannst du mir von den Frauen Essen für ein paar Tage zurechtmachen lassen? Ich will die Städte meiden, wo man mich erkennen könnte.«

»Ich werde es selbst tun. Nicht nötig, dass die Frauen dich sehen und klatschen.« Sie ließ ihn bei den vernachlässigten Resten des Abendessens zurück und ging, die Sachen zu holen. Er verspürte keinen Hunger, stopfte jedoch pflichtschuldig eine Scheibe von dem gebratenen Geflügel und Brot in sich hinein. Als Javanne zurückkam, trug sie seine Satteltaschen und einen alten Anzug von Gabriel bei sich. Sie verließ ihn wieder, damit er sich beim Feuer umkleiden konnte. Dann folgte er ihr hinab in eine verlassene Küche. Sie ging herum, packte getrocknetes Fleisch, Brot, Kekse und Trockenfrüchte zusammen. Sie steckte ihm ein kleines Kochgerät in die Satteltasche und sagte, Gabriel nähme es immer auf Jagdausflüge mit. Still beobachtete er sie. Er fühlte sich der wenig vertrauten Schwester näher als im Alter von sechs Jahren, als sie das Haus verließ, um zu heiraten. Er wünschte, er wäre noch so jung, um sich an ihre Röcke hängen zu können, wie er es damals getan hatte. Eiskalte Furcht ergriff ihn und dann der Gedanke: Bevor sich ein Comyn-Erbe einer Gefahr aussetzt, muss er einen Erben zeugen. Er hatte sich bisher geweigert, auch nur daran zu denken, wie sich auch Dyan geweigert hatte. Er wollte nicht einfach ein Glied in der Kette sein, der Sohn seines Vaters, der Vater seiner Söhne. Etwas in ihm rebellierte tief und stark bei dem Gedanken an das, was er tun musste. Was sollte es? Wenn er nicht zurückkam, würde es keine Rolle spielen. Einer von Javannes Söhnen würde zu seinem Erben ernannt werden ... Er konnte nichts tun, nichts sagen ...

Er seufzte. Dazu war es zu spät. Er war zu weit gegangen. Er sagte: »Noch etwas, Schwester. Ich gehe fort und kehre vielleicht nie zurück. Du weißt, was das bedeutet. Du musst mir einen deiner Söhne geben, Javanne – als meinen Erben.«

Ihr Gesicht erbleichte, und sie stieß einen leisen, erstickten Schrei aus. Er spürte den Schmerz, der darin lag, doch er wandte den Blick nicht ab. Schließlich sagte sie mit bebender Stimme: »Gibt es keine andere Möglichkeit?«

Er versuchte, es scherzhaft klingen zu lassen. »Ich habe keine Zeit, es auf normale Weise zu erledigen, Schwester, selbst wenn ich eine Frau fände, die mir so kurzfristig zur Verfügung stünde.«

Ihr Lachen klang fast hysterisch. Es brach mitten darin ab und hinterließ kaltes Schweigen. In ihren Augen sah er langsam die Einwilligung aufglimmen. Er hatte gewusst, dass sie zustimmen würde. Sie war eine Hastur, aus einer Familie, die älter als das Königshaus war. Sie hatte aus Pflicht unter ihrem Stand geheiratet und allmählich für ihren Mann tiefe Liebe entwickelt, doch die Pflicht zu den Hasturs stand für sie an erster Stelle. Mit einer Stimme, die so dünn wie ein Faden klang, meinte sie lediglich: »Was soll ich Gabriel sagen?«

»Meine liebe Javanne, Gabriel weiß seit dem Tag, als er dich zur Frau nahm, dass dies geschehen könnte«, antwortete Regis. »Ich hätte auch sterben können, bevor ich das Mannesalter erreichte.«

»Komm und suche ihn dir aus.« Sie führte ihn in das Zimmer, wo die drei Söhne nebeneinander in ihren Bettchen schliefen. Im Kerzenlicht studierte Regis ihre Gesichter eines nach dem anderen. Rafael, schlank und dunkel, mit kurz geschnittenen Locken über dem Gesicht; Gabriel, kräftig und dunkelhäutig und bereits größer als sein Bruder. Michael, vierjährig, war noch koboldhaft klein und hübscher als die anderen. Helle Locken, fast silbrig weiß, umrahmten seine rosigen Wangen. Großvater muss als Kind so ausgesehen haben, dachte Regis. Er fühlte sich sonderbar kalt und vernunftbestimmt. Javanne hatte ihrem Clan drei Söhne und zwei Töchter geschenkt. Er würde vielleicht niemals einen Sohn haben. Er zitterte, als er an die Auswirkungen seines Tuns dachte, beugte den Kopf und versenkte sich in ein ungewohntes Gebet: »Cassilda, gesegnete Mutter der Domänen, hilf mir, dass ich eine kluge Wahl treffe ...«

Ruhig ging er von Bett zu Bett. Rafael war ihm am ähnlichsten, dachte er. Dann, unter einem unwiderstehlichen Impuls, beugte er sich über Michael und hob die kleine schlafende Gestalt in seinen Arm.

»Das ist mein Sohn, Javanne.«

Sie nickte, doch ihre Augen blickten wild. »Und wenn du nicht zurückkehrst, wird er Hastur von Hastur sein. Aber wenn du zurückkommst, was wird er dann? Ein armer Verwandter am Fußschemel der Hasturs?«

Regis sagte ruhig: »Wenn ich zurückkomme, wird er *Nedestro,* Schwester. Ich kann dir nicht versprechen, niemals eine Frau zu nehmen, auch nicht als Gegenleistung für dieses große Geschenk. Aber dies will ich dir schwören: Er soll zweiter nach meinem ersten legitimen Sohn sein. Mein zweiter Sohn soll dritter nach ihm sein, und ich werde einen Eid schwören, kein *Nedestro* soll ihn von seinem Platz verdrängen. Befriedigt dich das, *Breda?*«

Michael öffnete die Augen und blickte schläfrig umher, doch er erkannte seine Mutter und weinte nicht. Javanne berührte zärtlich das blonde Haar. »Es ist gut so, Bruder.«

Regis hielt das Kind unbeholfen auf den Armen und trug es aus dem Zimmer, in dem die Brüder weiterschliefen. »Bring Zeugen herbei«, sagte er. »Ich muss bald fort. Du weißt, dies ist nicht widerrufbar, Javanne; wenn ich diesen Eid geschworen habe, gehört er nicht mehr dir, sondern mir und gilt als mein Erbe. Du musst ihn nach Thendara zu Großvater schicken.«

Sie nickte. Ihr Kehlkopf bewegte sich sichtbar, so schwer schluckte sie, doch sie protestierte nicht. »Geh hinunter in die Kapelle«, sagte sie. »Ich bringe Zeugen herbei.«

Es war ein alter Raum tief unten im Haus. Grob waren die vier Göttergestalten auf die Wände gemalt. Vor ihnen brannten Lichter. Regis hielt Michael auf dem Schoß und ließ das Kind schlaftrunken an einem Knopf seiner Tunika drehen, bis die Zeugen kamen, vier alte Männer und zwei alte Frauen aus dem Haushalt. Eine der Frauen war Javannes und auch seine Kinderfrau gewesen.

Er nahm mit ernster Miene seinen Platz am Altar ein. Michael hielt er in seinen Armen.

»Ich schwöre vor Aldones, dem Herrn des Lichts, und meinem göttlichen Vorvater, dass dieses Kind durch ungebrochene Blutsverwandtschaft ein Hastur von Hastur ist, dessen wahre Abstammung mir bekannt ist. Sollte meinem Leib ein Erbe versagt bleiben, werde ich, Regis-Rafael Felix Alar Hastur y Elhalyn, ihn zu meinem Erben bestimmen und benenne und schwöre, dass niemand außer meinem erstgeborenen Sohn aus ordentlicher Ehe ihn von seinem Platz vertreiben soll, und solange ich lebe, soll ihm niemand seine

Rechte in meinem Haus sowie an meinem Besitz und Erbe streitig machen. Ich lege diesen Eid in Gegenwart von uns beiden bekannten Zeugen ab. Ich erkläre, dass mein Sohn nicht mehr Michael Regis Lanart-Hastur genannt werden soll, sondern ...«

Er hielt inne und suchte unter den alten Comyn-Namen nach einem passenden neuen, der das Ritual bekräftigen würde. Es war keine Zeit, die Ehrenlisten nach einem Namen durchzusehen. Er würde daher die verzweifelte Eile dieser Handlung bekräftigen. »Ich nenne ihn Danilo«, sagte er schließlich. »Er soll Danilo Lanart-Hastur heißen, und ich werde so jeder Herausforderung durch meine Vorväter und nachfolgenden Söhne, meine Ahnen und meine Nachkommenschaft entgegentreten. Und dieser Anspruch wird von mir zeit meines Lebens nicht widerrufen werden, weder in meinem Namen noch von einem der Erben meines Leibes.«

Er beugte sich nieder und küsste seinen Sohn auf den weichen Babymund. Es war geschehen. Vater und Sohn erlebten einen merkwürdigen Anfang. Regis fragte sich, wie das Ende sein würde. Dann wandte sich sein Blick der alten Kinderfrau zu.

»Pflegemutter, ich vertraue dir meinen Sohn an. Wenn die Straßen sicher sind, musst du ihn zu Lord Hastur nach Thendara bringen und dafür sorgen, dass man ihm das Zeichen der Comyn gibt.«

Javanne rollten langsam Tränen über die Wangen, doch sie sagte nur: »Lass mich ihn noch einmal küssen.« Dann erlaubte sie der alten Frau, das Kind fortzutragen. Regis' Blick folgte ihnen. Es war ein sonderbares Gefühl. Er fragte sich, ob sein Sohn *Laran* oder die unbekannte Gabe der Hasturs hatte. Er fragte sich, ob er es je erfahren und ob er dieses Kind jemals wieder sehen würde.

»Ich muss gehen«, sagte er zu seiner Schwester. »Lass nach

meinem Pferd schicken und nach jemandem, der die Tore ohne Lärm für mich öffnet.« Als sie zusammen in der Einfahrt standen, sagte er: »Wenn ich nicht zurückkehre ...«

»Sprich nicht von schlechtem Ausgang«, sagte sie rasch.

»Javanne, hast du die Gabe der Hasturs?«

»Ich weiß es nicht«, antwortete sie. »Niemand weiß es, bis sie von jemandem erweckt wird, der sie besitzt. Wir hatten immer gedacht, du hättest kein *Laran* ...«

Er nickte grimmig. Damit war er aufgewachsen, und immer noch war es eine offene Wunde.

Sie sagte: »Es wird der Tag kommen, an dem du zu Großvater gehen musst, der die Gabe hat, um sie in dem Erben zu erwecken, und ihn um das Geschenk bitten musst. Dann, und nur dann, wirst du erfahren, was es ist. Ich selber weiß es nicht«, sagte sie. »Nur wenn du früher gestorben wärest, bevor man dich zum Mann erklärte oder du einen Sohn gezeugt hättest, hätte man die Gabe in mir erweckt, so dass ich sie vor meinem Tod auf einen meiner Söhne hätte übertragen können.«

Und so wird es immer weitergehen. Er hörte das sanfte Klappen der Hufe in der Dunkelheit. Er machte sich bereit aufzusitzen und wandte sich noch einmal um, um Javanne zu umarmen. Sie weinte. Auch er musste Tränen von den Lidern fortblinzeln. Er flüsterte: »Sei gut zu meinem Sohn, Liebling.« Was sollte er noch sagen?

Javanne küsste ihn eilig und sagte: »Sage, dass du zurückkommst, Bruder. Sag sonst nichts mehr.« Ohne auf ein weiteres Wort zu warten, entzog sie sich ihm und rannte durch die Dunkelheit zurück zum Haus.

Die Tore von Edelweiß schlossen sich hinter ihm. Regis war allein. Die Nacht war dunkel und neblig. Er schnallte den Umhang am Hals zu und berührte dabei den kleinen Beutel, in dem die Matrix lag. Selbst durch die isolierende Umhüllung spürte er sie, was kein anderer gekonnt hätte. Ein kleines lebendes Ding, das pulsierte ... Er war mit ihr allein, unter einer schmalen Mondsichel, die sich über den fernen Hügeln senkte. Bald würde auch dieses schwache Licht verschwunden sein.

Er schüttelte sich, murmelte etwas zu seinem Pferd, reckte sich auf und ritt nach Norden. Die erste Etappe seiner Reise in das Unbekannte hatte begonnen.

16

(Lew Altons Erzählung)

Bis zum Tag meines Todes, dessen bin ich sicher, werde ich mich an die erste glückliche Zeit in Aldaran erinnern.

In meinen Träumen ist alles, was später geschah, wie ausgelöscht, all die Schmerzen und das Entsetzen, und ich erinnere mich nur an die Zeit, in der wir alle beieinander waren und ich mich glücklich, zum ersten und letzten Mal in meinem Leben vollständig glücklich fühlte. Jene Träume durchzieht Thyra wie ein fremdartiges, schönes Tier, aber sanft und gezähmt, wie sie in jenen Tagen war: zart, friedlich und liebevoll. Beltran ist auch da, feurig und begeistert von dem Traum, der uns alle angesteckt hatte, mein Freund und fast mein Bruder. Auch Kadarin ist immer dort, und in meinen Träumen lächelt er freundlich, ein Hort der Stärke, der uns alle aufrichtet, wenn wir straucheln. Und Rafe, der Sohn, den ich niemals haben werde, immer an meiner Seite, den Blick zu mir emporgerichtet.

Und Marjorie.

Marjorie ist in jenen Träumen immer neben mir. Aber über Marjorie kann ich nichts sagen. Nur dass wir zusammen und ineinander verliebt waren, wenn die Furcht auch schon einen kleinen, kleinen Schatten warf, wie der eisige Hauch eines noch nicht sichtbaren Gletschers. Ich wollte sie haben, gewiss, und ich hasste die Tatsache, dass ich sie nicht einmal leicht berühren durfte. Aber es war nicht so schlimm, wie ich befürchtet hatte. Psi verzehrt so viel an Energie und Kraft, dass kaum etwas anderes übrig bleibt. Ich war in jedem wachen Augenblick bei ihr, und das war genug. Fast genug. Und auf den Rest konnten wir warten.

Ich wollte ein fähiges Team, daher arbeitete ich Tag für Tag mit ihnen und versuchte, uns in einen funktionierenden Zirkel zu formen, der präzise aufeinander abgestimmt miteinander arbeiten konnte. Noch arbeiteten wir mit kleinen Matrizes. Bevor wir uns verbanden und die Kraft der großen Matrix anriefen, mussten wir absolut, ohne verborgene Schwächen, aufeinander eingestimmt sein. Ich hätte mich in einem Zirkel von sieben oder acht Personen, wie auf dem Arilinn, sicherer gefühlt. Fünf Menschen bilden nur einen kleinen Zirkel, selbst wenn Beltran von außen als Psi-Monitor arbeitete. Aber Thyra und Kadarin waren stärker als die meisten auf dem Arilinn – ich hatte erkannt, dass beide stärker als ich waren, wenn ich auch mehr Fertigkeiten und Training besaß –, und Marjorie war ein phantastisches Talent. Auch auf dem Arilinn hätte man sie schon am allerersten Tag zur potenziellen Bewahrerin bestimmt.

Mit der allmählichen Verschmelzung unserer Gedanken war zwischen uns tiefe Wärme, Zuneigung, ja selbst Liebe entstanden. Es war immer so, wenn sich ein Zirkel aufbaute. Es war enger als die Intimität innerhalb einer Familie, näher als sexuelle Liebe. Es war ein Verschmelzen, als lösten wir uns ineinander auf. Jeder trug seinen Teil dazu bei, der individuell und einzigartig war, und irgendwie bildete die Vereinigung von uns mehr als die bloße Summe der Teile.

Doch die anderen wurden langsam ungeduldig. Thyra formulierte schließlich, was wir alle wissen wollten.

»Wann beginnen wir, mit der Sharra-Matrix zu arbeiten? Wir sind bereit dafür, besser könnte es nicht sein.«

Ich erhob Einwände. »Ich hatte gehofft, noch andere zu finden, die mit uns arbeiten können. Ich weiß nicht, ob wir allein mit einer neunschichtigen Matrix fertig werden.«

Rafe fragte: »Was ist eine neunschichtige Matrix?«

»Im Allgemeinen«, sagte ich trocken, »kann man nur zu

neun Personen sicher mit dieser Matrix arbeiten. Und mit einer guten, voll ausgebildeten Bewahrerin.«

»Ich habe doch gesagt, wir hätten Thyra nehmen sollen«, meinte Kadarin.

»Darüber möchte ich mit dir nicht streiten. Thyra ist ein sehr starker Telepath. Sie ist eine exzellente Technikerin und Mechanikerin. Aber sie ist keine Bewahrerin.«

Thyra fragte: »Wie genau unterscheidet sich die Bewahrerin von allen anderen Telepathen?«

Ich versuchte, in Worte zu kleiden, was sie nicht begriff. »Eine Bewahrerin stellt die zentrale Kontrolle im Zirkel dar. Ihr habt das alle schon gesehen. Sie hält die Kräfte zusammen. Wisst ihr, was Energone sind?«

Nur Rafe versuchte eine Antwort. »Sind das die kleinen Wellendinger, die ich sehe, wenn ich in die Matrix blicke?«

Das war übrigens eine gute Antwort. Ich sagte: »Es ist ein rein theoretischer Name für etwas, von dem niemand sicher weiß, dass es existiert. Man hat es als den Teil des Gehirns festgelegt, der die Psi-Kräfte kontrolliert und eine bestimmte Energie ausstrahlt, die wir Energone nennen. Wir können beschreiben, was sie tun, wenn wir sie auch selber nicht richtig definieren können. Sie werden, wenn sie durch eine Matrix gerichtet und zentriert werden – wie ich es euch gezeigt habe –, ungeheuer verstärkt, wobei die Matrix als Transformator wirkt. Diese verstärkten Energone transformieren die Energie. In einem Matrix-Zirkel nun empfängt der Bewahrer die Energonströme aller Teilnehmer und zentriert sie in einen einzigen, gerichteten Strahl, und dieser gerichtete Strahl geht durch die große Matrix.«

»Warum sind immer Frauen Bewahrer?«

»Nicht immer. Es hat auch männliche Bewahrer gegeben, mächtige sogar, und andere Männer, die die Stelle von Bewahrerinnen eingenommen haben. Aber Frauen haben mehr positive Energonströme, und sie entwickeln sie früher und halten sie länger.«

»Du hast erklärt, warum eine Bewahrerin keusch sein muss«, sagte Marjorie, »aber ich verstehe es immer noch nicht.«

Kadarin sagte: »Das ist doch abergläubischer Unsinn. Deshalb kann man es nicht verstehen. Es ist Unsinn.«

»In den alten Tagen«, meinte ich, »als man diese riesigen Matrix-Schirme aufbaute, diese großen synthetischen, waren die Bewahrerinnen Jungfrauen, die man von frühester Jugend an ausbildete und auf eine Art und Weise konditionierte, die ihr euch nicht vorstellen könnt. Ihr wisst, wie eng ein Matrix-Zirkel ist.« Ich blickte sie alle an und betonte dabei diese Nähe. »In jenen Zeiten musste eine Bewahrerin lernen, Teil des Zirkels zu sein, aber vollständig, *vollständig* davon losgelöst.«

Marjorie sagte: »Ich könnte mir vorstellen, dass sie dabei wahnsinnig wurden.«

»Viele wurden es. Auch heute noch geben Frauen nach ein oder zwei Jahren Arbeit als Bewahrerin auf. Es ist zu schwierig und frustrierend. Heute verlangt man von den Bewahrerinnen in den Türmen nicht mehr, dass sie Jungfrauen sind. Aber solange sie dort arbeiten, bleiben sie keusch.«

»Hört sich unsinnig an«, meinte Thyra.

»Keineswegs«, gab ich zurück. »Die Bewahrerin empfängt und kanalisiert sämtliche Energie von allen. Niemand, der jemals mit diesen hochkarätigen Energieströmen zu tun gehabt hat, würde die geringste Chance eingehen, dass sie sich im Körper kurzschließen. Es wäre, als würde man von einem Blitz getroffen.« Ich streckte ihnen wieder meine Narbe hin. »Das war ein drei Sekunden langer Kurzschluss. Also: Es gibt im Körper Gruppen von Nervenfasern, die die Energieströme kontrollieren. Das Problem ist nun, dass die nämlichen Nervengruppen zwei Arten von Energien tragen: einmal die Psi-Ströme, die Energone, die die Kraft ins Gehirn leiten. Sie transportieren aber auch sexuelle Energien und Botschaften. Daher bekommen einige Telepathen die Schwellenkrankheit, wenn sie in die Pubertät kommen: Diese beiden Arten von Energie, Sexualität und *Laran,* erwachen zum selben Zeitpunkt. Wenn man sie nicht richtig handhabt, wird man überstimuliert, manchmal tödlich, weil eine jede die andere anregt und man eine kreisförmige Rückkopplung hat.«

»Deshalb also ...«, fragte Beltran.

Ich nickte, weil ich wusste, was er fragen wollte. »Wann immer es einen Energiemangel gibt, wie bei konzentrierter Matrix-Arbeit, sind einige Nerven überanstrengt. Die Energien werden ausgesaugt – habt ihr gemerkt, wie viel wir alle essen? –, und die sexuellen Energien sind gering. Die heftigste Nebenwirkung bei Männern drückt sich in zeitweiliger Impotenz aus.« Ich wiederholte mit einem beruhigenden Lächeln zu Beltran: »*Zeitweilige* Impotenz. Nichts, um sich darum Sorgen zu machen, aber man muss sich schon daran gewöhnen. Übrigens, wann immer ihr bemerkt, dass ihr nicht essen mögt, kommt zu einem der anderen und lasst euch untersuchen. Es kann ein frühes Warnsignal dafür sein, dass die Energieströme durcheinander geraten sind.«

»Untersuchen? Das versuchst du mir doch beizubringen, oder?«, fragte Beltran, und ich nickte. »Stimmt. Auch wenn du dich nicht in einen Zirkel einschalten kannst, können wir dich als Psi-Monitor einsetzen.« Ich merkte, dass er immer noch etwas dagegen hatte. Er wusste nun genug, um zu realisieren, dass diese Arbeit normalerweise von dem Jüngsten und Unerfahrensten der Gruppe ausgeübt wurde. Das Schlimmste daran war, dass man ihn nicht einmal in der Nähe des Zirkels einsetzen konnte, solange er diese Ablehnung nicht ablegte. Nicht einmal als Psi-Monitor. Es gibt nur ein paar Dinge, die einen Zirkel schneller auseinander reißen können als unkontrollierte Ablehnung.

»In gewissem Sinne befinden sich die Bewahrerin und der Psi-Monitor an zwei verschiedenen Enden des Zirkels – und sind fast gleich wichtig«, sagte ich. Das stimmte. »Oft genug liegt das Leben der Bewahrerin in den Händen des Monitors, weil sie keine Energie dafür verschwenden kann, auf ihren eigenen Körper Acht zu geben.«

Beltran grinste reumütig, aber er grinste. »Marjorie ist also der Kopf, und ich bin der Kuhschwanz!«

»Aber keineswegs! Es ist eher so, dass sie oben auf der Leiter steht und du die Leiter vom Boden aus gerade hältst. Du bist die Lebensader.« Ich erinnerte mich plötzlich, dass wir weit vom Thema abgekommen waren und sagte: »Wenn bei einer Bewahrerin die Nervenkanäle nicht vollständig frei sind, können sie sich überladen, und sie wird brennen wie eine Fackel. Solange also die Nervenkanäle für diese ungeheuren Energiemassen beansprucht werden, können sie keine andere Energie transportieren. Und nur vollständige Keuschheit kann die Kanäle freihalten.«

»Ich kann die Kanäle jetzt die ganze Zeit über spüren«, sagte Marjorie. »Selbst wenn ich nicht mit den Matrizes arbeite. Auch wenn ich schlafe.«

»Gut.« Das bedeutet, sie funktioniert jetzt wie eine richtige Bewahrerin. Beltran blickte sie mit halb geschlossenen Augen an und sagte: »Ich kann sie fast sehen!«

»Auch das ist gut«, meinte ich. »Es wird die Zeit kommen, wenn ihr die Energieströme von der anderen Seite des Zimmers – oder aus einer Meile Entfernung – aus spüren und in jedem von uns Rückströmungen und Unterbrechungen ausmachen könnt.«

Dann wechselte ich bewusst das Thema und fragte: »Was genau willst du mit der Sharra-Matrix tun, Beltran?«

»Du kennst meine Pläne.«

»Pläne, ja. Aber was genau willst du zuerst tun? Ich weiß, du möchtest letzten Endes beweisen, dass eine Matrix von dieser Größe ein Raumschiff starten kann.«

»Kann sie das wirklich?«, fragte Marjorie.

»Eine Matrix von dieser Größe, Liebes, kann einen kleineren Mond aus seiner Umlaufbahn werfen, wenn wir wahnsinnig genug sind, es zu versuchen. Er würde natürlich Darkover dabei zerstören. Es ist möglich, ein Raumschiff damit zu starten, aber wir können das hier nicht tun. Außerdem haben wir kein Raumschiff. Wir brauchen ein kleineres Experiment, mit dem wir beginnen können, eines, mit dem wir lernen, die Kraft zu richten und zu zentrieren. Diese Kraft entsteht durch Feuer, daher brauchen wir auch einen Platz, an dem wir arbeiten können, denn wenn wir wirklich für wenige Minuten die Kontrolle verlieren sollten, brennen wir zumindest nicht Hunderte von Quadratmetern Wald ab.«

Ich sah, wie Beltran erschauderte. Auch er war in den Bergen groß geworden und teilte mit allen anderen Darkovanern die Angst vor dem Feuer. »Vater hat vier terranische Fluggeräte, zwei kleinere Flugzeuge und zwei Hubschrauber. Einer der Helikopter ist in der Ebene unterwegs, aber vielleicht reicht der andere für das Experiment?«

Ich dachte nach.

»Der Brennstoff sollte zunächst entfernt werden«, sagte ich dann, »damit er nicht verbrennt, wenn irgendetwas falsch läuft. Ein Hubschrauber ist vielleicht ideal, weil man mit den Rotoren experimentieren kann, die ihn anheben und antreiben. Es geht darum, Kontrolle und Präzision zu entwickeln. Du würdest ja auch nicht Rafe auf dein schnellstes Rennpferd setzen.«

Rafe sagte scheu: »Lew, du hast gesagt, wir benötigen mehr Telepathen. Lord Kermiac ... hat er nicht vor unserer Geburt die Matrix-Mechaniker ausgebildet? Warum macht er nicht mit?«

Wie wahr! Er hatte Desideria ausgebildet, und zwar so gut, dass sie mit der Sharra-Matrix umgehen konnte ...

»Und sie ist *allein* damit umgegangen«, sagte Kadarin, der meine Gedanken aufgefangen hatte. »Warum machst du dir also Sorgen, dass wir so wenige sind?«

»Sie hat sie nicht allein benutzt«, gab ich zurück. »Sie hatte zwischen fünfzig und hundert Gläubige, die ihre bloßen Emotionen auf den Stein konzentrierten. Außerdem hat sie nicht versucht, ihn zu kontrollieren oder zu zentrieren. Sie hat ihn eher als Waffe benutzt, oder besser, sie hat sich benutzen lassen.« Ich verspürte einen plötzlichen Angstschauder, als stünden mir sämtliche Körperhaare zu Berge. Ich schnitt diesen Gedanken ab. Ich war turmerfahren. Ich hatte keine Ambition, ihn für Machtzwecke zu gebrauchen. Ich war verschworen.

»Was Kermiac betrifft«, meinte ich, »er ist alt. Er kann keine Matrix mehr kontrollieren. Ich würde das Risiko nicht eingehen, Rafe.«

Beltran wurde wütend. »Verdammt, du könntest ja wenigstens so höflich sein, ihn zu fragen!«

Es erschien mir angesichts der Erfahrung, die er haben musste, tatsächlich überlegenswert, ob diese Erfahrung Alter und Schwäche aufwiegen konnte. »Fragt ihn, wenn ihr wollt. Aber drängt ihn nicht. Lasst ihn selbst seine Wahl treffen.«

»Er wird es nicht tun«, sagte Marjorie. Sie errötete, als sich alle ihr zuwandten. »Ich habe gedacht, es sei an mir, der Bewahrerin, ihn zu fragen. Er hat mich daran erinnert, dass er mich nicht einmal hatte ausbilden wollen. Er sagte, ein Zirkel sei immer nur so stark wie die schwächste Person darin, und er würde unser aller Leben aufs Spiel setzen.«

Ich fühlte mich enttäuscht, aber auch erleichtert. Enttäuscht, weil ich die Gelegenheit begrüßt hätte, ihn in jener besonderen Verbindung zu treffen, die man unter den Mitgliedern eines Zirkels spürt, um mich wahrhaftig verwandt mit ihm zu fühlen. Erleichtert, weil das, was er zu Marjorie gesagt hatte, stimmte, und wir alle wussten es.

Thyra sagte rebellisch: »Versteht er, wie sehr wir ihn brauchen? Ist es nicht das Risiko wert?«

Ich hätte die Risiken für uns nicht auf mich genommen. Auf dem Arilinn empfahl man das allmähliche Zurückziehen aus der Arbeit, wenn man sich dem Alter näherte, in dem die Vitalität nachließ.

»Immer wieder Arilinn«, sagte Thyra ungeduldig, als hätte ich den Gedanken laut ausgesprochen. »Bildet man euch dort zu Feiglingen aus?«

Ich wandte mich zu ihr und versuchte, mich gegen die plötzliche, innere Wut zu feien, die Thyra so leicht in mir wachrief. Dann kontrollierte ich mich scharf, ehe Marjorie und die anderen von dem Emotionsstrudel, der zwischen Thyra und mir hin und her raste und wirbelte, gefangen wurden, und sagte: »Eines bringen sie uns jedenfalls bei, Thyra, nämlich mit uns selbst und anderen aufrichtig umzugehen.« Ich streckte ihr die Hände entgegen. Wenn sie auf dem Arilinn ausgebildet worden wäre, hätte sie schon gewusst, dass Wut nur zu oft eine weniger erlaubte Emotion verbarg. »Bist du bereit, aufrichtig zu mir zu sein?«

Zögernd ergriff sie meine ausgestreckte Hand. Ich versuchte krampfhaft, meine Barrieren gesenkt zu halten und mich nicht gegen sie zu verschließen. Sie zitterte, und ich wusste, dies war eine neue, aufstörende Erfahrung für sie. Kein Mann außer Kadarin, der seit langem ihr Liebhaber war, hatte jemals ihre Sinne angerührt. Einen Moment dachte ich, sie würde weinen. Es wäre für sie besser gewesen, doch sie biss sich auf die Lippen und starrte mich trotzig an. Halblaut flüsterte sie. »Nicht ...«

Ich brach den unsicheren Kontakt ab, weil ich wusste, ich konnte Thyra nicht zwingen, wie ich es auf dem Arilinn hätte tun müssen, sich ganz hineinzugeben und sie mit dem zu konfrontieren, was sie sich weigerte zu erkennen. Ich konnte es nicht. Nicht vor Marjorie.

Es war nicht Feigheit, das sagte ich mir heftig. Wir waren alle Verwandte. Aber es war einfach nicht nötig.

Ich sagte mit raschem Themawechsel: »Wir können morgen versuchen, die Sharra-Matrix zu verschlüsseln, wenn ihr wollt. Hast du deinem Vater erklärt, Beltran, dass wir einen abgelegenen Platz für die Arbeit brauchen, und ihn um Erlaubnis gebeten, den Hubschrauber benutzen zu können?«

»Ich werde ihn heute Abend beim Essen fragen«, versprach Beltran.

Nach dem Abendessen, als wir alle in dem kleinen, privaten Arbeitszimmer saßen, welches zu unserem Haupttreffpunkt geworden war, kam Beltran zu uns und sagte, die Erlaubnis sei erteilt, wir könnten die alte Landebahn benutzen. Wir redeten nur wenig an diesem Abend. Jeder hing seinen eigenen Gedanken nach. Ich dachte, dass es Kadarin bestimmt eine Menge gekostet hatte, mir die Matrix zu übergeben. Er hatte die ganze Zeit über damit gerechnet, er und Beltran würden die Arbeit leiten und ich würde nur eine Hilfe sein, die ihre Fertigkeiten zur Verfügung stellt, aber keine Entscheidungen trifft. Beltran hatte wahrscheinlich immer noch etwas dagegen, dass ich die Verantwortung trug, und seine Unfähigkeit, Teil des Zirkels zu werden, war wahrscheinlich die bitterste Pille, die er jemals zu schlucken gehabt hatte.

Marjorie saß ein wenig abseits von uns anderen, mit der herzzerreißenden Isolierung einer Bewahrerin, die sich bereits über sie gesenkt hatte und sie von den anderen entfernte. Ich hasste mich, weil ich sie dazu verdammt hatte. Ein Teil von mir wollte alles von sich stoßen und sie in meine Arme schließen. Vielleicht hatte Kadarin Recht, vielleicht war die Keuschheit einer Bewahrerin der dümmste aller Aberglauben der Comyn, und Marjorie und ich gingen völlig unnötig durch diese Hölle.

Ich ließ mich treiben und versuchte, den Tag in der Zukunft zu sehen, an dem wir frei sein würden, uns zu lieben. Und merkwürdigerweise, wenn auch mein Platz hier war und obwohl ich dachte, ich hätte meiner Verbindung zu den Comyn ganz und gar abgeschworen, versuchte ich doch noch, mich dabei zu sehen, wie ich meinem Vater die Neuigkeiten mitteilte.

Ich gelangte wieder zu Bewusstsein und sah Rafe schlafend vor dem Kamin liegen. Jemand müsste ihn wecken und ins Bett schicken. War diese Arbeit für einen Jungen seines Alters zu anstrengend? Er sollte eher mit knopfgroßen Matrizes spielen, anstatt ernsthaft in einem Zirkel wie diesem zu arbeiten.

Am längsten, und zwar mit grausamem Neid, ruhten meine Augen auf Kadarin und Thyra. Seite an Seite saßen sie auf dem Teppich vor dem Kamin und starrten ins Feuer. Zwischen ihnen lag kein Verbot. Selbst wenn sie voneinander getrennt waren, besaßen sie einander. Ich sah, wie Marjories Blick mit der gleichen entrückten Trauer auf ihnen ruhte. Das zumindest hatten wir gemeinsam ... und das war im Moment auch alles.

Ich drehte meine Hand um und blickte mit Bedauern auf das am rechten Handgelenk eintätowierte Zeichen, das Siegel der Comyn. Das Zeichen, dass ich *Laran*-Erbe einer Domäne war. Mein Vater hatte für mich geschworen, ehe das Zeichen eingebrannt wurde, ich würde den Comyn dienen und loyal zu meinem Volk stehen.

Ich blickte auf die Narbe aus meinem ersten Jahr auf dem Arilinn. Wann immer ich mit einer Matrix arbeitete wie hier, tat sie weh. Auch jetzt schmerzte sie. Dieses hier, nicht die Tätowierung meiner Domäne, war das wahre Zeichen meiner Loyalität zu Darkover. Und nun arbeitete ich für die Wiederbelebung des alten Wissens und der Weisheit, die unserer Welt dienen sollten. Ich brach das Gesetz von Arilinn, indem ich mit unerfahrenen Telepathen und unabgeschirmten Matrizes arbeitete. Ich brach ihr Wort, um vielleicht den wahren Geist wieder über ganz Darkover herrschen zu lassen!

Als Rafe und die Frauen müde und gähnend zu Bett gingen, hielt ich Kadarin einen Moment zurück. »Eins muss ich noch wissen. Bist du mit Thyra verheiratet?«

Er schüttelte den Kopf. »Wir sind vielleicht ein Paar, aber wir haben uns nie um formelle Zeremonien gekümmert. Wenn sie es gewollt hätte, hätte ich gern zugestimmt. Aber ich habe so viele Hochzeitszeremonien auf so vielen Welten gesehen, dass sie mir alle gleich sind. Warum?«

»In einem Turmzirkel käme es nicht in Betracht. Aber hier muss ich es einbeziehen«, sagte ich. »Besteht die Möglichkeit, dass sie ein Kind trägt?«

Er zog eine Braue hoch. Ich wusste, diese Frage war ein unentschuldbares Eindringen in die Intimsphäre, doch es war wichtig, es zu wissen. Schließlich sagte er: »Ich bezweifle es. Ich bin auf so vielen Welten gewesen und war so vielen Dingen ausgesetzt ... ich bin älter als ich aussehe, aber ich habe noch kein Kind gezeugt. Wahrscheinlich kann ich es nicht. Daher fürchte ich, wenn Thyra ein Kind haben will, muss sie es sich anderweitig zeugen lassen. Stellst du dich zur Verfügung?«, fragte er lachend.

Ich fand die Frage zu unmöglich, um auch nur darauf zu antworten oder darüber nachzudenken. »Ich wollte dich nur warnen, dass die Arbeit im Matrix-Zirkel gefährlich werden könnte, wenn auch nur die geringste Chance einer Schwangerschaft besteht. Gefährlich nicht so sehr für sie, sondern für das Ungeborene. Es hat da entsetzliche Tragödien gegeben. Ich hatte das Gefühl, dich warnen zu müssen.«

»Ich denke, es wäre besser gewesen, *sie* zu warnen«, gab er zurück, »aber ich schätze deine Zurückhaltung.« Er schenkte mir einen sonderbaren, unbestimmbaren Blick und ging. Nun, es war nur meine Pflicht gewesen, ihn zu fragen, und wenn die Frage ihm Sorgen machte, müsste er damit fertig werden und sie akzeptieren, so wie ich die Frustration mit Marjorie und die Art, wie mich Thyras physische Präsenz verwirrte, akzeptieren musste. Meine Träume in jener Nacht waren beunruhigend. Thyra und Marjorie verschmolzen zu einer Frau, so dass ich eine von ihnen wieder und wieder vor mir sah und plötzlich entdecken musste, es war die andere. Ich hätte dies als Warnzeichen erkennen müssen, aber ich merkte es erst, als es zu spät war.

Der nächste Tag war grau und düster. Ich fragte mich, ob wir nicht besser bis zum Frühling warteten, um wirklich arbeiten zu können. Es wäre günstiger, wenn wir mehr Zeit hätten, uns richtig in der Arbeit zusammenzufinden und vielleicht andere träfen, die in den Zirkel passten. Beltran und Kadarin würden dann ungeduldig werden. Nun, sie würden ihre Ungeduld bezähmen müssen.

Marjorie sah verfroren und erwartungsvoll aus. Ich fühlte mich ebenso. Ein paar vereinzelte Schneeflocken trieben zur Erde, doch ich konnte kaum das Wetter als Entschuldigung für den Aufschub des Experiments anführen. Selbst Thyras ansonsten immer gute Stimmung war gedrückt.

Ich wickelte das Schwert aus, in dem die Matrix versteckt lag. Das Schmiedevolk musste es hergestellt haben. Ich fragte mich, ob es wenigstens halbwegs erkannt hatte, was es da tat. Es gab alte Traditionen über Matrizes wie diese hier, die man in Waffen einsenkte. Sie entstammten dem Zeitalter des

Chaos, in dem, wie man sagte, alles über Matrizes bekannt war und unsere Welt als Folge davon fast zerstört wurde.

Ich sagte zu Beltran: »Es ist sehr gefährlich, sich in eine Matrix von dieser Größe einzugeben, wenn man kein genaues Ziel im Kopf hat. Sie muss ständig kontrolliert werden, sonst kontrolliert sie uns.«

Kadarin sagte: »Du redest von der Matrix, als sei sie ein Lebewesen.«

»Ich bin nicht so sicher, ob sie es nicht ist.« Ich deutete auf den Hubschrauber, der in etwa dreißig Metern Entfernung am Rand des verlassenen Landestreifens stand. Der Schnee begann, das Heck und die Rotoren zu bedecken. »Was es heißt, ist Folgendes: Wir können uns nicht einfach in die Matrix einspeisen und sagen: ›Flieg‹, um dann zuzusehen, wie das Ding abhebt. Wir müssen ganz exakt wissen, wie der Mechanismus funktioniert, um genau zu bestimmen, welche Kräfte wir wie gerichtet freisetzen müssen. Ich schlage vor, wir beginnen mit der Konzentration auf die Drehung der Rotorblätter, damit sie genügend Geschwindigkeit erlangen und der Hubschrauber abhebt. Wir brauchen eigentlich keine Matrix dieser Größe dazu und auch keine fünf Mitarbeiter. Ich könnte es mit dieser hier machen.« Ich berührte den isolierenden Beutel an meinem Hals, der meinen eigenen Stein enthielt. »Aber wir müssen eine präzise Methode entwickeln, um die Kräfte zu lenken. Dann werden wir herausfinden, wie wir den Helikopter anheben, und da wir ja nicht wollen, dass er zerschellt, müssen wir unsere Kräfte darauf begrenzen, die Rotoren zu drehen, bis er wenige Zentimeter abhebt. Dann senken wir allmählich die Geschwindigkeit wieder, bis er landet. Später können wir versuchen, ihn im Flug zu dirigieren und zu kontrollieren.« Ich wandte mich Beltran zu. »Wird das die Terraner überzeugen, dass Psi-Kraft materiellen Nutzen hat, so dass sie uns Hilfe bei der Entwicklung dieser Kräfte für die Raumfahrt geben?«

Kadarin antwortete. »Hölle, ja! Wenn ich überhaupt etwas über die Terraner weiß, dann dies!«

Marjorie fühlte Rafes geballte Fäuste. »Warm genug?« Er zog sie beleidigt fort, und sie besänftigte ihn. »Sei nicht albern! Wenn du zitterst, verbrauchst du zu viel Energie. Du musst dich konzentrieren können!« Mir gefiel, wie sie es anfasste. Mein eigenes Frösteln war innerlich. Ich wies Beltran einen Platz etwas außerhalb des Zirkels an. Ich weiß, es war eine bittere Pille für ihn, dass der zwölfjährige Rafe hier teilhaben konnte und er nicht, und er tat mir unendlich Leid, doch die erste Regel bei der Matrix-Arbeit lautet, dass man seine eigenen Grenzen erkennen und akzeptieren muss. Wenn Beltran es nicht konnte, hatte er im Umkreis von einer Meile um den Zirkel keinen Platz.

Ein richtiger Zirkel war eigentlich nicht notwendig, doch ich zog uns eng zueinander, so dass die magnetische Energie unserer Körper ineinander verlief und die wachsende Verbindung verstärkte.

Ich wusste, dies war Wahnsinn – eine teilweise ausgebildete Bewahrerin, ein kaum ausgebildeter Psi-Monitor ... eine illegale, unabgeschirmte Matrix ... und dennoch dachte ich an die Pioniere in den ersten Tagen unserer Welt, die zuerst die Matrizes zähmten. Kolonisten von der Erde? Kadarin glaubte es. Bevor die Türme entstanden, ehe ihre Arbeit durch Rituale und Aberglauben beschützt wurde. Und es lag an uns, ihre Schritte zu wiederholen!

Ich trennte Knauf und Klinge und nahm die Matrix heraus. Sie war noch nicht aktiviert, doch bei der Berührung zuckte die alte Narbe in meiner Hand vor Schmerz. Marjorie bewegte sich mit ruhiger Sicherheit in die Mitte des Kreises. Sie stand mit dem Gesicht zu mir und legte eine Hand auf den blauen Stein ... ein Wirbel, der mich in seine Tiefen hineinziehen wollte, ein Mahlstrom ... Ich schloss die Augen und suchte die

Verbindung mit Marjorie, wurde ruhiger, als ich ihren Kontakt wie seidene Stärke empfand. Ich fühlte, wie Thyra an ihren Platz trat, dann Kadarin; das Gefühl, als würde eine fast unerträgliche Last durch seine Stärke gemildert, als nähme er ein großes Gewicht auf seine Schultern. Rafe glitt hinein wie ein kleines Pelztier, das sich an uns kuschelte.

Ich hatte das sonderbare Gefühl, dass die Kraft aus dem Stein heraus in den Zirkel strömte. Es war, wie an eine kraftvolle Batterie angeschlossen zu sein, die in uns allen in Körper und Gehirn vibrierte. Das war falsch, das war sehr falsch. Es war merkwürdig belebend, aber ich wusste, dass wir dem nicht einmal für eine Minute nachgeben durften. Erleichtert merkte ich, wie Marjorie die Kontrolle gewann und mit bestimmender Kraft den Strom richtete und durch sie hindurch nach außen lenkte.

Einen Moment stand sie wie eingehüllt in tanzende, zuckende Flammen. Dann nahm sie für einen Augenblick das Bild einer Frau an ... *golden, gekettet, kniend,* wie sich das Schmiedevolk seine Göttin vorstellte ... Ich wusste, dies war eine Illusion, doch es schien, als strecke Marjorie – oder die zuckende Feuergestalt, die um sie und über ihr drohte – die Hand nach den Rotoren des Hubschraubers aus und drehe sie wie ein Kind einen Kreisel. Mit meiner normalen Hörfähigkeit vernahm ich das summende Geräusch, als sich die Rotoren zu drehen begannen, erst langsam unter der kontrollierenden Kraft, dann schneller zu einem schnurrenden Geräusch, einem Dröhnen, einem Kreischen, das die Luftströme auffing. Langsam, langsam hob sich die große Maschine und schwebte einige Zentimeter über dem Boden.

Wollte hinauf, wollte fliegen ...

Halt sie dort! Ich lenkte die Kraft nach außen, während Marjorie sie formte und gestaltete. Ich fühlte, wie sich alle anderen eng an mich pressten, wenn wir uns auch körperlich nicht berührten. Als ich zitterte und den starken Strom der verbundenen Kräfte fühlte, erkannte ich wie in einer Abfolge von Blitzen die große Feuergestalt, die ich schon früher gesehen hatte, Marjorie und wieder nicht Marjorie, ein roher Kraftstrom, eine nackte Frau, himmelhoch mit wildem Haar, jede Locke ein Feuerstrom ... Ich fühlte eine sonderbare Wut in mir aufsteigen. *Nimm den Hubschrauber, der dort nutzlos ein paar Zentimeter über dem Boden schwebt, schleudere ihn in den Himmel, hoch, hoch, schleudere ihn wie eine Rakete gegen die Türme von Burg Aldaran, brennend, zerschellend ... zertrümmert die Mauern wie Sand, schleudert einen Feuerregen ins Tal, Feuerregen auf Caer Donn, legt den terranischen Stützpunkt in Schutt und Asche ...* Ich kämpfte gegen diese Bilder von Feuer und Zerstörung, wie ein Reiter gegen ein hartnäckiges Pferd kämpft. *Zu stark, zu stark.* Ich roch Moschus; eine wilde Bestie stolzierte durch den Dschungel meiner Gefühle, Wut, Lust, eine Verbindung wilder Emotionen ... ein kleines, zitterndes Tier, das entsetzt einen Baum hinaufjagt ... das Kreischen der Rotorblätter, ein Schrei, ein betäubender Lärm ...

Langsam verebbte das Geräusch zu einem Heulen, einem Dröhnen, einem entfernten Summen, Stille. Der Hubschrauber stand sichtlich vibrierend, doch reglos da. Marjorie flackerte immer noch mit dem schwachen Schimmer unsichtbaren Feuers und lächelte ruhig und abwesend. Ich spürte, wie sie den Kontakt abbrach, wie die übrigen einer nach dem anderen hinausglitten, bis wir allein, aber beieinander waren. Sie zog die Hand von der Matrix zurück, und ich blieb kalt und einsam zurück. Heftige Wut wirbelte unkontrolliert durch mein Hirn. Mein Herz raste. Das Blut pochte in meinem Schädel, die Sicht war verschwommen ...

Beltran berührte mich leicht an der Schulter. Ich fühlte, wie der Tumult nachließ. Unter einem Schmerzschütteln gelang es mir, mein Bewusstsein zurückzuziehen. Rasch bedeckte ich die Matrix und legte die Hand auf die schmerzende Stirn.

»Zandrus Hölle!«, flüsterte ich. Noch nie, niemals in drei Jahren auf dem Arilinn, hatte ich solche Kräfte gespürt. Kadarin blickte zum Hubschrauber und sagte gedankenvoll: »Wir hätten alles damit anfangen können.«

»Außer vielleicht, ihn zu kontrollieren.«

»Aber die Kraft ist da. Wir müssen nur lernen, sie zu kontrollieren«, sagte Beltran. »Ein Raumschiff. Alles.«

Rafe berührte vorsichtig Marjories Handgelenk. »Eine Minute lang habe ich gedacht, du stündest in Flammen. War das wirklich so, Lew?«

Ich war mir nicht sicher, ob es schlicht eine Illusion gewesen war, so wie sich Generationen über Generationen des Schmiedevolks ihre Göttin vorgestellt hatten, die Kraft, die ihnen aus den Tiefen der Erde die Metalle zu den Feuern und Hämmern brachte. Oder war es eine objektive Kraft aus jener fremdartigen Außenwelt, die der Telepath betritt, wenn er seinen Körper verlässt? Ich sagte: »Ich weiß es nicht, Rafe. Wie wirkte es auf dich, Marjorie?«

Sie antwortete: »Ich habe das Feuer gesehen. Ein wenig habe ich es auch gespürt, aber es hat mich nicht verbrannt. Aber ich habe auch gemerkt, wenn ich die Kontrolle verlöre, würden die Flammen in mir aufschlagen und ... die Macht übernehmen, so dass ich selbst das Feuer wäre und hinabspringen und ... zerstören könnte. Ich kann das nicht sehr gut ausdrücken ...«

Dann war ich es also nicht allein. Auch sie hatte die kämpferische Wut gespürt, die Zerstörungslust. Ich kämpfte immer noch mit den physischen Nachwirkungen, dem schwachen Zittern des ausgeschütteten Adrenalins. Wenn diese Gefühle wirklich in mir aufgestiegen waren, taugte ich für diese Arbeit nicht. Doch wenn ich in mich hineinlauschte, mit der Disziplin eines Turmerfahrenen, fand ich keine Spur eines solchen Gefühls mehr.

Das beunruhigte mich. Wenn meine verborgenen Emotionen – Wut, die ich nicht zulassen wollte, unterdrückte Begierde nach einer der Frauen, verborgene Feindseligkeit gegenüber einem anderen – aus meinem Gedanken verbannt worden waren, um mich zu verzehren, dann war das ein Zeichen, dass ich unter dieser Belastung meine im Turm erworbene Disziplin verloren hatte. Aber diese Emotionen, die ja die meinen waren, konnte ich kontrollieren. Wenn sie aber *nicht* zu mir gehörten, sondern von anderswoher auf uns gekommen waren, befanden wir uns alle in Gefahr.

Ich sagte: »Ich bin beunruhigter als je zuvor über diese Matrix. Die Kraft ist da, ja. Aber man hat sie als Waffe eingesetzt ...«

»Und sie will zerstören«, sagte Rafe unerwartet, »wie das Schwert im Märchen. Wenn man es zieht, geht es erst wieder zurück in die Scheide, wenn es Blut getrunken hat.«

Nüchtern sagte ich: »Eine Menge dieser Märchen basieren auf den verarbeiteten Erinnerungen an das Zeitalter des Chaos. Vielleicht hat Rafe Recht, und sie will Blut und Zerstörung.«

Thyra meinte mit grübelndem Blick: »Tun das nicht alle Männer ein wenig? Die Geschichte beweist das. Das trifft auf Darkovaner wie auf Terraner zu.«

Kadarin lachte. »Du bist bei den Comyn groß geworden, Lew, daher verzeihe ich dir deinen Aberglauben.« Er legte mit einer warmen Geste seinen Arm um meine Schultern. »Ich setze mehr Vertrauen in den menschlichen Geist als in den Aberglauben des Schmiedevolkes.« Wir standen immer noch miteinander in Kontakt; wieder fühlte ich seine Stärke, die ein großes Gewicht von meinen Schultern nahm. Ich lehnte mich gegen ihn. Er hatte wahrscheinlich Recht. Seit meiner Kindheit war mein Kopf voll von Geschichten über diese alten Götter und Mächte. Man hatte die Wissenschaft von der Matrix-Mechanik entwickelt, um damit fertig zu werden. Ich war ein erfahrener Techniker. Warum erlaubte ich meiner Phantasie, mit mir durchzugehen?

Kadarin sagte: »Versuche es noch einmal. Jetzt, da wir wissen, dass wir sie kontrollieren können, geht es noch darum, wie wir es zu Stande bringen.«

»Diese Entscheidung kann nur die Bewahrerin treffen«, sagte ich. Es machte mir Sorgen, dass sich Marjorie immer noch auf mich bezog. Es war zwar nur natürlich, weil ich sie ausgebildet hatte, aber sie musste lernen, dass die Initiative bei ihr lag.

Sie streckte mir ihre Hand hin und stellte die Grundlinie der Kräfte auf. Einen nach dem anderen brachte sie uns in den Zirkel. Jeder ließ sich auf den zugewiesenen Platz fallen, als seien wir Soldaten auf einem Schlachtfeld. Dieses Mal fühlte ich, wie sie auch Beltran berührte und ihn einstellte, so dass er den Kontakt außerhalb des Zirkels aufrechterhalten konnte. Dieses Mal war die Kraft leichter zu ertragen ... *gebändigtes Feuer, Elektrizität, in einer Batterie eingeschlossen, ein Rennpferd, fest am Zügel* ... Ich sah, wie das Feuer um Marjorie aufsprang, doch dieses Mal konnte ich hindurchsehen. Es war nicht wirklich, nur die Visualisierung einer Kraft ohne physische Realität.

Wir standen in Verbindung und hielten den pulsierenden Strom fest. Wenn die Terraner uns nicht geben, was wir brauchen und verdienen, können wir sie dazu zwingen. Wir brauchen ihre Bomben und Sprengkörper nicht zu fürchten. Glauben sie etwa, wir seien mit Mistgabeln und Schwertern bewaffnete Barbaren?

Jetzt erkannte ich deutlich, als sich das Feuer aufbaute, die Gestalt einer Frau, einer himmelhohen Göttin, eingehüllt von Flammen, die unruhig und stetig zu einem Schlag ausholte.

... Feuerregen auf Caer Donn, legt die Stadt in Trümmer. Raumschiffe fallen wie Kometen aus dem Himmel ...

Entschlossen bemühte sich Marjorie um Kontrolle, wie bei einer der Zirkusvorstellungen, wo ein einzelner Reiter vier Pferde mit nur einem Zügel kontrolliert, und brachte uns zurück auf den alten Flughafen. Um uns her schimmerte es, aber er war da. Die Hubschrauberrotoren begannen wieder zu summen und sich mit metallischem Dröhnen zu drehen.

Wir brauchen mehr Energie, mehr Kraft. Einen Augenblick lang sah ich deutlich das Gesicht meines Vaters, spürte die starke Gedankenverbindung. Er hatte die Gabe in mir erweckt. Ganz verloren wir nie den Kontakt. Ich fühlte das Erstaunen, die Furcht, mit der er die Berührung der Matrix spürte, die ihn einen Moment hineinzog ... Er war fort. War nie dort gewesen. Dann spürte ich, wie Thyra mit sicherer Bewegung Kermiac in den Zirkel hineinholte, als sei er körperlich anwesend. Einen Sekundenbruchteil lang weitete der Zirkel seine Kraft aus, brannte hell. Leicht hob sich der Hubschrauber vom Boden und hing zitternd in der Luft. Die Rotoren drehten sich mühelos und kraftvoll. Ich sah, ich spürte, wie Kermiac zusammenschrumpfte, sich zurückzog. Die Kraftlinien zerrissen ... Kadarin und ich, fest verbunden, unterstützten Marjorie, die die zitternden Energien kontrollierte und geringer und geringer werden ließ ... Hart schlug der Hubschrauber auf dem Boden auf, und das metallische Geräusch zerbrach die Verbindung. Schmerz durchzuckte mich. Marjorie brach schluchzend zusammen. Beltran hatte Thyra bei der Schulter genommen und schüttelte sie wie ein Hund eine Ratte. Er holte aus und schlug ihr voll ins Gesicht. Ich fühlte, wir alle spürten den stechenden Schmerz dieses Schlags.

»Verdammte Hexe! Verdammte Teufelin!«, schrie Beltran. »Wie kannst du es wagen, verdammt, wie kannst du ...«

Kadarin griff nach ihm und zog ihn mit aller Gewalt von

Thyra fort. Ich versuchte, Kermiac zu erreichen. Kaltes Entsetzen ergriff mich. *Oheim, haben sie Euch getötet?* Nach einem Moment spürte ich erleichtert seine Gegenwart, einen Lebensfaden, schwach, zusammengebrochen, aber am Leben. Gott sei Dank, am Leben.

Kadarin hielt immer noch Beltran fest. Als er ihn losließ, schlug der Jüngere heftig zu Boden. Rasend schrie Kadarin: »Leg noch einmal Hand an sie, Beltran, und ich werde dich mit eigener Hand umbringen!« Jetzt sah er absolut nicht mehr menschlich aus.

Marjorie weinte und zitterte so heftig, dass ich fürchtete, sie würde die Besinnung verlieren. Ich fing sie auf und stützte sie. Thyra legte die Hand auf ihr geschwollenes Gesicht. Sie sagte, in dem Versuch, sich zu verteidigen: »Was für ein Theater um nichts! Er ist stärker als wir alle!«

Meine Angst um Kermiac hatte sich in eine Wut verwandelt, die fast ebenso groß war wie die Beltrans. Wie konnte Thyra es wagen, so etwas gegen seinen Willen und Marjories Urteil zu tun? Ich wusste, dass ich ihr nicht vertrauen konnte, dieser verdammten Schlange! Ich wandte mich zu ihr und hielt Marjorie dabei mit einem Arm fest. Sie wich zurück wie unter einem Schlag. Das brachte mich schockartig wieder zu Sinnen. Eine Frau schlagen? Langsam und mit gesenktem Kopf wickelte ich die Hülle wieder um die Matrix. Das war *unsere* Wut. Sie war ebenso gefährlich wie das, was Thyra getan hatte.

Marjorie konnte nun wieder allein stehen. Ich legte ihr die Matrix in die Hand und ging zu Thyra. Ich sagte: »Ich werde dir nicht wehtun, Kind. Aber was hat dich besessen, dass du so etwas tun konntest?« Eines der obersten Gesetze eines jeden Telepathen lautete, niemals einem anderen seinen Willen oder sein Urteil aufzuzwingen ...

Der Trotz hatte ihre Miene verlassen. Sie befühlte die Wange, auf die Beltran sie geschlagen hatte. »Ehrlich, Lew«, sagte sie fast flüsternd, »ich weiß es nicht. Ich spürte, dass wir irgendjemanden brauchten, und in der Vergangenheit hat diese Matrix die Aldarans gekannt. Sie *wollte* Kermiac – nein, das klingt unsinnig, oder? Und ich spürte, dass ich es tun konnte und musste, weil Marjorie es ablehnte ... ich konnte mich nicht zurückhalten. Ich habe mich selbst dabei beobachtet, und ich hatte Angst ...« Hilflos begann sie zu weinen.

Ich trat auf sie zu, nahm sie in den Arm und hielt sie an mich gepresst, während ihr nasses Gesicht an meiner Schulter ruhte. Ich spürte ihre bebende Zartheit. Angesichts dieser Kraft waren wir alle hilflos geworden. Meine Gefühle hätten mich warnen sollen, aber ich war zu bestürzt, um die Mahnung zu registrieren. Ihr warmer Körper in meinen Armen hätte mich zu diesem Zeitpunkt ebenfalls warnen müssen, aber ich ließ zu, dass sie sich an mich klammerte und schluchzte, bevor ich ihr nach ein paar Minuten sanft auf die Schulter klopfte, ihr die Tränen abwischte und mich umwandte, um Beltran aufzuhelfen. Steif stand er auf und rieb sich die Hüfte. Ich seufzte und sagte: »Ich weiß, was du fühlst, Beltran. Es war eine gefährliche Sache. Aber auch du hattest Unrecht, indem du die Beherrschung verloren hast. Ein Matrix-Techniker muss jederzeit seine Gefühle unter Kontrolle haben – immer.«

Trotz und Reue kämpften in seinem Gesicht. Er rang nach Worten. Ich hätte darauf warten müssen – schließlich war ich für den ganzen Zirkel verantwortlich –, aber mir ging es zu schlecht, und ich fühlte mich zu ausgelaugt, um es auch nur zu versuchen. Daher sagte ich nur kurz angebunden: »Sieh lieber nach, ob der Hubschrauber Schaden genommen hat.«

»Weil er aus einer so geringen Höhe auf den Boden stürzte?« Jetzt klang seine Stimme verächtlich. Auch das machte mir Sorgen, doch ich war zu müde, um darauf zu achten. Ich sagte: »Wie du willst. Es ist deine Maschine. Wenn *das* bei deiner Anwesenheit im Zirkel herauskommt, werde ich verdammt noch mal dafür sorgen, dass du dich demnächst in einer Meile Entfernung aufhältst.« Und damit wandte ich ihm den Rücken zu.

Marjorie stützte sich auf Rafe. Sie hatte aufgehört zu weinen, doch Augen und Nase waren noch gerötet. Sie sagte mit leiser, bebender Stimme: »Mir geht es wieder besser, Lew. Ehrlich.«

Ich blickte zu Boden. Jetzt lag der Schnee schon mehrere Zentimeter hoch. Innerhalb einer Matrix verliert man immer jegliches Zeitgefühl. Es schneite heftiger als zuvor, und der Himmel verdunkelte sich. Meine zitternden Hände warnten mich. Ich sagte: »Wir alle brauchen etwas zu essen und Ruhe. Lauf voraus, Rafe, und sage den Dienern, dass sie uns eine Mahlzeit vorbereiten.«

Ich hörte ein vertrautes metallisches Dröhnen und sah auf. Der andere Hubschrauber kreiste über uns. Beltran ging auf ihn zu. Ich wollte ihm nachrufen, ihn herbefehlen – auch er war sicher ausgelaugt und brauchte Nahrung und Ruhe. Doch in diesem Moment war mein einziger Gedanke: Lass ihn doch zusammenbrechen. Es täte ihm gut, wenn er lernte, dass dies kein Spiel war. Wie ließen ihn zurück.

Auch hatte ich mich bei Kermiac zu entschuldigen. Es spielte keine Rolle, dass seine Einbeziehung gegen meinen Befehl geschehen war. Ich war für die Matrix verantwortlich. Ich hatte diesen Zirkel ausgebildet. Ich war für alles verantwortlich, was dort geschah.

Für alles.

Alles! Aldones, Herr des Lichts ... alles: Ruinen und Tod, eine Stadt in Flammen und Chaos, Marjorie ...

Ich kämpfte mich aus diesem Mahlstrom von Elend und Schmerzen heraus und starrte den ruhigen Weg entlang, in den dunklen Himmel, den leise fallenden Schnee. Nichts davon war real. Ich hatte Halluzinationen. Gnädige Avarra! Wenn mich nach drei Jahren auf dem Arilinn eine Matrix zum Halluzinieren brachte, befand ich mich in Schwierigkeiten!

Kermiacs Diener hatten uns ein üppiges Mahl aufgetragen, wenn ich auch so hungrig war, dass ich ebenso gern nur Brot und Milch verzehrt hätte. Während des Essens ließ die ungeheure Erschöpfung nach, doch ein vages, formloses Schuldgefühl blieb. Marjorie. Hatte sie die Flamme verbrannt? Ich wollte sie immer noch berühren und mich versichern, dass sie zugegen war, lebendig, unversehrt. Thyra aß, während ihr die Tränen über die Wangen rannen. Die Schwellung wurde dicker und dunkler, bis das Auge völlig zugedeckt war. Beltran kam nicht. Ich vermutete, er sei bei Kermiac. Es war mir völlig egal, wo er war. Marjorie schob schuldbewusst ihren dritten vollen Teller zur Seite und sagte: »Ich schäme mich, dass ich so gierig bin!«

Ich versuchte, sie zu beruhigen. Doch erst Kadarin gelang es. »Iss nur, Kind, iss. Deine Nerven sind erschöpft. Du brauchst die Energie. Rafe, was ist mit dir los, Kind?« Der Junge schob unruhig sein Essen auf dem Teller hin und her. »Du hast noch nichts angerührt!«

»Ich kann nicht, Bob. Ich habe Kopfschmerzen. Ich fürchte, mir wird schlecht.«

Kadarin sah mich an. »Ich kümmere mich um ihn«, sagte er. »Ich weiß, was zu tun ist. In seinem Alter habe ich das auch mitgemacht.« Er nahm Rafe auf den Arm und trug ihn wie ein kleines Kind aus dem Zimmer. Thyra stand auf und ging hinter ihnen her.

Allein mit Marjorie, sagte ich: »Auch du solltest dich nach alledem ausruhen.«

Sie sagte mit sehr leiser Stimme: »Ich habe Angst, allein zu sein. Lass mich nicht allein, Lew.«

Das wollte ich auch nicht, nicht, bis ich sicher war, dass es ihr gut ging. Eine Bewahrerin unterliegt bei der Ausbildung Belastungen, wie sie kein anderer Matrix-Mechaniker aushalten muss, und ich war immer noch für sie verantwortlich. Wenn auch emotionale Ausbrüche beim Kontaktieren einer großen Matrix nichts Ungewöhnliches waren, fielen jedoch Angst erregende Szenen wie die zwischen Thyra und Beltran aus dem Rahmen. Glücklicherweise. Kein Wunder, dass uns allen im wahrsten Sinne des Wortes davon übel geworden war.

Ich hatte Marjories Zimmer noch nie zuvor gesehen. Es lag oben in einem kleinen Turm, sehr abgelegen und nur durch eine gewundene Treppe zu erreichen. Es war ein unregelmäßig geschnittener Raum mit breiten Fenstern. Bei klarer Sicht konnte man wahrscheinlich einen phantastischen Blick auf das Gebirge genießen. Jetzt wirkte alles grau, düster und traurig, denn der Schneesturm schlug heftig und heulend gegen die Scheiben. Marjorie glitt aus ihren Stiefeln, kniete sich neben das Fenster und sah hinaus. »Gut, dass wir rechtzeitig hineingegangen sind. Ich weiß, der Schnee kann so schnell über einen hereinbrechen, dass man hundert Meter vor der Tür noch den Weg verlieren kann. Lew, glaubst du, dass es Rafe wieder gut gehen wird?«

»Natürlich. Es ist einfach die Belastung, vielleicht auch ein Anflug von Schwellenkrankheit. Beltrans Tantrum hat nichts genützt, aber es wird nicht lange andauern.« Wenn ein Telepath einmal die volle Kontrolle über seine Matrix gewonnen hatte, und dazu muss er seine Nervenkanäle beherrschen gelernt haben, kam Schwellenkrankheit nicht mehr oft vor. Rafe fühlte sich wahrscheinlich miserabel, aber es würde nicht lange andauern.

Marjorie lehnte sich gegen das Fenster und presste die Schläfe gegen die kalte Scheibe. »Ich habe Kopfschmerzen.«

»Dieser verdammte Beltran!«, sagte ich mit einer Heftigkeit, die mich überraschte.

»Es war Thyras Fehler, Lew. Nicht seiner.«

»Was Thyra getan hat, lag in ihrer Verantwortung, aber auch Beltran muss die Verantwortung dafür tragen, dass er die Kontrolle verlor.«

Meine Gedanken gingen zurück zu jenem sonderbaren Zwischenfall bei der Matrix – ich hatte keine Ahnung, ob er einige Sekunden oder ein paar Stunden gedauert hatte –, als ich die Gegenwart meines Vaters spürte. Ich fragte mich, ob man auf einem der Türme, ob auf Hali, Arilinn oder Neskaya, die Belebung dieser enormen Matrix gespürt hatte. Mein Vater war ein ungewöhnlicher Telepath. Er hatte auf Arilinn unter einer der letzten Bewahrerinnen der alten Schule gedient. Er musste das Erwachen von Sharra gefühlt haben.

Wusste er, was wir taten?

Als würde Marjorie meinen Gedanken folgen, sagte sie: »Lew, was ist dein Vater für ein Mensch? Mein Pate hat immer gut von ihm geredet.«

»Ich möchte nicht über meinen Vater reden, Marjorie.« Doch meine Barrieren waren durchbrochen, und jener wütende Teil kehrte zurück mit all der alten Bitterkeit. *Er war gewillt gewesen, mich zu töten, um seinen Willen durchzusetzen. An mich dachte er nicht mehr als an ...*

Marjorie sagte leise: »Du bist im Unrecht, Lew. Dein Vater liebte dich. Er liebt dich auch jetzt. Nein, ich lese nicht deine Gedanken. Du hast sie ... übertragen. Aber du bist ein liebevoller Mensch, eine sanfte Persönlichkeit. Und weil du so bist, musst du auch geliebt worden sein. Sehr sogar.«

Ich senkte den Kopf. Gewiss, gewiss, in all den Jahren hatte ich mich seiner Liebe sicher gefühlt. Er hätte niemals mit einer Lüge leben können. Nicht mir gegenüber. Wir waren immer offen zueinander gewesen. Doch irgendwie machte das alles schlimmer. Er liebte mich und benutzte mich so skrupellos ...

Sie flüsterte: »Ich kenne dich, Lew. Du hättest es nicht ertragen können – oder wärest du lieber ohne *Laran* gewesen? Ohne das volle Potenzial deiner Gabe? Er wusste, dass dein Leben ohne das nichts wert gewesen wäre für dich. Blind, taub, verkrüppelt ... daher ließ er dich das Risiko eingehen. Um das zu werden, was du bist.«

Blind vor Schmerz, legte ich den Kopf auf ihre Knie. Sie hatte mir etwas zurückgegeben, wovon ich nicht wusste, dass ich es überhaupt verloren hatte. Sie hatte mir die Sicherheit der Liebe meines Vaters zurückgegeben. Ich konnte nicht aufblicken, wollte nicht, dass sie mein verzerrtes Gesicht ansah, und merkte, dass ich weinte wie ein Kind. Sie wusste es sowieso. Ich glaube, dies war meine Art, ein Tantrum zu geben. Thyra widersetzte sich Befehlen. Rafe bekam die Schwellenkrankheit. Kadarin und Beltran gingen aufeinander los ... und ich begann wie ein Kind zu weinen ...

Nach einer Weile nahm ich ihre Hand und küsste die zarten Finger. Sie sah zerquält und erschöpft aus. Ich sagte: »Du musst dich auch ausruhen, Liebling.« Ich hegte tiefen Stolz darauf, wie sie die Kontrolle ergriffen hatte. Sie lehnte sich zurück in die Kissen. Ich beugte mich nieder, wie ich es auch auf dem Arilinn getan hätte, und ließ meine Hand sanft über ihren Körper gleiten. Ich berührte sie dabei natürlich nicht, sondern spürte nur die Energieströme auf und suchte die Nervenzentren. Sie legte sich ruhig lächelnd zurück, lächelte über die Berührung, die eigentlich keine war. Ich spürte, dass sie immer noch ausgelaugt war, ohne Energie, doch es würde nicht lange anhalten. Die Kanäle waren frei. Ich war froh, dass sie den anstrengenden Anfang so gut und ohne Schaden zu nehmen überstanden hatte.

In jenem Moment fühlte ich mich nicht sehr eingeengt,

denn sie war für mich ein Tabu. Ich spürte entfernt ihre Gedanken, doch es lag keine sexuelle Begierde darin. Es war einfach ein intensives und überwältigendes Gefühl der Liebe, wie ich es noch niemals irgendjemandem gegenüber empfunden hatte. Ich brauchte es nicht auszusprechen. Ich wusste, dass es ihr ebenso erging.

Wenn ich Marjories Gedanken nicht erreicht hätte, wäre ich vor Begierde wahnsinnig geworden und hätte mit jeder Nervenfaser nach ihr verlangt. Aber wir teilten dies, und es reichte aus. Es reichte fast, und der Rest lag sicher vor uns.

Ich wusste die Antwort, doch ich wollte die Worte auch aussprechen.

»Willst du mich heiraten, wenn das alles vorbei ist, Marjorie?«

Mit einer Schlichtheit, die mir das Herz anrührte, sagte sie: »Ich will. Aber werden die Comyn es dir erlauben?«

»Ich werde sie nicht fragen. Dann werden die Comyn schon gelernt haben, dass sie nicht befugt sind, sich in das Leben anderer einzumischen.«

»Ich möchte dir keine Probleme bereiten, Lew. Mir bedeutet die Heirat nicht so viel.«

»Aber mir«, entgegnete ich heftig. »Glaubst du, ich will, dass unsere Kinder Bastarde werden? Ich will sie als meine Erben auf Armida sehen, und zwar ohne die Kämpfe, die mein Vater für mich ausfechten musste.«

Ihr Lachen war anbetungswürdig. Schnell wurde sie wieder ernst. »Lew, Lew, ich lache nicht über dich, Liebling. Es macht mich nur sehr glücklich, dass es dir so viel bedeutet ... dass du mich nicht einfach nur begehrst, sondern auch schon an alles Spätere denkst, an unsere Kinder, unsere Enkel, eine Familie, die bis in die Zukunft reicht. Ja, Lew, ich möchte Kinder von dir haben. Es tut mir Leid, dass wir so lange darauf warten müssen. Ja, ich werde dich heiraten, wenn du es so willst, mit

Zustimmung der Comyn oder irgendwie anders, so wie du es willst.« Einen Moment lang presste sie ihre Lippen, leicht wie der Hauch einer Feder, auf meine Hand.

Mein Herz quoll fast über. Ich hatte schon früher Verlangen nach Frauen verspürt, doch noch niemals mit ganzem Herzen. Es ging über einfaches Verlangen weit hinaus, reichte in die Zukunft, unser beider Leben ... Für einen Augenblick sprang die Zeit wieder aus den Angeln.

... Ich kniete neben dem Bettchen eines kleinen Mädchens, fünf oder sechs Jahre alt, ein Kind mit großen Augen, die von langen Wimpern gerahmt waren, wie die Marjories ... Ich verspürte ein sonderbares Gefühl des Erstaunens, dann Schmerz in meiner rechten Hand, *Entsetzen, von Qual davongetragen ...*

»Was ist los, Lew?«, flüsterte Marjorie.

»Ein Stück Vorahnung«, sagte ich und kehrte wieder in die Gegenwart zurück. Ich war sonderbar erschüttert. »Ich habe ... ein kleines Mädchen gesehen. Mit deinen Augen.« Aber warum hatte ich mich so erstaunt, so gelähmt gefühlt? Ich versuchte, es noch einmal zu erblicken, doch da diese Blitze aus der Zukunft spontan kommen, kann man sie auch nicht zurückholen. Ich spürte Marjories Gedanken, und die ihren waren absolut fröhlich. *Es wird also alles gut. Wir werden zusammen sein, wie wir es uns wünschen. Wir werden dieses Kind sehen.* Sie senkte erschöpft die Lider, und ich kniete mich neben sie und sah ihr ins Gesicht. Schläfrig dachte sie: *Wir sollten zuerst einen Sohn bekommen,* und ich wusste, dass sie das Gesicht des Kindes in meinen Gedanken gesehen hatte. Sie lächelte absolut glücklich, und ihre Augen blieben geschlossen. Fest umklammerte ihre Hand meine Finger.

»Lass mich nicht allein«, flüsterte sie.

»Niemals. Schlaf jetzt, Liebes.« Ich streckte mich neben ihr aus, hielt ihre Hand, und meine Liebe bewachte ihren Schlaf.

Nach einem Augenblick schlief ich ebenfalls ein, zutiefst glücklich, wie ich es noch niemals zuvor gewesen war.

Und niemals wieder sein würde.

Es war dunkel, als ich erwachte. Immer noch schlug der Schnee gegen die Scheiben. Kadarin stand über uns, ein Licht in der Hand. Marjorie schlief immer noch fest. Sein Blick auf sie war von großer Zärtlichkeit erfüllt, die mich so erwärmte wie kaum etwas anderes.

Und dann spürte ich für einen Moment, wie sich seine Miene verzerrte und Wut zeigte – dann war dieser Ausdruck wieder verschwunden. Leise sagte er: »Beltran lässt dich bitten hinabzukommen. Lass Margie schlafen, wenn du willst. Sie ist sehr müde.«

Ich glitt aus dem Bett. Sie regte sich, protestierte schwach – ich dachte, sie hätte meinen Namen gemurmelt. Sanft deckte ich sie mit einem Schal zu, nahm meine Stiefel in die Hand und ging leise hinaus. Ich merkte, wie sie wieder in tiefen Schlaf versank.

»Rafe?«

»Ihm geht es gut. Ich habe ihm ein paar Tropfen *Kirian* gegeben, dann heiße Milch mit Honig, und er ist eingeschlafen.« Kadarins Miene trug das traurige, sanfte Lächeln. »Ich habe dich überall gesucht. Nach all deinen Warnungen habe ich nicht *daran* gedacht. Thyra hatte die Idee, du könntest bei Marjorie sein.« Er lachte. »Aber ich hatte dich nicht in ihrem Bett vermutet.«

Ich antwortete steif. »Ich versichere dir ...«

»Lew, im Namen all dieser verdammten obszönen Götter der Trockenstädte! Glaubst du, dass mich das irgendwie stört?« Wieder lachte er. »Oh, ich glaube dir. Du bist vorsichtig genug und mit Händen und Füßen an deinen verdammten Aberglauben gebunden. Ich glaube, du legst der menschlichen

Natur ganz schöne Fesseln an – ich würde es mir nicht zutrauen, mich neben eine Frau zu legen, die ich liebe, und sie nicht zu berühren – aber wenn du dich gern selbst quälst, dann ist das deine Sache. Wie die Trockenstädter zum *Cralmac* sagten ...« Und er begann eine unglaublich obszöne Geschichte, die mich wie nichts anderes von meiner Verlegenheit ablenkte. Kein Wort davon könnte man in guter Gesellschaft wiederholen, doch es war genau das Richtige für diese Situation.

Als wir in das Kaminzimmer kamen, sagte er: »Hast du heute Nachmittag den Hubschrauber landen hören?«

Ich kicherte immer noch über die Abenteuer der Trockenstädter, den Raumfahrer und die drei Nichtmenschen. Der plötzliche Ernst in seiner Stimme brachte mich in die Normalität zurück.

»Ja, ich habe ihn gesehen. Hat es etwas mit mir zu tun?«

»Ein Ehrengast«, sagte Kadarin. »Beltran meint, du solltest mit ihm reden. Du hast uns erzählt, er sei Katalysatortelepath und ohne jeglichen Grund, die Comyn zu lieben, und Beltran hat nach ihm geschickt, um ihn zu überzeugen ...«

Auf einer der Steinbänke neben dem Feuer saß mit dunklem, zerzaustem Haar, frierend, erstaunt und wütend Danilo Syrtis. Beltran sagte: »Vielleicht kannst *du* ihm erklären, dass wir ihm nichts Böses wollen, dass er kein Gefangener ist, sondern ein ehrenwerter Gast.«

Danilo versuchte, trotzig zu klingen, doch trotz größter Mühen hörte man seine Stimme zittern. »Ihr habt mich mit Soldaten entführt, und mein Vater wird krank werden vor Angst! Begrüßt ihr Gebirgler so eure Ehrengäste, indem ihr sie mit terranischen Höllenmaschinen fortschleppt?« Er sah kaum älter aus als Rafe.

Ich rief: »Danilo ...!« Und sein Mund blieb offen stehen. Er sprang auf. »Sie haben mir gesagt, Ihr wäret hier, aber ich habe es nur für eine weitere Lüge von ihnen gehalten.« Das kindliche Gesicht wurde hart. »Haben sie mich auf Euren Befehl hin entführt? Wie lange noch wollen die Comyn mich verfolgen?«

Ich schüttelte den Kopf. »Weder auf meinen Befehl hin noch auf den der Comyn. Ich hatte keine Ahnung, dass du hier bist.«

Seine Stimme klang schrill. »Ich wusste, Ihr lügt!«

Ich wandte mich, nun wirklich wütend, ebenfalls an Beltran. »Ich habe gesagt, man könne Danilo vielleicht überzeugen, hierher zu kommen. Hast du das als Erlaubnis betrachtet, ihn zu kidnappen?« Ich streckte dem Jungen beide Hände entgegen und sagte: »Dani, entschuldige, es stimmt, dass ich ihnen von dir und deinem *Laran* erzählt habe. Ich habe vorgeschlagen, dass wir dich eines Tages zu überzeugen versuchen, mit uns zu arbeiten.« Seine Hände waren kalt. Er hatte entsetzliche Furcht gehabt. »Habe keine Angst. Ich schwöre bei meiner Ehre, niemand wird dir etwas tun.«

»Vor einem solchen Dummkopf habe ich keine Angst«, sagte er wütend, und ich sah, wie Beltran zusammenzuckte. Nun, wenn er sich benahm wie irgendein Brynat Scarface oder Cyrillon des Trailles, durfte er sich nicht wundern, wenn man ihn beschimpfte. Danilo fügte mit zitternder Stimme hinzu: »Mein Vater ist alt und schwach. Er hat unter meiner Schande schon genug zu leiden gehabt. Jetzt verliert er mich noch einmal ... er wird sicher vor Kummer sterben.«

Ich sagte zu Beltran: »Du Dummkopf! Du ungeheurer Dummkopf! Schick sofort eine Botschaft los, schick sie durch terranische Relais, wenn es sein muss, dass Danilo am Leben und bei Gesundheit ist, und jemand soll seine Familie davon in Kenntnis setzen, dass er hier als Ehrengast weilt. Suchst du einen Freund und Verbündeten oder einen Todfeind?«

Er hatte noch den Anstand, beschämt auszusehen und sagte: »Ich habe nicht den Befehl erteilt, ihn zu ängstigen oder zu verletzen, auch nicht seinen Vater. Hat dich irgendjemand rau angefasst, Junge?«

»Es war sicherlich keine höfliche Einladung, Lord Aldaran. Entwaffnet man bei Euch immer die Ehrengäste?«

Ich sagte: »Schick die Botschaft fort, Beltran. Lass mich allein mit ihm reden.« Beltran ging fort, und ich schürte das Feuer. Danilo überließ ich einen Moment sich selbst, damit er wieder die Beherrschung erlangte. Schließlich fragte ich: »Sag mir die Wahrheit, Dani, hat man dich schlecht behandelt?«

»Nein, aber sanft waren sie auch nicht. Wir sind einige Tage geritten, dann diese Flugmaschine, ich weiß nicht, wie sie heißt ...«

Der Hubschrauber. Ich hatte ihn landen sehen. Ich weiß, ich hätte hinter Beltran hergehen müssen. Wenn ich dort gewesen wäre, als man Danilo herausbrachte – nun, daran gab es nichts mehr zu ändern. Ich sagte: »Ein Hubschrauber ist in einem Gebirge mit wechselhaften Winden wie in den Hellers sicherer als gewöhnliche Flugzeuge. Hattest du große Angst?«

»Nur ein bisschen, als uns das Wetter zum Landen zwang. Am meisten fürchtete ich um meinen Vater.«

»Man wird ihm eine Nachricht schicken. Hattest du schon etwas zu essen?«

»Sie haben mir etwas angeboten, gleich nachdem wir gelandet waren«, sagte er. Er sagte nicht, dass er zu verstört und ängstlich gewesen war, um essen zu können, doch ich vermutete es. Ich rief einen Diener und sagte: »Bitte meinen Onkel, meine Abwesenheit von der Tafel zu entschuldigen, Lord Beltran wird es ihm erklären. Lass Essen für mich und meinen Gast hierher bringen.« Ich wandte mich wieder dem Jungen zu. »Dani, bin ich dein Feind?«

»Kapitän, ich ...«

»Ich bin nicht mehr in der Wache«, sagte ich, »und damit auch kein Kapitän mehr.«

Zu meinem Erstaunen sagte er: »Das ist schlimm. Du warst der Einzige dort, den jeder leiden konnte. Nein, du bist nicht mein Feind, Lew, und auch deinen Vater habe ich immer für einen Freund gehalten. Es war Lord Dyan – du weißt, was passiert ist?«

»Mehr oder weniger«, antwortete ich. »Was immer es auch dieses Mal gewesen ist, ich weiß verdammt gut, dass zu dem Zeitpunkt, als du den Dolch gezogen hast, er dich genügend provoziert hatte, um dir anderswo Grund zu einem Dutzend Duellen gegeben zu haben. Erspar dir die unangenehmen Einzelheiten. Ich kenne Dyan.«

»Warum hat der Kommandeur ...«

»Sie sind zusammen groß geworden«, sagte ich. »In seinen Augen kann Dyan nichts Falsches tun. Ich will ihn nicht verteidigen, aber hast du nicht auch schon einmal für einen Freund etwas getan, wovon du wusstest, dass es nicht richtig ist?«

»Hast du das?«, fragte er. Ich überlegte immer noch nach einer Antwort, als man das Abendessen hereinbrachte. Ich füllte Dani den Teller, merkte aber, dass ich selbst nicht hungrig war und kaute nur an einer Frucht, während der Junge seinen Hunger stillte. Ich fragte mich, ob sie ihm seit seiner Gefangennahme überhaupt schon etwas zu essen gegeben hatten. Nein, Jungen in diesem Alter sind immer hungrig, das war alles.

Während er aß, machte ich mir Sorgen, was Marjorie wohl denken würde, wenn sie allein erwachte. Ging es Rafe wirklich gut, oder sollte ich mich lieber vergewissern? Hatte Kermiac durch Thyras Voreiligkeit ernsthaften Schaden erlitten? Ich war mit Beltrans Reaktion nicht einverstanden, doch ich wusste, warum er sich dazu herausgefordert gefühlt hatte. Wir brauchten jemanden wie Danilo so dringend, dass ich Angst bekam.

Ich goss Dani ein Glas Wein ein, als er zu Ende gegessen hatte. Er nippte nur aus Höflichkeit daran, doch immerhin war er nun gewillt, höflich zu sein. Ich nahm einen Schluck aus meinem Glas und stellte es ab.

»Danilo, du weißt, dass du *Laran* hast. Du hast aber auch eine der seltensten und kostbarsten Comyn-Gaben, eine, die wir für ausgestorben gehalten haben. Wenn der Rat der Comyn das herausfindet, werden sie bereitwilligst alles unternehmen, um dich für diese dumme und grausame Geschichte, die Dyan dir angetan hat, zu entschädigen. Sie werden dir alles geben, was du nur willst, auch einen Sitz im Rat, wenn es das ist, was du willst, oder eine Heirat mit jemandem wie Linnell Aillard – du nennst deine Wünsche und wirst sie aller Wahrscheinlichkeit nach erfüllt bekommen. Du warst bei dieser Ratssitzung mit den Terranern dabei. Bist du an Macht interessiert? Wenn dem so ist, werden sie bei dir Schlange stehen, um sie dir anzubieten. Ist es das, was du willst?«

»Ich weiß es nicht«, antwortete er, »ich habe noch nie darüber nachgedacht. Ich denke, wenn ich bei den Kadetten geblieben wäre, wäre ich anschließend ruhig nach Hause zurückgekehrt und hätte mich um meinen Vater gekümmert, solange er noch lebt.«

»Und dann?«

»Auch darüber habe ich noch nicht nachgedacht. Ich glaube, ich habe gemeint, wenn diese Zeit käme, wäre ich erwachsen und wüsste, was ich wollte.«

Ich lächelte schief. Ja, mit fünfzehn oder so hatte ich auch geglaubt, wenn man zwanzig wäre, würde sich das Leben von selbst in die richtigen Bahnen lenken.

»Aber so geht es nicht, wenn man *Laran* hat«, sagte ich. »Unter anderem musst du ausgebildet werden. Ein nicht ausgebildeter Telepath stellt für sich selbst eine Bedrohung dar, ebenso wie für jeden in seiner Umgebung.«

Er zog eine angeekelte Grimasse. »Ich wollte aber nie Matrix-Techniker werden.«

»Vielleicht nicht«, entgegnete ich, »dazu ist auch ein bestimmtes Temperament nötig.« Ich konnte mir Danilo nicht in einem Turm vorstellen. Ich dagegen hatte mir niemals etwas anderes ausmalen können. Ich wollte es immer noch. »Doch du musst lernen, dich und deine Gabe zu kontrollieren. Zu viele der unausgebildeten Telepathen enden im Wahnsinn.«

»Aber ob ich nun am Rat der Comyn interessiert bin oder nicht, welche Wahl bleibt mir schließlich denn? Liegt das Training nicht ausschließlich in den Händen der Comyn und der Türme? Und sie können mich so ausbilden, dass ich tue, was immer ihnen beliebt.«

»Das triff auf die Domänen zu«, gab ich zurück. »Dort ziehen sie alle Telepathen in ihren Dienst. Aber du hast noch eine andere Möglichkeit.« Ich begann, ihm von Beltrans Plänen und ein wenig über die begonnene Arbeit zu erzählen.

Er lauschte ohne ein Wort, und als ich geendet hatte, sagte er: »Mir scheint, ich habe die Wahl, eine Bestechung für die Benutzung meines *Laran* entweder von den Comyn anzunehmen – oder von den Aldaranern.«

»So würde ich es nicht nennen. Wir bitten dich, aus freien Stücken hier mitzumachen. Wenn wir erreichen, was wir wollen, werden die Comyn nicht mehr die Macht besitzen, allen Telepathen den Dienst abzuverlangen oder sie dem Wahnsinn zu überlassen. Und jenem Machthunger, der dich den Händen Dyans auslieferte, würde ein Ende gesetzt.«

Er dachte nach und nahm hin und wieder einen Schluck Wein, wobei er ein kindlich schiefes Gesicht zog. Dann sagte er: »Mir scheint, so etwas passiert Leuten wie mir ständig. Irgendjemand versucht immer, uns wegen unserer Gabe zu bestechen, und zwar für seine Ziele, nicht für die unsrigen.« Es klang entsetzlich jung, entsetzlich bitter.

»Nein, einige von uns haben nun die Wahl. Wenn wir erst einmal legitimer Teil des Terranischen Imperiums sind ...«

»Dann werden vermutlich die Terraner einen Weg finden, uns zu benutzen«, sagte Danilo. »Die Comyn machen Fehler, aber wissen sie nicht über uns und unsere Welt viel mehr, als es die Terraner jemals können?«

»Ich bin mir nicht sicher«, entgegnete ich. »Willst du sie denn weiterhin an der Macht sehen, wie sie unser aller Leben kontrollieren und korrupten Menschen wie Dyan Ämter verleihen?«

»Nein, das will ich nicht«, sagte er. »Niemand will das. Aber wenn Leute wie du und ich – du hast gesagt, ich könnte einen Sitz im Rat bekommen, wenn ich will –, wenn also Leute wie du und ich im Rat säßen, könnten schlechte Menschen nicht tun, was sie wollten, oder? Dein Vater ist ein guter Mensch, aber wie du sagtest, kann Dyan in seinen Augen keinen Fehler begehen. Aber wenn du einen Sitz im Rat hättest, würdest du anders darüber denken, stimmt's?«

»Was ich will«, sagte ich langsam, mit unterdrückter Heftigkeit, »ist, nicht dazu gezwungen zu sein, einen Sitz im Rat einzunehmen oder all die verdammten anderen Sachen tun, die die Comyn von mir verlangen.«

»Wenn es den guten Menschen wie dir egal ist«, entgegnete Danilo, »wer bleibt dann noch übrig außer den schlechten, die niemand will?«

Darin lag ein Körnchen Wahrheit. Aber ich sagte leidenschaftlich: »Ich habe andere Fähigkeiten, und ich meine, ich kann den Leuten besser auf andere Art dienen. Das genau versuche ich zurzeit, nämlich jedermann auf Darkover zu nützen. Ich versuche nicht, die Comyn zu stürzen, Dani, nur einem jeden die Wahl zu geben. Meinst du nicht, dass dies ein lohnenswertes Ziel ist?«

Er sah hilflos aus. »Das kann ich nicht beurteilen«, sagte er.

»Ich bin noch nicht einmal daran gewöhnt, mich nun als Telepathen zu betrachten. Ich weiß nicht, was ich tun soll.«

Er sah mich mit jenem sonderbaren, vertrauensvollen Blick an, der mich irgendwie an meinen Bruder Marius denken ließ. Wenn es nun Marius wäre, der hier vor mir stand, begabt mit *Laran*, würde ich ihn zu überzeugen versuchen, sich der Sharra zu stellen? Ein kalter Schauder rann mir den Rücken herab, und ich zitterte, obwohl es warm im Zimmer war. Ich sagte: »Kannst du mir denn vertrauen?«

»Ich möchte es gern«, entgegnete er. »Du hast mich niemals angelogen oder mir wehgetan. Aber ich glaube, ich kann keinem Aldaran trauen.«

»Werden deine Gedanken immer noch von den Schulgespenstern beherrscht?«, fragte ich. »Glaubst du, sie alle sind verdammenswerte Renegaten, weil sie seit langem mit den Comyn im Streit liegen? Du hast auch Gründe, den Comyn zu misstrauen, Danilo.«

»Stimmt«, sagte er. »Aber kann ich jemandem vertrauen, der mich erst einmal kidnappt und meinen Vater zu Tode erschreckt? Wenn er zu mir gekommen wäre und mir erklärt hätte, was er vorhat und dass ihr beide, er und du, denkt, meine Gabe könne von Nutzen sein, dann meinen Vater gebeten hättet, mir zu gestatten, euch zu besuchen ...«

Zum Teufel, Dani hatte Recht. Was war in Beltran gefahren, sich so zu verhalten? »Wenn er mich um Rat gefragt hätte, hätte ich ihm genau das vorgeschlagen.«

»Ja, ich weiß«, meinte Dani. »Du bist, wie du bist. Aber wenn Beltran nicht so anders ist, wie kannst du ihm dann vertrauen?«

»Er ist mein Verwandter«, antwortete ich hilflos. »Was erwartest du von mir für eine Antwort? Ich denke, sein Eifer ist mit ihm durchgegangen. Er hat dir nicht wehgetan, oder?«

Dani wurde wütend. »Du redest genauso, wie dein Vater wohl über Dyan geredet hat.«

Es war nicht das Gleiche. Ich wusste es, konnte aber von Dani nicht erwarten, dass er es verstand. Schließlich sagte ich: »Kannst du hier nicht mal von der Persönlichkeit absehen, Dani? Beltran hatte Unrecht, aber was wir vorhaben, ist so ungeheuer, dass es die Leute vielleicht gegenüber kleineren Zielen blind macht. Oder wartest du darauf ...« – und ich sprach zögernd, boshaft, um ihm zu zeigen, wie zynisch es klang – »... dass die Comyn dir das bessere Angebot machen?«

Er errötete heftig und zeigte sich tief getroffen. Ich hatte weder seine Intelligenz noch seine Sensitivität überschätzt. Er war noch ein Kind, aber der Mann würde eine wertvolle Person mit ausgeprägter Integrität und starkem Ehrgefühl sein. Ich hoffte von ganzem Herzen, er würde unser Verbündeter.

»Danilo«, sagte ich, »wir brauchen dich. Die Comyn haben dich unverdientermaßen entehrt. Wie viel Loyalität schuldest du ihnen?«

»Den Comyn schulde ich nichts«, sagte er ruhig. »Aber ich bin versprochen und habe meinen Dienst geschworen. Selbst wenn ich tun wollte, um was du mich bittest, Lew – und dessen bin ich nicht sicher –, wäre ich nicht frei, es zu tun.«

»Was meinst du?«

Danilos Gesicht sah ungerührt aus, doch ich spürte das Gefühl hinter seinen Worten. »Regis Hastur hat mich auf Syrtis besucht«, begann er. »Er wusste nicht, wie oder warum, aber er wusste, dass mir Unrecht geschehen war. Er hat geschworen, es wieder gutzumachen.«

»Wir sind dabei, vieles wieder gutzumachen, Dani. Nicht nur dein Unrecht.«

»Vielleicht«, sagte er. »Aber wir haben beide einen Eid geschworen, und ich habe ihm mein Schwert und meinen Dienst angetragen. Ich bin sein Waffenbruder, Lew. Wenn du also meine Hilfe willst, musst du um seine Zustimmung nachsuchen. Wenn mein Lord mir die Erlaubnis gibt, stehe ich euch zur Verfügung. Andernfalls bin ich sein Mann. Ich habe es geschworen.«

Ich blickte in das ernste junge Gesicht und wusste, dass ich darauf nichts entgegnen konnte. Ich verspürte eine unbegründete Wut gegenüber Regis, weil er mich hier so aus dem Spiel gebracht hatte. Einen Moment lang kämpfte ich gegen eine starke Versuchung. Ich könnte ihn zwingen, meinen Gesichtspunkt einzunehmen ...

Mit Entsetzen und Scham über meine Gedanken zuckte ich zusammen. Der erste Schwur auf dem Arilinn war gewesen: Zwinge niemals, niemals deinen Willen oder dein Bewusstsein einem anderen auf, nicht einmal zu seinem eigenen Besten. Ich konnte versuchen zu überzeugen. Ich konnte bitten. Ich konnte Argumente anführen, Emotionen, Logik, Rhetorik anwenden. Ich konnte auch Regis aufsuchen und ihn um seine Zustimmung bitten. Auch er hatte Gründe, Abscheu gegen die Korruption der Comyn zu empfinden und sich abzuwenden. Aber weiter konnte ich nicht gehen. Ich konnte es nicht. Mir wurde übel, weil ich überhaupt daran gedacht hatte.

»Ich könnte wirklich Regis um deine Hilfe bitten, Dani«, sagte ich ruhig. »Er ist ebenfalls mein Freund. Aber ich werde dich niemals zwingen. Ich bin nicht Dyan Ardais!«

Das lockte ein kleines Lächeln aus ihm heraus. »Dafür habe ich dich auch nie gehalten, Lew. Und wenn es mein Herr mir erlaubt, werde ich ihm und dir vertrauen. Doch bis zu diesem Zeitpunkt, Dom Lewis« – er redete mich sehr förmlich mit meinem Titel an, obwohl wir auch zuvor den vertrauteren Familiennamen und das Du benutzt hatten –, »erlaubt mir, zu meinem Vater zurückzukehren.«

Ich machte eine Handbewegung zu den Fenstern, vor denen der Schneesturm peitschte, der kleine Hagelstückchen den Kamin hinabschickte. »In diesem Wetter, Junge? Lass mich dir wenigstens die Gastfreundschaft meiner Verwandten anbieten, bis das Wetter besser ist. Dann wird man dir eine angemessene Eskorte und Begleitung geben, die dich aus diesen Bergen hinausführt. Du kannst nicht von mir erwarten, dass ich dich mitten im Winter und in der Nacht in die Berge schicke, wo du dich wahrscheinlich im Sturm verirren würdest.« Ich rief den Diener wieder herein und wies ihn an, in der Nähe meiner Zimmer eine angemessene Unterkunft für meinen Gast vorzubereiten. Bevor Danilo zu Bett ging, umarmte ich ihn wie einen Verwandten. Er gab die Umarmung mit einer kindlichen Freundlichkeit zurück, die mich erleichterte.

Aber ich machte mir immer noch schwere Sorgen. Verdammt, mit Beltran musste ich noch ein Wörtchen reden, bevor ich schlafen ging!

17

Regis ritt langsam mit gesenktem Kopf gegen den schneidenden Wind. Er wusste, falls er jemals wieder aus diesen Bergen hinausgelangte, würde ihm kein Ort auf Darkover wieder als kalt erscheinen können.

Vor einigen Tagen hatte er in einem Bergdorf Halt gemacht und sein Pferd gegen eines der kräftigen Bergponys eingetauscht. Die Notwendigkeit hierzu machte ihn verzweifelt und bekümmert. Die schwarze Stute war ein Geschenk Kennards gewesen, und er hatte sie geliebt. Doch das Pony erregte weniger Aufmerksamkeit und war auf den Furcht erregenden Pässen sicherer. Die arme Melisande wäre gewiss in der Kälte gestorben oder hätte sich auf den steilen Pfaden den Fuß gebrochen.

Die Reise hatte angefangen wie ein langer Alptraum: steile, unvertraute Wege, ungeheure Kälte und die Nächte in verlassenen Scheunen, Schäferkarren oder, lediglich in Umhang und Decke eingehüllt, an einen Felsen gelehnt oder an das Pferd geschmiegt. Allgemein versuchte er, nicht gesehen zu werden, doch alle paar Tage war er in ein Dorf geritten, um Nahrung für sich und das Pferd zu erstehen. Er erweckte nur geringe Neugier. Regis merkte, das Leben hier im Gebirge war so hart, dass die Menschen keine Zeit hatten, Reisenden Aufmerksamkeit zu schenken.

Hin und wieder, wenn er fürchtete, den Weg verloren zu haben, zog er die Matrix hervor und versuchte mit wütender Konzentration seine Sinne auf Danilo zu richten. Die Matrix reagierte wie eines der terranischen Instrumente, von denen ihm Kennard einst erzählt hatte. Sie zog ihn stetig wie an einem unsichtbaren Faden auf Aldaran und Danilo zu.

Inzwischen war er vor Furcht fast wie gelähmt, und nur seine Entschlossenheit und die Erinnerung an das Versprechen gegenüber Danilos Vater hielten ihn aufrecht. Doch es passierte immer wieder, dass er in dunklen Träumen befangen weiterritt, ohne Wahrnehmung Danilos und ohne zu wissen, auf welcher Straße er gerade ritt. In seinem Kopf wirbelten Bilder umher, die die Eindrücke und Gedanken aus den Dörfern, die er passierte, in sich aufzusaugen schienen. Der Gedanke, wieder in die Matrix zu blicken, erfüllte ihn mit schleichender Übelkeit, so dass er sich nicht dazu bringen konnte, sie hervorzuziehen. Schwellenkrankheit. Javanne hatte ihn gewarnt. In den letzten Dörfern hatte er einfach nach dem Weg nach Aldaran gefragt.

Den ganzen Morgen war er einen langen Hang hinaufgeritten, wo vor ein paar Jahren Waldbrände gewütet hatten. Meilenweit sah er nur verkohltes und zerstörtes Land, aufragende Baumstümpfe, unheimlich und ohne Grün, aufgewühltes Ödland. In dem hypersensitiven Zustand, in dem er sich befand, rief der Geruch verbrannten Holzes, von Asche und Ruß, die das Pony bei jedem Schritt aufwirbelte, seine Gedanken zurück zu jenem letzten Sommer auf Armida und seinem ersten Einsatz bei der Feuerbekämpfung, zu jener Nacht, als die Feuerlinie so dicht an Armida herangerückt war, dass die Nebengebäude abbrannten.

An jenem Abend hatten Lew und er aus der gleichen Schüssel gegessen, denn die Vorräte wurden knapp. Als sie sich niederlegten, waren sie umgeben von dem Gestank von Asche und verbranntem Holz. Regis hatte es selbst im Schlaf gerochen, so wie er es auch jetzt roch. Gegen Mitternacht weckte ihn etwas, und er hatte gesehen, wie Lew aufrecht im Bett saß und auf den roten Schimmer des Feuers starrte.

Und Regis hatte gemerkt, dass Lew Angst hatte. Er versuchte, Lews Gedanken zu erreichen, und hatte sie gefühlt, seine Angst, den Schmerz seiner Verbrennungen, alles. Er konnte es spüren wie seine eigenen Empfindungen. Und Lews Furcht schmerzte Regis so sehr, dass er es nicht aushalten konnte. Er hätte alles getan, um Lew zu trösten, seine Gedanken von Furcht und Schmerz zu befreien. Es war zu viel. Regis konnte sich dem nicht verschließen, konnte es nicht aushalten.

Aber er hatte es vergessen. Er hatte sich zum Vergessen gezwungen. Er hatte die Erinnerung daran verdrängt, bis er gegen Ende dieses Jahres in Nevarsin auf *Laran* geprüft worden war. Da hatte er sich nicht einmal an das Feuer erinnert.

Und deshalb, merkte er nun, war Lew so überrascht gewesen, als Regis ihm erzählte, er habe kein *Laran* ...

Das Bergpony stolperte und stürzte. Regis machte sich zitternd, doch unverletzt wieder auf die Beine, nahm das Tier beim Zügel und zwang es sanft wieder zum Stehen. Seine Hand fuhr an den Beinen des Pferdes entlang. Knochen waren nicht gebrochen, doch das Pony zuckte zusammen, als Regis die rechte Hinterkuppe berührte. Es lahmte, und Regis wusste, dass es sein Gewicht eine Zeitlang nicht würde tragen können. Er führte es am Zügel, als sie den Pass überquerten. Der Weg nach unten war noch steiler, der Boden schwarz und tief, wo die kürzlichen Regenfälle die Überreste von Asche und Holz aufgeweicht hatten. Der Gestank wurde immer schlimmer, rief erneut die Erinnerungen an frühere Feuer und die gemeinsame Angst wach. Er fragte sich immer wieder, warum er es vergessen hatte, warum er sich zum Vergessen gezwungen hatte.

Die Sonne war hinter dichten Wolken verborgen. Stetig, wenn auch nicht dicht, trieben Schneeflocken durch die Luft, als er ins Tal hinabstieg. Regis dachte, es müsse ungefähr Mittag sein. Er war ein wenig hungrig, doch nicht genug, um Rast zu machen und in seinem Bündel nach etwas Essbarem zu suchen.

Er hatte in der letzten Zeit nicht viel gegessen. Die Dorfbewohner waren freundlich zu ihm gewesen, hatten oft die Bezahlung des Essens verweigert, Essen, das ihm schmeckte, wenn es auch unvertraut war. Oft befand er sich nahe an einer Übelkeit und wollte diesen Reflex durch Kauen und Schlucken nicht wieder herbeiführen; Hunger war weniger unangenehm.

Nach einer Weile wühlte er aus seinem Bündel etwas Hafer für das Pferd. Der Weg war nun gut begehbar. Nicht weit entfernt musste ein Dorf liegen. Doch die Stille war beunruhigend. Kein Hund war zu hören, kein Vogel oder anderes Tier. Es gab kein anderes Geräusch außer seinen eigenen Schritten und dem unregelmäßigen Rhythmus der Ponyhufe. Und hoch über ihm stöhnte der immer währende Wind durch die kahlen, verdorrten Äste des toten Waldes.

Die Einsamkeit war zu groß. Selbst ein Leibwächter wäre ihm jetzt eine willkommene Begleitung gewesen, vielleicht auch zwei, die über die schlechten Wegmöglichkeiten plauderten. Er erinnerte sich, wie er mit Lew um Armida herumgeritten war, auf der Jagd oder um die Hüter der Pferdeherden im offenen Hochland zu besuchen. Plötzlich, als habe ihn dieser Gedanke wieder zu Sinnen gebracht, stand Lews Gesicht vor ihm, erhellt durch ein Schimmern – aber es war kein Feuerglanz! Es glühte, schimmerte in blauem Licht, verzerrte den Raum, fuhr ihm in die Eingeweide. Der Schimmer einer Matrix! Unter seinen Füßen wankte und drehte sich der Boden, doch einen Moment lang, auch als Regis die Zügel fallen ließ und die Hände vor die gequälten Augen schlug, sah er eine große Gestalt auf der Innenseite seiner Lider, direkt in seinem Gehirn, Form annehmen.

... eine Frau, eine goldene Göttin, Flammenkleider, Flammenkrone, goldene Ketten, brennend, glühend, flammend, verzehrend ...

Dann verlor er das Bewusstsein. Über seinem Kopf blickte

das Bergpony vorsichtig umher und beschnupperte unruhig den bewusstlosen Jungen.

Das Schnauben des Tieres weckte ihn einige Zeit später wieder auf. Der Himmel war dunkler geworden, und es schneite so heftig, dass eine Schneewolke von ihm abfiel, als er sich steifbeinig wieder erhob. Ein schwacher, ekelhafter Geruch bedeutete ihm, dass er sich in der Ohnmacht übergeben hatte. *Was in Zandrus Hölle ist mit mir geschehen?*

Er zog die Wasserflasche aus der Satteltasche und spülte sich den Mund aus. Ihm war allerdings immer noch zu übel, um die Flüssigkeit hinunterzuschlucken.

Es schneite so heftig, dass er sofort einen Unterschlupf finden musste. Man hatte ihm in Nevarsin beigebracht, wie man an unwirtlichen Orten Schutz suchen konnte. Selbst ein dichtes Unterholz würde ausreichen, doch an einem Weg, der offenbar viel begangen wurde, gab es sicher Hütten. Er hatte Recht. Ein paar hundert Schritte weiter bildete der Umriss einer großen Steinscheune ein schwarzes Quadrat in der wirbelnden Weiße. Die Mauern waren durch das Feuer, das darüber hinweggefegt war, geschwärzt. Einige Ziegel waren eingestürzt, doch jemand hatte die Tür grob mit Brettern repariert. Eis und Schneewehen vom letzten Sturm türmten sich am Eingang auf, doch er wusste, dass man in den Bergen die Türen in Erwartung solcher Notfälle gewöhnlich unverschlossen ließ. Nach einiger Mühe gelang es Regis, sich und das Pony durch die grobe, halb geöffnete Tür hindurchzuzwängen, in düstere und stickige Finsternis hinein. Es war einmal eine Futterscheune gewesen. Ein paar verfaulte, von Mäusen angenagte Rüben lagen noch an einer Wand aufgehäuft. Es war bitterkalt, doch immerhin war er hier vor dem Wind geschützt. Regis sattelte das Pony ab, fütterte es und pflockte es locker in einer Ecke der Scheune an. Dann harkte er einiges von dem verschimmelten Futter zusammen, legte seine Decke darauf, kroch hinein und überließ sich wieder dem Schlaf.

Dieser lange Schlaf war eher wie eine Ohnmacht oder eine Art von Tiefschlaf als ein normaler Schlaf. Regis konnte nicht wissen, dass dies bei Telepathen die geistige und körperliche Reaktion auf Krisen war. Es schien ihm nur, dass er in endlosen Alpträumen Ewigkeiten lang umherwanderte – sicher aber einige Tage lang. Manchmal schien er seinen schmerzenden Körper abzustreifen und in grauer, formloser Gestalt zu wandeln. Er stieß hilflose Rufe aus und wusste, dass er keine Stimme hatte. Ein- oder zweimal wurde er beinahe wach und spürte, dass sein Gesicht nass war, wusste, dass er im Schlaf geweint hatte. Die Zeit versank. Er wandelte, nur vage ahnend, was es war, in Vergangenheit und Zukunft: Erst im Schlafsaal von Nevarsin, wo ihn die Erinnerung an Kälte, Einsamkeit und schmerzhafte Frustration wachrüttelte, ängstlich, ohne Freunde, dann am Feuer auf Armida, darauf zusammen mit Lew und einer unbekannten blonden Frau über das Bett eines offensichtlich sterbenden Kindes gebeugt, dann wiederum auf der Wanderung durch dichte Wälder, während sonderbare Fremde sie mit roten Augen aus den Bäumen anstarrten.

Wieder kämpfte er mit dem Messer auf einem schmalen Grat. Die zerlumpten rothaarigen Fremden warfen sich auf ihn und versuchten, ihn hinabzustoßen. Er saß im Ratssaal und hörte die Terraner streiten, in der Wachhalle von Schloss Comyn sah und hörte er, wie Danilos Schwert mit dem entsetzlichen Ton zerspringenden Glases zerbrach. Er blickte mit einem Gefühl tragischen Schmerzes auf zwei kleine Kinder, die Seite an Seite bleich in ihren Särgen lagen, gestorben durch Verrat, so jung, so jung, und wusste, dass es seine eigenen waren. Wieder stand er in der Waffenkammer, taub und vor Scham wie gelähmt, während Dyans Hände über seinen nackten, geschundenen Körper glitten, und dann standen er und Danilo neben dem Springbrunnen auf der Plaza von Thendara, nur war Danilo nun größer und trug einen Bart. Sie tranken aus hölzernen Krügen und lachten, während aus den Fenstern über ihnen Mädchen bunte Blumengirlanden auf sie herabwarfen.

Nach einer Weile begann er, diese unzusammenhängenden Eindrücke kritischer zu filtern. Er sah Lew und Danilo neben einem Kaminfeuer in einem Raum stehen, dessen Boden ein Mosaik mit weißen Vögeln zeigte, und ernsthaft miteinander reden, und er fühlte sich wahnsinnig eifersüchtig. Dann schien ihm, als riefe Kennard seinen Namen durch den grauen, verschwommenen Raum, und er sah ihn in weiter Ferne undeutlich vorübertreiben. Kennard war nicht lahm, sondern jung und aufrecht, und er lächelte so, wie Regis ihn kaum einmal lächeln gesehen hatte. Er rief ihn mit zunehmender Dringlichkeit: *»Regis, Regis, wo bist du? Versteck dich nicht vor mir! Wir müssen dich finden!«* Regis interpretierte es so, dass er ohne Erlaubnis die Wache verlassen hatte und der Kommandeur ihn zurückhaben wollte, um ihn zu bestrafen. Er wusste, dass er sich in den grauen Sphären unsichtbar machen konnte, und das tat er auch; er rannte so schnell er konnte über eine graue, gestaltlose Ebene, wenn er sich auch zu diesem Zeitpunkt voll bewusst war, dass er halb besinnungslos in einer verlassenen Scheune lag. Und dann sah er in dem grauen Raum Dyan, aber Dyan als Jungen in seinem Alter. Irgendwie gewann er die Überzeugung, dass jeder Mensch in dieser grauen Welt, wo es keine Körper gab, sondern nur Gedanken, so erschien, wie er sich selbst sah – daher wirkte auch Kennard so jung und frisch. Dyan sagte: *Ich kann ihn nicht finden. Er ist nirgends in der Oberwelt,* und Regis merkte, wie er innerlich lachte und sagte: *Ich bin hier, aber ich lasse mich hier nicht von euch erwischen.* Dann standen Kennard und Dyan dicht nebeneinander und hielten sich bei den Händen, und er wusste, dass sie ihn gemeinsam suchten. Ihre Gesichter und ihre Gestalten verschwanden. Es gab nur noch graue Augen in dem Grau, die ihn suchten, suchten. Er wusste, er musste die graue Welt verlassen, sonst würden sie ihn finden. Wohin konnte er gehen? Er wollte nicht zurück! In der Ferne konnte er Danilo sehen. Dann waren sie beide wieder in der Baracke – in jener Nacht! –, und er beugte sich über den Freund und berührte ihn mit schmerzhafter Sorge. Und dann das schreckliche, leidenschaftliche Flüstern, der Schock, viel stärker geistig als körperlich, als Dani ihn fortstieß: *Komm mir noch einmal zu nahe, du schmieriger* Ombredin, *und ich breche dir den Hals …*

Aber ich hatte doch nur versucht, ihm nahe zu sein, ihm zu helfen. Oder? Oder? Und unter stoßweisem Keuchen setzte sich Regis auf, war schließlich wieder bei vollem Bewusstsein und starrte in das schwache Licht, das durch das löcherige Dach über ihm in die Scheune drang. Er zitterte an allen Gliedern, und sein Körper schmerzte, als sei er geschlagen worden. Er war voll bei Sinnen, und seine Gedanken waren klar. Auf der anderen Seite der Scheune stampfte das Pony unruhig mit den Hufen. Regis stand auf und fragte sich, wie lange er wohl dort gelegen habe.

Viel zu lange. Das Pony hatte jedes bisschen Futter aufgefressen und schnupperte über den Boden, so weit es reichen konnte.

Regis ging zur Tür und stieß sie auf. Es hatte schon lange aufgehört zu schneien. Die Sonne war hervorgekommen, und vom Dach rannen kleine Bäche geschmolzenen Schnees. Regis wurde sich eines rasenden Durstes bewusst, doch wie alle Menschen, die mit Pferden aufgewachsen sind, dachte er zuerst an das Tier. Er führte das Pony zur Tür und ließ es frei. Nach einem Moment trollte es sich davon und ging zögernd um das Gebäude herum zur Rückseite. Regis folgte ihm und fand dort einen alten Brunnen, der gegen den Schnee abgedeckt war. Er hatte einen funktionierenden, wenn auch quietschenden Seilzug für den Eimer. Er tränkte das Pony, bediente sich selbst und schälte sich daraufhin zitternd aus den Kleidern. Er war für die strenge Disziplin auf Nevarsin dankbar, die es ihm nun ermöglichte, sich in dem eiskalten Brunnenwasser zu waschen. Seine Kleider rochen nach Schweiß und Erbrochenem. Er zog frische Sachen aus seinem Bündel. Zitternd, aber mit einem erheblich besseren Gefühl setzte er sich auf den Brunnenrand und kaute ein paar Trockenfrüchte. Ihm war kalt, und das Scheuneninnere schien noch seine Alpträume auszustrahlen und von den Stimmen zu hallen, die er im Delirium gehört hatte, wenn es ein Delirium gewesen war. Was sonst hätte es sein können?

Mit langsamen Bewegungen, bis er sicher war, dass sein Körper ihm wieder gehorchte, sattelte er das Pferd und suchte seine Sachen zusammen. Er war bestimmt schon in der Nähe der Ländereien der Herren von Aldaran, und er hatte keine Zeit zu verlieren.

Der Schnee hatte den Brandgeruch gedämpft, und er war froh darüber. Regis war erst eine oder zwei Stunden weit geritten, als er Pferde herannahen hörte. Er wich aus, um die Reiter vorbeizulassen, doch sie ritten geradewegs auf ihn zu, blockierten die Straße und fragten ihn nach Namen und Ziel.

Er sagte: »Ich bin Regis-Rafael Hastur, und ich befinde mich auf dem Weg nach Burg Aldaran.«

»Und ich«, sagte der dunkle Gebirgler mit spöttischer Stimme, die Regis' sorgfältigen *Casta*-Akzent nachzuahmen schien, »bin der terranische Legat von Port Chicago. Nun, wer immer du auch bist, du kommst nach Aldaran, und zwar schnell.«

Es war offensichtlich näher, als Regis gedacht hatte. Als sie den Gipfel des nächsten Berges erreichten, sah Regis die Burg und unterhalb davon die Stadt Caer Donn mit weißen terranischen Häusern.

Jetzt, da Aldaran direkt vor ihm lag, beschlich ihn wieder die alte Furcht. Niemand wusste, warum man Aldaran aus den Sieben Domänen ausgeschlossen hatte – oder man wusste es, und es war das bestgehütete Geheimnis Darkovers.

So schlecht konnten sie doch nicht sein, dachte Regis. Kennard hatte hier eingeheiratet. Und wenn sie einmal zu den Sieben Domänen gehört hatten, dann mussten sie zu den heiligen Stämmen von Hastur und Cassilda gehören. Und warum sollte ein Hastur Angst vor seinen Stammesbrüdern haben? Dies fragte er sich, während er durch die großen Tore ritt. Doch er hatte immer noch Angst.

Gebirgler in merkwürdig geschnittenen Lederumhängen nahmen die Pferde entgegen. Eine der Wachen führte Regis in eine Halle, wo er längere Zeit mit einem anderen Soldaten redete und schließlich sagte: »Wir bringen dich zu Lord Aldaran, aber wenn du nicht der bist, der du vorgibst zu sein, dann bereite dich besser darauf vor, den Rest des Tages im Kerker zu verbringen. Der alte Lord ist krank, und keiner von uns nimmt es gern auf sich, ihn mit einem Betrüger zu belästigen!«

Sie führten ihn durch lange steinerne Flure und Treppenhäuser und hielten schließlich vor einer großen Tür an. Man konnte von drinnen Stimmen hören, die eine leise und kaum vernehmbar, die andere grob, von einem alten Mann, der wütend protestierte: »Zandrus Hölle! *Kirian* in meinem Alter! Als wäre ich ein Schuljunge. Aber was du tust, ist gefährlich, wenn es derartige Nebeneffekte hat, und ich möchte mehr wissen, viel mehr, bevor ich euch weitermachen lasse!«

Die Wachen tauschten über Regis Kopf hinweg Blicke aus. Einer der beiden klopfte leise an, und jemand befahl ihnen hereinzukommen.

Es war ein großes Steinzimmer mit Bogendecke, das im

eindringenden Licht grau wirkte. An der gegenüberliegenden Wand lag in einem erhöhten Bett, von vielen Kissen abgestützt, ein dünner alter Mann. Er starrte sie wütend und fragend an: »Was soll das? Was ist das denn schon wieder?«

»Ein Eindringling von der Grenze, Lord Aldaran, vielleicht ein Spion aus den Domänen.«

»Aber das ist doch noch ein Junge«, sagte der Alte. »Komm her, Kind.« Die Wachen stießen Regis nach vorn, und die alten, habichtscharfen Augen musterten ihn. Dann lächelte er ein sonderbar belustigtes Lächeln.

»Hmm! Nach Eurem Namen brauche ich nicht zu fragen. Wenn je ein Mann so aussah wie seine Sippe, dann Ihr! Ihr könntet Rafaels Sohn sein. Ich hatte gedacht, sein Erbe drücke noch die Schulbank. Welcher seid Ihr denn nun? Irgendein *Nedestro* oder der Bastard des alten Danvan?«

Regis streckte das Kinn vor. »Ich bin Regis-Rafael Hastur von Hastur.«

»Aber was, in Teufels Namen«, fragte der Alte, »habt Ihr dann an meinen Grenzen herumzuspionieren? Wo ist Eure Eskorte? Der Erbe der Hasturs hätte durch das Vordertor einreiten sollen, mit anständiger Begleitung, und hätte bitten müssen, mich zu sehen. Ich habe noch nie einem Fremden, der in Frieden hierher kam, mein Willkommen verweigert. Glaubt Ihr immer noch, dies sei eine Räuberfestung?«

Regis fühlte sich getroffen, umso mehr, als er wusste, dass der Alte Recht hatte. »Mein Lord, ich hatte das Gefühl, es könnte Händel geben, von denen ich nichts weiß. Wenn zwischen uns Frieden ist, was habt Ihr dann mit meinem Waffenbruder gemacht?«

»Ich, Hastur? Ich weiß von nichts. Wer soll das sein?«

»Mein Waffenbruder und Freund Danilo Syrtis. Er wurde von bewaffneten Männern in den Bergen nahe seinem Haus ergriffen, Männer, die Euer Wappen trugen, Sir.«

Aldarans Gesicht verzog sich zu einem fragenden Stirnrunzeln. Er blickte den hoch gewachsenen, schlanken Mann in terranischer Kleidung am Kopfende seines Bettes an. »Bob, weißt du über diese Sache Bescheid? Du weißt doch für gewöhnlich, was Beltran so treibt. Was hat er gemacht, während ich hier krank im Bett liege?«

Der Mann hob den Kopf und sah Regis an. Er sagte: »Danilo Syrtis ist hier, und es geht ihm gut, Hastur. Beltrans Männer haben lediglich ihre Befehle überzogen. Sie sollten ihn mit aller Höflichkeit hierher einladen. Man hatte uns gesagt, er habe keinen Grund, die Comyn zu lieben. Wie konnten wir wissen, dass er Euch verschworen ist?« Regis fühlte die unausgesprochene Verachtung. *Das kann uns auch völlig egal sein.* Doch Kadarins Worte waren absolut höflich. »Es geht ihm gut, ehrenwerter Gast.«

»Ich muss mit Beltran sprechen«, sagte Kermiac von Aldaran. »Das ist nicht das erste Mal, dass seine Begeisterungsfähigkeit die Oberhand über ihn gewinnt. Es tut mir Leid, junger Herr. Ich wusste nicht, dass einer von den Euren hier ist. Kadarin, bringe ihn zu seinem Freund.«

So einfach war alles? Regis fühlte sich irgendwie unbefriedigt. Kadarin sagte: »Es gibt keinen Grund für diese Eile. Lew Alton hat gestern Abend stundenlang mit dem Syrtis-Jungen geredet. Ich bin sicher, er weiß inzwischen, dass er kein Gefangener ist. Lord Regis, würdet Ihr gern mit Eurem Verwandten reden?«

»Ist Lew noch hier? Ja, ich möchte ihn gerne sehen.«

Kermiac blickte auf Regis' durch die Reise mitgenommene Kleidung. Er sagte: »Aber das war ein langer Weg für einen Jungen. Ihr seid erschöpft. Lasst mich Euch in ein Gästezimmer bringen, Euch einige Erfrischungen servieren lassen, ein Bad ...«

Beides klang unglaublich verlockend, doch Regis schüttelte

den Kopf. »Wirklich, ich brauche jetzt nichts. Ich bin in tiefer Sorge um meinen Freund.«

»Wie Ihr wollt, Junge.« Der Alte streckte eine verwelkte Hand aus und schien bei dieser Bewegung Schmerzen zu haben. Er sagte: »Verdammt, ich will einen Jungen deines Alters nicht mit Lord Sowieso anreden. Genau das ist falsch an unserer Welt!«

Regis beugte sich über die Hand, wie er es auch bei seinem Großvater getan hätte. »Ich habe Euch falsch beurteilt, Lord Aldaran. Ich bitte Euch um Verzeihung. Bitte nehmt meine Sorge um einen Waffenbruder als Entschuldigung an.«

»Hmm«, sagte Aldaran wieder. »Mir scheint, wir Aldarans schulden dir auch eine Abbitte. Bob, schick sofort Beltran zu mir!«

»Onkel, er ist sehr beschäftigt mit ...«

»Mir ist völlig egal, womit er beschäftigt ist. Bring ihn her, aber schnell!« Er ließ Regis' Hand los und sagte: »Ich werde dich bald wieder sehen, Junge. Du bist mein Gast. Bleib in Frieden hier. Du bist hier willkommen!«

Regis fühlte sich verwirrter als je zuvor, als er nach Verlassen des Zimmers neben Kadarin durch die Hallen schritt. Was ging hier vor sich? Was hatte Lew Alton damit zu tun? Es war warm in den Fluren, und er hätte gern den Umhang abgelegt. Plötzlich fühlte er sich sehr hungrig und müde. Seit mehr Tagen, als ihm bewusst war, hatte er keine warme Mahlzeit gehabt und in keinem Bett geschlafen, denn während der Krankheit hatte er völlig das Zeitgefühl verloren.

Kadarin betrat ein kleines Zimmer und sagte: »Ich glaube, Lew ist hier bei Beltran.« Regis zwinkerte erstaunt, als er zunächst nur das helle Feuer und den Boden mit dem weißen Vogelmosaik sah. Phantasien wirbelten durch seinen Kopf. Danilo war nicht hier, wie in dem Traum, doch Lew stand mit dem Rücken zu ihm neben dem Feuer. Er blickte hinab zu einer Frau, die eine kleine Harfe auf dem Schoß hielt. Sie spielte und sang. Regis hatte das Lied in Nevarsin schon gehört; es war unermesslich alt und hatte ein paar Dutzend Namen und Strophen:

Wie kommt das Blut an deine Hand?
Bruder, sag's mir, sag's mir.
Es ist das Blut eines Wolfes, grau und alt,
Der lauerte hinter dem Busch.

Der Vortrag wurde unvermittelt abgebrochen. Lew drehte sich um und blickte Regis verdutzt an.

»Regis!«, sagte er und trat rasch auf die Tür zu. »Was machst du denn hier?« Er streckte die Arme aus, um ihn zu umfangen, dann sah er ihn näher an, ergriff ihn bei den Schultern und hielt ihn fest. Heftig sagte er: »Ist das wieder eine von Beltrans ...«

Regis reckte sich. Er wollte sich gern in Lews Arme fallen lassen, sich an ihn lehnen, aus Müdigkeit und tief sitzender Furcht zusammenbrechen – aber nicht vor diesen Fremden. »Ich bin auf der Suche nach Danilo hierher gekommen. Javanne hat in ihrem Kristall gesehen, dass er von Aldarans Männern gefangen genommen wurde. Hattest du deine Hand mit im Spiel?«

»Gott behüte!«, sagte Lew. »Wofür hältst du mich? Ich versichere dir, es war ein Versehen. Komm und setz dich, Regis! Du siehst müde und krank aus. Bob, wenn man ihn schlecht behandelt hat, verlange ich dafür den Kopf von jemandem!«

»Nein, nein«, sagte Kadarin. »Lord Kermiac hat ihn als seinen eigenen Gast begrüßt und ihn direkt zu dir geschickt.«

Regis ließ sich von Lew zu einer Bank am Feuer führen. Die Frau spielte einen leisen Akkord auf der Harfe. Eine andere

Frau, noch sehr jung, mit langem, glattem roten Haar und einem hübschen, entrückten Gesicht, nahm seinen Umhang und sah ihn mit forschendem Blick direkt an. Kein Mädchen in den Domänen würde ihn jemals so ansehen. Er hatte das unbehagliche Gefühl, sie kenne seine Gedanken und mache sich darüber lustig. Lew nannte die Namen der Frauen, doch Regis war nicht in dem Zustand, sie sich merken zu können. Man stellte ihm Beltran von Aldaran vor, der fast unmittelbar darauf das Zimmer verließ. Regis wünschte sich, auch die anderen würden gehen. Lew setzte sich neben ihn und fragte: »Wie bist du darauf gekommen, diesen langen Weg allein zu reiten, Regis? Nur wegen Danilo?«

»Ich bin ihm verschworen. Wir sind *Bredin«*, sagte Regis leise. »Geht es ihm wirklich gut? Ist er kein Gefangener?«

»Er ist als Ehrengast mit allem Luxus untergebracht. Du wirst ihn sobald du willst sehen.«

»Aber ich verstehe das alles nicht, Lew. Du bist mit einer Mission der Comyn hierher gereist, und jetzt finde ich dich hier mit fremden Angelegenheiten beschäftigt. Was bedeutet das alles?« Sobald sich ihre Hände berührt hatten, standen sie in Kontakt miteinander, und Regis merkte, wie er sich verwundert fragte: *Ist Lew zum Verräter an den Comyn geworden?* Als Antwort sagte Lew ruhig: »Ich bin kein Verräter. Aber ich bin zu der Überzeugung gelangt, dass der Dienst gegenüber den Comyn und der Dienst gegenüber Darkover vielleicht doch nicht ein und dasselbe sind.«

Die Frau hatte leise wieder zu singen begonnen.

Kein Wolf schleicht umher zu dieser Stunde.
Bruder, sag's mir, sag's mir!
Es ist das Blut meiner eigenen Brüder zwei,
Die mit mir getrunken haben.

Warum hast du gekämpft mit dem eigenen Blut?
Bruder, sag's mir, sag's mir!
Deines Vaters Söhne, deiner Mutter Söhne,
Die im Frieden dir so gut.

Lew redete trotz des Vortrags weiter. »Mein lieber Regis, du weißt, die Comyn sind allzu oft ungerecht gewesen. Sie haben Danilo wie ein Stück Dreck beiseite geworfen, aus keinem anderen Grund als dem, weil er einen üblen und korrupten Mann beleidigt hat, der niemals hätte zur Macht kommen dürfen. Danilo ist ein Katalysatortelepath. Ich habe vorgeschlagen, ihn hierher zubringen – ich hatte keine Ahnung, dass sie es mit Gewalt tun würden –, damit seine Dienste einer umfassenderen Loyalität zur Verfügung stünden. Ich hatte gedacht, er könnte unserem ganzen Planeten dienen, nicht einer abgewirtschafteten, machtgierigen Clique von Aristokraten, die sich auf wessen Kosten auch immer an der Macht halten will ...«

Die traurigen Harfentöne klangen sehr leise, und die Stimme der Frau war sehr süß:

Wir saßen beim Fest bei Scherz und Spiel,
Schwester, ich schwöre dir,
Da kam die Wut wie toll über mich,
Und ich traf sie beide ins Herz.

Lew sagte: »Genug davon. Du bist müde und in Sorge um Dani. Außerdem musst du dich ausruhen. Wenn du dich wieder erholt hast, werde ich dir über unsere Vorhaben berichten. Dann wirst du erfahren, dass diejenigen, die Darkover gegenüber wirklich treu sind, uns am besten dienen, indem sie die Macht der Comyn beschneiden.«

Regis konnte durch die Berührung Lews Aufrichtigkeit spüren, doch er spürte auch Zögern. Seine Hand glitt an Lews Arm entlang und berührte das eingebrannte Zeichen. Er sagte: »Du bist deiner Sache nicht absolut sicher, Lew. Du bist den Comyn verschworen, ihnen gewidmet.«

Lew nahm seine Hand fort und sagte bitter: »Verschworen? Nein. Schwüre, an denen ich keinen Anteil hatte, die für mich abgelegt wurden, als ich fünf Jahre alt war ... Aber komm, davon reden wir ein andermal. Wenn du gedacht hast, Dani sei hier ein Gefangener, kann ich dir versichern, du findest ihn in der besten Gästesuite, der einzigen, glaube ich, die für einen Hastur angemessen wäre. Wenn er dein Waffenbruder ist, solltet ihr zusammen untergebracht werden.«

Er wandte sich um und entschuldigte sich kurz bei den Frauen. In seinem sensibilisierten Zustand konnte Regis ihre Gefühle genau spüren: scharfe Ablehnung bei der älteren, die gesungen hatte. Die jüngere dagegen schien nichts anderes im Kopf zu haben als Lew. Er war froh, als sie allein auf dem Flur waren.

»Regis, was ist wirklich mit dir los? Du bist krank!«

Regis versuchte – er wusste, dass es ihm nicht allzu gut gelang – den Kontakt völlig abzubrechen. Er wusste, Lew würde sich ungeheure Sorgen machen, wenn er ihm von der Schwellenkrankheit unterwegs erzählte. Selbst Javanne hatte es als ernste Angelegenheit betrachtet. Aus irgendeinem Grund wollte er es gern verbergen. Er sagte: »Nichts Besonderes. Ich bin nur sehr müde. Ich bin es nicht gewohnt, in den Bergen zu reiten, und habe mir vielleicht eine Erkältung geholt.« Aktiv bekämpfte er Lews Besorgtheit. Er spürte die Angst seines Vetters um ihn, und aus unbekannten Gründen machte es ihn unruhig. Er war kein Kind mehr! Und er spürte auch das Erstaunen, mit dem sich Lew sanft, aber bestimmt entzog.

Lew blieb an der verzierten Doppelflügeltür stehen und sah

stirnrunzelnd auf die davor postierte Wache. »Ihr bewacht einen Gast, Sir?«

»Sicherheitsmaßnahme, Dom Lewis. Lord Beltran hat befohlen aufzupassen, dass niemand ihn stört. Nicht jeder ist den Talbewohnern freundlich gesonnen. Seht!« Er stieß die Tür auf. »Sie ist nicht verschlossen.«

Lew ging hinein und rief. »Danilo!« Regis folgte ihm und warf einen Blick auf die luxuriöse, altmodische Einrichtung. Danilo trat aus einem Nebenzimmer und blieb wie angewurzelt stehen.

Regis spürte überwältigende Erleichterung. Er bekam kein Wort heraus. Lew lächelte. »Du siehst«, sagte er, »er ist lebendig, gesund und unverletzt.«

Danilo warf mit einer kämpferischen Geste den Kopf zurück. Er sagte: »Habt ihr ihn auch gefangen genommen?«

»Wie misstrauisch du bist, Danilo«, antwortete Lew. »Frag ihn selber. Ich schicke euch Diener, die sich um euch kümmern.«

Er berührte Regis leicht am Arm. »Meine eigene Ehre habe ich verschworen, dass euch beiden nichts geschieht und ihr unbehelligt wieder abreisen könnt, wenn es euch besser geht.« Dann fügte er noch hinzu: »Pass gut auf ihn auf, Dani.« Dann schloss er die Tür hinter sich.

18

(Lew Altons Erzählung)

Als ich zurück ins Kaminzimmer kam, spielte Thyra immer noch Harfe, und ich merkte, dass ich nur sehr kurze Zeit fort gewesen war. Sie sang immer noch die Ballade von dem verfemten Wüterich.

Und wann kehrst du zurück?
Bruder, sag's mir, sag's mir.
Wenn Sonne und Mond zusammen aufgehen,
Und das wird nimmer geschehn.

Das Lied musste unglaublich alt sein, dachte ich, und sonderbar, dass von *einem* Mond die Rede war und nicht von vieren! Beltran war zurückgekommen und starrte wütend und abwesend ins Feuer. Er hatte sicher die verdiente Strafpredigt von Kermiac bekommen. Bisher hatte uns die Krankheit des alten Mannes davon abgehalten, ihm zu erzählen, was Beltran getan hatte. Ich war in Sorge, weil Beltran verstimmt war – denn ich konnte nichts dafür, ich mochte ihn und verstand seine Gründe für die voreilige Handlungsweise. Aber was er Danilo angetan hatte, war unverzeihlich, und auch ich war wütend auf ihn.

Und er wusste es. Seine Stimme, als er sich zu mir umwandte, klang widerspenstig.

»Jetzt, wo du das Kind zu Bett gebracht hast ...«

»Lass deinen Spott über den Jungen, Vetter«, sagte ich. »Er ist noch jung, aber Manns genug, allein die Hellers zu überqueren. Ich würde es nicht tun.«

»Das hat mir Vater auch schon gesagt«, antwortete Beltran.

Er war voll des Lobs für den Mut und das gute Benehmen des Jungen! Ich brauche es nicht noch einmal von dir zu hören!« Und wieder wandte er mir den Rücken zu. Nun, ich hatte nur wenig Mitleid mit ihm. Er hätte uns jede Chance auf Danilos Freundschaft und Hilfe verscherzen können, und Danilos Hilfe, das sah ich nun deutlich, war das Einzige, was diesen Zirkel noch retten konnte. Wenn man Beltrans *Laran* voll zur Entfaltung bringen konnte und wir mit Danilos Hilfe noch ein paar andere Telepathen entdeckten und erweckten, gab es eine Chance – zwar nur eine geringe Chance, aber eine, die ich eingehen wollte –, dass es uns irgendwie gelingen würde, die Sharra-Matrix unter Kontrolle zu bringen. Ohne Danilos Mitarbeit schien es hoffnungslos.

Marjorie lächelte und sagte: »Dein Freund wollte nicht mit mir reden und mich ansehen. Aber ich würde ihn gern kennen lernen.«

»Er ist aus dem Tal, Liebes, und findet es unhöflich und tölpelhaft, ein Mädchen anzustarren. Aber er ist ein guter Freund.«

Kadarin kräuselte die Lippen. »Aber er ist nicht deinetwegen über die Berge gekommen, sondern wegen des Syrtis-Jungen.«

»Ich bin aus freien Stücken hier, und Regis wusste das«, gab ich zurück, lachte dann aber herzlich. »Bei meinen möglicherweise nicht existierenden Vorvätern, Bob – hältst du mich für eifersüchtig? Ich bin kein Mann für kleine Jungen, aber Regis wurde mir als kleines Kind anvertraut. Er ist mir lieber als mein eigener Bruder.«

Marjorie lächelte ihr atemberaubendes Lächeln und sagte: »Dann werde ich ihn auch lieben.«

Thyra blickte auf und spottete, begleitet von einigen Akkorden auf der Harfe: »Komm, Marjorie, du bist Bewahrerin. Wenn dich ein Mann anrührt, wirst du in Rauch und Feuer aufgehen oder so.«

Eisige Schauder überfielen mich plötzlich. Marjorie von Sharras Flammen verzehrt ... Ich trat einen Schritt auf das Feuer zu, entwand Thyra die Harfe und fing mich dann wieder. Was hatte ich tun wollen? Die Harfe durch das Zimmer schleudern, sie in jenem spöttischen Gesicht zerschmettern? Langsam und zögernd zwang ich meine zitternden Gliedmaßen, sich zu entspannen, nahm die Harfe und legte sie auf die Bank.

»*Breda*«, sagte ich, und benutzte das Wort für Schwester, nicht das normale, sondern das intimere, welches ebenfalls Liebling bedeuten konnte. »Solcher Spott ist deiner nicht wert. Wenn ich es für möglich gehalten hätte oder wenn ich dich von Anfang an ausgebildet hätte, glaube mir, dann hätte ich dich an Marjories Stelle als Bewahrerin eingesetzt. Glaubst du nicht, dass ich Marjorie lieber frei sähe?« Ich legte meinen Arm um sie. Einen Moment lang war sie widerspenstig und starrte mich wütend an.

»Hättest du mir wirklich darin vertraut, dass ich dein Gesetz der Keuschheit einhielte?«, schleuderte sie mir zornig entgegen. Ich war zu schockiert, um eine Antwort zu finden. Schließlich sagte ich: »*Breda*, nicht, dass ich dir nicht traue – es ist deine Ausbildung.«

Sie war in meinen Armen steif gewesen. Plötzlich ließ sie sich locker gegen mich fallen, und ihre Arme umschlangen meinen Hals. Ich dachte, sie würde weinen. Ich sagte zitternd, immer noch mit dem gemischten Gefühl aus Wut und Zärtlichkeit: »Und mach keine Scherze über das Feuer! Evanda sei dir gnädig, Thyra! Du bist niemals auf dem Arilinn gewesen, du hast das Denkmal nicht gesehen, aber hast du, wenn du Balladen singst, noch nie von der Geschichte von Marelie Hastur gehört? Ich habe keine gute Stimme, aber ich werde sie dir erzählen. Ich will sie dir erzählen, damit du dich immer daran erinnerst, über solche Dinge nicht zu scherzen.«

Ich musste hier abbrechen. Meine Stimme versagte.

Kadarin sagte ruhig: »Wir alle haben Marjorie in den Flammen gesehen, doch das war eine Illusion. Du bist doch nicht verletzt worden, Marjorie?«

»Nein, nein, das nicht. Nein, Lew. Tu es nicht, bitte tu es nicht. Thyra hat es nicht so gemeint«, sagte Marjorie zitternd. Ich sehnte mich danach, meine Arme nach ihr auszustrecken, sie zu umfangen und zu beschützen. Doch das würde sie in weitaus größere Gefahr bringen als alles andere, was ich möglicherweise tun konnte.

Ich war ein Narr, Thyra zu berühren.

Sie klammerte sich immer noch an mich, warm, eng und lebendig. Ich wollte sie heftig von mir schleudern, doch zugleich wollte ich – und sie wusste es, verdammt, sie wusste es! –, was ich von jeder Frau aus meinem Zirkel, abgesehen von der Bewahrerin, irgendwann einmal gewollt hatte. Es würde die Feindseligkeit und Spannung auflösen. Jede im Turm ausgebildete Frau hätte jenen Zustand, in dem ich mich befand, gespürt, und sich verantwortlich gefühlt ...

Ich zwang mich zur Ruhe, um mich aus Thyras Armen zu befreien. Es war nicht Thyras Fehler, nicht mehr als der Marjories. Es war nicht Thyras Fehler, dass Marjorie und nicht sie aus Mangel an ausgebildeten Bewahrerinnen gezwungen war, diese Rolle anzunehmen. Es war nicht Thyra, die mich so angeregt hatte. Es war auch nicht Thyras Fehler, dass sie nicht an die Gebräuche der Turmzirkel gewöhnt war, wo Intimität und Wahrnehmungsfähigkeit stärker sind als Blutsbande, dichter als Liebe, wo das Bedürfnis des einen beim anderen die Verantwortung wachruft.

Ich konnte die Gesetze eines Turmzirkels nur so weit hier durchsetzen, als es zu ihrer Sicherheit notwendig war. Mehr konnte ich nicht verlangen. Ihre eigenen Bande und Verpflichtungen reichten weit zurück, über die Zeit meiner Ankunft hinaus. Thyra empfand nichts außer Verachtung für Arilinn. Und sich zwischen Kadarin und Thyra zu stellen, war ein Ding der Unmöglichkeit.

Sanft, damit sie sich durch mein plötzliches Zurückziehen nicht verletzt fühlte, löste ich mich von ihr. Beltran starrte wie hypnotisiert in die zuckenden Flammen im Kamin und sagte leise: »Marelie Hastur. Ich kenne die Geschichte. Sie war jene Bewahrerin auf Arilinn, die von Banditen in den Kilghardbergen überfallen wurde. Sie wurde vergewaltigt und nahe der Stadtmauer dem Tod überlassen. Doch sie überlebte, und aus Stolz oder aus Furcht vor Mitleid verheimlichte sie, was man ihr angetan hatte, und ging zu den Matrix-Schirmen, entgegen den Gesetzen für Bewahrerinnen ... Und sie starb, ein verkohlter Leichnam, wie von einem Blitz getroffen.«

Marjorie zuckte zusammen, und ich verfluchte Beltran. Warum musste er vor ihren Ohren diese Geschichte erzählen? Es schien ein Hieb aus bedachter Grausamkeit, und das war Beltran ganz und gar nicht ähnlich.

Ja. Und ich war nahe daran gewesen, sie Thyra zu erzählen, und fast bereit, ihr ihre eigene Harfe auf dem Kopf zu zerschmettern. Das passte auch ganz und gar nicht zu mir.

Was in aller Götter Namen war mit uns los?

Kadarin sagte rau: »Ein Lügenmärchen. Ein frommer Betrug, um die Bewahrerinnen zur Keuschheit zu verpflichten, eine Schauergeschichte für Säuglinge und kleine Mädchen!«

Ich streckte ihm meine narbige Hand entgegen. »Bob, das ist kein frommer Betrug!«

»Aber ich kann auch nicht glauben, dass es etwas mit deiner Unberührtheit zu tun hatte«, lachte er und legte mir wohlmeinend die Hand auf die Schulter. »Du machst dir selber Alpträume, Lew. Gegen deine Marelie Hastur setze ich Cleindori Aillard, mit deinem eigenen Vater verwandt, die geheiratet hat und einen Sohn bekam und keinen Jota ihrer Kräfte als

Bewahrerin verlor. Hast du vergessen, dass man sie abschlachtete, um dieses Geheimnis zu bewahren? Das allein sollte all diesen abergläubischen Unsinn über Keuschheit Lügen strafen.«

Ich sah, wie Marjories Gesicht etwas von der Angespanntheit verlor, und war ihm dankbar, wenn auch nicht gänzlich überzeugt. Wir arbeiteten hier ohne die elementarsten Sicherheitsvorkehrungen, und ich war nicht bereit, diese älteste und einfachste Vorsichtsmaßnahme in den Wind zu schlagen.

Kadarin sagte: »Wenn du und Marjorie lieber getrennt schlaft, solange die Arbeit dauert, ist das eure Sache. Aber legt euch deswegen keine Alpträume zu. Marjorie beherrscht die Kontrolle gut. Mit ihr fühle ich mich sicher.« Er beugte sich zu ihr nieder und küsste sie leicht auf die Stirn, ein Kuss ohne jegliche Leidenschaft, jedoch liebevoll. Er legte den anderen Arm um mich und zog mich lächelnd an sich. Einen Augenblick dachte ich, er würde mich ebenfalls küssen, doch er lachte. »Wir sind dafür zu alt«, sagte er, aber ohne Spott. Einen Moment lang waren wir uns alle wieder nah, ohne Anzeichen jener schrecklichen Gewalt und Disharmonie, die uns auseinander gerissen hatte. Ich begann, wieder Hoffnung zu schöpfen.

»Wie geht es unserem Vater, Beltran?«, fragte Thyra leise. Ich hatte fast vergessen, dass Thyra ebenfalls seine Tochter war.

»Er ist sehr schwach«, antwortete Beltran, »aber mach dir keine Sorgen, kleine Schwester, er wird uns alle überleben.«

»Soll ich zu ihm gehen, Beltran?«, sagte ich. »Ich habe genügend Erfahrung in der Behandlung von Schocks durch Matrix-Überstimulierung ...«

»Das habe ich auch, Lew«, sagte Kadarin freundlich und ließ mich los. »Nicht alles Wissen um Matrix-Technologie ist auf Arilinn eingeschlossen, *Bredu*. Ich komme ohne Schlaf besser aus als ihr junges Volk.«

Ich weiß, ich hätte darauf bestehen sollen, aber ich hatte nicht den Mut, noch eine von Thyras Tiraden über Arilinn durchzustehen. Und es stimmte, dass Kermiac Ausbildungstechniker hier in den Bergen gewesen war, noch ehe wir alle das Licht der Welt erblickt hatten. Und meine eigene Erschöpfung verriet mich. Ich schwankte ein wenig auf der Stelle, und Kadarin fing mich auf und stützte mich.

»Geh und ruh dich aus, Lew. Rafe schläft schon auf dem Teppich. Thyra, ruf jemanden, der ihn zu Bett bringt. Geht nun alle hinaus!«

»Ja«, sagte Beltran. »Morgen haben wir genügend Arbeit. Wir haben sie lange genug aufgeschoben. Jetzt, wo wir den Katalysatortelepathen haben ...«

Ich sagte nüchtern: »Es kann eine lange Zeit dauern, ihn zu überzeugen, dass er dir vertrauen kann, Beltran. Und du kannst ihn nicht zwingen. Du weißt das, oder?«

Beltran sah wütend aus. »Ich würde nicht ein Haar auf seinem kostbaren kleinen Kopf krümmen, Vetter. Aber du gibst dir besser reichlich Mühe, ihn zu überzeugen. Ohne seine Hilfe weiß ich nicht, was wir tun sollen.«

Ich wusste es auch nicht. Wir brauchten Danilo sehr. Ruhig trennten wir uns, ein jeder ernüchtert. Ich hatte das Gefühl, ein schweres Gewicht laste auf meinem Herzen. Thyra ging neben dem stämmigen Diener her, der Rafe ins Bett trug. Kadarin und Beltran, das wusste ich, würden bei Kermiac wachen. Ich hätte ebenfalls daran teilnehmen sollen. Ich liebte den Alten und war für den momentanen Kontrollverlust, der ihn niedergerissen hatte, verantwortlich.

Ich wollte Marjorie am Fuß der Treppe zu ihrem Turm verlassen, doch sie umklammerte fest meine Hand.

»Bitte, Lew. Bleib bei mir. Wie neulich.«

Ich wollte schon zustimmen, dann merkte ich etwas anderes.

Ich traute mir nicht.

Ob es der kurze körperliche Kontakt zu Thyra gewesen war oder die Aufregung durch den Streit oder die alten Lieder und Balladen. Ich vertraute mir nicht!

Selbst jetzt bedurfte es all meiner schmerzhaft erworbenen Disziplin, wirklich *aller,* mich zurückzuhalten, um sie nicht in die Arme zu schließen, sie wild zu küssen, die Treppe hinaufzutragen in jenes Zimmer, zu dem Bett, das wir so keusch miteinander geteilt hatten ...

Genau hier hielt ich mich zurück. Aber unser Kontakt war enorm intensiv. Sie hatte jenes Bewusstsein in mir gesehen, gefühlt, geteilt. Sie errötete, wandte jedoch die Augen nicht ab. Schließlich sagte sie ruhig: »Du hast gesagt, wenn wir wie jetzt arbeiten, könne nichts passieren, das mich verletzen oder ... in Gefahr bringen könnte.«

Erstaunt schüttelte ich den Kopf. »Ich verstehe es auch nicht, Marjorie. Normalerweise, in diesem Zustand ...« – und hier lachte ich, es war ein kurzer, freudloser Ton – »... könnten du und ich nackt nebeneinander liegen und wie Brüder oder unschuldige Kinder schlafen. Ich weiß nicht, was geschehen ist, Marjorie, aber ich wage es nicht. Götter!« Ich schrie sie fast an. »Glaubst du nicht, dass ich dich *will?*«

Jetzt blickte sie einmal kurz beiseite. Flüsternd sagte sie: »Kadarin sagt, es ist nur ein Aberglaube. Ich ... ich nehme das Risiko auf mich, wenn du zustimmst.«

Jetzt war ich wirklich beschämt. Eigentlich war ich disziplinierter. Ich holte tief Luft und löste die Hände vom Treppengeländer. »Nein, Liebes. Vielleicht kann ich herausfinden, was hier falsch ist. Aber ich muss allein sein.«

Ich hörte ihr Flehen, nicht durch Worte, sondern direkt in meine Gedanken, in mein Herz hinein: *Verlass mich nicht!*

Lass mich nicht allein, Lew ... Abrupt brach ich den Kontakt ab, schloss sie aus. Es tat schrecklich weh, aber ich wusste, wenn ich es weiter anhörte, würde ich sie nicht verlassen können, und ich wusste auch, wie es enden würde. Und ihre Disziplin gewann wieder die Oberhand. Sie schloss die Augen und holte tief Luft. Ich sah jenen merkwürdigen Blick mit einer Mischung aus Distanz, Zurückziehen und Isolation über ihre Züge gleiten. Der Blick Callinas am Abend des Festes. Der Blick, den ich so oft auf Jannas Gesicht gesehen hatte in meinem letzten Jahr auf dem Arilinn. Sie hatte gewusst, dass ich sie liebte, sie begehrte. Es schmerzte, aber ich fühlte mich auch erleichtert. Marjorie sagte ruhig: »Ich verstehe, Lew. Geh schlafen, mein Liebling.« Sie wandte sich um und ging die lange Treppe hinauf. Und ich ging blind vor Schmerz fort.

Ich kam an der geschlossenen Tür vorbei, hinter der man Regis und Danilo untergebracht hatte. Ich wusste, ich sollte mit Regis reden. Er war krank und erschöpft. Doch mein eigenes Elend ließ mich vor dieser Aufgabe zurückweichen. Er hatte mir deutlich zu erkennen gegeben, dass er meine Sorgen nicht wollte. Er war wieder mit seinem Freund zusammen. Warum sollte ich die beiden stören? Er würde auch schon schlafen, hoffte ich, sich nach dieser entsetzlichen Reise allein durch die Hellers ausruhen.

Ich ging in mein Zimmer und warf mich, ohne mich auszukleiden, aufs Bett.

Irgendetwas lief falsch. Irgendetwas lief entsetzlich falsch.

Ich hatte eine derartige Unterbrechung einmal gespürt, eine Schlange aus Wut, Lust, Raserei und Zerstörung, die sich in uns allen erhob. So sollte es nicht sein. Es konnte nicht so sein!

Normalerweise ließ die Arbeit mit der Matrix die Teilnehmer erschöpft, ausgelaugt, ohne jegliche Energien für heftige Gefühle zurück. Außerdem hatte ich mich bereits daran gewöhnt, dass für so etwas wie Sexualität nichts übrig blieb. So war es diesmal nicht.

Zuerst war ich auf Thyra wütend gewesen, nicht erregt von ihr. Ich war wütend, als sie offensichtlich Marjorie verspottete, und dann plötzlich hatte mich mein Trieb so überwältigt, dass ich sie leicht nehmen, ihr die Kleider vom Leib reißen und sie vor dem Feuer hätte lieben können!

Und Marjorie. Eine Bewahrerin. Ich sollte nicht einmal fähig sein, so über sie zu denken. Und dennoch hatte ich es getan. Ich sehnte mich immer noch schmerzlich nach ihr. Weinte sie jetzt allein in ihrem Zimmer, weinte die Tränen, die sie aus Stolz vor mir verborgen hatte? Hätte ich es riskieren sollen? Verstand, Klugheit und lange Gewohnheit sagten mir: nein. Nein, ich hatte das einzig Richtige und Sichere getan.

Flüchtig blickte ich auf das eingehüllte Bündel mit der Matrix und spürte einen schwachen Impuls an den Nervenenden. Isoliert wie jetzt sollte sie ruhen. Verdammt, ich war auf dem Arilinn ausgebildet, und jeder Telepath im ersten Jahr lernt, wie man eine Matrix isoliert! Was ich isoliere, bleibt auch isoliert! Ich musste träumen, Halluzinationen haben. Ich brauchte meine Nerven, und nun lagen sie bloß und waren hypersensitiv!

Dieses verdammte Ding war für alle unsere Probleme verantwortlich. Ich hätte die Matrix am liebsten aus dem Fenster geschleudert oder sie mit einer terranischen Rakete ins All hinausgeschickt und sie ihr Unheil im kosmischen Staub oder anderswo ausbreiten lassen. Ich wünschte von Herzen, Beltran und die Sharra-Matrix und Kadarin und die alte Desideria mit ihrem Schmiedevolk würden zusammen in einer ihrer eigenen Schmiedeessen geröstet.

Ich war immer noch von Beltrans Traum überzeugt, doch zwischen uns und der Verwirklichung dieses Traums stand diese alptraumartige Heimsuchung von Sharra. Ich wusste,

wusste in meinem tiefsten Inneren, dass ich sie nicht kontrollieren konnte, dass Marjorie sie nicht kontrollieren konnte und dass kein menschliches Wesen es jemals können würde. Wir hatten nur die Oberfläche dieser Matrix angerührt. Wenn man sie gänzlich erweckte, könnte man sie vielleicht nie wieder unter Kontrolle bringen – und morgen würde ich Beltran dies mitteilen.

Mit diesem jetzt gefassten Entschluss fiel ich in einen unruhigen Schlaf.

Eine lange Zeit wanderte ich in wirren Alpträumen durch die Flure von Schloss Comyn. Wann immer ich jemanden traf, war dessen Gesicht verschleiert oder in Verachtung oder Ablehnung abgewandt. Javanne Hastur, die sich auf einem Kinderfest geweigert hatte, mit mir zu tanzen. Der alte Domenic di Asturien mit hochgezogenen Brauen. Mein Vater, der mir über einen tiefen Abgrund hinweg die Hand reichte. Callina Aillard, die sich abwandte und mich allein auf einem regenfeuchten Balkon stehen ließ. Es schien, als wandere ich stundenlang durch diese Hallen, und kein einziges menschliches Gesicht wandte sich mir besorgt oder mitleidig zu.

Und dann veränderte sich der Traum. Ich stand auf dem Balkon des Arilinn-Turms, sah den Sonnenaufgang, und Janna Lindir stand neben mir. Ich war wieder dort, wo ich glücklich gewesen war, wo man mich akzeptierte und liebte, wo Herz und Gedanken nicht von Wolken überschattet waren. Aber ich hatte gedacht, mein Zirkel sei auseinander gebrochen und zerstört, alle seien nach Hause zurückgekehrt, ich zu der Wache, wo man mich verachtete, Janna verheiratet ... nein, das war sicher nur ein böser Traum gewesen! Sie drehte sich zu mir um und nahm meine Hand, und ich verspürte ein tiefes Glücksgefühl.

Dann merkte ich, dass es nicht Janna, sondern Callina Aillard war, die leise und spöttisch sagte: »Du weißt, was wirklich bei dir falsch läuft!« Sie verspottete mich von der anderen Seite der hohen Trennmauer her, die sie als Bewahrerin – verboten, unberührbar – um sich hatte ... Wahnsinnig vor Begierde und Lust streckte ich die Hand nach ihr aus. Ich zerriss die Schleier um ihren Körper, und sie schrie und kämpfte. Ich schleuderte sie wimmernd auf die Steinfliesen und warf mich nackt auf sie, und unter wilden Entsetzensschreien veränderte sie sich. Sie begann zu brennen, zu glühen, zu flammen. Sharras Feuer umschlangen uns in einem wilden Anfall aus Lust und Ekstase und Entsetzen und Agonie ...

Ich erwachte, am ganzen Körper zitternd, und weinte mit dem gleichen Gefühl aus Angst und Entzücken wie im Traum. Die Sharra-Matrix lag eingehüllt und schlafend da.

Aber in jener Nacht wagte ich es nicht mehr, die Augen zu schließen.

19

Nachdem Lew die Tür hinter sich geschlossen hatte, rührte sich Regis zuerst. Er stolperte durch den Raum wie durch tiefen Schnee und umfasste mit liebevoller, freundschaftlicher Umarmung Danis Schultern. Seine eigene Stimme klang ihm rau in den Ohren.

»Du bist in Sicherheit! Du bist wirklich da und wohlbehalten!« Er hatte an Lews Worten gezweifelt, wenn er auch in seinem ganzen Leben noch nie Grund gehabt hatte, daran zu zweifeln. Welches Unheil lag hier in der Luft?

»Ja, ja, wohlbehalten und in Sicherheit«, sagte Danilo und schnaubte verächtlich. »Mein Gott, Regis, du bist ja völlig durchnässt!«

Zum ersten Male wurde sich Regis der Wärme vom Kamin her bewusst, der Wandbehänge, die die Zugluft abhielten, des Wohlbehagens nach den eiskalten, zugigen Fluren. Diese Wärme löste ein Zittern bei ihm aus, doch er zwang sich zu den Worten: »Die Wachen. Du bist also in Wirklichkeit ein Gefangener, oder?«

»Sie sagen, sie würden mich hier beschützen. Aber sie sind freundlich. Komm, setz dich her, lass mich dir die Stiefel ausziehen. Du bist ja völlig unterkühlt.«

Regis ließ sich zu einem Lehnstuhl führen, der so altertümlich konstruiert war, dass er erst beim Niedersetzen merkte, um was es sich eigentlich handelte. Taub und eiskalt streifte er die Stiefel ab. Er war fast schon zu erschöpft, aufrecht zu sitzen und die Tunika aufzuschnüren. Seine Hände hingen schlaff an den Seiten herab; die Beine hatte er ausgestreckt, und schließlich gelang es ihm unter Mühen, die steifen Finger zu den Verschlüssen der Tunika zu heben. Er wusste, dass seine Stimme ungeduldiger klang, als er beabsichtigte.

»Ich komme schon allein zurecht, Dani. Du bist mein Waffenbruder, nicht mein Leibdiener.«

Danilo kniete vor dem Feuer und versuchte, Regis' Stiefel zu trocknen. Er sprang auf, als habe man ihn gestochen, und sagte ins Feuer hinein: »Lord Regis, es ist mir eine Ehre, Euch in jeder nur erdenklichen Weise zu Diensten zu sein.« Hinter der steifen Förmlichkeit seiner Worte fühlte Regis etwas anderes. Er war nun wieder bei vollem Bewusstsein und vernahm den wortlosen Nachhall von Verzweiflung. *Er hat es gar nicht so gemeint, als er meine Dienste akzeptierte ... es war ... es war nur eine Geste, um die Untat seines Stammesbruders wieder gutzumachen ...*

Ohne auch nur eine Sekunde nachzudenken, sprang Regis aus dem Stuhl auf und kniete sich neben Dani vor das Feuer. Seine Stimme bebte, teils vor Kälte, die ihn in Schüttelkrämpfen fast zu zerreißen drohte, teils auf Grund der intensiven Wahrnehmung von Danis Verletztheit.

»Die Götter wissen, ich habe es so gemeint! Es ist nur ... nur ...« Plötzlich wusste er, was er sagen wollte. »Erinnerst du dich an das Theater, als ich in der Baracke von jedem erwartet habe, dass er mich bedient?«

Ihre Blicke trafen sich und versenkten sich ineinander. Regis hatte keine Ahnung, ob es nun seine Gedanken waren oder die des anderen: *Wir waren da noch Jungen ... Und jetzt ... wie lange das schon her ist! Und doch war es erst im letzten Jahr!* Regis schien es, als blickten sie zurück wie erwachsene Männer, die auf einen langen Zeitraum, eine gemeinsam verbrachte Kindheit, zurücksehen. Wo war sie geblieben?

Mit einem Gefühl, als müsse er eine unglaubliche Erschöpfung bekämpfen – ihm schien es, als müsse er dies schon seit undenkbaren Zeiten tun –, griff er nach Danilos Hand. Sie fühlte sich hart, schwielig und real an, der einzige, feste Fixpunkt in einem treibenden, sich auflösenden Universum. Einen Augenblick lang dachte er, seine Hand greife durch Danilo hindurch, als seien sie beide nicht wirklich. Er zwinkerte, um seinen Blick zentrieren zu können, und sah vor sich eine von blauem Licht umschimmerte Gestalt. Er konnte durch Danilo hindurch die dahinter liegende Wand sehen. Er versuchte, sich auf die fliegenden Funken des Feuers zu konzentrieren und erinnerte sich an Javannes Warnung: *Kämpfe dagegen an, bewege dich, sprich.* Er mühte sich, seine Stimme wiederzuerlangen.

»Vergib mir, Dani. Wer sollte mir wohl sonst dienen, wenn nicht mein verschworener Freund?«

Und während er dies sagte, fühlte er mit Erstaunen die Struktur von Danilos Erleichterung. *Meine Leute haben schon seit Generationen den Hasturs gedient. Jetzt bin auch ich auf dem Platz, wo ich hingehöre.*

Nein. Ich will niemanden beherrschen ...!

Doch die rasche Ablehnung wurde von beiden nicht als persönliche Zurückweisung verstanden, sondern als wirkliche Verkörperung dessen, was sie beide waren, so dass die Hinwendung Danilos das Vergnügen und die Erleichterung bedeutete, die sie war, und Regis wusste, er durfte nicht nur diesen Dienst annehmen, sondern ihn auch dankbar und freudig akzeptieren.

Danilos Gesicht sah plötzlich sonderbar und ängstlich aus. Er bewegte die Lippen, doch Regis konnte ihn nicht hören. Körperlos schwamm er in der funkelnden Dunkelheit. Er hörte sein eigenes Flüstern: »Ich bin ... in deinen Händen ...« Dann entglitten ihm auch diese Worte, und er brach in Danilos Armen zusammen.

Er wusste nicht, wie er dorthin gelangt war, doch Sekunden später spürte er am ganzen Körper einen schneidenden Schmerz und merkte, wie er nackt in einer großen Wanne mit heißem Wasser schwamm. Danilo kniete neben ihm und massierte ängstlich seinen Puls. Sein Kopf raste vor Schmerz, doch er nahm wieder reale Objekte wahr, und sein Körper fühlte sich beruhigend fest an. Ein Diener schwebte mit trockenen Kleidern vorbei und versuchte, Danilos Aufmerksamkeit zu erregen, um dessen Zustimmung zu erlangen.

Regis lag da und beobachtete sie und fühlte sich zu erschöpft, um mehr zu tun, als lediglich ihre Dienste zu akzeptieren. Er merkte, wie Danilo unaufdringlich versuchte, sich zwischen Regis und den aldaranischen Diener zu drängen. Rasch wies er den Bediensteten hinaus und murmelte verhalten: »Ich traue keinem von ihnen so weit, dich mit ihm allein zu lassen.«

Zunächst schien das Wasser seinen Körper zu verbrühen; jetzt spürte er, dass es nur lauwarm war. Das Wasser war vermutlich vor längerer Zeit, wahrscheinlich für Danilo, eingelassen worden, bevor Regis hereingekommen war. Danilo beugte sich, immer noch mit sorgenvollem Gesicht, über ihn. Plötzlich erfüllte Regis eine so unerträgliche Angst, dass er das angenehme, sinnliche Vergnügen, im heißen Wasser zu liegen, das seinen steifen und unterkühlten Körper umhüllte – elf Nächte unterwegs, ohne sich ein einziges Mal warm gefühlt zu haben – abschnitt, sich hochzog, aus der Wanne schleppte und in ein Handtuch einhüllte. Danilo kniete sich nieder, um ihn abzutrocknen und sagte: »Ich habe den Diener nach einer Heilkundigen geschickt. So etwas muss es doch hier geben. Regis, ich habe noch nie zuvor jemanden in Ohnmacht fallen sehen. Deine Augen waren offen, aber du konntest mich weder sehen noch hören.«

»Schwellenkrankheit.« Kurz dachte er über eine Erklärung nach. »Ich hatte schon früher Anfälle. Das Schlimmste habe ich hinter mir. Ich glaube, eine Heilkundige kann da nicht helfen. Gib mir das dort, ich kann das allein.« Entschlossen nahm er Danilo das Tuch aus der Hand. »Sag Bescheid, dass sie sich nicht darum zu kümmern braucht, und versuche, etwas Heißes für mich zu trinken zu bekommen.«

Skeptisch zog sich Danilo zurück. Regis trocknete sich zu Ende ab und streifte die unvertrauten Kleider über. Seine Hände zitterten so stark, dass er kaum die Bänder und Schlaufen schließen konnte. Was ist mit mir los, fragte er sich, warum wollte ich nicht, dass mir Dani beim Anziehen hilft? In kaltem Entsetzen blickte er auf seine Hände, als gehörten sie zu jemand anderem. Ich wollte nicht, dass er mich berührt!

Doch das schien ihm keine Erklärung zu sein. In der rauen Intimität der Kaserne hatten sie monatelang miteinander gelebt. Sie waren einander eng verbunden gewesen, hatten selbst die Gedanken des anderen gespürt.

Das war etwas anderes.

Unruhig wanderten seine Gedanken zu jener Nacht in der Baracke zurück, als er sich Danilo genähert hatte, angetrieben von einem fast wahnsinnigen Bedürfnis, seinen Kummer zu teilen, zurück an den Abgrund von Schmerz und Entsetzen, als Danilo ihn von sich geschleudert hatte ...

Und dann wusste Regis plötzlich erschüttert und beschämt und entsetzt, was diese Berührung verursacht hatte und warum er jetzt so scheu gegenüber Danilo war. Das Wissen ließ ihn wie gelähmt stehen bleiben. Die nackten Füße wurden trotz des Wolfsfells auf dem Kachelboden kalt.

Ihn berühren. Nicht ihn trösten, sondern sein eigenes Bedürfnis stillen, *seine* Einsamkeit überwinden, *seinen* Hunger befriedigen ...

Angestrengt bewegte er sich, aus Angst, wenn er so reglos stehen bliebe, würde ihn ein neuer Anfall der Schwellenkrankheit überkommen. Er kniete sich auf das Wolfsfell, zog perlenbestickte Strümpfe über die Knie und versuchte angestrengt, die Schlaufen zu verknoten. Oberflächlich dachte er, dass Pelzkleidung hier im Gebirge für das Überleben lebenswichtig war. Sie fühlte sich wunderbar an.

Doch unermüdlich brach die Erinnerung, die er seit seinem zwölften Lebensjahr verdrängt hatte, wie eine blutende Wunde immer wieder auf. Die Erinnerung, die er in sich verschlossen hatte und die auf dem Weg nach Norden wieder durchgebrochen war: Lews Gesicht, beschienen vom Feuer, in extremer Erschöpfung und Schmerz und Angst, ohne jegliche Barrieren.

Und Regis hatte es mit ihm geteilt. Zwischen ihnen hatte es keine Barrieren gegeben. Nichts. Regis hatte gewusst, was Lew wollte, und hatte nicht gefragt, war zu stolz und zu schüchtern gewesen, ihn zu fragen. Etwas, was Regis nie zuvor gefühlt hatte, für das Lew ihn für zu jung hielt, es zu verstehen und zu empfinden. Aber Regis hatte es gewusst und mitempfunden.

Und danach hatte Regis, wahrscheinlich, weil Lew nie davon geredet hatte, sich gescheut, sich daran zu erinnern. Und er hatte nie wieder gewagt, sich jemandem zu öffnen. Warum? Warum? Aus Angst? Aus Scham? Aus ... einem Sehnen heraus?

Und Danilo hatte, ohne es bewusst zu versuchen, die Barriere durchbrochen.

Und nun wusste Regis, warum nur Dani es gekonnt hatte ...

Er weiß es nicht, dachte Regis, und dann mit entschlossenem, spartanischem Stolz: Er soll es nie erfahren.

Er stand auf und spürte wieder den zerreißenden Kopfschmerz. Einen angstvollen Moment lang wurde er unruhig. Wie konnte er es vor ihm verbergen? Dani war Telepath!

Lew hatte gesagt, es sei, als lebe man ohne Haut. Nun, seine Haut war fort, und er fühlte sich doppelt nackt. Er nahm sich zusammen und ging in das Zimmer, fand aber seine Stiefel immer noch feucht vor. Er fühlte sich innerlich kalt und zittrig, doch sein Körper war warm und ruhig.

Wie konnte er Lew mit diesem Wissen wieder unter die Augen treten? Kalt ermahnte sich Regis, kein Narr zu sein. Lew hatte es immer schon gewusst. Er war kein Feigling. Er log sich nicht selber an! Lew hatte sich erinnert; daher auch sein Erstaunen, als Regis ihm sagte, er habe kein *Laran*.

Lew hatte ihn gefragt, welche Erinnerung er nicht ertragen konnte ...

»Du hättest ins Bett gehen sollen, und ich hätte dir das Essen dorthin gebracht«, sagte Danilo hinter ihm, und Regis kontrollierte seine Miene und drehte sich zu ihm um. Danilo sah ihn mit freundschaftlicher Besorgtheit an, und Regis rief sich ins Bewusstsein, dass Danilo nichts von der Erinnerung und der Erkenntnis wusste, die ihn in den wenigen Minuten seiner Abwesenheit überflutet hatten. Laut sagte er, um einen möglichst neutralen Tonfall bemüht: »Ich bin zusammengebrochen, bevor ich außer diesem Zimmer andere Räume der Suite sehen konnte. Ich habe keine Ahnung, wo ich schlafen soll.«

»Und ich hatte tagelang Zeit, sie zu erforschen. Komm, ich zeige dir den Weg. Ich habe den Diener angewiesen, dein Essen hierher zu bringen. Wie fühlte man sich in einer königlichen Suite nach den Schlafsälen von Nevarsin?«

Es war Platz genug für einen Regenten mit vollständiger Begleitung in dieser Gästesuite: riesige Schlafzimmer, jede Menge Zimmer für Diener, ein großes Entree, sogar ein kleines achteckiges Empfangszimmer mit einem Thron und einem Fußschemel für Bittsteller. Es war prachtvoller als die Suite seines Großvaters in Thendara. Danilo hatte sich das kleinste und schlichteste Schlafzimmer ausgesucht, doch der Raum wirkte dennoch wie der eines königlichen Favoriten. Dort stand auf einem Podest ein riesiges Bett, welches, dachte Regis respektlos, einen Trockenstädter, drei seiner Frauen und sechs Konkubinen hätte beherbergen können. Der Diener, den er schon zuvor gesehen hatte, wärmte mit langstieligen Kohlenbecken die Laken an. Außerdem brannte ein Feuer. Er ließ sich von Danilo in das Bett helfen. Dani stellte ein Tablett mit einer warmen Mahlzeit auf einen Stuhl neben sich. Danilo schickte den Mann fort, indem er ernsthaft sagte: »Es ist mein Privileg, meinem Lord mit meinen eigenen Händen zu dienen.« Regis hätte gern über die feierlichen, förmlichen Worte gelacht, doch er wusste, selbst ein Lächeln hätte Danilo unsäglich verletzt. Er behielt die Fassung, bis der Mann außer Hörweite war und sagte dann: »Ich hoffe, diesen förmlichen Mein-Lord-Ton behältst du jetzt nicht die ganze Zeit über bei, *Bredu.«*

Auch in Danilos Augen leuchtete Erleichterung auf. »Nur vor Fremden, Regis.« Er trat zu ihm, nahm die Hauben von den dampfenden Schüsseln, kletterte auf das Bett und goss aus einem Krug heiße Suppe ein. Er sagte: »Das Essen ist gut. Nur am ersten Tag musste ich um Apfelwein an Stelle von Wein bitten. Heute Abend haben sie beides gebracht, und der Apfelwein ist auch heiß.«

Regis trank durstig die heiße Suppe und den Wein, doch wenn es auch das erste warme Essen seit Tagen war, hatte er Schwierigkeiten, es zu kauen und hinunterzuschlucken.

»Und jetzt erzähl mir, wie du mich hier gefunden hast, Regis.«

Regis Hand fuhr zu der Matrix an seinem Hals. Danilo wich ein wenig zurück. »Ich hatte gedacht, diese Steine dürften nur unter Sicherheitsvorkehrungen von Matrix-Technikern benutzt werden. Ist es nicht gefährlich?«

»Ich wusste sonst keinen Weg.«

Danilo blickte ihn sichtlich bewegt an. »Und dieses Risiko hast du für mich auf dich genommen, *Bredu?«*

Regis machte sich bewusst von dem aufwallenden Gefühl

frei. »Nimm das letzte Kotelett, ja? Ich bin nicht so hungrig ... hier bin ich, sicher und wohlauf, oder? Wahrscheinlich werde ich mit meinen Verwandten Ärger bekommen. Ich bin Gabriel und meiner Eskorte nur mit einem Trick entkommen. Eigentlich war ich auf dem Weg nach Neskaya.«

Die Ablenkung gelang. Danilo fragte mit schlecht verborgener Ablehnung: »Wirst du jetzt, wo sie wissen, dass du *Laran* hast, Matrix-Techniker?«

»Gott behüte! Aber ich muss lernen, auf mich Acht zu geben und mich abzusichern.«

Danilos Gedanken taten einen Sprung. »Wenn man ... ohne Ausbildung eine Matrix benutzt ... hast du deshalb die Schwellenkrankheit?«

»Ich weiß nicht. Vielleicht. Ich konnte nichts dagegen tun.«

Danilo sagte: »Ich hätte nach Lew Alton schicken sollen statt nach einer Heilkundigen. Er ist doch im Turm ausgebildet. Er weiß bestimmt, was man dagegen tun kann.«

Regis zuckte zusammen. Er wollte Lew noch nicht wieder unter die Augen treten. Nicht, ehe er seine Gedanken wieder unter Kontrolle hatte. »Störe ihn nicht. Jetzt geht es mir gut.«

»Nun, wenn du meinst«, sagte Danilo unsicher. »Ohne Zweifel ist er jetzt mit seinem Mädchen im Bett und würde sich kaum über eine Unterbrechung freuen. Doch wenn auch ...«

»Sein Mädchen?«

»Aldarans Pflegetochter. Die Wachen fühlen sich einsam und haben nichts außer Geschwätz im Kopf, und ich habe mir gedacht, es könne nur gut sein, wenn ich so viel wie möglich über das Leben hier erfahre. Sie sagen, Lew ist wahnsinnig in sie verliebt, und der alte Kermiac bereite schon die Hochzeit vor.«

Nun, dachte Regis, das erklärte vieles. Lew war in der Ebene niemals recht glücklich gewesen, und er war einsam. Wenn er sich unter den Verwandten aus dem Gebirge eine Frau suchte, war das sicher gut.

Danilo sagte: »Hier ist Wein, wenn du willst.« Regis schüttelte entschlossen den Kopf. Sicher würde er dann besser schlafen, doch er wagte nicht, irgendein Risiko einzugehen, das seine Haltung erschüttern konnte. Er nahm eine Hand voll Zuckernüsse und knabberte daran herum.

»Nun, Dani, erzähl mir alles. Der alte Kermiac wusste nicht, warum man dich hergebracht hatte, und ich hatte keine Gelegenheit, Lew allein zu sprechen.« Er fragte sich unvermittelt, welche der beiden Frauen in dem Kaminzimmer Lews Liebste gewesen war. Das Mädchen mit der Harfe und dem harten Gesicht? Oder die zarte, entrückte, jüngere in Blau?

»Aber du musst das alles gewusst haben«, sagte Danilo, »oder warum bist du sonst hinter mir hergekommen? Ich habe versucht ... versucht, dich mit meinen Gedanken zu erreichen, doch ich hatte Angst, ich könnte sie fühlen. Ich hatte Angst, sie würden es irgendwie benutzen ...« Regis spürte, dass er dem Weinen nahe war. »Es ist schrecklich! *Laran* ist schrecklich! Regis, ich will es nicht!«

Impulsiv streckte Regis die Hand aus und wollte sie Danilo auf den Arm legen, hielt sich aber dann zurück. O nein. Nicht das. Keine so leichte Entschuldigung ... ihn zu berühren. Er sagte mit bemüht unbeteiligter Stimme: »Es scheint, wir haben keine Wahl, Dani. Es hat uns beide überkommen.«

»Es ist ... wie ein Blitz. Es erschlägt die Menschen, die es nicht wollen, schlägt zu, wie es will ...« Danilos Stimme zitterte.

Regis fragte, wie irgendjemand überhaupt damit leben konnte. Er sagte: »Ich will es jetzt auch nicht mehr, wo ich es nun habe. Nicht mehr, als ich Erbe der Comyn sein will.« Er seufzte. »Aber wir haben keine Wahl. Die einzigen beiden Möglichkeiten sind, dass wir es missbrauchen ... wie Dyan ...

oder es wie Männer auf uns nehmen.« Er wusste, er redete nicht nur über *Laran. »Laran* kann nicht gänzlich schlecht sein. Denn es hat mir geholfen, dich zu finden.«

»Und wenn ich dich damit in Todesgefahr gebracht hätte?«

»Genug davon!« Die Worte enthielten eine scharfe Zurückweisung. Danilo zuckte zusammen wie unter einem Schlag, doch Regis wusste, dass er keinen weiteren Gefühlsausbruch ertragen konnte. »Lord Kermiac hat mich als Gast bezeichnet. Unter den Gebirglern ist das eine heilige Verpflichtung. Wir sind beide nicht in Gefahr.«

»Nicht durch den alten Kermiac. Aber Beltran will mein *Laran* benutzen, um andere Telepathen zu erwecken, und was hat er danach mit ihnen vor? Was immer sie auch tun ...« Er starrte an Regis vorbei und flüsterte: »Es ist falsch. Ich kann es fühlen. Es überkommt mich sogar im Schlaf.«

»Aber sicher würde Lew sich nicht an einer schändlichen Sache beteiligen.«

»Bewusst sicher nicht. Aber er ist sehr wütend auf die Comyn und Beltran jetzt gänzlich verpflichtet«, sagte Danilo. »Das hat er zumindest mir gegenüber so ausgedrückt.«

Er begann, Beltrans Plan zur Wiederbelebung der alten Matrix-Technologie zu erklären, der Darkover von einer nichtindustriellen, nichttechnologischen Kultur weg zu einer starken Position im galaktischen Imperium bringen würde. Als er von Raumschiffen redete, leuchteten Regis' Augen auf, und er dachte an seine Träume: Wenn er, um zu anderen Sternen zu reisen, nicht seine Welt und sein Erbe verlassen musste, sondern seinem Volk dienen und zugleich Teil der universellen Kultur sein konnte ... es hörte sich zu schön an, um wahr zu sein.

»Sicher, wenn es überhaupt gelingen kann, dann auf den Türmen mit stärkster Besetzung. Sie müssen es versucht haben.«

»Ich weiß es nicht«, sagte Danilo demütig. »Ich bin nicht so gebildet wie du, Regis.«

Und Regis wusste so wenig!

»Lasst uns nicht herumsitzen und Rätsel anstellen, was sie tun«, sagte Regis. »Lass uns bis morgen warten und sie fragen.« Er gähnte auffällig. »Ich habe ein Dutzend Nächte nicht mehr in einem Bett geschlafen. Ich glaube, ich probier's mal mit diesem hier.« Danilo räumte die Schüsseln und Teller fort. Regis rief ihn zu sich.

»Ich hoffe, du hegst keine dummen Ideen, hier Wache zu stehen, während ich schlafe, oder quer auf meiner Schwelle zu liegen?«

»Nur wenn du willst«, gab Dani zurück, doch es klang verletzt, und mit jener unerwünschten Sensitivität wusste Regis, dass Dani es gern gemacht hätte. Das Bild, das ihn seit Tagen verfolgt hatte, kehrte nun zurück: Danis Bruder, der seinen Vater mit dem eigenen Körper schützte. Wollte Dani wirklich für ihn sterben? Dieser Gedanke erschütterte ihn und ließ ihn verstummen.

Kurz angebunden sagte er: »Schlaf, wo du, verdammt noch mal, willst. Und wenn du es wirklich gern hast, wenn ich dir Befehle gebe, Dani, dann ist das ein Befehl.« Er wartete Danis Wahl nicht ab, sondern glitt unter die Decke und fiel in einen bodenlosen Abgrund von Schlaf.

Zunächst verlangte die Erschöpfung ihren Zoll von seinem Körper und den überforderten Nerven. Er war sogar zu erschöpft, um zu träumen. Dann begannen sich Träume zu regen, das Geräusch von Hufen auf der Straße, Galopp ... die Waffenkammer im Schloss Comyn, ein Kampf gegen Dyan, der ausgeruht gegen einen wie gelähmten Regis focht, der kaum das Schwert heben konnte ... eine große Gestalt, die niederschwebte und Burg Aldaran mit einem Feuerfinger berührte. Flammen schlugen zum Himmel. Beim Schein des Feuers sah er Lews entsetztes Gesicht und versuchte, ihn zu berühren, spürte die sonderbaren, unvertrauten Gefühle, doch dieses Mal wusste er, was er tat. Dieses Mal war er kein Kind mehr, kein Kinderkörper reagierte fast unbewusst auf die unschuldigste aller Berührungen: Dieses Mal wusste er es und akzeptierte es, und plötzlich lag Danilo in seinen Armen, und Danilo wehrte sich und versuchte ihn verletzt und ängstlich fortzustoßen. Regis wurde von Begierde und Grausamkeit ergriffen und umklammerte ihn fester und fester, kämpfte gegen ihn an, wollte ihn bezwingen und schrie dann mit einem Keuchen: »Nein! O nein!« Er schleuderte ihn fort und saß aufrecht in dem großen Bett.

Er war allein. Das Feuer war niedergebrannt. Vor dem Fußende des Bettes schlief wie ein dunkler Schatten Danilo, in eine Decke gehüllt, mit dem Rücken zu ihm. Regis starrte den schlafenden Jungen an und konnte das Entsetzen des Traumes nicht abschütteln, den Schock über die Erkenntnis, was er versucht hatte zu tun.

Nein, nicht versucht, *gewollt* hatte! Wovon er geträumt hatte! Das war der Unterschied.

Oder gab es für einen Telepathen keinen Unterschied?

Einmal hatte Kennard, bei den wenigen Malen, als er von seinen Jahren im Turm gesprochen hatte, sehr ernst gesagt: »Ich bin ein Alton. Meine Wut kann töten. Ein mörderischer Gedanke ist für mich fast gleichbedeutend mit einem Mord. Ein lustvoller Gedanke ist fast wie eine Vergewaltigung.«

Regis fragte sich, ob er auch für seine Träume verantwortlich war. Würde er jemals wieder einzuschlafen wagen?

Danilo rührte sich mit einem Stöhnen. Abrupt begann er zu keuchen, zu schreien und sich im Schlaf zu wälzen. Laut murmelte er: »Nein ... nein, bitte!«, und begann zu weinen. Regis starrte ihn entsetzt an. Störte sein Traum Danis Schlaf? Dyan hatte ihn auch im Schlaf erreichen können! Er konnte ihn nicht so weinen lassen. Er beugte sich nach vom und sagte leise: »Dani, es ist gut. Du hast geträumt.«

Im Halbschlaf machte Danilo das beschützende Zeichen der *Cristoforos*. Regis dachte, dass es doch etwas Tröstendes hatte, einen Glauben zu besitzen. Danilos gedämpftes Schluchzen nagte wie mit Klauen an Regis. Er hatte keine Ahnung, dass Lew am anderen Ende der Burg ebenfalls aus einem Alptraum hochgeschreckt war und unter der Schuld eines für ihn schrecklichen Verbrechens zitterte, doch Regis fragte sich, welche Art von Alptraum Dani wohl gehabt hatte. Er wagte nicht zu fragen, wagte nicht das Risiko mitternächtlicher Vertrautheiten einzugehen.

Danilo hatte sein Weinen nun unter Kontrolle. Er fragte: »Es ist ... doch nicht wieder die Schwellenkrankheit?«

»Nein, nur ein Alptraum. Tut mir Leid, dass ich dich geweckt habe.«

»Dieses verdammte Haus steckt voller Alpträume ...« murmelte Danilo. Regis spürte, wie er ihn kontaktierte, um sich zu beruhigen. Doch er schirmte sich ab. Nach langer Zeit merkte er, dass Danilo wieder eingeschlafen war. Regis lag noch wach und beobachtete die Überreste des Feuers im Kamin. Das Feuer, der rasende Waldbrand seiner Kindheit, Flammen, die zur großen Feuergestalt geworden waren. Sharra aus der Sage. Was, im Namen aller Götter, wurde hier auf Aldaran getrieben? Irgendetwas war hier außer Kontrolle geraten und wurde zur Bedrohung.

Feuer war der Schlüssel dazu, das wusste er, nicht nur weil der Gedanke an den Waldbrand seine Erinnerung zurückgebracht hatte, die er verdrängt hatte, sondern es war schlimmer. Lew sah aus, als triebe er hier etwas Gefährliches. Und all diese ... Unvereinbarkeiten der Erinnerung, diese Alpträume mit Grausamkeit und Lust ... irgendetwas Schreckliches ging hier vor.

Und Regis musste Danilo beschützen. Daher war er hergekommen, und er schwor noch einmal, dem nachzukommen.

Unter der fast unerträglichen Last des *Laran,* mit Schuldgefühlen selbst durch seine Träume, mit der Bürde der schwerwiegenden Erkenntnis dessen, was er vergessen gehabt hatte, wagte Regis nicht mehr einzuschlafen. Stattdessen dachte er nach. Der Fehler war gewesen, ihn nach Nevarsin zu schicken. Das wusste er. An jedem anderen Ort hätte er sich damit auseinander setzen können. Rational wusste er, dass, was mit ihm geschehen war, was ihm im Moment passierte, eigentlich kein so katastrophales Schuldgefühl und solchen Selbsthass verursachen konnte. Er hatte sich nicht einmal viel daraus gemacht, als ihn die anderen Kadetten für Dyans Lustknaben gehalten hatten.

Aber das war, bevor er von Dyans Tat gewusst hatte ...

Dyans Schatten lag schwer auf Regis. Und noch schwerer auf Danilo. Regis wusste, er konnte es nicht ertragen, wenn Dani über ihn ähnlich wie über Dyan dachte ... selbst wenn Regis so über sich dachte ...

Seine Gedanken wirbelten durcheinander, doch plötzlich wusste Regis, dass er eine Wahl hatte. Angesichts dieser unerträglichen Selbsterkenntnis konnte er wieder versuchen, was er als Zwölfjähriger getan hatte, und dieses Mal würden die Barrieren stehen bleiben. Er konnte es wieder vergessen. Er konnte das Unwillkommene abschirmen, die ungewollte Selbsterkenntnis abstellen und damit das unerwünschte, unerträgliche *Laran.*

Er würde wieder frei sein, und dieses Mal würde es niemandem gelingen, die Barriere zu durchbrechen. Wenn er kein *Laran* hatte, würde es keine Rolle spielen, wenn er die Comyn verließ, irgendwo ins Imperium reiste, um niemals zurückzukehren. Er hinterließ sogar einen Erben, der seinen Platz einnehmen konnte. Er hatte es einmal geschafft. Er würde es wieder tun können. Er konnte Danilo ohne Schuldgefühl und Angst am Morgen entgegentreten, mit ihm unschuldig wie mit einem Freund umgehen. Er brauchte nie wieder die Angst zu haben, dass Danilo seine Gedanken lesen und erfahren würde, dass Regis lieber sterben wollte, als sie ihm zu enthüllen.

Er hatte es einmal getan. Selbst Lew hatte diese Barriere nicht durchbrechen können.

Die Versuchung war fast unerträglich. Mit trockenem Mund blickte Regis zu dem schlafenden Jungen zu seinen Füßen. Wieder frei sein, dachte er, frei von dem allen.

Er hatte aber Danis Eid als ein Hastur entgegengenommen. Hatte seine Dienste und seine Liebe akzeptiert.

Er war nicht mehr frei. Er hatte es zu Danilo gesagt, und auch für ihn traf dies zu: Sie hatten keine Wahl. Es war über sie gekommen, und sie hatten nur die Möglichkeit, es zu missbrauchen oder in Ehren damit fertig zu werden.

Regis wusste nicht, ob er in Ehren damit fertig werden konnte, doch er wusste, er würde es versuchen müssen. Ein Küken konnte nicht zurück ins Ei schlüpfen.

Jedenfalls lag die Hölle vor ihm.

20

(Lew Altons Erzählung)

Kurz nach Sonnenaufgang fiel ich in einen verkrampften Schlummer. Einige Zeit später weckte mich ein merkwürdiges Geräusch, Schreie von Frauen – nein, es war ein Heulen, ein Ton, den ich nur einmal zuvor gehört hatte ... auf meiner Reise in den Hinterwald, in einem Haus, in dem der Tod war ...

Ich warf mir ein paar Kleider über und rannte auf den Flur. Er war voller Menschen. Diener huschten hin und her. Keiner war bereit, anzuhalten und meine Fragen zu beantworten. Am Fuß der kleinen Treppe zum Turm traf ich Marjorie. Sie war so weiß wie ihr Hausgewand.

»Liebling, was ist los?«

»Ich weiß es nicht. Es ist die Totenklage!« Sie streckte eine Hand aus und zwang eine der vorbeieilenden Frauen zum Stehenbleiben. »Was ist los? Was soll das Klagen? Was ist geschehen?«

Die Frau rang nach Luft. »Es ist der alte Herr, *Domna Marguerida,* Euer Pate. Er ist heute Nacht gestorben ...«

Sobald ich die Worte vernahm, merkte ich, dass ich sie erwartet hatte. Ich war betroffen und bekümmert. Selbst in so kurzer Zeit hatte ich meinen Onkel lieben gelernt, und über meinen persönlichen Kummer hinaus war ich bestürzt über die Bedeutung seines Todes. Nicht nur für die Domäne Aldaran, sondern für ganz Darkover. Er hatte lange und gut regiert.

»Thyra«, flüsterte Marjorie. »Evanda sei uns gnädig. Was wird sie tun. Wie wird sie leben können?« Sie umklammerte meinen Arm. »Er ist ihr Vater, Lew! Wusstest du das? Mein Vater hat sie anerkannt, doch sie war nicht von ihm. Und es war ihre Handlung, ihr Fehler, der ihn getötet hat!«

»Nicht ihrer«, sagte ich sanft. »Sharras.« Ich hatte zu glauben begonnen, dass wir vor ihr alle hilflos waren. Morgen – nein, heute, je eher, desto besser – würde ich sie dem Schmiedevolk zurückgeben. Desideria hatte Recht gehabt: Bei ihnen hatte sie sicher gelegen. Sie hätte dort bleiben sollen. Ich quälte mich mit dem Gedanken, was Beltran wohl dazu sagen würde. Aber Kadarin hatte Desideria versprochen, es *meinem* Urteil zu überlassen.

Zunächst musste ich dem Totenzimmer einen Besuch abstatten und meinem Stammesbruder die letzte Ehre erweisen. Der hohe Klageton der Todesrufe drang heraus und zerrte an meinen ohnehin nur noch fadendünnen Nerven. Marjorie umklammerte verzweifelt meine Finger. Als wir den großen Raum betraten, hörte ich Thyras Stimme in einen Schrei ausbrechen: »Hört mit diesem heidnischen Gejaule auf! Ich will das hier nicht haben!«

Ein paar Frauen brachen mitten in ihrem Klagelied ab. Andere hörten unentschlossen auf, um aufs Neue zu beginnen. Beltrans Stimme klang wie ein harter Schrei: »Du, die du ihn umgebracht hast, Thyra, willst du ihm den angemessenen Respekt verweigern?«

Sie stand am Fußende des Bettes. Den Kopf hatte sie trotzig zurückgeworfen. Sie klang, als sei sie am äußersten Ende ihrer Duldsamkeit angelangt. »Du abergläubischer Idiot! Glaubst du wirklich, sein Geist sei hier geblieben, um sich, über seinem Leichnam schwebend, das Gejammere anzuhören? Ist das deine Vorstellung von angemessenen Trauertönen?«

Beltran sagte leicht besänftigt. »Angemessener vielleicht als dieser Streit, Pflegeschwester.« Er sah aus, wie man nach einer langen Nachtwache und einem Todesfall aussieht. Er machte eine Handbewegung in Richtung der Frauen. »Geht. Klagt anderswo weiter. Die Tage sind lange schon vorbei, wo man die Dämonen vom Totenbett fortklagen musste.«

Man hatte Kermiac bereits ordentlich aufgebahrt. Die Hände lagen verschränkt über der Brust, die Augen waren geschlossen. Marjorie schlug über seiner Stirn das *Cristoforo*-Zeichen, dann vor ihrer eigenen. Sie beugte sich nach vorn, drückte für eine Sekunde die Lippen auf die Stirn des Alten und flüsterte: »Ruhe in Frieden, mein Lord. Heiliger Bürdenträger, gib uns die Stärke, deinen Verlust zu ertragen.« Dann wandte sie sich ruhig ab und beugte sich über die weinende Thyra.

»Er ist jenseits von Vergeben oder Vorwurf, Liebling. Quäle dich nicht so. Wir, die Lebenden, müssen es nun auf uns nehmen. Komm hier weg, Liebes, komm hier fort.«

Thyra brach in entsetzliches Schluchzen aus und ließ sich von Marjorie aus dem Zimmer geleiten. Ich blickte hinab auf das ruhige, beherrschte Gesicht. Einen Augenblick erschien es mir, als läge hier mein eigener Vater. Ich bückte mich und küsste die kalte Stirn, wie es Marjorie zuvor getan hatte.

Dann sagte ich zu Beltran: »Ich habe ihn nur kurze Zeit gekannt. Es bedeutet für mich einen großen Verlust, dass ich nicht eher hierher gekommen bin.« Ich umarmte meinen Vetter, presste Wange gegen Wange und fühlte, wie sich mein Kummer mit seinem Schmerz vermischte. Beltran wandte sich bleich und gefasst ab, als Regis das Zimmer betrat; Danilo folgte auf den Fersen. Regis sprach einen kurzen, förmlichen Kondolenzsatz und streckte die Hand aus. Beltran verbeugte sich, sprach jedoch kein Wort. Hatte sein Kummer seine Höflichkeit ausgelöscht? Er hätte Regis als seinen Gast willkommen heißen müssen. Irgendwie wurde mir unbehaglich, weil er es unterließ. Danilo schlug wie Marjorie zuvor über dem Kopf des alten Mannes das *Cristoforo*-Zeichen und flüsterte, wie ich vermutete, eines ihrer Gebete und verbeugte sich dann förmlich vor Beltran.

Ich folgte ihnen nach draußen. Regis sah aus, als habe er

gleich mir eine Nacht voller Alpträume hinter sich, und war vollständig gegen mich abgeschirmt – etwas Neues und sehr Beunruhigendes. Er sagte: »Er war dein Verwandter, Lew. Es tut mir Leid für dich. Und ich weiß, dass mein Großvater ihn respektiert hat. Es trifft sich gut, dass einer von den Hasturs da ist, um unsere Beileidsbekundungen zu überbringen. Jetzt wird sich hier in den Bergen einiges ändern.«

Das war auch mein Gedanke gewesen. Der Anblick von Regis, der fast automatisch seinen Platz als offizieller Vertreter der Comyn einnahm, beunruhigte mich. Ich wusste, dass sein Großvater es begrüßt hätte, aber mich überraschte es.

»Er hat mir kurz vor seinem Tod gesagt, Regis, dass er auf den Tag hoffe, an dem du und Beltran an einem Tisch zusammen eine bessere Zukunft für die Welt planen würdet.«

Regis lächelte ausdruckslos. »Das wird wohl Prinz Derik zustehen. Die Hasturs sind zurzeit nicht die Könige.«

Ich gab ihm ein skeptisches Lächeln. »Aber sie stehen dem Thron am nächsten. Ich habe keinen Zweifel, dass dich Derik zu seinem engsten Berater machen wird, so wie seine Verwandten deinen Großvater wählten.«

»Wenn du mich liebst, Lew, dann wünsche mir keine Krone«, sagte Regis mit einem ablehnenden Schaudern. »Aber genug der Politik. Ich werde natürlich bis zum Begräbnis bleiben. Ich bin Beltran gegenüber zwar nicht verpflichtet, aber ich möchte auch nicht das Totenbett seines Vaters beleidigen.«

Wenn Kermiacs überraschender Tod Regis' unmittelbare Abreise verzögerte, müsste ich auch in aller Ehrfurcht mein Ultimatum gegenüber Beltran verlängern. Jetzt erwartete ich davon weniger Probleme, da er den bitteren Geschmack der Gefahren der Sharra-Matrix geschmeckt hatte. Kadarin würde sich als weniger zugänglich erweisen. Doch vertraute ich auf seine Vernunft und seine Zuneigung zu uns allen.

Und so sprach in den Tagen der Trauer um den alten Lord

von Aldaran niemand von Sharra oder Beltrans Plänen. Während dieser Tage konnte ich mich vor der Erinnerung und der Angst abschließen. Nur in entsetzlichen Träumen kehrten sie zurück und umkrallten mich mit Höllenqualen …

Die Begräbniszeremonien waren vorüber. Einer nach dem anderen reisten die Lords aus den Bergen, die gekommen waren, dem Toten die letzte Ehre zu erweisen und Beltran ihrer Unterstützung zu versichern, wieder ab. Beltran vermittelte den Eindruck ernster Würde. Unbewegt nahm er ihre Schwüre von Freundschaft und Unterstützung entgegen, doch spürte ich bei all diesen Menschen aus dem Gebirge ein Bewusstsein, dass eine Ära unwiderruflich ihr Ende gefunden hatte. Auch Beltran war sich dessen bewusst, und ich fühlte, es bestärkte seinen Entschluss, nicht friedlich den Weg zu gehen, den sein Vater vor ihm gegangen war, sich nicht auf den Erfolgen seines Vaters auszuruhen und ihre Huldigung anzunehmen, weil sie Kermiac gegenüber freundschaftliche Gefühle hegten, sondern seinen eigenen Weg zu finden.

Wir beide waren uns so ähnlich, ähnlicher hätten sich kaum Zwillinge sein können. Und dennoch waren wir sehr verschieden. Ich hatte nicht gewusst, dass er auch Ehrgeiz kannte. Ich hatte die letzten Überreste persönlicher Ambitionen auf dem Arilinn verloren, hatte Vaters Versuche, sie in der Wache wieder bei mir wachzurufen, verachtet. Jetzt war ich zutiefst verstört. Würde er sich seine Pläne ohne Protest aus dem Kopf schlagen? Es würde all meiner Überredungskunst bedürfen, allen Takts, um ihn zu überzeugen, einen für die Welt weniger gefährlichen Weg einzuschlagen. Irgendwie musste ich ihm klarmachen, dass ich immer noch seine Hoffnung teilte, für seine Ziele arbeiten und ihm so weit wie möglich helfen würde, selbst wenn ich unwiderruflich den Weg zurückwies, den er und Kadarin eingeschlagen hatten.

Als die Lords aus den Bergen abgereist waren, bat Beltran

Regis und Danilo höflich, noch ein paar Tage zu bleiben. Ich hatte bei beiden nicht mit einer Zustimmung gerechnet, doch zu meiner Überraschung nahm Regis die Einladung an. Vielleicht war es doch nicht so überraschend. Er sah entsetzlich krank aus. Ich hätte mit ihm reden sollen, hätte versuchen sollen herauszufinden, was ihn plagte. Doch wann immer ich mit ihm allein reden wollte, stieß er mich zurück und versuchte die Unterhaltung auf unverfängliche Dinge zu lenken. Ich fragte mich, warum. Als Kind hatte er mich geliebt. Hielt er mich nun für einen Verräter, oder ging es um Persönlicheres?

So war meine Gemütslage, als wir uns an jenem Morgen in dem kleinen Kaminzimmer trafen, wo wir sooft miteinander gesessen und gearbeitet hatten. Beltran trug die Spuren von Kummer und Trauer und sah älter aus, ernüchtert durch die neue Last der Verantwortung. Thyra wirkte bleich und beherrscht, doch ich wusste, wie schwer sie um diese Haltung rang. Auch Kadarin sah verhärmt und bekümmert aus. Rafe hatte nach außen hin am wenigsten gelitten. Sein Kummer war lediglich der eines Kindes, das einen freundlichen Paten verloren hat. Er war zu jung, um die weitergehenden Wirkungen zu realisieren.

Marjorie war wieder von dieser herzzerreißenden Entrücktheit, die ich seit einiger Zeit an ihr feststellte, die Isolation einer jeden Bewahrerin. Doch darunter spürte ich Unruhe. Jetzt war Beltran ihr Vormund. Wenn er und ich zu streiten begannen, sah die Zukunft nicht rosig für uns aus.

Das waren meine Verwandten. Zusammen hatten wir einen schönen Traum geträumt. Mein Herz tat weh, dass ich derjenige sein musste, ihn zu zerstören.

Aber als Danilo und Regis offiziell hereingeleitet wurden, verspürte ich einen Funken der Hoffnung. Vielleicht, vielleicht konnte ich sie überreden, uns zu helfen. Es gab immer noch eine Möglichkeit, den Traum zu retten!

Beltran begann mit ausgesuchter Höflichkeit, entschuldigte sich in förmlichen Worten bei Danilo für die Art und Weise, wie seine Männer ihren Befehl überzogen hatten. Wenn in diesen Worten eher Diplomatie als aufrichtiges Bedauern lag, dann konnte meiner Meinung nach nur ein sehr starker Telepath den Unterschied heraushören. Er endete mit den Worten: »Lasst uns über dem Ziel, das ich anstrebe, die persönlichen Konflikte vergessen. Es wird der Tag kommen, wenn die Menschen aus dem Gebirge und aus den Domänen die uralten Streitigkeiten vergessen und für das Gute in unserer Welt zusammenarbeiten müssen. Können wir uns nicht wenigstens darauf einigen, Regis Hastur, dass Ihr und ich miteinander für *eine* Welt sprechen und dass unsere Väter und Großväter hätten miteinander arbeiten sollen und nicht gegeneinander?«

Regis verbeugte sich förmlich. Ich bemerkte, dass er wieder seine alten Kleider trug. »Um Euretwillen, Lord Beltran, wünschte ich, ich würde die Kunst der Diplomatie besser beherrschen, so dass ich die Hasturs hier besser vertreten könnte. So wie die Dinge aber nun stehen, kann ich hier nur mich selbst vertreten. Ich hoffe, der lange Frieden zwischen Aldaran und den Domänen wird während unserer Lebenszeit und darüber hinaus andauern.«

»Und möge es kein Frieden unter der Faust der Terraner sein«, fügte Beltran hinzu. Regis verbeugte sich lediglich noch einmal, ohne ein Wort zu verlieren.

Kadarin sagte mit verbissenem Lächeln: »Ich sehe, dass Ihr, Lord Regis, bereits die beste Fähigkeit der Comyn beherrscht, nämlich mit vielen Worten nichts zu sagen. Genug von diesem Herumschleichen um den heißen Brei! Beltran, sag ihnen, was du von ihnen erwartest!«

Beltran begann noch einmal, seine Ziele darzulegen, die Darkover in die Unabhängigkeit, zur Autarkie, führen und ihnen ermöglichen sollte, Raumfahrt zu betreiben. Ich lauschte noch einmal und verfiel ein letztes Mal diesem Traum. Ich wünschte – und alle Götter, die es jemals gegeben hat, werden wissen, wie sehr ich es wünschte –, dass dieser Plan umgesetzt würde. Wenn Danilo uns helfen würde, mehr Telepathen zu erwecken, wenn man Beltrans eigene Fähigkeiten an den Tag bringen könnte, wenn wir eine andere Energiequelle als die unmögliche Sharra hätten ...

Beltran schloss seine Rede, und ich wusste, dass zumindest in diesem Moment unsere Gedanken den gleichen Weg gingen: »Wir haben einen Punkt erreicht, an dem wir von deiner Hilfe abhängig sind, Danilo. Du bist ein Katalysatortelepath, eine der seltensten Begabungen unter den Psi-Kräften, und wenn du sie in unseren Dienst stellst, steigen unsere Erfolgschancen ungeheuer. Man braucht wohl nicht zu erwähnen, dass man dich über alle Vorstellungen hinaus entlohnen würde. Du wirst uns doch helfen, oder?«

Danilo begegnete dem ansteckenden Lächeln mit einem leicht erstaunten Stirnrunzeln. »Wenn das, was Ihr tut, eine so gerechte und richtige Sache ist, Lord Aldaran, warum habt ihr dann zum Mittel der Gewalt gegriffen? Warum habt Ihr mich nicht aufgesucht, es mir erklärt, um meine Hilfe gebeten?«

»Komm, komm«, antwortete Beltran gutmütig, »kannst du mir das nicht vergeben?«

»Ich vergebe Euch gern, Sir. Eigentlich bin ich Euch nicht wenig dankbar dafür. Andernfalls hätte ich mich vielleicht in eine Sache hineingedrängt gefühlt, von der ich nicht gänzlich überzeugt gewesen wäre. Jetzt bin ich mir nicht so sicher. Ich habe zu schlechte Erfahrungen mit Menschen gemacht, die wohlgesetzte Worte reden, aber das tun, was immer sie für angemessen halten, um zu bekommen, was sie wollen. Wenn Eure Sache eine gute Sache ist, sollte ich meinen, jeder Telepath würde sich glücklich schätzen, Euch helfen zu können. Wenn mir das jemand klarmachen kann, dem ich vertraue, und wenn mein Herr mir die Erlaubnis gibt ...« – er wandte sich Regis zu und verbeugte sich – »... dann stehe ich Euch zu Diensten. Aber zuerst muss ich völlig überzeugt sein, dass Eure Motive und Ziele so lauter sind, wie Ihr es darstellt ...« – er blickte Beltran direkt in die Augen, und ich schnappte über seinen Mut nach Luft – »... und nicht lediglich nette Worte, um Machthunger und persönlichen Ehrgeiz zu kaschieren.«

Beltran wurde rot wie ein Truthahn. Er war es nicht gewohnt, dass ihm jemand Paroli bot, und dass ihm dieser schäbige Niemand eine Lektion in Moral hielt, konnte er nicht ertragen. Eine Sekunde lang dachte ich, er würde den Jungen schlagen. Wahrscheinlich fiel ihm rechtzeitig wieder ein, dass Danilo der einzige bekannte Katalysatortelepath war, der erwachsen und voll funktionsfähig war, denn er hatte sich unter Kontrolle, wenn ich auch seine unterschwellige Wut spüren konnte. Er sagte: »Würdest du Lew Altons Urteil trauen?«

»Ich habe keinen Grund, ihm nicht zu trauen, aber ...« Und er wandte sich Regis zu. Ich wusste, dass er am Ende seines Widerstands angelangt war.

Ich wusste auch, dass Regis ebenso starke Angst wie Danilo empfand, aber ebenso entschlossen war. Er sagte: »Ich werde keinem Urteil trauen, ehe ich nicht gehört habe, was Lew dazu zu sagen hat.«

Kadarin sagte knapp: »Wollt ihr beiden Jungen, die ihr keine Ahnung von Matrix-Technologie habt, einen ausgebildeten Telepathen in Dingen beurteilen, die nur in seiner Kompetenz liegen?«

Regis warf mir einen bittenden Blick zu. Nach einer langen Pause, in der ich ihn geradezu um Worte kämpfen spürte, sagte er: »Seine Kompetenz beurteilen – nein. Aber beurteilen, ob ich bewusst ... seine Motive und Mittel unterstützen kann – hier kann ich keinem anderen Urteil als meinem eigenen trauen. Ich werde dem zuhören, was er zu sagen hat.«

Beltran sagte: »Sag ihnen, Lew, was wir tun müssen, damit Darkover als unabhängige Welt überlebt und nicht als Sklavenkolonie des Imperiums.«

Alle Augen richteten sich plötzlich auf mich. Dies war der Augenblick der Wahrheit und ein Moment großer Versuchung. Ich öffnete die Lippen. Darkovers Zukunft war eine Sache, die alles rechtfertigte, und wir brauchten Dani.

Aber wollte ich Darkover dienen oder meinen eigenen Zielen? Ich merkte, dass ich vor dem Jungen, dessen Karriere durch Macht zerstört worden war, nicht lügen konnte. Ich konnte Danilo nicht das Vertrauen geben, das nötig war, uns seiner Hilfe zu versichern, und dann panisch versuchen, eine Möglichkeit zu finden, aus der Lüge eine Wahrheit zu machen.

Ich sagte: »Beltran, deine Ziele sind lauter, und ich vertraue dir. Aber wir können sie nicht mit der Matrix erreichen, mit der wir zu arbeiten haben. Nicht mit Sharra, Beltran. Es ist unmöglich, völlig unmöglich.«

Kadarin fuhr herum. Ich hatte ihn nur einmal zuvor wütend gesehen, und zwar auf Beltran. Jetzt richtete sich diese Wut gegen mich, und es traf mich wie ein Hieb. »Was ist das für ein Unsinn, Lew? Du hast gesagt, die Sharra habe alle Energie, die wir brauchen.«

Ich versuchte, diesen Vorwurf abzuwehren und meinen eigenen Zorn unter Kontrolle zu halten. Die ungezügelte Wut eines Alton kann töten, und dieser Mann war ein guter Freund. Ich sagte: »Energie, ja, alle Energie, die wir jemals benötigen könnten, für diese Arbeit und jede andere. Aber grundsätzlich ist sie unkontrollierbar. Man hat sie als Waffe benutzt, und nun taugt sie zu nichts anderem mehr denn als Waffe. Sie ist ...« Ich zögerte und versuchte, meine verschwommenen Eindrücke in Worte zu kleiden. »Sie dürstet nach Macht und Zerstörung.«

»Wieder so ein Comyn-Aberglaube!«, schleuderte mir Thyra entgegen. »Eine Matrix ist eine Maschine. Nichts mehr und nichts weniger.«

»Die meisten Matrizes vielleicht«, gab ich zurück, »wenn ich auch allmählich zu glauben beginne, dass wir selbst auf dem Arilinn viel zu wenig von ihnen wussten, um sie so sorglos zu benutzen, wie wir es taten. Aber diese hier ist mehr.« Wieder zögerte ich und rang um Worte für eine Erfahrung, eine Erkenntnis, die grundsätzlich nicht in Worten auszudrücken war. »Sie bringt etwas in unsere Welt, das nicht in diese Welt gehört. Sie gehört in andere Dimensionen, in andere Räume, in andere Zeiten. Sie ist ein Tor, und wenn es einmal geöffnet ist, kann man es nie wieder schließen.« Ich blickte von einem zum anderen. »Seht ihr denn nicht, was sie mit uns anstellt?«, bat ich. »Sie ruft Leichtsinn hervor. Unsere Vorsicht verschwindet, bringt Machthunger ...« Ich hatte sie selber gespürt, die Versuchung, gegenüber Danilo und Regis skrupellos zu lügen, nur um uns ihrer Hilfe zu versichern. »Thyra, du weißt, was du unter ihrem Einfluss getan hast, und dein Pflegevater ist tot. Ich werde niemals glauben, dass du das aus eigenen Stücken bewusst getan haben würdest! Sie ist so viel stärker als wir und geht mit uns um wie mit einem Spielzeug!«

Kadarin sagte: »Desideria hat sie ohne jede Umstände benutzt.«

»Aber als Waffe«, gab ich zurück, »und für eine gerechte Sache. Es verlangte sie nicht nach persönlicher Macht, so dass die Matrix sie nicht ergreifen und korrumpieren konnte, wie es mit uns geschah. Sie gab sie dem Schmiedevolk, damit sie inaktiv und harmlos auf deren Altar liege.«

Beltran sagte mit rauer Stimme: »Willst du damit sagen, dass sie mich korrumpiert hat?«

Ich blickte ihn direkt an und sagte: »Ja. Selbst der Tod deines Vaters lässt dich nicht mehr zur Vernunft kommen.«

Kadarin sagte: »Du redest wie ein Narr! Von dir habe ich einen so kläglichen Unsinn nicht erwartet. Wenn wir die Macht haben, Darkover auf seinen angemessenen Platz innerhalb des Imperiums zu bringen, wie können wir da vor irgendeiner Notwendigkeit zurückweichen?«

»Mein Freund«, flehte ich, »hör mir zu. Wir können die Sharra-Matrix nicht für die Art von kontrollierter Energie verwenden, die du den Terranern demonstrieren willst. Man kann sie nicht benutzen, um ein Raumschiff anzutreiben. Ich würde mich nicht einmal mehr trauen, einen Hubschrauber damit zu kontrollieren. Sie ist eine Waffe, nichts als eine Waffe, und Waffen brauchen wir nicht. Was wir brauchen, ist Technologie!«

Kadarin lächelte kämpferisch. »Aber wenn eine Waffe das Einzige ist, was wir überhaupt haben, dann werden wir eben diese Waffe einsetzen, um das von den Terranern zu bekommen, was wir wollen. Wenn wir ihnen nur einmal zeigen, was wir damit tun können ...«

Mir rann ein eisiger Schauder den Rücken hinab. Wieder hatte ich die Vision: *Flammen über Caer Donn, die riesige Feuergestalt beugt sich nieder und berührt mit dem feurigen Zeigefinger ...*

»Nein!«, schrie ich. »Ich will nichts damit zu tun haben.«

Ich stand auf, blickte im Kreis herum und sagte verzweifelt: »Seht ihr denn nicht, wie es uns verändert hat? Haben wir uns in liebevoller Harmonie verbunden, um Krieg, Mord, Gewalt, Erpressung und Ruin hervorzurufen? War das dein Traum, Beltran, als wir von einer besseren Welt redeten?«

Wild sagte er: »Wenn wir kämpfen müssen, liegt die Schuld bei den Terranern, weil sie uns unsere Rechte verweigern! Ich würde es auch lieber friedlich regeln, aber wenn sie uns zum Kampf zwingen ...«

Kadarin trat auf mich zu und legte mit offener Zuneigung die Hände auf die Schultern.

»Lew, du bist dumm und ängstlich. Wenn sie erst einmal erfahren, wozu wir im Stande sind, wird dafür sicher keine Notwendigkeit bestehen. Aber es bringt uns auf die gleiche Ebene mit den Terranern. Siehst du das nicht? Selbst wenn wir sie niemals einsetzen, benötigen wir die Macht, um die Situation zu kontrollieren und uns nicht zur Niederlage zwingen lassen zu müssen.«

Ich wusste, was er sagen wollte, doch ich sah auch den fatalen Fehler darin. Ich sagte: »Bob, wir können mit der Sharra nicht bluffen. Sie will Zerstörung und Ruin ... fühlst du das nicht?«

»Das hört sich an wie mit dem Schwert im Märchen«, sagte Rafe. »Denkt daran, was auf der Scheide stand: ›Zücke mich niemals, denn mich dürstet nach Blut.‹«

Wir wandten uns dem Kind zu, und Rafe lächelte nervös unter unseren Blicken.

»Rafe hat recht«, sagte ich hart. »Wir können die Sharra nicht freisetzen, ohne sie wirklich zu benutzen, und kein vernünftiges menschliches Wesen würde das wagen.«

»Marjorie, du bist die Bewahrerin«, sagte Kadarin. »Glaubst du an diesen abergläubischen Unsinn?«

Ihre Stimme klang nicht fest, doch sie streckte mir die Hand entgegen. »Ich glaube, Lew weiß mehr über Matrizes als wir alle zusammen. Du hast versprochen, Bob, du hast es Desideria geschworen, dich Lews Urteil anzuvertrauen. Ich würde nicht dagegen arbeiten.«

»Ihr seid beide Halbterraner«, meinte Beltran. »Seid ihr auch auf ihrer Seite gegen Darkover?«

Ich rang bei diesem alten Vorwurf nach Luft. Niemals hatte ich das von Beltran erwartet! Marjorie brach in Zorn aus: »Du selbst bist es doch gewesen, der hervorgehoben hat, wir alle seien Terraner! Es gibt hier keine ›Seite‹, nur ein gemeinsames Wohlergehen! Hackt vielleicht die rechte Hand die linke ab?«

Ich spürte, wie Marjorie um Beherrschung rang, fühlte auch, wie Kadarin seine flammende Wut zu bändigen suchte. An seiner Integrität hegte ich immer noch keinen Zweifel – wenn er sich die Mühe machte, seine ungeheure Wut zu besänftigen, die ein Element in der starken Rüstung seines Willens bildete.

Schließlich sagte Kadarin sanft: »Lew, ich weiß, in deinen Worten steckt ein Körnchen Wahrheit. Ich vertraue dir, *Bredu.*« Dieses Wort rührte mich mehr, als ich sagen kann. »Aber welche Alternative haben wir, mein Freund? Willst du vielleicht sagen, wir sollten einfach unseren Plan, unsere Hoffnungen, unseren Traum aufgeben? Es war auch dein Traum. Müssen wir vergessen, an was wir alle geglaubt haben?«

»Das mögen die Götter verhüten«, sagte ich erschüttert. »Ich will nicht den Traum aufgeben, nur jenen Teil, den die Sharra-Matrix darin spielt.« Dann wandte ich mich direkt an Beltran. Ihn musste ich überzeugen.

»Bringt die Sharra wieder in die Obhut des Schmiedevolkes. Sie haben sie all die Jahre dort unschädlich halten können. Nein, Vetter, lass mich ausreden«, bat ich ihn. »Wenn du das tust, gehe ich zum Arilinn. Ich werde mit den Telepathen auf dem Hali, Neskaya, Corandolis und Dalereuth reden. Ich werde ihnen allen erklären, was du für Darkover vorhast, und deine Sache vertreten; wenn es sein muss, auch vor dem Rat der Comyn selber. Glaubst du denn wirklich, du bist der einzige Mensch auf Darkover, der unter der terranischen Herrschaft und Kontrolle leidet? So sicher, wie ich hier stehe, werden sie dich unterstützen und aus freien Stücken und gern ihre Arbeit für dich einsetzen, und das weitaus besser, als ich dazu in der Lage bin. Und sie haben den Zugang zu jeder bekannten verschlüsselten Matrix auf Darkover und zu den Aufzeichnungen, was man in alten Zeiten mit ihnen angestellt hat. Dann werde ich auch selber mitarbeiten, und zwar so lange du willst, um deine Ziele zu verfolgen. Drohe nicht mit einer schrecklichen Waffe, sondern mit der totalen, vereinten Kraft von uns allen, um die wahre Stärke Darkovers wieder zu beleben, und das wäre etwas Positives, das wir den Terranern und dem Imperium als Gegenleistung für das geben können, was wir von ihnen erhalten möchten.«

Ich traf auf Regis' Blick, und plötzlich glitt die Zeit wieder aus den Angeln. Ich sah ihn in einer großen Halle voller Menschen, hunderte und aberhunderte, *alle Telepathen, die es auf Darkover gab!* Ich glitt beiseite, und da waren wir wieder, wir acht in dem kleinen Kaminzimmer. Ich sagte zu Regis und Danilo: »Ihr würdet doch bei einem solchen Unternehmen mitmachen, oder?«

Regis, dessen Augen vor Aufregung leuchteten, sagte: »Mit ganzem Herzen, Lord Beltran. Ich bin sicher, auch der Rat der Comyn würde alle Telepathen und Türme in Euren Dienst stellen!«

Dies war ein großartigerer Traum als jener, der uns zusammengeführt hatte! Das war es! Ich hatte es vorausgesehen! Auch Beltran musste es mitreißen!

Beltran starrte uns alle an, und bevor er zu reden begann, sank mir das Herz. In seiner Stimme und seinen Worten lag eisige Verachtung.

»Du verdammter falscher *Verräter!«*, schleuderte er mir entgegen. »Mich unter das Rad der Comyn bringen! Ich soll mich vor den *Hali'myn* auf die Knie fallen lassen und von ihnen die Macht entgegennehmen, auf die ich ein Recht habe? Dann mache ich es doch besser wie mein alter, zittriger Vater und lasse mich von den Terranern knechten! Aber nun bin *ich* der Herr von Aldaran, und ich werde zuerst Darkover in ein feuriges Chaos stürzen! Niemals! Niemals! Niemals!« Seine Stimme schwoll zu einem rauen Wutschrei an.

»Beltran, ich bitte dich ...«

»Bitte? Bittet doch, ihr schmutzigen Bastarde! So wie ihr mich zum Bittsteller zwingen wollt ...«

Ich ballte die Fäuste in dem fast schmerzhaften Wunsch, mich auf ihn zu stürzen, ihm diesen Spott aus dem Gesicht zu schlagen ... nein. Das war nicht sein wahres Selbst, das war Sharra.

»Tut mir Leid, Vetter. Du lässt mir keine Wahl.« Was immer auch später passierte, dieser Zirkel war zerbrochen. Nichts konnte mehr so sein wie vorher. »Kadarin, du hast mir die Sharra übergeben und versprochen, dich meinem Urteil zu beugen. Bevor es zu spät ist, muss dieser Zirkel aufgelöst und die Verbindung zerstört werden. Man muss die Matrix isolieren, bevor sie uns alle beherrscht.«

»Nein!«, schrie Thyra. »Wenn du dich nicht traust, damit umzugehen, dann werde ich es tun!«

»*Breda* ...!«

»Nein«, sagte Marjorie mit zitternder Stimme. »Nein, Thyra. Es ist die einzige Möglichkeit. Lew hat Recht. Sie kann uns alle zerstören. Bob!« Sie blickte Kadarin mit tränenverschwommenen goldenen Augen an. »Ihr habt mich zur Bewahrerin gemacht. Ich spreche mit dieser Autorität.« Ihre Stimme brach schluchzend ab. »Die Verbindung muss aufgelöst werden.«

»Nein«, sagte Kadarin grob und wies ihre ausgestreckte Hand zurück. »Ich wollte dich nicht als Bewahrerin. Genau das habe ich befürchtet. Nämlich, dass du dich nach Lew richtest! Sharras Zirkel muss bestehen bleiben!« Er starrte sie kämpferisch an. »Du kannst ihn nicht ohne meine Zustimmung auflösen.« Bei seinem Anblick dachte ich an einen Habicht, der über seiner Beute schwebte.

Beltran stand vor Danilo und starrte ihn eindringlich an.

»Ich frage dich zum letzten Mal. Willst du tun, um was ich dich bitte?«

Danilo zitterte. Ich erinnerte mich, dass er der jüngste und furchtsamste der Kadetten gewesen war. Seine Stimme bebte, als er sagte: »N-nein, Lord Aldaran. Ich werde es nicht tun.«

Beltran wandte sich Regis zu. Seine Stimme klang neutral und hart. »Regis Hastur. Ihr befindet Euch nicht in den Domänen, sondern auf der Festung der Aldarans. Ihr seid aus freiem Willen hergekommen, und Ihr werdet nicht eher von hier fortgehen, bis Ihr Eurem Lustknaben befohlen habt, seine Kräfte nach meinen Anweisungen einzusetzen.«

»Mein *Waffenbruder* ist frei, nach seinem eigenen Willen und Bewusstsein zu handeln. Er hat Euch abgewiesen. Ich unterstütze seine Entscheidung. Und nun, Lord Aldaran, bitte ich Euch respektvoll, mich zu entlassen.«

Beltran rief irgendetwas in der Mundart des Gebirges. Plötzlich sprang die Tür auf, und ein Dutzend Wachsoldaten stürzten in das Kaminzimmer. In plötzlichem Erstaunen merkte ich, dass Beltran dies von Anbeginn an geplant hatte. Einer der Soldaten ging auf den unbewaffneten Regis zu. Rasch zog Danilo seinen Dolch und trat zwischen sie, doch auch er wurde schnell entwaffnet. Beltrans Männer zerrten sie aus dem Weg.

Marjorie ging Beltran wütend an.

»Beltran, das kannst du nicht machen! Das ist Hochverrat! Er war der Gast deines Vaters!«

»Aber nicht meiner«, antwortete Beltran, und die Worte klangen schneidend. »Und ich habe keine Geduld gegenüber barbarischen Regeln – unter vorgeblicher Ehre. Und nun zu dir, Lew Alton. Würdest du uns mit deinem Versprechen beehren?«

»Du redest von Ehre?« Die Worte schienen aus einem verborgenen Brunnen in mir hervorzusprudeln, und ich spuckte vor seine Füße auf den Boden. »Ich ehre dich mit meinem Versprechen, so wie du das Andenken deines Vaters ehrst.« Ich wandte ihm den Rücken zu. Innerhalb einer Stunde würde ich mit Hilfe meiner Matrix mit dem Arilinn in Verbindung stehen, und die Comyn würden erfahren, was Beltran plante ...

Ich hatte vergessen, dass die Verbindung zwischen uns immer noch sehr stark war. Kadarin sagte: »Nein, das wirst du nicht ...« Er machte eine Handbewegung, die den Wachsoldaten galt. »Ergreift ihn!«

Meine Hand fuhr zum Schwert – und fand es natürlich nicht. *Trage kein Schwert unter dem Dach der Verwandten.* Ich hatte auf meine Sicherheit im Hause meines Vetters vertraut! Zwei Wachen ergriffen mich und hielten mich bewegungslos zwischen sich fest. Kadarin kam auf mich zu. Seine Hand fuhr an meinen Hals. Er zerrte die Bänder der Tunika auf. Dann streckte er die Hand nach dem Lederbeutel aus, in dem sich meine Matrix befand.

Jetzt begann ich in Todesfurcht zu kämpfen. Die Matrix war seit ihrer Abstimmung auf mich, als ich zwölf Jahre alt war, niemals außerhalb meiner Reichweite gewesen. Man hatte mich gewarnt, was es bedeutete, wenn jemand anders sie berühren würde. Kadarin zerrte an dem Lederbeutel. Ich stieß ihm das Knie in die Lendengegend. Er brüllte vor Schmerz, und ich spürte seine Agonie in mir selbst. Ich bäumte mich auf. Doch es hatte seine Wut nur verstärkt. Er rief die anderen Wachen. Vier Männer waren notwendig, um mich auf den Boden zu werfen. Sie hielten mir Arme und Beine fest, während Kadarin über meinem hilflosen Körper hockte und mir die Fäuste ins Gesicht schlug. Ich spürte, wie mir das Blut aus Nase und Augen schoss. Ich erbrach mein eigenes Blut, das von einem ausgebrochenen Zahn in die Kehle rann. Marjorie konnte ich nicht mehr sehen, doch ich hörte, wie sie schrie und schluchzte und flehte. Taten sie auch ihr etwas an?

Kadarin zog seinen Dolch. Er starrte mir direkt in die Augen. Sein Gesicht zuckte vom Flackern dieser unheiligen Flamme. Mit zusammengepressten Zähnen stieß er hervor: »Ich sollte dir jetzt die Kehle durchschneiden und uns allen weiteren Ärger ersparen.«

Mit einem raschen Hieb durchschnitt er das Band um meinen Hals, ergriff den Lederbeutel und zerrte ihn los.

Bis zum Tag meines Todes werde ich die rasenden Schmerzen nicht mehr vergessen. Ich hörte, wie Marjorie einen lang gezogenen, todesängstlichen Schrei des Entsetzens und des Schmerzes ausstieß. Ich fühlte, wie sich mein Körper aufbäumte, um dann gelähmt zusammenzufallen. Ich vernahm meine eigene Stimme, die rau schrie, fühlte eine Eisenfaust mein Herz umklammern und meinen Atem versagen. Jeder Nerv meines Körpers hatte sich zusammengekrampft. Ich hätte niemals gedacht, ich könnte einen solchen Schmerz überstehen. Rote Nebel verhüllten mir die Sicht, und ich spürte meinen Tod. Instinktiv stieß ich einen gequälten Schrei aus.

»Vater! *Vater!*«

Dann wurde alles dunkel und blind, und ich dachte: Dies ist das Ende.

Was in den nächsten drei Tagen geschah, weiß ich nicht. Ich weiß nur, ich war tot. Dass es drei Tage waren, erfuhr ich später. Es hätten auch dreißig Sekunden oder dreißig Jahre sein können, nach denen ich zu der nebelhaften Erkenntnis gelangte, dass ich am Leben war und doch lieber tot gewesen wäre.

Ich lag in meinem Bett in den Räumen auf Burg Aldaran. Ich fühlte mich zerschlagen, krank. Jeder Muskel in meinem Körper schmerzte auf seine Weise. Ich stolperte ins Badezimmer und starrte auf mein Ebenbild im Spiegel. Ich kann mir nur vorstellen, dass mein Körper weitergekämpft hat, nachdem ich ihn schon verlassen hatte.

In meinem Mund ragten ein paar abgebrochene Zähne empor, und sie schmerzten höllisch. Meine Augen waren so zerschlagen und zugeschwollen, dass ich sie kaum öffnen konnte. Mein Gesicht war überall zerschnitten, vielleicht von den schweren Ringen Kadarins. Es würde Narben geben.

Schlimmer als der physische Schmerz, der allein schon böse genug war, war dieses grauenhafte Gefühl von Leere. Müde fragte ich mich, warum ich noch am Leben war. Einige Telepathen sterben durch Schock, wenn man sie gewaltsam von ihrer auf sie abgestimmten Matrix trennt. Ich gehörte zu den unglücklicheren.

Marjorie. Meine letzte Erinnerung an sie war ihr Schrei. Hatte man auch sie gequält?

Wenn Kadarin ihr etwas angetan hatte, würde ich ihn töten ...

Dieser Gedanke war ein quälender Schmerz. Er war mein Freund gewesen ... das konnte er doch nicht gespielt haben ... nicht gegenüber einem Telepathen. Sharra hatte ihn korrumpiert ...

Ich wünschte mir, er hätte mir wirklich die Kehle durchgeschnitten.

Sharra. Ich sah nach der Matrix, doch sie war verschwunden. Ich war froh, das verdammte Ding los zu sein, doch ich hatte auch Angst. Würde sie uns freilassen?

Ich trank ein wenig Wasser, um das Gefühl trockener Übelkeit zu vertreiben. Meine Hand glitt immer wieder zum Hals, wo die Matrix hätte sein sollen. Ich konnte nicht richtig denken und sehen, und in meinen Ohren klang ein monotones Dröhnen. Ich war wirklich überrascht, diesen Schock überlebt zu haben.

Langsam bemerkte ich noch etwas. So verletzt und zerschunden ich auch war, so befand sich doch weder im Gesicht noch auf meinen Kleidern Blut. Auch die Kleider waren in Ordnung. Deshalb musste jemand hier gewesen sein, meine Wunden irgendwie versorgt und mir frische Kleider angezogen haben. Vielleicht Kadarin, als er die Sharra-Matrix abholte?

Ich merkte, wie mir der Gedanke zuwider war, dass Kadarin hergekommen und meinen bewusstlosen Körper berührt hatte. Ich biss die Zähne zusammen, merkte aber, dass es zu weh tat und entspannte mich wieder. Noch ein Hühnchen, das ich mit ihm zu rupfen hatte.

Nun, er hatte mir das Schlimmste angetan, und ich war immer noch am Leben.

Vorsichtig drückte ich die Türklinke herab. Wie ich vermutet hatte, war die Tür von außen versperrt.

Meine Schmerzen waren so groß, dass mir der Gedanke an ein heißes Bad in den Sinn kam. Aber der Gedanke, nackt und hilflos in der Wanne überrascht zu werden, nahm dem Gedanken jede Verlockung. Ich tauchte ein Tuch in heißes Wasser und tupfte mein geschundenes Gesicht ab.

Dann durchwühlte ich meine Zimmer. Natürlich waren Schwert und Dolch verschwunden. Als ich in den Satteltaschen nach meinen schweren Reitstiefeln suchte, merkte ich, dass selbst das kleine *skean-dhu* im Stiefel aus seiner Scheide verschwunden war.

Ein grimmiges Lächeln überzog mein Gesicht. Hielten sie mich etwa für hilflos? Ich verfügte immer noch über meine Ausbildung bei den Wachen, und Kadarin könnte mich – vielleicht – genug verachten, um allein zurückzukommen.

Ich zog mir einen Stuhl heran. Ich war immer noch so unsicher auf den Beinen, dass ich nicht stehend auf ihn warten konnte, deshalb setzte ich mich mit dem Gesicht zu der verschlossenen Tür nieder.

Früher oder später würde er kommen. Und ich würde bereit sein.

Nach langer Zeit hörte ich ein leises, metallisches Reiben von der Tür her. Jemand versuchte heimlich, den Riegel beiseite zu schieben. Schließlich begann sich die Tür sehr, sehr langsam zu öffnen.

Ich sprang auf, ergriff die Hand, die sich gerade hereinschob – und fühlte das zarte Handgelenk zu spät, um die Gewalt des Schlages abfangen zu können. Marjorie stürzte herein, keuchte und fiel gegen den Türrahmen. Ich ließ ihre Hand fallen, als hätte ich mich verbrannt. Sie stolperte, taumelte, und ich fing sie rasch auf.

»Schnell«, flüsterte sie, »mach die Tür zu.«

»Die Götter mögen uns beschützen«, flüsterte ich und starrte sie entsetzt an. »Ich hätte dich töten können!«

»Ich bin froh, dass du dazu in der Lage bist ...« Sie holte tief Luft. »Lew, dein Gesicht! O Gott ...«

»Die liebevolle Zuwendung eines Verwandten.« Ich schloss die Tür und schob einen schweren Stuhl davor.

»Ich habe sie angefleht ... gebettelt ...«

Ich legte den Arm um sie. »Armes. Ich weiß. Ich habe dich gehört. Haben sie dir etwas angetan?«

»Nein. Selbst Beltran hat mich nicht angerührt, obwohl ich ihn gebissen und gekratzt habe«, sagte sie unter kurzen Atemstößen. »Ich habe deine Matrix. Hier. Schnell.« Sie streckte mir den kleinen Lederbeutel entgegen. Ich warf ihn in die Tunika, drückte ihn gegen meine Haut. Sogleich schien mir, als könne ich besser sehen, und das dumpfe Dröhnen in meinen Ohren hörte auf. Selbst mein Herz schlug ruhiger. Ich fühlte mich immer noch zerschlagen und verletzt, doch wieder lebendig. »Wie bist du daran gekommen?«

»Bob hat sie mir gegeben«, antwortete sie. »Er hat gesagt, ich sei die Bewahrerin und könne sie als Einzige bei mir halten, ohne dich zu verletzen. Er sagte, du würdest sonst sterben. Da habe ich sie genommen, Lew, nur um dich zu retten. Ich schwöre es ...«

»Ich weiß. Wenn irgendjemand anders außer einer Bewahrerin sie lange behalten hätte, wäre ich sicher gestorben.« Nicht etwa, dass ich Kadarin wegen dieses Interesses an meinem Wohlergehen verziehen hätte. Er wusste wahrscheinlich, was mit ihm geschehen würde, wenn er zu viel mit der Matrix eines anderen herumhantierte.

»Wo ist die Sharra-Matrix?«

»Ich glaube, Thyra hat sie«, sagte sie zweifelnd. »Ich bin aber nicht sicher.«

»Wie bist du hier hereingekommen, Marjorie? Stehen Wachen draußen?«

Langsam nickte sie. »Alle Wachen kennen mich«, sagte sie schließlich. »Die meisten waren Freunde meines Vaters und kennen mich, seit ich als Kind auf ihren Knien gesessen habe. Sie vertrauen mir ... und ich habe ihnen Wein mit einem Schlafmittel gebracht. Ich schäme mich dafür, Lew, aber was hätte ich sonst tun können. Wir müssen so schnell wie möglich hier fort. Wenn sie erwachen, werden sie merken, was passiert ist, und es Beltran sagen ...« Ihr versagte die Stimme.

»Er sollte dir dankbar sein, weil du den letzten Rest seiner Ehre bewahrt hast«, sagte ich zornig. Dann merkte ich, dass sie »wir« gesagt hatte.

»Du kommst mit mir?«

»Ich muss. Nach dem, was ich getan habe, wage ich nicht zu bleiben. Lew, willst du mich denn nicht? Glaubst du, ich hätte mit ihnen ... oh!«

Ich umarmte sie fest. »Kannst du daran zweifeln? Aber in diesen Bergen, in dieser Jahreszeit ...«

»Ich bin hier geboren. Und ich bin bei schlechterem Wetter als diesem unterwegs gewesen.«

»Dann müssen wir fort, ehe die Soldaten wach werden. Was hast du ihnen gegeben?«

Sie sagte es mir, und ich schüttelte den Kopf. »Das ist nicht gut. Sie werden innerhalb der nächsten Stunde wach. Aber vielleicht kann ich etwas tun.« Ich berührte die Matrix. »Lass uns gehen.« Hastig suchte ich meine Sachen zusammen. Marjorie hatte sich warme Kleider angezogen, wie ich sah, wozu schwere Stiefel und ein langes Reitkleid gehörten. Ich blickte aus dem Fenster. Es wurde schon Nacht, doch dank irgendeiner günstigen Fügung des Schicksals schneite es nicht.

In dem dämmrigen Flur lagen ausgestreckt zwei schnarchende Gestalten. Ich bückte mich und lauschte auf ihren Atem. Marjorie rang nach Luft. »Töte sie nicht, Lew. Sie haben dir nichts zu Leide getan.«

Ich war nicht so sicher. Meine Rippen taten immer noch von den Tritten ihrer schweren Stiefel weh. »Ich weiß was Besseres, als sie umzubringen«, sagte ich und wog die Matrix auf der Handfläche. Rasch und durchdringend glitt ich in die Gedanken der Schlafenden. *Schlaft,* befahl ich ihnen, *schlaft lang und tief, schlaft, bis euch die Sonne weckt. Marjorie ist nie hier gewesen. Ihr habt keinen Wein getrunken, ob mit oder ohne Drogen.*

Die armen Teufel würden sich vor Beltran dafür verantworten müssen, dass sie auf ihrem Posten eingeschlafen waren. Aber ich hatte getan, was ich konnte.

Ich ging auf Zehenspitzen den Flur entlang. Marjorie hielt sich in der Deckung der Mauer hinter mir. Vor der großen Gästesuite lagen zwei weitere schlafende Soldaten. Ich beugte mich über sie und schickte auch sie in tiefe Träume.

Meine Hände sind stark. Ich wurde mit den Riegeln schneller fertig als Marjorie. Nur flüchtig wunderte ich mich über die Auffassung von Gastfreundschaft, die außen an Gästezimmern Riegel anbringen lässt. Als ich hineintrat, stellte sich

Danilo rasch zwischen mich und Regis. Dann erkannte er mich und zuckte zurück.

Regis sagte: »Ich dachte, sie hätten dich umgebracht ...« Seine Augen glitten über mein Gesicht. »Sieht so aus, als hätten sie es versucht! Wie bist du herausgekommen?«

»Mach dir keine Sorgen«, sagte ich. »Zieht euch Reitkleidung an, es sei denn, ihr schätzt die Gastfreundschaft der Aldaraner so sehr, dass ihr hier bleiben wollt.«

Regis sagte: »Sie haben mir mein Schwert und Danilo den Dolch fortgenommen.« Aus irgendeinem Grund schien ihn der Verlust des Dolches am meisten zu bekümmern. Ich hatte keine Zeit, mich darüber zu wundern. Ich ging hinaus und entwand den bewusstlosen Wachleuten die Schwerter, gab Regis eines und gürtete mir das andere um. Die Dolche gab ich Marjorie und Danilo. »Ich habe den Diebstahl meiner Verwandten wieder gutzumachen«, sagte ich. »Und nun lasst uns hier verschwinden.«

»Wohin sollen wir gehen?«

Rasch traf ich meine Entscheidung. »Ich werde Marjorie mit auf den Arilinn nehmen«, sagte ich. »Ihr beide macht euch so rasch und so weit wie möglich aus dem Staub, bevor hier die Hölle losbricht.«

Regis nickte. »Wir werden uns direkt nach Thendara begeben und den Comyn Bericht erstatten.«

»Sollten wir nicht besser alle zusammenbleiben?«, meinte Danilo.

»Nein, Dani. Einer von uns muss durchkommen, wenn man die anderen wieder einfängt, und wir müssen die Comyn warnen, was immer auch passiert. Hier wird eine unkontrollierbare, unabgeschirmte Matrix eingesetzt. Sagt ihnen das, wenn ich es nicht kann.« Dann zögerte ich. »Regis, nimm nicht den direkten Weg. Das wäre Selbstmord! Dort werden sie zuerst suchen.«

»Dann kann ich vielleicht die Verfolger dort von dir ablenken«, sagte er. »Sie sind sowieso hinter dir und Marjorie her. Danilo und ich bedeuten ihnen nichts.«

Ich war mir nicht so sicher. Dann sah ich, was ich nicht außer Acht lassen durfte. Ich sagte: »Nein. Wir können uns nicht trennen, und ich schicke euch auf den gefährlicheren Weg. Du bist krank.« Es war die Schwellenkrankheit, wie ich schließlich gemerkt hatte. »Ich kann den Erben der Hasturs nicht solcher Gefahr aussetzen.«

»Lew, wir müssen uns trennen.« Er sah mir direkt in die Augen. »Jemand muss durchkommen, um die Comyn zu warnen.«

Es stimmte, was er sagte, und ich wusste es. »Kannst du die Reise auf dich nehmen?«, fragte ich ihn.

»Ich werde auf ihn aufpassen«, sagte Danilo, »und auf der Straße ist es besser für ihn als in den Händen Beltrans, besonders dann, wenn ihr entkommen seid.« Auch das stimmte. Danilo verteilte rasch den Inhalt von Regis' Satteltaschen und sortierte das meiste aus. »Wir dürfen uns nur mit wenig Gepäck belasten. Hier ist noch Proviant von Regis' Reise hierher ...« Schnell teilte er getrocknetes Fleisch, Trockenfrüchte und hartes Brot in zwei Päckchen. Das größere gab er mir mit den Worten: »Du wirst auf den Nebenstraßen reisen und nicht so oft auf Dörfer treffen.«

Ich stopfte es in die Innentasche meines Reitumhangs und blickte Marjorie an. »Können wir ungesehen hinausgelangen?«

»Das ist leicht. In den Ställen weiß man wahrscheinlich von nichts. Wir werden Pferde bekommen.«

Marjorie führte uns durch eine kleine Seitentür in der Nähe der Ställe. Die meisten Stallburschen schliefen. Sie weckte einen alten Mann, der sie als Kermiacs Mündel erkannte. Es war vielleicht ein bisschen exzentrisch für sie, wenn sie bei Anbruch der Nacht mit Beltrans Ehrengästen ausreiten wollte, doch ein alter Pferdebursche hatte keine Fragen zu stellen. Die meisten hatten uns zusammen gesehen und den Schlossklatsch über unsere bevorstehende Heirat gehört. Wenn er von dem Streit wusste, hätte er es sicher so interpretiert, dass Marjorie und ich durchbrannten, um gegen Beltrans Willen zu heiraten. Gewiss blickte uns der alte Pferdeknecht deshalb so mitfühlend an. Er fand für uns alle Pferde. Ich dachte noch an die Eskorte der Comyn, die mit mir gekommen war.

Ich könnte den Soldaten befehlen, mit Danilo und Regis zu reiten und sie zu beschützen. Aber das würde Aufmerksamkeit erregen. Marjorie sagte leise: »Wenn sie nicht wissen, wohin du gegangen bist, kann man sie auch nicht zum Reden bringen.« Das gab den Ausschlag.

Wenn wir bis zum Morgen schnell durchritten und Beltrans Wachen so lange schliefen, wie ich ihnen befohlen hatte, wären wir vielleicht außer Reichweite für die Verfolger. Wir führten die Pferde ans Tor, und der alte Pferdebursche ließ uns hinaus. Ich hob Marjorie in den Sattel und machte mich bereit zum Aufsitzen. Sie blickte mit flüchtiger Trauer zurück, sah aber meinen beobachtenden Blick, lächelte tapfer und wandte ihren Kopf zur Straße.

Ich ging zu Regis und umarmte ihn einen Augenblick lang freundschaftlich. Würde ich ihn jemals wieder sehen? Ich dachte, ich hätte den Comyn den Rücken gewandt, doch das Band war stärker, als ich geglaubt hatte. Ich hatte ihn für ein Kind gehalten, dem leicht zu schmeicheln war, das sich leicht beeinflussen ließ. Nein. Er war es weniger als ich selber. Ich küsste ihn auf die Wange und ließ ihn los. »Die Götter mögen mit dir reiten, *Bredu*«, sagte ich und wandte mich ab. Seine Hand lag noch einen Augenblick auf meinem Arm, und im Bruchteil einer Sekunde sah ich noch einmal das ängstliche Kind, das ich mit zu der Feuersbrunst genommen hatte. Auch er erinnerte sich, und diese Erinnerung an gemeinsam überwundene Furcht stärkte uns beide. Immer noch konnte ich jedoch nicht vergessen, dass er unter meiner Obhut gestanden hatte. Zögernd sagte ich: »Ich weiß nicht ... ich lasse dich nicht gerne diesen gefährlichen Weg nehmen, Regis.«

Mit beiden Händen griff er nach meinem Arm und blickte mir direkt in die Augen. Stolz sagte er: »Lew, auch du bist Erbe einer Domäne! Und ich habe einen Erben, du aber nicht. Wenn es zum Äußersten kommt, dann lieber ich als du!« Ich war schockiert und sprachlos. Doch es stimmte. Mein Vater war alt und krank, und Marius hatte, soweit wir wussten, kein *Laran.*

Ich war der letzte männliche Alton. Und es war Regis, der mich daran erinnerte!

Das war ein Mann, ein Hastur. Ich beugte zustimmend den Kopf und wusste, dass wir beide in diesem Moment vor etwas Älterem, Mächtigerem standen als wir beide waren. Regis holte tief Luft, ließ meine Hände los und sagte: »Wir sehen uns in Thendara, wenn es die Götter wollen, Vetter.«

Ich merkte, wie mir die Stimme zitterte, als ich sagte: »Pass auf ihn auf, Dani.«

»Mit meinem Leben, Dom Lewis«, antwortete er, während sie sich in die Sättel schwangen. Ohne einen Blick zurück ritt Regis den Weg entlang, Danilo dicht hinter ihm.

Ich saß auf und schlug die entgegengesetzte Richtung ein, Marjorie an meiner Seite. Ich dankte allen Göttern, die ich kannte, und allen, die ich nicht kannte, für die Zeit, die ich auf meiner Reise nach Norden über Landkarten verbracht hatte. Es war ein langer Weg zum Arilinn, durch eine der schlimmsten Gegenden von Darkover, und ich fragte mich, ob Marjorie es aushalten würde.

Über uns schienen die beiden Monde, violett-bläulich und grün-blau, und warfen sanftes Licht über die schneebedeckten Hügel. In diesem weichen Licht ritten wir stundenlang. Ich stand in engem Kontakt mit Marjorie, spürte ihren Kummer und ihr Bedauern, dass sie die Stätte ihrer Kindheit verlassen musste, die Verzweiflung darüber, dass sie dazu gezwungen war. Sie durfte es niemals bereuen! Ich schwor bei meinem Leben, dass sie es nie bereuen sollte!

Die grüne Scheibe von Idriel verschwand hinter der Spitze des Passes. Vor uns lag eine kalte Nebelbank, die blutrot von der aufgehenden Sonne gefärbt war. Wir begannen, uns nach einem Unterschlupf umzusehen. Ich war sicher, die Jagd würde kurz nach Tagesanbruch beginnen. Ich spürte genug von Marjories Gedanken, um zu erkennen, dass ihre Müdigkeit zu groß wurde. Aber als ich es sagte, meinte sie nur leise: »Vielleicht noch eine Meile. Auf dem Abhang des nächsten Berges, weit ab von der Straße ist eine Sommerweide. Wahrscheinlich haben die Hüterinnen das Vieh abgetrieben, und sie ist leer.«

Die Hütte der Hüterinnen war in einem Nussbaumhain verborgen. Als wir näherkamen, sank mir das Herz, denn wir konnten das leise Muhen einer Viehherde hören, und als wir absaßen, sahen wir eine der Frauen barfuß durch den Schnee kommen. Das Haar hing ihr lang und zerzaust um das Gesicht. Sie trug einen zerfetzten Lederrock. Marjorie dagegen wirkte zufrieden.

»Wir haben Glück, Lew. Ihre Mutter war eine Frau vom Stamm meiner Mutter.« Leise rief sie: »Mhari!«

Die Frau drehte sich um. Ihr Gesicht hellte sich auf. *»Domny Marguerida!«* Sie sprach einen uralten Dialekt, dem ich nicht folgen konnte. Marjorie antwortete ihr leise in der gleichen Sprache. Mhari grinste breit und führte uns in die Hütte.

Den Großteil des Innenraums nahmen ein paar schmutzige Strohsäcke ein, auf denen eine ältere Frau mit einem halben Dutzend kleiner Kinder und ein paar jungen Hunden lag. Das einzige Möbelstück war eine Holzbank. Mhari bedeutete uns, uns dort hinzusetzen und gab uns jedem eine Schüssel mit heißem, grobem Nussbrei. Marjorie brach auf der Bank fast zusammen. Mhari zog ihr die Stiefel aus.

»Was hat sie zu dir gesagt, Marjorie? Was hast du ihr erzählt?«

»Die Wahrheit. Dass Kermiac tot ist, er mich auf dem Totenbett dir versprochen hat und du dich mit Beltran zerstritten hast, so dass wir in die Ebene hinabgehen, um zu heiraten. Sie hat versprochen, weder sie noch ihre Freundin, noch die Kinder hier werden ein Wort davon weitertragen, dass wir hier waren.« Marjorie nahm noch einen Löffel von ihrem Brei. Sie war fast zu erschöpft, ihn zum Mund zu führen. Ich war froh, das Mahl herunterzubekommen, mein Schwert und die Stiefel abstreifen und mich später, als das Bündel aus Kindern und Hunden die Matratze verlassen hatten, in meinen Kleidern neben Marjorie hinlegen zu können.

»Sie hätten schon vor Tagen hinabgehen sollen«, sagte Marjorie, »aber Cailleans Mann ist nicht gekommen. Sie sagt, sie sind den ganzen Tag bei den Tieren draußen, und wir können ruhig hier schlafen.« Und wirklich war binnen kurzem die schreiende Kinder- und Hundemeute mit dem restlichen Brei abgefüttert und nach draußen gescheucht worden. Ich zog Marjorie in meinen Arm und merkte, dass sie trotz des Lärms von den Kindern und Hunden bereits tief und fest eingeschlafen war. Das Stroh roch nach Hunden und Schmutz, doch ich war zu müde, um noch wählerisch zu sein. Mit Marjorie im Arm schlief ich ein.

Das Nächste, was ich wusste, war, dass es Abend geworden und der Raum wieder voller Leben war. Wir standen auf und aßen jeder eine große Schüssel mit heißer Gemüsesuppe, die den ganzen Tag auf dem Feuer vor sich hin gekocht hatte. Dann war es Zeit, die Stiefel anzuziehen und zu gehen. Die Frauen hatten von ihrem günstigen Punkt hoch oben auf dem Hügel keine Reiter gesehen, so dass wir wohl nicht verfolgt wurden. Marjorie küsste Mhari und das kleinste der Kinder und warnte mich, ihnen ja kein Geld anzubieten. Mhari und ihre Freundin bestanden darauf, dass wir noch einen Beutel Nüsse und ein oder zwei Laibe des hartkrustigen Brotes mitnahmen, und meinten, sie hätten ohnehin zu viel Gepäck für die Tiere auf ihrem Weg ins Tal hinab. Ich glaubte ihnen kein Wort, doch wir konnten es nicht ablehnen.

Die nächsten zwei oder drei Nächte waren ähnlich dieser ersten. Wir hatten Glück mit dem Wetter, und es gab kein Zeichen einer Verfolgung. Wir schliefen am Tage in Hirtenhütten verborgen, doch sie waren alle verlassen. Wir hatten genug zu essen, wenn wir auch fast immer froren. Marjorie beklagte sich nicht ein einziges Mal, doch war ich in schrecklicher Sorge um sie. Ich konnte mir nicht vorstellen, dass jemals zuvor eine Frau eine solche Reise überstanden hatte. Als ich Marjorie dies sagte, lachte sie nur.

»Ich bin keine verzärtelte Dame aus dem Tal, Lew, ich bin an raues Wetter gewöhnt und kann alles tun, wenn ich muss, selbst mitten im Winter reisen. Thyra wäre natürlich noch eine bessere Gefährtin. Sie ist an lange Reisen mit Bob gewöhnt, ob im Winter oder Sommer ...« Sie verstummte und wandte rasch das Gesicht ab. Auch ich blieb stumm. Ich wusste, wie nahe sie ihrer Schwester gestanden hatte und wie sie diesen Abschied empfand. Es war das erste Mal, dass sie über ihr Leben auf Burg Aldaran gesprochen hatte. Es war auch das letzte Mal.

Am vierten oder fünften Morgen mussten wir bis weit in den Vormittag reisen, um Unterschlupf zu finden. Wir befanden uns nun im wildesten Teil des Gebirges, und aus den Straßen waren einfache Pfade geworden. Marjorie war vor Erschöpfung zusammengesackt. Ich hatte mich schon fast damit abgefunden, dass wir dieses Mal keinen geschützten Platz finden und unter freiem Himmel schlafen mussten, als wir plötzlich nach einer Wegbiegung auf einen verlassenen Bauernhof stießen.

Ich fragte mich, wie es jemals jemandem hatte gelingen können, auf diesen kahlen Hügeln Ackerbau zu betreiben, doch dort lagen Wirtschaftsgebäude und ein kleines, steinernes Wohnhaus, ein Hof, der einmal eingezäunt gewesen war, ein Brunnen mit einem hölzernen Rohr, aus dem immer noch Wasser in einen zerbrochenen Steintrog spritzte – alles vollständig verlassen. Ich befürchtete, das Haus sei zum Zufluchtsort von Fledermäusen und Vögeln geworden, doch als ich die Tür aufstieß, war es dicht und fast sauber.

Die Sonne stand hoch und warm am Himmel. Während ich die Pferde absattelte, hatte Marjorie sich den Umhang und die Stiefel ausgezogen und wusch sich in dem Steintrog die Hände. Sie sagte: »Ich habe die Müdigkeit überwunden. Da ich seit unserer Abreise nicht die Kleider vom Körper gehabt habe, werde ich mich waschen. Ich glaube, das erfrischt mich mehr als Schlaf.« Sie tat, wie sie gesagt hatte, zog den Reitrock und die pelzbesetzte Tunika aus und stand in ihrem langen, schweren Hemd und Unterrock vor mir. Ich tat es ihr nach. Das Wasser war eiskalt, doch wunderbar erfrischend. Ich wunderte mich, wie Marjorie barfuß in den kalten Rinnsalen des schmelzenden Schnees der vergangenen Nacht stehen konnte, doch sie schien nicht so zu frieren wie ich. Danach saßen wir in der wärmenden Sonne und aßen die letzten Stücke des groben Brotes von den Hirtenfrauen. Ich fand einen Baum im Hof, wo die vorherigen Besitzer Pilze gezüchtet hatten, und zwar mit einem komplizierten System von kleinen Holzröhren, die das Wasser aus dem Trog leiteten. Die meisten Pilze waren hart und holzig, doch ich fand auch ein paar frische, und wir aßen sie am Ende unserer Mahlzeit und genossen ihre süße Frische.

Marjorie streckte sich schläfrig aus. »Ich möchte gern hier

in der Sonne schlafen«, sagte sie. »Ich fange sonst an, mich wie ein Nachtvogel zu fühlen, der niemals das Licht des Tages sieht.«

»Aber ich bin an euer Gebirgsklima nicht so gewöhnt«, meinte ich, »und im Freien werden wir wahrscheinlich noch oft genug schlafen.«

Sie machte ein spöttisch-ernstes Gesicht. »Armer Lew, frierst du? Ja, ich denke, wir gehen hinein zum Schlafen.« Sie suchte unsere schweren Kleider zusammen und trug sie hinein. Sie breitete sie auf einer alten, verlassenen Pritsche im Haus aus und zog eine Nase über den muffigen Geruch. Ich sagte: »Das ist besser als Hund«, und sie kicherte und setzte sich auf den Kleiderberg.

Sie trug ein schweres Wollhemd, das bis zum Knie reichte und lange Ärmel hatte. Ich hatte sie auf Aldaran in viel leichteren Kleidern gesehen, doch irgendetwas war an dieser Situation, das in mir ein Gefühl auslöste, das Furcht und Erschöpfung zu überlagern begann. Während der ganzen Reise hatte sie immer in meinen Armen geschlafen, doch das war ganz unschuldig gewesen. Vielleicht deshalb, weil ich mich immer noch von den brutalen Schlägen Kadarins erholen musste. Jetzt war ich mir plötzlich wieder ihrer körperlichen Gegenwart bewusst. Sie fühlte es – wir standen die ganze Zeit über in losem Kontakt – und wandte ihr Gesicht ein wenig ab. Röte stieg in ihre Wangen. Es lag eine Spur von Trotz in ihren Worten: »Wie dem auch sei, ich muss mein Haar lösen und kämmen und wieder ordentlich flechten, ehe es so verfilzt wie bei Mhari und abgeschnitten werden muss.« Sie hob den Arm, zog die schmetterlingsförmigen Spangen heraus, die die Flechten im Nacken hielten, und begann, die langen Zöpfe aufzulösen.

Ich spürte eine heiße Welle von Verlegenheit. In der Ebene hätte das nicht einmal eine erwachsene Schwester vor ihrem Bruder gewagt. Ich hatte Linnells Haar nicht mehr lose gesehen, seit wir kleine Kinder waren, wenn ich ihr auch, als sie noch klein war, manchmal beim Kämmen geholfen hatte. Ich setzte mich und sah zu, wie der Elfenbeinkamm langsam durch das kupferfarbene Haar glitt. Es war absolut glatt und fein und nur ein wenig von den Zöpfen gewellt. Die Sonne, die durch Ritzen in den schweren hölzernen Laden drang, setzte Lichter darauf, als sei es aus einem edlen Metall. Schließlich sagte ich mit rauer Stimme: »Quäle mich nicht, Marjorie.* Ich weiß nicht, ob ich es ertragen kann.«

Sie blickte nicht auf, sondern sagte nur leise: »Warum sollte es dich quälen? Ich bin doch hier.«

Ich streckte die Hand aus, nahm ihr den Kamm fort und drehte ihr Gesicht zu mir herum. »Ich kann dich nicht einfach so nehmen, Liebste. Ich möchte dir alle Ehren und Zeremonien geben.«

»Das kannst du nicht«, sagte sie mit dem Anflug eines Lächelns. »Weil ich nicht mehr ...« Die Worte tröpfelten langsam, als bereiteten sie ihr Schmerzen ... »nicht mehr Beltrans Recht akzeptiere, mich einem Mann zu geben. Mein Pflegevater hat mich dir versprochen. Das reicht als Zeremonie.« Plötzlich sprach sie rasch wie ein Schwall. »Und ich bin keine Bewahrerin mehr! Ich habe das hinter mir gelassen. Ich will nicht mehr von dir getrennt sein. Ich will es nicht. Ich will nicht!«

Jetzt schluchzte sie. Ich schleuderte den Kamm beiseite, zog sie in meine Arme und hielt sie mit unerwarteter Leidenschaft.

»Bewahrerin? Nein, nein, nie mehr«, flüsterte ich gegen ihre Lippen. »Niemals wieder ...«

Was soll ich sagen? Wir waren zusammen. Und wir liebten uns.

* Anmerkung des Herausgebers: Im Original ist dies ein (unübersetzbares) Wortspiel, da »tease« die Doppelbedeutung von »kämmen« und »quälen/necken« hat.

Danach flocht ich ihr das Haar. Es schien mir fast so intim, wie miteinander zu schlafen. Meine Hände zitterten so sehr, als ich die silbrigen Strähnen berührte, wie sie gezittert hatten, als ich ihren Körper zum ersten Mal berührte. Wir schliefen lange Zeit nicht ein.

Als wir erwachten, war es spät, und es schneite heftig. Als ich die Pferde satteln ging, peitschte der Wind den Schnee in eisigen Nadelspitzen über den Hof. Bei diesem Wetter konnten wir nicht reiten. Als ich wieder hineinkam, blickte mich Marjorie mit schuldbewusstem Kummer an.

»Ich habe uns aufgehalten. Verzeih mir ...«

»Ich glaube, wir sind nun außer Reichweite der Verfolger, *Preciosa*. Aber wir würden nur wieder umkehren müssen. Wir können jetzt nicht reiten. Ich werde die Pferde in das Nebengebäude führen und sie füttern.«

»Lass mich dir helfen.«

»Geh nicht hinaus bei diesem Schnee, Liebste.«

Als ich wieder hereinkam, hatte Marjorie in dem lange schon unbenutzten Kamin ein Feuer angezündet, einen zerstoßenen Steinkessel in einer Ecke gefunden, ihn gewaschen, am Brunnen gefüllt und etwas von unserem Trockenfleisch mit den Pilzen zu einer Suppe aufgesetzt. Als ich sie schalt, weil sie in den Hof gegangen war – bei solchen Schneestürmen sind manchmal Menschen in ihrem eigenen Hof verloren gegangen und erfroren –, sagte sie schüchtern: »Ich wollte ein Feuer haben ... und ein Hochzeitsessen.«

Ich umarmte sie und sagte: »In der gleichen Minute, in der mein Vater dich sieht, wird er entzückt sein, alles für uns zu arrangieren.«

»Ich weiß«, antwortete sie, »aber ich hätte es lieber hier.«

Dieser Gedanke wärmte mich mehr als ein Feuer.

Wir aßen die heiße Suppe vor dem Feuer. Wir mussten uns einen Löffel teilen, und das Feuer brannte schnell herunter, und als sich wieder die Dunkelheit herabsenkte, flüsterte Marjorie: »Unsere erste eigene Feuerstelle.«

Ich wusste, was sie meinte. Es war nicht die offizielle Zeremonie, *di Catenas*, die prachtvolle Hochzeitsfeier, wie sie unter meinen Verwandten üblich war, Marjories Proklamation vor dem Rat der Comyn, die sie zu meiner Frau machte. Überall im Gebirge, wo es wenige Zeremonien gibt und wenige Gäste, bedeutete das bewusste Teilen von Bett, Mahlzeit und Feuer den legalen Status der Ehe, und ich wusste, warum Marjorie es riskiert hatte, sich im Schnee zu verlaufen, um uns ein Feuer anzuzünden und eine Suppe zu kochen. Nach den einfachen Gesetzen der Berge galten wir als verheiratet, nicht nur in unseren Augen, sondern auch durch eine Zeremonie, die dem Urteil aller Menschen standhalten würde.

Ich war froh, dass sie meiner so sicher gewesen war, es zu tun, ohne mich zu fragen. Doch irgendetwas bereitete mir Sorgen. Ich sagte: »Regis und Danilo sind näher an Thendara als wir dem Arilinn. Doch beide sind keine fähigen Telepathen, und ich bezweifle, ob schon eine Nachricht durchgedrungen ist. Ich sollte entweder meinem Vater oder Arilinn eine Botschaft senden. Das hätte ich eigentlich schon früher tun müssen.«

Sie umfing meine Hand, als ich die Matrix aus ihrem Beutel nahm. »Lew, ist es auch sicher?«

»Ich muss, Liebste, ob es sicher ist oder nicht. Ich hätte es im gleichen Augenblick tun müssen, als ich die Matrix zurückbekam. Wir müssen mit der Möglichkeit rechnen, dass sie es noch einmal versuchen. Beltran wird seine Ziele nicht so schnell aufgeben, und ich fürchte, Kadarin ist skrupellos.« Ich scheute mich, den Namen Sharras auszusprechen, doch er stand zwischen uns, und wir beide wussten es. Und wenn sie es noch einmal versuchten, ohne meine Kenntnis und Kontrolle, ohne Marjorie als Bewahrerin, was dann?

Mit einem Waldbrand zu spielen, wäre dagegen ein Kinderspiel, abgesehen von dem Risiko, das Ding ohne eine ausgebildete Bewahrerin zu erwecken! Ich musste die Türme warnen.

Zögernd sagte sie: »Wir stehen noch immer miteinander in Kontakt. Wenn du ... deine Matrix benutzt ... können sie uns dann fühlen, uns vielleicht sogar aufspüren?«

Das war eine Möglichkeit, doch was immer auch mit uns geschah, die Sharra musste unter Kontrolle gebracht und zurückgehalten werden, sonst würde keiner von uns jemals wieder sicher sein. Und in allen diesen Tagen hatte ich keine Berührung gespürt, keine suchenden Fühler.

Ich zog die Matrix hervor und wickelte sie aus. Zu meinem Entsetzen spürte ich ein schwaches, bohrendes Gefühl von Übelkeit, als ich in die blaue Tiefe starrte. Das war ein gefährliches Zeichen. Vielleicht war in den Tagen der Trennung die Übereinstimmung aufgehoben worden. Ich konzentrierte mich und beruhigte meine Gedanken für die komplizierte Aufgabe, mich wieder in den Sternenstein zu versenken. Wieder und wieder war ich gezwungen, vor Schmerz die Augen abzuwenden, weil mir die Sicht schwand.

»Lass es sein, Lew, lass es. Du bist zu müde.«

»Ich kann nicht.« Wenn ich es hinauszögerte, würde ich die Herrschaft über die Matrix verlieren und gezwungen sein, mit einem anderen Stein neu zu beginnen. Ich kämpfte fast eine Stunde lang mit der Matrix, rang gegen meine Unfähigkeit, mich zu konzentrieren. Mitleidig sah mich Marjorie an, wohl wissend, dass ich meine Kräfte in diesem telepathischen Kampf verausgabte. Ich verfluchte mein Schicksal als Telepath und Matrix-Mechaniker, doch es kam mir auch nicht in den Sinn, diesen Kampf vorzeitig aufzugeben.

Wenn dies auf dem Arilinn geschehen wäre – unvorstellbar! –, hätte man mir *Kirian* oder eine andere Droge gegeben, die Psi aktivierte, und mir mit einem Psi-Monitor und meiner Bewahrerin geholfen. Ich selber hatte es für Marjorie gefährlich, ja unmöglich gemacht, mir zu helfen.

Endlich gelang es mir unter rasenden Kopfschmerzen, die Lichter in dem Stein zu zentrieren. Rasch, solange ich noch Kraft hatte, ließ ich meine Gedanken in jene graue, formlose Masse hineingleiten, die wir die Unterwelt nennen, und suchte nach dem Lichtzeichen, das den Relaiszirkel auf Arilinn darstellte.

Einen Moment lang hatte ich es gefunden. Dann tauchte in dem Stein eine wild züngelnde Flamme auf, eine Welle ungezügelten Bewusstseins, ein allzu vertrautes Aufwallen heftiger Gewalt ... Flammen, die riesige Feuergestalt, die die Gedanken auslöscht ... eine Frau, dunkel und kräftig, die eine lebende Flamme trug, ein großer Kreis von Gesichtern, aus denen rohe Emotion strahlte ...

Ich hörte Marjorie nach Luft ringen und versuchte, den Kontakt abzubrechen. *Sharra! Sharra! Wir waren ihr verschworen. Wir wurden gefangen und in die Flammen der Zerstörung gezwungen ...*

»Nein! Nein!«, schrie Marjorie, und ich sah die Flammen dünner werden und verschwinden. Sie waren niemals dort gewesen. Es war der Widerschein der Kohlen von unserem Hochzeitsfeuer, das gespenstische Halblicht um uns her. Marjories Gesicht war das letzte Feuerzeichen. Zitternd flüsterte sie: »Lew, was war das?«

»Du weißt es.« Ich zögerte, den Namen auszusprechen. »Kadarin. Und Thyra. Sie arbeiten direkt mit dem Schwert. Zandrus Hölle, Marjorie, sie versuchen, es auf die alte Weise zu benutzen, nicht mit einem von einer Bewahrerin kontrollierten Zirkel von Telepathen in einem richtigen Energonring – und selbst so ist sie unkontrollierbar, wie wir herausgefunden haben –, sondern mit einem einzigen Telepathen, der die rohen Emotionen aus einer Gruppe unausgebildeter Schüler zieht …«

»Ist das nicht entsetzlich gefährlich?«

»Gefährlich? Das ist kein angemessenes Wort. Würdest du einen Waldbrand entfachen, um dir ein Essen zu kochen? Würdest du ein Drachenfeuer schüren, um dir ein Kotelett zu braten oder deine Stiefel zu trocknen? Ich wünschte mir, glauben zu können, dass sie nur sich allein und sonst niemanden umbringen würden!«

Ich schritt neben dem kalten Feuer auf und ab und lauschte unruhig dem tobenden Sturm. »Und ich kann nicht einmal Arilinn warnen!«

»Warum nicht, Lew?«

»So dicht an … an Sharra … funktioniert meine Matrix nicht«, sagte ich und versuchte zu erklären, auf welche Weise Sharra kleinere Matrizes überlagerte.

»Wie weit reicht die Wirkung, Lew?«

»Wer weiß? Vielleicht über den ganzen Planeten. Ich habe noch nie mit etwas gearbeitet, das so stark war. Es gibt keine Präzedenzfälle.«

»Aber wenn es bis nach Arilinn reicht – merken dann die Telepathen dort nicht, dass etwas nicht stimmt?«

Mein Gesicht hellte sich auf. Das konnte unsere einzige Hoffnung sein. Plötzlich taumelte ich, und sie ergriff meinen Arm.

»Lew, du bist erschöpft! Ruh dich aus bei mir, Liebling.« Ich warf mich schwindlig und verzweifelt neben sie. Ich hatte noch nicht einmal von meinen anderen Ängsten gesprochen, nämlich dass ich, der ich Sharra verschworen gewesen war, wieder in diesen Kanal gezogen werden könnte, in jenes wilde Feuer, jene Höllenschlucht, wenn ich meine eigene Matrix benutzte …

Sie wusste es, ohne dass ich es aussprach. Sie flüsterte: »Ich kann fühlen, wie es nach uns greift ... Kann es uns zurückziehen, in sich hinein?« Entsetzt umklammerte sie mich. Ich drehte mich um und zog sie an mich, hielt sie mit wilder Kraft und kämpfte gegen eine fast unbezähmbare Begierde an. Und das entfachte in mir eine Höllenangst. Ich sollte erschöpft, ausgelaugt, unfähig für die leichteste sexuelle Regung sein. Das war zwar frustrierend, aber auch normal, und ich war seit langem damit zurechtgekommen.

Aber diese wilde Lust – und es war reine Lust, ein hassenswertes, dunkles, animalisches Gefühl ohne Liebe und Wärme – brachte meinen Puls zum Rasen, ließ mich nach Luft ringen und dagegen ankämpfen. Es war zu stark. Ich ließ es aufwallen und mich überwältigen, fühlte das Feuer in meinen Adern wie brennendes Götterblut. Ich bedeckte ihre Lippen mit meinem Mund, fühlte, wie sie schwach dagegen ankämpfte. Und dann ergriff uns beide das Feuer.

Das ist die einzige Erinnerung an Marjorie, die nicht schön ist. Ich nahm sie ungezügelt, ohne jede Zärtlichkeit, und versuchte, die brennende Lust in mir zu befriedigen. Sie kam mir mit gleicher Heftigkeit entgegen und hasste es genauso. Wir waren beide von wilder, unkontrollierbarer Leidenschaft gefangen. Es war heftig und tierisch – nein, nicht tierisch! Tiere begegnen sich anders, getrieben nur von dem Lebensinstinkt, ohne Wissen um dunkle Lust. Es lag keine Unschuld darin, keine Liebe, nur rohe Gewalt, unstillbar, ein Abgrund der Hölle! Es war die Hölle, all das von der Hölle, was wir beide je erfahren würden. Ich hörte sie hilflos schluchzen und wusste, dass auch ich weinte, weinte aus Scham und Selbsthass. Als es vorbei war, konnte keiner von uns Schlaf finden.

21

Selbst in Nevarsin, dachte Regis, hatte es niemals so heftig und auch nicht so andauernd geschneit. Zögernd suchte sich sein Pony den Weg, folgte den Spuren von Danilos Reittier, wie man es ihm als Bergpferd beigebracht hatte. Wieder schneite es.

Er hätte ja nichts dagegen gehabt, dachte er, nichts gegen den Ritt, die Kälte oder den wenigen Schlaf, wenn er richtig hätte sehen und sein Gleichgewicht halten können.

Die Schwellenkrankheit war immer wieder aufgeflackert, und in den letzten Tagen hatte sie ihn fast ständig begleitet. Er versuchte, Danilos ängstliche Blicke und seine offensichtliche Sorge um ihn zu ignorieren. Danilo konnte nichts für ihn tun, also war es besser, er redete so wenig wie möglich darüber.

Aber es war entsetzlich unangenehm. In unregelmäßigen Abständen versank die Welt um ihn her und löste sich auf. Die Anfälle waren nicht so schlimm wie jener in Thendara oder jener andere auf seinem Weg nach Norden, doch Regis schien die ganze Zeit über an einer leichten Desorientierung zu leiden. Er wusste nicht, was schlimmer war, aber er vermutete, am schlimmsten war immer der jeweilige Zustand, in dem er sich gerade befand.

Danilo wartete darauf, dass er ihn einholte. »Es schneit schon wieder, und wir haben erst Nachmittag. Wenn das so weitergeht, brauchen wir bis Thendara volle zwölf Tage, und wir werden den guten Vorsprung vom Anfang verlieren.«

Je schneller sie Thendara erreichten, umso besser. Er wusste, die Botschaft musste durchkommen, auch wenn man Lew und Marjorie wieder einfing. Bisher gab es keine Anzeichen von Verfolgern. Aber Regis wusste – und er verfluchte seine Schwäche –, lange würde er diese ständigen Anstrengungen nicht mehr aushalten können, diese endlosen Stunden im Sattel und diese ständige aufflackernde Schwellenkrankheit.

Früher am Tag waren sie durch ein kleines Dorf geritten, wo sie Proviant und Futter für die Pferde gekauft hatten. Vielleicht konnten sie heute Abend ein Feuer riskieren – wenn sie einen Ort fanden, wo man eines anzünden konnte!

»Wenn es nur keine Scheune ist«, stimmte ihm Danilo zu. Letzte Nacht hatten sie in einer Scheune geschlafen, hatten die Wärme einiger Kühe und Pferde und Unmengen warmen Heus geteilt. Die Tiere hatten eine angenehme Temperatur verbreitet, doch sie konnten bei dem zundertrockenen Heu kein Feuer, ja nicht einmal ein Licht riskieren. So hatten sie nur ein paar Streifen Trockenfleisch und eine Hand voll Nüsse gegessen.

»Wir haben Glück«, sagte Danilo und streckte den Arm aus. Neben der Straße stand eine Unterkunft für Reisende, die vor Generationen erbaut worden war, als Aldaran noch die Siebente Domäne gewesen war und diese Straße regelmäßig beritten wurde. Die Gasthäuser waren nun alle verlassen, doch die Unterkünfte, die man so errichtet hatte, dass sie Jahrhunderte überstanden, waren immer noch benutzbar, kleine Steinhäuschen mit einem Stall für Pferde und allem, was die Reisenden brauchten.

Sie saßen ab und stellten die Pferde unter, wobei sie kaum ein Wort redeten, Regis aus Erschöpfung nicht und Danilo, weil er sich nicht traute, ihn zu belästigen. Danilo dachte, er sei wütend; das spürte Regis. Er wusste, er sollte dem Freund sagen, er sei nicht ungehalten, sondern nur müde. Aber er wagte es nicht, Schwäche zu zeigen. Er war ein Hastur. Er musste die Führung übernehmen, die Verantwortung tragen. Daher trieb er sich unbarmherzig weiter. Die Anstrengungen ließen seine wenigen Worte scharf und seine Stimme rau klingen. Alles wurde nur noch schlimmer dadurch, dass er wusste,

Dani würde ihn mit Vergnügen in allem bedienen, wenn er ihm nur die kleinste Ermutigung zuteil werden ließ. Er wollte Danis Heldenverehrung nicht ausnutzen.

Die Comyn hatten das schon viel zu oft getan ...

Die Pferde legten sich zur Nacht nieder, und Danilo trug die Satteltaschen ins Haus. Auf der Schwelle blieb er stehen und sagte: »Das ist immer der interessanteste Moment an jedem Tag: wenn wir sehen, was die Jahre von all den Häusern, in denen wir nächtigen, übrig gelassen haben.«

»Interessant ist es schon«, sagte Regis trocken. »Wir wissen nie, was wir vorfinden oder mit wem wir unser Lager teilen.« Eine der Nächte mussten sie im Stall verbringen, weil ein Nest von giftigen Skorpionameisen das Haus selbst bevölkerte.

»Hmm, ja, Skorpionameisen sind eine Art von Lebewesen, mit denen ich mein Bett nicht gern teilen möchte«, sagte Danilo leichthin, »aber heute Abend scheinen wir Glück zu haben.« Der Raum war kahl und roch staubig und ungelüftet, doch die Feuerstelle war intakt. Es gab ein paar Sitzbänke und ein schweres, in die Wand eingelassenes Bett, so dass sie nicht, den Spinnen und Nagetieren ausgeliefert, auf dem Boden schlafen mussten. Danilo warf die Satteltaschen auf eine der Bänke. »Ich habe hinter der Scheune ein paar trockene Zweige gesehen. Der Schnee hat sie sicher noch nicht durchgeweicht. Vielleicht reicht es nicht, das Feuer die ganze Nacht in Gang zu halten, aber sicher können wir uns ein Essen damit kochen.«

Regis seufzte. »Ich komme mit und helfe dir.« Er öffnete mühsam die Tür zu dem dämmrigen schneeigen Licht. Die Welt tanzte verschwommen vor seinen Augen, und er klammerte sich an die Tür.

»Regis, lass mich gehen. Dir geht es nicht gut.«

»Es geht schon.«

»Verdammt!« Plötzlich wurde Danilo wütend. »Wann hörst

du endlich auf, mir den Helden vorzuspielen? Was zum Teufel soll ich machen, wenn du hinfällst und nicht wieder hochkommst? Es ist viel leichter, ein Bündel Zweige zu schleppen, als dich durch den Schnee zu zerren. Bleib bitte hier, ja?«

Den Helden spielen. So sah Danilo also seine Anstrengungen, allein fertig zu werden. Steif sagte Regis: »Ich wollte es nur nicht noch schwerer für dich machen. Nun geh schon.«

Danilo wollte etwas sagen, tat es aber nicht. Er presste die Lippen aufeinander und schritt hinaus in die schneedurchwehte Dunkelheit. Regis wollte die Satteltaschen auspacken, doch ihm wurde so schwindlig dabei, dass er sich auf eine der Steinbänke niedersetzen und mit beiden Händen festklammern musste.

Er war für Danilo eine Belastung. Er hielt ihn nur auf. Wie Lew in den Bergen wohl weiterkam? Er hatte gehofft, die Verfolger von ihm abzulenken. Auch das hatte nicht geklappt. Am liebsten hätte Regis sich auf die Steinbank gekauert und sich den Anfällen hingegeben, doch er erinnerte sich an Javannes Rat: Bewege dich, kämpfe dagegen an! Er zwang sich auf die Füße, nahm den Feuerstein und ein bisschen trockenes Heu, das sie als Zunder verwahrt hatten, und kniete sich vor den Kamin. Als er die Überreste des letzten Feuers beiseite fegte, fragte er sich, vor wie vielen Jahren es wohl gebrannt hatte.

Der Wind blies kalte Schneewolken durch die offene Tür. Danilo stolperte unter einem Zweigbündel herein, warf das Holz neben den Kamin und ging schnell wieder hinaus. Regis suchte die trockensten Äste heraus, um das Feuer damit anzuzünden, doch seine Hände zitterten zu sehr, so dass er den kleinen Feuerstein und den mit Öl getränkten Zunderstreifen nicht handhaben konnte. Er legte das Gerät auf die Bank und fühlte sich absolut nutzlos, bis Danilo mit einer weiteren Ladung hereinkam und die Tür hinter sich mit dem Fuß zuschlug.

»Mein Vater sagt zu so etwas ›Quantum eines Faulen‹«, sagte er fröhlich. »Wenn man viel trägt, weil man zu faul ist, ein zweites Mal zu gehen. Das wird die Kälte ein Weilchen abhalten. Aber ich bin lieber hier in Eis und Schnee als in der warmen Königssuite auf Burg Aldaran.« Er ging auf den Kamin zu und kniete sich nieder, um das Holz mit Regis' Feuerzeug anzustecken. »Gesegnet sei der Mann, der dieses Gerät erfunden hat. Gut, dass du es dabei hast.«

Es hatte zu Gabriels Camp-Ausrüstung gehört, die ihm Javanne zusammen mit den kleinen Kochtöpfen mitgegeben hatte.

Dani sah Regis an, der reglos und zusammengekauert auf der Bank hockte. »Bist du sehr wütend auf mich?«

Still schüttelte Regis den Kopf.

Danilo sagte zögernd: »Ich will dich ... nicht beleidigen. Aber ich bin dein Waffenbruder, und ich muss immer das für dich tun, was für dich das Beste ist, auch wenn es nicht immer das ist, was du selbst willst.«

»Ist schon gut, Dani. Ich war im Unrecht und du im Recht«, sagte Regis. »Ich konnte nicht einmal das Feuer anzünden.«

»Nun, ich habe nichts dagegen, es zu tun. Sicher nicht mit deinem schönen Gerät hier. Dort in der Ecke ist eine Wasserleitung, das heißt, wenn die Leitungen nicht zugefroren sind. Wenn das so ist, müssen wir Schnee schmelzen. Was sollen wir kochen?«

Essen war das Letzte, an das Regis in diesem Moment denken konnte, doch er zwang sich zu einer Diskussion, ob man eine Suppe aus getrocknetem Fleisch und Bohnen oder Haferbrei zubereiten sollte. Als das Letztere über dem Feuer brodelte, setzte sich Danilo neben ihn. Er sagte: »Regis, ich will dich nicht schon wieder wütend machen. Aber wir müssen das regeln. Dir geht es nicht besser. Glaubst du, ich sehe nicht, dass du dich kaum im Sattel halten kannst?«

»Was soll ich denn sagen, Dani? Ich tue, was ich kann.«

»Du tust mehr, als du kannst«, sagte Danilo. Das Licht des hellen Feuers ließ sein Gesicht sehr jung und sehr besorgt aussehen. »Denke nicht, ich mache dir einen Vorwurf. Aber du musst mich dir mehr helfen lassen.« Plötzlich brach es aus ihm heraus. »Was soll ich ihnen denn in Thendara sagen, wenn der Erbe der Hasturs unter meinen Händen stirbt?«

»Du übertreibst«, sagte Regis. »Ich habe noch nie gehört, dass jemand an der Schwellenkrankheit gestorben ist.«

Aber Javanne hatte sehr besorgt ausgesehen ...

»Vielleicht nicht«, meinte Danilo skeptisch, »aber wenn du nicht richtig auf dem Pferd sitzen kannst und fällst und dir den Schädel einschlägst, ist das auch schlimm. Oder wenn du dich zu sehr verausgabst und dich erkältest und daran stirbst. Und du bist der letzte Hastur.«

»Nein, das bin ich nicht«, sagte Regis am Rande seiner Beherrschung. »Hast du nicht gehört, wie ich es Lew erzählt habe? Ich habe einen Erben. Bevor ich mich auf diese Reise begeben habe, habe ich mich mit der Tatsache vertraut gemacht, dass ich sterben könnte. Daher habe ich einen der Söhne meiner Schwester zum Erben bestimmt. Rechtlich festgelegt.« Danilo setzte sich absolut verdutzt zurück. Er war hellwach, und seine Gedanken waren so deutlich, als hätte er sie ausgesprochen: *um meinetwillen?* Regis zwang ihn, nichts weiter zu sagen. Er konnte die Offenheit in Danilos Augen nicht aushalten. Das war die gefährlichste Zeit, die gezwungene Intimität der Abende, wenn er sich ständig verbarrikadieren musste, um nicht seine Gefühle zu enthüllen. Es wäre nur allzu leicht, sich aus Schwäche an Danilo zu klammern, um Danilos Verantwortungsgefühl für ihn auszunutzen.

Wütend sagte Danilo: »Ich will jedenfalls nicht an deinem

Tod beteiligt sein. Die Hasturs brauchen dich um deinetwillen, Regis, nicht nur, um dein Blut an deine Erben weiterzugeben!«

»Und was schlägst du vor, das ich tun soll?« Regis wusste selbst nicht, ob die Frage ehrlichen Zorn oder eine sarkastische Herausforderung ausdrücken sollte.

»Wir werden nicht verfolgt. Wir müssen hier bleiben, bis es dir wieder gut geht.«

»Ich glaube nicht, dass es mir wieder besser gehen kann, ehe ich nicht zu einem der Türme gelange und lerne, dies hier zu kontrollieren.« *Laran.* Gabe? Ein Fluch, dachte er. In diesem Blut, in diesem Gehirn. Doch das war nicht das Einzige, was ihn krank machte. Es war die ständige Notwendigkeit, seine Gefühle abzuschirmen, sich selbst gegen unwillkommene Gedanken und Begierden zu verschließen. Und dagegen gab es keine Hilfe. Selbst in den Türmen konnten sie ihn nicht anders machen, als er war. Aber sie könnten ihm beibringen, es zu verbergen, damit zu leben.

Danilo legte seine Hand auf Regis' Schulter. »Du musst mich für dich sorgen lassen. Das ist meine Pflicht.« Nach einem Moment fügte er hinzu: »Und mein Vergnügen.«

Mit einer Mühe, die ihm fast Schwindel bereitete, blieb Regis unter der Berührung reglos. Starr sagte er, indem er den angebotenen Kontakt verweigerte: »Dein Haferbrei brennt an. Wenn du so gern etwas tun willst, dann pass auf das auf, was du tust. Das verdammte Zeug ist ungenießbar, auch wenn man es richtig zubereitet.«

Danilo versteifte sich bei diesen Worten wie unter einem Hieb. Er ging zum Feuer und nahm den kochenden Brei herab. Regis sah ihn nicht an und dachte auch nicht darüber nach, wie sehr er den Freund verletzt hatte. Er war jenseits von allen Gedanken an irgendetwas und versuchte lediglich, nichts zu denken.

Er verspürte heftige Wut auf Danilo, weil dieser ihm diese

intime Konfrontation aufgezwungen hatte. Plötzlich erinnerte er sich an den Kampf, den Danilo in der Baracke vom Zaun gebrochen hatte, ein Kampf, der ohne Hjalmars Eingreifen weit über einen einzigen Schlag hinausgegangen wäre. Er wollte Danilo jetzt verprügeln, ihn mit grausamen Worten verletzen. Er verspürte das Bedürfnis, zwischen sie beide Distanz zu bringen, diese unerträgliche Nähe aufzubrechen, Dani zu verbieten, ihn so liebevoll anzublicken. Wenn sie miteinander kämpften, müsste Regis vielleicht nicht ständig auf der Hut sein, in der Angst, das er tun oder sagen könnte, was zu denken er schon kaum aushalten konnte ...

Danilo kam mit dem Haferbrei in einem kleinen Töpfchen zurück. Vorsichtig und leise sagte er: »Ich glaube, es ist nicht angebrannt ...«

»Oh, hör doch endlich mit dieser Aufmerksamkeit auf!«, brüllte ihn Regis an. »Iss deinen Brei und lass mich in Ruhe. Verdammt, hör endlich auf, mich zu bemuttern. Was soll ich noch tun, damit du merkst, dass ich nichts von dir will, dich nicht brauche. Lass mich endlich in Ruhe!«

Danilo wurde bleich. Er setzte sich auf die andere Bank, den Kopf über die Schüssel gesenkt. Mit dem Rücken zu Regis sagte er kalt: »Deiner steht da, wenn du ihn willst, mein Lord.«

Ganz deutlich sah Regis, als sei die Zeit aus den Angeln gerückt, jenen schneidenden Augenblick in der Baracke, als Danilo ihn mit einer Beleidigung von sich gewiesen hatte. Auch in Danilos Kopf wurde es deutlich: *Er hat mir gegenüber bewusst das Gleiche getan, was ich unbewusst tat.*

Mit übermächtiger Anstrengung hielt sich Regis vor einer unmittelbaren Entschuldigung zurück. Ihm wurde übel vom Geruch des Haferbreis. Er ging zu dem Steinalkoven, legte sich nieder, hüllte sich in den Reitumhang und versuchte, die zerreißenden Schüttelkrämpfe die über seinen Körper jagten zu unterdrücken. Es schien ihm, als höre er Danilo weinen, wie er es sooft in der Baracke getan hatte, doch Danilo saß ruhig auf seiner Bank und löffelte sein Essen. Regis blickte auf das Feuer, bis es aufzuflammen begann – Halluzinationen. Kein Waldbrand. Nicht Sharra. Nur erneute Halluzinationen. Psi außer Kontrolle.

Immer noch schien es ihm, als könne er Lews Gesicht sehen, ganz deutlich im Schein des Feuers. Und wenn ich ihn, dachte Regis, an diesen Ort, neben mich, ziehen könnte – hätte er mich fortgestoßen, mich geschlagen? Vielleicht hätte er den Trost, den ich ihm angeboten hätte, für zu beschämend gehalten, um ihn aushalten oder auch nur anerkennen zu können.

Ich war nur ein Kind. Ich wusste nicht, was ich tat.

Er war kein Kind. Und er wusste es.

Er konnte diesen Gedanken nicht mehr aushalten und überließ sich wieder der Übelkeit. Es wirkte fast wie eine Erleichterung, wenn man die Welt fortgleiten spürte, wenn sie sich auflöste und dann verschwand. Die Zeit versank. Nach einer Weile hörte er Danilos Stimme, doch die Worte ergaben für ihn keinen Sinn. Sie waren nur eine Vibration, ein Geräusch ohne Sinn oder Bedeutung. Mit dem letzten Funken Verstand wusste er, dass seine einzige Hoffnung, sich zu retten, darin bestand, zu schreien, hin und her zu gehen, Danilo zu rufen, sich an ihn zu hängen.

Ruf Dani! sagte die innere Stimme. *Er wird dir helfen, auch jetzt noch, wenn du ihn bittest. Aber du musst ihn bitten. Du hast es ihm unmöglich gemacht, wieder zu dir zu kommen, es sei denn, du rufst ihn. Ruf ihn schnell, schnell, solange du es noch kannst.*

Ich kann nicht ...

Er fühlte, wie sein Atem stoßweise zu keuchen begann, als hinge er irgendwo im Raum. Mit jedem Atemzug gelangte er für einen Sekundenbruchteil zurück in seinen sich windenden, schwächer werdenden Körper, der taub in dem Alkoven lag. *Schnell! Ruf um Hilfe, oder du wirst sterben, hier und jetzt, und alles ist wegen deines Stolzes verloren ...*

Mit letzter Kraft kämpfte Regis um seine Stimme, um zu rufen, laut zu schreien. Sie hörte sich wie ein schwaches, ersticktes Flüstern an.

»Dani ... hilf mir ...«

Zu spät, dachte er, und er fühlte, wie er ins Nichts abglitt. Mit verzweifelter Reue fragte er sich, ob er jetzt sterben würde – weil er es nicht ertragen hatte, zu sich selbst, zu seinem Freund aufrichtig zu sein ...

Er schwankte durch die Dunkelheit, unbeweglich, taub, gelähmt. Er fühlte Danilo: Er war nur ein schwacher bläulicher Glanz vor seinen Augen. Der Freund beugte sich über ihn und fingerte an den Bändern seiner Tunika herum. Er konnte nicht einmal Danilos Hand fühlen, wusste nur, dass sie an seinem Hals war. Halb wahnsinnig dachte er: Will er mich umbringen?

Ohne jegliche Vorwarnung verkrampfte sich sein Körper in einem Anfall der grässlichsten Schmerzen, die er jemals kennen gelernt hatte. Er war wieder da. Danilos Gesicht war durch rötlichen, blutigen Nebel sichtbar. Er stand über ihm. Seine Hand berührte die Matrix an der Schnur, um Regis Hals. Rau schrie Regis: »Nein! Nicht noch einmal ...« Und er spürte, wie der zerschmetternde Schmerz zurückkam. Danilo ließ die Matrix fallen, als hätte sie ihn verbrannt, und der höllische Schmerz ließ nach. Keuchend lag Regis da. Es fühlte sich, als sei er in Feuer gefallen.

Danilo rang nach Luft. »Vergib mir ... Ich dachte, du stirbst. Ich wusste keinen anderen Weg, deine Gedanken zu kontaktieren ...« Vorsichtig, ohne sie zu berühren, bedeckte Danilo die Matrix wieder. Er ließ sich auf das Steinbett neben Regis fallen, als seien seine Knie zu schwach, ihn aufrecht zu halten.

»Regis, Regis, ich dachte, du stirbst ...«

Regis flüsterte: »Das habe ich auch gedacht.«

»Ich habe mir gesagt, wenn ich dich sterben lasse, weil ich dir ein grobes Wort nicht verzeihen kann, bin ich eine Schande für meinen Vater und für all diejenigen, die den Hasturs gedient haben. Ich bin ein Katalysatortelepath. Es musste eine Möglichkeit für mich geben, dich zu erreichen ... Ich habe gerufen, aber du hast es nicht gehört. Ich habe dich geschlagen und gekniffen, ich habe dich schon für tot gehalten, aber ich hörte, wie du mich riefst ...« Er war völlig außer sich. Regis flüsterte: »Was hast du denn getan? Ich habe dich gefühlt ...«

»Ich habe die Matrix berührt – sonst schien dich nichts mehr zu erreichen. Ich war sicher, du würdest sterben ...« Er brach schluchzend zusammen. »Ich hätte dich töten können!«

Regis zog Danilo an sich und umschlang ihn fest in seinen Armen. »*Bredu,* weine nicht«, flüsterte er. »Ich bin doch nicht tot.« Plötzlich wurde er wieder schüchtern. Danilo presste ihm sein tränennasses Gesicht gegen die Wange. Regis tätschelte ihn unbeholfen. »Weine nicht!«

»Aber ich habe dir so wehgetan – ich kann es nicht ertragen, dir wehzutun«, sagte Danilo wild.

»Ich glaube, sonst hätte mich nichts mehr zurückgebracht«, sagte Regis. »Dieses Mal verdanke ich dir mein Leben, *Bredu.*« Ihm war immer noch schwindlig, und er hatte noch Schmerzen von den Nachwirkungen dessen, was er jetzt als Krampfanfall erkannte. Später erfuhr er, dass diese letzte, heldenhafte Behandlung, das Ergreifen der Matrix, nur in der Stunde des Todes angewandt wurde, wenn ein stärkerer Telepath entschied, dass der Leidende ohne diese Prozedur endlos durch sein eigenes Gehirn wandern und alle Außenreize abschneiden würde, bis er schließlich starb. Danilo hatte instinktmäßig richtig gehandelt. Jetzt erinnerte sich Regis an Javannes Worte und sagte: »Ich muss aufstehen und umhergehen, sonst kommt es zurück. Aber du musst mir helfen, Dani. Ich bin zu schwach, um allein zu gehen.«

Danilo half ihm auf. Beim letzten Schein des niederbrennenden Feuers sah Regis die Tränen auf seinem Gesicht. Danilo legte den Arm um Regis und stützte ihn. »Ich hätte niemals mit dir streiten sollen, wo du doch so krank bist.«

»Ich habe den Streit aber angefangen, Dani. Kannst du mir verzeihen?«

Er war aus Angst vor Dani grausam gewesen, dessen wurde sich Regis bewusst, aus Angst vor dem, was er selber war. Vielleicht war auch Dyan aus Angst grausam geworden und zog schließlich die Grausamkeit der Angst – oder der Scham – vor, weil er sich selbst zu gut kannte.

Laran war schrecklich. Aber sie hatten keine Wahl. Sie konnten nur in Ehren damit umgehen.

Danilo sagte scheu: »Ich habe deinen Haferbrei für dich warm gehalten. Kannst du jetzt etwas zu essen versuchen?«

Regis nahm das irdene Schälchen und verbrannte sich ein wenig die Finger am Rand. Der Gedanke an Essen ließ Übelkeit in ihm hochsteigen, doch gehorsam kaute er ein paar Bissen und merkte, dass er sehr hungrig war. Er aß den heißen, ungesüßten Brei und sagte nach einer Weile: »Ist auch nicht schlimmer als das, was wir in der Kaserne bekommen haben. Wenn du jemals ohne Herrn sein solltest, werden wir dir einen Job als Armeekoch besorgen.«

»Gott behüte, dass ich jemals ohne Herrn sein sollte, solange du lebst, Regis.«

Regis griff nach Danilos Hand und presste sie. Er fühlte sich erschöpft und zerschunden, aber friedlich. Er aß den Brei auf, und Dani spülte das Schälchen aus. Regis legte sich wieder in den Alkoven. Das Feuer war nun fast niedergebrannt, und es wurde kalt. Danilo breitete seinen Umhang und seine Decke neben Regis aus und zog die Stiefel aus.

»Ich wüsste gern mehr über die Schwellenkrankheit.«

»Sei froh, dass du nicht mehr weißt«, sagte Regis rau. »Es ist die Hölle. Ich hoffe, du wirst sie nie bekommen.«

»Oh, ich habe sie gehabt«, sagte Dani. »Ich weiß jetzt, dass es das gewesen sein muss, als ich begann ... Gedanken zu lesen. Niemand hat mir gesagt, was es war, und ich hatte es nicht sehr schlimm. Das Problem ist nur, ich weiß nicht, wie man damit umgeht. Sonst könnte ich dir helfen.«

Er blickte Regis in dem schwachen Licht zögernd an und sagte: »Wir sind immer noch ein bisschen miteinander in Kontakt, nicht wahr?«

»Tu, was du willst«, sagte Regis. »Ich werde dich nicht mehr fortstoßen. Sei nur vorsichtig. Dein letztes Experiment hat wehgetan.«

»Ich habe etwas herausgefunden«, sagte Danilo. »Ich konnte Dinge sehen und fühlen. Es gibt da eine ... *Energie.* Sieh mal.« Er beugte sich über Regis und ließ seine Fingerspitzen leicht über dessen Körper gleiten, ohne ihn zu berühren. »Ich kann es so spüren, ohne dich zu berühren. An einigen Stellen ist es stark, an anderen, glaube ich, nicht so sehr ... ich weiß nicht, wie ich es erklären soll. Fühlst du es?«

Regis erinnerte sich an das wenige, das ihm die *Leronis* gesagt hatte, als sie ihn erfolglos auf *Laran* getestet hatte. »Es gibt im Körper ... bestimmte Energiezentren, die beim Erwachen des *Laran* angeregt werden. Jeder hat sie, doch bei Telepathen sind sie stärker und besser ... wahrnehmbar. Wenn das stimmt, müsstest du sie auch haben.« Er streckte die Hand nach Danilo aus, fuhr damit über sein Gesicht, spürte einen bestimmten, fühlbaren Energiefluss. »Ja, es ist wie ein ... ein Extrapulsschlag, hier, direkt über deiner Augenbraue.« Er hatte einmal eine Zeichnung dieser Ströme gesehen, hatte jedoch zu dem Zeitpunkt keinen Grund zu der Annahme gehabt, es beträfe ihn. Jetzt versuchte er sich zu erinnern und spürte, dass es wichtig war. »Da ist noch einer unterhalb der Kehle.«

»Ja, ich spüre ihn«, sagte Danilo und berührte die Kehle leicht mit der Fingerspitze. Die Berührung tat nicht weh, aber Regis spürte sie wie einen schwachen elektrischen Schock. Doch plötzlich wurde er sich des Pulsschlags voll bewusst. Seine Wahrnehmung wurde deutlicher, und der Schwindel, der ihn nun schon Wochen begleitet hatte, verschwand. Er merkte, dass er etwas sehr Wichtiges entdeckt hatte, doch er wusste nicht, was. Danilo machte weiter und versuchte, die Energieströme mit den Fingerspitzen zu ertasten. »Ich brauche dich eigentlich gar nicht zu berühren, um sie zu spüren. Ich glaube, ich weiß es ...«

»Vielleicht, weil du sie selber hast«, sagte Regis. »Für die Arbeit mit der Matrix braucht man eine Ausbildung, doch es muss auch möglich sein, *Laran* kontrollieren zu lernen, oder die Techniken, die sich entwickelt haben. Es sei denn, man glaubt die alten Geschichten über Götter und Halbgötter, die herabgestiegen sind, den Comyn beizubringen, wie man sie benutzt, und das tue ich nicht.« Es war sehr dunkel, doch er konnte Danilo deutlich sehen, als sei sein Körper von hellen, pulsierenden Energieströmen eingerahmt. Danilo sagte: »Vielleicht können wir so herausfinden, wie wir bei dir eine erneute ... Krise verhindern können?«

»Ich scheine ganz in deinen Händen zu sein, Dani«, sagte Regis wortwörtlich. »Ich weiß nicht, wie ich eine erneute Attacke wie diese überstehen sollte.« Er wusste, dass der physische Schock, den Danilo ihm durch die Berührung der Matrix gegeben hatte, ihn wieder belebt hatte, doch er war wie ausgelaugt und gefährlich schwach. »Du hast auch die Schwellenkrankheit gehabt? Wie hast du es überstanden?«

»Ja, wenn ich auch, wie ich sagte, keine Ahnung hatte, was es war. Aber es hat geholfen, als ich herausfand, wie diese

Energieströme wirkten. Ich konnte sie so beeinflussen, dass sie ruhig strömten, die meiste Zeit jedenfalls, und es schien, als könne ich diese Energie nutzen. Ich kann das nicht gut ausdrücken. Ich weiß nicht genau, wie ich es sagen soll.«

Regis lächelte zaghaft und sagte: »Vielleicht gibt es dafür keine Worte.« Er beobachtete die Energieströme in Danilos Körper und hatte das sonderbare Gefühl, dass sie beide trotz der warmen, schweren Kleidung nackt waren, aber es war eine andere Art von Nacktheit. Vielleicht hatte Lew das gemeint: ohne Haut leben zu müssen. Er konnte Danilos Energieströme auch spüren, fühlte, wie sie sich ruhig und beständig mit den Lebenskräften bewegten. Danilo machte weiter, spürte die Bahnen auf, ohne sie zu berühren. Doch auch so regte diese Nichtberührung die körperliche Gegenwart wieder an. Regis konnte sich nicht erinnern, ob Lew gesagt hatte, dass die gleichen Ströme auch die sexuelle Energie mit sich führten, doch er spürte es und war sich dessen fast sicher. Sanft streckte er die Hand aus und hielt Danis Finger fest.

»Nein«, sagte er, jetzt nicht mehr wütend, sondern aufrichtig und sich der Sache stellend – jetzt konnten sie einander nicht mehr anlügen. »Du willst doch nicht auch das hervorrufen, Dani?«

Einen Moment herrschte erstarrte Stille, und Danilo hielt den Atem an. Dann sagte er in gedämpftem Flüstern: »Ich wusste nicht, dass du es wusstest.«

»Als du mich beschimpft hast – da warst du näher an der Wahrheit, als dir bewusst war, Dani. Ich habe es damals auch nicht gemerkt. Aber ich wollte nicht so auf dich zugehen … wie Dyan. Pass also auf, Dani.«

Er berührte Dani jetzt nicht mehr, doch zugleich fühlte er, wie die ruhigen Energieströme Danis stoppten und der Puls jagte und unregelmäßig wurde wie ein Strudel in einem ruhigen Fluss. Er wusste nicht, was es bedeutete, doch er spürte, ohne es zu wissen, dass es wichtig war, dass er etwas anderes entdeckt hatte, etwas, das er unbedingt wissen musste, etwas, von dem sein Leben abhängen konnte.

Danilo sagte mit rauer Stimme: »Du? Wie Dyan? *Niemals!*«

Regis rang um eine ruhige Stimme, doch er spürte jetzt die Energieströme. Das ruhige Pulsieren, das seine Wahrnehmungen wieder deutlich und zuverlässig gemacht hatte, begann unruhig und ungleichmäßig zu werden. Er sagte mit mühsamer Beherrschung: »Nicht genauso ... nichts, das du fürchten müsstest. Ich schwöre es. Aber es stimmt. Hasst du mich jetzt, oder verachtest du mich?«

Danilos Stimme klang rau. »Glaubst du, ich kenne da keinen Unterschied? Ich würde deinen Namen nicht in einem Atemzug mit seinem nennen ...«

»Es tut mir Leid, wenn ich dir die Illusion nehmen muss, Dani«, sagte Regis sehr ruhig, »aber es würde nur schlimmer, wenn ich dir jetzt nicht die Wahrheit sagte. Das hat vorher alles so schwierig gemacht. Ich glaube, ich habe mit aller Mühe versucht ... es vor dir zu verbergen, es vor mir selber zu verbergen – das war es wohl, was mich so krank gemacht hat. Ich kannte deine Angst. Du hast dazu guten Grund. Ich habe mich bemüht, es vor dir fern zu halten. Ich wäre lieber gestorben, als zu denken, du hieltest mich für einen wie Dyan. Ich weiß, du bist ein *Cristoforo,* und eure Bräuche sind anders.«

Er musste es wissen, nach drei Jahren in einem ihrer Klöster. Und jetzt wusste Regis auch, was sein *Laran* unterdrückt hatte: diese beiden Dinge zusammen. Die erwachende Zuneigung für Lew und das telepathische Bewusstsein. Und drei Jahre lang, in jenen Jahren, in denen er die Gabe hätte entwickeln und stärken sollen, hatte er jeden emotionalen oder physischen Impuls verdrängt, und jedes Mal, wenn er auch nur einen schwachen telepathischen Eindruck hatte, hatte er ihn unterdrückt. Um sich vor all der Sehnsucht, dem Schmerz und der Erinnerung zu verschließen ...

Sankt-Valentin-im-Schnee, ob nun heilig oder nicht, hatte Regis beinahe zerstört. Vielleicht, wenn er weniger gehorsam, weniger ängstlich gewesen wäre ...

»Es ist mir gleich«, sagte er. »Ich muss dir jetzt die Wahrheit sagen, Dani. Es tut mir Leid, wenn es dir wehtut, aber ich kann mich nicht selber durch die Lüge verletzen, wenn ich dich oder mich betrüge. Ich bin wie Dyan. Immerhin werde ich nicht tun, was er getan hat, aber ich fühle wie er, und ich glaube, ich weiß es schon seit langem. Wenn du das nicht akzeptieren kannst, brauchst du mich nicht mehr Herr und Freund zu nennen, aber bitte, glaube mir, ich habe es selbst nicht gewusst.«

»Aber ich weiß, dass du ehrlich zu mir warst«, keuchte Danilo. »*Ich* habe versucht, es vor *dir* zu verbergen – ich habe mich so geschämt –, ich wollte für dich sterben, das wäre leichter gewesen. Glaubst du etwa nicht, ich würde den Unterschied erkennen?«, fragte er. Tränen rannen über sein Gesicht. »Wie Dyan? Du? Dyan, dem ich völlig egal war, der sein Vergnügen darin fand, mich zu quälen, und meine Angst war seine Freude ...« Er holte tief und keuchend Luft, als bekäme er nicht genug Sauerstoff. »Aber du. Du hättest so weitergemacht, Tag für Tag, hättest dich weiter gequält, dich fast in den Tod getrieben, nur um mich nicht zu ängstigen ... glaubst du etwa, ich hätte vor dir Angst? Oder vor irgendetwas, was du sagen ... oder tun könntest?« Die Lichtspuren um ihn flammten auf, und Regis fragte sich, ob Dani in der aufwallenden Emotion, die sie beide umspülte, wirklich wusste, was er sagte.

Er streckte Danilo beide Hände entgegen und sagte leise: »Ein Teil der Krankheit war, glaube ich, dass wir uns voreinander verschlossen haben. Wir haben uns gegenseitig fast zerstört deswegen. Es ist aber einfacher. Wir brauchen nicht darüber reden und nach Worten zu suchen. Dani – *Bredu* –, willst du jetzt mit mir reden, und zwar so, dass wir uns nicht missverstehen können?«

Danilo zögerte einen Moment, und Regis fühlte die alte Angst vor einer Zurückweisung und konnte kaum atmen. Dann streckte Danilo – wenngleich Regis auch, wie in sich selbst, einen letzten schmerzhaften Moment der Angst, des Zögerns, der Scham spüren konnte – beide Hände aus und legte die Handflächen gegen die Regis', geleitet durch sicheren Instinkt. Er sagte: »Ich will, *Bredu.*«

Die Berührung war wie ein schwacher elektrischer Schock. Regis spürte die Energieimpulse in sich wie Blitze aufzucken. Dann fühlte er die Strömungen in ihnen beiden, von Danilo in ihn hinein, in seinen Körper – in die Zentren in Kopf, Kehle, unter dem Herzen, tief drinnen in seinem Körper – und wieder zurück in Danilos Körper. Sie wirbelten, bäumten sich auf. Die Strudel begannen sich zu glätten. Die Strömung begann rasch und sanft zu gleiten. Zum ersten Mal seit Monaten, so schien es ihm, konnte er ohne die schleichende Übelkeit und den Schwindel etwas wahrnehmen, als die Energieströme in einem sicheren Kreislauf zu fließen begannen. Einen Moment lang war diese gemeinsame Lebensenergie alles, was sie spüren konnten, und unter ihrem erleichternden Einfluss tat Regis den für ihn seit langer Zeit ersten freien Atemzug.

Dann begannen sich langsam seine und Danilos Gedanken zu vermischen. Klar, beieinander, als entsprängen sie einem einzigen Kopf, einem einzigen Wesen, verbunden in unbeschreiblicher Wärme und Nähe.

Das war das einzige Bedürfnis. Jemanden so zu erreichen, dieses Zusammengehörigkeitsgefühl spüren, dieses Verschmelzen. Ohne Haut zu leben. Das ist *Laran.*

In der friedlichen und beruhigenden Atmosphäre dieser

zauberhaften Verschmelzung erkannte Regis immer noch die Spannung und das bohrende Bedürfnis in seinem Körper, doch es war nicht mehr so wichtig. *Aber warum sollten wir beide nun noch davor Angst haben?*

Genau das, Regis wusste es nun, hatte seine Lebenskräfte zu Knoten zusammengeballt, hatte die Leben spendenden Ströme abgeblockt, bis er fast gestorben war. Sexualität war nur ein Teil davon. Das eigentliche Problem war die Unwilligkeit, sich selbst zu erkennen und zu akzeptieren. Ohne Worte wusste er, dass die Reinigung dieser Kanäle ihn befreit hatte, ihm ermöglicht hatte, das zu sein, was er war und was er sein würde.

Eines Tages würde er den Kniff kennen, jene Strömungen zu dirigieren, ohne sie durch seinen Körper strömen zu lassen. Aber nun brauchte er dies hier und jemanden, der ihn vollständig akzeptierte, alles in ihm, seinen Geist und seinen Körper und seine Gefühle, der sich ihm vollständig hingeben konnte. Und es war eine größere Nähe als Blutsverwandtschaft. Ohne Haut zu leben.

Und plötzlich wusste er, dass er keinen Turm mehr aufzusuchen brauchte. Was er nun gelernt hatte, war eine einfachere Möglichkeit, als das, was sie ihm dort beigebracht hätten. Er wusste, jetzt konnte er *Laran* so einsetzen, wie er es brauchte. Er konnte seine Matrix benutzen, ohne wieder krank zu werden. Er konnte mit jedem in Kontakt treten, mit dem er in Kontakt treten wollte, konnte die Botschaft senden, die ausgesandt werden musste.

22

(Lew Altons Erzählung)

Zum neunten oder zehnten Mal in einer Stunde ging ich auf Zehenspitzen zur Tür, band den Lederriemen los und spähte hinaus. Die Außenwelt bestand aus einer grauen, wirbelnden, feuchten Masse. Ich wich wieder zurück, wischte mir den Schnee von der Stirn und sah in dem dämmrigen Licht, dass Marjorie wach war. Sie setzte sich auf und wischte mein Gesicht mit einem seidenen Taschentuch trocken.

»Ein schwerer Sturm für diese Jahreszeit.«

»Bei uns in den Bergen gibt es ein Sprichwort, Liebling: Vertraue weder der Prophezeiung eines Betrunkenen noch dem Hund eines anderen, noch dem Wetter zu jeder Jahreszeit.«

»Wie dem auch sei«, sagte sie und versuchte, meine eigenen Gedanken in Worte zu kleiden. »Ich kenne diese Berge. An dem Sturm hier macht mir etwas Angst. Der Wind heult nicht so, wie er sollte. Der Schnee ist zu nass für diese Jahreszeit. Irgendwie ist etwas falsch. Ein Sturm, ja. Aber nicht so.«

»Ob falsch oder nicht, ich wünschte nur, er hörte auf.« Doch im Moment waren wir dagegen machtlos. Wir konnten nur das Beste aus der Situation machen, hier zusammen im Schnee festzusitzen. Ich verbarg mein Gesicht an ihrer Brust. Lachend sagte sie: »Du bist aber gar nicht böse darüber, hier mit mir zu sein.«

»Lieber wäre ich mit dir auf dem Arilinn«, sagte ich. »Wir hätten eine prachtvollere Brautkammer.«

Sie legte ihre Arme um mich. Es war so dunkel, dass wir nicht das Gesicht des anderen erkennen konnten, doch wir brauchten kein Licht. Sie flüsterte: »Ich bin überall mit dir glücklich.«

Wir waren nun übertrieben vorsichtig miteinander. Ich hoffte, eines Tages würde der Zeitpunkt kommen, wenn wir uns ohne Angst in die Arme sinken konnten. Ich wusste, ich würde es nie vergessen, nicht solange ich lebte, jenen entsetzlichen Wahnsinn, der uns beide ergriffen hatte, und auch nicht jene schrecklichen Stunden danach, in denen sich Marjorie in einen dumpfen, erschöpften Schlaf hineinweinte, während ich ruhelos neben ihr lag, mit der Angst, sie würde mir nie wieder vertrauen und mich lieben.

Diese Furcht verschwand einige Stunden später, als sie die Augen öffnete, die dunkel und geschwollen aus dem tränenfleckigen Gesicht blickten, und impulsiv die Hand nach mir ausstreckte, mit einer Zärtlichkeit, die meine Ängste hinwegfegte. Doch eine Furcht blieb: Konnte es uns wieder ergreifen? Konnte irgendjemand nach der Berührung durch Sharra wieder zu Vernunft kommen?

Doch im Moment waren wir ohne Angst. Später schlief Marjorie wieder ein. Ich hoffte, diese ausgedehnte Ruhepause würde sie nach der langen Reise wieder zu Kräften bringen. Unruhig ging ich hin und her und spähte immer wieder in den Schnee hinaus. Später, das wusste ich, musste ich mich nach draußen wagen, um unseren Pferden die letzten Reste Hafer und Heu zu geben.

Irgendetwas an diesem Sturm war wirklich sonderbar. Er ließ mich an Thyras Trick mit dem Wasserfall denken. Nein, das war albern. Keine vernünftige Person würde aus persönlichen Gründen das Wetter beeinflussen.

Aber ich sagte zu mir selbst: Konnte irgendjemand nach der Berührung durch Sharra geistig gesund bleiben?

Ich wagte nicht einmal, in meine Matrix zu blicken, um nachzuprüfen, ob hinter der unverminderten Gewalt des Sturmes etwas anders lag. Wenn Sharra entfesselt war und raste, und zu sich zurückziehen wollte, war meine Matrix nutzlos, ja schlimmer als nutzlos, nämlich tödlich gefährlich.

Ich fütterte die Pferde. Als ich zurückkam, schlief Marjorie immer noch. Mit den letzten Holzvorräten versuchte ich, ein Feuer zu entfachen. Auch das Essen wurde knapp, doch ein paar Tage Fasten würde uns nicht schaden. Schlimmer war der Nahrungsmangel für die Pferde. Als ich ein paar Körner für Haferbrei aufsetzte, fragte ich mich, ob ich Marjorie geschwängert hatte. Ich hoffte es natürlich, doch der Gedanke versetzte mich auch in Panik. Evanda und Avarra, nicht jetzt, nicht jetzt! Diese Reise war ohnehin schwer genug für sie. Ich fühlte mich wie zerrissen. Aus tiefem Instinkt heraus hoffte ich, sie trage bereits ein Kind von mir, und dennoch hatte ich vor dem, was ich mir am meisten wünschte, Angst.

Ich wusste natürlich, was zu tun war. In den Turmzirkeln ist Keuschheit außer für die Bewahrerinnen eine Unmöglichkeit, und dies erfordert seinen Zoll. Aber Schwangerschaft ist für die Frauen dort gefährlich, und man kann die Unterbrechung ihrer Zeit dort nicht riskieren. Ich vermutete, Marjorie würde schockiert und unwillig sein, wenn ich sie auf diese Weise zu schützen versuchte. Anders wollte ich sie auch gar nicht haben. Aber was sollten wir tun? Immerhin würden wir ehrlich und offen darüber reden. Es war ohnehin ihre Wahl.

Hinter mir wälzte sich Marjorie unruhig im Schlaf und rief. »Nein! Nein! Thyra, nein ...« Sie saß kerzengerade da und hielt in wildem Entsetzen die Hände an den Kopf gepresst. Ich lief zu ihr. Sie schluchzte angstvoll, doch als sie richtig wach war, konnte sie sich nicht erinnern, was sie gesehen oder geträumt hatte.

Tat Thyra ihr etwas an? Ich hegte keinen Zweifel, dass sie dazu fähig war, und ich hatte kein Vertrauen in ihre Skrupel. Auch nicht bei Kadarin. Ich wappnete mich gegen dieses verletzende Gefühl. Wir waren Freunde gewesen. Was hatte sie so verändert?

Sharra! Wenn die Feuer von Sharra die Disziplin von Jahren auf dem Arilinn durchbrechen konnten, was würden sie dann einem unausgebildeten, wilden Telepathen antun?

Marjorie sagte ein wenig neckend: »Du warst auch ein bisschen in Thyra verliebt, nicht wahr?«

»Ich habe sie begehrt«, antwortete ich ruhig. »So etwas ist in einem engen Zirkel unvermeidbar. Es hätte mit jeder Frau passieren können, die mit mir in Kontakt tritt. Aber sie wollte es nicht. Sie kämpfte dagegen an. Ich zumindest wusste, dass es geschehen konnte. Thyra hat unter Mühe versucht, es nicht zu bemerken.«

Wie stark hatte dieser Kampf gegen sich selbst sie zerstört und verletzt? Hatte ich auch bei Thyra versagt? Ich hätte versuchen sollen, ihr zu helfen, sich damit auseinander zu setzen, sich voll dessen bewusst zu werden. Ich hätte dafür sorgen müssen, dass wir alle - alle - so aufrichtig zueinander gewesen wären, wie es die Ausbildung erforderte, besonders als ich merkte, wohin uns unsere undisziplinierten Gefühle trieben - zu Wut, Gewalt und Hass.

Wir hätten die Sharra niemals kontrollieren können. Aber wenn ich früher gemerkt hätte, was sich zwischen uns abspielte, hätte ich erkennen können, wie wir alle verändert und zerstört wurden.

Ich hatte bei allen versagt, bei meinen Verwandten und meinen Freunden, indem ich sie zu sehr liebte, um zuzulassen, dass sie sich mit dem verletzten, was sie selber waren.

Das Experiment lag in Trümmern, so edel Beltrans Träume auch gewesen sein mochten. Und jetzt musste die Sharra-Matrix, koste es, was es wolle, abgeschirmt und anschließend zerstört werden. Aber noch einmal: Was wurde aus denen, die sich Sharra verschworen hatten?

Der Schnee fiel den ganzen Tag hindurch und die darauf folgende Nacht, und am nächsten Morgen schneite es immer noch. Hohe Schneewehen häuften sich um die Steingebäude. Ich hatte das Gefühl, wir sollten versuchen weiterzureiten, doch ich wusste gleichzeitig, dass dies Wahnsinn wäre. Die Pferde würden niemals durch diese Schneewehen gelangen. Doch wenn wir hier noch länger gefangen saßen, ohne Futter für sie, würden wir sie auch nicht mehr reiten können.

Es muss am nächsten Nachmittag gewesen sein – einige Vorgänge in dieser Zeit sind meinem Gedächtnis entschwunden –, als ich aus dem Schlaf hochschreckte, weil Marjorie angstvoll aufschrie. Die Tür sprang auf, und Kadarin stürmte herein. Ein halbes Dutzend von Beltrans Wachen bauten sich hinter ihm auf.

Ich griff nach meinem Schwert, war jedoch innerhalb von Sekunden hoffnungslos überwältigt. Mit einem schrecklichen Gefühl von unendlicher Wiederholung stand ich mich windend hilflos zwischen den Wachen. Marjorie war in eine Ecke zurückgewichen. Als Kadarin auf sie zuging, sagte ich mir, wenn er sie grob anfasste, würde ich ihn töten. Doch er stellte sie nur sanft auf die Füße und legte ihr seinen Umhang um die Schultern, wobei er sagte: »Dummes Kind. Hast du geglaubt, wir würden dich so gehen lassen?« Er stieß sie in die Arme von zwei Wachsoldaten und sagte: »Bringt sie nach draußen. Tut ihr nicht weh. Behandelt sie sanft, aber lasst sie nicht entkommen, sonst verliert ihr eure Köpfe.«

»Führst du Krieg gegen Frauen? Kannst du es nicht von Mann zu Mann mit mir austragen?«

Er hielt immer noch mein Schwert, zuckte die Achseln und schleuderte es in eine Ecke. »Weg mit diesem Spielzeug aus dem Tal. Ich habe schon vor langer Zeit gelernt, meine Kämpfe mit vernünftigeren Waffen zu führen. Wenn du glaubst, ich würde Marjorie verletzen, dann bist du ein noch größerer Narr, als ich je geglaubt hatte. Wir brauchen euch beide.«

»Glaubst du wirklich, ich würde noch einmal mit euch arbeiten? Nein, verdammt, lieber würde ich sterben.«

»O doch, das wirst du tun«, sagte er fast freundlich. »Heldentum zahlt sich nicht im Geringsten aus, mein Junge.«

»Was habt ihr getan? Habt ihr gemerkt, dass ihr die Sharra allein nicht bewältigen könnt? Wie viele von euch hat sie zerstört, bevor ihr es herausgefunden habt?«

»Darüber habe ich dir keine Rechenschaft abzulegen«, sagte er mit unvermittelter Brutalität. Ich kämpfte kurz gegen die Männer, die mich festhielten, und stieß zugleich einen fürchterlichen gedanklichen Hieb aus. Man hatte mir immer gesagt, die ungezügelte Wut eines Altons könne töten. Man hatte mich diszipliniert, niemals, niemals meiner Wut freien Lauf zu lassen. Aber jetzt ...

Ich entlud meine Wut, stellte mir meine Hände an Kadarins Kehle vor. Meine Gedanken überschütteten ihn mit Hass und Wut ... ich fühlte, wie er sich unter der Attacke wand, sah ihn erbleichen, in die Knie sacken ...

»Schnell«, keuchte er, »schlagt ihn nieder ...«

Eine Faust traf meinen Schädel. Dunkelheit fuhr in meinen Kopf. Ich fühlte wie meine Glieder nachgaben und ich hilflos zwischen meinen Wächtern hing. Kadarin kam auf mich zu und übernahm selbst das Schlagen. Seine ringbewehrten Hände trafen hart in mein Gesicht, Schlag auf Schlag, bis ich in blutrotem Nebel niedersank. Dann merkte ich, wie sie mich in den Schneesturm hinausschleppten. Der eisige Hagel belebte mich ein wenig. Kadarins Gesicht schwamm in einem rötlichen Nebel vor meinen Augen.

»Ich will dich nicht töten, Lew. Komm bitte mit.«

Erstickt presste ich zwischen den geschwollenen, blutenden Lippen hervor: »Töte mich besser ... Tapferer Held, der einen Mann schlägt, der hilflos von anderen festgehalten wird ... Gib mir zwei Männer, die dich festhalten, und auch ich schlage dich halbtot ... und in Schande.«

»Oh, hör doch mit dem Domänengewäsch auf«, antwortete er. »Ich habe dieses Gesabber von Ehre und Unehre lange hinter mir gelassen. Tot nützt du mir wenig. Du kommst mit mir. Such dir aus, ob du willig mitkommst wie der vernünftige Bursche, der du immer warst und wieder sein wirst, oder ob du getragen wirst, nachdem dich diese Burschen hier besinnungslos geprügelt haben. Sie schlagen nicht gern hilflose Männer. Oder soll ich es einfacher machen und dich unbeweglich machen?« Seine Hand griff nach der Matrix an meinem Hals.

Nein! Nein! Nicht noch einmal! Ich schrie, stieß einen wahnsinnigen Schrei aus, der ihn wirklich zurückweichen ließ. Dann sagte er ruhig – noch niemals in meinem Leben habe ich etwas so Schreckliches gehört wie seine leise, grausame Stimme –: »Das kannst du nicht noch einmal aushalten, nicht wahr? Warum ersparst du uns beiden nicht diesen Schmerz?«

»Töte mich ... lieber noch in diesem Augenblick.« Ich spuckte das Blut aus meinem Mund. Es traf ihn mitten ins Gesicht. Langsam, ohne Eile wischte er es fort. Seine Augen glitzerten wie die eines Raubvogels, wahnsinnig und unmenschlich. Er sagte: »Ich hatte gehofft, dir diese schlimmste Drohung ersparen zu können. Nascar, hole das Mädchen. Nimm ihr den Matrix-Stein ab. Sie trägt ihn in ...«

Ich verfluchte ihn. »Du Teufel. Du Ausgeburt der Hölle! Tu mit mir, was du willst, aber lass sie in Ruhe!«

»Du kommst also ohne weiteren Widerstand mit?«

Langsam und geschlagen nickte ich. Er lächelte – es war ein glitzerndes, triumphierendes Lächeln – und bedeutete mit einem Kopfnicken den Männern, mich fortzubringen. Ich ging ohne Widerstand zwischen ihnen her. Wenn ich, ein starker Mann, diese Qual nicht ertragen konnte, wie konnte ich dulden, dass sie es Marjorie antaten?

Die Männer schleppten uns durch den blendenden Schneesturm. Ein paar hundert Schritte vom Haus entfernt, hinter einer Baumreihe, hörte der Schnee so abrupt auf wie ein abgestellter Wasserhahn. Die Straße in die Ebene hinein lag grün vor uns. Ungläubig starrte ich hinab. Kadarin nickte. »Thyra wollte immer schon gern mit einem Sturm experimentieren«, sagte er. »Und es hat euch an Ort und Stelle gehalten, bis wir dort waren.«

Mein Instinkt war richtig gewesen. Wir hätten uns weiterkämpfen müssen. Ich hätte es wissen müssen. Verzweiflung überfiel mich. Ein Hubschrauber erwartete uns. Man hob mich in einen Sitz, Marjorie in einen anderen. Sie hatten ihr mit dem seidenen Halstuch die Hände gebunden, doch ansonsten keinen Schaden zugefügt. Ich streckte die Hand aus, um sie zu berühren, doch Kadarin trat rasch zwischen uns und ergriff mit Stahlfingern mein Handgelenk.

Ich zuckte vor ihm zurück wie vor einem Leichnam. Ich versuchte Marjories Blick aufzufangen. Zusammen könnten wir seiner vielleicht Herr werden ...

»Es hat keinen Zweck, Lew. Ich kann dich nicht auf dem ganzen Weg nach Aldaran bekämpfen und bedrohen«, sagte Kadarin tonlos. Er griff in die Tasche, zog eine rote Phiole heraus und öffnete sie. »Trink dies. Und vergeude keine Zeit.«

»Nein ...«

»Ich sagte: Trink es. Schnell. Und falls du vorhaben solltest, es zu verschütten, dann habe ich keine andere Wahl, als dir deine Matrix herunterzureißen. Zuerst Marjories und dann deine. Ich werde diese Drohung nicht wiederholen.«

Ich blickte in diese unmenschlichen Augen – Gott – dieser Mann war mein Freund gewesen; wusste er überhaupt, was aus ihm geworden war? – und sah ein, wir beide waren hoffnungslos in seiner Hand. Geschlagen hob ich das rote Fläschchen an den Mund und schluckte die Flüssigkeit herunter.

Der Hubschrauber, die Welt entglitten mir.

Und kehrten nicht zurück.

Ich weiß nicht, welche Droge er mir gegeben hatte. Ich bin mir immer noch nicht völlig sicher. Auch habe ich nie erfahren, was von meiner Erinnerung an die nächsten paar Tage Traum ist und was einen sonderbaren Kern von Realität besitzt.

Lange Zeit sah ich nur Feuer. Waldbrände, die über die Hügel jenseits von Armida rasten. Feuerregen auf Caer Donn. Die riesige Feuergestalt, die ihre unwiderstehlichen Arme ausstreckte und die Mauern von Burg Storn zerbrach, als seien sie aus Lehm. Feuer strömte in meinen Adern, durchraste mein Blut.

Einmal stand ich auf dem höchsten Punkt von Burg Aldaran und blickte auf hunderte von dort versammelten Menschen herab, fühlte das Feuer hinter mir brennen, mich durchzucken mit wilder Lust und Entsetzen. Ich spürte die ungezügelten Emotionen der Menschen von unten heraufspülen, nach dorthin, wo ich stand, das Sharra-Schwert in den Händen, meine Nerven mit einem Kitzel aus grausamer Furcht, Lust, Gier nährend ...

Wiederum war ich ein ängstliches Kind zwischen den Händen meines Vaters und erwartete gehorsam die Berührung, die mir entweder mein Erbe oder den Tod bringen würde. Ich spürte die Wut in mir aufwallen, und ich ließ meinen Vater durch das Feuer verzehren. Er ging in Flammen auf, brannte, brannte ...

Ich sah Regis Hastur in einer kleinen Hütte irgendwo auf dem Weg nach Thendara liegen und wusste, er hatte es nicht geschafft. Er lag im Sterben. Sein Körper zuckte unter den letzten zerreißenden Krämpfen. Er war nicht in der Lage, die dunkle Schwelle zu überschreiten, versagte, starb, brannte ...

Ich spürte, wie mich Dyan Ardais von hinten angriff, fühlte meinen Arm unter seinem Griff knacken, fühlte in seiner Berührung Grausamkeit und Lust. Ich wandte mich gegen ihn und überschüttete ihn mit Hass und Gewalt, sah auch ihn unter der Flamme meines Hasses verbrennen, verbrennen ...

Einmal hörte ich Marjorie hilflos weinen und rang um mein Bewusstsein, und dann war ich in meinem Zimmer in Burg Aldaran, doch gebunden mit ungeheuren Gewichten. Irgendjemand zwang meine Kiefer auf und flößte mir noch eine Dosis jener ätzenden roten Droge ein, und ich begann mich wieder in den Träumen zu verlieren, die keine Träume waren.

Ich stand oben auf einer hohen Treppe, die immer weiter hinab in den flammenden Höllenschlund führte, und Marjorie stand mit der Sharra-Matrix in den Händen vor mir. Ihr Gesicht war leer und bleich, und die Matrix brannte wie Feuer in meinen Händen, brannte durch meine Hand hindurch. Unten wandten sich mir die Gesichter von Menschen zu, durchspülten mich wieder mit Wellen ungezügelter Emotionen, so dass ich auf ewig in einem Höllenfeuer aus Wut und Lust brannte, brannte, brannte ...

Einmal hörte ich Thyra aufschreien: »Nein, nein, ich kann nicht! Ich will nicht!« Und dann war da ein schreckliches Weinen. Selbst am Totenbett ihres Vaters hatte sie nicht so geweint ...

Und dann war ohne Übergang Marjorie in meinen Armen, und ich warf mich auf sie, wie zuvor schon einmal. Ich bedeckte sie mit verzweifelten, wahnsinnigen Küssen. Dankbar versenkte ich mich in ihre Wärme. Mein Körper und selbst mein Blut brannten, brannten; ich versuchte in einem einzigen Akt den Anfall von Wut und Lust, der mich quälte, abzuschütteln, der mich für Tage, Monate, Jahre, Ewigkeiten hilflos gemacht hatte ... Ich versuchte, mich zu stoppen, merkte, dass eine Dimension von Realität hineingekommen war, die in den meisten anderen Träumen oder Halluzinationen nicht vorhanden gewesen war. Ich versuchte zu schreien. Wieder geschah es, diese Sache, die ich fürchtete und hasste, die ich begehrte ... die ich nicht sehen wollte ... ich war verantwortlich, persönlich verantwortlich für diese Grausamkeit und Gewalt! Es war mein eigener Hass, den ich nie zugelassen, nie zugegeben hatte. Diesen Hass benutzten sie und leiteten ihn durch mich hindurch! Ich war nicht mehr in der Lage, mich selbst aufzuhalten. Eine Welt des Wahnsinns erfasste mich, riss unaufhörlich mit riesigen Klauen an mir. Marjorie weinte hilflos, und ich spürte ihre Furcht und ihren Schmerz in mir brennen, brennen ... Blitze durchzuckten meinen Körper. Donner brüllte innerhalb und außerhalb einer Welt aus Lust und Wut in meinen Lenden ... und es brannte, brannte ...

Ich war allein. Erschöpft lag ich da, immer noch verstört von den Träumen. Ich war allein. Wo war Marjorie? Nicht hier, Dank den Göttern, nicht hier, nicht hier! Nichts davon war Wirklichkeit gewesen.

Geist und Körper ruhten sich aus, und ich schlief ein. Doch weit entfernt in der Dunkelheit weinte jemand ...

23

Dieses Mal ist es keine Schwellenkrankheit, *Bredu*«, sagte Regis und hob den Kopf über der Matrix. »Dieses Mal mache ich es richtig, aber ich kann nichts sehen außer ... dem Bild, das mich schon auf dem Weg nach Norden überfiel. Das Feuer und das goldene Bild. Sharra.«

Danilo sagte zitternd: »Ich weiß. Auch ich habe es gesehen.«

»Immerhin hat es mich dieses Mal nicht bewusstlos gemacht.« Regis bedeckte die Matrix. Jetzt überkam ihn dabei keine Übelkeit mehr, nur ein überwältigendes Gefühl geschärfter Wahrnehmung. Er könnte vielleicht auch Kennard erreichen oder jemand anders auf dem Arilinn, aber da war nichts, nichts außer dem großen, brennenden, geketteten Bild, das er als Sharra erkannte.

Irgendetwas Schreckliches ging in den Bergen vor sich.

Danilo sagte: »Ich glaube, jeder Telepath auf Darkover wird es inzwischen gemerkt haben, Regis. Unterhalten sie auf den Türmen nicht einen Wachdienst für so etwas? Du brauchst dich nicht schuldig zu fühlen, weil du es, allein und ohne Ausbildung, nicht schaffst.«

»Ich fühle mich nicht eigentlich schuldig, aber ich mache mir entsetzliche Sorgen. Ich habe auch versucht, Lew zu erreichen. Und ich konnte es nicht.«

»Vielleicht ist er schon sicher auf dem Arilinn außerhalb ihres Machtbereichs.«

Regis wünschte sich, er könnte es glauben. Seine Gedanken waren nun klar, und er wusste, die Krankheit würde nicht zurückkehren, doch das Wiedererscheinen von Sharras Bild machte ihm Sorgen. Er hatte Geschichten von außer Kontrolle geratenen Matrizes gehört, die meisten aus dem Zeitalter des

Chaos, doch einige auch aus neueren Zeiten. Eine Wolke bedeckte die Sonne, und er zitterte vor Kälte.

Danilo sagte: »Ich denke, wir sollten weiterreiten, wenn du fertig bist.«

»Fertig? Ich habe noch nicht einmal angefangen«, sagte er kläglich und steckte die Matrix wieder in die Tasche. »Wir gehen weiter, aber lass mich erst etwas essen.« Er nahm das angebotene Stück Trockenfleisch, das Danilo ihm reichte, und kaute es.

Sie saßen Seite an Seite auf einem umgestürzten Baum. Ihre Pferde grasten in der Nähe in dem schmelzenden Schnee. »Wie lange sind wir schon unterwegs, Dani? Ich habe den Überblick verloren, als ich krank war.«

»Sechs Tage, glaube ich. Wir sind nur noch wenige Tage von Thendara entfernt. Vielleicht erreichen wir heute Abend den Rand des Armida-Gebietes, und ich kann irgendwie meinem Vater eine Nachricht zukommen lassen. Lew hat Beltrans Männern befohlen, ihm etwas zu übermitteln, doch ich glaube nicht, dass sie es getan haben.«

»Großvater hat Lord Kermiac immer als vertrauenswürdige Person betrachtet. Beltran ist ein sonderbarer Apfel von solch einem Stamm.«

»Wahrscheinlich war er recht anständig, bis er in Sharras Hände geriet«, sagte Danilo. »Oder vielleicht hat Kermiac zu lange regiert. Ich habe gehört, dass ein Land, dass zu lange unter der Herrschaft alter Männer lebt, sich verzweifelt und zu jedem Preis nach irgendeinem Wechsel sehnt.«

Regis fragte sich, was in den Domänen geschehen würde, wenn die Regentschaft seines Großvaters beendet sein würde, wenn Prinz Derik Elhalyn die Krone übernahm. Würde auch sein Volk um jeden Preis einen Wechsel herbeisehnen? Er dachte an den Rat der Comyn, als Danilo und er den Kampf um die Macht beobachtet hatten. Nun würden sie nicht mehr bloß zusehen, sie würden daran teilnehmen. War Macht immer böse, immer korrupt?

Dani sagte, als kenne er Regis' Gedanken: »Aber Beltran wollte nicht allein die Macht, um Dinge zu ändern. Er wollte eine ganze Welt als Spielzeug.«

Regis erstaunte die Klarheit dieses Gedankens, und ihm gefiel der Gedanke, dass, wenn das Schicksal ihrer Welt von den Hasturs abhängen sollte, er jemanden wie Dani hätte, ihm bei seinen Entscheidungen beizustehen. Er streckte die Hand aus und drückte Danis Finger kurz und fest. Dann sagte er lediglich: »Lasst uns die Pferde satteln. Vielleicht können wir etwas dagegen tun, dass er sie nicht als Spielball bekommt.«

Sie wollten gerade aufsitzen, als sie ein entferntes Dröhnen hörten, das bald den ganzen Himmel zu erfüllen schien. Danilo blickte hoch. Ohne ein Wort zogen er und Regis in den Schutz der Bäume. Doch der Hubschrauber, der über ihnen schwebte, schenkte ihnen keine Aufmerksamkeit.

»Hat nichts mit uns zu tun«, sagte Danilo, als er außer Sichtweite war. »Wahrscheinlich irgendeine terranische Angelegenheit.« Er atmete tief aus und lachte fast entschuldigend. »Ich werde niemals wieder einen Hubschrauber ohne Angst hören.«

»Und doch wird einmal der Tag kommen, an dem wir diese Maschinen benutzen müssen«, sagte Regis langsam. »Vielleicht würden sich die Domänen und die Lande Aldarans besser verstehen, wenn es nicht ein Zehntagesritt von Thendara nach Caer Donn wäre.«

»Vielleicht.« Aber Regis spürte, wie sich Danilo zurückzog, und er sagte nichts weiter. Als sie weiterritten, dachte er, so wie die Dinge lagen, waren die Terraner da, und nichts würde so sein wie früher. Was Beltran wollte, war nicht falsch. Nur der Weg, wie er es zu erreichen suchte, war falsch. Er selber würde einen sichereren Weg finden.

Er merkte mit Erstaunen und Entsetzen, welche Richtung seine Gedanken einschlugen. Was hatte er mit all dem zu tun?

Vor weniger als einem Jahr war er auf dieser Straße von Nevarsin gekommen und hatte geglaubt, er habe kein *Laran*, sei frei, sein Erbe beiseite zu schieben und in den Weltraum zu reisen, den terranischen Raumschiffen an das andere Ende des Imperiums zu folgen. Er blickte auf zu der hellvioletten Scheibe von Liriel am Mittagshimmel und dachte, dass noch kein Darkovaner je auch nur seinen Fuß auf einen ihrer Monde gesetzt hatte. Sein Großvater hatte ihm versprochen, er würde ihm beim Weggehen behilflich sein, wenn Regis noch wollte. Er würde sein Wort halten.

Noch zwei Jahre, die den Kadetten und den Comyn gewidmet waren. Dann würde er frei sein. Und dennoch schien ihn eine unsichtbare Last niederzudrücken, als er seine Pläne für die Freiheit schmiedete.

Danilo zügelte plötzlich sein Pferd.

»Reiter, Lord Regis. Vor uns auf der Straße.«

Regis schloss zu ihm auf und ließ die Zügel lose über den Hals des Ponys hängen. »Sollen wir die Straße verlassen?«

»Ich glaube nicht. Wir sind nun tief in den Domänen. Hier seid Ihr sicher, Lord Regis.«

Regis hob bei dem förmlichen Ton die Augenbrauen und merkte plötzlich deren Gewicht. In der Einsamkeit der letzten Tage, unter extremen Belastungen, waren alle zwischenmenschlichen Barrieren gefallen. Sie waren zwei Jungen gleichen Alters, Freunde, *Bredin*. Jetzt, in den Domänen, vor anderen, war er wieder der Erbe der Hasturs und Danilo sein Waffenbruder. Er lächelte ein wenig kläglich, akzeptierte aber die Notwendigkeit und ließ Danilo ein paar Schritte vorausreiten. Er blickte auf den Rücken des Freundes und dachte mit sonderbarem Schauder, dass es stimmte, dass es nicht bloß Worte waren: Danilo würde für ihn sterben.

Es war ein Furcht erregender Gedanke, wenn er ihm auch nicht so fremd hätte sein sollen. Er wusste ganz genau, dass die Wachsoldaten, die ihn schon als kränklichen kleinen Jungen hierhin und dorthin begleitet hatten oder mit ihm nach Nevarsin und zurück geritten waren, durch viele Eide verschworen waren, ihn mit ihrem Leben zu beschützen. Aber es war ihm niemals richtig klar geworden, bis ihm Danilo aus freien Stücken und aus Liebe jenes Versprechen gegeben hatte. Er ritt gleichmäßig weiter, mit der anerzogenen Beherrschung, die man ihm eingeimpft hatte, doch sein Rücken war mit Gänsehaut überzogen, und er spürte jedes Haar auf dem Unterarm zu Berge stehen. War es dies, was es ausmachte, ein Hastur zu sein?

Jetzt konnte er die Reiter sehen. Die ersten Männer trugen die grün-schwarzen Uniformen, die er selber im letzten Sommer getragen hatte. Wachsoldaten der Comyn! Dann sah er andere, die keine Uniform trugen. Aber sie hatten keine Fahnen, keine Abzeichen. Das war eine kriegerische Gruppe. Oder zumindest eine, die auf Kampf vorbereitet war!

Gewöhnliche Reisende hätten die Straße verlassen und die Wachsoldaten passieren lassen. Doch stattdessen ritten Danilo und Regis in gleichmäßigem Tempo direkt auf sie zu. Der erste Wachmann – Regis erkannte ihn als den jungen Offizier Hjalmar – senkte den Speer und forderte ihn förmlich auf, sich zu erkennen zu geben.

»Wer reitet in den Domänen ...« Er brach ab und vergaß die richtigen Worte. »Lord Regis!«

Schnell ritt Gabriel Lanart-Hastur auf sie zu und lenkte sein Pferd neben das von Regis. Er streckte ihm beide Hände entgegen. »Dank sei dem Herrn des Lichts, du bist gesund! Javanne war fast wahnsinnig vor Angst um dich!«

Regis merkte plötzlich, dass man Gabriel wohl für sein Verschwinden verantwortlich gemacht hatte. Er schuldete ihm eine Abbitte. Doch jetzt war keine Zeit dazu. Die Reiter umrundeten sie, und er bemerkte inmitten der Wachsoldaten viele Mitglieder des Rates der Comyn und andere, die er nicht kannte. An der Spitze ritt auf einem großen grauen Pferd Dyan Ardais. Sein ernstes, stolzes Gesicht entspannte sich leicht, als er Regis erkannte, und er sagte mit rauer, aber melodischer Stimme: »Du hast uns alle Angst eingejagt, Vetter. Wir befürchteten, du seist entweder tot oder in den Bergen gefangen.« Sein Blick fiel auf Danilo, und seine Miene verdüsterte sich, doch er sagte fest: »Dom Syrtis. Es gibt eine Nachricht aus Thendara, die durch die Terraner geschickt und uns überbracht wurde. Man hat auch eine Botschaft an Euren Vater übermittelt, Sir, dass Ihr wohlbehalten und bei guter Gesundheit seid.«

Danilo senkte den Kopf und sagte mit kalter Förmlichkeit: »Ich bin dafür dankbar, Lord Ardais.« Regis wusste, wie schwer ihm diese Höflichkeitsfloskel fiel. Er blickte Dyan mit verborgener Neugier an, war überrascht über die prompte Übermittlung der beruhigenden Nachricht und fragte sich schließlich, warum es Dyan nicht Untergebenen überlassen hatte, sie weiterzugeben. Dann wusste er die Antwort. Dyan leitete diese Gruppe und würde seiner Pflicht Folge leisten.

Was auch immer seine persönlichen Fehler und Misshelligkeiten waren, dies eine wusste Regis, seine Verbundenheit zu den Comyn stand an erster Stelle. Was immer er auch tat, alles war dem untergeordnet. Dyan war es vermutlich niemals in den Sinn gekommen, dass sein Privatleben ebenfalls die Ehre der Comyn etwas anging. Es war ein unwillkommener Gedanke, und Regis versuchte ihn zu verdrängen, aber er war da. Und noch beunruhigender war der Gedanke, dass, wenn Danilo ein Zivilbürger und kein Kadett gewesen wäre, es grundsätzlich überhaupt keine Rolle gespielt hätte, wie Dyan ihn behandelt oder ausgebeutet hätte.

Dyan wartete offensichtlich auf eine Erklärung. Regis sagte: »Danilo und ich wurden auf Burg Aldaran als Gefangene gehalten. Dom Lewis Alton hat uns befreit.« Lews offizieller Titel hörte sich in seinen Ohren merkwürdig an. Er konnte sich nicht erinnern, ihn zuvor benutzt zu haben.

Dyan wandte den Kopf, und Regis sah inmitten der Gruppe die Pferdesänfte. Sein Großvater? Reiste er in dieser Jahreszeit? Dann, mit Hilfe seiner sonderbar geschärften Sinne, die er gerade einzusetzen lernte, wusste er, noch ehe Dyan etwas sagte, dass es Kennard war.

»Euer Sohn ist in Sicherheit, Kennard. Ein Verräter vielleicht, aber gesund.«

»Er ist kein Verräter«, protestierte Regis. »Auch er wurde dort als Gefangener gehalten. Er hat uns im Zuge seiner eigenen Flucht befreit.« Er hielt mit dem Wissen zurück, dass man Lew gefoltert hatte, doch Kennard wusste es ohnehin. Regis konnte sich noch nicht richtig abschirmen.

Kennard schlug die ledernen Vorhänge zurück und sagte: »Man hat etwas vom Arilinn gehört – du weißt, was in Aldaran vor sich geht? Die Auferstehung der Sharra?«

Regis sah, dass Kennards Hände immer noch geschwollen waren und sein Körper gebeugt und verkrüppelt aussah. Er sagte: »Es tut mir Leid, Euch krank zu sehen, Onkel.« In seinen Gedanken war der schärfste Schmerz die Erinnerung an Kennard, wie er in jenen frühen Jahren auf Armida gewesen war, wie ihn Regis in der grauen Welt gesehen hatte. Hoch gewachsen und aufrecht und stark, ein Mann, der aus Vergnügen seine Pferde selber zuritt, die Leute in der Feuerfront mit der Klugheit eines ausgezeichneten Kommandeurs einwies und so hart wie alle anderen arbeitete. Ungeweinte Tränen brannten in Regis' Augen um den Mann, der ihm neben seinem Vater der Liebste war. Seine Gefühle schwammen in diesen Tagen hart an der Oberfläche, und er wollte wegen Kennards Leiden weinen. Doch er kontrollierte sich und beugte sich vom Pferd aus über die verkrüppelte Hand seines Oheims.

Kennard sagte: »Lew und ich haben uns im Streit getrennt, doch ich habe ihn nicht für einen Verräter gehalten. Ich will keinen Krieg mit Lord Kermiac ...«

»Lord Kermiac ist tot, Onkel. Lew war für ihn ein Ehrengast. Nach seinem Tod stritten sich jedoch Beltran und Lew. Lew hat sich geweigert ...« Ruhig hinter Kennards Sänfte herreitend, erzählte ihm Regis alles, was er von der Sharra wusste, bis zu jenem Augenblick, als Lew Beltran angefleht hatte, seine Pläne zu ändern, und versprach, die Hilfe des Rates der Comyn zu sichern ... und wie Beltran sie alle anschließend behandelt hatte. Kennards Augen schlossen sich vor Schmerz, als ihm Regis erzählte, wie brutal Kadarin seinen Sohn geschlagen hatte, doch Regis wäre es nicht in den Sinn gekommen, es ihm zu ersparen. Kennard war schließlich ein Telepath.

Als er geendet hatte, indem er erzählte, wie Lew sie mit Marjories Unterstützung befreit hatte, nickte Kennard grimmig. »Wir hatten gehofft, die Sharra läge für immer sicher in den Händen des Schmiedevolkes. Solange sie dort ruhte, hätten wir ihnen ihre Göttin gelassen.«

»Eine Haltung, die uns jetzt teuer zu stehen kommt«, sagte Dyan. »Die Jungen scheinen sich mutiger verhalten zu haben, als ich vermutet hatte. Jetzt erhebt sich die Frage: Was sollen wir tun?«

»Ihr habt gesagt, ihr hättet etwas vom Arilinn gehört, Onkel. Lew ist also wohlbehalten dort?«

»Er ist nicht auf dem Arilinn, und die Bewahrerin dort, die ihn gesucht hatte, konnte ihn nicht finden. Ich fürchte, man hat ihn wieder eingefangen. Wir haben nur gehört, dass die Sharra auferstanden ist und in den Hellers rast. Wir haben jeden Telepathen außerhalb der Türme zusammengerufen, in der Hoffnung, dass wir sie irgendwie unter Kontrolle bringen können. Sonst hätte mich nichts anderes hinausbringen können«, fügte er mit einem leeren Blick auf die verkrüppelten Hände und Füße hinzu, »aber ich wurde im Turm ausgebildet und weiß vielleicht mehr über Matrix-Arbeit als jeder andere, der nicht direkt in einem Turm arbeitet.«

Regis ritt an seiner Seite und fragte sich, ob Kennard stark genug sein würde. Konnte er wirklich mit der Sharra fertig werden?

Kennard antwortete auf seine unausgesprochene Frage. »Ich weiß es nicht, mein Sohn«, sagte er laut. »Aber ich werde es versuchen müssen. Ich hoffe nur, ich muss nicht Lew entgegentreten, wenn man ihn wieder in die Sharra hineingezwungen hat. Er ist mein Sohn, und ich will ihm nicht als Feind begegnen.« Sein Gesicht straffte sich in Entschlossenheit und Kummer. »Aber ich werde es tun, wenn es sein muss.« Und Regis hörte auch hier den unausgesprochenen Teil des Satzes: Auch wenn ich ihn töten muss!

24

(Schluss von Lew Altons Erzählung)

Bis zum heutigen Tage habe ich nicht erfahren und kann nicht mal raten, wie viele Tage ich unter der Droge verbracht habe, die mir Kadarin aufgezwungen hatte. Es gab keine Übergangszeit, keine Zeit unvollständiger Wahrnehmungen. An irgendeinem Tag jedenfalls hellten sich meine Gedanken plötzlich wieder auf, und ich fand mich in einem Stuhl in der Gästesuite auf Aldaran und zog ruhig meine Stiefel an. Den einen Schuh hatte ich bereits am Fuß, der andere stand noch auf dem Boden, doch ich konnte mich nicht daran erinnern, den ersten übergezogen zu haben, oder daran, was ich davor getan hatte.

Langsam hob ich eine Hand vor das Gesicht. Der letzte deutliche Eindruck war, dass ich von Kadarin die Droge nahm und schluckte. Alles danach war wie ein Traum, halluzinatorische Pseudoerinnerungen an Hass und Lust und Feuer und Wahnsinn. Ich wusste, dass einige Zeit verstrichen war, doch ich hatte keine Ahnung, wie viel. Als ich die Droge schluckte, hatte mein Gesicht nach den wüsten Schlägen Kadarins geblutet. Jetzt war mein Gesicht glatt, abgesehen von ein paar Schorfkrusten, die ziemlich schmerzten. Doch die Wunden waren geschlossen und heilten ab. Ein scharfer Schmerz in der rechten Hand, wo sich die alte Narbe von der Matrix-Verbrennung von meinem ersten Jahr auf dem Arilinn befand, ließ mich zusammenzucken. Neugierig drehte ich die Hand um und blickte sie an. Drei Jahre lang war es eine münzgroße weiße Narbe gewesen, ein kleiner, hässlicher, wulstiger Fleck mit ein paar auslaufenden Narbenlinien. So hatte sie zumindest ausgesehen.

Aber jetzt – ich starrte in völliger Überraschung hinab. Der weiße Fleck war verschwunden. Stattdessen sah ich eine rohe, rote, eitrige Verbrennung, welche die halbe Handfläche bedeckte. Es schmerzte höllisch.

Was hatte ich damit gemacht? Irgendwo im Hinterkopf war ich absolut sicher, dass ich daniedergelegen und die ganze Zeit über Halluzinationen hatte. Stattdessen saß ich hier halb angekleidet. Was zum Teufel ging hier vor?

Ich ging ins Bad und blickte in einen großen, gesprungenen Spiegel.

Das Gesicht, das mir entgegenstarrte, war nicht das meine.

Einen Moment wirbelten meine Gedanken wie toll am Rande des Wahnsinns. Dann merkte ich langsam, dass die Augen, die Haare, die vertrauten Augenbrauen und das Kinn vorhanden waren. Aber das Gesicht selbst war ein geisterhaftes Netz aus ineinander übergehenden Narben, flammend roten Wunden, schwärzlichen und blauen Krusten und Verletzungen. Eine Lippe war nach oben gezerrt und so verheilt, was mir ein grauenhaftes, permanentes spöttisches Grinsen verlieh. Mein Haar zeigte graue Strähnen. Ich sah um Jahre älter aus. Plötzlich fragte ich mich in wahnsinniger Panik, ob sie mich so lange, bis zum Altwerden, unter Drogen gehalten hatten ...

Schnell drängte ich den aberwitzigen Gedanken beiseite und beruhigte mich. Ich trug die gleichen Kleider wie an jenem Tag, als ich gefangen wurde. Sie waren schmutzig und zerknüllt, aber nicht angefranst oder dünn geworden. Nur so lange also, bis meine Wunden von den Prügeln verheilt waren und ich mir irgendwie neue zugezogen hatte, darunter diese grässliche Verbrennung an der Hand. Mit einem letzten kläglichen Blick auf die Ruine meines Gesichts wandte ich mich vom Spiegel ab. Was immer ich an mir vielleicht als gut aussehend gefunden haben mochte, es war verschwunden. Viele von den Narben waren verheilt, was bedeutete, sie würden niemals besser aussehen als jetzt.

Meine Matrix steckte in dem Beutel, der um meinen Hals hing, wenngleich man die Schnur, die Kadarin durchgeschnitten hatte, durch ein Seidenband ersetzt hatte. Ich fingerte sie heraus. Bevor ich noch den Stein enthüllt hatte, flammte ein goldenes, brennendes Bild heraus ... Sharra! Mit einem Schauder des Entsetzens warf ich sie wieder in den Beutel.

Was war geschehen? Wo war Marjorie?

Ob sie nun durch meinen Gedanken herbeigerufen oder ob dieser durch ihre herannahende Erscheinung ausgelöst wurde – jedenfalls hörte ich die Türriegel quietschen, und sie kam in das Zimmer, blieb stehen und sah mich mit einer sonderbaren Furcht an. Mein Herz sank mir bis zu den Schuhsohlen. War dieser Traum etwa wahr gewesen? Einen schmerzhaften Augenblick lang wünschte ich mir, wir wären beide in den Wäldern umgekommen. Schlimmer als Folter, schlimmer als Tod war der furchtsame Blick Marjories.

Dann sagte sie: »Gott sei Dank! Jetzt bist du wach und erkennst mich!« Sie warf sich in meine Arme. Ich zog sie fest an mich. Niemals wieder wollte ich sie loslassen. Sie schluchzte: »Jetzt bist du wieder du selbst! Die ganze Zeit über hast du mich nie angesehen, nur die Matrix ...«

Kaltes Entsetzen überflutete mich. Dann war also einiges real gewesen?

Ich sagte: »Ich kann mich an nichts erinnern, Marjorie, an gar nichts, seit mich Kadarin unter Drogen gesetzt hat. Ich weiß nur, dass ich die ganze Zeit über in diesem Raum gewesen bin. Was meinst du?«

Ich spürte, wie sie zitterte. »Du kannst dich an gar nichts erinnern? Nicht an das Schmiedevolk, nicht an die Feuer in Caer Donn?«

Meine Knie begannen zu versagen. Ich sank auf das Bett

und hörte meine brüchige Stimme: »Ich erinnere mich an nichts, absolut an nichts, nur an schaurige Träume ...« Die Bedeutung von Marjories Worten machte mich elend. Mit großer Anstrengung bekämpfte ich den Aufruhr in meinem Inneren, und es gelang mir zu flüstern: »Ich schwöre es, ich erinnere mich an nichts, an nichts. Was immer ich getan haben mag ..., sag mir in Zandrus Namen, habe ich dich verletzt, dich misshandelt?«

Sie legte wieder die Arme um mich und sagte: »Du hast mich nicht einmal angesehen. Geschweige denn berührt. Deshalb habe ich gesagt, so könnte ich es nicht weiter ertragen.« Ihre Stimme erstarb. Sie legte ihre Hand auf meine. Ich schrie vor Schmerz auf, und sie nahm sie rasch beiseite und sagte: »Deine arme Hand!« Sie sah sie sich genau an. »Aber es ist besser geworden, viel besser.«

Ich mochte mir nicht vorstellen, wie es ausgesehen haben musste, wenn es nun besser sein sollte. Kein Wunder, dass Feuer durch meine Alpträume geflammt, gerast und getobt war. Aber wie, im Namen aller Teufel der Hölle, hatte ich mir das zugezogen?

Es gab nur eine Antwort. Sharra. Kadarin hatte mich irgendwie wieder in den Dienst der Sharra gezwungen. Aber wie, *wie?* Wie konnte er sich meine Gedanken zu Nutze machen, wenn mein Bewusstsein ganz woanders war? Ich hätte schwören können, dass dies unmöglich war. Matrix-Arbeit erforderte bewusste, konzentrierte Handlungsfähigkeit ... Ich ballte die Fäuste zusammen. Wegen der rasenden Schmerzen in der Handfläche lockerte ich sie wieder.

Er hatte es gewagt! Hatte gewagt, mir meine Gedanken, mein Bewusstsein zu stehlen ...

Aber wie? *Wie?*

Es gab nur eine Antwort, eine einzige Sache, die er getan haben konnte, nämlich all die frei umherschwimmende Wut, den Hass und die Verachtung meiner Gedanken zu benutzen, wenn meine rationale Kontrolle außer Kraft gesetzt war – und all das zu nehmen und durch *Sharra* zu leiten! All meinen brennenden Hass, all die Wahnsinnsideen meines Unbewusstseins, befreit von der Kontrolle, mit der ich sie zurückhielt, in dieses heimtückische Ding einspeisen.

Er hatte mir das angetan, während mein Verstand aufgehoben war. Daneben wirkte Dyans Verbrechen wie ein Dummejungenstreich. Mein zerstörtes Gesicht, die Verbrennungen in der Hand waren nichts dagegen. Er hatte mir mein Bewusstsein gestohlen. Er hatte meine unbewussten, unkontrollierten, unterdrückten Leidenschaften benutzt ... *Grauenhaft!*

Ich fragte Marjorie: »Haben sie dich in die Sharra gezwungen?«

Sie zitterte. »Ich möchte nicht darüber reden, Lew«, sagte sie weinerlich wie ein getretener Hund. »Bitte nicht, bitte ... Lass uns jetzt einfach nur zusammen sein.«

Ich zog sie auf das Bett neben mich und umarmte sie zärtlich. Meine Gedanken waren voller Zorn. Sanft streichelte sie über mein zerschundenes Gesicht, und ich spürte, wie sie bei der Berührung der Narben zurückschreckte. Ich sagte mit belegter Stimme: »Ekelt dich ... mein Gesicht so an?«

Sie beugte sich herab und berührte mich mit den Lippen. Mit einer Schlichtheit, die mir mehr als alles andere *Marjorie* bedeutete, sagte sie: »Du kannst für mich niemals abstoßend sein, Lew. Ich dachte nur an die Schmerzen, die du erlitten hast, mein Liebling.«

»Glücklicherweise kann ich mich kaum daran erinnern«, sagte ich. Wie lange würden wir hier ungestört sein können? Ohne zu fragen, wusste ich genau, dass wir beide hier Gefangene waren, dass es keine Hoffnung auf einen Trick gab, wie er uns zuvor gelungen war. Es war hoffnungslos. Kadarin, so schien es, konnte uns zu allem zwingen, *zu allem.*

Ich hielt sie in hilfloser Wut umfangen. Ich glaube, in diesem Augenblick merkte ich zum ersten Mal, was Hilflosigkeit bedeutete, die erschütternde, totale Schwäche echter Hilflosigkeit.

Ich hatte nie nach persönlicher Macht gestrebt. Selbst als sie mir auferlegt wurde, hatte ich versucht, sie zu verweigern. Und jetzt konnte ich nicht einmal dieses Mädchen, meine Frau, vor allen möglichen Qualen, physischen und psychischen, beschützen, die Kadarin für sie bereit hielt.

Mein ganzes Leben lang war ich unterwürfig gewesen, gewillt, mich beherrschen zu lassen, gewillt, meine Wut zu kontrollieren, auf dem Gipfel früher Mannhaftigkeit die Unterwerfung zu akzeptieren und meinen Kopf unter jedem Unsinn, der einen gesetzlichen Anstrich hatte, zu beugen.

Und nun war ich hilflos, an Händen und Füßen gebunden. Was sie getan hatten, konnten sie immer wieder tun ... Und jetzt, wo ich Stärke wirklich brauchte, war ich hilflos.

»Liebste, ich würde lieber sterben als dir wehtun«, sagte ich, »aber ich muss wissen, was vorgefallen ist.« Ich fragte nicht nach der Sharra. Ihre bebende Antwort reichte mir. »Wie kommt es, dass er dich nach so langer Zeit wieder zu mir lässt?«

Sie unterdrückte ihr Schluchzen und sagte: »Ich habe ihm gesagt – und er wusste, dass ich es so meinte –, ich würde mich umbringen, wenn er dich nicht befreite und uns zusammen sein ließe. Ich kann das immer noch tun, und er kann es nicht verhindern.«

Ich verspürte einen Schauder des Entsetzens bis ins Mark. Sie redete weiter, mit einer bewusst ruhigen und sachlichen Stimme, und nur ich, der ich wusste, welche Disziplin sie zu einer Bewahrerin gemacht hatte, konnte abschätzen, wie schwer ihr das fiel. »Er kann ohne meine Hilfe die ... Matrix nicht kontrollieren – dieses Ding. Und unter Drogen kann ich es auch nicht. Er hat es versucht, aber es hat nicht geklappt. Daher habe ich ein letztes Stück Macht über ihn. Er würde fast alles tun, damit ich mich nicht umbringe. Ich weiß, ich hätte es tun sollen. Aber ich musste ...« Schließlich brach ihre Stimme doch ein wenig. »... ich musste dich wieder sehen, in einem Zustand, in dem du mich erkanntest und mit mir reden konntest.«

Ich war verzweifelter als jemals zuvor. Ich fragte: »Weiß Kadarin, dass wir miteinander geschlafen haben?«

Sie schüttelte den Kopf. »Ich habe versucht, es ihm zu erzählen. Ich glaube, im Moment hört er nur noch das, was er hören will. Er ist wahnsinnig. Es wäre ihm sowieso gleichgültig, denn er hält es für einen Comyn-Aberglauben.« Sie biss sich auf die Lippe und sagte: »Und es kann auch nicht so gefährlich sein, wie du denkst, denn ich bin noch am Leben und bei Gesundheit.«

Aber bei nicht sehr guter, dachte ich und blickte in ihr bleiches Gesicht, sah die bläuliche Linie um ihren Mund. Am Leben, ja. Aber wie lange konnte sie das aushalten? Würde Kadarin sie verschonen, oder würde er sie rücksichtslos benutzen, um seine Ziele zu verfolgen – was immer das jetzt in seinem Wahnsinn für Ziele sein mochten –, bis ihr zarter Körper zusammenbrechen würde?

Wusste er überhaupt, dass er sie tötete? Hatte er sich überhaupt darum gekümmert, dass sie abgeschirmt wurde?

»Du hast von einem Feuer in Caer Donn geredet ...«

»Aber du warst doch da, Lew. Kannst du dich wirklich nicht erinnern?«

»Nein. Nur an Traumfragmente. Schreckliche Alpträume.«

Sie berührte zart die Verbrennung an meiner Hand. »Das hast du dir dort geholt. Beltran hat ein Ultimatum gestellt. Es war nicht sein Wille –, er hat versucht zu entkommen –, aber auch er ist nun in Kadarins Händen hilflos. Er hat gedroht, und die Terraner haben sich geweigert, und Kadarin hat uns auf den höchsten Punkt über der Stadt gebracht, von wo aus man direkt auf die Stadt hinabblicken konnte. Überall waren Flammen, Schreie ...« Sie rollte sich auf den Bauch und verbarg das Gesicht in den Händen. Erstickt sagte sie: »Ich kann nicht. Ich kann es dir nicht sagen. Sharra ist schon schrecklich, aber dieses Feuer ... ich habe mir nie so etwas vorstellen können ... Und er sagte, das nächste Mal kämen der Raumhafen und die Raumschiffe dran ...«

Caer Donn. Unsere Zauberstadt. Die Stadt, die ich vor meinem geistigen Auge gesehen hatte, verändert durch eine Synthese aus terranischer Wissenschaft und darkovanischen Psi-Kräften. Zerstört, verbrannt, eine Ruine.

Wie unsere Leben, wie unsere Leben ... Und Marjorie und ich hatten es getan.

Marjorie schluchzte heftig. »Ich hätte sterben müssen! Ich werde sterben ... ehe ich wieder diese Zerstörung bewirke!«

Ich hielt sie ganz fest. Dabei konnte ich das Zeichen der Comyn sehen, das wenige Zentimeter über der Verbrennung in mein Handgelenk eingegraben war. Jetzt gab es keine Hoffnung mehr für mich. Ich war ein Verräter, doppelt verdammt und ein Verräter.

Einen Moment wirbelte die Zeit durch meinen Kopf. Ich kniete vor meiner Bewahrerin auf dem Arilinn und hörte mich sagen: »... schwöre bei meinem Leben, was immer ich auch für Kräfte haben werde, ich werde sie nur zum Guten meiner Kaste und meines Volkes benutzen, nicht für persönliche Zwecke und Ziele ...«

Ich war ein Verräter, ein doppelter Verräter. Ich hatte meine Talente, meine im Turm erworbenen Fähigkeiten eingesetzt, um Zerstörung, Vernichtung über jene zu bringen, denen ich in doppelter Weise, als Comyn und als Telepath, verschworen war, die ich schützen und behüten sollte.

Marjorie und ich befanden uns in intensivem Kontakt. Sie blickte mich mit vor Entsetzen und Protest weit aufgerissenen Augen an. »Du hast es doch nicht willentlich getan«, flüsterte sie. »Man hat dich gezwungen, unter Drogen gesetzt, gefoltert ...«

»Das macht keinen Unterschied.« Es war meine Wut, mein Hass, den sie benutzt hatten. »Auch nicht, um mein Leben zu retten, auch nicht, um deines zu retten, hätte ich erlauben sollen, dass man uns hierher zurückbringt. Ich hätte sie veranlassen sollen, uns beide zu töten.«

Jetzt gab es keine Hoffnung mehr für uns, keine Fluchtmöglichkeit. Kadarin konnte mich wieder betäuben, mich wieder zwingen, und es gab keine Möglichkeit des Widerstands. Mein eigener unbewusster Hass hatte mich dem ausgeliefert, und es gab kein Entkommen.

Kein Entkommen außer dem Tod.

Marjorie – ich blickte sie an – bebte vor Schmerz. Auch für sie gab es keinen anderen Ausweg. Ich hätte Kadarin damals in der Steinhütte dazu bringen sollen, sie rasch zu töten. Dann wäre sie unschuldig gestorben, nicht so, langsam, unter dem Zwang zu töten.

Sie fingerte an ihrem Kleid herum und brachte einen kleinen, scharfen Dolch zum Vorschein. Ruhig sagte sie: »Ich glaube, sie haben vergessen, dass ich das hier immer noch habe. Ist er scharf genug, Lew? Willst du es für uns beide tun?«

Und da brach ich zusammen und schluchzte hilflos. Es gab für uns beide keine Hoffnung. Ich wusste es. Aber dass es so weit kommen sollte, dass Marjorie so ruhig von dem Messer sprach, das uns beide töten sollte, als hätte sie mich gefragt, ob die Stickerei auf ihrem Kleid eine hübsche Farbe habe – das konnte ich nicht ertragen. Das war jenseits von allem Erträglichen.

Als ich mich schließlich wieder ein wenig beruhigt hatte, stand ich auf und ging zur Tür. Laut sagte ich: »Dieses Mal werden wir sie von innen versperren. Zumindest der Tod ist eine Privatangelegenheit.« Ich schob den Riegel vor, ohne Hoffnung, dass er lange standhalten würde, wenn sie uns suchten, doch dieses Mal würde es uns gleichgültig sein.

Ich ging zurück zum Bett und schleuderte die Stiefel fort, die ich aus einem mir unbekannten Grund anzuziehen versucht hatte. Ich kniete vor Marjorie nieder und zog ihr die leichten Sandalen von den Füßen. Dann nahm ich ihr die Spangen aus dem Haar und legte sie auf mein Bett.

Ich hatte geglaubt, ich hätte die Comyn hinter mir gelassen. Und jetzt starb ich, um Darkover in den Händen der Comyn zu belassen, den einzigen Händen, die unsere Welt sicher erhalten würden. Einen Augenblick lang umarmte ich Marjorie.

Ich war bereit zu sterben. Aber konnte ich mich dazu bringen, sie zu töten?

»Du musst«, flüsterte sie. »Du weißt, wozu sie mich zwingen werden. Und was die Terraner daraufhin mit unserem Volk tun werden.«

So schön war sie mir noch nie erschienen. Ihr helles, flammenfarbenes Haar lag um ihre Schultern. Es reflektierte kleine Lichtblitze. Dann brach sie schluchzend zusammen. Ich nahm sie in den Arm und drückte sie so fest an mich, dass ich ihr schrecklich wehgetan haben muss. Auch sie hielt mich mit aller Kraft und flüsterte: »Es ist die einzige Möglichkeit, Lew. Die einzige. Aber ich wollte nicht sterben, Lew. Ich wollte mit dir leben, mit dir in die Ebene gehen, ich wollte ... wollte deine Kinder.«

Ich kann mir keinen Schmerz vorstellen, der dem in diesem Augenblick gleichkäme, als Marjorie schluchzend in meinen Armen lag und sagte, sie wolle Kinder von mir haben. Ich war froh, dass ich nicht mehr lange leben würde, um mich daran zu erinnern. Ich hoffte, die Toten hatten keine Erinnerungen ...

Nur unser beider Tod stand zwischen unserer Welt und entsetzlicher Zerstörung. Ich nahm das Messer. Als ich es über meinen Finger gleiten ließ, sprang Blut hervor, und ich war unsäglich froh, dass es scharf wie eine Rasierklinge war.

Ich beugte mich über sie, um sie ein letztes Mal lange zu küssen. Dann sagte ich flüsternd: »Ich versuche ... dir nicht wehzutun, Liebste ...« Sie schloss die Augen, lächelte und flüsterte: »Ich habe keine Angst.«

Einen Moment lang hielt ich inne, um eine ruhige Hand zu gewinnen, so dass ich es mit einem einzigen raschen Stoß hinter mich bringen konnte. Ich sah die dünne bläuliche Ader an ihrer Kehle pulsieren. In wenigen Augenblicken würden wir beide Frieden haben. Dann mochte Kadarin sein Schlimmstes geben ...

Ein Schauder des Entsetzens ergriff mich. Wenn wir tot waren – war damit die letzte Kontrollmacht über die Sharra verschwunden? Kadarin würde sicher in den Flammen Sharras sterben. Aber die Feuer würden nicht mehr verlöschen. Sharra, einmal erweckt, würde weiter und weiter rasen und toben und unser Volk, unsere Welt verzehren ...

Was kümmerte es uns? Die Toten ruhen in Frieden!

Und um uns einen schmerzlosen Tod zu gönnen, ließen wir unsere Welt von den Feuern Sharras vernichten?

Der Dolch entfiel meiner Hand. Er lag auf dem Laken zwischen uns. Doch für mich war er so weit entfernt, als läge er auf einem unserer Monde. Ich bereute bitterlich, dass ich nicht wenigstens Marjorie einen raschen, schmerzlosen Tod bereiten konnte. Sie hatte genug erlitten. Es war nur gerecht, dass ich lange genug lebte, um meinen Verrat durch Leid zu sühnen. Doch ohne ihre Fähigkeit als Bewahrerin würde ich nicht lange genug überstehen, um zu tun, was ich tun musste.

Sie öffnete die Augen und sagte mit zitternder Stimme: »Warte nicht so lange, Lew. Mach schnell.«

Langsam schüttelte ich den Kopf.

»Wir können nicht den einfacheren Weg wählen, Liebste. Wir werden sterben. Doch wir müssen unseren Tod nutzen. Wir müssen das Tor zur Sharra schließen, bevor wir sterben, und die Matrix zerstören, wenn wir das können. Wir müssen es tun. Es gibt keine Hoffnung – du weißt das –, dass wir es überleben. Aber es gibt die Chance, dass wir lange genug leben, um das Tor zu schließen und unsere Welt vor der Zerstörung durch Sharras Feuer zu retten.«

Sie blickte mich mit vor Erschütterung und Entsetzen weit aufgerissenen Augen an. Flüsternd sagte sie: »Ich möchte lieber sterben.«

»Ich auch«, gab ich zurück, »aber einen so einfachen Weg gibt es für uns nicht, meine Liebste.«

Dieses Recht hatten wir verspielt. Ich blickte sehnsüchtig auf den kleinen Dolch und seine rasiermesserartige Schärfe. Schließlich nickte Marjorie zustimmend. Sie nahm den kleinen Dolch, ging zum Fenster und schleuderte ihn durch den schmalen offenen Spalt. Sie kam zurück und glitt neben mich. Mit bemüht ruhiger Stimme sagte sie: »Jetzt kann ich nicht mehr den Mut verlieren.« Dann bekam ihre Stimme, im Gegensatz zu den noch tränenfeuchten Augen, wieder den alten Anflug von Spott. »Immerhin werden wir noch eine Nacht in einem anständigen Bett verbringen.«

Kann eine Nacht ein ganzes Leben lang dauern?

Vielleicht. Wenn man weiß, dass das Leben nur aus einer einzigen Nacht besteht.

Ich sagte mit rauer Stimme, wobei ich sie in meine Arme schloss: »Lass uns keine Zeit vergeuden.«

Wir waren beide nicht kräftig genug, um uns ausgiebig körperlich zu lieben. Die meiste Zeit in dieser Nacht hielten wir einander umfangen. Manchmal redeten wir ein wenig, meistens streichelten wir uns stumm. Ich war auf Grund meines langen Trainings, unwillkommene Gedanken zu verdrängen, in der Lage, die Gedanken an das Morgen fast vollständig zu negieren. Merkwürdigerweise bedauerte ich am stärksten nicht unseren bevorstehenden Tod, sondern dass uns nicht lange, ruhige Jahre des Zusammenlebens gegönnt waren, die genaue Kenntnis, dass Marjorie niemals die Berge in der Nähe Armidas sehen würde, niemals als meine Braut dort einziehen würde. Gegen Morgen weinte Marjorie ein wenig um das Kind, das auszutragen sie nicht lange genug würde leben können. Schließlich kuschelte sie sich in meine Arme und fiel in unruhigen Schlaf. Ich lag wach und dachte an meinen Vater und meinen ungeborenen Sohn, jenen allzu schwachen Lebensfunken, der, eben erst erweckt, bald wieder ausgelöscht sein würde. Ich wünschte, Marjorie wäre dieses Wissen erspart geblieben. Nein, es war richtig, dass jemand um ihn weinen sollte, und ich war schon jenseits aller Tränen.

Noch ein Tod auf meinem Gewissen ...

Schließlich, als die Sonne schon fast die fernen Bergspitzen rötlich überhauchte, schlief auch ich ein. Es war wie ein letztes Geschenk einer unbekannten Göttin, dass ich keine bösen Träume hatte, keine Visionen von Feuer, nur gnädige Dunkelheit, der dunkle Mantel von Avarra, der unseren Schlaf bedeckte.

Ich erwachte und hielt Marjorie immer noch in den Armen. Der Raum war von Sonnenlicht erfüllt. Ihre goldenen Augen waren weit aufgerissen und starrten mich angstvoll an.

»Bald werden sie kommen«, sagte sie.

Ich küsste sie langsam und zärtlich, bevor ich aufstand. »Umso weniger lange werden wir warten müssen«, sagte ich und schob den Riegel zurück. Ich zog meine besten Kleider an, suchte verbissen mein feinstes Seidenhemd und dazu eine Jacke und Hosen aus goldfarbenem, gefärbtem Leder aus dem Bündel. Ein Erbe der Comyn ging nicht wie ein gewöhnlicher Krimineller in den Tod. Ein ähnliches Gefühl musste Marjorie gestern überkommen haben, denn sie trug offensichtlich ihr schönstes Kleid, hellblau, aus spinnenzarter Seide und mit tiefem Halsausschnitt. Anstatt wie sonst ihr Haar zu flechten, hatte sie es mit einem Band auf dem Kopf zusammengebunden. Sie sah würdig und wunderschön aus. Bewahrerin. *Comynara.*

Diener brachten uns das Frühstück. Ich war dankbar, dass Marjorie stolz lächeln und ihnen in ihrer normalen, anmutigen Weise danken konnte. Ihr Gesicht trug keine Spur der Tränen und des Entsetzens von gestern. Wir hielten die Köpfe hoch erhoben und lächelten uns an. Keiner wagte ein Wort zu sagen.

Wie ich vorausgesehen hatte, erschien Kadarin, als wir still die letzten Früchte von dem Tablett verzehrten. Ich hatte nicht gewusst, welchen Hass er in mir auslöste. Der Gedanke, ihn zu töten, das Verlangen, meine Finger in seiner Kehle zu vergraben, war so stark, dass mir davon übel wurde.

Und dennoch – wie soll ich es ausdrücken – gab es eigentlich nichts mehr, was zu hassen war. Ich blickte nur kurz auf und wandte schnell den Blick wieder ab. Er war nicht einmal mehr ein Mensch, sondern etwas anderes. Ein Dämon? Sharra in Gestalt eines Menschen? Der richtige Kadarin existierte nicht mehr. Wenn man ihn tötete, würde man das Ding, das ihn besaß, nicht vernichten.

Noch ein Punkt für Sharra. Dieser Mann war mein Freund gewesen. Die Zerstörung von Sharra würde ihn nicht nur töten, sondern auch rächen.

»Hast du es geschafft, ihn zur Vernunft zu bringen, Marjorie?«, sagte er. »Oder muss ich ihn wieder unter Drogen setzen?«

Ihre Fingerspitzen berührten meine Hand, aber so, dass er es nicht sehen konnte. Ich wusste, er sah es nicht, wenn er es auch früher jederzeit bemerkt hätte. Ich sagte: »Ich werde tun, was du von mir verlangst.« Ich konnte es nicht über mich bringen, ihn Bob oder auch nur Kadarin zu nennen. Er war von dem Mann, den ich gekannt hatte, meilenweit entfernt.

Als wir durch die Flure gingen, blickte ich Marjorie von der Seite an. Sie war sehr bleich. Ich spürte, wie sich das Leben in ihr zusammenkrampfte. Sharra hatte sie ausgesaugt, ihre Lebenskräfte fast bis zur Neige getrunken. Noch ein Grund mehr, nicht mehr weiterzuleben. Sonderbar, ich dachte so, als hätte ich noch eine Wahl.

Wir traten auf einen hoch gelegenen Balkon über Caer Donn und dem Flughafen. Unten sah ich sie alle versammelt, die Gesichter, die ich in meinem ... was war es? Ein Traum? Ein Drogentrip? Oder war dieser Teil Wirklichkeit gewesen? Mir schienen die Gesichter bekannt. Einige waren verhärmt, andere in prächtigen Kleidern, einige wissend und klug, andere dumpf und unwissend, einige nicht einmal menschenähnlich. Doch bei allen leuchteten die Augen mit der gleichen, glasigen Intensität.

Sharra! Ihr Eifer brannte sich in mich hinein, riss an mir, tobte.

Ich blickte hinab auf Caer Donn. Der Atem blieb mir in der Kehle stecken. Marjorie hatte es mir erzählt, doch keine Worte hätten mich auf diese Zerstörung, die Ruinen, die Ödnis vorbereiten können.

Nur nach einem großen Waldbrand, der die Hügel in der Nähe von Armida heimgesucht hatte, hatte ich etwas Ähnliches gesehen. Die Stadt war rauchgeschwärzt. In weiten Teilen war nicht ein Stein auf dem anderen geblieben. Die alte Stadt war völlig zerstört und verwüstet. Die Schäden zogen sich bis in die Terranische Zone hinein.

Und ich hatte dabei mitgespielt.

Ich hatte niemals gedacht, dass diese großen Matrizes so gefährlich sein können. Ich blickte hinab auf das Trümmerfeld, das einmal eine Stadt gewesen war, und wusste, dass ich niemals etwas richtig begriffen hatte. Und all die Leben gingen auf meine Rechnung. Das konnte ich nie wieder gutmachen oder dafür Abbitte leisten. Aber vielleicht, vielleicht würde ich lange genug leben, um die Zerstörung zu beenden.

Beltran stand auch dort oben. Er sah aus wie der Tod. Rafe konnte ich nirgendwo entdecken. Ich glaube, Kadarin hätte nicht gezögert, auch ihn zu zerstören, doch ich hoffte mit tiefem Schmerz, dass der Junge irgendwo weit weg von hier gesund und in Sicherheit war. Aber ich hatte kaum Hoffnung. Wenn man die Sharra-Matrix letztendlich zerstörte, würde kaum jemand, der sich ihr verschworen hatte, weiterleben.

Kadarin packte das lange Schwert aus, das die Sharra-Matrix enthielt. Hinter ihm sah ich Thyra, die mich mit unvorstellbarem Hass anblickte. Auch sie hatte ich über alle Vorstellung hinaus gequält. Und anders als Marjorie war sie nicht bereit zu sterben. Ich hatte sie geliebt, doch sie würde es nie erfahren.

Kadarin gab mir das Schwert. Die Matrix pulsierte kraftvoll an dem Verbindungspunkt zwischen Klinge und Griff. Meine verbrannte Hand schmerzte wie rasend. Der Schmerz zog sich den Arm hinauf, und mir wurde übel davon. Doch ich benötigte auch den physischen Kontakt mit ihr, nicht bloß den geistigen. Ich nahm den Stein aus dem Schwert und hielt ihn in der Hand. Ich wusste, meine Finger würde ich nie wieder gebrauchen können, aber was spielte das noch für eine Rolle? Was kümmerten einen Toten völlig verbrannte Gliedmaßen? Ich war darauf vorbereitet, auch solche entsetzliche Schmerzen zu ertragen, und es konnte nicht lange mehr dauern.

Wenn ich es nur so lange aushalten konnte, wie es nötig war ...

Wir wissen, was du vorhast, Lew. Halte aus, und wir werden dir helfen.

Ich fühlte, wie mein ganzer Körper zusammenzuckte. Es war die Stimme meines Vaters!

Es war eine grausame, nagende Hoffnung. Er musste in der Nähe sein oder uns durch das ungeheure Kraftfeld der Sharra dennoch erreicht haben.

Vater! Vater! Eine Welle der Dankbarkeit spülte in mir hoch. Auch wenn wir alle starben, konnte uns vielleicht seine zusätzliche Kraft helfen, lange genug zu leben, um dieses Ding zu zerstören. Ich trat mit Marjorie in stabilen Kontakt, schloss die Verbindung mit der Sharra-Matrix, fühlte den alten Kreis aufflammen. Kadarins enorme Kraft, Thyra wie eine wilde Bestie, wilder, stolzer Wahnsinn. Und alles floss durch mich ...

So hatten wir sie zuvor nicht benutzt, mit diesem geschlossenen Kraftzirkel. Als ich dieses Mal die Matrix hochhob, spürte ich durch Kadarin einen gewaltigen Energiestrom fließen, die ungeheuren Fluten ungezügelter Emotionen der Menschen unten: Verehrung, Wut, Zorn, Lust, Hass, Zerstörung, die wilde Gewalt von Feuer, das brannte, brannte ...

Das hatte ich zuvor gefühlt, in meinen Träumen, den Alpträumen.

Marjorie stand bereits in einer Aureole aus Licht da. Langsam, als die Kraft stärker wurde und durch meinen Gedanken über die Verbindung in sie hineinfloss, sah ich, wie sie sich veränderte. Sie gewann an Macht und Größe und Majestät. Das zarte Mädchen in dem hellblauen Kleid wurde von Augenblick zu Augenblick immer mehr zu der riesigen, drohenden Göttin, die ihre Arme gen Himmel streckte. Flammen zitterten ekstatisch wie geschüttelte Haarmähnen, ein riesiger Flammenbrunnen ...

Lew, halt mich fest. Ich kann es nicht ohne deine volle Mitarbeit. Es wird wehtun, und du weißt, es kann dich töten, aber du weißt auch, was davon abhängt, mein Sohn ...

Der Kontakt mit Vater. Die vertraute Stimme. Und fast die gleichen Worte hatte er schon einmal gesagt.

Ich wusste schließlich ganz genau, ich stand im Matrix-Zirkel von Sharra oben auf Burg Aldaran. Über mir drohte die riesige Feuergestalt. Marjorie. Ihre Identität war verloren, aufgelöst in den Flammen, und dennoch kontrollierte sie sie wie ein Fackeltänzer seine Feuer, beugte sich hinab, um den Raumhafen mit einer glühenden Fingerspitze zu berühren. Weit unter uns ereignete sich eine gewaltige Explosion. Eines der Raumschiffe war zerstört wie ein Kinderspielzeug und verschwand brennend in den Flammen am Himmel. Und dennoch ... wenn ich auch gänzlich hier an diesem Ort war, stand ich doch zugleich im Zimmer meines Vaters auf Armida, krank vor entsetzlicher Angst – und Freude! Ich kontaktierte ihn mit wildem, rücksichtslosem Vertrauen: *Mach weiter! Tu es! Bring es zu Ende. Besser in deinen Händen als in denen Sharras!*

Dann spürte ich es, den starken, zentrierten Alton-Kontakt, der in mir aufflammte, jeden Winkel meines Gehirns durchdrang und meine Adern erfüllte. Es war ein solcher Schmerz, wie ich ihn noch nie erfahren habe, der heftige, gewaltsame, traumatische, zerfetzende Kontakt, ein Aufreißen jeder Nervenfaser in meinem Hirn. Doch dieses Mal war ich unter Kontrolle. Ich war das Zentrum all dieser Kraft, und ich drehte sie wie ein Stahlseil in meinen Händen um, einen brennenden Feuerstrang. Meine Hand brannte wie Feuer, doch ich spürte es kaum. Kadarin war reglos, wich zurück, nahm die Energieströme von den Menschen unten an, transformierte sie in

Energone, zentrierte sie durch mich in die Sharra. Marjorie ... Marjorie war irgendwo in der Mitte des großen Feuers, doch ich konnte ihr Gesicht erkennen, vertrauensvoll, ohne Angst, lachend. Ich blickte sie einen kurzen Moment lang an und wünschte mir, ich könnte sie für eine winzige Sekunde aus der Sharra herausreißen, sie wieder sehen – aber ich hatte keine Zeit. Keine Zeit dafür. Ich sah die Göttin zu ihrem Schlag ausholen. Jetzt musste ich rasch handeln, bevor mich das wahnsinnige Feuer ebenfalls ergriff, jenes Rasen nach Gewalt und Zerstörung. In einem letzten Augenblick des Schmerzes und der Reue blickte ich in die liebevollen Augen meines Vaters.

Ich wappnete mich gegen die entsetzliche Agonie in meiner Hand, die die Matrix umklammerte. *Nur noch ein bisschen. Nur noch einen Augenblick.* Ich redete mit dem wilden Schmerz, als seien wir voneinander getrennte Wesen. *Du kannst es ertragen. Nur noch einen Augenblick.* Ich konzentrierte mich auf die schwarze, bebende Dunkelheit hinter der Feuergestalt, wo an Stelle der Zinnen und Türme von Burg Aldaran eine vage schwarze Masse aufragte, unscharf, ein riesiges Tor, ein Feuertor, ein Tor zur Macht, wo *etwas* schwebte, schwankte, sich wölbte, als versuche es dieses Tor zu durchbrechen. Ich sammelte alle Kraft aus den konzentrierten Gedanken, der Stärke meines Vaters, meiner eigenen, Kadarins und all den hunderten von geistlosen, konzentrierten Gläubigen hinter ihm, die alle ihre ungezügelte Lust und Gewalt und Emotion in ihn ergossen ...

Ich hielt diese Kraft, die in einen Feuerstrang zusammenfloss, in einen Energiestrang. Ich zentrierte ihn auf die Matrix in meiner Hand. Ich roch verbranntes Fleisch und wusste, dass es meine eigene versengte, verkohlte Hand war, und die Matrix glühte und flammte und flackerte, toste, ein Feuer, das die Welten umhüllte, das Tor zwischen den Welten, die wirbelnden, zusammenstürzenden Universen ...

Ich zerstörte das Tor, schleuderte alles Feuer wieder zurück. Die Flammengestalt zuckte zusammen, erstarb und verglimmte. Ich sah, wie Marjorie taumelte und zusammenbrach. Ich wollte sie in meinen Armen auffangen, doch ich klammerte mich immer noch an die Matrix, hörte Marjories Schrei, als die Flammen zurückwichen und in ihrem Fleisch aufzuckten und tanzten. Mit den Armen fing ich ihren kraftlosen Körper auf und schleuderte uns mit einem letzten Akt der Kraft zwischen Raum und Zeit, in die graue Welt – *irgendwohin!*

Der Raum wirbelte, wirbelte um uns her, und die Welt verschwand. In den grauen, formlosen Ebenen gab es körperlose Gestalten ohne Schmerz. War das der Tod? Marjories Körper in meinen Armen war immer noch warm, doch sie war ohne Bewusstsein. Ich wusste, zwischen den Welten konnte ich nur einen Augenblick verweilen. Alle Gleichgewichtskräfte rissen an mir und zogen mich zurück zu diesem Holocaust und dem Feuerregen und der Ruine von Burg Aldaran, wo die Menschen, die ihre Kräfte verausgabt hatten, zusammenbrachen und starben, verkohlt und verbrannt, vom Feuer verzehrt. Zurück? Zurück zu Tod und Zerstörung? Nein. Nein! Ein letztes Aufbäumen, eine letzte Vitalität in mir ließ mich schreien: Nein! Und mit einer letzten Kraftanstrengung, mit der ich mich rücksichtslos auspumpte, stieß ich Marjorie und mich durch das geschlossene Tor und entkam ...

Meine Füße berührten den Boden. Kühles Tageslicht in einem verhangenen, sonnenbeschienenen Raum. Meine Hand schmerzte höllisch, und Marjorie, die in meinen Armen hing, stöhnte in der Ohnmacht. Die Matrix klebte immer noch an den schwärzlich verkohlten Überresten meiner Hand.

Ich wusste, wo ich war. Im höchsten Raum des Arilinn-Turmes innerhalb des Sicherheitsfeldes. Ein Mädchen in den weißen Schleiern einer Psi-Monitorin starrte mich mit aufgerissenen Augen an. Ich kannte sie. Sie hatte in meinem letzten

Jahr dort gerade angefangen. Ich keuchte: »Lori! Schnell! Die Bewahrerin …«

Sie verschwand, und ich ließ mich dankbar und halb besinnungslos auf den Boden neben Marjories stöhnenden Körper fallen.

Wir waren auf dem Arilinn. Sicher. Und am Leben.

Mir war es noch nie zuvor gelungen, mich telekinetisch zu bewegen, doch um Marjories willen hatte ich es geschafft.

Das Bewusstsein schwand mir und kehrte zurück wie ein wallender grauer Vorhang. Ich sah, wie Callina Aillard auf mich herabblickte. In ihren grauen Augen stand Schmerz und Mitleid. Leise sagte sie: »Ich bin jetzt hier Bewahrerin, Lew. Ich werde tun, was ich kann.« Ihre Hand war mit grauer Seide isoliert. Sie streckte sie aus, ergriff die Matrix und warf sie rasch in das Feld eines Verdampfers. Das Nachlassen der Vibration dieser Matrix war ein Augenblick fast himmlischer Erleichterung, doch es hob auch die betäubende Wirkung der konzentrierten Anstrengung auf. Vorher hatte ich in der Hand Höllenpein verspürt, doch jetzt fühlte sie sich zerfetzt und wie in geschmolzenes Blei getaucht an. Ich weiß nicht, wie ich einen Schrei unterdrückt habe.

Ich schleppte mich neben Marjorie. Ihr Gesicht war verzerrt, doch als ich sie ansah, entspannte es sich und wurde friedlich. Sie war in Ohnmacht gefallen, und das war gut so. Die Feuer, die meine Hand in eine üble, schwärzliche Masse verwandelten, hatten sie inwendig verbrannt, als sich die Sharra durch das Tor zurückzog. Ich wagte mir nicht auszumalen, was sie gelitten haben musste und erleiden würde, wenn sie am Leben blieb. Hilfe suchend sah ich Callina an und las dort, was sie mir in ihrer Sanftheit nicht hatte sagen wollen.

Callina kniete sich neben uns und sagte mit einer Zartheit, wie ich sie noch niemals bei einer Frau gehört hatte: »Wir werden versuchen, sie für dich zu retten, Lew.« Doch ich sah, wie die zarten, bläulichen Energieströme schwächer und schwächer pulsierten. Callina hob Marjorie in ihre Arme und hielt ihren Kopf gegen die Brust. Marjories Züge flackerten einen Moment lang noch einmal in erneutem Schmerz auf. Dann brannten sich ihre Augen in meine: golden, triumphierend, stolz. Sie lächelte, flüsterte meinen Namen, legte friedlich ihren Kopf an Callinas Brust und schloss die Augen. Callina beugte weinend den Kopf, und ihr langes schwarzes Haar fiel wie ein Trauermantel über Marjories entspanntes Gesicht.

Mir schwanden die Sinne. Ich ließ das Feuer in meiner Hand auf meinen gesamten Körper übergreifen. Vielleicht konnte auch ich sterben.

Aber selbst dieses bisschen Gnade gab es nirgendwo im ganzen Universum.

Epilog

Der Kristallsaal, hoch oben im Schloss Comyn, war der repräsentativste Raum im ganzen Schloss. Ein gleichmäßiges blaues Licht drang durch die Wände. Grüne, scharlachrote und violette Blitze durchzuckten sie und wurden von den zahlreichen Prismen reflektiert. Es war wie mitten im Herzen eines Regenbogens, dachte Regis und fragte sich, ob man sich zu Ehren des terranischen Legaten hier traf. Gewiss sah der Legat auch entsprechend beeindruckt aus. Nicht vielen Terranern war es bislang gestattet worden, den Kristallsaal zu sehen.

»... abschließend, meine Lords, möchte ich erklären, welche Vorkehrungen wir getroffen haben, damit das Abkommen auf dem gesamten Planeten durchgesetzt werden kann«, sagte der Legat, und Regis wartete, bis der Übersetzer die Worte in *Casta* für die Comyn und versammelten Edlen wiederholt hatte. Regis, der Terranisches Standard verstand und ihn hier zum ersten Male vernahm, dachte über den jungen Übersetzer nach, Dan Lawton, jener rothaarige Halbdarkovaner, den er auf dem Raumhafen getroffen hatte.

Lawton hätte ebenso gut auch auf der anderen Seite stehen können und diese Rede anhören können, anstatt sie für die Terraner zu übersetzen. Ob er wohl seine Entscheidung bereute? Es war leicht zu erraten: Keine Entscheidung zieht nicht ein gewisses Bedauern nach sich. Regis dachte an seine eigene.

Es war immer noch Zeit. Sein Großvater hatte ihm drei Jahre abgerungen. Aber er wusste, dass für ihn die Frist schon abgelaufen war.

Dan Lawton beendete gerade die Rede des Legaten.

»... jedes Individuum, das in einer der Handelsstädte landet, ob in Thendara, Port Chicago oder Caer Donn, wenn Caer Donn wieder als Handelsstützpunkt arbeiten kann, wird eine offizielle Erklärung abgeben müssen, dass sich in seinem Besitz keine Schmuggelware befindet, beziehungsweise dass er alle derartigen Waffen unter Verschluss in der Terranischen Enklave zurücklassen wird. Weiterhin sollen alle Waffen, die für den Gebrauch der Terraner hierher transportiert werden, eine kleine, nicht entfernbare Markierung aus einer radioaktiven Substanz erhalten, so dass man sie überall aufspüren und wieder erkennen kann.«

Regis lächelte ironisch. Wie schnell die Terraner klein beigegeben hatten, als sie merkten, dass das Abkommen nicht gegen ihre Waffen, sondern gegen die großen, gefährlichen Waffen von Darkover gerichtet war. Sie hatten von den Darkovanern seit jener Nacht, in der Caer Donn abbrannte, genug. Jetzt waren sie nur allzu bemüht, das Abkommen durchzusetzen, als Gegenleistung für das Versprechen der Darkovaner, es ebenso zu tun.

Also hatte Kadarin doch etwas erreicht. Und zwar *für* die Comyn. Welche Ironie!

Nach der Rede des Legaten rief man eine kurze Pause aus, und Regis ging, um sich die Beine zu vertreten, auf den Flur. Dort traf er Dan Lawton.

»Ich habe Euch nicht erkannt«, sagte der junge Terraner. »Ich wusste nicht, dass Ihr Euren Sitz im Rat der Comyn eingenommen habt, Lord Regis.«

Regis sagte: »Ich erwarte die Bestätigung dieser Tatsache in etwa einer halben Stunde.«

»Das bedeutet aber nicht, dass Euer Großvater zurücktritt?«

»Ich hoffe, nicht so bald.«

»Ich habe da ein Gerücht gehört ...« Lawton zögerte. »Ich weiß nicht, ob es richtig ist, außerhalb der diplomatischen Kanäle darüber zu reden ...«

Regis lachte und sagte: »Sagen wir mal, ich bin in der nächsten halben Stunde noch nicht an diplomatische Kanäle gebunden. Eines der Dinge, die ich hoffe zu ändern, ist, dass alles zwischen den Terranern und Darkovanern durch diplomatische Kanäle läuft. Es ist euer Brauch, nicht der unsrige.«

»Ich bin genügend Darkovaner, um es manchmal zu verabscheuen. Ich hörte das Gerücht, dass es Krieg mit Aldaran geben wird. Ist daran etwas Wahres?«

»Nichts. Überhaupt nichts. Ich freue mich, das sagen zu können. Beltran hat genug Probleme. Das Feuer in Caer Donn hat fast achtzig Jahre an Loyalität in dem Gebirgsvolk zerstört – und achtzig Jahre an guten Beziehungen zwischen Aldaran und den Terranern. Das Letzte, was er jetzt will, ist, auch noch gegen die Domänen zu kämpfen.«

»Gerüchte um Gerüchte«, sagte Lawton. »Dieser Mann Kadarin scheint sich in Luft aufgelöst zu haben. Man hatte ihn in den Trockenstädten gesehen, doch dort ist er auch wieder verschwunden. Wir hatten auf seinen Kopf cinen Preis ausgesetzt, als er vor dreißig Jahren den Geheimdienst der Terraner verließ ...«

Regis zwinkerte erstaunt. Er hätte schwören können, dass der Mann nicht älter als dreißig war.

»Wir beobachten die Raumhäfen, und wenn er versucht, Darkover zu verlassen, schnappen wir ihn. Ich persönlich halte das für eine gute Lösung. Wahrscheinlicher aber ist, dass er sich für den Rest seines natürlichen Lebens in den Hellers versteckt.«

Die Pause war vorüber, und man begann in den Kristallsaal zurückzukehren. Regis stand plötzlich vor Dyan Ardais. Dyan trug nicht seine gewöhnlichen Kleider in den Farben der Domäne, sondern schlichtes Schwarz, die Farbe der Trauer.

»Lord Dyan – nein, Lord Ardais, kann ich Euch mein Beileid ausdrücken?«

»Geschenkt«, sagte Dyan knapp. »Mein Vater ist seit dem Zeitpunkt Eurer Geburt nicht mehr bei Verstand gewesen. Wenn ich um ihn getrauert habe, dann ist das so lange her, dass ich nicht einmal mehr weiß, welchen Schmerz ich dabei empfunden habe. Er ist mein halbes Leben lang schon tot, nur die Beerdigung hat sich verzögert, das ist alles.« Kurz und grimmig lächelte er.

»Aber Förmlichkeit gegen Förmlichkeit, Lord Regis. Meine Glückwünsche.« In seinen Augen funkelte eine Spur Belustigung. »Aber ich vermute, auch das ist geschenkt. Ich kenne Euch gut genug, um zu vermuten, dass Ihr nicht gerade sonderlich entzückt seid, den Sitz im Rat einzunehmen. Aber natürlich kennen wir beide nur allzu gut die Comyn-Formalitäten, um es laut zu sagen.« Er verbeugte sich vor Regis und ging in den Kristallsaal hinein.

Vielleicht waren diese Formalitäten auch eine gute Sache, dachte Regis. Wie konnten er und Dyan ohne sie jemals wieder höfliche Worte austauschen? Er fühlte sich sehr traurig, als hätte er einen Freund verloren, den er nie richtig kennen gelernt hatte.

Die Ehrengarde, heute von Gabriel Lanart-Hastur kommandiert, wies ihnen die Plätze an. Als man die Türen schloss, rief der Regent alle zur Ordnung.

»Der nächste Tagesordnungspunkt dieser Versammlung«, sagte er, »befasst sich mit der Regelung bestimmter Erbschaftsangelegenheiten der Comyn. Lord Dyan Ardais. Bitte tretet vor.«

Dyan in seinen ehrwürdigen Trauerkleidern trat vor und stellte sich in das Zentrum des Regenbogenlichtes.

»Wegen des Todes Eures Vaters, Kyril-Valentin Ardais von Ardais, rufe ich Euch, Dyan-Gabriel Ardais, auf, den Status eines Regenten der Ardais-Domäne niederzulegen und denjenigen eines Lords Ardais anzunehmen, mit Vormundschaft und

Souveränität über die Domäne von Ardais und all denjenigen, die ihr Loyalität und Unterstützung pflichten. Seid Ihr bereit, die Herrschaft über Euer Volk anzutreten?«

»Ich bin bereit.«

»Erklärt Ihr feierlich, dass Ihr nach Eurem Wissen und Gewissen fähig seid, diese Verantwortung auf Euch zu nehmen? Gibt es irgendjemanden, der Euch das Recht auf diese ernste Bürde der Verantwortung streitig macht?«

Wie viele Menschen konnten sich schon ehrlich für so etwas fähig erklären, fragte sich Regis. Dyan gab die angemessene Antwort: »Ich werde allen Zweifeln entgegentreten.«

Gabriel als Kommandeur der Wache trat an seine Seite und zog Dyans Schwert. Er rief mit lauter Stimme: »Ist hier irgendjemand, der die ehrenwerte und rechtmäßige Verantwortungsfähigkeit von Dyan-Gabriel Lord Ardais in Zweifel zieht?«

Lange Stille. Heuchelei, dachte Regis. Bedeutungslose Formalität. Diese Herausforderung wurde vielleicht einmal in Dutzenden von Jahren beantwortet, und selbst dann hatte es nichts mit der Fähigkeit zu tun, sondern mit zweifelhaftem Erbrecht. Wie lange war es her, dass wirklich jemand hier in Frage gestellt worden war?

»Ich stelle die Verantwortungsfähigkeit von Lord Ardais in Frage«, sagte eine raue, kämpferische, alte Stimme aus den Reihen der niederen Adligen. Dom Felix Syrtis stand auf und ging langsam zur Mitte des Raumes. Er nahm das Schwert aus Gabriels Hand.

Dyans ruhige Miene veränderte sich nicht, doch Regis sah, dass er rascher atmete. Gabriel sagte mit fester Stimme: »Mit welchen Gründen, Dom Felix?«

Regis blickte sich schnell um. Als sein geschworener Waffenbruder und Leibwächter saß Danilo direkt neben ihm. Danilo entgegnete den Blick nicht, doch Regis sah, wie sich seine

Fäuste zusammenballten. Davor, wenn sein Vater es erfahren würde, hatte Danilo Angst gehabt.

»Ich werfe ihm Unfähigkeit vor«, sagte Dom Felix, »und zwar aus dem Grund, dass er ungerechtfertigterweise die unehrenhafte Entlassung meines Sohnes veranlasst hat, während dieser Kadett bei den Wachen war. Ich erkläre ihm die Blutrache und fordere ihn offiziell heraus.«

Alle saßen stumm und entsetzt da. Regis fing Gabriels unbewachten, zornigen Gedanken auf, wenn Dyan über jede Episode seines Lebens von dieser Art ein Duell ausfechten sollte, müsste er bis zum Sonnenaufgang des nächsten Tages kämpfen. Nur gut für ihn, dass er der beste Kämpfer in den Domänen war. Laut sagte Gabriel lediglich: »Ihr habt die Anklage gehört, Lord Ardais. Ihr müsst sie entweder akzeptieren oder zurückweisen. Wünscht Ihr, Euch mit jemandem zu beraten, bevor Ihr antwortet?«

»Ich weigere mich, die Herausforderung anzunehmen«, sagte Dyan.

So ungewöhnlich die Anklage selbst gewesen war, so war doch die Verweigerung des Duells noch ungewöhnlicher. Hastur beugte sich nach vorn und sagte: »Ihr müsst Eure Gründe für die Ablehnung einer offiziellen Herausforderung darlegen, Lord Ardais.«

»Das werde ich tun«, gab Dyan zurück. »Der Grund ist, dass die Anklage gerechtfertigt ist.«

Ein hörbares Atmen ging durch den Saal. Ein Comyn-Lord gab doch so etwas nicht zu! Jeder hier im Raum musste Regis' Meinung nach wissen, dass der Vorwurf berechtigt war. Doch jeder erwartete auch, dass Dyans nächste Handlung sein würde, die Herausforderung anzunehmen, den alten Mann rasch zu töten und wie bisher weiterzumachen.

Dyan hatte nur kurz innegehalten. »Der Vorwurf ist berechtigt«, wiederholte er, »und man kann keine Ehre durch den legalen Mord an einem alten Mann wiederherstellen. Es wäre ein Mord. Ob dieser Vorwurf gerecht oder ungerechtfertigt ist, ein Mann im Alter von Dom Felix hätte keine Chance, die Wahrheit gegenüber meiner Fechtkunst zu beweisen. Der Sohn, für den er diesen Vorwurf vertritt, ist ein Mann und kein Kind mehr, und er ist es, nicht sein Vater, der mich eigentlich hier anklagen sollte. Steht er dazu?« Und er schwang herum und sah Danilo an, der neben Regis saß.

Regis hörte, wie sein Freund hörbar nach Luft schnappte.

Auch Gabriel sah erschüttert aus. Doch das Protokoll verlangte die nächste Frage: »Dom Danilo Syrtis. Seid Ihr bereit, Lord Ardais in dieser Sache anzuklagen?«

Dom Felix sagte grob: »Das wird er tun, andernfalls ist er mein Sohn nicht mehr.«

Gabriel wies ihn sanft zurecht. »Euer Sohn ist ein Mann, Dom Felix, kein Kind mehr unter Eurer Vormundschaft. Er muss für sich selber antworten.«

Danilo trat in die Mitte des Saales. Er sagte: »Ich bin geschworener Waffenbruder von Lord Regis Hastur. Mein Lord, habe ich Eure Erlaubnis, diese Anklage vorzubringen?« Er war so weiß wie ein Laken. Regis dachte verzweifelt, dass der verdammte Narr für Dyan kein Gegenspieler war. Er konnte nicht einfach dasitzen und zusehen, wie Dyan ihn umbrachte, um diesen Konflikt damit ein für alle Mal zu lösen.

All seine Liebe für Danilo rebellierte dagegen, doch vor den Augen seines Freundes wusste er, er hatte keine Chance. Er konnte Dani nicht schützen. Er sagte: »Ihr habt meine Erlaubnis zu tun, was immer die Ehre von Euch verlangt. Doch darin liegt kein Zwang. Ihr seid meinem Dienst verschworen, und nach dem Gesetz hat dieser Dienst Vorrang. Also habt Ihr ebenso meine Erlaubnis, diese Herausforderung abzulehnen, ohne dass Eure Ehre dadurch einen Makel erfährt.«

Regis bot Dani damit einen ehrenvollen Ausweg an, wenn

er ihn gehen wollte. Er konnte wegen der Immunität der Comyn nicht an seiner Stelle gegen Dyan kämpfen. Aber so viel konnte er doch tun.

Danilo verbeugte sich förmlich vor Regis. Er mied seinen Blick, ging direkt auf Dyan zu und sagte. »Ich fordere Euch heraus, Lord Ardais.«

Dyan holte tief Luft. Er war ebenso bleich wie Danilo. Dann sagte er: »Ich nehme die Herausforderung an. Doch nach dem Gesetz kann einer Herausforderung wie dieser ausgewichen werden, indem der Herausgeforderte in aller Form Wiedergutmachung verspricht. Trifft dies zu, Lord Hastur?«

Regis spürte die Verwirrung seines Großvaters wie seine eigene, und der alte Regent sagte langsam: »Das Gesetz lässt Euch in der Tat diese Wahl, Lord Ardais.«

Regis, der Dyan genau beobachtete, sah die fast unfreiwillige Handbewegung zum Schwertknauf. So hatte Dyan bisher alle Herausforderungen geregelt. Doch die Finger zuckten zurück, und er faltete ruhig die Hände. Regis fühlte Dyans Pein und Demütigung wie einen bitteren Schmerz, doch der ältere Mann sagte mit rauer, fester Stimme: »Dann, Danilo Felix Syrtis, biete ich Euch hier vor meinen Stammesbrüdern und Freunden eine öffentliche Entschuldigung dafür an, dass ich Euch Schande angetan habe, weil ich unrechtmäßig und fälschlich Eure unehrenhafte Entlassung betrieben habe, indem ich Euch willfährig zum Bruch der Kadettenregeln provozierte und *Laran* missbrauchte. Und ich biete Euch alle ehrenhafte Wiedergutmachung an, so weit dies in meinen Kräften steht. Wird das die Herausforderung und die Blutrache vermeiden, Sir?«

Danilo stand wie versteinert. Er sah absolut verdutzt aus.

Warum tat Dyan dies, fragte sich Regis. Dyan hätte Danilo hier ungestraft und legal töten können, und man hätte die Sache niemals wieder vorbringen dürfen!

Und plötzlich wusste er es, ob er nun die Antwort direkt von Dyan erhielt oder seine eigene Eingebung sie ihm verriet: Sie hatten alle daraus gelernt, was geschah, wenn ein Comyn seine Macht missbrauchte. Es gab Unruhe bei den Untertanen und in den eigenen Reihen. Ihre eigenen Söhne wandten sich gegen sie. Nicht nur bei den Untertanen mussten sie das öffentliche Vertrauen in die Integrität der Comyn wiederherstellen. Wenn ihre eigenen Verwandten kein Vertrauen mehr in sie setzten, hatten sie ihre Sache verloren. Und, als ihn Dyan für einen Moment lang direkt anblickte, wusste Regis den Rest direkt aus Dyans Gedanken:

Ich habe keinen Sohn. Ich hatte gedacht, es spielte keine Rolle, ob ich einen unbefleckten Namen weitergebe oder nicht. Meinem Vater war es gleichgültig, wofür sein Sohn ihn hielt, und ich hatte keinen Sohn, bei dem es mich hätte kümmern können.

Danilo stand immer noch reglos, und Regis konnte auch seine Gedanken spüren, die unruhig waren, unsicher: Ich hatte mir so lange schon gewünscht, ihn zu töten. Es wäre meinen eigenen Tod wert. Aber ich bin Regis Hastur verschworen, und durch ihn dem Wohlergehen der Comyn.

Dani holte tief Luft und befeuchtete die Lippen, ehe er sprechen konnte. Dann sagte er: »Ich nehme Eure ehrenhafte Wiedergutmachung an, Lord Dyan. Für mich selbst und unser Haus erkläre ich hiermit die Blutrache und die Herausforderung für zurückgezogen ...« Schnell korrigierte er sich: »... für erledigt.«

Dyans Gesichtsfarbe wurde allmählich scharlachrot. Er sprach fast atemlos. »Welche Wiedergutmachung verlangt Ihr, Sir? Ist es notwendig, dass ich hier vor allen Leuten die Art und Weise der Ungerechtigkeit darlege und mich dafür entschuldige? Es ist Euer Recht ...«

Regis dachte, Dani könnte ihn, vor dem versammelten

Stab, im Staub kriechen lassen. Er konnte nach allem endlich seine Rache nehmen.

Ruhig sagte Danilo: »Das ist nicht notwendig, Lord Ardais. Ich habe Eure Entschuldigung akzeptiert. Die Wiedergutmachung überlasse ich Eurer Ehre.«

Er drehte sich rasch um und kehrte zu seinem Platz neben Regis zurück. Seine Hände zitterten. Noch ein Vorteil der förmlichen Gebräuche, dachte Regis trocken. Jeder wusste etwas oder riet es, und die meisten rieten falsch. Aber nun brauchte niemals mehr darüber geredet zu werden.

Hastur sprach die offiziellen Worte, die Dyan als Lord Ardais bestätigten. Er fügte hinzu: »Man verlangt, Lord Ardais, dass Ihr einen Erben bestimmt. Habt Ihr einen Sohn?«

Regis konnte über die Entfernung hinweg das Bedauern Hasturs über die Unerbittlichkeit des Rituals spüren, das Dyan noch mehr Schmerz zufügte. Auch waren Dyans Kummer und Schmerz für jeden mit *Laran* wie eine Klinge. Rau sagte er: »Mein einziger leiblicher Sohn, mein legitimer Erbe, wurde vor vier Jahren bei einem Erdrutsch in Nevarsin getötet.«

»Nach den Gesetzen der Comyn«, unterrichtete ihn Hastur unnötigerweise, »müsst Ihr in diesem Fall einen Erben benennen. Wenn Ihr später einen Sohn zeugt, kann man diese Wahl rückgängig machen.«

Regis erinnerte sich an ihr langes Gespräch in der Schenke und an Dyans Sorglosigkeit über seinen nicht vorhandenen Erben. Jetzt war er keineswegs sorglos. Sein Gesicht erstarrte in der vorherigen Reglosigkeit. Er sagte: »Mein nächster Verwandter sitzt unter den Terranern. Ich muss ihn zunächst fragen, ob er bereit ist, dieses Band zu lösen. Daniel Lawton, Ihr seid der einzige Sohn der ältesten *Nedestro*-Tochter meines Vaters, Ryana di Asturien, die den Terraner David, Daniel Lawton ehelichte. Seid Ihr bereit, Eure terranische Staatsbürgerschaft aufzugeben und den Comyn die Treue zu schwören?«

Dan Lawton zwinkerte erstaunt. Er antwortete nicht unmittelbar, doch Regis spürte – und wusste es, als Dan eine Minute später sprach –, dass das Zögern nur eine Form von Höflichkeit gewesen war. »Nein, Lord Ardais«, sagte er in *Casta.* »Ich habe meine Loyalität verschrieben und werde ihr nicht abschwören. Auch würdet Ihr das nicht wünschen wollen. Der Mann, der seinen ersten Eid widerruft, bricht auch den zweiten.«

Dyan verbeugte sich und sagte mit spürbarem Respekt: »Ich ehre Eure Entscheidung, Vetter. Ich bitte den Rat, zur Kenntnis zu nehmen, dass mein engster Verwandter jeden Anspruch an mich zurückweist.«

Ein kurzes, zustimmendes Gemurmel erfüllte den Raum.

»Dann werde ich meinen Favoriten nennen«, sagte Dyan. Seine Stimme klang hart und unnachgiebig. »An zweiter Stelle meiner engeren Verwandten stand eine weitere *Nedestro*-Tochter meines Vaters. Man hat ihrem Sohn durch die Bewahrerin von Neskaya bestätigt, dass er eine der Gaben der Ardais besitzt. Seine Mutter war Melora Castamir und sein Vater Felix-Rafael Syrtis, der Alton-Blut hat. Danilo-Felix Syrtis«, sagte Dyan, »auf Grund der Ardais-Gabe und des Blutes der Comyn rufe ich Euch auf, den Comyn als Erbe der Domäne Ardais Loyalität zu schwören, und ich werde bereit sein, meine Wahl gegen jedermann zu verteidigen, der es wagt, mich herauszufordern.« Sein Blick wanderte trotzig im Saal umher.

Es war wie ein Donnerschlag. Das waren also Dyans ehrenhafte Wiedergutmachungsversuche! Regis wusste nicht, ob das sein Gedanke oder der Danilos war, als Dani benommen auf Dyan zuging.

Regis erinnerte sich, wie er gedacht hatte, Dani müsse einen

Sitz im Rat der Comyn haben. Aber so? Hatte Kennard das eingefädelt?

Dyan sagte förmlich: »Nehmt Ihr diese Berufung an, Danilo?«

Danilo zitterte, doch er versuchte, seine Stimme unter Kontrolle zu halten. »Es ist meine Pflicht ... es anzunehmen, Lord Ardais.«

»Dann knie nieder, Danilo, und antworte mir. Willst du den Comyn und diesem Rat Loyalität versprechen und dein Leben einsetzen, ihnen zu dienen? Willst du schwören, die Ehre der Comyn in jeder gerechten Sache zu verteidigen und alles Unheil zu vermeiden?« Dyans Stimme klang wohltönend, laut und melodisch, doch jetzt zögerte er. Seine Stimme brach: »Willst du mir versprechen ... mir gegenüber deine Pflicht ... als Sohn zu erfüllen, bis zu jenem Zeitpunkt, an dem ein leiblicher Sohn von mir deinen Platz einnimmt?«

Regis dachte, erschüttert durch Dyans Qualen: Wer hat hier wen gerächt? Er sah, wie Danilo still weinte, als Dyans bebende Stimme fortfuhr: »Willst du schwören ... mir ein loyaler Sohn zu sein, bis zu dem Zeitpunkt, an dem ich meine Domäne aus Altersgründen, Unfähigkeit oder Schwäche aus der Hand gebe, und dann als Regent unter diesem Rat zu dienen?«

Dani war einen Moment still, und Regis, der mit ihm in engem Kontakt stand, wusste, er versuchte, seine Stimme unter Kontrolle zu bringen. Schließlich sagte er mit zittriger, fast unhörbarer Stimme: »Ich schwöre es.«

Dyan beugte sich nieder und hob ihn auf die Füße. Er sagte fest: »Nehmt zur Kenntnis, dass dies mein *Nedestro*-Erbe ist, dass niemand ihm diesen Platz streitig machen soll und dass ihm sein Anspruch ...« – wieder brach ihm die Stimme – »... niemals von mir oder in meinem Namen oder von meinen Nachkommen streitig gemacht werden wird.«

Kurz und mit äußerster Förmlichkeit umarmte er ihn. Er

sagte ruhig: »Du kannst jetzt zu deinen verschworenen Diensten zurückkehren, mein Sohn. Nur bei meiner Abwesenheit oder Krankheit musst du deinen Sitz bei den Ardais einnehmen. Aber du musst an diesen Ratssitzungen teilnehmen, und alles, was hier geschieht, muss dir bekannt gemacht werden, da es sein kann, dass du unerwartet meinen Platz einnehmen musst.«

Danilo kehrte schlafwandlerisch zu seinem Sessel zurück. Er hielt sich durch seinen Stolz aufrecht und glitt neben Regis. Dann aber brach er zusammen, legte den Kopf auf den Tisch vor sich und weinte. Regis ergriff sachte seinen Arm am Ellenbogen, doch er sagte kein Wort und versuchte auch nicht, seine Gedanken zu erreichen. Einige Dinge im Leben waren zu schmerzhaft auch für den Kontakt eines verschworenen Bruders. Mit sonderbarem Schmerz dachte er, dass Dyan sie zu Gleichgestellten gemacht hatte. Dani war jetzt Erbe einer Domäne. Er brauchte niemandes Waffenbruder oder Diener mehr zu sein und nicht um Regis' Schutz nachsuchen. Und niemand durfte jemals wieder von Schande oder Unehre reden.

Er wusste, er sollte sich für Danilo freuen, und er freute sich auch. Doch sein Freund war nun nicht mehr von ihm abhängig, und Regis fühlte sich unsicher und merkwürdig.

»Regis-Rafael, Regent-Erbe von Hastur«, sagte Danvan Hastur. Durch den Schock von Dyans Tat hatte Regis völlig vergessen, dass auch er vor den Rat zu treten hatte. Danilo hob den Kopf, stieß ihn sanft an und flüsterte so laut, dass man es noch zwei Schritte weiter hören konnte: »Das bist du, du Dummkopf!«

Einen Moment lang dachte Regis, er würde in hysterisches Kichern ausbrechen. Herr des Lichts, das konnte er nicht machen! Nicht bei einer offiziellen Zeremonie! Er biss sich fest auf die Lippen und vermied Danis Blick, doch als er aufstand und nach vorn trat, hatte er keine Sorgen mehr, wie sich die

Beziehung zu Danilo hiernach entwickeln würde. Er war ein Narr, dass er sich überhaupt Sorgen gemacht hatte.

»Regis-Rafael«, sagte sein Großvater, »man hat in deinem Namen Eide geleistet, als du sechs Monate alt warst, dass du designierter Erbe der Hasturs seist. Jetzt hast du das Erwachsenenalter erreicht und damit die Möglichkeit, sie, in voller Kenntnis dessen, was sie beinhalten, zu bekräftigen oder zu widerrufen. Man hat durch die Bewahrerin des Neskaya-Turmes bestätigen lassen, dass du in vollem Besitz von *Laran* und daher in der Lage bist, zum rechten Zeitpunkt die Hastur-Gabe zu empfangen. Hast du einen Erben?« Er zögerte und sagte dann freundlich: »Das Gesetz sieht vor, dass du bis zum vierundzwanzigsten Lebensjahr weder einen offiziellen Treueeid schwören – noch einen designierten Erben benennen musst. Und man kann dich auch nicht per Gesetz zwingen zu heiraten.«

Ruhig antwortete Regis: »Ich habe einen designierten Erben.« Er wandte sich an Gabriel Lanart-Hastur, der auf den Gang trat und aus den Armen eines Kindermädchen den kleinen, strammen Körper von Michael in Empfang nahm. Gabriel trug ihn zu Regis, und dieser setzte das Kind mitten in dem Regenbogenlicht ab. Er sagte: »Nehmt zur Kenntnis, dass dies mein *Nedestro*-Erbe ist, ein Kind vom Stamme Hastur, der Sohn meiner Schwester Javanne Hastur, der Tochter meines Vaters und meiner Mutter, und von ihrem gesetzlichen Ehemann *di Catenas*, Gabriel Lanart-Hastur. Ich habe ihm den Namen Danilo Lanart-Hastur gegeben. Wegen seines zarten Alters kann man noch keine gesetzlichen Eide von ihm verlangen. Ich will ihn lediglich fragen, wie es mir die Pflicht gebietet: Danilo Lanart-Hastur, willst du mir ein guter Sohn sein?«

Man hatte das Kind sorgfältig auf die Zeremonie vorbereitet, doch in diesem Augenblick gab es keine Antwort, und Regis fragte sich, ob der Junge es vergessen habe. Dann lächelte er und sagte: »Ja, das verspreche ich.«

Regis nahm ihn auf den Arm und küsste die rosigen Wangen. Der Kleine schlang die Arme um Regis' Hals und küsste ihn ebenfalls herzlich. Regis lächelte unwillkürlich, als er ihn seinem Vater zurückreichte, wobei er gemessen sagte: »Gabriel, willst du versprechen, ihn aufzuziehen und zu halten als meinen Sohn und nicht als den deinen?«

Gabriel blickte feierlich. Er sagte: »Ich schwöre es bei meinem Leben und meiner Ehre, Vetter.«

»Dann nimm ihn mit und erziehe ihn, wie es einem Hastur zukommt, und die Götter mögen an dir so handeln, wie du an ihm.«

Er sah, wie Gabriel das Kind forttrug, und dachte nüchtern, dass sein eigenes Leben glücklicher gewesen wäre, wenn sein Großvater ihn vollständig der Obhut Kennards oder irgendeinem anderen Verwandten mit Söhnen und Töchtern übergeben hätte. Regis schwor feierlich bei sich, nicht bei Michael den gleichen Fehler zu begehen.

Und doch schätzte er die distanzierte Zuneigung seines Großvaters zu ihm, und auch die raue Disziplin in Nevarsin hatte zu dem beigetragen, was aus ihm geworden war. Kennard sagte gern: »Die Welt wird ihren Lauf nehmen, wie sie will, und nicht so, wie du oder ich wollen.« Und trotz all der Kämpfe Regis', dem Schicksal zu entkommen, das bei seiner Geburt als ein Hastur festgelegen hatte, stand er nun hier zur rechten Zeit.

Er wandte sich seinem Großvater zu und dachte unter Schmerzen, dass es nicht sein brauchte. Er war immer noch frei. Er hatte drei Jahre versprochen. Doch hiernach würde er niemals wieder völlig frei sein.

Er sah in Danilos Augen und spürte, wie ihm dieser feste, beruhigende, liebevolle Blick irgendwie Stärke gab.

Er sagte: »Ich bin bereit, meinen Eid zu wiederholen, Lord Hastur.«

Hasturs altes Gesicht war angespannt. Regis spürte seine ungeschützten Gedanken, doch Hastur sagte mit der Beherrschung, über die er nach fünfzig Jahren in der Öffentlichkeit verfügte: »Du bist ein erwachsener Mann. Es ist deine freie Wahl. Niemand kann dir dieses Recht streitig machen.«

»Es ist meine freie Wahl«, sagte Regis.

Nicht sein Wunsch. Aber sein Wille. Seine Wahl. Seine Entscheidung.

Der alte Regent verließ seinen Platz und trat ins Zentrum der gebündelten Lichtstrahlen. »Knie nieder, Regis-Rafael.«

Regis kniete nieder. Seine Beine zitterten.

»Regis-Rafael Hastur, willst du den Comyn und diesem Rat deine Treue schwören und versprechen, dich mit deinem Leben dafür einzusetzen? Willst du ...«

So fuhr er fort. Regis hörte die Worte durch einen wallenden Nebel aus Schmerz: Nie wieder frei. Niemals mehr den großen Schiffen nachsehen, die zu den Sternen flogen, und wünschen, dass er ihnen eines Tages in ferne Welten folgen würde ...

Nie wieder träumen ...

»... versprichst du, mir ein loyaler Sohn zu sein, bis ich meinen Platz aus Altersgründen, Unfähigkeit oder Schwäche freigebe, und dann als Regent-Erbe mit dem Willen dieses Rats zu regieren?«

Regis dachte eine Sekunde lang, er würde in Tränen ausbrechen wie Danilo. Er wartete ab, nahm all seine Beherrschung zusammen, bis er den Kopf heben und mit klarer, klingender Stimme sagen konnte: »Ich schwöre es bei meinem Leben und meiner Ehre.«

Der alte Mann bückte sich nieder, hieß Regis aufstehen, schloss ihn in die Arme und küsste ihn auf beide Wangen. Seine Hände zitterten vor Erregung, und Tränen rollten ihm über die Wangen. Und Regis wusste, dass sein Großvater zum ersten Mal in seinem Leben ihn allein sah. Kein Geist, kein Schatten seines toten Sohnes stand zwischen ihnen. Nicht Rafael. Allein Regis.

Plötzlich fühlte er sich ungeheuer einsam. Er wünschte, die Sitzung wäre vorüber. Er ging zurück zu seinem Platz. Danilo respektierte sein Schweigen und redete ihn weder an noch blickte er zu ihm hin. Doch Regis wusste, Danilo war da, und das wärmte ein wenig die kalte, zitternde Einsamkeit in seinem Innern.

Hastur hatte seinen Gefühlsausbruch überwunden. Er sagte: »Kennard Lord Alton.«

Kennard humpelte immer noch stark und sah erschöpft und ausgelaugt aus. Doch Regis freute sich, ihn wieder auf den Beinen zu sehen. Er sagte: »Meine Lords, ich bringe Neuigkeiten vom Arilinn-Turm. Man hat dort herausgefunden, dass zum gegenwärtigen Zeitpunkt die Sharra-Matrix weder abgeschirmt noch zerstört werden kann. Man hat beschlossen, sie bis zu dem Tag, an dem wir eine Methode entwickeln können, sie vollständig zu inaktivieren, aus dieser Welt zu bringen, um zu verhindern, dass sie in falsche Hände fällt und wieder diese ungeheuren Gefahren heraufbeschwören kann.«

Dyan sagte: »Aber ist das nicht auch gefährlich, Kennard? Wenn man die Energien von Sharra woanders aufweckt ...«

»Wir haben nach einer langen Diskussion befunden, dass dies der sicherste Weg ist. Es ist unsere Überzeugung, dass es nirgendwo sonst im Imperium Telepathen gibt, die dazu in der Lage sind. Und in interstellarer Distanz kann sie sich nicht auf die aktivierten Flecken in der Nähe von Aldaran beziehen, was immer ein Risiko bedeutet, wenn sie auf Darkover bleibt. Selbst das Schmiedevolk kann sie nun nicht mehr inaktiv halten. Außerhalb unserer Welt wird sie wahrscheinlich ruhen, bis wir ein Mittel der Zerstörung entwickelt haben.«

»Es bleibt ein Risiko«, sagte Dyan.

»*Alles* ist riskant, solange eine solche Kraft irgendwo im Universum aktiv bleibt«, antwortete Kennard. »Wir können nur das Beste tun, was uns mit den gegenwärtigen Methoden und Mitteln möglich ist.«

»Ihr werdet sie selbst aus dieser Welt bringen?«, sagte Hastur. »Was ist mit Eurem Sohn? Er war zumindest teilweise für ihre Erweckung verantwortlich ...«

»Nein«, sagte Danilo plötzlich, und Regis fiel ein, dass Danilo nun ein ebensolches Recht hatte, im Rat zu sprechen, wie jeder andere. »Er hat jede Teilnahme an ihrem Missbrauch verweigert und wurde gefoltert, weil er es verhindern wollte.«

»Und«, sagte Kennard, »er riskierte sein Leben und hat es fast dabei verloren, um sie nach Arilinn zu bringen und den Zirkel der Zerstörung aufzubrechen. Wenn er und seine Frau nicht ihre Leben riskiert hätten – und wenn das Mädchen nicht ihres geopfert hätte –, würde Sharra immer noch in den Bergen toben, und niemand von uns würde friedlich hier sitzen und beschließen, wer nach uns im Rat sitzen soll!« Plötzlich flammte die Alton-Wut auf und peitschte sie alle. »Wisst Ihr um den Preis, den er den Comyn gezahlt hat, Ihr, die ihr ihn verachtet und geringschätzig behandelt habt? Und nicht einer von Euch, nicht ein Einziger, hat auch nur danach gefragt, ob er weiterleben oder sterben wird!«

Regis fühlte sich, als zöge ihm Kennards Schmerz die Haut vom Körper. Man hatte ihn nach Neskaya geschickt, doch er hätte Lew irgendwie eine Botschaft zukommen lassen müssen.

Kennard sagte grob: »Ich bin gekommen, um Erlaubnis zu bitten, ihn nach Terra zu bringen, wo er vielleicht seine Gesundheit wiedererlangen und seinen Verstand retten kann.«

»Kennard, nach den Gesetzen der Comyn dürft Ihr nicht zusammen mit Eurem Sohn den Planeten verlassen.«

Kennard blickte Hastur mit offener Verachtung an und sagte: »Verdammt seien die Gesetze der Comyn! Was habe ich davon gehabt, dass ich sie eingehalten habe, was haben mir meine zehn Jahre im Rat gebracht? Versucht mich aufzuhalten, verdammt. Ich habe noch einen Sohn, aber diesen ganzen Zirkus werde ich nicht noch einmal mitmachen. Ihr habt Lew akzeptiert, aber seht auch, was er davon gehabt hat!« Ohne die geringste Bemühung, einen förmlichen Abschied zu nehmen, wandte er ihnen allen den Rücken zu und verließ den Kristallsaal.

Regis stand rasch auf und ging hinter ihm her. Er wusste, dass ihm Danilo lautlos auf den Fersen folgte. Er traf Kennard auf dem Gang. Kennard wirbelte herum, immer noch angriffslustig, und sagte: »Was, zum Teufel ...«

»Onkel, was ist mit Lew? Wie geht es ihm? Ich war in Neskaya. Ich konnte nicht ... seid nicht böse mit mir, Onkel.«

»Wie, glaubst du, geht es ihm?«, fragte Kennard, immer noch ungehalten, doch dann glättete sich sein Gesicht. »Nicht sehr gut, Regis. Du hast ihn noch nicht gesehen, seit wir ihn vom Arilinn abgeholt haben?«

»Ich wusste nicht, dass er nicht reisefähig ist.«

»Das ist er nicht. Wir haben ihn mit einem terranischen Flugzeug vom Arilinn abgeholt. Vielleicht kann man seine Hand retten.«

»Ihr geht nach Terra?«

»Ja, wir reisen in einer Stunde ab.«

»Onkel, Lew und ich sind Freunde gewesen, seit ich ein kleiner Junge war. Ich ... ich würde mich gerne von ihm verabschieden.«

Leise fragte Kennard: »Lew, willst du mit Regis reden? Er will sich von dir verabschieden.«

Lews Barrieren waren gesenkt, und Regis spürte die ungebändigte Welle von Schmerz und Zurückweisung: *Ich will niemanden. Ich will nicht, dass mich jetzt irgendjemand sieht.* Es war wie ein Schlag, und Regis wurde schwindlig. Doch er wappnete sich dagegen und sagte sehr leise: *»Bredu ...«*

Lew drehte sich um, und Regis wich zurück, als er das grauenhaft veränderte Gesicht zum ersten Mal erblickte. Sein Gesicht war ein entsetzliches Netz aus verheilten Narben und halb verheilten Wunden. Schmerz hatte tiefe Falten gegraben, und sein Augenausdruck war der eines Menschen, der über alle Maßen Grauenhaftes erblickt hatte. Eine Hand war in einen dicken Verband gehüllt und hing in einer Schlinge. Lew versuchte zu lächeln, doch es wurde nur eine Grimasse.

»Tut mir Leid, ich vergesse das immer wieder. Bei meinem Anblick bekommen Kinder Angstanfälle.«

Regis antwortete: »Aber ich bin kein Kind, Lew.« Es gelang ihm, den Schmerz und das Elend des anderen abzublocken, und er sagte so ruhig, wie es ihm möglich war: »Ich denke, das Schlimmste wird verheilen.«

Lew zuckte die Achseln, als sei es ihm tödlich gleichgültig. Regis blickte ihn immer noch unsicher an. Jetzt, da er hier war, war er nicht mehr sicher, warum er gekommen war. Lew hatte sich jedem menschlichen Kontakt verweigert und wollte es auch so. Jede enge Verbindung zwischen ihnen, jeder Versuch, ihn mit *Laran* zu erreichen, ihre alte Nähe zurückzurufen, würde die gnädige Betäubung fortreißen und Lews Leiden wieder verschärfen. Je rascher er sich verabschiedete und ging, desto besser.

Er verbeugte sich förmlich, entschlossen, es dabei zu belassen, und sagte: »Gute Reise, Vetter, und eine sichere Heimkehr.« Er wollte zurücktreten. Dabei stieß er gegen Danilo, und Danis Hand schloss sich über seinen Fingern. Die Berührung stellte sogleich intensiven Kontakt zwischen ihnen her. So deutlich, als wenn Danilo laut gesprochen hätte, fühlte Regis ein Gefühl von Mitleid:

Nein, Regis. Schließ ihn nicht aus. Zieh dich nicht von ihm zurück! Kannst du nicht sehen, dass er innerlich stirbt, abgeschnitten von allen, die ihn lieben? Er muss wissen, dass du sein Leiden erkennst, dass du nicht vor ihm zurückweichst. Ich kann ihn nicht erreichen, aber du kannst es, weil du ihn liebst, und du musst es tun, bevor er die letzte Barriere herablässt und in Zukunft jeden ausschließt. Sein Verstand steht auf dem Spiel. Vielleicht auch sein Leben!

Regis wand sich. Dann merkte er, zerrissen und unter Schmerzen, dass auch dies zu den Bürden seines Erben gehörte.

Er ließ Danilos Hand los und trat einen Schritt auf Lew zu. Eines Tages – dies blitzte zufällig durch seine Gedanken, obwohl es ihm unwichtig erschien – würde er, wie es alle Telepathen seiner Kaste getan hatten, hinabgehen mit einer Frau, die sein Kind trug, hinab in die Tiefen der Agonie und an den Rand des Todes, und er würde aus Liebe in der Lage sein, es zu ertragen. Und aus Liebe konnte er auch dies hier ertragen. Er ging zu Lew. Lew hatte wieder den Kopf gesenkt. Regis sagte: *»Bredu«* und blieb auf Zehenspitzen und mit angehaltenem Atem stehen, umarmte seinen Verwandten, setzte sich bewusst allen Qualen Lews aus und ertrug den Schock des Kontaktes zwischen ihnen.

Kummer. Reue. Schuld. Der Verlustschock, Schock der Verstümmelung. Die Erinnerung an Folter und Grauen. Und vor allem Schuld, schreckliche Schuld, selbst am Leben zu sein, während jene, die er geliebt hatte, tot waren ...

Einen Moment lang kämpfte Lew, um Regis auszuschließen. Dann holte er tief und bebend Luft, hob den unverletzten Arm und umarmte Regis fest.

... jetzt erinnerst du dich, ich weiß es. Ich weiß, du hast mich geliebt und diese Liebe niemals verraten ...

»Auf Wiedersehen, *Bredu*«, sagte er mit scharfer, schmerzender Stimme, die Regis irgendwie viel weniger verletzte als die ruhige, kontrollierte Förmlichkeit. Er küsste Regis auf die Wange. »Wenn die Götter es wollen, werden wir uns wieder sehen. Und wenn nicht, dann mögen sie auf ewig mit dir sein.« Er ließ Regis los, und Regis wusste, er konnte ihm nicht helfen, nicht jetzt. Niemand konnte es. Aber vielleicht, dachte Regis, vielleicht blieb dieser Spalt offen, weit genug, um Lew irgendwann daran zu erinnern, dass es außer Verlust und Schmerz auch noch Liebe in der Welt gab.

Und dann, aus seinen eigenen aufgegebenen Träumen und Hoffnungen und aus der Versagung heraus, die er sich auferlegt hatte, immer noch mit offenen Gedanken, bot er ihm den einzigen Trost an, den er bereit hielt, und überreichte ihn seinem Freund wie ein Geschenk:

»Aber du wirst eine andere Welt haben, Lew. Und du bist frei, die Sterne zu sehen.«

Darkover – Die Romane

Eine Liste aller Darkover-Romane
in chronologischer Reihenfolge

Die Entdeckung des Planeten: Ein vom Kurs abgekommenes und in einen noch unbekannten Sektor des Weltraums verschlagenes terranisches Siedlerschiff muss auf dem Planeten Cottman IV notlanden; die Besatzung nennt ihre neue Heimat Darkover.

Die Landung

Das Zeitalter des Chaos: 1000 Jahre sind seit der Landung auf dem Planeten vergangen. Die Nachfahren der Siedler haben jedes Wissen über ihre Herkunft verloren und leben in einer mittelalterlichen Welt.

Herrin der Stürme
Herrin der Falken

Knaur

Ein Darkover-Roman

Die Zeit der Hundert Königreiche: Das Land ist in unzählige kleine Königreiche geteilt, deren Herrscher sich erbittert bekämpfen. Furchtbare Waffen verwüsten den Planeten – und nur ein Mann kann Darkover den Frieden bringen ...

Die Zeit der Hundert Königreiche
Die Erben von Hammerfell

Die Entsagenden: Frauen haben auf Darkover nur wenig Rechte – es sei denn, sie werden zu Entsagenden, zu Frauen, die bewusst auf den Schutz durch einen Mann verzichten und selbstbewusst ihr eigenes Leben führen.

Die zerbrochene Kette
Gildenhaus Thendara
Die schwarze Schwesternschaft

Die Wiederentdeckung: Das Terranische Imperium entdeckt den Planeten Darkover wieder und meldet Rechte auf ihn als ehemalige Kolonie an. Gleichzeitig wächst auf Darkover aber auch die Unzufriedenheit mit den althergebrachten Traditionen. Ein Bürgerkrieg scheint unausweichlich, als sich eine der Domänen mit den Terranern verbünden will ...

An den Feuern von Hastur
Das Zauberschwert
Der verbotene Turm
Die Kräfte der Comyn
Sturmwind

Nach den Comyn: Obwohl die Terraner mittlerweile einen festen Raumhafen auf dem Planeten eingerichtet haben, bleibt Darkover weitestgehend vom restlichen Universum abgeschnitten. Der Kampf zwischen Alt und Neu, zwischen Tradition und Aufbruch führt zu immer neuen Kämpfen und Auseinandersetzungen ...

Die blutige Sonne
Hasturs Erbe
Retter des Planeten
Sharras Exil
Die Weltenzerstörer

Der Marguerida-Alton-Zyklus: Eigentlich denkt Margaret Alton, sie würde den Planeten ihrer Eltern zum ersten Mal betreten, als sie nach Darkover kommt. Bald schon aber häufen sich die Beweise dafür, dass ihre Erinnerungen manipuliert wurden – und schneller, als Margaret lieb ist, wird sie nicht nur in das Machtspiel der herrschenden Familien verwickelt, sondern muss sich auch einer unheimlichen Bedrohung aus Darkovers tiefster Vergangenheit stellen ...

Asharas Rückkehr
Die Schattenmatrix
Der Sohn des Verräters

Knaur

Ein Darkover-Roman

Anthologien: Die Darkover-Anthologien wurden von Marion Zimmer Bradley gemeinsam mit dem amerikanischen Fanclub, den »Friends of Darkover«, herausgegeben. Die Kurzgeschichten beschäftigen sich mit neuen oder auch bekannten (Neben-)Figuren des Zyklus, schlagen Brücken zwischen den einzelnen Romanen oder vertiefen die große Geschichte des Planeten und seiner Bewohner weiter.

Der Preis des Bewahrers
Schwert des Chaos
Rote Sonne
Die sechs Monde
Die freien Amazonen
Die Schwesternschaft des Schwertes
Planet der blutigen Sonne
Die Domänen
Die andere Seite des Spiegels

Knaur

Ein Darkover-Roman

JANE WELCH

RUNENZAUBER

Band 1: Die Drachenfestung

Band 2: Das Auge des Druiden

Band 3: Die Nebel von Farona

Band 4: Der Drachenstein

Band 5: Das Schwert der Morrigwen

Band 6: Der See der Tränen

Band 7: Der Kreis von Abalone

Band 8: Das Jenseitstor

Band 9: Das Blut der Wölfe

Band 10: Der Bann des Barden

Band 11: Im Land des Greifs

Band 12: Der Herr der Schatten